I0669469

Le Siècle

FERDINAND FABRE.

—

LES

COURBEZON

PARIS
BUREAUX DU SIÈCLE
Rue Chauchat, 14.

A. VIALON DEL.   J. GUILLAUME SC.

On trouve encore dans les bureaux du Siècle :

HISTOIRE DES DEUX RESTAURATIONS (DE 1813 A 1830), par ACHILLE DE VAULABELLE
Huit volumes in-8°. — Prix : 40 fr., et 23 fr. seulement pour les abonnés du journal LE SIÈCLE.

HISTOIRE DE LA RÉVOLUTION DE 1848, par Garnier-Pagès.
Onze volumes in-8°. — Prix : 58 fr., et 30 fr. seulement pour les abonnés du journal LE SIÈCLE.
Ajouter 75 c. par volumes pour recevoir *franco* par la poste.

N. B. — Afin de faciliter aux abonnés l'acquisition de l'un ou l'autre de ces ouvrages importants, il leur sera
loisible de se les procurer par partie de deux volumes chaque, au prix de 5 fr. pour la Révolution de 1848, et 6 fr.
pour les Deux Restaurations, pris aux bureaux du Journal, 14, rue Chauchat, et 75 c. en plus par la poste.

CATALOGUE
Des publications littéraires du SIÈCLE.

PARIS, 14, RUE CHAUCHAT.

AVANTAGES RÉSERVÉS AUX ABONNÉS DU JOURNAL LE SIÈCLE.

Tout Abonné au SIÈCLE a droit, en outre la prime gratuite, à une remise de cinquante pour cent sur le prix marqué de tous les ouvrages que renferme ce Catalogue.
Les demandes des départements doivent être affranchies et contenir leur montant en un mandat sur la poste ou à vue à l'ordre de M. le Directeur-Gérant du SIÈCLE. On devra ajouter à la demande le prix du port, qui est, par chaque volume, de 1 franc pour ceux de la première catégorie; de 75 centimes pour ceux de la deuxième; de 50 centimes pour ceux de la troisième; de 25 centimes pour ceux de la quatrième.

Première catégorie.

MUSÉE LITTÉRAIRE.

9e série. — Les sept Péchés capitaux : l'Orgueil, l'Envie, la Colère, la Luxure, la Paresse, l'Avarice, la Gourmandise, E. SUE. Prix : 6 fr.
19e série. — Les Catacombes de Paris, Élie BERTHET, la Gorgone, DE LA LANDELLE; Gabrielle, Mme ANCELOT. Prix : 6 fr.
20e série. — Marcel, FÉLICIEN MALLEFILLE; Les Frères de la Côte, E. GONZALÈS; Le Conseiller d'État, F. SOULIÉ; Le Notaire de Chantilly, L. GOZLAN; Hermione Sénéchal, Hélène Raynal, PAUL FÉRNEY. Prix : 6 fr.
21e série. — Le Chemin le plus court, ALPH. KARR; Esaü le lépreux, EMMANUEL GONZALÈS; Blanche Mortimer, ADRIEN PAUL. Prix : 6 fr.
22e série. — Une Haine à bord, DE LA LANDELLE; Les Chauffeurs, E. BERTHET; Le Bossu, P. FÉVAL. Prix : 6 fr.
23e série. — Les Excentricités de sir Georges, Nicette, ADRIEN PAUL; Une Vengeance, Mme LÉONIE D'AUNET; Les Mendiants de Paris, Mme CLÉMENCE ROBERT; T (Nouvelle) Thérésa, ADRIEN PAUL. Prix : 6 fr.
24e série. — Le Chevalier de Floustignac, A côté du bonheur, A. PAUL; Les Émigrants, E. BERTHET; Un Corsaire sous l'Empire, FULGENCE GIRAUD; L'Or est une chimère, la Traite des blanches, Sans Famille, MOLÉRI. Prix : 6 fr.
25e série. — Thadéus le Ressuscité, M. MASSON et A. LUCHET, La Belle novice, E. GONZALÈS; La Marquise de Monclar, Mme Leblanc, MOLÉRI; Le Nouveau monde, O. COMETTANT. Prix : 6 fr.
26e série. — Frère et sœur, A. LUCHET; Ivanhoe, WALTER SCOTT (trad. de Victor Perceval); La Dryade de Clairefont, E. BERTHET; Les Proscrits de Sicile, E. GONZALÈS. Prix : 6 fr.
27e série. — Les Géans de la mer, DE LA LANDELLE; Le Vengeur du mari, EMMANUEL GONZALÈS. Prix : 6 fr.
28e série. — L'Homme des bois, ÉLIE BERTHET; En Amérique, en France et ailleurs, OSCAR COMETTANT; Bernard le porteur de terre, Etienne Giraud, MOLÉRI; Les Duels de Valentin, ADRIEN PAUL. Prix : 6 fr.
29e série. — Une Dette de Jeu, Les finesses de d'Argenson, ADRIEN PAUL; La Famille Guillaume, Suzanne, MOLÉRI; Le Gentilhomme verrier, ÉLIE BERTHET; Le Chasseur d'hommes, EMMANUEL GONZALÈS. Prix : 6 fr.
30e série. — Robin Hood, PIERCE EGAN (traduction de Victor Perceval); Marcelline Vauvert, FULGENCE GIRARD. Les Sabotiers de la forêt Noire, ÉMMANUEL GONZALÈS; les Martyrs de la Pologne, LOUIS NOIR. Prix : 6 fr.
32e série. — La Belle argentière, Vte PONSON DU TERRAIL; Les Anabaptistes des Vosges, les Marquards, une Noce dans le Poitou, ALFRED MICHIELS; Sur nos Grèves,

Giulia Falcom, FULGENCE GIRARD. Prix : 6 fr.
33e série. — Le Serment des quatre valets, Vte PONSON DU TERRAIL; Souvenirs d'un simple Zouave, L. NOIR. Prix : 6 fr.
34e série. — La Reine des barricades, PONSON DU TERRAIL; Jeanne de Valbelle; C. BLANC; Les Mémoires d'un Ange, E. GONZALÈS; Les Chasseurs de chamois, A. MICHIELS. Prix : 6 fr.
35e série. — Comment on aime, ÉTIENNE ENAULT; Le Brouillard sanglant, Loris NOIR; Les Sept baisers de Buckingham, E. GONZALÈS et MOLÉRI; Le Curé du Pecq, Jean Lebon, GUSTAVE CHADEUIL. Prix : 6 fr.
36e série. — Jacques la Hache, LOUIS NOIR; Les Petits drames bourgeois, MOLÉRI; La Double vue, ÉLIE BERTHET; Les Trois fiancées, EMMANUEL GONZALÈS. Prix : 6 fr.
37e série. — Le Colon d'Algérie, E. BERTHET; Les Amours du Vert-Galant, la Mignonne du roi, une Princesse russe, le Serment de la veuve, Giangurgolo, Jacqueline, l'Épave, Mes Jardins de Monaco, E. GONZALÈS; La Terre promise, Iambo, un Don Juan sur le retour, Partie et Revanche, MOLÉRI. Prix : 6 fr.
38e série. — Le beau Galaor, Vte PONSON DU TERRAIL; L'Hôtesse du Connétable, E. GONZALÈS; La Contessina, VICTOR PERCEVAL; Le Calvaire des Femmes, M.-L. GAGNEUR. Prix : 6 fr.
39e série. — La seconde jeunesse du roi Henri, PONSON DU TERRAIL; L'Épée de suzanne, E. GONZALÈS, Campagne du Mexique, L. NOIR; les Cycliques, etc. A. VILSORY. Prix : 6 fr.
40e série. — Chroniques de la marine française; République, FULGENCE GIRARD; Contes d'une nuit d'Hiver, ALFRED MICHIELS; Le Dragon rouge, LÉON GOZLAN; la Tour du télégraphe, ÉLIE BERTHET. Prix : 6 fr.
41e série. — Contes des Montagnes, A. MICHIELS; le Faubourg mystérieux, L. GOZLAN, Souvenirs de Fontainebleau, A. LUCHET; Un Mariage sous le Second empire, H. MALOT; Les Prussiens en Alsace-Lorraine, RACD. Prix : 6 fr.
42e série. — Jean Bart et Charles Keyser, — les Grands de Portugal, l'Usurier sentimental, —la plus heureuse des Femmes, —l'École de la vie, DE LA LANDELLE. Prix : 6 fr.
43e série. — Les Drames de l'honneur: —l'Enfant trouvé, — Histoire d'une conscience, — Mademoiselle du Champrosay, ÉTIENNE ENAULT; les Crimes inconnus, E. BERTHET. Prix : 6 fr.
44e série. — Chroniques de la marine française (Empire), FULGENCE GIRARD; Les Muscadins, JULES CLARETIE. Prix : 6 fr.
45e série. — Une Belle-Mère, H. MALOT; Léa, ALFRED ASSOLANT; Le père Brafort, ANDRÉ LÉO; La Conquête de Plassans, ÉMILE ZOLA. Prix : 6 fr.

Deuxième catégorie.

ŒUVRES CHOISIES D'EUGÈNE SUE.

Tome 3e. 1e PARTIE. —Latréaumont.— Jean Cavalier ou les Fanatiques des Cévennes. — Le Colonel de Surville, Godolphin-Arabian. Prix : 4 fr. 50
Tome 2e. 1re PARTIE. —La Salamandre. — Atar-Gul. — Plick et Plok. — La Vigie de Koat-Ven. Prix : 4 fr. 50
Tome 3e. 2e PARTIE. — La Coucaratcha. — Le Commandeur de Malte. — Le Morne-au-Diable. — Les Aventures de Hercule Hardi; Kardiki. Prix : 4 fr. 50

NOUVELLES ET ROMANS CHOISIS D'ÉLIE BERTHET.

Tome 1er. 1re PARTIE. —Le Colporteur le Val d'Andorre, laCroix de l'Affût. — La Maison murée, le Pacte de famine, une Passion, le Dernier alchimiste, la Tour de Zizim, le

Chasseur de marmottes. — Le Roi des ménétriers. — Le Nid de cigognes. — La Mine d'or. Prix : 4 fr. 50
Tome 4er. 2e PARTIE. —L'Étang de Précigny. — Richard le fauconnier, la Ferme de l'Ospitale. — La belle Drapière, le château d'Auvergne. — Le Réfractaire, le Cadet de Normandie. Prix : 4 fr. 50
Tome 2e. 1re PARTIE. — Bastide Rouge, Roche Tremblante. —Mystères de la Famille.— Spectre de Châtillon.— Braconnier, Château de Montbrun. Prix : 4 fr. 50
Tome 2e. 2e PARTIE. —Le dernier Irlandais. —Le Vallon suisse.—Une Maison de Paris. — La Marquise de Norville, la Nièce du Notaire, la Convulsionnaire, le Père Xavier, le Marquis de Beaulieu, les deux Mourants. Prix : 4 fr. 50
Tome 3e. 1re PARTIE. — L'Oiseau du désert, le douanier de Mer, le Juré. Prix : 4 fr. 50

NOUVELLES ET ROMANS CHOISIS D'A. DE LAVERGNE.

Tome 1er, 1re PARTIE. — La Recherche de l'inconnue. — La Famille de Marsal. — L'Ainé de la famille. — Un gentilhomme d'aujourd'hui. Prix : 4 fr. 50

Tome 1er, 2e PARTIE. — La Duchesse de Mazarin — La Circassienne. — La Pension bourgeoise, le Chevalier du silence, le Comte de Mansfeldt, le Secret de la confession. — Le Cadet de famille. Prix : 4 fr. 50

Tome 2e, 1re PARTIE. — La Princesse des Ursins. — Il faut que jeunesse se passe. — Les Trois aveugles, le Dernier seigneur de village. — La Marquise de Contades, le

Livre du mezouar, la Course au clocher, Brancas le Rêveur, — Le Château de la Brosse-Saint-Ouen, la Dernière hymne de Santeuil, Anne d'Arcona, Hannah Glenmore, le Brasero, Prix : 6 fr. 50

Tome 2e, 2e PARTIE. — Le lieutenant Robert. — Ruines historiques de France.—L'Ut de Poitrine.— Pauline Butler, les Suites d'une Passion, la Sainte d'Offémont, le Dernier more de Grenade, la Force, le bourgeois de Bayeux, le jeune Boufflers. Prix : 6 fr. 50

Le Veau d'or, F. SOULIÉ et LÉO LESPÈS. Prix : 6 fr. 50
Esaü le Lépreux, E. GONZALÈS. Prix : 4 fr. 50
Les Géants de la mer, DE LA LANDELLE. Prix : 4 fr. 50

Troisième catégorie.

EUGÈNE SUE. — L'Orgueil, 2 fr. 50. — L'Envie, la Colère, 2 fr. 50.
ELIE BERTHET.—Les Catacombes de Paris, 2 fr. 50.—Les Emigrants, 2 fr. 50. — L'homme des bois, 2 fr. 50. — La Marquise de Norville, la Nièce du Notaire, la Convulsionnaire, le Père Xavier, le Marquis de Beaulieu, les deux Mourants, 2 50.—Le Gentilhomme verrier, 2 50.—le coton d'Algérie, 2 fr. 50.
PAUL FÉVAL.—Les Amours de Paris, 2 fr. 50. — Le Bossu, 2 fr. 50.
DE LA LANDELLE. — La Gorgone, 2 50. — Les Grands de Portugal, l'Usurier sentimental, 2 50.
Vte PONSON DU TERRAIL.—La Jeunesse du roi Henri : La Belle argentière, 2 50; Le Serment des quatre valets, a 50; La Reine des Barricades, 2 fr. 50.
CLÉMENCE ROBERT. — Les Mendiants de Paris, 2 50.
M. MASSON et A. LUCHET. — Thadéus le Ressuscité, 2 fr. 50.
MOLÉRI. — L'Or est une chimère, la Traite des blanches, Sans famille, 2 fr. 50. Les Petits drames bourgeois, 2 fr. 50.
OSCAR COMETTANT. — Le Nouveau monde, 2 fr. 50. — En Amérique, en France et ailleurs, 2 fr. 50
WALTER SCOTT (trad. Victor Perceval). Ivanhoe, 2 fr. 50.

PIERCE EGAN. — Robin Hood, par V. Perceval, 2 fr. 50
E. GONZALÈS.—Chasse urs d'oommes, 2 fr. 50.—Mémoires d'un Ange, 2 fr. 50. — Amours du Vert-Galant, Mignonne du roi, Princesse russe, Serment de la veuve, Giangurgolo, Jacqueline, Epave, Jardins de Monaco, 2 fr. 50.
A. DE LAVERGNE.—Famille de Marsal, 2 fr. 50.—Pension bourgeoise, Chevalier du silence, Comte de Mansfeldt, Secret de la confession, 2 fr.50.Lieutenant Robert, 2 fr.50.
L. NOIR. — Les Martyrs de la Pologne, 2 fr. 50. — Souvenirs d'un simple Zouave, 2 fr. 50 Jacques la Hache,2 fr.50.
M.-L. GAGNEUR. — Le Calvaire des femmes, 2 fr. 50.
FULGENCE GIRARD. — Sur nos Grèves, Giulia Falcone, 2 50. — Chroniques de la marine française (République), 2 50. — Chroniques de la marine française (Empire), 2 50.
ETIENNE ENAULT. — Comment on aime, 2 fr. 50. L'Enfant trouvé, 2 fr. 50.
JULES CLARETIE. — Les Muscadins, 2 fr. 50.
HECTOR MALOT. — Un Mariage sous le second empire, 2 fr. 50. — Une Belle-Mère, 2 fr. 50. — L'Héritage d'Arthur, 2 fr. 50.
ANDRÉ LÉO. — Le Père Brafort, 2 fr. 50. — La grande Illusion des petits bourgeois, 2 fr. 50.

Quatrième catégorie.

ELIE BERTHET. — Le Colporteur, le Val d'Andorre, la Croix de l'affût, 1 fr. 20. — La Maison murée, le Pacte de famine, une Passion, le Dernier alchimiste, la Tour Zizim, le Chasseur de marmottes, 1 fr. 20. — Le Roi des ménétriers, 1 fr. 20. — Le Nid de cigognes, 1 fr. 20. — La Mine d'or, 1 fr. 20. — L'Etang de Précigny, 1 fr. 20. — Richard le fauconnier, la Ferme de l'Oseraie, 1 fr. 20. — La Belle drapière, le Château d'Auvergne, 1 fr. 20. — Le Réfractaire, le Cadet de Normandie, 1 fr. 20. — La Dryade de Clairefont, 1 fr. 20. — La Bastide rouge, la Roche tremblante, 1 fr. 20. — Les Mystères de la famille, 1 fr. 20. — Le Spectre de Châtillon, 1 fr. 20. — Le Braconnier, le Château de Montbrun, 1 fr. 20. — Le dernier Irlandais, 1 fr. 20. — Le Vallon Suisse, 1 fr. 20. — La Maison de Paris, 1 fr. 20. La Double vue, 1 fr. 20. — La Tour du Télégraphe, 1 fr. 20. — L'oiseau du Désert, 1 fr. 20. — Le douanier de Mer, 1 fr. 20. — Le Juré, 1 fr. 20. — Les Crimes inconnus, 1 fr. 20.
EUGÈNE SUE. — La Luxure, la Paresse, 1 fr. 20. — L'Avarice, la Gourmandise, 1 fr. 20.
LÉON GOZLAN. — Le Dragon Rouge, 1 fr. 20. — Le Faubourg mystérieux, 1 fr. 20.
E. GONZALÈS. — Les Frères de la Côte, 1 fr. 20. — La Belle novice, 1 fr. 20. — Les Proscrits de Sicile, 1 fr. 20. — Le Vengeur du mari, 1 fr. 20. — Les Sabotiers de la forêt Noire, 1 fr. 20. — Les sept baisers de Buckingham, 1 fr. 20. — Les Trois fiancées, 1 fr. 20. — L'Hôtesse du connétable, 1 fr. 20. — L'Epée de Suzanne, 1 fr. 20.
A. LUCHET. — Frère et Sœur, 1 fr. 20. — Souvenirs de Fontainebleau, 1 fr. 20.
P. FERNEY.—Herminie Sénéchal, Hélène Raynal, 1 fr. 20.
DE LA LANDELLE. — Une Haine à bord, 1 fr. 20. — Jean Bart et Charles Keyser, 1 fr. 20. — La plus heureuse des femmes, 1 fr. 20. — L'Ecole de la vie, 1 fr. 20.
LÉONIE D'AUNET. — Une Vengeance, 1 fr. 20.
FULGENCE GIRARD.—Un Corsaire sous l'Empire, 1 fr. 20.

— Marcelline Vauvert, 1 fr. 20.
MOLÉRI. — Le Marquis de Monclar ou un Gentilhomme d'autrefois, Madame Leblanc, 1 fr. 20. — Bernard le potier de terre, Etienne Giraud, 1 fr. 20. — La Famille Guillaume, Suzanne, 1 fr. 20. — La Terre promise, Jambo, un Don Juan sur le retour, Partie et Revanche, 1 fr. 20.
ALEXANDRE DE LAVERGNE. — La Recherche de l'inconnu, 1 fr. 20.—L'Ainé de la famille, un Gentilhomme d'aujourd'hui, 1 20.—La Duchesse de Mazarin, 1 20. — La Circassienne, 1 20.—Le Cadet de famille, 1 20. — La Princesse des Ursins, 1 20. — Il faut que jeunesse se passe, 1 20. — Les Trois aveugles, Dernier seigneur de village, 1 20. — La Marquise de Contades, le Livre du mezouar, la Course au clocher, Brancas le Rêveur, 1 fr. 20. — Le Château de la Brosse-Saint-Ouen, la Dernière hymne de Santeuil, Anne d'Arcona, Hannah Glenmore, le Brasero, 1 fr. 20. — Ruines historiques de France, 1 fr. 20. — L'Ut de poitrine, 1 fr. 20. — Pauline Butler, etc., 1 fr. 20.
ALFRED MICHIELS. — Les chasseurs de chamois, 1 20. — Contes d'une nuit d'hiver, 1 20. — Contes des montagnes, — 1 fr. 20.
CASIMIR BLANC. — Jeanne de Valbelle, 1 fr. 20.
LOUIS NOIR. — Le Brouillard sanglant, 1 fr. 20 — Campagne du Mexique, 1 fr. 20.
G. CHADEUIL. — Le Curé du Pecq, Jean Lebon, 1 fr. 20.
V. PERCEVAL. — La Contessina, 1 fr. 20. — L. DESNOYERS et V. PERCEVAL. — Une Femme dangereuse, 1 fr. 20.
Vte PONSON DU TERRAIL. — Le beau Galaor, 1 fr. 20. — La seconde jeunesse du roi Henri, 1 fr. 20.
J.-M. VILBORT. — Les Cyniques, etc., 1 fr. 20.
ETIENNE ENAULT. — Histoire d'une conscience, 1 fr. 20. — Mademoiselle de Champrosay, 1 fr. 20.
ALFRED ASSOLANT. — Léa, 1 fr. 20.
EMILE ZOLA. — La Conquête de Plassans, 1 fr. 20.

Paris.—Imprimerie J. Voisvenel, 14, rue Chauchat.

Ferdinand Fabre.

LES COURBEZON

PREMIÈRE PARTIE.

I

Les Cévennes méridionales, qui s'étendent du col de Narouse au Lozère, encombrent de leurs masses énormes, ici sous le nom de monts de l'Espinouse, plus loin sous le nom de monts Garrigues, tout le nord-ouest du département de l'Hérault. Entre le pic de Caroux dans les monts de l'Espinouse, et le plateau de Larzac dans les monts Garrigues, se développe une succession de hautes collines appelées monts d'Orb, du nom de la rivière d'Orb qui en caresse la base, depuis Notre-Dame d'Antigna-guet jusqu'au hameau de la Trivale. La nature des monts d'Orb diffère absolument de celle des Cévennes proprement dites. Abrités du vent, d'un côté par les murailles granitiques du Caroux, de l'autre par les remparts grave-leux du Larzac, ces mamelons, qui se marchent sur les pieds les uns aux autres, sont, à certains endroits, une manière de serre chaude où cuisent au soleil les fruits les plus sucrés des climats méridionaux. Ainsi, tandis que l'Espinouse recouvre ses pentes abruptes de châtaigniers et de hêtres, que le Larzac prolonge jusque dans l'Aveyron ses landes sauvages clair-semées de genêts et de chênes verts rabougris, les monts d'Orb étalent orgueilleu-sement aux yeux leurs coteaux où verdit la vigne, leurs vallées où mûrissent la figue et l'olive, leurs petites plaines resserrées, où se profilent en ligne droite de longues rangées d'amandiers, de mûriers et de micocouliers.

Dans les replis sinueux des monts d'Orb, bourdonnent, comme autant de ruches d'a-beilles, de nombreux villages, dont toute la fortune dépend de leur plus ou moins bonne exposition au midi. Les vents glacés du Caroux sont un véritable fléau, et pour peu que quelque hameau s'avise de tourner son visage au nord, malheur à lui! S'il est posé sur les collines basses, il pourra peut-être encore, grâce à son éloignement de la grande monta-gne, récolter un peu de vin, de froment, de miel; mais si, comme Serviès, par exemple, il s'accroche aux chaînons même de l'Espinouse, il devra se résigner à vivre de seigle, de châ-taignes et surtout du commerce de ses bes-tiaux. Du reste, le paysan des parties hautes, soumis à une existence plus dure, plus misé-rable, en lutte constante avec les éléments, ne ressemble en rien, par ses mœurs, son attitude, son costume, aux paysans des mamelons voi-sins de la plaine. C'est surtout aux foires de Bédarieux et de Saint-Gervais, deux cantons de l'Hérault enclavés dans les Cévennes méri-dionales, qu'éclate ce singulier contraste de caractères. Tandis que les campagnards de la vallée d'Orb, vêtus proprement de bonne serge ou de velours vert-bouteille, guillerets et bruyants, affluent à Bédarieux avec leurs mu-lets chargés de grains et de fruits, l'habitant des hautes cimes se dirige sur Saint-Gervais, morne, d'un pas lourd, le corps enseveli dans un vêtement étrange de toile de genêt appelé *grisaoudo*, et suivi d'interminables troupeaux de moutons, de chèvres, de bœufs, bêlants et mugissants. A Bédarieux, on trafique, on se gouaillant, de l'amande, de l'olive, du miel, des cocons, du froment, productions naturelles d'un sol aimé du soleil; à Saint-Gervais on vend du bétail; et ici, le marché est plus grave que là, car si l'homme peut abandonner sans regret les fruits de l'arbre qu'il a planté, il ne se sépare pas sans déchirement de la bête qu'il a nourrie : entre le pâtre et son troupeau, n'existe-t-il pas d'ailleurs des sentiments d'affection, d'amour, qui défient toute psychologie ?

Le bétail est là la grande industrie de la partie des monts d'Orb que ravagent les ouragans du Caroux et du Larzac. Les châtaignes et quelques champs de seigle ne pouvant lui suffire, dès longtemps le paysan songea à tirer profit des genêts, des cades, des chênes verts, des taillis de châtaigniers sauvages qui hérissent, çà et là, les friches éternelles de l'Espinouse et des monts Garrigues. Toute l'année, à travers ces immenses solitudes, du levant au couchant et du nord au midi, on entend les bêlements des chèvres et des moutons, les grognements sourds des truies avec leurs marcassins. Ces multitudes innombrables de quadrupèdes, maigres, affamés, conduits par un grand pâtre hâve, au long bâton ferré, en *grisaoudo*, aveuglé pas ses cheveux qui lui retombent sur les yeux en tire-bouchons, s'appellent dans le pays *tarrines*. Rien n'est plus curieux que de voir une *tarrine* de porcs ou de moutons sortir le matin des étables avec son berger en tête, ses *pillards* (1) en flanc et ses chiens-loups en queue. D'abord elle se presse en colonne compacte dans les chemins creux qui mènent aux vastes landes; puis, livrée aux chiens seulement, elle s'éparpille dans les gorges escarpées, au bord des abîmes, dans la plaine infinie, tandis que le berger et ses *pillards*, pour trouver le pain noir du bissac moins dur, font la chasse à la perdrix rouge, au tourde, au lapin...

Le pâtre est un homme considérable dans les Cévennes, car, avant de lui confier la garde d'un grand troupeau, on exige qu'il ait servi au moins cinq ans en qualité de *pillard*, et Dieu sait si les pentes du Caroux, comme celles de Larzac, sont glissantes ! Les femmes surtout comptent avec les bergers, qu'environne

toujours pour elle une vague auréole de sorcellerie. Du reste, soit simplesse native, soit instinct d'avarice, il n'est pas un pâtre cévenol qui n'ait entretenu, à différentes époques de sa vie, quelque commerce secret avec Dieu ou le *Drac* (1), et n'ait reçu d'eux *un remède à tout guérir*. Les populations des Cévennes méridionales, particulièrement celles des monts d'Orb, se souviennent encore du fameux berger Parado, de Valquières, mort depuis quelques années seulement, lequel jouissait du double privilège de relever ses fidèles de la maladie et de leur dévoiler l'avenir. Comme les héros anciens, Parado a déjà toute une légende en Bas-Languedoc.

Les paysans des collines basses des monts d'Orb sont moins accessibles à la superstition que les paysans de la montagne haute, mais ils ont aussi moins de caractère et de véritable grandeur. Le soleil ne s'est pas contenté de chauffer leur terre, il a de plus épanché ses rayons sur leur cerveau et en a absorbé les nuages pleins de poésie qui font de l'homme des plateaux un type à la fois si original et si pittoresque. Entre l'habitant de Serviès, qui n'a jamais couché un provin en terre, et celui de Camplong, qui se grise avec le vin du crû, la distance est incommensurable, quoiqu'ils soient séparés seulement par le bloc granitique de Bataillo. Mais à Camplong comme à Graissessac, deux villages pauvres perdus au fond de ravines noires et profondes, on compte encore plus de châtaigniers que de figuiers et de ceps de vigne. Pour arriver à cette serre chaude cévenole, dont nous parlions tout à l'heure, il nous reste à franchir l'Aire-Raymond, dernière ondulation de terrain qui cache aux yeux la haute vallée d'Orb.

Au sommet de l'Aire-Raymond, deux sentiers s'entre-croisent : l'un se dirige, à droite, vers le bourg de Boussagues; l'autre, à gauche, se précipite par une pente abrupte et pierreuse vers Saint-Xist, le Mas-du-Saule, Frangouille et Sanégra. Ces quatre hameaux, groupés à quelques centaines de pas l'un de l'autre, sont sans contredit, de tous les villages des monts d'Orb, les plus favorisés par l'exposition. Assis à l'entrée de la plaine de Véreille, non loin de la rivière, en plein midi, ils apparaissent mystérieusement voilés, derrière une ceinture transparente d'amandiers, de mûriers, d'oliviers, de frênes. Le vin de Saint-Xist et du Mas-du-Saule a de la réputation dans le pays; on a souvent comparé le miel blanc de Sanégra à celui de Narbonne, et les cocons de Frangouille filent la soie la plus fine, la plus brillante. Ici, la terre n'a pas les teintes noires, l'aspect humide et argileux des zones supérieures; elle est rougeâtre, doré, friable, on la dirait cuite par le soleil. Du reste, le paysan de

<hr>

(1) Dans le Bas-Languedoc, on donne le nom de *pillard* à des garçonnets de dix à quinze ans, que les propriétaires de *tarrines* attachent à titre d'aides à leurs bergers. L'usage laisse au berger le choix libre et exclusif de ses *pillards*; lui-même va les louer en foire, et leur paie de ses deniers la première paire de sabots, signe touchant d'investiture pastorale.

(1) Le *Drac*, le démon.

la haute vallée d'Orb est merveilleusement intelligent : borné dans ses désirs, il se garde fort d'effriter son champ par des cultures trop répétées ; après la récolte, il le laisse se reposer, sans discontinuer de lui prodiguer ses soins. Il sait qu'il tient la poule aux œufs d'or, et, au lieu de l'immoler à son idiote cupidité, comme le grand benêt de la fable, il lui prépare une litière commode et la laisse pondre à loisir ;

II

En 1816, les hameaux de Saint-Xist, de Sanégra, de Frangouille et du Mas-du-Saule, qui forment aujourd'hui, dans le canton de Bédarieux, la paroisse de Saint-Xist, allaient encore à la messe à Boussagues, leur chef-lieu de commune. Vainement les habitants de ces quatre bourgades, que le mauvais temps empêchait souvent de remplir leurs devoirs religieux, avaient-ils fatigué le gouvernement impérial de pétition pour obtenir un curé ; Napoléon, en guerre avec l'Europe, n'avait pu les entendre. Enfin, en 1817, le roi très-chrétien fut touché des sentiments pieux de ces bons paysans, et leur promit d'ériger Saint-Xist en paroisse, si la commune de Boussagues, d'accord avec le département, voulait se charger de bâtir à ses frais une église et un presbytère, le budget du ministère des cultes étant trop obéré pour subvenir à ces dépenses.

Mais alors surgirent de nouvelles difficultés.

Les Boussagois, en majorité dans le conseil municipal, jaloux de conserver tout entière l'espèce de suprématie qu'ils exerçaient depuis la Révolution sur les hameaux environnants, déclarèrent hautement que, loin de voter des fonds pour la construction d'une église et d'un presbytère sur le territoire de Saint-Xist, ils s'opposeraient de toute leur force au morcellement de la paroisse, et qu'eux aussi ils écriraient au roi. Et, après quelques paroles vives du maire Mécanne et une sortie virulente de son neveu Pancol, le plus jeune des conseillers municipaux, on rédigea une longue requête, pleine de considérants embrouillés, à l'effet d'obtenir, dans toute leur intégrité, le maintien des droits de la commune si inopinément menacés.

Quand les conseillers, qui représentaient Saint-Xist, Sanégra, Frangouille, le Mas-du-Saule dans les délibérations de la municipalité de Boussagues, revinrent porteurs de ces fâcheuses nouvelles, il y eut grand bruit parmi les paysans : les femmes s'indignèrent, et les hommes entrèrent en fureur. Un moment, il fut question de saisir les pelles, les pics, les fourches, et de courir au chef-lieu de commune pour y venger d'abord les insultes adressées par Mécanne et son neveu aux mandataires de Saint-Xist, ensuite pour y obtenir de vive force ce qu'on refusait *aux instances* du roi. On en serait probablement venu aux mains et le sang aurait coulé, si Antoine Fumat, de Sanégra, qui avait porté la parole dans le conseil municipal pour annoncer la prochaine division de la paroisse de Boussagues, ne se fût tout à coup interposé. Rien n'est plus terrible, plus effroyable, dans le midi de la France, que ces querelles de village à village : quelqu'un reste toujours sur le carreau. Fumat connaissait ses hommes : aussi se hâta-t-il, quand il vit la colère monter et tout envahir comme une mer, de s'écrier qu'il importait surtout de demeurer en repos, que la violence était le moyen de tout perdre.

— Il faut, ajouta-t-il, puisque la commune refuse toute subvention, aller purement et simplement à Bédarieux, gagner le conseiller général à nos intérêts, et, par lui, demander un secours au département.

Le lendemain, Fumat, avec trois délégués, arriva au chef-lieu du canton, et alla rue de la Digue, chez le conseiller général. Monsieur Castelbon, homme de beaucoup de sens et de piété, était alors investi de ces fonctions pour le canton de Bédarieux. Il écouta avec bienveillance ces braves gens, et leur promit d'appuyer leur demande de toute son influence à la prochaine session. Les paysans rentrèrent chez eux triomphants, et attendirent.

Cependant les semaines, les mois s'écoulaient, et rien n'arrivait de Montpellier. Les habitants des quatre hameaux, préoccupés toujours de leur grand projet, ne comprenant rien à la lenteur avec laquelle sont menées les affaires dans les préfectures, étaient au moment de tenter de nouvelles démarches, quand un lundi, au retour du marché, Antoine Fumat, qui paraissait tenir plus que personne au succès de cette entreprise, apporta de Bédarieux, où il avait revu monsieur Castelbon, une large enveloppe timbrée d'un énorme cachet rouge : le département, prenant en considération la pétition des quatre hameaux, accordait trois mille francs pour la construction d'une église et d'un presbytère dans la paroisse de Saint-Xist.

A cette nouvelle, les paysans ne se tinrent pas de joie. Enfin on aurait un curé à soi, une église à soi, une cloche à soi, un cimetière à soi ! Les femmes caquetèrent toute la nuit, et les vieillards, heureux d'apprendre qu'au lieu d'être enterrés dans un village étranger, ils reposeraient maintenant dans une terre connue, non loin de leurs enfants, de leur maison, de leurs bestiaux, restèrent à table avec les jeunes gens jusqu'au matin à boire à la santé du roi et à celle de monsieur Castelbon. Le dimanche qui suivit la réception de la grande lettre cachetée de rouge, tout le monde courut à Bout-sagues. Mais chacun, en traversant les ruelles sales du bourg, eut un air si hautain, si triomphant, que les Boussagols effrayés, se croyant vaincus dans la lutte, — ils n'avaient reçu aucune réponse à leur requête compliquée, — se ruèrent en grand tumulte à la mairie. Mécanne somma le conseiller de Sanégra de s'expliquer sur ses sourdes menées, qui ne tendaient à rien moins, disait-il, qu'à faire de la commune deux camps ennemis. Fumat exhiba solennellement la lettre du préfet et la présenta au maire.

Mécanne, incapable de la lire, passa la lettre au secrétaire, qui la déchiffra comme il put à haute voix.

— Tout cela ne signifie rien, dit le maire. Si le conseil général avait pris une pareille dé-cision, j'en aurais été informé. On ne peut pas dépouiller *ma* commune sans me prévenir, que diable !

— On ne dépouille pas *ta* commune, Dieu me sauve ! répondit le Sanégrol ; nous voulons non une mairie, mais une église.

— Aujourd'hui c'est ceci, demain ce sera cela, reprit Mécanne. — Messieurs, ajouta-t-il, s'adressant aux conseillers, prenons immédiate-ment une délibération pour nous opposer à toute scission entre Saint-Xiste, Sanégra, Fran-gouille, le Mas-du-Saule et Boussagues.

Quand le secrétaire, au milieu du bruit, eut barbouillé cette délibération, Pancol prit la parole :

— Messieurs, dit-il, signez et soyez sans crainte : on ne réussira pas à hacher la com-mune comme ça par menus morceaux. Oh ! laissez *l'Avocat*, — on surnommait ainsi Fumat dans le pays, — faire de l'embarras ; nous avons, nous aussi, des Castelbon dans notre manche, et nous saurons, quand il faudra, les mettre en campagne. Du reste, comme vous le dit mon oncle, ils demandent une église aujour-d'hui pour avoir demain une mairie.

— Et quand cela serait, *Sanglier* ! riposta le paysan de Sanégra, se retournant indigné vers Pancol et lui jetant aussi son surnom à la tête.

— Voyez-vous ! voyez-vous ! s'écria le neveu du maire furieux, ils veulent tout à fait se gou-verner eux-mêmes ; cela ne sera pas, je vous le jure, moi !...

— Je vous répète à tous, reprit l'Avocat, qu'il s'agit présentement d'une nouvelle pa-roisse et non d'une nouvelle commune.

— Est-ce toi par hasard qui serais maire, Fumat, si jamais tu obtenais une mairie ? demanda Mécanne avec un grand air dédai-gneux.

— Tiens, et pourquoi pas ? tu l'es bien, toi !...

— Oh ! moi, c'est différent !... Comment mènerais-tu tes écritures, toi, par exemple ? A

peine si tu peux signer ton nom avec tes doigts roides comme des baguettes de tambour.

— En effet, je ne suis pas un fameux *écri-vain*, dit ironiquement Fumat ; mais toi qui en parles avec tant de superbe, Mécanne, je vou-drais bien lire tant seulement une ligne de ton écriture. Vois-tu, toute la différence qu'il y a entre nous, à l'endroit de notre science, c'est que moi, je ne sais pas écrire, et que le secré-taire de la mairie, ici présent, écrit pour toi.

Le maire devint pourpre de colère ; mais il dévora silencieusement cet affront, n'osant se chamailler plus longtemps avec un homme capable de lui tenir tête et de le couvrir de ridicule devant tout le conseil municipal assem-blé.

— Enfin, continua Pancol, dont le regard troublé trahissait la grande agitation, tant que nous n'avons pas entendu votre cloche, vous n'avez pas le droit de chanter si haut. Nous partirons ce soir, mon oncle et moi, pour Montpellier, et nous verrons bien si monsieur le préfet persiste à vous allouer trois mille francs.

— Et à quelle heure comptez-vous partir ? demanda sournoisement le Sanégrol.

— Pourquoi ? dit Mécanne.

— Tout simplement parce que la route est longue, et qu'on la trouve moins ennuyeuse, quand on la fait avec des amis.

— Tu veux donc aussi aller à Montpellier, toi ?

— Sans doute : ne faut-il pas que je vienne prêcher pour ma paroisse ?

— Nous partirons quand il nous plaira ! s'écria Pancol faisant à Fumat un geste mena-çant.

— Eh ! Dieu me sauve ! dit le Sanégrol, ne montre pas ainsi tes poings, Sanglier ; les che-mins sont larges, et nous pourrons y passer sans nous heurter les coudes, si tu crains que les miens ne te gênent.

Le ton brusque dont Fumat prononça ces paroles lancées à Pancol à bout portant, et le regard féroce que celui-ci jeta au Sanégrol au moment où il se retirait, annonçaient entre ces deux hommes quelque motif secret d'inimitié. Déjà, dès l'ouverture de la séance du conseil municipal, l'attitude sombre du Sanglier, ses mouvements d'impatience, ses grognements sourds, toutes les fois que Fumat essayait de parler, avaient suffisamment témoigné de ses mauvaises dispositions à l'égard de l'Avocat ; mais après ce coup d'œil foudroyant, on ne pouvait plus en douter : il le haïssait ! La haine du reste ne se trahissait pas seulement chez Pancol dans les gestes et dans les regards ; elle éclatait sur tous les traits de son visage hideu-sement contractés. Il existe des individus qu'on ne peut voir sans les comparer aussitôt à cer-tains animaux féroces, et c'est probablement cette observation qui jusqu'à cette heure a empéché les naturalistes, ces profonds railleurs, d'arracher l'homme au règne animal, auquel il est humilié d'appartenir, pour le classer dans un règne tout à fait à part, le règne humain ! Ainsi, en analysant la grosse tête déprimée vers les tempes du jeune Boussagol ; en examinant tour à tour ses cheveux noirs, crépus, hérissés, recouvrant un front étroit et dur, ses petits yeux porcins, son nez épaté, mais long et fendu de haut en bas par une ligne médiane très-apparente, ses lèvres lippues qu'une dentition irrégulière et menaçante projetait en avant ; en s'arrêtant un peu à sa démarche lourde et lentement rhythmée, il était impossible de ne pas reconnaître toute l'allure du sanglier. Évidemment les paysans, qui font de l'anatomie comparée sans le savoir, en désignant Pancol du nom de cet animal, avaient donné la synthèse de cet homme.

Qu'on se figure maintenant le jeune conseiller en colère. Au repos, il était déjà effrayant par certaines attitudes animalesques qui lui paraissaient naturelles ; mais quand la rage lui enflammait le sang, ses yeux devenaient rouges, il grognait au lieu d'articuler, et, se pliant par un mouvement involontaire, il portait en avant ses larges épaules : c'était bien alors le sanglier prêt à donner de ses défenses dans la poitrine du chasseur. Aussi, dès que Fumat fut sorti, les conseillers, redoutant quelque malheur pour lui, essayèrent-ils de calmer le neveu du maire.

— Eh ! bon Dieu ! finit par dire Mécanne, tu te montes bien pour cette église ! Qu'est-ce que cela te fait après tout qu'Antoine Fumat ait un curé et aille à confesse ? Pour moi, j'ai l'air d'être en colère, mais au fond je suis tranquille comme l'huile dans sa jarre, et désormais je me lave les mains de cette affaire comme Pilate.

— Dieu me damne ! tu sais bien, mon oncle, que j'en ai un raison et une bonne ! bredouilla le Sanglier, dont les lèvres contractées eurent de la peine à se rejoindre pour articuler ces mots.

Pancol disait vrai ; sa haine pour Fumat avait une raison qui le touchait aux fibres les plus délicates et les plus profondes de son être. Nous devons, pour l'intelligence complète de cette histoire, faire connaître cette raison au lecteur.

III

Justin Pancol, surnommé le Sanglier, était fils unique de Thomas Pancol, un vieux paysan madré qui avait acheté des biens nationaux pour un morceau de pain, et était mort en 1803, laissant à sa veuve une vingtaine de mille francs en prairies, en vignes, en châtaigneraies. La Pancole, ambitieuse comme tous les Mécanne, — elle était sœur du maire, — ne s'apercevant guère que son enfant était un monstre duquel on ne pourrait jamais rien tirer de bon, auquel surtout on ne pourrait rien enseigner, le plaça au collège de Bédarieux. Elle voulait l'y faire dégrossir pour l'envoyer, les vacances venues, à Saint-Xist, chez sa sœur la Sévérague ; car sa sœur cadette, Marianne Mécanne avait épousé Martin Sévérac, le plus riche cultivateur de Saint-Xist, et se trouvait veuve comme elle depuis plusieurs années. Certes, en rêvant d'adresser Pancolou à Marianne, la Boussagole ne perdait pas la tête : elle nourrissait le vague espoir que la Sévérague, charmée d'un neveu si bien éduqué, penserait à lui accorder la main de Cécile, sa fille, en ce moment au couvent des sœurs de Sainte-Croix, à Bédarieux. Cécile Sévérac, ou mieux Séveraguette, aurait à la mort de sa mère au moins quarante mille francs de biens au soleil, sans compter tout l'argent accumulé par Martin Sévérac et sa femme depuis leur mariage, et dont le chiffre était inconnu. Les quarante mille francs de Saint-Xist, pour ne parler que des biens-fonds, ajoutés aux vingt mille de Boussagues, devaient, dans l'esprit de la Pancole, constituer un assez joli butin, et le Sanglier pourrait un jour, à la barbe des jaloux, se promener dans le pays une canne à la main, comme monsieur le curé ou messieurs les fabricants de drap de Bédarieux.

Un matin donc, la Boussagole parcourait en imagination les bois, les châtaigneraies, les olivettes, les vignes de sa sœur, devenus désormais pour elle la propriété de son fils, quand elle vit son gros Justin poindre en chair et en os sur le seuil de sa porte.

— Eh bien, où vas-tu comme çà ! lui demanda-t-elle alarmée ; pourquoi n'es-tu pas au collège à cette heure ?

— Je n'en veux plus de ton collège ! autant une cage que ces petites cours ; j'aime d'aller par les champs, moi !

— Mais, mon enfant, ta cousine Cécile est est bien au couvent, elle ! L'éducation...

— Je te dis que j'en ai assez comme cela de ton collège, interrompit Pancol ; d'ailleurs, si tu veux le savoir, on m'a flanqué à la porte.

— A la porte ! Qu'as-tu donc fait, malheureux ?

— J'ai donné une taloche à mon professeur, pardi !

Il ne fallait pas songer à renvoyer le Sanglier à Bédarieux. Ne pouvant le décider à partir pour le collège de Lodève, la Pancole, après en avoir toutefois conféré avec son frère le maire, se résigna à le garder chez elle, à Boussagues. Mais Justin ne pouvait piocher la terre comme son père Thomas : il importait, s'il voulait plaire à sa cousine, qu'il ne se durcît pas les mains au labour, et que le soleil ne lui hâlât point trop le visage. Sa mère donc, tout en succombant à la peine, ne lui permit de toucher ni à un pic, ni à une faux. En vain, le Sanglier, que le rude travail des champs sollicitait, — il y eût trouvé un dérivatif à son énergie chaque jour plus intense, — rôda-t-il comme une âme en peine dans les prés, les châtaigneraies, cherchant un coin de muraille effondrée à relever ou quelques arbres à élaguer: la vanité de la Boussagole ayant tout prévu, il ne restait rien à faire. Cette malheureuse femme, aveuglée par l'amour-propre, tout aise quand elle s'entendait rire : *Pancolou est un monsieur!* ne lui aurait pas laissé donner un coup de pioche, au risque d'expirer sur place en le donnant elle-même. En se tuant pour son enfant, la Pancole ne lui demandait, pour être satisfaite, que de le voir mollement assis à l'ombre des arbres, tandis qu'elle trimait au soleil. La pensée que Justin conservait sa peau blanche lui enlevait le sentiment de ses fatigues. La sueur qui l'inondait lui était un rafraîchissement.

L'ambition rendait cette paysanne sublime. Du reste, dans cette famille des Mécanne, l'ambition était héréditaire, et son organisation nerveuse portait la Pancole à exagérer encore cette passion. Cette femme désirait avec acharnement. On ne saurait croire à quel degré d'intensité arrivent les sentiments, les idées chez les paysans ; on dirait que cette intensité est en raison directe de leur rareté. La Pancole était ambitieuse pour son fils, elle n'était que cela. Jusqu'au jour où elle entrevit l'espoir de faire épouser Sévéraguette à Justin, elle s'était sentie humiliée de l'entendre, encore tout enfant, appeler Sanglier dans le village; mais maintenant, se croyant sûre de voir Pancolou l'un des plus riches propriétaires de Boussagues, ce mot de Sanglier ne lui déchirait plus les oreilles : son orgueil blessé devait être un jour grandement vengé!

Justin n'eut pas de peine à réprimer les instincts brutaux qui le poussaient vers les durs travaux de la campagne, et bientôt il fut tel que sa mère l'avait voulu, le plus grand fainéant du pays. Mais, comme l'exige la sagesse des nations, qui a fait de l'oisiveté la mère de tous les vices, les vices en foule vinrent s'abattre sur le Sanglier. Las de promener sa canne dans les ruelles désertes de son village, où personne ne pouvait la voir, d'aller en belle redingote de drap à Bédarieux, où personne ne le remarquait, trop grossier du reste pour savourer les jouissances d'amour-propre auxquelles sa mère se montrait si sensible, il trouva un jour plus commode et plus profitable de s'atteler dans les cabarets pour y boire ou pour y jouer. En vain la malheureuse Pancole, qui n'avait pas prévu ce résultat en faisant un *monsieur* de son cher Justin, quand il arrivait

le soir, ivre-mort et les habits en désordre, pleura, cria, se désespéra ; le Sanglier n'entendit rien. Ayant trouvé une pente à l'activité qu'on ne lui avait pas permis de dépenser utilement, il devait la suivre, sans se retourner, jusqu'à la ruine ou jusqu'à la mort.

Cette vie sans frein à laquelle Pancol paraissait à jamais s'être abandonné, malgré les réprimandes de la pauvre Boussagole, qui recevait souvent des coups en retour, dura jusque vers le commencement de l'année 1816. A cette époque, les vingt mille francs de prairies, de vignes, de châtaigneraies, se trouvant hypothéqués en grande partie, Justin fut obligé de faire une halte au milieu de sa soif inextinguible. Sa mère, le voyant rentrer sombre, taciturne, mais dans un état lucide, chercha à le circonvenir par toutes sortes de caresses, de douces paroles, de chatteries...

— Eh bien, que me veux-tu avec toutes tes simagrées, toi ? demanda-t-il brutalement.

— Si tu n'épouses pas Cécile, nous sommes perdus, mon bon Pancolou, dit la vieille, les yeux pleins de larmes. D'un jour à l'autre nous risquons d'être expropriés par ce grippe-sou de Vernoubret et de voir vendre nos meubles sur la place. Hélas ! tu as tout mangé.

— A toi la faute, Dieu me damne ! Pourquoi vouloir faire de moi un *ci-devant* ? J'ai tout fricoté ? tant pis ! Attrape le reste!

— Mais à Saint-Xist, on ignore encore notre ruine, mon petit, et si nous y allions, peut-être Marianne t'accorderait-elle Cécile ?

— A moi ! fit le Sanglier, promenant un regard méprisant sur toute sa personne ; c'est impossible, je ne l'aurai pas.

— Je te dis, moi, que tu l'auras ? s'écria la vieille Boussagole, dont le regard étincela d'espérance et de rage. Je me charge de Marianne, c'est une bonne bête; tu peux bien te charger de la petite, toi.

— Oh ! s'il ne s'agit que d'ensorceler la cousine pour sortir d'embarras, dit Pancol redressant fièrement le collet de son habit et regardant avec complaisance son long museau dans le miroir, partons, la mère, je suis ton homme!

La Sévérague était une petite femme maigre et chétive ; retenue à Saint-Xist par une maladie de cœur, qui lui rendait toute fatigue insupportable, elle n'était pas allée à Boussague depuis plusieurs années, et ne savait rien des affaires de sa sœur pas plus que de la vie de Justin. En voyant tout à coup paraître la Pancole et son fils, un sourire de contentement plissa la figure boursouflée de la malade ; elle se leva du vaste fauteuil où elle se tenait ordinairement enfoncée, tendit la main à sa sœur et embrassa son neveu. « Justin, dit-elle, descends au jardin et appelle Cécile ; elle sera bien heureuse de vous voir, car elle vous connaît à peine; vous êtes si rares chez nous ! »

Pendant que le Sanglier, en deux bonds, descendait le perron, la Boussagole, qui n'y allait pas par quatre chemins, demandait brusquement à sa sœur la main de sa fille pour Pancolou. A cette demande à brûle-pourpoint, la Sévérague épouvantée ne sut que répondre. « Nous verrons, balbutia-t-elle. Antoine Fumat, de Sanégra, m'a fait parler aussi ; mais rien n'est décidé ; nous verrons. » En ce moment d'embarras suprême pour les deux sœurs, Sévéraguette et Justin entrèrent. En *monsieur* bien élevé, le Sanglier avait offert son bras à sa cousine. « N'est-ce pas, dit la Pancole, profitant de cette circonstance et montrant les deux jeunes gens, n'est-ce pas, Marianne, que ça serait un joli couple ? Enfin nous en parlerons... » Cécile, devinant les intentions de sa tante, se troubla, devint rouge comme une cerise, et laissa aller le bras de son cousin. Cette journée, du reste, se passa sans autre incident. Seulement, la vieille Boussagole trouva mille choses charmantes à dire à sa nièce, tandis qu'à son grand désespoir, Pancolou, assis dans un coin, immobile, ses petits yeux gris attachés sur sa cousine, restait muet, comme abîmé dans une contemplation stupide.

Le soir, en retournant à Boussagues, Justin ne cessait de se marteler la tête de grands coups de poings.

— Qu'as-tu donc ? finit par lui demander sa mère.

— Ce que j'ai ? ce que j'ai ? laisse-moi tranquille, toi... Ah ! tiens, Pancole, ajouta-t-il d'un accent de voix affectueux, je ne comprends pas ce qui se passe en moi, mais depuis que j'ai vu Cécile, quelque chose me serre l'estomac... Sais-tu qu'elle est furieusement belle, la Sévéraguette ?

— *Mâtine* ! te voilà pris, mon bon Justin, dit la vieille radieuse. A la bonne heure ! nous sommes sauvés ! J'ai déjà entamé ton affaire, va !... Il y a bien Antoine Fumat qui flaire la petite, mais on lui fermera la porte au nez, à ce vieux de quarante ans. Puisque tu l'aimes, Cécile sera ta femme.

— Ah ! oui, elle sera ta femme, soupira le Sanglier, dont la prunelle s'éclaira d'une lueur sombre ; car si l'Avocat me la disputait, Dieu me damne ! je lui briserais les os comme cela.

Et il fit voler en éclats, la pliant sous son genou, sa magnifique canne de buis à tête sculptée.

L'amour avait mordu Pancol au cœur, et ses premiers transports firent éprouver à cet homme grossier des délices qu'on ne l'eût jamais cru capable de connaître. A la grande joie de sa mère, après cinq ou six voyages à Saint-Xist, où il était bien accueilli, il se transforma complètement. Fuyant les cabarets, il suivit la Pancole aux champs, pouvant enfin s'escrimer librement de la pioche, travailla avec fureur, avec rage. Il fit tant qu'en trois mois son pauvre bien changea absolument de face. Les murailles ruinées de toutes parts furent rebâties, les châtaigniers débarrassés de leur bois mort, et les fossés des prairies, comblés par des éboulements successifs, creusés à nouveau. On ne saurait croire quelle énergie la passion développa tout à coup dans cet homme, jusque-là, brutal, insouciant et paresseux. Son oncle Mécanne, qui l'avait depuis longtemps délaissé, touché de ses efforts, revint à lui, lui prêta deux mille francs, et lui promit solennellement d'aller lui-même à Saint-Xist presser sa sœur Marianne de lui accorder Sévéraguette.

Le maire, — le grand homme de la famille des Mécanne, — se portant garant pour son neveu, la Sévérague n'opposa aucune objection à une volonté si haute, et, comme Cécile devait en tout point obéir à sa mère, le mariage fut à peu près conclu. Malheureusement, sur ces entrefaites, Marianne Sévérac mourut. La Pancole, toujours à l'affût de la fortune de sa nièce, vola auprès d'elle, et, sans y être invitée, s'installa à Saint-Xist, prétextant qu'elle ne pouvait laisser Sévéraguette seule dans cette grande maison où étaient morts tous ses parents. Aimant médiocrement sa tante, dont la tendresse subite lui paraissait surprenante, Cécile se serait fort bien passée d'elle ; néanmoins, elle lui fit accueil, et ne lui donna aucun motif de soupçonner qu'elle ne fût pas entièrement décidée à épouser Justin. Seulement, toutes les fois que la Pancole amenait insidieusement la conversation sur son prochain mariage, la jeune orpheline rougissait, s'embarrassait, baissait la tête, répondait qu'elle suivrait la volonté de Dieu, mais qu'il fallait, avant de songer à sa noce, laisser au moins s'écouler le temps du deuil de sa mère.

Malgré les instances de la Pancole, le Sanglier n'osa pas s'établir, lui aussi, chez sa cousine. Il demeurait toujours à Boussagues, se contentant de venir chaque soir à Saint-Xist pour courtiser *sa promise*. Un jour donc il descendait allégrement la colline de l'Aire-Raymond, quand, arrivé tout à fait au bas, à quelques pas du Mas-du-Saule, il lui sembla soudain entendre la voix de Cécile. Pancol, dont le cœur battait haut dans sa poitrine, promena un regard inquiet sur la plaine ; mais il ne vit personne. Il allait continuer son chemin, lorsque Sévéraguette se dressa tout à coup sur la crête d'une muraille et l'appela naïvement. Le Sanglier accourut !... Quel ne fut par son désappointement en se trouvant en face d'Antoine Fumat, occupé, en cet endroit, à faucher un coin de prairie. Justin devint pâle comme l'écorce du bouleau, ses dents claquèrent de rage entre ses mâchoires convulsées, et, sans articuler une parole, il reprit comme un insensé le chemin de Saint-Xist.

Cette nuit-là, il rentra à Boussagues, inquiet, sombre, furibond. Il ne se dissimulait pas que la situation de l'Avocat convenait mieux à Sévéraguette que la sienne. Fumat d'ailleurs, sans compter un bien évalué à une trentaine de mille francs, limitrophe de celui de Cécile, avait de plus une figure fine, allongée, intelligente, régulière. On le disait maladif et plein d'humeurs malsaines; mais il était mince, pâle, délicat, et n'avait pas été, comme lui, pauvre Sanglier, équarri dans un tronc de chêne à grands coups de hache. Une seule chose peut-être, si le Sanégrol aspirait toujours à la main de Cécile, militerait en faveur de Justin : l'Avocat, quoique sans enfants, était veuf d'un premier mariage et sonnait la quarantaine, tandis que lui, Pancol, comptait à peine vingt-sept ans. Mais peut-être Sévéraguette, élevée dans un couvent, aimait-elle les grandeurs, et Fumat était conseiller ! Le Boussagol et sa mère, épouvantés à cette idée, voulant prévenir toute hésitation de la part de l'orpheline, allèrent sur le coup trouver Mécanne pour lui soumettre le cas. « Ce n'est que cela ! dit le maire; eh bien, avant un mois, nous avons les élections, et tu seras conseiller, je t'en donne ma parole d'honneur !

En effet, au mois de juillet 1817, Justin Pancol devint le collègue d'Antoine Fumat à la mairie de Boussagues.

Désormais, les dettes de Justin était parfaitement inconnues de Cécile, à part la question des agréments physiques, la partie était à peu près égale entre le Sanglier et l'Avocat. Justin avait même un avantage sur son rival : c'était d'habiter Boussagues, siège de sa paroisse ; car sa cousine, très-pieuse, souffrait horriblement de ne pouvoir, le soir, le matin, à toute heure de la journée, aller prier à l'église. Le Boussagol en était donc à se frotter les mains de satisfaction, en jugeant qu'il avait ville gagnée, quand le Sanégrol, soulevant les quatre hameaux et faisant signer des pétitions à tous les paysans, raviva la question de la division de la paroisse de Boussagues, abandonnée depuis plus de trois ans, et obtint enfin, par ses intrigues, son acharnement, le droit de bâtir une église et un presbytère sur le territoire de Saint-Xist.

IV

Le soir même de la séance orageuse du conseil municipal rapportée plus haut, Fumat, de son côté, et Pancol, accompagné de son oncle, de l'autre, partirent pour Montpellier. Le conseiller de Sanégra passa par Lodève, tandis que Mécanne et son neveu prirent la route de Clermont-l'Hérault. Le préfet les reçut tous trois à la même audience, et malgré l'écharpe du maire, — Mécanne avait arboré ses nobles insignes, espérant produire un grand effet à la préfecture, — les trois mille francs affectés par le conseil général à la construction de l'église et du presbytère de Saint-Xist furent maintenus.

— Eh bien ! dit l'Avocat d'un ton goguenard, s'adressant à Pancol qui sortait avec son oncle du cabinet du préfet, crois-tu que tu entendras notre cloche maintenant ?

— Dieu me damne ! elle n'est pas encore en branle, votre cloche ; nous verrons bien !

Et il s'éloigna brusquement, entraînant Mécanne tout consterné de son échec.

De retour à Sanégra, Fumat fut fêté. Chacun des quatre hameaux, voulant savoir des nouvelles, pria à son tour le conseiller municipal à dîner. Partout on parla beaucoup de l'église, dont il faudrait bientôt poser la première pierre, et tout le monde supplia l'Avocat, maintenant la forte tête du pays, de hâter le jour d'une solennité qui devait si fort humilier les Boussagols. Du reste, excepté pour les baptêmes, les mariages, les enterrements, actes religieux qui obligent les fidèles à recourir au curé de leur paroisse, les paysans de Saint-Xist, de Frangouille, de Sanégra et du Mas-du-Saule ne parurent plus désormais à Boussagues. En attendant le curé promis par Louis XVIII, ils allaient entendre la messe à Bédarieux, à Saint-Martin d'Orb, à Camplong, partout en un mot, excepté chez eux.

Cependant, au moment d'envoyer quérir un architecte au canton pour dresser le plan des bâtisses à effectuer, une grave question se présenta : où bâtirait-on l'église et le presbytère? Serait-ce à Saint-Xist ou bien à Sanégra? à Frangouille ou bien au Mas-du-Saule? Fumat, qui jusqu'ici avait appelé la nouvelle paroisse: *Paroisse de Saint-Xist*, n'aurait pas voulu se démentir au moment suprême. Pourtant, dans la lettre du ministre, comme dans celle du préfet, les quatre hameaux étaient nommés sans qu'on parût accorder la préférence à aucun. Le Sanégrol pensa à Sévéraguette et décida que le presbytère et l'église seraient bâtis non loin de la maison de Cécile, tout le monde dût-il s'y opposer. Certes, il lui fut pénible de déshériter Sanégra où il demeurait et où il eût fait, dans les longues soirées d'hiver, sa partie d'écarté avec le nouveau curé. Mais, après tout, que lui importait Sanégra ! Quand il serait le mari de Sévéraguette, ne pourrait-il pas habiter la maison de sa femme, plus grande, plus commode que la sienne? Donc, complétement résolu à immoler à ses espérances intimes les prétentions de Frangouille, du Mas-du-Saule, même de Sanégra, — ce qui serait très-habile ! — il prévint les habitants de la nouvelle paroisse qu'on se réunirait, le dimanche suivant, aux ruines du château pour y traiter définitivement de la construction de l'église et du presbytère.

Le château de Saint-Xist, incendié en 1791 par la société populaire de Bédarieux, s'élevait aux bords du ruisseau de Pierre-Brune, sur le flanc pelé d'une colline rougeâtre couronnée de châtaigniers, entre Saint-Xist et Sanégra. C'est aujourd'hui une magnifique ruine pleine de physionomie. Les créneaux noircis de ce vieux manoir démantelé dominent encore la vaste plaine de Véreille, et donnent à ce coin de terre un peu nu un aspect grandiose et solennel. Ce fut au milieu de ces antiques murailles que Fumat assigna un rendez-vous aux paysans.

Dès midi, les ruines furent littéralement encombrées. Personne ne manqua à cette réunion décisive. Les femmes, desquelles on aurait bien pu se passer, étaient accourues avec leurs enfants. Sévéraguette elle-même, avec sa tante, se montrait au milieu de la foule. On remarquait aussi, dans quelques groupes tumultueux, des Boussagols et des campagnards des villages voisins. L'Avocat, se levant au milieu du plus religieux silence, exposa en peu de mots la situation. Il dit que le roi et monsieur le préfet baptisaient tous deux la nouvelle paroisse du nom de *** *sse de Saint-Xist*, considérant Frangoui* ***as-du-Saule, Sanégra comme des ann***

— Ce serait donc, ajouta-t-il, ***béir au roi et s'exposer à le faire revenir sur sa promesse, que d'élever la moindre contestation au sujet de l'endroit où doivent être bâtis l'église et le presbytère. Il faut s'incliner devant les volontés absolues du roi et du département, et fixer à Saint-Xist le siége de la paroisse.

Ce discours net, précis, fut accueilli par une consternation à peu près générale : chacun des hameaux s'était attendu à posséder le curé chez soi. Sauf des habitants de Saint-Xist, qui battirent des mains et poussèrent quelques cris de : *Vive le roi !* tous les assistants restèrent dans une attitude morne, glacée. Les Boussagols, et parmi eux le Sanglier, acharnés de ces mauvaises dispositions et tout prêts à en profiter pour faire un mauvais parti à l'Avocat, essayèrent d'exciter les mécontents par des murmures sourds et par le sifflement de leurs bâtons qu'ils agitaient en moulinet au-dessus de leurs têtes. Mais Fumat, debout sur un pan de muraille, ayant aperçu les fauteurs du désordre, s'écria plein d'indignation.

— Mes amis, des hommes sont venus ici pour fomenter la dispute ; je vous les dénonce, ce sont des Boussagols ! Jaloux de notre réussite en cette affaire, ils sont déterminés à tout pour entraver la volonté du roi, et essayent à cette heure même de nous désunir... Dis-moi, Pancol, qui t'a invité à dévaler jusqu'au château ?... Faites attention, vous autres ! je vous signale le Sanglier comme l'ennemi le plus acharné de nos projets. On dirait qu'il a juré de nous faire revenir à Boussagues pour y entendre la messe.

Eh bien ! non, on ne nous y verra plus, Dieu me sauve ! dans votre trou. Puisqu'il y a des Boussagols ici, qu'ils le sachent, nous ne voulons plus de leur pays pour rien, mais, là, pour rien ! Nous sommes las de traverser l'Aire-Raymond par la neige et le givre, pour aller prier le bon Dieu au bout du monde. Nous voulons une église et nous l'aurons ! Puisque le roi et ses ministres l'ordonnent, notre église sera donc bâtie à Saint-Xist, et, dût-on en crever d'envie à Boussagues, on entendra bientôt notre cloche. Cécile Sévérac, cette sainte orpheline que nous aimons tous, m'a promis hier d'acheter cette cloche à ses frais...

Fumat s'interrompit à dessein, et tous les regards se tournèrent vers Sévéraguette.

— Eh bien, quoi ! reprit le Sanégrol, vous avez l'air tout étonné vous autres, là-bas !... Ah ! m'est avis que vous êtes de fameux *Nicodèmes*, par exemple !... Voilà je ne sais combien d'années que je chemine sans fin pour aller entendre un bout de messe, et aujourd'hui vous faites la mine parce qu'il vous faudra seulement passer le ruisseau de Pierre-Brune ! Mon Dieu, si vous ne tenez pas à avoir un curé pour la première communion de vos enfants, pour vous visiter quand vous êtes malades, pour vous administrer quand vous trépassez, n'en parlons plus. Vous voudriez tous avoir l'église ? Mais il en faudrait quatre alors ! Est-ce que je la demande pour Sanégra, moi ? Voyons, que décidons-nous ?... Dois-je répondre au roi que nous n'avons nullement besoin de curé, et au préfet qu'il garde ses trois mille francs ?

— Non ! non ! s'écria spontanément toute la foule.

— Alors, vous consentez à ce qu'on bâtisse l'église et le presbytère à Saint-Xist ?

— Oui ! oui !

— Bon ; mais à présent que cette question est résolue, il s'en présente une autre, continua le conseiller municipal. Trois mille francs, vous le comprenez parfaitement, ne suffiront pas pour construire une église avec clocher et un presbytère convenable. Je vais donc passer parmi vous, et chacun notera sur ce cahier ce qu'il compte donner soit en argent, soit en nature, c'est-à-dire en journées d'hommes ou de chevaux. Pour moi, ajouta-t-il, regardant fièrement Cécile, je m'inscris en tête de la liste pour cent francs !

Fumat descendit de la muraille où il se tenait perché, se disposant à parcourir les rangs, quand un petit homme, dont les habits tachés de chaux annonçaient un maçon, l'arrêta brusquement et l'entretint quelques minutes, lui montrant de la main les ruines d'une vieille église et d'un vieux couvent de Récollets, situées à quelques pas du château.

L'Avocat, après avoir attentivement écouté le maçon, reprit :

— Je crois, mes amis, que je n'aurai pas besoin de faire de collecte. Clavel, de Camplong, vient de me donner une excellente idée. L'église et le presbytère sont bâtis, les voilà ! — Il désigna d'un geste le cloître et la chapelle des Récollets. — Clavel m'assura qu'avec trois mille francs, il se chargerait d'arranger tout cela comme un papier de musique. Il est de fait que les murailles des Récollets sont très-solides. Il faudra seulement remplacer quelques pierres pour avoir une église superbe et abattre quelques cloisons pour obtenir un magnifique presbytère. Du reste, les Récollets étant à vingt-cinq pas de Saint-Xist, la volonté du roi restera obéie. Êtes-vous tous de l'avis de Clavel ? Voulez-vous avec l'argent du gouvernement, recrépir ces vieux murs, ou préférez-vous dégainer chacun une certaine somme pour bâtir une église et une cure entièrement neuves ?

Les paysans, qui ne voient jamais, sans un profond déchirement de cœur, une pièce de cinq francs déserter leur gousset, s'écrièrent avec enthousiasme :

— Arrangeons les Récollets ! arrangeons les Récollets !

Le lendemain, lundi, avant d'aller au marché de Bédarieux, Fumat et Clavel, suivis de quelques autres paysans, les plus considérables des quatre hameaux, se promenèrent longtemps à travers les ruines de l'ancien couvent, sondant les murailles, les voûtes, les planchers. Les Récollets pouvaient être facilement remis en état. Satisfaits d'une trouvaille qui les dispensait de faire des sacrifices d'argent, les campagnards partirent émerveillés pour le chef-lieu de canton. Il fut convenu que Clavel se mettrait à l'œuvre, dès que l'autorisation serait arrivée de la préfecture.

Grâce à l'obligeante intervention de monsieur Castelbon, cette autorisation ne se fit pas attendre. Clavel exigea cinq mois pour faire les réparations nécessaires, et, chose rare pour un architecte, il eut fini sa besogne au terme fixé. Les travaux commencés vers la fin d'avril 1817, furent complétement terminés le 25 septembre de la même année ; et, le 1er octobre, l'abbé Pierre Courbezon, nommé desservant de Saint-Xist, prenait possession de la nouvelle paroisse.

V

L'arrivée de l'abbé Courbezon à Saint-Xist fut un véritable triomphe. Les paysans des quatre hameaux, prévenus que leur curé viendrait par la route de Bédarieux, allèrent de bon matin, l'attendre en foule jusqu'au village de Latour. Vers huit heures, l'abbé Courbezon parut, accompagné de l'Avocat, qui était parti de Sanégra avant le jour, ne voulant laisser à personne l'honneur de montrer au desservant de Saint-Xist le chemin de sa paroisse. En se trouvant tout à coup au milieu de ses ouailles, dont les cris d'allégresse retentissaient dans toute la plaine de Véreille, l'abbé Courbezon, sans doute peu habitué à ces enthousiasmes, se crut dans un pays de bénédiction. Il descendit de la mule où Fumat l'avait contraint de monter, serra autour de lui les mains des paysans empressés, et, comme s'il avait hâte de reporter au ciel la joie immense dont son cœur débordait, entonna d'une voix forte les litanies de la Sainte-Vierge. *Sancta Maria !* s'écria-t-il. Et toutes les voix répondirent en chœur : *Ora pro nobis !* Puis on se dirigea processionnellement vers l'église, à travers les bois d'oliviers qui séparent Frangouille de Saint-Xist.

Après la messe, le curé suivit Fumat à Sanégra.

L'abbé Courbezon était un homme d'environ soixante ans, petit et trapu. Ses mains noueuses et son cou extraordinairement court, s'adaptant à de grosses épaules rebondies, annonçaient une force herculéenne. Ses pieds, articulés à de puissantes chevilles, grâce à une chaussure très-grossière, paraissaient si larges, si plats, si nerveux, qu'il était impossible de rêver une base plus solide à ce lourd monument de chair. Quoique très-épais de toute sa personne, l'abbé Courbezon avait néanmoins l'allure preste et agile. Ses mouvements étaient d'une incroyable rapidité. Celui qui, à le voir cheminer de loin, l'eût pris pour un de ces énormes chanoines dont abondent nos cathédrales, n'aurait eu qu'à l'approcher, à examiner ses yeux brillants et mobiles, pour reconnaître qu'il y avait dans ce vieillard un principe immense d'activité, et qu'au besoin cette masse informe, en apparence si lente à se mouvoir, pourrait avoir des ailes et voler. Les yeux de l'abbé Courbezon étaient admirablement beaux. C'était du reste dans les yeux que semblait s'être réfugiée toute la pensée de ce prêtre ; car ses joues, ses lèvres, son menton, sillonnés dans tous les sens par ces coutures immondes que laisse à la peau la petite vérole, en perdant la fermeté de leurs contours, avaient perdu toute expression de vie. Les méplats de son visage, autrefois sans doute très-vigoureusement dessinés, s'étaient effacés maintenant sous des chairs devenues flasques et molles. Le nez, qui accentue si vivement la physionomie, large et camard chez l'abbé Courbezon comme chez Socrate, s'était encore aplati sous les trous innombrables dont la maladie l'avait criblé, et tendait visiblement à disparaître. Enfin, toute cette tête ronde, sans noblesse, avec des joues pendantes, des lèvres épaisses, un front recouvert presque en entier par une calotte grasse et luisante, faisait ressembler le pauvre curé de Saint-Xist à ces personnages corpulents et plantureux dont Jordaëns se plaisait à animer ses grandes toiles.

Cependant, quand on a une belle âme, l'enveloppe a beau être grossière, l'âme trouve toujours moyen de transpirer au dehors. Dieu ne permet pas que la *bête* voile absolument l'*esprit* insufflé en nous. Emprisonnée dans cette énorme charpente d'os et de chair, l'âme de l'abbé Courbezon éclatait toute dans ses yeux. C'était bien le cas de dire avec Pline : *Profecto in oculis animus habitat.* Ses yeux, bruns et profonds, étaient d'une vivacité extrême, et pourtant d'une douceur infinie. Quand il relevait sa tête, que l'habitude de la méditation ou peut-être le poids d'une destinée malheureuse lui faisait tenir penchée, et qu'il vous regardait, vous vous sentiez pris involontairement de sympathie pour ce curé de village disgracieux et commun. D'un regard, l'abbé Courbezon vous eût fait tomber à ses genoux et vous eût obligé à confesser son Dieu.

L'abbé Courbezon était un prêtre instruit. Sans lui avoir accordé une intelligence supérieure, Dieu l'avait doué à un suprême degré de ce gros bon sens implacable qui seul donne les notions exactes, car il va droit au fond des choses et les juge très-nettement du premier coup d'œil. Avec ce bon sens pour boussole, il s'était guidé sur l'immense océan des connaissances humaines, et n'y avait point fait naufrage, son esprit borné l'éloignant naturellement des récifs. Il avait lu tous les livres qu'un prêtre doit connaître, mais il s'était arrêté à ceux-là. Son instinct étroit et positif l'avait préservé de toute lecture dangereuse. C'était là sa faiblesse, mais c'était là aussi sa force. Sorti du séminaire de Montpellier en 1789, aux premiers bruits de la Révolution, il avait traversé les Pyrénées pour aller à Urgel, dans la vallée d'Andorre, continuer ses études ecclésiastiques.

De là, il passa dans un couvent de Badajoz, où le fameux jésuite Rodriguez expliquait alors à plusieurs centaines d'élèves la *Somme théologique* de saint Thomas. La métaphysique subtile, adroite, déliée du célèbre professeur éblouit d'abord le jeune abbé Courbezon; mais bientôt elle fatigua son esprit avide de solutions plus simples, plus précises. Décidément cette grosse tête de taureau ne pouvait se faire au mysticisme espagnol. Donc, lassé des longues dissertations où l'on essayait d'expliquer par des subtilités oiseuses les mystères inexplicables de la religion, s'indignant d'entendre ces mystères divins, auxquels il voulait croire naïvement, mis à l'épreuve d'une argumentation mesquine et misérable, il quitta l'Estramadure et retourna dans la vallée d'Andorre, où il fut ordonné prêtre en 1792, à l'âge de trente-cinq ans.

Une fois prêtre, l'abbé Courbezon, malgré l'évêque qui l'aimait, ne put rester plus d'un an à Urgel. Désormais, la terre étrangère lui brûlait les pieds. Éprouvant déjà ce besoin immense de dévouement, qui fut à la fois la gloire et le malheur de sa vie, il franchit un matin la frontière pour rentrer à Montpellier. — Les lois de proscription contre les *calotins* étaient en vigueur. — Le jeune prêtre se logea courageusement dans une soupente de la petite ruelle d'Aigrefeuille, non loin de la cathédrale de Saint-Pierre, convertit le grenier à fourrage de la cavalerie, et éleva, dans un coin de sa chambre, un autel autour duquel quelques vieillards et quelques femmes vinrent s'agenouiller pour entendre la messe. Pendant ces temps orageux où l'église fut, comme aux premiers jours, obligée de se cacher dans les catacombes, l'abbé Courbezon ne cessa de prodiguer aux chrétiens groupés autour de lui toutes les consolations de la foi et de se dévouer également à tous.

Enfin l'échafaud tomba et l'église se releva triomphante. L'abbé Courbezon, impatient d'exercer librement son ministère, courut à l'évêché pour demander une paroisse à desservir, et monseigneur Stanislas-Xavier Le Kalouec, qui avait entendu faire l'éloge du jeune prêtre par de vieux ecclésiastiques échappés comme lui à la tourmente révolutionnaire, l'accueillit par une embrassade et le nomma, sur l'heure, chanoine honoraire et curé doyen de Saint-Chinian, un canton de deuxième classe.

Maintenant, comment l'abbé Pierre Courbezon, curé de canton en 1802, se trouvait-il, à l'encontre de toute hiérarchie, desservant de Saint-Xist en 1817 ? Là gît précisément le mystère de cette grande vie, devant laquelle nous demandons à nous arrêter un instant.

VI

Quand l'abbé Courbezon arriva à Saint-Chinian, il fut à son grand chagrin, obligé de dire la messe dans une des chambres de l'auberge où il était descendu. La Révolution avait si bien ravagé l'église, que les quatre murs seuls en étaient restés debout ; encore ces vieilles murailles, crevassées en plusieurs endroits, menaçaient-elles de s'écrouler si on n'y faisait de promptes réparations. Du reste, point d'autel dans l'intérieur et point de peintures : les tableaux, parmi lesquels les vieillards se souviennent encore d'avoir vu un Fra Angelico d'une rare beauté, avaient été décrochés par des mains inconnues, et chacun avait, peu ou prou, emporté chez soi les larges plateaux de marbre blanc de la sainte table, des fonts baptismaux, ceux même qui plaquaient sur leur quatre faces les bases des colonnes de l'édifice. Devant ce désolant spectacle de la maison de Dieu dépouillée, tombant en ruines, le cœur du jeune prêtre saigna, et, avant de faire bâtir un presbytère pour s'y loger commodément, — l'ancien avait été vendu comme propriété nationale — il songea d'abord à réparer l'église. Mais où trouver de l'argent? L'architecte du canton, Rastoul, après avoir inspecté les lieux, exigea vingt mille francs pour mettre toutes choses dans un parfait état de convenance et de solidité. Évidemment, au lendemain de la réouverture des églises, le budget des cultes ne devait pas monter à un chiffre bien élevé, puis les besoins étaient probablement immenses, et si le premier consul accordait quelque subvention, il ne pourrait, en aucun cas, accorder vingt mille francs. A qui s'adresser? Les nouveaux paroissiens, compromis pour la plupart dans les derniers événements, ne se souciaient guère de rebâtir une église qu'ils avaient pillée. D'ailleurs, au point de vue du résultat religieux à obtenir dans le pays, demander de l'argent dès son entrée à Saint-Chinian parut à l'abbé Courbezon la chose la plus impolitique du monde. De quel côté se tourner? Dans cette horrible extrémité, le chanoine honoraire, ne voyant pas d'où pourrait lui venir du secours, tomba à genoux, promit à Dieu malgré tous les obstacles, de réédifier son temple, et partit immédiatement pour Castanet-le-Haut.

Castanet-le-Haut est un petit village au pas de l'Espinouse. C'était là que l'abbé Courbezon était né, et que vivaient sa mère et sa sœur Marthe. Jean Courbezon, son père, y était mort pendant son séjour en Espagne, de 1789 à 1793. La Courbezonne jouissait d'une grande aisance; elle possédait une ferme sur la route de Murat, et ses voisins disaient d'elle : « Oh! la Courbezonne ne manquera jamais de pain pour mettre sous la dent; ses châtaigneraies du côté de Saint-Gervais, *n'en finissent pas de longueur.* » Il est certain que Jean Courbezon avait laissé en mourant, — ce qui est énorme pour ce pays exposé au vent de la montagne haute, — plus de quarante mille francs de bien. Dans les difficultés poignantes de sa situation à Saint-Chinian, l'abbé avait tout à coup pensé à cet héritage, et c'était pour vendre en partie ce domaine arrondi avec tant de soin par Jean Courbezon, arrosé des sueurs de toute sa famille, qu'il était venu à Castanet-le-Haut.

La Courbezonne était une femme pieuse, elle adorait son fils, et ne sut rien opposer à ses projets de spoliation. Certes, si autrefois, quand l'abbé s'appelait simplement Pierre, il eût parlé de vendre la ferme de Murat, elle l'eût vertement relevé. Mais, aujourd'hui, elle ne trouva pas un mot à répondre au curé doyen de Saint-Chinian. Du jour où Pierre avait pris la soutane, le sentiment maternel, toujours

aussi vif, aussi profond chez cette paysanne simple, s'était pourtant modifié. En voyant ce gros enfant, nourri et plus d'une fois battu par elle, habillé de la robe noire du prêtre, elle n'avait plus osé l'embrasser avec autant d'abandon, lui presser les mains avec autant de familiarité. Désormais, la Courbezonne avait éprouvé pour Pierre je ne sais quelle tendresse mêlée de respect et de crainte qui la rendait timide, souvent tremblante auprès de son fils. Ce respect et cette crainte, dont il était devenu l'objet, non-seulement de la part de sa mère, mais de toute sa famille, avaient paru à l'abbé Courbezon chose toute naturelle. Il n'avait pas trouvé étonnant qu'on commençât à vénérer en lui le caractère sacré du prêtre, dont il serait un jour revêtu, et, dès cet instant, il s'était appliqué, soit par un maintien modeste, soit par des discours pleins de réserve et de sagesse, à se rendre digne de cette distinction. Il avait si bien fait, du reste, qu'avant son départ pour l'Espagne, tout le monde dans la maison lui obéissait au moindre signe, et que son père, vieux paysan avare, lui avait donné sans sourciller quatre mille francs pour s'exiler, promettant de lui envoyer d'autres sommes s'il en avait jamais besoin.

Après avoir vendu la ferme de Murat, l'abbé Courbezon revint à Saint-Chinian à cheval, portant dans les fontes de la selle, tant en écus qu'en billets, une somme de quinze mille francs. Le lendemain même de son arrivée, il manda Rastoul, et les ouvriers furent mis à l'ouvrage. D'abord, après en avoir bouché les crevasses, on crépit les murailles extérieurement; puis on commença de travailler à l'intérieur. Les corniches, écornées dans toute leur longueur, furent replâtrées, les dalles renouvelées, tout l'édifice blanchi à la chaux. Prosper Corbineau, marbrier à Béziers, se chargea, à des prix réduits, d'arranger l'ancienne sainte table ainsi que les fonts baptismaux et de fournir un maître-autel gothique entièrement neuf. Enfin, huit mois environ après son voyage à Castanet, le doyen de Saint-Chinian, assisté de ses suffragants, les desservants des villages voisins, célébrait solennellement la première messe dans l'église restaurée par lui.

Cependant, la dépense avait de beaucoup excédé le chiffre prévu par l'abbé Courbezon et même par l'architecte. Les réparations faites à l'intérieur ou à l'extérieur de l'église se montaient à vingt-sept mille francs, sans compter le mémoire du marbrier qui s'élevait à trois mille. Il fallait donc, pour tout acquitter, dix mille francs. Où trouver cette somme? Rastoul, connaissant la situation présente de la paroisse, promit au curé d'attendre un an le payement intégral de sa créance; mais Prosper Corbineau, un ancien jacobin, ne voulut rien entendre, et menaça de poursuivre le *calotin* Courbezon s'il n'était immédiatement soldé.

Le pauvre prêtre aux abois, n'osant de nouveau recourir à sa mère, dont l'obéissance passive ne laissait pas que de l'inquiéter, assembla, de concert avec le maire de la ville, un conseil de fabrique. Il espérait que les marguilliers, choisis parmi les habitants les plus considérables, ne feraient aucune difficulté de prêter à l'église, pour se liquider, les dix mille francs nécessaires, somme, du reste, dont elle payerait exactement les intérêts avec les revenus pris sur les chaises, les cierges, etc.

Hélas ! il fut bien déçu dans son espoir. Au lieu de trouver, dans le conseil de fabrique, des paroissiens intelligents, dévoués, capables de le comprendre, de l'aider dans les embarras actuels, il n'y rencontra que des hommes haineux et avares, pas assez francs, il est vrai, pour avouer leur haine et leur avarice, mais dissimulant l'une et l'autre sous des raisons politiques sans portée. En vain le jeune curé fit-il remarquer que le pouvoir du premier consul était à jamais assuré, que le général Bonaparte empêcherait la France de tomber dans de nouveaux excès ; les marguilliers, tremblants pour leur bourse, s'obstinèrent à craindre le retour de la Terreur, et finirent par déclarer qu'ils n'étaient nullement décidés à jouer leur tête, en favorisant ouvertement la restauration du culte catholique à Saint-Chinian. Ici, l'abbé Courbezon, qui pourtant était doué d'une patience angélique, sentit l'indignation s'emparer de lui. En entendant ces hommes, réunis pour le bien commun, blasphémer en quelque sorte son Dieu, refuser de le reconnaître, quand tout le pays lassé tournait ses bras vers lui, le sang afflua à sa tête, et, après quelques paroles où son blâme était exprimé avec une énergique éloquence, il renvoya le conseil de fabrique.

— Vous pouvez vous retirer, messieurs, dit-il avec un geste plein de dignité, je me charge de tout payer.

On avait tenu cette première séance de la fabrique dans la sacristie, le curé n'ayant pas encore un local convenable pour recevoir les nouveaux marguilliers. En rentrant dans sa chambre de l'auberge, où il demeurait toujours, l'abbé Courbezon trouva sur sa table une feuille de papier timbré : c'était une sommation de Prosper Corbineau. Le marbrier exigeait dans les dix jours la somme de trois mille francs, montant des travaux effectués par lui dans l'église de Saint-Chinian. Ce coup étourdit le chanoine honoraire : il avait compté sur un plus long délai.

Après avoir reconnu l'impossibilité de s'adresser deux fois à sa mère dans un si court espace de temps, il résolut d'aller à Montpellier pour mettre l'évêque dans le secret de sa déplorable situation. Monseigneur obtiendrait facilement quelques fonds du préfet, peut-être pourrait-il intervenir efficacement par lui-même. Du reste, en désespoir de cause, l'abbé décida qu'il vendrait à Roqueblave, marchand d'ornements d'église dans la rue de l'Aiguillerie, une splendide chasuble en drap d'or, présent magnifique qu'il tenait, avec un calice en vermeil, de l'affection toute paternelle de l'évêque d'Urgel.

Le surlendemain donc, dans l'après-midi, il frappait à la porte de l'évêché. A sa grande surprise, monseigneur, qui l'avait embrassé en l'envoyant à Saint-Chinian, ne lui tendit même pas la main. Tremblant d'avoir déplu à Sa Grandeur, l'abbé Courbezon, intimidé, balbutia quelques paroles, puis salua pour se retirer ; mais l'évêque le retint d'un geste et l'apostropha vivement.

— Monsieur le curé, lui dit-il, nous avons appris que vous avez mis Saint-Chinian dans un effroyable désordre. Nous vous avions placé dans cette paroisse, non pour y fomenter les divisions, mais, tout au contraire, *pour y faire fleurir l'union et la concorde*. Il nous déplaît beaucoup de vous voir démolir et rebâtir des églises. Que ne demeurez-vous en paix dans votre presbytère ? Nous avons, ce matin même, reçu une lettre de votre conseil de fabrique, que vous n'avez réuni que pour le dissoudre. D'où vous vient tant d'audace, monsieur l'abbé ? Vous avez donc oublié qu'il n'est pas en votre pouvoir de révoquer un conseil de fabrique, qu'un pareil acte ne peut s'accomplir sans notre intervention épiscopale ? Avec vos violences, vous prenez le bon chemin pour nous ramener la guillotine. Nous vous donnons notre parole d'évêque que, si vous ne savez vivre curé de canton, nous n'aurons pas de peine à nous entendre avec monsieur le préfet pour vous dégrader de votre rang et vous nommer simple desservant. Quant à vos embarras d'argent, cela ne nous touche guère : puisque vous avez péché, ayez du moins le courage de faire pénitence. Nous ne vous retenons plus, vous pouvez repartir pour votre paroisse. Allez !

Le curé de Saint-Chinian s'attendait si peu à cette sortie foudroyante de l'évêque, qu'il fut pour ainsi dire anéanti. Au lieu de se retirer, il resta devant monseigneur immobile, hébété, le regardant avec des yeux stupides. Il sortit enfin sans avoir trouvé un mot à répondre, et remonta tristement la rue de Saint-Pierre. En allant chez Roqueblave pour lui vendre la chasuble, — il l'avait emporté sous le bras, comme s'il eût prévu son échec de l'évêché, — il passa par hasard dans la petite rue d'Aigrefeuille. La fenêtre de la soupente où il avait vécu, depuis son retour d'Espagne jusqu'à son départ pour Saint-Chinian, était grande ouverte. En revoyant cette cachette qui l'avait sauvé de l'échafaud, l'abbé Courbezon, malheureux maintenant au delà de toute expression, regretta de ne pas avoir été découvert dans ce trou par les bourreaux de la révolution et de n'être pas mort pour sa foi. Évidemment, le couperet de la guillotine lui eût fait moins de mal que ne venait de lui en faire la colère de son évêque.

Roqueblave, après avoir minutieusement examiné la chasuble, en proposa deux mille francs. L'abbé Courbezon fut atterré : il s'était attendu à vendre cette relique au moins mille écus. En vain fit-il remarquer au marchand d'ornements la finesse du tissu de son drap d'or, fabriqué à Grenade, incontestablement plus beau que les draps d'or de Lyon ; Roqueblave, auquel il avait eu la naïveté de confier ses besoins pressants d'argent, voyant un malheur à exploiter, fut inexorable. Il répondit à tout ce que le malheureux abbé trouva pour faire valoir sa marchandise, que la chasuble avait subi de nombreuses dégradations, qu'il serait obligé, pour la revendre, de l'envoyer d'abord en réparation à Lyon, ensuite de la garder probablement plusieurs années en magasin. Enfin, il répéta qu'il en donnerait deux mille francs, pas un denier de plus. Cette conclusion dernière du marchand fit courir un frisson glacé dans les membres du pauvre prêtre ; de grosses gouttes de sueur froide lui perlèrent au front, et il devint horriblement pâle : il lui fallait absolument trois mille francs pour éviter les poursuites de Prosper Corbineau.

L'abbé Courbezon avait une grande âme : à toute heure, il eût été capable de mourir pour son Dieu et de s'immoler à ses semblables ; mais cette homme, ferme et vaillant dans les grandes situations, se trouvait sans force dans les luttes mesquines de chaque jour. Lui, que n'avait point effrayé la guillotine, tremblait devant l'obstacle le plus vulgaire de la vie. Venu dans les temps orageux, les événements et ses croyances lui avaient façonné un caractère héroïque ; mais n'ayant désormais plus à craindre pour sa vie ou pour sa foi, il retombait à plat, sans puissance et sans volonté. Dans les troubles de la Révolution, il avait su trouver de l'argent pour nourrir des familles entières, et aujourd'hui, la société civile, avec son organisation impitoyablement régulière, qui ne laisse aucune place aux enthousiasmes de l'âme, le destituait de tout courage, de toute audace, de toute énergie. Aussi, quand Roqueblave lui déclara formellement qu'il ne donnerait pas plus de deux mille francs de la chasuble, fut-il épouvanté. Son esprit, autrefois si fertile en ressources, ne lui suscita aucune idée. Il ne vit qu'une chose au monde : le marbrier le traînant devant les tribunaux et le faisant condamner pour dettes. La tête égarée, ne sachant plus à qui recourir, il proposa à Roqueblave son dernier souvenir de l'exil, le calice en vermeil.

— Il faudrait que je visse votre calice pour l'acheter, dit le marchand. Cependant, puisque vous avez absolument besoin d'argent, je puis vous prêter quinze cents francs : je sais qu'il vous reste encore du bien à Castanet.

— Oh ! monsieur Roqueblave, répondit le chanoine honoraire, soulagé d'un poids énorme, merci, vous me sauvez !

— Si votre calice me convient , plus tard je m'en chargerai, sinon vous me rendrez ces quinze cents francs dans un an. Faites-moi un billet de cette somme, en y ajoutant l'intérêt légal.....

L'abbé Courbezon signa un billet à un an d'échéance, laissa la chasuble et reçut trois mille cinq cents francs. En passant à Béziers pour revenir à Saint-Chinian, il solda le jacobin Corbineau, fort attrapé de ne pouvoir faire du scandale.

Le premier acte du curé, en arrivant dans sa paroisse, fut de réintégrer dans leurs fonctions les anciens marguilliers. Tout chagrin de s'être laissé emporter à un mouvement d'indignation qu'avait hautement désapprouvé son évêque, il assembla de nouveau le conseil de fabrique, et, pour se punir d'avoir outre-passé son pouvoir, cet homme simple demanda courageusement pardon à chacun de ses membres. Malheureusement, les fabriciens, pleins de sots préjugés, d'idées mesquines, ne comprenant pas ce qu'il y avait de véritable grandeur de la part du jeune prêtre à s'humilier ainsi, ne cessèrent de lui en vouloir et de lui être aveuglément hostiles. En vain, dans le courant de l'année, mit-il la question des sept mille francs de l'architecte à l'ordre du jour, les marguilliers refusèrent obstinément de délier leur bourse. Cependant le terme fatal approchait : le temps, qui va d'un pas de tortue pour l'usurier avide, a des ailes pour le débiteur besogneux. Non-seulement l'abbé Courbezon devait bientôt payer les sept mille francs de Rastoul, mais encore les quinze cents francs de Roqueblave ; car le marchand d'ornements étant, dans une de ses tournées, passé par Saint-Chinian, avait déclaré, après inspection du calice, qu'il n'en voudrait pas pour cinq cents francs. Si le curé ne prenait le parti de retourner à Castanet-le-Haut, la situation allait devenir plus dangereuse que jamais pour son repos. Il hésita longtemps : il lui en coûtait de contrister sa mère ! Il partit enfin, contraint par l'implacable nécessité.

La Courbezoune, cette seconde fois comme la première, plia sans murmurer sous la volonté de son fils ; seulement, quand elle vit sur la table les treize mille francs produits par la vente de toutes ses châtaigneraies de Saint-Gervais, cette vieille paysanne attachée au sol n'y tint plus, elle éclata en sanglots. Ces sanglots étouffés, auxquels se mêlèrent bientôt les larmes de Marthe, émurent vivement l'abbé ; il ne se souvenait pas d'avoir jamais causé le

moindre chagrin à sa mère pas plus qu'à sa
sœur. Il comprima sa douleur par un effort
héroïque, puis, embrassant ces deux femmes,
ce qu'il aimait le plus sur la terre, il leur dit
ces simples paroles :

— Ma mère, et toi, ma sœur, ne vous laissez
pas troubler par ce qui nous arrive. Dieu nous
avait donné des biens, il nous les reprend, que
son saint nom soit béni !

Sentant des pleurs au bord de sa paupière,
il monta brusquement à cheval et partit.

Rastoul et Roqueblave furent payés.

VII

L'abbé Courbezon, comme le lui avait ordonné son évêque, essaya désormais de vivre
en repos chez lui. Mais l'inaction, mauvaise
chez tout homme, immorale chez le prêtre,
fut un vrai supplice pour ce grand cœur avide
de dévouement. Après trois mois de retraite à
peu près absolue dans sa petite chambre de
l'auberge, — la fabrique pas plus que le conseil municipal n'avait songé à bâtir un presbytère, — se sentant étouffer, il sortit enfin
pour se mêler à ses ouailles, connaître leurs
besoins, les soulager. Toute maison pauvre
était sûre de recevoir sa visite. Une fois dans
les familles, l'abbé Courbezon trouva des paroles si douces pour le père et la mère, des caresses si tendres pour les enfants, qu'on devenait inquiet, quand, par hasard, on passait une
journée sans le voir. Du reste, le jeune curé
apportait toujours quelque chose sous son
manteau. Tantôt c'était du drap pour faire des
habits à la famille, tantôt du linge ; il vidait
aussi sa bourse, malheureusement trop indi-
gente à son gré. Au bout d'un an de cette vie
de charité ardente, à force d'habiller des vieillards, de payer des mois de nourrice à de pauvres petits enfants que leurs mères épuisées
ne pouvaient plus allaiter, il avait dépensé non-
seulement ses appointements de curé de canton
de deuxième classe, le produit de son casuel, les
quatre mille cinq cents francs, reste du payement de l'architecte et de Roqueblave, mais il
s'était endetté auprès de son aubergiste. Non
content de ne lui avoir payé jusqu'ici ni nourriture, ni logement ; — le logement, il est vrai,
était à la charge de la mairie, qui ne se pressait pas d'en acquitter le prix, — il avait em-
prunté à cet homme une somme de mille
francs.

Et pourtant l'abbé Courbezon, dont la situation s'embarrassait de nouveau, ne s'en mettait
guère en peine. Tout heureux de voir autour
de lui bien des souffrances apaisées, il distribuait son argent, celui de l'aubergiste, avec
une sérénité d'âme admirable. Bien plus, il

caressait alors dans son esprit un projet dont
la réalisation lui paraissait d'une incroyable
facilité. Ayant remarqué que, malgré ses
efforts, il ne suffisait pas à calmer toutes les
misères, il lui était venu l'idée de bâtir un hôpital. Un hôpital où les vieillards, les enfants,
les femmes, qu'il ne pouvait secourir qu'im-
parfaitement, trouveraient de bons lits et des
remèdes, c'était là désormais son rêve. Il voyait
cet hôpital la nuit, il le voyait le jour. Cet hôpital lui martelait incessamment le cerveau :
il le lui fallait ! Après avoir essayé lui-même
d'en dessiner le plan, et avant d'en parler au
conseil de fabrique, il manda l'architecte chez
lui. L'abbé Courbezon, enivré de son projet,
promena Rastoul dans toutes les salles de son
hospice, lui en fit monter, descendre plusieurs
fois l'escalier, et finalement lui demanda combien il coûterait à construire.

— Je ne puis rien vous donner d'absolument
exact, dit l'architecte ; mais il faudrait de vingt-
cinq à trente mille francs au moins.

— Rien que cela ! s'écria le curé avec un
geste d'assurance sublime ; nous aurons alors
notre hôpital.

— Mais remarquez, monsieur Courbezon, je
vous prie, reprit Rastoul, que je parle seulement de la maçonnerie ; je ne dis rien de la
serrurerie, de la menuiserie..... Et puis il faudra des rentes pour nourrir vos malades.

— Bah ! bah ! fit l'abbé, ayons d'abord l'hôpital, on trouvera bien ensuite des meubles et
de quoi nourrir les malades : il y a encore de
bonnes âmes en ce monde !

Le maire et les marguilliers ne se montrèrent point trop revêches à l'idée de bâtir un
hospice. Il y eut bien lutte dans le conseil municipal comme dans la fabrique ; mais enfin la
proposition du curé fut prise en sérieuse considération, et, des deux côtés, on promit de
voter des fonds. L'abbé Courbezon, craignant
de voir s'évanouir de si belles dispositions,
songea à en profiter au plus vite. Il partit donc
pour Castanet-le-Haut, résolu à vendre ce qui
restait des biens de sa famille : il devait décider sa mère et sa sœur Marthe à venir vivre
à Saint-Chinian. Avec cet argent, il commen-
cerait l'hôpital, ce qui importait le plus selon
lui, car, une fois commencé, il faudrait bien
le finir. La Courbezonne se résigna comme
toujours. Persuadée que son fils était un saint,
que le ciel d'ailleurs veillerait sur eux tous,
elle céda, au prix de huit mille francs, ses
deux maisons et ses quatre prairies ; puis, tous
trois, ils prirent la route de Saint-Chinian,
non sans verser, il est vrai, quelques larmes,
mais calmes et pleins de confiance en Dieu.

Muni de cet argent, l'abbé Courbezon ne
pensa point à faire dresser un plan et des de-
vis par l'architecte du canton, à envoyer le
tout à la préfecture pour avoir l'approbation
u préfet, à mettre enfin les travaux de l'hos-

pice à l'adjudication. Son impatience n'aurait pu d'ailleurs s'accommoder de la filière administrative, toujours si longue à suivre dans les départements. Il acheta un emplacement et y fit creuser les fondations de l'hospice, d'après le plan qu'il en avait tracé lui-même. Une fois ces fondations terminées, croyant opérer une grande épargne, au lieu de confier l'exécution des travaux à un entrepreneur, il prit des ouvriers à la journée et s'institua leur patron.

Tant que les huit mille francs, ébréchés déjà par l'achat de l'emplacement, firent face aux dépenses, les maçons, qui tous les quinze jours venaient à la paye, poussèrent la besogne avec une certaine ardeur. Mais lorsque la quinzaine ne put être acquittée avec la même exactitude ; que l'abbé Courbezon, à bout de ressources, fut obligé de recourir aux à-comptes, la paralysie gagna les travailleurs de proche en proche, et les murailles s'élevèrent désormais avec une incroyable lenteur. Vainement le jeune ecclésiastique essaya-t-il de stimuler les ouvriers par de belles promesses : ces gens grossiers, toujours cruels pour un maître sans argent, se croisèrent impudemment les bras devant lui et se rirent de ses sermons. Cet état de choses était intolérable. L'abbé Courbezon, à qui l'aubergiste avait refusé onze cents francs pour solder les journaliers, fit un appel simultané au conseil municipal et à la fabrique. Les marguilliers et les conseillers, en assemblée générale, déclarèrent que, si les choses eussent suivi marché régulièrement, ils auraient voté sans difficulté les fonds promis, mais que, la construction de l'hôpital ayant été commencée sans leur intervention et en dehors des formes légales, ils refusaient toute subvention, ne voulant pas encourir le blâme de monsieur le préfet. La situation du curé était horrible. Les ouvriers, qui ne manquent jamais ; quand un prétexte leur en est fourni, d'humilier quiconque est placé au-dessus d'eux, assiégèrent en tous lieux l'abbé Courbezon. Après l'avoir poursuivi de leurs cris féroces dans les rues et au chantier, ils allèrent le harceler jusque dans sa chambre, devant sa mère et sa sœur tout en larmes. Lui cependant recevait ces chocs avec une résignation singulière. Certes, ce n'était pas insensibilité, car il était facile de reconnaître aux diverses expressions de son visage que n'avait pas encore ravagé la petite vérole, combien lui étaient douloureuses ces scènes brutales et sans pitié. Mais, quand la terre lui était trop mauvaise, sa foi semblait ouvrir le ciel à ce grand homme de bien, et, là, il pouvait tout endurer sans se plaindre.

Un jour pourtant, lassé de ses obsessions, trop pénibles désormais à sa mère et à Marthe, il ordonna aux ouvriers de suspendre tout à fait les travaux de l'hospice, leur annonçant qu'ils seraient tous payés dans la huitaine. Le soir même, il emballa dans une grande caisse les livres de sa bibliothèque, parmi lesquels se trouvaient une splendide édition des pères, achetée à Badajoz ; un exemplaire des œuvres de sainte Thérèse, de Tolède ; un saint Augustin, d'Amsterdam ; un Bossuet, de Versailles, etc., ajouta son calice en vermeil à ces éditions rares, et partit pour Montpellier. Le libraire Battut, homme consciencieux, paya trois mille francs les livres du doyen de Saint-Chinian, et Roqueblave, après s'être fait tirer l'oreille, donna huit cents francs du calice. L'abbé Courbezon regagna sa paroisse tout triomphant.

C'est au moment où, vaincu par les larmes de sa mère et de sa sœur, le chanoine honoraire leur promettait de mener une vie plus calme, en bornant sa charité à ses ressources, qu'arriva de l'évêché cette lettre :

ÉVÊCHÉ.

Cabinet de monseigneur.

« Monsieur le curé,

» Lassé de recevoir des plaintes de votre conseil de fabrique et du conseil municipal de Saint-Chinian, nous nous sommes unis à monsieur le préfet pour demander à Son Excellence monsieur le ministre des cultes votre révocation du poste de curé de canton de deuxième classe. Vous n'êtes donc plus, à partir d'aujourd'hui, curé doyen de Saint-Chinian.

» Pourtant, comme un bon père n'abandonne ses enfants rebelles qu'à la dernière extrémité, espérant que la grâce de Dieu vous touchera, que vous vous appliquerez à corriger un caractère trop inquiet, trop turbulent, en un mot peu évangélique, nous voulons bien vous nommer encore desservant de la paroisse de Villecelle-Mourcairol, canton de Saint-Gervais, dont vous irez prendre possession, dès la réception de la présente.

» † XAVIER-STANISLAS. »

» A Montpellier, en notre palais épiscopal, le... »

L'abbé Courbezon s'affaissa sur lui-même.

— Mon enfant, mon pauvre enfant ! s'écria la Courbezonne lui prenant les mains, c'est une injustice...... Oh ! mon Dieu ! après avoir tout donné... Ce village où l'on t'envoie, je le connais, c'est un trou : je ne veux pas que tu y ailles.

L'ecclésiastique ne répondit pas : la lettre de monseigneur l'avait foudroyé. Il resta plus d'une heure comme privé de sentiment.

Enfin il se leva d'une voix calme :

— Ma mère, dit-il, la volonté de l'évêque, c'est la volonté de Dieu sur la terre : que la volonté de Dieu soit faite ! Ce soir même, nous quitterons Saint-Chinian.

Il y a des hommes qui, ayant pratiqué le

bien par hasard ou par un mouvement irréfléchi de leur nature, finissent par se corriger de la bienfaisance comme on se corrigerait d'un vice; mais il en est d'autres, d'une trempe supérieure, plus divine pour ainsi dire, qui persistent malgré tout dans cette voie d'abnégation et de dévouement continus. Ceux-là ne s'arrêtent pas au premier ingrat, ils en font, au contraire, des milliers et ne s'en préoccupent guère, n'ayant jamais compté sur la reconnaissance des obligés pour être payés de leurs peines, de leurs efforts, de leurs sacrifices. L'abbé Courbezon appartient à cette dernière classe de bienfaiteurs obstinés. Placé sur une scène plus vaste, avec des moyens d'action plus étendus, ce prêtre, mort misérable et inconnu, compterait aujourd'hui parmi les grands consolateurs de nos misères publiques. Si Montpellier avait eu, en 1892, un autre évêque que monseigneur Le Kalonec, vieillard pieux, mais sec, violent et gardien farouche de son autorité, notre siècle eût connu peut-être un nouveau Vincent de Paul. L'abbé Courbezon possédait l'âme ardente et passionnée de ce héros de la charité ; le contact du monde et la vue de ses plaies lui en eussent donné l'intelligence. Mais il était écrit que ce grand homme de cœur passerait sur la terre et que la terre ne le connaîtrait pas.

VIII

L'abbé Courbezon, qui avait accepté la paroisse de Villecelle, composée de trois cents habitants, avec une admirable résignation, y vécut d'abord paisiblement, entre sa mère et sa sœur, sans s'attirer aucune réprimande de l'évêché. Cependant ce calme n'était qu'apparent, car l'infortuné desservant était loin d'avoir abdiqué les saintes passions de l'ancien curé doyen. Le blâme sévère de l'évêque, pour avoir un instant maté les nobles instincts de cette âme généreuse, n'avait pas réussi à les anéantir. Dans le presbytère misérable où la Courbezonne et Marthe travaillaient toute la journée pour subvenir aux besoins du ménage, auxquels ne suffisaient les cinq cents francs du gouvernement (1), et le casuel à peu près nul de la paroisse, l'abbé Courbezon s'é-

puisait à chercher les moyens qui lui restaient encore de faire du bien. Malheureusement, enchaîné maintenant par la pauvreté, il en était réduit à se ronger les poings, en espérant des temps meilleurs. Parfois le désespoir s'emparait de lui ; il s'indignait de son inutilité, de son impuissance, et alors l'idée lui venait de demander à monseigneur un exeat du diocèse pour aller en Chine se dévouer et mourir. Mais une pensée l'arrêtait aussitôt : que deviendraient sa mère et sa sœur dépouillées par lui ? Que de projets insensés traversaient cette pauvre tête et ce pauvre cœur torturés ! Hélas ! il ne pouvait même pas faire l'aumône d'une chemise, d'une grisaoudo, d'une paire de sabots à des malheureux qu'il rencontrait dans le village à demi-nus ! Sa mère tenait toutes choses sous clef... Quel martyr !

Enfin, vers 1806, il survint tout à coup un changement dans cette situation. Marthe, qui depuis longtemps parlait de consacrer, elle aussi, sa vie au soulagement des souffrances humaines, partit pour l'hôpital général de Montpellier. Elle devait faire un court noviciat dans cette maison, dont son frère avait connu la supérieure actuelle en 93, puis aller à Paris prendre l'habit de sœur de charité. Cette vocation religieuse, née de l'instinct caché mais agissant qui pousse certaines familles vers une mission toute de dévouement et d'amour, combla de joie le desservant. N'ayant rien fait pour engager sa sœur à s'immoler comme lui, il fut tout heureux de la voir courir d'elle-même au sacrifice, et, à compter de ce jour, il se sentit doublement son frère. La Courbezonne seule s'aperçut du vide laissé par le départ de Marthe ; quant à l'abbé, depuis qu'il la savait au moment d'entrer en religion, elle ne lui avait jamais été plus présente à l'esprit, — au cœur ! Du reste, il pensait que Marthe étant de moins à la maison, il pourrait peut-être économiser quelque argent et réaliser le projet qui, depuis bientôt un an, troublait ses jours et ses nuits. Voici quel était ce projet :

Il s'agissait de bâtir une maison pour y installer l'école des filles et pour y loger trois sœurs, destinées, non-seulement à enseigner à lire, à écrire aux jeunes paysannes, — toutes choses dont, à vrai dire, maître Nicaise, chargé déjà d'une trentaine de galopins, ne s'acquittait guère, — mais encore à coudre, à tricoter, à ravauder, à rapetasser. Ce qui avait le plus

(1) Voici le tableau comparatif de l'augmentation successive du traitement des desservants :
Un décret du 11 prairial an XII portait que les desservants des succursales recevaient sur les fonds de l'État un traitement annuel de cinq cents francs.
Des ordonnances des 5 juin 1816, 9 avril 1817, 20 mai 1818 et 6 janvier 1830, élevèrent ce traitement, la première à six cents francs, la seconde à sept cents francs, la troisième à sept cent cinquante francs, et la quatrième à huit cents francs.
Un arrêté du 17 avril 1849 accorda un traitement de huit cent cinquante francs aux desservants âgés de moins de cinquante ans, et régla progressivement ceux des autres desservants en raison de leur âge.
Enfin, une loi du 22 juillet 1858 fixa à neuf cents francs le traitement des desservants des succursales âgés de moins de cinquante ans,

vivement choqué l'abbé Courbezon, en arrivant à Villecelle-Mourcairol, c'était cette promiscuité des filles et des garçons ; promiscuité d'autant plus dangereuse qu'en hiver, quand les travaux de la campagne se trouvaient forcément suspendus, on voyait des gars de vingt ans, sous le prétexte ingénieux de se remettre à la lecture, venir sur les bancs de l'école conter fleurette à de petites filles de quatorze à quinze ans. Aussi, pour nous servir du mot de Beaumarchais, plus d'un *accident* avait-il ouvert les yeux à la lumière sans être précisément attendu. L'abbé Courbezon gémissait de ces désordres, surtout de son impuissance à les faire cesser. Pour son compte, il se fût bien condamné, comme le dernier des paysans, à ne manger que des pommes de terre et du pain noir, afin d'épargner de quoi bâtir l'école des filles ; mais sa mère était trop âgée et sa sœur trop délicate pour supporter un si dur régime. Il fallait absolument se résigner à souffrir encore le scandale.

Le départ de Marthe raviva des espérances un moment assoupies par la nécessité. Pendant plusieurs jours, la Courbezonne, à son grand désespoir, vit Pierre rouler et dérouler quantité de feuilles de vélin sur lesquelles il avait, dès longtemps, dressé le plan de la maison projetée. Tremblant que son fils ne s'engageât encore dans quelque entreprise sans issue, la pauvre femme en était à se demander si elle ne hasarderait pas une observation ou ne ferait pas violemment disparaître toutes ces immenses feuilles de papier, quand, un matin, en ouvrant la porte de la cure pour aller entendre la messe, elle se trouva brusquement nez à nez avec l'architecte Rastoul, de Saint-Chinian.

— Mon Dieu ! monsieur, que venez-vous faire ici ? s'écria-t-elle épouvantée.

— Monsieur Courbezon m'a mandé : il veut bâtir un couvent.

— Un couvent ! dit la vieille paysanne qui pâlit affreusement ; Jésus-Maria, un couvent !... Mais mon enfant n'y pense pas, monsieur ; il n'a pas tant seulement un rouge liard en poche. Oh ! de grâce, mon bon monsieur Rastoul, vous savez ce que nous avons souffert par sa manie de bâtir et de tout donner aux pauvres, — dissuadez-le, je vous en supplie, dissuadez-le.

— J'ai pensé justement qu'il était au moment de s'empêtrer de nouveau, ce saint homme, et je suis accouru.

— Pensez-vous qu'il vous écoute au moins ?... Sainte-Vierge, un couvent !

— Soyez tranquille, madame, il abandonnera son idée.

Le curé, la messe dite, rentra. Il serra avec effusion la main à Rastoul, puis lui ouvrit la porte du salon, en ayant soin, par un regard qu'elle comprit, de prier sa mère de ne pas les suivre.

Une fois assis tous deux autour de la table, où le plan fut promptement étalé, l'abbé Courbezon prit la parole et expliqua son projet avec enthousiasme.

— La chose est fort simple, dit-il en terminant : à droite, en entrant, une grande salle pour la classe des petites ; à gauche, une autre grande pièce où nous pourrons, un jour, établir une crèche, car il est fort triste de voir de tout petits enfants, emportés aux champs par leurs parents, pleurer en se roulant dans les sillons, tandis que ceux-ci travaillent ; tout au fond, la cuisine et un salon où pourront se réunir les sœurs ; au premier étage, les chambres de ces dames.

— Le projet est superbe, répondit Rastoul après avoir fait quelques chiffres ; mais il ne coûtera pas moins de six mille francs à réaliser.

— Ce n'est pas trop.

— Vous avez donc six mille francs en caisse ?

— Non, certes !... Pourvu que je les aie à la fin des travaux pour parer à toutes les exigences.

— Monsieur le curé, dit Rastoul avec une dignité froide et respectueuse, en recevant votre lettre, j'ai pressenti que vous alliez vous précipiter dans de nouveaux embarras, et je suis venu à franc étrier de Saint-Chinian pour vous sauver de vous-même. J'admire votre bon cœur, monsieur Courbezon ; je sais que vous marcheriez pieds nus pour chausser un pauvre et que vous consentiriez à mourir de faim pour nourrir les malheureux. Mais votre dévouement inconsidéré désole madame votre mère. Madame Courbezon, je suis obligé de vous l'avouer, a frissonné en me voyant. Réfléchissez donc, mon ami. Il est impossible que, dans ce petit hameau, vous ramassiez jamais six mille francs : or, vous le savez, vous ne possédez plus un pouce de terre à Castanet. Voyons, oubliez cette école. Saint-Vincent-de-Paul, curé de Villecelle-Mourcairol, en aurait été réduit comme vous à se manger le sang...

Rastoul partit ; et le curé, après avoir essuyé les reproches, hélas ! bien timides, de sa mère, confus, humilié, s'enferma dans sa chambre où il éclata en sanglots.

— Mon Dieu ! mon Dieu ! murmura-t-il dans les larmes, je ne pourrai donc rien faire pour votre gloire !

Le lendemain, il alla voir à Saint-Gervais, madame de Serviès. La baronne de Serviès, convaincue que la révolution n'était qu'une échauffourée de manants, n'avait pas suivi sa famille dans l'émigration ; elle s'était obstinée à se cacher à Montpellier, s'attendant chaque jour à rentrer dans le château de ses pères. Étant des plus zélées à assister, avec sa sœur, aujourd'hui supérieure de l'Hôpital-Général de Montpellier, à la messe de la rue d'Aigrefouille, elle avait alors beaucoup connu l'abbé Courbezon. Dans l'impuissance où il était de faire cesser par lui-même les désordres de sa paroisse, le curé pensa à intéresser à son œuvre toutes les personnes charitables de sa connaissance, et à quêter leurs aumônes pour arriver plus vite à ses fins. Madame de Serviès fut donc inscrite la première sur la liste. La baronne qui n'avait pas revu l'abbé depuis les mauvais jours de 93, charmée de sa visite, lui donna cinq cents francs. Cette aubaine encouragea le desservant. Il ne parut pas de plusieurs jours à Villecelle. Il y rentra seulement le samedi, après une longue tournée, apportant onze cents francs dans sa besace. Malgré ses prières, la générosité des âmes charitables n'avait pu dépasser ce chiffre. Heureux cependant de ce maigre résultat, il assembla, le dimanche, ses margailliers, s'ouvrit de ses projets, et fit prendre à ces bonnes gens une délibération par laquelle la fabrique s'imposait de quinze cents francs.

Il n'en fallait pas davantage au chimérique desservant pour appeler immédiatement les maçons. Avec les onze cents francs de la quête, les quinze cents francs de la fabrique, et ce qu'il ajouterait lui-même, — son cœur l'aveuglant toujours sur le néant de ses ressources, il oubliait son absolu dénûment, — on pouvait bien commencer l'école des filles. Donc, malgré sa mère, à laquelle il imposa silence par un geste sévère, des ouvriers arrivèrent par son ordre de Saint-Gervais, et bientôt les murailles du couvent s'élevèrent hors de terre. L'entrepreneur, plein de confiance, épuisa d'abord ses avances. Il bâtit tout le rez-de-chaussée sans demander le moindre argent ; mais au moment de poser le seuil des fenêtres du premier étage, il vint à la cure et exigea deux cents francs pour continuer les travaux. L'abbé Courbezon, embarrassé, promit de donner cette somme dans la huitaine, et l'entrepreneur, désappointé, — il avait compté que son argent l'attendait au presbytère, — se retira inquiet et maugréant.

Cependant le malheureux desservant vivait dans des transes horribles : il voyait chaque jour, avec une terreur croissante, s'avancer le terme fatal fixé par lui au maître maçon, car il ne savait où trouver les deux mille francs promis. Hélas ! le lendemain même de la pose de la première pierre du couvent, deux ou trois cas de petite vérole avait mis le village en émoi ; puis, tout à coup, la maladie, gagnant de proche en proche, était devenue une véritable épidémie. Au milieu de ses paroissiens malades, manquant de tout, l'abbé Courbezon sentit son cœur se briser, et ne sut pas résister à la tentation de les secourir. Il puisa dans le sac des onze cents francs de la quête. En trois semaines, il avait dépensé pour ses paysans, en remèdes, nourriture substantielle, bon vin,

visites de médecin, plus de huit cents francs. L'avant-veille du jour où l'entrepreneur devait réclamer son argent, le curé assembla ses margailliers, leur expliqua dans quelle situation désespérée le mettait l'épidémie, et les supplia de fournir, à eux tous, les quinze cents francs dont la fabrique répondait. Cette somme, ajoutée aux deux cent quatre-vingts francs qui restaient de la quête et à deux cent cinquante francs qu'il emprunterait au doyen de Saint-Gervais, réaliserait les deux mille francs indispensables. Pour le reste, on aurait du temps. Ces braves gens, dévoués corps et âme à leur curé, rentrèrent chez eux, résolus à lui rapporter leur dernier sou. Malheureusement la récolte des châtaignes, la plus productive du pays, n'était pas encore faite, et malgré tout leur dévouement, il fut impossible aux margailliers de réunir plus de six cents francs. L'abbé Courbezon accepta cette misérable somme, partit tout de suite pour Saint-Gervais, où son doyen lui avança deux cents francs sur ses prochains trimestres, et rentra à Villecelle avec l'espoir que, pour le moment, il satisferait le maître maçon avec mille francs.

L'entrepreneur était un homme violent et grossier ; se croyant joué, il s'emporta contre le curé jusqu'à lui reprocher d'avoir détourné l'argent qui lui était destiné.

— La fabrique vous a donné six cents francs, s'écria-t-il, et vous en avez, dites-vous, avancé deux cents de votre poche ; mais alors cela devrait faire, avec les onze cents francs de la de la quête, dix-neuf cents francs... Oh ! tenez, vous avez beau dire, je ne vous crois point. Je sais qu'à Saint-Chinian vous avez eu déjà des difficultés avec les ouvriers et que Prosper Corbineau, de Béziers, a failli vous mener devant les tribunaux. Eh bien ! je m'acquitterai de cette besogne, moi, soyez tranquille. Je vais d'abord trouver l'évêque, et nous verrons après !

Quand l'entrepreneur se fut retiré, l'abbé Courbezon, que cette algarade avait laissé cloué sur sa chaise plus mort que vif, sentit le cœur lui manquer. Ne voulant pas alarmer sa mère, laquelle, ayant sans doute tout entendu de la cuisine, n'était déjà que trop affligée, il se traîna jusqu'à la fenêtre pour respirer le grand air ; mais ses yeux se troublèrent subitement, ses genoux fléchirent, et, sans avoir le temps d'appeler, il tomba lourdement sur le plancher.

— Au secours ! au secours ! s'écria la Courbezonne, se précipitant dans le salon.

Les ouvriers du couvent, accourus à ce cri, aidèrent la malheureuse femme à relever son fils.

— Ce n'est rien, dit le curé rouvrant les yeux et remerciant les maçons par un regard d'une douceur céleste.

Les ouvriers se retirèrent.

— Ma mère ! ma pauvre mère, dit l'abbé se

penchant pour embrasser la Courbezoune tout en pleurs à ses genoux... Ah! ajouta-t-il, je suis brisé !...

Il se coucha, et l'épidémie, dont le ravages n'étaient pas près de cesser, le saisit à son tour.

IX

Quoique épuisé par des privations de toute sorte, par des luttes morales incessantes, l'abbé Courbezon résista vigoureusement à la maladie. La petite vérole eut beau aplatir son nez, maculer son front, déchirer ses joues, ses lèvres, son menton, ses tempes, bouleverser enfin toute sa belle et noble figure d'apôtre, elle ne put rien contre ses muscles nerveux et durs comme l'acier, contre sa charpente d'Hercule Farnèse. Il se releva après trois semaines comme si de rien n'était, et demanda joyeusement son petit miroir à barbe, le seul qu'il y eût dans la maison : il voulait voir, disait-il, quel visage il avait plu à la maladie de lui accommoder. La Courbezonne, croyant épargner à son enfant l'impression douloureuse qu'elle avait éprouvée elle-même à le voir défiguré, sans songer qu'il en aurait un jour besoin, avait caché le miroir. Il fallut de vives instances de la part de l'abbé pour l'obtenir. Le pauvre curé se contempla quelques instants sans que ses yeux trahissent le moindre étonnement, la moindre tristesse.

— Vous me trouvez affreusement laid; n'est-ce pas, ma mère ? dit-il en souriant.

— Mon enfant ! balbutia la vieille paysanne en lui arrachant le miroir et laissant tomber quelques larmes sur ses mains.

— Ma mère ! dit l'abbé avec une sévérité douce, ne pleurez pas, car vous offensez Dieu. Notre corps appartient pendant notre vie à la maladie, et après notre mort aux vers de terre. Il est juste qu'il soit châtié : n'est-ce pas lui qui a péché ?

Malgré la Courbezonne qui voulut le retenir, il sortit pour aller visiter les malades dans le village. En rentrant, il s'arrêta devant le chantier du couvent. Les échafaudages étaient déserts, aucun manœuvre ne pétrissait plus le mortier, desséché dans les baquets. Les murailles cependant étaient bâties jusque vers le milieu du premier étage. Ce spectacle navra l'abbé; il ouvrit la porte du presbytère, l'âme noyée de tristesse et d'amertume.

Une lettre de l'évêché l'attendait. Elle contenait ce qui suit :

ÉVÊCHÉ

Secrétariat général.

« Monsieur l'abbé,

» Je regrette beaucoup que mes fonctions d

secrétaire général du diocèse m'obligent à vous adresser le décret ci-joint, décret, du reste, que Sa Grandeur n'a signé qu'avec le plus profond chagrin.

» *Le secrétaire général,*
» TARDIF, prêtre »

DÉCRET ÉPISCOPAL.

« Attendu que madame la baronne de Serviès et plusieurs autres dames ont remis des sommes considérables entre les mains de monsieur l'abbé Courbezon, sommes qui devaient être affectées, selon le vœu des donatrices, à la construction d'une école de filles;

» Attendu que les travaux de l'école ont été suspendus, les fonds perçus pour ladite construction ayant été, on ne sait comment, dissipés;

» Attendu que nous avions enjoint à monsieur l'abbé Courbezon de ne bâtir ni église, ni presbytère, ni autre établissement quelconque, et que, ce faisant, il est allé directement contre notre volonté;

» Notre conseil épiscopal ayant été entendu, nous avons décrété et décrétons ce qui suit :

» ARTICLE UNIQUE.—Monsieur l'abbé Pierre-Jean-Guillaume Courbezon est suspendu jusqu'à nouvel ordre de ses fonctions de desservant de Villecolle-Mourcairol, canton de Saint-Gervais, et devra, dès la réception du présent, céder la paroisse à son successeur, déjà pourvu de son titre.

» †STANISLAS-XAVIER. »

Ce coup de foudre écrasa le curé. Il tomba sur une chaise et y resta plongé dans une méditation douloureuse. Puis, comme s'il n'eût pas cru à la réalité de son malheur, il relut plusieurs fois le fatal décret. Oh! qu'allait-il devenir avec sa mère âgé de soixante-dix ans ? Quoi! on lui retirait sa paroisse! on ne voulait plus qu'il fît aucun bien! on le murait dans sa pauvreté! Un trouble inexplicable s'empara du malheureux abbé. Perdu dans mille idées vagues, indéfinies, il ne sut plus où était le bien, où était le mal. Toutes les notions du juste et de l'injuste furent confondues pour lui. Dans cet état de bouleversement intérieur, ce saint homme douta de lui-même : la route qu'il avait suivie jusqu'à ce moment, n'était-ce pas la fausse route? ne le conduirait-elle pas à la damnation éternelle ? Son évêque, condamnant éternellement sa conduite, le fit trembler pour le salut des âmes qui lui avaient été confiées, pour son propre salut. Peut-être, malgré son dévouement aux hommes, son ardente charité, était-il un de ces arbres maudits qui ne sauraient porter de bons fruits et qu'il faut, comme dit l'Evangile, jeter au feu sans pitié.

— Mon Dieu ! mon Dieu ! s'écria-t-il près de faillir, venez à mon secours !

Il tomba à genoux devant son crucifix et pria longtemps.

La prière l'ayant peu à peu rasséréné, l'abbé eut le courage de confier son malheur à sa mère. La Courbezonne ne trouva pas une parole à répondre ; il est des coups qui tuent sans vous laisser le temps de crier.

Le nouveau titulaire de Villecelle arriva le lendemain. L'abbé Courbezon l'accueillit avec bonté, lui vendit, pour mille francs la plus grande partie de son mobilier, en le chargeant d'employer cette somme à finir le couvent ; puis il partit avec sa mère pour Montpellier.

En arrivant au chef-lieu du département, l'abbé Courbezon installa sa mère dans la petite soupente de la rue d'Aigrefeuille, où il avait demeuré pendant la révolution, et descendit aussitôt de la rue de la Blanquerie pour aller à l'évêché. Indigné des soupçons qui planaient sur lui, il voulait absolument voir monseigneur et lui faire un récit complet de sa vie, depuis sa nomination à la paroisse de Saint-Chinian. Tant pis, si son humilité avait à souffrir des éloges que l'évêque serait obligé de donner à sa conduite vraiment apostolique : il ne pouvait laisser croire qu'il avait dilapidé l'argent d'autrui. Donc, déterminé à tout supporter, même la louange, il frappa à la porte de l'évêché, et entra, sans fierté comme sans fausse honte, dans les bureaux du secrétariat général.

— Pourrais-je voir monseigneur ? demanda-t-il

— Je le pense, répondit l'abbé Tardif ; je vais prévenir Sa Grandeur.

Le secrétaire sortit et reparut une minute après.

— Monseigneur, ne peut vous recevoir, dit-il.

— Demandez, je vous prie, à Sa Grandeur si je pourrai la voir demain.

L'abbé Tardif parut tout embarrassé.

— Monseigneur, balbutia-t-il, ne vous verra pas avant qu'il vous ait mandé lui-même.

L'abbé Courbezon laissa son adresse, s'inclina et sortit.

Évidemment l'évêque ne le recevrait jamais. En remontant la rue de la Blaquerie, le pauvre prêtre crut voir les maisons tourner autour de lui, tant sa tête était troublée. Son dernier espoir venait d'être emporté. Hélas ! il était bien seul maintenant dans le monde avec sa vieille mère. Abandonné des hommes et peut-être de Dieu, ne sachant plus de quel côté porter ses pas, il erra plusieurs heures à travers la ville, sans but, évitant seulement la rue d'Aigrefeuille, car, s'il rentrait, que dirait-il à sa mère ? Le hasard de sa course vagabonde le conduisit devant l'Hôpital-Général. Se souvenant alors que sa sœur n'était pas encore partie pour Paris, il entra. Il lui semblait que Marthe lui donnerait le courage nécessaire pour retourner rue d'Aigrefeuille. Mais quelle ne fut

pas sa surprise quand, sur un des bancs du parloir, il aperçut sa sœur s'entretenant avec sa mère. Hélas ! la Courbezonne n'avait su résister au désir d'aller embrasser tout de suite sa fille ! A la vue de son frère, pâle, abattu, exténué, Marthe, informée déjà par sa mère, de leur situation pitoyable, devina l'insuccès de la dernière tentative de l'abbé, et, sans lui demander aucune explication, elle lui dit en l'embrassant :

— Allons voir ma sœur Sainte-Marie.

Madame Sainte-Marie, sœur de la baronne de Serviès, était, comme nous l'avons dit, supérieure de l'Hôpital-Général. Elle avait connu l'abbé Courbezon en 93, et le respectait comme un saint. En apprenant ses malheurs inouïs, cette vieille fille de charité fut émue jusqu'aux larmes.

— Je verrai monseigneur, répéta-t-elle plusieurs fois, je verrai monseigneur, et je lui dirai quel grand serviteur de Dieu il éloigne de l'Église... Est-ce possible ?... Dans tous les cas, ajouta-t-elle, vous viendrez dire votre messe ici tous les matins, je vous en conjure, mon respectable ami.

C'est avec les quarante sous de sa messe de chaque jour à l'Hôpital-Général, que l'abbé Courbezon vécut avec sa mère pendant dix ans, de 1807 à 1817, et trouva encore moyen de pratiquer l'aumône. Absolument oublié de monseigneur Le Kalonec, que la sœur Sainte-Marie n'avait pu convaincre de la sainteté de son protégé, il ne serait probablement jamais rentré dans l'exercice de son ministère, sans une circonstance tout à fait imprévue. Sa sœur, trop faible pour supporter le climat brumeux du nord, fut renvoyée, vers la fin de 1816, à l'Hôpital Général de Montpellier sur l'ordonnance du médecin de la congrégation. Le cœur de Marthe se serra à la vue de la misère où vivaient son frère et sa mère octogénaire. Elle stimula le zèle lassé de la sœur Sainte-Marie, et toutes deux, un jour, frappèrent à la porte de l'évêché. Le moment était favorable : monseigneur cherchait un prêtre pour la nouvelle paroisse de Saint-Xist... Pressé par l'autorité de la vieille supérieure, ému peut-être par les larmes de Marthe, l'évêque promit de réintégrer Pierre-Jean-Guillaume Courbezon dans ses fonctions ; et, quelques jours après, l'ayant en effet mandé auprès de lui, il lui remit le titre de desservant de Saint-Xist ; puis, l'embrassant cordialement :

— Allez, lui dit-il, mon fils, tous vos péchés vous sont remis.

X

Quand Antoine Fumat vit l'abbé Courbezon assis à sa table, il éprouva une furieuse envie de lui dévoiler incontinent ses projets de mariage avec Sévéraguette ; mais, effrayé par la pensée que trop de précipitation pouvait tout perdre, il brida sa langue, qui lui sifflait entre les lèvres, et se contenta d'inviter insidieusement monsieur le curé à passer quelques jours à Sanégra. L'abbé Courbezon donna d'autant mieux dans le piége, que sa mère, retenue à Montpellier auprès de Marthe malade, n'avait pu le suivre, et qu'il se trouvait absolument seul à Saint-Xist. Tout, jusqu'à ses meubles et son pauvre linge, était resté là-bas, dans la misérable soupente de la rue d'Aigrefeuille. Le vieux desservant s'installa donc chez l'Avocat avec une bonhomie et une insouciance charmantes.

Dès cet instant, Fumat crut son triomphe sur Pancol assuré. Tout entier à ses espérances matrimoniales, et flairant l'occasion de s'en ouvrir au curé pour gagner à son parti un si puissant auxiliaire, il s'accrocha à lui de toute la force de son amour, ou mieux de sa convoitise, car les biens de la Sévéraguette lui tenaient bien plus au cœur que ses beaux yeux. De peur qu'il ne fût circonvenu pas ses ennemis, il ne le laissa pas seul une minute. L'abbé Courbezon descendait-il, le matin, à Saint-Xist pour dire la messe, le Sanégrol, sous l'excellent prétexte de le faire servir, l'accompagnait impitoyablement ; allait-il souper, le soir, chez quelque paysan considérable des quatre hameaux, et, l'Avocat s'invitait effrontément de lui-même, et, s'asseyant à côté du vieillard, portait au dessert, avec une solennité grotesque, des santés multipliées au curé de la nouvelle paroisse.

Cependant on touchait presque à la fin d'octobre, et Fumat, chose incroyable ! n'avait encore osé souffler un mot de ses prétentions : l'abbé Courbezon lui imposait! Malgré des rapports de jour en jour plus fréquents, le paysan de Sanégra sentait qu'il existait, entre le vieux desservant et lui, comme une insurmontable barrière, et qu'il ne pourrait jamais, avec ce prêtre grave et morne, causer familièrement de toutes choses. Cent fois le premier mot des aveux lui était venu au bord des lèvres ; mais, tenu à distance par la dignité froide et triste du curé, il en avait été réduit jusqu'ici à refouler en lui-même ses confidences. Un regard de l'abbé Courbezon lui desséchait le gosier et le rendait incapable d'articuler la moindre parole. Ses tentatives infructueuses pour expliquer son cœur ou ses intérêts con-

fondaient et désespéraient à la fois le conseiller municipal. Ce campagnard retors, ne comprenant rien à l'influence toute magnétique que l'abbé Courbezon exerçait sur ses dispositions expansives, enrageait de son mutisme, et prenait incessamment de nouvelles résolutions définitives. Un jour, enfin, ayant fait provision d'audace, il était décidé à brusquer la situation et, en attendant le curé, il ruminait, à l'entrée du chemin de Sanégra, les premières phrases de sa harangue, quand Sévéraguette, sortant de l'église, l'accosta tout à coup :

— Eh bien ! Fumadou, lui dit-elle, est-ce que vous allez garder toujours notre curé par là-haut, à Sanégra ?

— Mais, Cécile, tant qu'il voudra demeurer à la maison, je ne le mettrai point à la porte, Dieu me sauve !

— A quoi bon faire réparer les Récollets, si vous deviez loger monsieur le curé chez vous ? reprit la jeune fille piquée.

— Oh ! voyons, Sévéraguette, soyez de bon compte, et ne montez pas comme ça sur vos grands chevaux. Vous ne voulez pas, je pense, ressembler à votre tante Pancole, qui ne sait point dire une bonne parole au brave monde... Vous êtes si douce naturellement, vous !... Parlons peu, mais parlons bien : franchement, que vouliez-vous que monsieur Courbezon allât faire dans ce grand casal (1) des Récollets, sans meubles, sans linge, sans servante ? Vous savez bien que ses affaires ne sont point encore arrivées de Montpellier ?

— S'il ne s'agissait que de meubles et de linge, je lui en aurais bien donné, moi. Et, tenez, Fumadou, j'ai justement tous les meubles de ma chambre qui ne me sont plus utiles, car j'habite, depuis sa mort, la chambre de ma pauvre défunte mère ; je vais tout de suite les envoyer à la cure.

— Vos jolis meubles de noyer ! Gardez-vous-en bien, Dieu me sauve ; s'écria le Sanégrol retenant Sévéraguette qui s'élançait déjà vers Saint-Xist. Vos meubles se portent bien chez vous, qu'ils y restent.

— Cependant je veux que Saint-Xist jouisse de son curé, moi.

— Les portes des Récollets ferment comme des mâchoires de chèvre, et l'humidité moisirait bien vite votre mobilier, allez !

— Tant pis pour lui ! Qu'est-ce que cela fait ?

— Comment, qu'est-ce que cela fait ! Y pensez-vous, Cécile ? s'écria Fumat, dont toute l'avarice éclata au grand jour... D'ailleurs, ajouta-t-il un peu honteux d'avoir laissé percer son véritable caractère, monsieur Courbezon ne peut pas faire sa cuisine lui-même ; ces gens-là, vous le comprenez, sont habitués à être servis, et il n'a pas encore de domestique.

(1) *Casal*, maison ruinée.

— Et ma tante Pancole donc ? et moi donc ? sommes-nous venues au monde pour nous croiser les bras tout le long de la journée ? Vous imaginez-vous, par exemple, que nous laisserons monsieur le curé tremper sa soupe lui-même ? Soyez sans inquiétude, Fumat : monsieur Courbezon n'aura qu'à se mettre à table, à déplier sa serviette et à manger.

— C'est égal, vous en ferez ce que vous voudrez, voyez-vous ; mais à votre place je ne parlerais pas comme ça de meubles à monsieur le curé.

— Enfin pourquoi, Fumadou ?

— Mon Dieu ! parce que ça sera lui remémorer sa pauvreté. Si vous saviez tout !...

— Il est donc pauvre ?

— Pardi, je le crois bien ! Il est pauvre, sans comparaison, comme Job sur son fumier.

— Et qui vous l'a dit ?

— Qui me l'a dit ! c'est bien simple : figurez-vous que, l'autre jour, en tirant son mouchoir de sa poche, il a laissé tomber sa bourse ; je l'ai vivement ramassée sans être vu, et j'ai farfouillé dans le fin fond... Devinez combien il y avait !

— Je ne sais, moi... Parlez !... Combien ?

— Quarante sous ; pas un denier de plus, pas un denier de moins.

— Quarante sous !... Miséricorde !

— Chut ! Cécile, le voici qui vient ; chut, au moins !

En effet, après avoir, à double tour, fermé la porte de l'église, le curé s'avançait à pas lents dans l'allée qui longe la muraille du cimetière.

— Bonjour, mademoiselle, dit-il ; comment va-t-on à Saint-Xist ?

— Pas trop bien, en vérité, monsieur Courbezon, pas trop bien.

— Quoi ! il y a des malades dans ma paroisse, et personne ne m'a prévenu ! s'écria le desservant alarmé.

— Oh ! rassurez-vous, monsieur le curé, reprit l'orpheline avec un léger sourire, et ne prenez point souci de cela, je vous prie. On n'est malade à Saint-Xist que de l'ennui de ne pas vous y voir.

— En effet, mademoiselle, je suis bien coupable ; mais j'attendais, pour aller visiter mes paroissiens, d'être installé aux Récollets. Après avoir vu ces braves gens chez eux, il m'eût été si doux de les recevoir à la cure !

— Qu'en pensez-vous qu'arrivera madame Courbezon ?

— Hélas ! je n'ai pas eu de nouvelles depuis huit jours.

— Mais, monsieur le curé, si vous tenez à vous fixer tout de suite au presbytère, rien au monde n'est plus facile : je puis, aujourd'hui même, vous y arranger une chambre avec des meubles dont je ne me sers pas....

— Non, Cécile, interrompit l'Avocat, ce n'est vraiment point la peine de mettre tout sens dessus dessous à Saint-Xist. Puisque monsieur le curé a attendu ses affaires pendant un mois, il les attendra bien encore quelques jours.

— Fumat a raison, mademoiselle : ma mère ne peut tarder à arriver.

— D'ailleurs, monsieur le curé, vous mourriez d'ennui tout seul dans cette ruine, continua le Sanégrol. C'est si triste dans une maison de trouver partout visage de bois !

— Oh ! mon ami, la solitude a pour moi des charmes inexprimables ! dit le vieillard, jetant sur les Récollets un œil d'envie. — Puis il murmura : Dieu habite dans le silence, Deus est absconditus.

— Monsieur le curé, dit Cécile, qui avait lu dans les yeux du vieillard ses secrets désirs, le déménagement de quelques meubles ne peut causer chez moi aucun dérangement sérieux. Je vais donc, avec votre permission, meubler votre chambre à coucher, et, dès demain, jour de la Toussaint, vous pourrez habiter définitivement les Récollets.

— Mais, s'écria Fumat impatienté, monsieur le curé ne pourra pas faire bouillir son pot lui-même !

— Je l'entends certes ainsi ! répliqua Sévéraguette, et je pense bien que monsieur Courbezon, qui vous a fait l'honneur de s'asseoir durant un mois à votre table, ne refusera pas de prendre quelques repas à la mienne.

— Mademoiselle, j'accepte vos meubles de grand cœur, dit le vieillard avec une touchante simplicité ; quant aux dîners, nous verrons ; je n'ai besoin pour vivre que d'une poignée de châtaignes, et les faire cuire, vous le savez, n'est ni long ni difficile.

— Vous me promettez du moins, monsieur le curé, de venir souper à Saint-Xist demain au soir ?

— Allons, je vous promets cela.

— Fumadou, je vous charge d'amener monsieur le curé chez moi. Je pense bien que vous me ferez le plaisir de souper aussi à la maison avec nous.

Le Sanégrol qui était au moment de se fâcher tout rouge, désarmé par cette invitation, à laquelle il ne se fût jamais attendu, sourit agréablement à Cécile et lui fit un geste non équivoque d'acceptation et de reconnaissance ; puis, tandis que l'orpheline, joyeuse, descendait vers Saint-Xist, il attaqua bravement la montée de Sanégra. Le vieux desservant le suivit, triste et pensif.

XI

Le lendemain, après vêpres, comme il en avait été convenu, Antoine Fumat conduisit l'abbé Courbezon chez Sévéraguette. Ce fut la Pancole qui reçut les invités, car Cécile n'était pas encore revenue de l'église. Le curé ne connaissait pas la vieille tante. Occupé d'ailleurs d'autres pensées, il ne s'aperçut guère de la froideur et de l'espèce d'embarras avec lesquels la mère de Justin les accueillait, lui et son introducteur. Mais l'Avocat, très au courant du caractère expansif de la Boussagole, remarqua sa contrainte et en pénétra immédiatement les motifs. Il savait que Sévéraguette, lassée des obsessions de chaque jour plus pressantes de son cousin, secrètement indignée de l'avoir vu s'opposer en plein conseil municipal au projet de bâtir une église à Saint-Xist, avait fini par le prier de rendre ses visites plus rares, car, disait-elle, elles faisaient jaser les mauvaises langues dans le village. Évidemment la Pancole, venue à Saint-Xist pour y arranger les affaires de son fils et les siennes propres, en voyant entrer, dans une maison de laquelle Justin était à peu près banni, l'homme que tout le monde lui donnait pour rival, ne pouvait montrer un visage souriant. Le malaise allait donc croissant, et la conversation, à peine soutenue par la loquacité du Sanégrol, menaçait de tomber à plat, quand un pied leste et rapide monta les degrés du perron : c'était Cécile.

Cécile Sévérac était une jeune fille de vingt-deux ans environ ; sa tête manquant absolument de lignes, elle n'était pas belle à la juger d'après l'idée qu'on se fait ordinairement de la beauté chez la femme ; mais si, négligeant es détails de sa physionomie, on s'en rapportait à l'effet général, malgré sa bouche grande, son nez recourbé, ses pommettes saillantes, on s'apercevait vite que Sévéraguette n'était pas sans avoir son charme. Il résultait de l'ensemble de ses traits irréguliers je ne sais quelle douceur irrésistible qui vous attachait, en vous révélant l'existence d'une âme neuve, immaculée. A mesure qu'on la regardait davantage son front légèrement bombé, qu'illuminaient les rayons ineffables de la pudeur, on se sentait soi-même envahi par un sentiment de calme profond, de divine pureté. Le visage placide et suave de Cécile, avec ses yeux bruns, dont deux paupières paresseuses, frangées de longs cils noirs, voilaient éternellement l'éclat, la faisait ressembler, non à ces vierges trop idéales des peintres italiens, mais à ces vierges plus humaines des peintres flamands, chez lesquelles, à travers l'ange, on peut encore entre-

voir la femme. Du reste, si Sévéraguette tenait à la terre par des regards dont elle n'était pas maîtresse de modérer l'ardeur, le ton blanc et mat de ses joues attestait toute une vie passée dans la prière et le recueillement mystique. Évidemment cette créature primitive, pleine de parfums, qui brillait encore de tout son rayonnement céleste, n'avait pas affronté les vents orageux du monde. Sévéraguette, en effet, depuis l'âge de dix ans, était restée enfermée au couvent des sœurs de Sainte-Croix, à Bédarieux. Sa mère, — une Mécannel — en consentant à se priver d'elle, avait cédé à ce penchant d'ambition qui, comme nous l'avons fait observer, troublait l'esprit à toute cette famille.

Cécile étant l'unique héritière de la maison, la Sévéragus l'avait mise au couvent dans l'espoir qu'étant bien élevée elle pourrait, plus tard, épouser un médecin ou un notaire de la ville. Aussi la rappela-t-elle auprès d'elle avec un regret infini, quand, après la mort de Martin Sévérac, Marianne se trouva tout à coup seule et malade. Cécile, occupée à soigner sa mère, ne sortant guère que pour aller à Camplong se confesser à monsieur l'abbé Ferrand, directeur des religieuses de Bédarieux et de leurs élèves, ne perdit rien des charmes discrets et voilés que lui avait communiqués la solitude du couvent. Libre à Saint-Xist comme à Bédarieux de prier et de se recueillir, elle continua la vie de contemplation à laquelle les sœurs de Sainte-Croix avaient de bonne heure façonné son âme tendre et pieuse. De cette existence intime, cachée, provenait une sorte de grâce angélique qui enveloppait et faisait rayonner pour ainsi dire toute cette jeune fille. C'est cette grâce intraduisible, dont la voix, les yeux, les gestes se faisaient les innocents complices, qui avait si fort bouleversé le Sanglier, quand tout d'abord il était venu à Saint-Xist avec sa mère, et qui le tenait encore, à cette heure, haletant et fasciné.

En entrant, Cécile salua ses hôtes, s'excusa auprès de monsieur le curé de l'avoir fait attendre, puis l'on se mit à table. Le repas manqua de gaieté. Fumat essaya bien de l'animer par l'éloge de Sévéraguette ou le récit tant de fois répété déjà de ses démêlés avec les Boussagols ; mais ses efforts demeurèrent sans succès. L'abbé Courbezon qui, pendant les premiers jours, s'était laissé aller à une sorte de joie naïve, causée par le brusque changement de sa situation, l'âme oppressée maintenant par le souvenir de malheurs trop récents, inquiété d'ailleurs par l'absence de sa mère, par la maladie de Marthe, restait à peu près silencieux ; et Cécile, troublée par les regards de l'Avocat, par les louanges prodiguées à son désintéressement, à sa charité, la tête penchée sur son assiette, ne trouvait pas une parole. Quant à la Pancole, sous prétexte de veiller au service du souper, elle ne s'était pas mise à table. Blottie en un coin obscur de la vaste cuisine, ne perdant pas une syllabe, elle épiait les moindres mouvements des convives. Humiliée de ne pas voir son fils à cette fête, la Boussagole, de dépit, se rongeait les poings dans l'ombre et lançait de temps à autre, dans la direction de la table, des regards brillants de jalousie, d'indignation, de rage. Le curé, enfin, rejeta sa serviette, et le Sanégrol, se disposant à l'accompagner jusqu'à la cure, se leva.

Quand Sévéraguette vit ses hôtes au moment de sortir, elle tenta un effort sur elle-même, et, s'approchant de l'abbé Courbezon :

— J'espère, monsieur le curé, lui dit-elle, que, jusqu'à l'arrivée de madame votre mère, vous voudrez bien maintenant nous prendre le plaisir, à ma tante et à moi, de prendre vos repas chez nous. Fumat est un égoïste, et certainement je lui en veux de nous avoir jusqu'ici privées de vous voir à Saint-Xist. Vous êtes un peu le curé de Sanégras, j'en conviens ; mais vous êtes beaucoup plus le curé de Saint-Xist, il me semble.

— Pardonnez à cet excellent Fumat de m'avoir presque tenu sous clef, mademoiselle, et laissez-moi vous remercier de vos bontés. Hélas ! si ma mère tarde encore, je serai obligé de penser à prendre une gouvernante... O mon Dieu ! quand arrivera-t-il, ma pauvre chère mère? ajouta-t-il avec une poignante mélancolie.

Il descendit le perron suivi de l'Avocat, et bientôt ils disparurent dans le brouillard qui se levait, avec les étoiles, le long du ruisseau de Pierre-Brune.

— Oh ! ma tante, dit Cécile, revenant toute radieuse vers la Pancole, quel brave curé nous avons !

— Va donc ! tu ne sais pas encore ce qu'il cache sous son bonnet, répondit sèchement la Boussagole.

— Comment ! vous ne trouvez pas que monsieur Courbezon a l'air d'un saint ?

— Tout ce qui brille n'est point or, ma fille. Est-ce qu'on connaît jamais ces robes noires !

— Bonsoir, ma tante, je vous laisse.

— Alors, tu te couches comme les poules, ce soir ? Est-ce que tu veux faire le tour du cadran, par exemple ?

— Peut-être bien... N'êtes-vous pas de trop mauvaise humeur, à cette heure, pour causer ?

— Oh ! pour ça, oui, Cécile, tu ne te trompes point, je suis de mauvaise humeur, dit la Pancole avec un accent plein d'amertume.

— Et pourquoi, s'il vous plaît ? demanda Sévéraguette, qui devinait les motifs de la tristesse sombre de sa tante.

— Tu oses me demander pourquoi, fillette ?

— Oui, ma tante, j'ose vous demander pourquoi, et je vous prie de me le dire, répliqua la

jeune orpheline prenant un visage de plus en sévère.

— Oh ! murmura la perfide Boussagole avec une émotion toute feinte, si ma malheureuse Sévéraguc n'était pas couchée là-bas tout de son long dans le cimetière, les choses ne se passeraient pas ainsi chez elle !

— Ma tante Pancole, dit Cécile, dont les yeux se remplirent de larmes soudaines, vous êtes cruelle, et vous me faites expier bien chèrement le plaisir que j'ai eu aujourd'hui. Si ma mère vivait, sachez-le, les choses se passeraient comme vous voyez, car elle m'aimait, elle, et ne trouvait jamais rien à reprendre à ma conduite.

Elle était sur le point de rentrer dans sa chambre, quand un pas lourd, qu'elle reconnut pour celui de son cousin, résonna sur les degrés du perron. La Pancole courut à la porte, l'ouvrit, et le Sanglier, sombre, les traits bouleversés, l'œil enflammé, parut. Sans saluer sa cousine, sans articuler son bonsoir habituel, il alla s'asseoir près du feu et y resta immobile, sans parole.

— Il me semble, Justin, dit Sévéraguette, que je vous avais prié de venir plus rarement à Saint-Xist ?

— Oui, vous m'avez chassé de chez vous pour être plus libre de vous marier avec l'Avocat.

Cécile ouvrit de grands yeux étonnés : elle n'avait jamais songé à devenir la femme du conseiller de Sanégra.

— Justin, dit-elle après une pause, je ne pense pas à épouser Antoine Fumat, je vous le jure.

— Et qui épouserez-vous alors ?

Sévéraguette ne répondit pas.

— Pourquoi l'Avocat vient-il souper ici ? reprit Pancol ; je l'ai vu dévaler de chez vous en se frottant les mains de contentement.

— C'est à Fumat que nous devons un prêtre; tout le monde l'avait déjà fêté dans la paroisse ; ne devais-je pas l'inviter à mon tour ?

— Dieu me damne ! grommela le Sanglier, vous ne m'invitez pas, moi !

— Parce que vous, vous vous êtes opposé de toutes vos forces à la nomination de notre curé.

— Je pensais que, vous mariant avec moi, vous viendriez demeurer à Boussagues ; or, il y a un curé à Boussagues.

Sévéraguette hésita.

— J'ignore, dit-elle enfin, si, même en vous prenant pour mari, j'aurais le courage d'abandonner ma maison. D'ailleurs, je ne suis pas encore votre femme, Justin, et vous auriez dû penser à cela durant les séances du conseil municipal.

— Mais vous le serez, ma femme, n'est-ce pas, Sévéraguette ? dit le Sanglier avec une voix que l'émotion rendait tremblante.

— Je ne sais encore; dans tous les cas, ce n'est pas en me désobéissant comme vous le faites que vous pourrez mériter ma main.

— O ma cousine! s'écria Pancol tombant aux pieds de Cécile par un mouvement de passion irrésistible, je vous le promets, je ne reviendrai à Saint-Xist que lorsque vous m'y appellerez.

Le jeune orpheline prit sa lampe et courut s'enfermer dans sa chambre.

Cécile se trouvait dans une singulière situation morale. Sans être le moins du monde attirée vers Pancol, elle se croyait obligée de l'épouser. Il lui semblait que repousser son cousin pour se donner à un autre, ou simplement pour suivre ses goûts, qui l'éloignaient du mariage, c'était désobéir à sa mère. Certes, la Séverague avait autrefois rêvé pour sa fille un autre mari, et Cécile n'ignorait pas par quelles sollicitations de tous les instants la Pancole et le maire Mécanne avaient fini par vaincre la résistance de sa mère mourante; mais enfin, sa mère ayant parlé, elle devait se résigner à sa volonté dernière. Pénétrée de ces idées d'obéissance posthume, Séveraguette se levait tous les matins résolue à consommer l'acte qui devait à jamais fixer sa vie. Chaque jour, après avoir prié, elle sortait de sa chambre toute disposée à annoncer la bonne nouvelle à sa tante; mais jusqu'ici elle n'avait pu articuler une parole : la vue de la Pancole la glaçait. L'œil avide de la Boussagole se promenant sur toutes choses, témoignait trop visiblement de ses préoccupations intimes, et, sans le vouloir, la jeune orpheline avait, à la longue, deviné les vrais motifs du séjour de sa tante à Saint-Xist. Evidemment, ce n'était ni l'affection, ni le dévouement qui l'y retenaient, mais l'espoir de satisfaire sa convoitise. Cette idée, réconfortée à toute heure par d'incessantes observations, en navrant Séveraguette dans son cœur, avait, malgré elle, battu en brèche ses scrupules. Aussi, un jour que sa tante lui reprochait avec âpreté de dépenser trop d'argent à orner la nouvelle église, trouva-t-elle le courage de dire à Justin de rendre ses visites moins fréquentes. La Pancole donc, en mettant trop de zèle à préparer à son fils son entrée dans cette riche maison de Saint-Xist, le vrai fromage de Hollande de la fable, lui en fermait au contraire la porte par son avarice et sa cupidité trop manifestes. Maintenant, la volonté de sa mère, au lieu d'être un ordre pour Cécile, se transformait peu à peu en simple souvenir, et bientôt il suffirait d'une parole, d'un regard, d'un geste, pour que, les répugnances de la jeune fille prenant le dessus, elle rompît ouvertement, malgré sa timidité, avec sa tante et son cousin.

Quand Séveraguette se fut retirée, la Pancole approcha sa chaise de celle du Sanglier, et le regardant avec de petits yeux enflammés :

— Justin, murmura-t-elle, l'Avocat te jouera quelque mauvais tour.

— Oh! ne crains rien, Pancole; je le tuerai plutôt, vois-tu... Et, au fait, pourquoi Séveraguette épouserait-elle le Sanégrol? Elle n'a pas l'air de me détester, la petite!

— C'est une pécore, cette fille! On ne comprend rien à son caractère. Elle passerait sa vie devant un Enfant-Jésus. Ah! bon Dieu! cette église que Fumat a fait bâtir nous coûtera les yeux de la tête.

— Tais-toi, la mère, dit le Sanglier caressant les longues mains décharnées de la Pancole, et ne bouscule point trop Cécile. Va, laisse-la manger son blé en herbe; quand je serai le maître ici, tout marchera sur un autre pied.

— Tu es donc fou, Justin, en vérité! s'écria la vieille Boussagole retirant brusquement ses mains. Si cette fille dévore son bien, que deviendrons-nous après? Oh! pour ça, on ne fera pas à Saint-Xist comme tu as fait à Boussagues, sois tranquille. Je veillerai, car je veux qu'il nous reste une poire pour la soif. Hélas! qu'il est parti de pièces rondes depuis la mort de Marianne! *Mademoiselle* a acheté des tableaux, des chapes, des chandeliers pour son église, et que sais-je encore?... Tout filerait comme ça, en bêtises! Sais-tu où vont passer les six cents francs d'huile et de châtaignes de cette année? A payer une cloche, pardi! Ah! elle n'a jamais travaillé, Cécile; elle ne sait pas ce que coûte l'argent, quand il faut l'amasser sou à sou dans les champs par le soleil et par la froidure. Aussi, je lui conseille de venir rôder par ici, au curé, il sera bien reçu! Elle lui a dit de manger chez nous; pourvu qu'il ose montrer son nez, je me charge de lui servir un joli plat de ma façon. N'a-t-on pas, hier, pour meubler une chambre à ce *monsieur*, qui n'a ni sou ni maille, charrié aux Récollets nos meubles de noyer et nos beaux rideaux blancs bordés de rouge! Enfin, c'est pillage ici, quoi!

— Pancole, je t'en prie, calme-toi!... Séveraguette m'aime! Tiens, quand elle m'a regardé tout à l'heure, j'ai vu le paradis avec ses anges! Elle sera ma femme, et pour lors tout s'arrangera céans.

— Oui, tout s'arrangera quand tout sera dévoré, n'est-ce pas? Nous serons de jolis merles avec nos hypothèques de Boussagues. Je ne veux pas tomber de la poêle dans le feu, moi!

— Mais si elle mange l'argent, elle ne mangera pas les terres?

— Et qu'en sais-tu, *nigaudinos* que tu es? Puisque l'Avocat lui a fait dépenser les écus pour sa masure d'église, le curé pourra bien, avec ses patenôtres, lui faire vendre les terres. Oh! mais je serai là et on ne me fermera ni le bec ni les griffes.

— Allons, adieu, Pancole, je m'en vais, il est

tard. Ne t'inquiète point ; Sévéraguette a de l'amitié pour moi, j'en suis sûr, et ça me suffit pour le moment.

— Toi, je ne te connais plus ! Depuis que cette fille te trotte dans la cervelle, tu ne doutes de rien, et tu vas de l'avant les yeux bandés ; tu es devenu bête comme la lune !

Elle se leva, et alla vers un bahut, au fond de la cuisine.

— Tiens ! dit-elle, tendant au Sanglier un bas de coton bleu au fond duquel cliquetaient des pièces d'argent, voilà deux cents francs, prends toujours cet à-compte.

— Pour quoi faire ?

— N'est-ce pas demain le 2 novembre, le jour des Morts ? N'as-tu pas à payer des intérêts à Vernoubret, dans le courant de ce mois ?

— C'est vrai ; mais Vernoubret attendra que j'aie vendu mes châtaignes et mon vin, je pense.

— Et s'il ne veut pas ?

— Je te dis qu'il attendra, Dieu me damne ! s'écria le Sanglier détournant la tête de peur d'être fasciné par la vue de l'argent.

— Imbécillas ! tes châtaignes et la piquette ne suffiront pas à tout. Les intérêts de Lodève ne tombent-ils pas aussi le mois prochain ? Attrape, te dis-je ; hardi !

— D'où as-tu tiré cet argent ? demanda Pancol, arrêtant sur la Boussagote des yeux sévères.

— Eh pardi ! j'ai vendu quelques sacs de blé et une barrique de vin.

— Cécile le sait-elle ?

— Non... Es-tu simple, par exemple !

— Alors, je ne veux pas de ton sac, Pancole ; ça sent le vol d'une lieue, ton argent.

La vieille fit une grimace qui lui contracta hideusement le visage.

— Pancolou, dit-elle, glissant le bas dans la poche de la veste du Sanglier, réfléchis donc : il n'y a pas de vol possible ici. Tout ne t'appartient-il pas ? ne seras-tu pas bientôt le mari de Cécile qui t'aime ! Si elle savait nos malheurs, certainement elle voudrait elle-même y porter remède, car elle est bonne, ma Sévéraguette ! Allons, pars tranquillement, Justin ; paye bien les intérêts surtout pour éviter l'expropriation. Va, adieu, mon petit !

Elle le poussa doucement hors de la maison et ferma la porte à double tour.

Quand il se trouva seul sur le perron, le Boussagol, chez qui l'amour avait avivé tous les sentiments de l'honnête homme, porta la main à la poche de sa veste pour en arracher le sac et le cacher, en attendant de le rendre à sa mère, sous une des marches de l'escalier. Mais ses doigts eurent à peine touché ses écus qu'ils s'y collèrent et ne purent plus s'en détacher. En vain essaya-t-il de retirer ce bas maudit, sa main crispée s'obstinait à le retenir au fond

de la poche. Fatigué d'une lutte à laquelle il n'était guère accoutumé, le Sanglier descendit le perron, et, comme s'il craignait d'être appréhendé au collet, se dirigea vers Boussagues au pas de course.

Tandis que Pancol, l'âme en proie à toutes les inquiétudes, gravissait la colline de l'Aire-Raymond, Fumat, après avoir installé l'abbé Courbezon dans la chambre meublée par Sévéraguette, remontait le sentier de Sanégra. La nuit était magnifique ; le brouillard, qui naguère rampait le long du ruisseau de Pierre-Brune, s'était dissipé, et l'Avocat, bercé par mille rêves délicieux, cheminait lentement, se retournant de temps à autre pour regarder la maison de Cécile, dont la lune argentait le toit à travers les branches anguleuses des arbres fruitiers. Maintenant il était évident pour lui que Sévéraguette serait sa femme. Il avait bien pu en douter autrefois, quand la Sévéraguette vivait, et que d'ailleurs il ne s'était pas fait remarquer dans la commune ; mais aujourd'hui, il était impossible, après le grand œuvre de l'église accompli par lui seul, que la jeune orpheline ne l'eût pas élu dans son cœur. Pourquoi Cécile l'invitait-elle à souper, sinon parce qu'elle le préférait à Pancol ? Du reste, Sévéraguette avait rougi à table, et, pour l'Avocat, la confusion de la jeune fille était la preuve la plus authentique de son amour pour lui. Le Sénégrol, tout aise, tout ravi, par cette nuit claire et douce, lapait voluptueusement les premières gorgées d'un bonheur qui ne pouvait lui échapper, quand ses yeux, se promenant à travers la campagne tranquille, s'arrêtèrent sur le clocher vide de Saint-Xist. Fumat alors pensa à la cloche commandée par Cécile, à tout l'argent dépensé par l'orpheline pour fournir l'église d'ornements, aux jolis meubles du noyer emménagés malgré lui aux Récollets, et laissa échapper de sa poitrine un soupir plein de regrets. Oh ! quand il serait le mari de Sévéraguette, il ne lui permettrait pas de jeter ainsi les écus sans les compter, *il veillerait au grain*, selon le proverbe de Sanégra.

XII

Le jour des Morts, après la triste cérémonie de l'absoute au cimetière, comme on la fait dans les campagnes du Midi, l'abbé Courbezon n'attendit pas Fumat, qui devait lui donner une de ses mules pour aller à Bédarieux ; il se dirigea, seul et à pied, vers la ville. Quoique il fût à peine huit heures du matin, il trouva les chemins encombrés de monde. Le temps promettait d'être beau, et les villageois descendaient vers le chef-lieu du canton, où devait s'ouvrir la dernière foire de l'année. Le curé arriva avec la foule des paysans, des chèvres et des moutons, sur le pont du faubourg Saint-Louis, et, sans s'arrêter au champ de foire, déjà très-tumultueux, il gagna la cure par le *Rempart*. C'était dans le salon de la cure que devait avoir lieu la *conférence*, motif unique de son voyage.

La conférence est la réunion mensuelle de tous les desservants d'un canton chez le curé-doyen de ce canton, leur supérieur hiérarchique. Cette réunion, une des idées les plus fécondes de Saint-Vincent de Paul (1), a pour but de tenir perpétuellement en éveil les facultés intellectuelles des ecclésiastiques. Dans chaque conférence, il est discuté quatre questions ; une de théologie, une de morale, une d'écriture sainte, enfin une d'histoire ecclésiastique. Tel pauvre desservant, égaré dans un trou au sein des montagnes, perdrait jusqu'au sens des choses de l'esprit et finirait par se relâcher de ses devoirs, qui, réchauffé par la conférence, reste fidèle à sa haute mission intellectuelle et morale. Il est rare, du reste, que dans ces assemblées, composées d'ordinaire de dix à quinze prêtres, il ne se rencontre pas un homme d'une forte tête ou d'un grand cœur. Le plus souvent cet homme, c'est le curé du canton, président naturel de la conférence. Il arrive cependant que la tâche sacrée de relever ses frères de l'abattement incombe au desservant du plus petit hameau. Quand aucune passion mesquine ne les trouble, rien n'est plus grave, plus solennel que ces saintes réunions. Tous les membres de la conférence une fois présents, on se met à genoux, et le doyen récite à haute voix le *Veni Creator...*, une des hymnes les plus belles de l'église ; puis les prêtres chargés de traiter les quatre questions du programme lisent leur travail. Les observations s'entre-croisent, on discute, on s'anime, on se combat, et le président, résumant enfin les débats, la première partie de la conférence, la partie toute intellectuelle est close. Alors s'ouvre la seconde moitié, la plus intéressante, car c'est la plus intime. Chaque ecclésiastique parle à son tour de ses ouailles, des résultats obtenus, souvent même, avec une simplicité héroïque, il s'humilie volontairement lui-même devant ses confrères, se repentant d'avoir manqué de courage ou de foi. C'est une sorte de confession générale et publique.

En 1817, le diocèse de Montpellier était peut-être celui des diocèses de France où les conférences fonctionnaient le plus régulièrement. Cette régularité tenait à l'impulsion que leur avait donnée l'évêque, un des premiers réor-

Les premières conférences ecclésiastiques eurent lieu à Saint-Lazare, sous la présidence de Saint-Vincent de Paul. — Monsieur Vincent était l'âme de ces réunions, dit Bossuet, qui y avait assisté dans sa jeunesse,

ganisateurs de ces assemblées cantonales. Monseigneur Le Kalonec, nature froide et sèche, en rétablissant les conférences en 1803, n'avait pas prévu le bien immense qui en résulterait pour son clergé. Imitateur servile de Napoléon, dont la gloire l'avait ébloui quand, avec les autres évêques, il était venu accompagner le général Bonaparte à Notre-Dame, le jour du sacre, il n'avait vu dans les réunions de ses desservants chez les doyens qu'un moyen d'action plus directe sur son clergé des campagnes. Dans son admiration pour la discipline militaire, il aurait voulu faire de ses prêtres un escadron docile à la moindre parole, obéissant au moindre geste. Ce fut donc presque malgré l'évêque que ces rendez-vous, assignés d'abord par lui dans un but d'espionnage et de domination, prirent un caractère plus digne, plus élevé. En 1806, Sa Grandeur s'aperçut qu'elle possédait dans son diocèse une institution ecclésiastique admirable. Alors, sans renoncer à faire des cantons des centres où son autorité épiscopale trouvât à s'exercer par les doyens, il se plut à développer cette tendance à l'étude des questions de théologie et de morale que les conférences avaient prise dès l'origine. Pour la première fois, le programme des questions à traiter, livré jusque-là au bon plaisir des curés du canton, fut rédigé dans les bureaux de l'évêché, imprimé et adressé *franco* à tous les prêtres du diocèse, avec cette rubrique :

« *A moins de cas très-graves, et dont vous devriez informer votre doyen, vous êtes tenu d'assister aux conférences de votre canton.* »

Monseigneur Stanislas-Xavier ne s'arrêta pas en fait d'améliorations. Les conférences devinrent l'objet de toute sa sollicitude. En 1808, espérant que la publication des questions discutées dans son diocèse lui obtiendrait, à Rome et à Paris, le chapeau de cardinal, but secret de son ambition, il fit imprimer un gros volume in-8° sous ce titre : *Conférences ecclésiastiques du diocèse de Montpellier*. Ce livre, grâce à un long article anonyme *sur le rôle du Catholicisme après la Révolution française*, ne passa pas inaperçu. Le pape, il est vrai, n'envoya pas la barrette, mais il daigna remercier son frère en Jésus-Christ, l'évêque de Montpellier, par une lettre écrite de sa main, *manu propriâ*. Du reste, cette épître, émanée du Vatican, ne fut pas l'unique résultat de cette publication. Elle en eut un bien autrement avantageux : les ecclésiastiques du diocèse, stimulés par l'espérance de voir leur ouvrage imprimé, lu dans toute la France et à l'étranger, s'appliquèrent plus consciencieusement à l'étude, descendirent plus profondément dans la question posée, et, partant, la résolurent avec plus de talent. Il y eut dès ce moment rivalité entre tous les cantons du diocèse. Chacun d'eux aurait voulu voir ses conférences imprimées en tête du recueil. Il s'ensuivit une lutte féconde pour la religion, car c'est par les articles, les petits livres, sortis de ces assemblées obscures, que furent en partie dissipées, au commencement du dix-neuvième siècle, les ombres que le dix-huitième avait accumulées sur l'Eglise.

Parmi les trente-six cantons du diocèse de Montpellier, le canton de Bédarieux était le plus fier de ses conférences. Soit qu'il comptât plus de prêtres, soit que ses prêtres fussent plus intelligents, dans l'espace de neuf années, il avait vu sept fois ses conférences imprimées aux premières pages du recueil. Aussi, en apprenant par le doyen que Saint-Xist allait être érigé en paroisse, que la réunion compterait désormais un membre de plus, tous les ecclésiastiques du canton avaient-ils attendu le nouveau curé avec inquiétude. Leur arriverait-il un homme supérieur? Ils furent bien désappointés à la nomination de l'abbé Courbezon. L'ancien curé de Saint-Chinian et de Villecelle, à cause de sa taciturnité bien connue, de la simplicité de ses manières, à cause surtout de ses malheurs, dont personne n'avait songé à pénétrer l'origine, était très-médiocrement considéré dans le diocèse. D'ailleurs, on n'avait jamais entendu parler de sa capacité. On savait fort bien qu'il avait été révoqué de ses fonctions de desservant, mais on ignorait s'il possédait la moindre intelligence. En recevant l'abbé Courbezon, la veille de son installation à Saint-Xist, le doyen, peu flatté de sa nouvelle acquisition, ne l'avait pas même invité à se rendre à la conférence du 2 novembre. Ce fut seulement le jour de la Toussaint qu'il lui adressa, avec le programme des questions, une lettre de convocation.

L'abbé Courbezon arriva l'un des premiers à la conférence. En entrant dans le salon du doyen, il salua les trois ou quatre membres déjà réunis, puis s'assit timidement sur une des chaises disposées autour d'une grande table ronde recouverte de livres et de papiers. Quoique peu habitué aux égards de ses confrères, obstinés à ne voir en lui qu'un homme frappé par les foudres de l'évêché, il fut néanmoins surpris de ne pas même les voir se retourner pour lui rendre son salut. Cet accueil glacial le navra. Replongé subitement dans des souvenirs auxquels il essayait d'échapper, ce saint homme revit en un clin d'œil le tableau de sa vie pleine de misères de toutes sortes; il revit sa soupente nue de la ruelle d'Aigrefeuille, sa mère contrainte à travailler pour se nourrir, sa sœur peut-être mourante. En ce moment, lui si fort pour endurer toutes les souffrances, se sentit prêt à plier sous le faix. Abandonné de ses frères, rejeté par eux, peut-être méprisé, une fois encore il douta s'il n'était pas une brebis galeuse dans le troupeau de Jésus-Christ. Cette pensée qui traversa son esprit comme un éclair sinistre, fit perler des gouttes

de sueur froide à son front. Craignant de défaillir, il sortit brusquement de la salle des conférences, et courut à l'église demander assistance à Dieu.

Après avoir passé quelque temps en prière, l'âme réconfortée, il rentra au presbytère. La conférence était ouverte, et, sauf deux sièges, tous étaient occupés autour de la table. L'abbé Michelin, curé-doyen de Bédarieux, avait la parole. Le desservant de Saint-Xist, tout confus d'arriver quelques minutes trop tard, se coula, marchant sur la pointe des pieds, entre deux de ses confrères, et s'assit sur une des chaises vides. Au bruit qu'il fit pour se rapprocher de la table, le président tourna vers lui un regard irrité.

— Monsieur Courbezon, lui dit-il, vous interrompez la conférence; vous étiez pourtant prévenu qu'elle commence à onze heures précises. Tâchez, je vous prie, si vous ne voulez pas que monseigneur en soit informé, d'être plus exact à l'avenir.

Le pauvre vieux prêtre, vers qui convergèrent tous les regards, ne trouvant pas un mot d'excuse, baissa la tête. Le doyen reprit le fil de son discours. Mais il finissait à peine sa première phrase, que la porte s'ouvrit avec fracas, et l'abbé Montrose, curé de Saint-Martin d'Orb, entra, souriant, guilleret, tout aise. La conférence fut suspendue. Tous les membres de l'assemblée, y compris le président, se levèrent, entourèrent le nouveau venu, l'embrassèrent, l'accablèrent de cajoleries. L'abbé Courbezon, lui-même, pour céder à l'entraînement général, s'inclina devant l'abbé Montrose, qui lui tourna brusquement le dos. On se rassit, et le tumulte, occasionné par la soudaine irruption du desservant de Saint-Martin d'Orb, cessa.

Cependant, l'abbé Montrose, debout au milieu du salon, attendait que l'abbé Courbezon, assis, sans le savoir, à la place qu'il occupait d'ordinaire aux conférences, lui rendît sa chaise, et le curé de Saint-Xist restait immobile. Irrité de ce manque de déférence, il lui frappa légèrement sur l'épaule.

— Monsieur, lui dit-il, je ne savais pas que monseigneur l'évêque, mon oncle, en vous octroyant la paroisse de Saint-Xist, vous eût du même coup octroyé mon siège à la conférence.

L'humble desservant, abasourdi, se leva vivement, s'inclina de nouveau devant le neveu de monseigneur, et alla s'asseoir tout honteux sur la dernière chaise inoccupée.

— C'est la place de monsieur le curé de Camplong, reprit monsieur Montrose, le sourire de la moquerie sur les lèvres.

— Monsieur Ferrand ne viendra peut-être pas aujourd'hui à cause de sa mauvaise santé, dit le doyen; monsieur Courbezon peut donc s'asseoir. A la prochaine conférence, il trouvera la chaise de la paroisse de Saint-Xist.

Il allait continuer son fameux discours, interrompu déjà deux fois, quand un petit homme maigre et pâle se glissa dans le salon.

— Monsieur Courbezon, dit le neveu de l'évêque, voici monsieur le curé de Camplong.

Le vieux prêtre offrit son siége à monsieur Ferrand.

— Comment donc ! monsieur l'abbé, s'écria le curé de Camplong, lui serrant les mains comme à un vieil ami, restez assis, je vous prie.

— Mais c'est votre place, monsieur ; d'ailleurs, il n'y a pas d'autre chaise ici pour vous.

— S'il n'y avait pas d'autre chaise dans le presbytère, monsieur le chanoine, répondit l'abbé Ferrand jetant à ses confrères un regard de reproche, je me tiendrais debout par respect pour votre âge et pour vos vertus. Mais ne vous mettez pas en peine, notre doyen a plus de dix-huit chaises dans sa maison.

Et, tandis que tous les membres de la réunion, confondus par l'accueil plein de cordiale condescendance que le prêtre le plus distingué du diocèse faisait à l'homme qu'ils avaient dédaigné, commençaient à sourire avec bienveillance à l'abbé Courbezon, Monsieur Ferrand entrait familièrement dans la chambre à coucher du curé de Bédarieux, et en rapportait un magnifique fauteuil.

— Maintenant, monsieur Courbezon, dit-il, je vous invite à me céder ma chaise ; vous serez mieux dans ce fauteuil. Après monsieur le doyen, vous êtes digne d'occuper ici la première place.

Le pauvre curé de Saint-Xist, rougissant comme un enfant, leva sur l'abbé Ferrand ses beaux yeux où se peignait, à travers les larmes, une indicible reconnaissance, et, sans hésiter, prit le siège qui lui était présenté.

— Serrez vos chaises, messieurs ! dit le curé de Camplong d'un ton de voix impérieux.

Chacun se colla contre son voisin, et l'abbé Courbezon, au grand ébahissement de tous, fut placé par monsieur Ferrand juste en face du président.

On reprit la conférence, et l'abbé Michelin put enfin achever son malheureux discours. Mais il eut beau gesticuler, grossir la voix, des dix-sept ecclésiastiques groupés autour de lui, à peine si deux ou trois l'écoutèrent. Les autres, soit que la distinction dont l'abbé Ferrand venait d'honorer le curé de Saint-Xist eût aiguillonné leur curiosité, soit que le remords d'avoir par leur accueil outrageant fait subir un affront au vieux prêtre, troublât déjà leurs consciences, ne quittaient pas l'abbé Courbezon des yeux. Le curé de Saint-Martin d'Orb seul, pour conserver un air dégagé, ne regardait pas du côté du fauteuil. Quoique écrasé, mis à néant par la présence de l'abbé Ferrand, le plus grand théologien du diocèse, l'auteur anonyme du célèbre article *sur le rôle du Catholicisme après*

la Révolution, le neveu de l'évêque, ne voulant rien perdre du culte mêlé de terreur qu'il inspirait à la majorité de ses confrères, s'efforçait de porter haut la tête et de paraître calme au milieu des préoccupations de tous. Cependant son inquiétude était visible ; elle se trahissait par un silence auquel il n'avait pas habitué l'assemblée, et par la pâleur de ses grosses joues ordinairement joviales et colorées.

L'abbé Montrose était un jeune homme de vingt-huit à trente ans ; pauvre, il s'était fait prêtre sans vocation, uniquement parce que, son oncle étant évêque, il espérait arriver par lui aux premières dignités ecclésiastiques. Monseigneur aimait en effet le fils unique de sa sœur, et, le lendemain même de son ordination, il se l'était attaché en qualité de secrétaire particulier. Mais le neveu, gonflé de gloriole et de sottise, avait commis tant de bévues à Montpellier, dans tout le diocèse, que l'oncle, fidèle à ses principes d'impartiale sévérité, s'était brusquement débarrassé de lui, en l'exilant jusqu'à nouvel ordre dans la petite paroisse de Saint-Martin d'Orb. Là encore, son incapacité et son impertinence, unies à des mœurs douteuses, avaient amené plus d'un scandale ; seulement les paysans, indulgents pour un curé somme toute *bon enfant*, tolérèrent ses écarts, et ses confrères, trop prudents pour réprimander le neveu de leur évêque, fermèrent volontairement les yeux sur sa légèreté.

On reproche aux prêtres certaines façons de porter la tête, de regarder, de marcher. Leur attitude humble et résignée provoque l'indignation, voire la colère chez beaucoup de gens. On trouve leur air embarrassé, leurs gestes équivoques, leurs paroles timides. On se demande pourquoi les ecclésiastiques, qui sont après tout des hommes, ne marchent pas, ne regardent pas, ne parlent pas comme tout le monde. Hélas ! si les prêtres ont l'air contraint, s'ils balbutient, s'ils vont parmi nous tête basse, c'est qu'ils vivent constamment dans la crainte. Chez les uns, cette crainte naît des plus nobles scrupules de la conscience ; chez le plus grand nombre, du sentiment de terreur qu'inspire l'autorité diocésaine ; car on ne sait pas, chez les laïques, jusqu'où peut aller la puissance d'un évêque. Il dépend d'un homme, d'un seul, de briser votre vie, de vous priver de pain, de vous ravir votre honneur. Napoléon, génie centralisateur par excellence, fut lui-même épouvanté, en apercevant quel immense pouvoir la suppression des tribunaux ecclésiastiques laissait aux évêques, et voulut non-seulement l'inamovibilité des curés de canton, mais il leur permit d'avoir recours au Conseil d'État, si l'autorité épiscopale venait à méconnaître leurs franchises. Évidemment le grand législateur eût affranchi du même coup le pauvre clergé des campagnes; s'il eût prévu les tracasseries, les violences dont il pouvait être victime. Lui qui aimait l'église du village, qui avouait à Bourrienne n'avoir jamais entendu, dans le bois de la Malmaison, la cloche de Ruell sans émotion, et qui, dans ses vastes plans d'organisation administrative, rêvait de faire du desservant à la fois un maire et un juge de paix, n'eût pas supporté que le petit clergé, le plus méritant à tous égards, fût abandonné aux hasards d'une situation si précaire, si misérable.

Cependant il est quelques rares prêtres assez audacieux pour porter haut la tête et ne pas trembler devant leur évêque. Ce sont ceux qu'une fortune personnelle, plus ou moins considérable, mettrait au-dessus du besoin, si jamais il prenait envie à monseigneur de les presser trop vivement de son aiguillon; ou ceux encore qu'un talent supérieur place hors des atteintes de l'autorité diocésaine. La fortune et le génie, parce qu'ils peuvent se défendre, l'une par l'intrigue, l'autre par ses propres œuvres, sont rarement attaqués. L'abbé Ferrand, que monseigneur Le Kalonec ne connaissait guère, avait été lui-même, vers 1803, en butte à quelques tracasseries; mais il adressa à Sa Grandeur une lettre à la fois si respectueuse et si hautaine, que l'évêque, épouvanté, sentant tout ce qu'il venait de se heurter à un grand caractère, l'oublia désormais complétement. Il fallut tout le retentissement qu'obtint le premier volume des *Conférences ecclésiastiques*, écrit presque en entier par le curé de Camplong, pour que monseigneur pensât de nouveau à son orgueilleux subordonné. Vers cette époque, il fit une tournée pastorale, et, sous prétexte de confirmer une douzaine d'enfants de Camplong, qui auraient bien pu, comme toujours, se rendre à Bédarieux, il visita lui-même la paroisse de l'abbé Ferrand. L'humble desservant, n'imitant guère ses confrères, qui se ruinaient pour recevoir dignement Sa Grandeur, accueillit monseigneur et sa suite avec joie, mais avec plus de simplicité encore. Après la cérémonie de la confirmation, il offrit à l'évêque, au grand-vicaire et aux curés voisins accourus sur le passage de monseigneur, non un dîner somptueux, splendide, mais un repas frugal, comme lui permettaient de le faire ses appointements de cinq cents francs et son casuel de deux cents. Devant une table si chétivement servie, tout le monde tremblait pour le curé de Camplong. On craignait que monseigneur Stanislas-Xavier, dont le goût pour les vins fins et les mets délicats était bien connu, ne se levât brusquement et ne partît indigné. Le contraire arriva. A la grande surprise de tous, Sa Grandeur mordit aux pommes de terre, au vulgaire gigot de mouton, aux haricots à la provençale, et but, sans se faire prier, la piquette de l'endroit. Il

était clair, à cet appétit dévorant, que l'évêque cajolait l'abbé Ferrand. Ses intentions éclatèrent manifestement quand, à la fin du dîner, appelant tout à coup le curé de Camplong, en train dans la cuisine de préparer lui-même le café à ses hôtes, il lui dit :

— Monsieur l'abbé, nous connaissons vos mérites, et nous désirons vous avoir pour premier grand-vicaire, en remplacement du vénérable abbé Trouillet, que la mort vient de ravir au diocèse et à notre cœur !

Monsieur Ferrand s'inclina, baisa respectueusement l'anneau pastoral, et, devant tous ses confrères, étourdis de son humilité chrétienne, par quelques paroles dignes et sincèrement modestes, refusa la haute dignité dont on voulait le revêtir. Il supplia, au contraire, Sa Grandeur de vouloir bien l'abandonner dans le petit village de Camplong, où peut-être il réalisait quelque bien, où surtout les fonctions de son ministère lui permettaient encore de servir la religion par ses écrits. L'évêque, ému d'admiration, bénit l'abbé Ferrand, l'embrassa tendrement et lui dit ces belles paroles :

— Mon fils, vous venez de causer à votre père la plus grande joie qu'il ait éprouvée de sa vie. Puisqu'il se rencontre encore dans le clergé des prêtres humbles et intelligents comme vous l'êtes, les plaies que la Révolution a faites à l'Eglise pourront être facilement cicatrisées. Dieu soit béni ! ajouta ce prélat sévère, le visage épanoui d'une sainte joie, il reste encore à l'Eglise des pères pour la faire aimer et, au besoin, la défendre.

Ceux qui connaissent un peu les ecclésiastiques, qui savent combien ils se rapprochent en général de la femme par leurs manies cachottières et bavardes, pourront seuls se faire une idée de l'épouvantable flux de paroles qui découla du refus du curé de Camplong. Tout le diocèse fut en émoi. Chacun chercha à pénétrer les raisons qui avaient pu déterminer monsieur Ferrand à dédaigner le grand-vicariat. On éplucha sa vie, on discuta ses actes, on le blâma, on le loua, et finalement, les dévôts, concluant en sa faveur, on le proclama un grand saint. La vérité est tout simplement que l'abbé Ferrand était un grand esprit, auquel le contact du monde, autant que la méditation solitaire, avait appris le néant des grandeurs humaines. Jeune encore, les diamants d'une mitre ou l'or étincelant d'une crosse l'eussent peut-être séduit. Mais à cinquante ans, il avait trop lu, trop vu, trop pensé, trop jugé, pour s'arrêter désormais à ces colifichets de la vanité sacerdotale. Si jamais l'idée de devenir évêque avait effleuré son esprit, il s'était hâté de repousser cette idée, non qu'il se sentît tout à fait indigne d'exercer l'épiscopat, mais parce qu'avec les nouvelles constitutions ecclésiastiques, les charges lui en paraissaient trop écrasantes. Il avait vu des têtes frivoles, des intelligences douteuses, des caractères misérables, courir sus aux dignités après la Révolution ; et lui, dont l'âme était ferme, l'esprit sérieux et étendu, n'avait pas fait un pas, ne se sentant pas le courage d'assumer une si énorme responsabilité. D'ailleurs, son génie secret, au lieu d'attirer cet homme vers les splendeurs de la domination terrestre, le poussait vers la retraite et le silence. S'oubliant donc lui-même, il ne songeait qu'à faire fructifier, pour la prospérité de l'église, les dons précieux dont le ciel l'avait comblé. Trop faible, trop maladif pour réaliser son premier rêve, celui d'aller en Chine en qualité de missionnaire apostolique, après quelque temps de tergiversations, il accepta, vers la fin de 1802, la paroisse de Camplong, et commença immédiatement à poser les jalons des grandes œuvres qui devaient absorber sa vie.

L'ouvrage auquel il arrêta sa pensée fut un *Traité de la Concupiscence de la chair, Tractatus de Concupiscentiâ carnis*. Ce traité, commencé vers 1803 et écrit en latin, fut entrepris sur le vaste plan qui distingue les œuvres théologiques d'Albert le Grand, de saint Bonaventure, de saint Thomas d'Aquin. Au moment où, de toutes parts, et dans les sphères les plus élevées de la politique, on parlait du mariage civil des prêtres, où plusieurs ecclésiastiques réfractaires, profitant de la confusion qui régnait dans la société après la Révolution, contractaient des unions illicites, il parut opportun à l'abbé Ferrand de protester contre la corruption par un livre où la chasteté n'était pas seulement considérée comme une loi disciplinaire, mais comme un des dogmes fondamentaux de l'Eglise de Jésus-Christ. Dans une préface où l'auteur s'élevait à la plus haute éloquence, il osait enjoindre à monsieur de Talleyrand, ancien évêque d'Autun, alors ministre des relations extérieures, et à Fouché, ancien oratorien, alors ministre de la police, de déserter les affaires et le concubinage pour rentrer dans la voie où Dieu les avait primitivement appelés. Le *Traité de la Concupiscence de la chair*, dont le curé de Camplong, dans un moment d'expansion, avait confié les grandes divisions à trois de ses amis, les curés de Bédarieux, de Graissessac et de Boussagues, devait avoir plusieurs volumes. Malheureusement, la maladie, qui semble s'attacher de préférence aux organisations d'élite, venait l'obliger souvent à interrompre ses travaux. Ne trouvant plus alors sa tête assez puissante pour tirer du syllogisme ses conclusions rigoureuses, il abandonnait un instant cet ouvrage hérissé de textes et d'arguments, et se livrait à des études qui exigeaient une moins grande contention d'esprit. C'est dans ces moments d'accablement, d'atonie, de marasme, qu'il écrivit une *Vie de la sainte Vierge* et fit une *Traduction de l'Imita-*

tion de Jésus-Christ, dont plusieurs fragments, accompagnés de réflexions profondes, parurent dans les *Conférences ecclésiastiques*, de 1812 à 1816. Il imprima, de plus, vers 1814, en gardant toujours l'anonyme, une suite de *Méditations sur l'Evangile de saint Jean*. Mais sa *Vie de la sainte Vierge*, sa *Traduction de l'Imitation*, ses *Méditations sur l'Evangile* et une *Histoire sommaire des hérésies depuis Arius jusqu'à Luther*, ne furent que des délassements auxquels il se condamnait à regret, lorsqu'il ne pouvait plus travailler au *Traité de la Concupiscence*. Le *Tractatus de Concupiscentiâ carnis* était l'œuvre à laquelle l'abbé Ferrand se réservait d'attacher son nom.

XIII

Qu'on se figure maintenant l'effet produit dans la réunion ecclésiastique du 2 novembre 1817 par la bienveillance dont, à son entrée dans le salon, l'abbé Ferrand combla l'humble curé de Saint-Xist. Il fut immense. Comment ce prêtre, de qui tout le monde admirait la piété, le caractère, le savoir, pouvait-il traiter avec une aussi affectueuse cordialité un homme déshonoré par le blâme de monseigneur, repoussé par tout le clergé du diocèse ? Cette pensée bouleversa les têtes et fit clore la conférence avant l'heure habituelle. La séance une fois levée, chacun, impatient d'obtenir des renseignements, se mit à tourner autour du curé de Camplong ; mais celui-ci, dont la physionomie naturellement sévère, par un jeu puissant des muscles, savait exprimer le plus écrasant mépris, regarda dédaigneusement ses confrères, prit amicalement le bras à l'abbé Courbezon, et, sans laisser tomber une parole de ses lèvres, sortit avec lui du presbytère.

L'abbé Ferrand, ne songeant pas que toutes les places de la ville étaient encombrées de marchands, mena le curé de Saint-Xist à la *Promenadette*. La Petite-Promenade ou la *Promenadette*, comme on l'appelle à Bédarieux, pour la distinguer de la Grande-Promenade, située à côté de la mairie, est un carré d'une cinquantaine de mètres, planté d'ormes séculaires et entouré d'un parapet en pierres de taille. Autrefois, au temps où Bédarieux, moins commerçant, se réduisait au quartier du Château, la Promenadette, point central de ce quartier, était le rendez-vous de tous les joueurs de boules, de tous les flâneurs et des quelques petits rentiers de la ville. C'était là aussi qu'avec l'autorisation de monsieur le maire, les charlatans, les meneurs d'ours, les saltimbanques et tous les comédiens de hasard venaient amuser le public. Mais à l'époque où se passe cette histoire, la Petite-Promenade avait bien perdu de sa physionomie tapageuse et animée. Déjà, en 1817, sauf les jours de foire, où les paysans des Aires et d'Hérépian, en y vendant leurs ouvrages en osier, y répandaient encore du bruit, la Promenadette était le plus souvent solitaire et déserte. A peine si, les jours ordinaires, son excellente exposition au midi et le voisinage de la cure y amenaient quelques vieillards ou quelques ecclésiastiques. Du reste, ces personnages sévères et muets, absorbés, les uns dans le sentiment de leur décrépitude, les autres dans la lecture du bréviaire, ne servaient qu'à donner à cet endroit, autrefois si bruyant et si gai, un caractère plus morne, plus triste, plus désolé.

C'est en ce lieu abandonné, plein de silence et de recueillement, que le curé de Camplong aimait à se promener avec le doyen. Il s'y trouvait à son aise pour parler de ses œuvres, et, en y conduisant l'abbé Courbezon, il n'avait fait que céder à l'habitude. Mais il fut bien désappointé quand il vit la Promenadette si animée, si populeuse. Tournant brusquement à droite, il passa le pont de Vèbre, traversa le faubourg Trousseau, et, toujours suivi du curé de Saint-Xist, prit le chemin de Saint-Raphaël, le long de l'Orb. Les deux prêtres marchèrent longtemps silencieux; ils s'arrêtèrent enfin auprès de la croix du jardin de Tourel, au-dessus du gouffre Cardinal. L'abbé Courbezon, dont le cœur débordait, balbutia des paroles de reconnaissance.

— Monsieur le curé, dit l'abbé Ferrand l'interrompant aussitôt, ne me remerciez pas d'avoir accompli un devoir envers vous, car alors je croirais qu'on ne sait plus, dans le clergé, rendre hommage au malheur et à la vertu. Hélas ! j'ai fait assez de tristes observations sur mes confrères, n'en aggravez pas la portée par vos remercîments. Ces messieurs ne sont pas méchants; ils sont faibles et mesquins, voilà tout. Quand vous les connaîtrez, vous en trouverez qui ont du cœur et de l'intelligence; malheureusement, craignant la verge du maître, ils n'ont même pas l'audace de montrer leurs bonnes qualités. Tremblant toujours de déplaire à monseigneur, ils sont aux pieds du petit abbé Montrose, qui peut les recommander à son oncle et leur obtenir peut-être une situation meilleure. L'ambition, monsieur l'abbé, l'ambition misérable des biens de la terre, que nous devrions fuir, parce qu'elle corrompt et éloigne de Dieu, est notre incurable plaie. Cette plaie, qui des princes de l'Eglise a gagné de proche en proche tout le corps ecclésiastique, serait bientôt guérie s'il s'y rencontrait beaucoup de prêtres décidés comme vous à tout sacrifier, à tout souffrir, à se dévouer jusqu'à la mort au triomphe de la religion. Mais ne doutons pas de la puissance de Dieu! Jésus-Christ a promis d'être avec son Eglise jusqu'à

la consommation des siècles, et il n'est pas en notre pouvoir de la perdre : son œuvre est immortelle comme lui-même.

L'abbé Courbezon, l'œil arrêté sur le curé de Camplong, écoutait avec ravissement ces paroles où respiraient la foi robuste et l'enthousiasme des vieux pères de l'Eglise, quand l'abbé Ferrand, baissant tout à coup la voix :

— Mon frère, lui dit-il, ou bien mon père, car vous méritez ce nom à tous les titres, je vous ai mené en cet endroit écarté pour vous dire, tout de suite et sans témoins, qu'elle doit être votre conduite dans ce nouveau pays vis-à-vis de vos paroissiens et de vos confrères que vous ne connaissez point encore. Vous allez peut-être me trouver bien présomptueux d'oser vous donner des conseils; mais ma vie tout entière, passée au sein de ces montagnes et au milieu des hommes que vous venez de voir, m'autorise, sinon à vous imposer mes idées, du moins à vous communiquer les choses que l'expérience m'a apprises. Je sais vos malheurs. Me trouvant à Montpellier, il y a des années, la sœur Sainte-Marie, de l'hôpital général, crut que je jouissais de quelque crédit auprès du monseigneur, et, après m'avoir raconté les vicissitudes de votre vie dans les plus intimes détails, me pria de voir Sa Grandeur pour obtenir votre réintégration dans le saint ministère. J'allai en effet à l'évêché, mais monseigneur, dont vous connaissez le caractère inflexible, me laissa partir sans me rien accorder... Enfin, vous voilà rentré dans le service actif de l'Eglise. Dieu soit béni ! Seulement il faut désormais y rester, y rester jusqu'à la fin. Il serait triste, à votre âge, et quand tout le monde ignore le bien immense que vous avez fait à la religion et au prochain, de vous voir quitter cette troisième paroisse. Ne donnez donc aucune prise à notre évêque. Monseigneur vous a frappé à regret, c'est incontestable; mais il n'hésiterait pas à vous frapper encore, si, méconnaissant sa volonté, vous alliez vous précipiter dans de nouveaux embarras pécuniaires. Depuis le rétablissement de notre sainte religion, le clergé du diocèse de Montpellier conserve une admirable tenue. Ce haut sentiment de dignité personnelle qu'ici chaque prêtre apporte dans sa conduite, est dû au frein de la discipline ecclésiastique, rétablie, dès 1802, par monseigneur Le Kalouec, dans toute sa rigueur primitive. Quinze ans se sont écoulés, et aucun des scandales qui ont affligé les diocèses voisins n'a éclaté chez nous. Aussi notre évêque est-il fier de son clergé, et, soyez-en convaincu, c'est uniquement la crainte de voir l'honneur terni qu'il a sacrifié en appesantissant sa main sur vous. Vos dettes à Saint-Chinian, à Villecelle, contractées toutes, il est vrai, dans le but le plus charitable, pouvaient néanmoins d'un jour à l'autre vous mener devant les tribunaux et vous faire condamner...

Monseigneur n'a pas voulu qu'un de ses prêtres eût à rougir devant la justice humaine, et il s'est montré impitoyable. N'allez pas croire maintenant, monsieur l'abbé, que pour vous avoir si sévèrement traité, notre évêque ne fît pas le plus grand cas de vos vertus, n'estimât votre caractère. Monseigneur Le Kalonco vous aime, au contraire, je le sais, et ne vous eût jamais retiré le titre de desservant de Villecelle, s'il n'eût écouté que son cœur. Malheureusement nous vivons dans des temps où l'Église a besoin, pour continuer son œuvre divine dans le monde, de se tenir fortement attachée à la logique de ses idées. Il était réservé à la Révolution française de nous prouver qu'avec le cœur on commet de sublimes imprudences, et que c'est avec la tête seule qu'on gouverne.

— O monsieur le curé, s'écria le pauvre abbé Courbezon transporté par l'éloquence fiévreuse du théologien, comme je dois avoir affligé monseigneur, et qu'il a eu raison de m'arracher de mes deux paroisses de Saint-Chinian et de Villecelle, comme on déracine du sol une plante malfaisante et empestée !

— Voyons, monsieur Courbezon, poursuivit l'abbé Ferrand prenant par un mouvement affectueux les mains du vieux prêtre dans les siennes, vous avez eu tort, dites-vous, puisque monseigneur a deux fois censuré votre conduite. Il s'agit donc, aujourd'hui, de ne plus retomber dans vos anciennes fautes. Les paysans de ces environs, particulièrement ceux de votre paroisse, sont câlins et fourbes. Ne vous fiez pas à leurs démonstrations : tout n'est qu'extérieur chez ces hommes durs et avares. Voyez-les quand ils seront malades, mais ne vous prodiguez pas : ils deviendraient familiers et vous ne feriez aucun bien. Il faut inspirer de la crainte à vos ouailles, si vous voulez qu'elles s'attachent à vous. A Villecelle-Mourcairol, où vos bienfaits ont laissé de si glorieuses traces, vous eûtes affaire à des gens simples et bons; ici, les paysans sont rusés et railleurs. Tenez, pour ne vous citer qu'un exemple, vous avez à Sanégra un homme qui, s'il eût fait des études, eût été un diplomate consommé. Vous ne sauriez croire avec quelle habileté Antoine Fumat, au milieu des plus grandes difficultés, a mené l'affaire de l'érection de Saint-Xist en paroisse. Fumat aimerait, dit-on, Cécile Sévérac, une de mes pénitentes, et ce serait son amour pour cette pieuse jeune fille qui lui aurait donné l'énergie de tout entreprendre. Quel qu'ait été le motif de sa belle action, il n'en a pas moins montré dans son exécution une admirable souplesse de caractère unie à une fermeté d'esprit peu commune. Soyez circonspect avec cet homme ; il sera votre premier ami dans la paroisse, mais avec le naturel que je lui connais, il deviendrait votre ennemi le plus acharné, si jamais la religion vous forçait à le heurter dans

sa vanité ou dans ses intérêts. Vous allez trouver une église pauvre ; ne vous avisez pas surtout, mon ami, de demander aux paysans de l'argent pour l'orner ou l'agrandir. Vous les trouveriez probablement disposés à faire des sacrifices, ils signeraient même des listes de souscription ; seulement, le jour où les mémoires des entrepreneurs pleuvraient au presbytère, le blé aurait manqué, les châtaignes se seraient vendues à vil prix, les vignes auraient été grêlées, enfin, ils inventeraient mille raisons pour ne pas vous donner un sou. Alors, monsieur le curé, vous voyez ce qui arriverait : vous vous retrouveriez plongé dans vos misères d'autrefois, et monseigneur aurait encore le droit de se plaindre. Notre évêque saura par son neveu tout ce que vous faites, pensez-y ! Soyez réservé avec tous nos confrères, et avec l'abbé Montrose particulièrement. Il ira sans doute vous voir à Saint-Xist ; recevez-le simplement, dignement, vous souvenant surtout alors que, si la parole est d'argent, le silence est d'or. Sans doute il est pénible de falloir ainsi se contraindre au milieu des siens, et personne plus que moi ne souffre de cette gêne ; mais elle est indispensable dans notre diocèse pour y fournir une carrière sans trouble, sans ennui. Il serait cruel pour votre vieille mère, et désolant pour moi qui vous aime, que votre grand cœur vous précipitât de nouveau dans l'horrible situation du prêtre inutile à l'Église. Modérez donc ces instincts de votre âme qui vous poussent sans cesse à vous dévouer au delà de vos forces. Il est honteux de l'avouer, mon frère, mais nous vivons dans un siècle où tout, même le bien, doit être pratiqué avec mesure. Les passions extrêmes, bonnes ou mauvaises soient-elles, épouvantent notre société, qui ne veut être ni profondément pervertie, ni profondément religieuse, mais qui veut flotter paresseusement entre le vice et la vertu. Hélas ! les grandes organisations s'effacent avec les croyances, et nous courons de toutes parts à l'indifférentisme. Evidemment, si Dieu nous avait suscités pour le grand œuvre de régénération à accomplir, il n'eût pas souffert que vous fussiez broyé par le malheur comme le froment par la mule, et que la maladie m'enlevât jour à jour mes forces; car vous le voyez, mon ami, la vie m'échappe. Dieu n'a pas pensé à nous, il ne nous a pas jugés assez vaillants. Contentons-nous donc de faire pour sa gloire ce qui est en notre puissance, sans rien tenter au delà. D'autres viendront avec la redoutable mission de renouveler la face du clergé et du monde.

L'abbé Courbezon, qui s'était assis sur une large pierre au pied de la croix du jardin de Tourel, sur un geste amical du curé de Camplong, se leva, et ils reprirent à pas lents le chemin de la ville. Jusqu'au faubourg Trousseau, les deux prêtres, préoccupés, marchèrent à côté l'un de l'autre, graves et mornes. L'abbé Ferrand, auquel un mot sur sa santé misérable était échappé malgré lui, car il n'aimait guère à parler de ses souffrances, paraissait absorbé dans le pressentiment d'une mort prochaine, tandis que le curé de Saint-Xist, encore étourdi par les prédictions sinistres de son confrère, avait une peine infinie à rassembler ses idées. Enfin, arrivés à l'extrémité du faubourg, au moment de repasser le pont de Vèbre, l'abbé Courbezon trouva quelques paroles empreintes de l'affection la plus vive pour remercier encore une fois son ami. Puis il essaya de s'éloigner.

— Où allez-vous donc? lui dit l'abbé Ferrand, le retenant.

— Je repars pour Saint-Xist; j'ai hâte de revoir mes paysans.

— Vous ne savez donc pas que les jours de conférence on dîne chez le doyen?

— Je n'ai pas faim, dit naïvement l'abbé Courbezon.

— Après la scène de ce matin, votre absence serait inhabile; vous auriez l'air d'en vouloir à ces messieurs, et l'abbé Montrose ne manquerait pas de le faire remarquer. Elevons-nous, mon ami, au-dessus des haines par le pardon le plus entier. L'homme qui pardonne est plus grand que celui qui se venge : lui seul prouve qu'il a le mépris de la terre et de toutes les œuvres de la chair.

— Oh! monsieur le curé, je pardonne à mes confrères, Dieu m'en est témoin! dit le pauvre desservant de Saint-Xist avec une admirable effusion de cœur.

— Alors, venez dîner !... Du reste, ce repas ne vous oblige à aucune reconnaissance envers monsieur Michelin; vous le payerez quatre francs, comme chacun de nous.

— Quatre francs! s'écria l'abbé Courbezon tout-troublé.

Monsieur Ferrand le considéra avec étonnement.

— Comment, lui dit-il, est-ce que vous manquez d'argent?

— Je vous assure, mon ami, que je n'ai aucune envie de dîner.

— Monsieur Courbezon, reprit le curé de Camplong, lui serrant plus étroitement le bras, en ce moment vous m'affligez beaucoup.

— Moi! balbutia-t-il; et pourquoi, mon noble ami?

— Parce que vous manquez de confiance en moi. L'abbé Courbezon devint tout tremblant.

— Monsieur le curé, lui dit l'abbé Ferrand avec une gravité affectueuse, parlez-moi franchement : vous n'avez pas quatre francs dans votre bourse.

— Cela est vrai, murmura le vieillard, baissant la tête.

— Vous êtes donc parti de Montpellier sans argent?

— J'avais vingt-cinq francs quand j'ai quitté Montpellier.

— Vingt-cinq francs! Et comment avez-vous vécu depuis votre arrivée à Saint-Xist?

— Je mangeais chez un de mes paroissiens, chez Antoine Fumat.

— Vos vingt-cinq francs vous restent alors?

— Hélas! non, monsieur le curé.

— Vous les avez donnés aux pauvres?

— Oh! pas les vingt-cinq francs tout entiers, puisque j'ai dépensé six francs pour mon voyage de Montpellier à Saint-Xist, et qu'il me reste encore dix-huit sous.

— Dix-huit sous! voilà tout ce que vous possédez?

Il fit un signe de tête affirmatif.

— Mais comment espérez-vous vivre pendant deux mois, car votre mandat n'écherra pas avant deux mois.

— Bah! je vivrai bien : j'ai un superbe jardin, et les paysans m'ont déjà donné des châtaignes.

— Et votre mère, la condamnerez-vous à ce régime?

A ces mots, le curé de Saint-Xist leva sur son confrère des yeux humides et se tut. Ils entrèrent dans le presbytère.

— Il est impossible, continua l'abbé Ferrand, que votre mère, à son âge, supporte vos privations.

— Hélas! elle a déjà tant souffert! balbutia le vieux prêtre. Et de grosses larmes, qu'il fit de vains efforts pour retenir, arrosèrent ses joues blêmes et crevassées.

Le curé de Camplong luttait depuis longtemps lui-même contre l'émotion. Il fut vaincu. Il attira le curé de Saint-Xist dans la chambre à coucher du doyen.

— Mon ami! mon père! lui dit-il en tombant à ses pieds, le visage inondé de pleurs, donnez-moi votre bénédiction.

L'abbé Courbezon, tout bouleversé, le bénit.

— Maintenant, dit le grand théologien se relevant, accordez-moi une autre grâce : voici deux cents francs que je destinais à l'achat de la *Collection complète des conciles*, acceptez-les. Je puis me passer encore de cet ouvrage pour mes travaux.

Le vieux prêtre hésitait.

— Au nom de Dieu, au nom de votre mère, dit l'abbé Ferrand, ne me refusez pas le bonheur de vous venir en aide.

L'abbé Courbezon, la tête perdue, prit l'argent, pâlit horriblement et tomba évanoui sur une chaise.

— Au secours! au secours! cria le curé de Camplong.

Les ecclésiastiques de la conférence, réunis tous dans la salle à manger, accoururent en foule. Le curé de Saint-Xist fut rappelé à lui-même.

— Qu'y a-t-il donc ? demandèrent les desservants étonnés, qu'y a-t-il donc ?

— Il y a, répondit monsieur Ferrand dont le regard flamboyait, qu'un saint est entré ce matin dans cette maison, et que les siens n'ont pas voulu le recevoir, comme Jean l'Évangéliste le dit du Précurseur : « *Et sui eum non receperunt.* »

DEUXIÈME PARTIE.

I

Quand l'abbé Courbezon arriva à Saint-Xist, il faisait nuit noire. S'étant arrêté, en passant, dans plusieurs maisons de Frangouille, ses visites l'avaient retardé bien au-delà de ses prévisions. Malgré la bise très-piquante, il rencontra Fumat en faction sous le porche des Récollets.

— Ah ! monsieur le curé, s'écria l'Avocat, je suis bien aise de vous voir enfin ; je commençais à craindre que vous ne vous fussiez égaré dans nos *bouzigues* (1).

— Bonsoir, mon ami, dit le vieillard touché des attentions du paysan et lui tendant la main.

— Ce n'est pas tout, la Fumade vous attend à Sanégra pour souper.

— Pour souper ! mais j'ai dîné à deux heures. Ce sera pour demain, Fumat ; ce soir, en vérité, je ne ferais pas honneur à la cuisine de votre mère.

— Cependant, Dieu me sauve ! vous ne pouvez rester comme ça jusqu'à demain matin sans manger.

— Oh ! je ne mourrai pas cette nuit d'inanition... Allons, ne faites pas le méchant. Demain j'irai à Sanégra pour y commencer mes visites à mes paroissiens, et je dînerai chez vous.

L'abbé Courbezon ouvrit la porte de la cure. Ils entrèrent.

Le presbytère de Saint-Xist, auquel on n'a rien changé depuis 1817, est bâti loin de toute habitation, au bas d'une colline nue, sablonneuse, infertile, et forme, avec l'église qu'il enserre, un vaste quadrilatère de plus de cent mètres d'étendue. Vu de la plaine de Véreille, ce bâtiment sombre, que domine, en guise de

(1) *Bouzigues, garrigues*, noms qu'on donne aux landes dans le Bas-Languedoc.

tour de défense, un clocher d'une ligne sévère pourrait facilement être pris pour une construction féodale ; mais à mesure qu'on approche, il perd son aspect grandiose, terrible, et bientôt on est tout étonné de se trouver en face de murailles minces, de portes en simple moellon, de contre-forts sans caractère. C'est qu'en effet, le presbytère, quoique à quelques pas seulement du château, est d'une date beaucoup plus récente. Ce fut seulement vers la fin du dix-septième siècle que l'abbaye de Villemagne, suzeraine d'une grande partie du pays, établit quelques moines à Saint-Xist, pour leur faire prélever plus exactement les impôts de la haute vallée d'Orb. Jusqu'en 1789, ces moines perçurent paisiblement la dîme et autres redevances ; mais, aux premiers éclats de la Révolution, ils décampèrent, abandonnant l'église et le couvent bâtis par eux à la vengeance de la Société Populaire de Bédarieux, qui y mit le feu en même temps qu'au château.

La porte du presbytère, historiée de clous d'acier à grosse tête luisante, est placée au fond d'un porche pratiqué sous une terrasse qui longe tout le bâtiment au midi. Au rez-de-chaussée sont les caves et de vastes écuries vides, donnant sur une cour intérieure en forme de cuvette et pavée de petits galets de rivière. A l'entrée de cette cour, où le curé actuel tient sa chèvre, ses poules, ses canards, ses lapins, commence un large escalier en pierre de taille qui aboutit à une galerie circulaire appelée le *Cloître*. C'était là que les moines de Villemagne avaient l'habitude de réciter leur bréviaire, à l'abri du soleil, du vent et de la pluie, quoiqu'en plein air. Quatre portes s'ouvrent sur le cloître : une au nord, par laquelle on pénètre dans l'église ; une à l'est, celle de la sacristie ; une à l'ouest, par laquelle on descend au puits et au potager ; une enfin au midi, accédant à l'appartement du curé. L'appartement de l'abbé Courbezon se composait de cinq pièces de plain pied, se profilant exactement l'une à la suite de l'autre et s'ouvrant toutes, par une porte vitrée, sur la terrasse longitudinale. On entrait d'abord dans une grande cuisine, dont la vaste cheminée, surmontée de la crosse abbatiale et d'un tournebroche monumental, rappelait les moines de Villemagne et leur chère lie. La cuisine, outre la porte vitrée, était percée de deux autres portes menant, celle de droite à une chambre à coucher, celle de gauche dans les trois autres pièces disposées à la file : salle à manger, salon et autre chambre à coucher. Rien, du reste, n'attirait le regard dans l'intérieur de la cure. N'eussent été cette crosse abbatiale, ce tournebroche gargantuesque, la galerie à balustrade losangée, il eût été certainement difficile de voir dans cette bâtisse malingre, sans physionomie, les restes d'un ancien couvent de Récollets.

Sévéraguette avait meublé la chambre à droite de la cuisine.

C'est dans cette pièce que l'abbé Courbezon, arrivant de Bédarieux, entra avec le Sanégrol.

— Eh bien, Fumat, quoi de nouveau dans la paroisse ? demanda le desservant après avoir allumé une chandelle à la lanterne du conseiller municipal.

— Mon Dieu, rien, monsieur le curé, rien. Je reviens comme vous de la foire... N'est-ce pas que notre foire n'était point laide pour la saison ?

— Je ne l'ai pas vue. C'était aujourd'hui jour de conférence, et j'ai eu à peine le temps de sortir quelques minutes de la cure avec monsieur Ferrand.

— Avant de venir à Saint-Xist, vous étiez sans doute l'ami de monsieur le curé de Camplong ?

— Non, j'avais lu seulement son livre sur l'évangile de saint Jean.

— Il fait des livres ? Il est donc vrai que c'est un grand savant, monsieur Ferrand ?

— Oui, Fumat, répondit l'abbé Courbezon d'un accent de voix émue, monsieur le curé de Camplong est un très-grand savant, c'est un père de l'Eglise.

— C'est bien ce que dit de lui Sévéraguette.

— Cécile Sévérac connaît en effet monsieur Ferrand, je le sais.

— Certainement qu'elle le connaît ! Depuis son retour du couvent, ne va-t-elle pas se confesser à Camplong ?

— On ne saurait choisir un meilleur directeur ; aussi cette jeune fille est-elle un ange !

— Dieu me sauve ! s'écria le Sanégrol, amené sur le terrain des confidences et laissant éclater son enthousiasme, vous avez bien trouvé son nom, monsieur le curé ; oui, Sévéraguette est un ange du paradis !

— Fumat, voyez ! voyez ! dit naïvement le vieux prêtre se plaçant au milieu de la chambre et élevant le flambeau au-dessus de sa tête pour montrer au Sanégrol avec quels soins délicats l'orpheline avait orné cette petite pièce.

L'Avocat promena sur chaque objet un regard de commissaire-priseur.

— Ces meubles de noyer, dit-il d'une voix embarrassée, doivent coûter plus de quatre sous, savez-vous ! Pourvu qu'ils ne s'endommagent point ici : le presbytère est si humide !

— Ils n'en auront pas le temps, répondit le curé, qui ne pénétrait pas les sentiments secrets du paysan, mon mobilier arrivera bientôt.

— Et alors, insista l'Avocat, dont la convoitise alluma le regard, vous rendrez ceux-ci à Sévéraguette ?

— Sans doute.

A ce dernier mot du curé, Fumat lui prit le chandelier des mains pour examiner de plus

près et en détail chaque meuble. Il s'arrêta dix minutes devant le lit, dont il ne pouvait se lasser d'admirer les grands rideaux de calicot bordés de petits grelots rouges. Il tâta les molles couvertures de laine, et passa même à plusieurs reprises les mains entre les matelas, comme pour s'assurer s'ils étaient neufs et fraîchement battus. L'inventaire terminé, il regarda le large oreiller bouffant, étincelant de blancheur dans sa taie de percale neuve, et, assiégé par mille pensées d'avarice, il soupira longuement.

— Tout cela est superbe ! dit-il avec tristesse. Cécile Sévérac est certainement le meilleur parti du pays.

Il déposa le flambeau sur la cheminée, entre deux vases de porcelaine dorée que, la veille, Sévéraguette avait remplis de violettes d'automne, et se rassit. Il y eut un long moment de silence. L'abbé Courbezon, ennuyé, ouvrit machinalement le bréviaire pour réciter ses matines ; mais, devinant à l'embarras trop visible du paysan, que l'autre gonflée de paroles était au moment de crever, il se résigna philosophiquement, et, fermant son livre, par un regard plein de douceur, invita l'Avocat à tout oser de la langue.

— Monsieur le curé, dit enfin le paysan madré, vous croyez sans doute que Sévéraguette est joyeuse et contente tout le long du jour, à Saint-Xist, comme une alouette dans les blés ; eh bien, vous vous trompez ! Cécile est présentement la fille la plus malheureuse de la paroisse.

— Et pourquoi est-elle si malheureuse, mon Dieu ?

— On veut lui donner pour mari un homme qu'elle n'aime pas, qu'elle ne peut pas aimer, puisqu'il ne possède pas tant seulement un pouce de terre au soleil.

— Pauvreté n'est pas vice, Fumat... Et qui a arrangé ce mariage ?

— Sa tante, pardi ! la Pancole, de Boussagues.

— Cette femme a donc quelque intérêt à cela ?

— Je crois bien ! Elle prêche pour sa paroisse, cette vieille avaricieuse ; car elle lui fait épouser son garçon, un mauvais sujet qui a mangé tout son bien de Boussagues, et qui, n'ayant plus rien à mettre sous la dent, voudrait dévorer celui de sa cousine de Saint-Xist.

— Le fils de la Pancole est-il un honnête homme, Fumat ? demanda gravement l'abbé Courbezon.

— Non, certes, monsieur le curé ! La preuve, c'est qu'il est endetté comme un boucher, et qu'on va l'exproprier un de ces quatre matins. Pancol est un ivrogne, un fainéant, un... C'est lui d'ailleurs qui s'est le plus opposé à la construction de notre église, dans le conseil municipal.

— Il est donc conseiller municipal ?

— Son oncle Mécanne l'a fait nommer, on ne
sait comment.

— J'ai peine à croire, Fumat, que les élec-
teurs aient envoyé à la mairie un ivrogne et
un fainéant.

— C'est pourtant la vérité pure, mon bon
monsieur le curé. Du reste, Mécanne est fort
capable d'avoir glissé la main au fond de l'urne
pour y besogner à sa façon.

— Fumat, dit l'abbé, lançant un regard
sévère au conseiller de Sanégra, en ce moment
vous commettez une action mauvaise, car vous
calomniez, j'en suis sûr, le maire et son neveu.
Je ne connais ni Pancol ni Mécanne ; laissez-
moi donc, je vous prie, les croire tous deux
parfaitement honorables. Certainement je porte
un vif intérêt à Cécile Sévérac, — elle a fait du
bien à mon église, — mais son mariage ne me
regarde en rien. Si sa mère la marie et si elle
épouse Pancol, c'est que probablement son
cousin lui plaît. Cécile n'est pas un enfant de
dix ans, incapable d'avoir une volonté. Du
reste, pourquoi vous mêler des affaires des
Pancol, des Mécanne et des Sévérac ? Qu'est-ce
que ce mariage peut vous faire ? Laissez Sévéraguette se marier ; elle sera une excellente
mère de famille, elle a plété changera Pancol,
si tant est qu'il soit aussi vicieux que vous le
dites... Maintenant, ajouta-t-il radoucissant la
voix et rallumant lui même la lanterne de
l'Avocat, il est tard, il me faut lire mon office ;
bonsoir !...

— Bonsoir, monsieur le curé ! balbutia le
Sanégrol saisissant sa lanterne d'une main
crispée.

L'abbé Courbezon alla lui ouvrir la grande
porte sous le porche, lui souhaita encore une
fois bonne nuit, puis remonta dans sa chambre.
Il se mit à lire paisiblement ses matines, tandis que l'Avocat, indigné, bouleversé, escaladait le
rude sentier de Sanégra, déchargeant à grands
coups de pieds contre les buissons et les cailloux du chemin la colère sourde qui l'agitait.

                        II

Le lendemain, dès la messe dite, l'abbé
Courbezon, qu'Antoine Fumat avait jusqu'ici
tenu au secret, libre enfin de ses actions, partit pour aller voir ses paroissiens de Sanégra.
Comme il tombait une pluie assez épaisse, il
espérait les rencontrer tous inoccupés et passer
la journée au milieu d'eux. Mais, à sa grande
surprise, il trouva les portes des maisons fermées. Le temps était trop mauvais pour qu'on
travaillât aux champs, et le curé ne sut d'abord à
quoi attribuer la complète désertion du village ;
il se disposait donc à redescendre vers Saint-

Xist, quand le souvenir lui vint qu'on était en
novembre, époque où, dans les monts d'Orb,
on commence à sécher les châtaignes. Alors il
s'arrêta, regarda de tous côtés, et se dirigea
sans hésitation vers les châtaigneraies situées
immédiatement au-dessus du hameau. De
grosses colonnes de fumée, s'élevant de cet endroit à travers les branches dénudées des
arbres, lui annonçaient que là étaient bâtis les
séchoirs de Sanégra.

Le *séchoir* est une maisonnette carrée, percée d'une porte et d'une fenêtre sur l'une de
ses faces, sur les trois autres de plusieurs
ouvertures très-longues et très-étroites, appelées *caréyéiros* dans le pays. Un grand feu de
charbon de terre brûle constamment au milieu
du séchoir, et c'est par les *caréyéiros*, toujours
ouvertes, que la fumée, après avoir pénétré les
couches profondes de châtaignes, sort enfin en
nuage opaque et noir. Celui qui, n'en ayant
pas l'habitude, resterait un quart d'heure dans
ces trous tapissés de suie et de toiles d'arai-
gnée, peuplés de mulots et de campagnols,
courrait risque d'y mourir asphyxié. Cependant
les paysans y passent deux mois de l'année
sans en être incommodés. Leurs poumons, mis
de bonne heure à l'épreuve de cette fumée à la
fois âcre et humide, — les châtaignes, en se
desséchant, suent de larges gouttes d'eau verdâtre qui tombent en pluie du plafond fendillé,
— respirent aussi aisément dans un séchoir
qu'en plein air à la cime des montagnes. Bien
plus, si quelqu'un dans le village se meurt de
la poitrine, vers la fin de l'automne, ses parents
dressent au malade un lit dans un coin du
séchoir, le condamnent à n'en point sortir, et,
phénomène singulier dont la science médicale
devrait bien se préoccuper, il n'est pas rare de
voir, sous l'influence de cette chaleur et de
cette fumée de houille, le ramollissement des
tubercules s'arrêter insensiblement, et le pulmo-
nique vivre encore de longues années.

Du reste, ce n'est pas le désir de soigner une
santé excellente qui, dès le jour des Morts,
pousse le campagnard cévenol à passer sa vie
dans les séchoirs, c'est l'avarice. Obligé d'allumer du feu pour préparer ses *châtaignons* (1),
il éteint, comme inutile, celui de sa cheminée,
et envoie sa femme avec ses enfants faire
bouillir la soupe au brasier du séchoir. Lui-
même, chassé par le froid, rejoint bientôt sa
famille, apportant près du foyer commun une
hache et de longues lattes de châtaignier sauvage, dont il fait à son gré des cerceaux de
barrique ou des corbeilles pour la cueillette
des olives. Dès cet instant, le séchoir devient
le centre de toutes les réunions. Là se réfugie
désormais toute la vie du village. Les paysans
pauvres, qui ne possèdent pas de séchoir, ne
récoltant pas de châtaignes, s'installent dès

(1) *Châtaignons*, châtaignes sèches.

l'aube dans celui de leur voisin avec leur marmite et leur ouvrage. Oh ! alors, quel mouve
ment ! quels rires ! quelles chansons ! quelles
histoires ! Tandis que les hommes tressent des
paniers, que les femmes tricotent des filets
pour les pêcheurs de la rivière d'Orb, ou
broient le chanvre à grand renfort de batteuses,
quelque vieillard, figure vénérable perdue dans
la fumée, raconte des histoires merveilleuses
aux assistants ébahis. Quelquefois la sainte
Vierge ou l'Empereur sont les sujets de ces
contes naïfs ; mais, le plus souvent, les reve-
nants, les loups-garous, le *Drac*, défrayent ces
récits pleins de poésie, de caractère, d'origina-
lité. La vie se continue ainsi jusque vers la
Noël. A cette époque, on éteint le feu ; la
fenêtre du séchoir, au-dessus de la porte
s'ouvre, et les châtaignes, desséchées, mais
encore enveloppées d'une gousse roussâtre
très-âpre au goût, sont battues dans des sacs
par quatre bras robustes sur de hautes pierres
plates ou sur des billots de chêne. Quand les
châtaignes sortent du sac des batteurs, dépouillées de toute pellicule, jaune comme l'or et
dures comme le roc, elles sont vendues, sous
le nom de *châtaignons*, à des charretiers voya-
geurs qui, tous les ans, font exprès leur tournée dans les Cévennes méridionales.

L'abbé Courbezon était d'un pays où abondent les châtaignes; aussi, sans crainte d'être
suffoqué, entra-t-il dans le premier séchoir
qu'il rencontra. C'était précisément celui de
Fumat, et l'Avocat s'y trouvait avec beaucoup
d'autres Sanégrols. On salua l'arrivée du prêtre
par des cris de joie. En un instant, tout le
monde fut hors des séchoirs, et chacun, jaloux
d'attirer monsieur le curé chez soi pour l'y
fêter, l'entoura, le pressa, le sollicita. Mais
celui-ci les pria instamment de se remettre à
l'ouvrage, leur promettant de s'arrêter quelques
minutes dans chaque séchoir. Les travaux
furent donc repris, et l'abbé Courbezon, conduit par Fumat, commença sa pérégrination.
Partout il fut accueilli avec cette cordialité
brusque et fallacieuse, sous laquelle le paysan
dissimule si bien les instincts, souvent pervers,
toujours odieusement positifs de sa nature. Il
était près de quatre heures que l'Avocat, malgré son éloquence, n'avait encore pu décider
le vieux desservant à descendre au village pour
y goûter à la cuisine de la Fumade.

— Je n'ai aucune envie de manger, répon
dait il.

Enfin, vers les cinq heures, à la tombée de la
nuit, l'abbé Courbezon entrait dans le dernier
séchoir, tapi contre un rocher, au sommet de
la colline de Sanégra. Ce séchoir était le plus
misérable de tous, car les murailles en pisé,
vermoulues, crevassées de toutes parts, semblaient au moment de s'ébouler.

— Mon Dieu ! s'écria l'abbé Courbezon, cette
maison n'est pas solide,

— Je le sais bien, monsieur le curé, répondit une grande femme pâle qui distribuait la
soupe à trois enfants affamés ; mais je suis
trop pauvre pour la faire arranger. Hélas ! si
Pierre n'était pas mort encore !...

— Pierre ! murmura le vieillard se souvenant que sa mère l'appelait de ce nom. C'était
votre mari, sans doute.

La pauvre femme se taisait. Alors, le Sanégrol raconta au curé que Pierre Cassarot avait
été brûlé dernièrement par le feu grisou dans
la mine de Sainte-Barbe, à Graissessac, et que
sa veuve, chargée de trois enfants, dont deux
en bas âge, vivait dans la plus affreuse
misère.

— Vous avez des châtaignes ! demanda
l'abbé.

— J'ai seulement une trentaine d'arbres
dans la combe du Mas-de-Saule, puis j'ai glané
chez le brave monde avec les petits, répondit
la veuve.

— Cassarotte, dit le curé s'asseyant sur une
escabelle auprès du feu et attirant les enfants
sur ses genoux, mettez trois pommes de terre
et un oignon à cuire sous la cendre : je soupe
ce soir ici.

— Vous, monsieur le curé, vous ! s'écria la
paysanne, ouvrant de grands yeux pleins
d'étonnement et de larmes.

— Oui, Cassarotte, je soupe chez vous :
n'êtes-vous pas la plus pauvre de mes parois-
siennes ?

— Hélas ! balbutia-t-elle.

— Mais, monsieur le curé, dit l'Avocat, que
cette brusque décision du vieillard humiliait, je
pensais que...

— Fumat, je ne suis heureux qu'avec les
enfants et les pauvres, permettez-moi donc de
rester ici ce soir.

— Pour lors, monsieur le curé, il faudra que
je demeure aussi, car je ne puis, par cette nuit
noire comme la gueule d'un loup, vous abandonner dans nos mauvais chemins. — Cassarotte, voulez-vous ajouter un oignon de plus
pour moi ?

— Certainement, Fumadou, s'écria-t-elle
toute confuse et toute heureuse.

Elle choisit ses plus grosses pommes de
terre, ses plus beaux oignons doux, et les
enterra sous la cendre : puis elle sortit d'un
bahut, — ce séchoir lézardé était son unique
habitation, — une serviette en loques, un gros
pain fait de seigle et de châtaignes, et ranima
le feu près de s'éteindre.

Pendant tout le souper, l'abbé Courbezon ne
cessa de consoler la veuve et de caresser ses
enfants.

— Je voudrais bien voir vos châtaignes, dit-
il quand il eut mangé son oignon.

La Cassarotte dressa une échelle contre la
muraille du séchoir, et le curé monta avec le
Sanégrol, qui tenait un rameau d'olivier sec

allumé. Le vieux desservant passa la main dans le tas de châtaignes et descendit.

— Il n'y a pas longtemps que vous les chauffez, n'est-ce pas ? demanda-t-il.

— Depuis hier matin, comme tout le monde, monsieur le curé ; mais je ne les ai pas *poussées* beaucoup, car le charbon me manque. Hélas ! il est si cher !

— Comment ! votre mari est mort dans les mines et on refuse de vous donner du charbon gratuitement ?

— On m'a promis du *nerbi* (1), dit la Cassarotte.

Un si profond dénûment de toutes choses navra le cœur du vieux prêtre.

— Fumat, dit-il serrant les mains du conseiller municipal dans les siennes ; voici une bonne action à faire, et vous la ferez, j'en suis sûr. Vous avez à peu près jugé ce qu'il y a de châtaignes là-haut ; vous allez les mettre à sécher avec les vôtres, et, quand les *châtaignons* seront vendus, vous remettrez à la Cassarotte l'argent qui lui reviendra.

Le Sanégrol grimaça légèrement, mais il ne sut refuser.

— Quant à vous, brave femme, ajouta l'abbé Courbezon, je ne veux pas que vous habitiez plus longtemps cette masure : elle s'écroulerait, un beau matin, sur vous et sur vos enfants. J'ai de la place aux Récollets pour vous loger avec votre famille. Du reste, il me faut bien quelqu'un pour me préparer mes repas jusqu'à l'arrivée de ma mère... Lorsqu'elle sera ici, vous l'aiderez, car elle a quatre-vingts ans, la pauvre femme ! C'est donc convenu, je vous attendrai demain matin à la cure. Je charge Fumat de déménager votre mobilier.

— O monsieur le curé, s'écria la pauvre veuve tombant aux pieds du vieillard et lui baisant les mains avec respect, vous êtes le bon Dieu !... Félicien ! Jeannot ! Marinette ! remerciez monsieur le curé.

L'abbé Courbezon embrassa les enfants qui s'étaient jetés dans ses bras ; puis, sans répondre à l'Avocat, acharné à l'attirer du côté de Sanégra, il descendit à pas précipités la montagne, se dirigeant au hasard vers le presbytère, dans l'épaisseur des ténèbres.

Le mercredi, à l'aube, comme il faisait sa méditation du matin, l'abbé Courbezon entendit frapper un grand coup à la porte des Récollets. C'était Fumat. Il arrivait avec ses deux mulets chargés des meubles de la Cassarotte. La veuve, honteuse, se tenait derrière, ayant ses trois enfants pendus à ses jupons.

— Montez cela dans la chambre du fond, dit le curé, et disposez toutes choses sans moi : je ne puis interrompre ma méditation.

(1) Le *nerf*, en patois languedocien *lou nerbi*, est un charbon mêlé de pierres crues qui, ne pouvant être mis dans le commerce, est livré à vil prix aux habitants de ces montagnes.

Il rentra dans sa chambre, laissant le Sanégrol, la Casserotte et l'aîné des enfants, Félicien Cassarot, âgé de quinze ans environ, opérer seuls l'emménagement.

Cependant les meubles étaient charriés dans la pièce indiquée, Fumat même avait pu monter le lit de la veuve, et le curé ne paraissait pas. L'Avocat, qui aurait voulu recevoir des félicitations, attendit encore quelques instants. Mais voyant le jour grandir de plus en plus, et trop avare du temps pour s'amuser à le perdre, il enfourcha une de ses bêtes, et remonta vers Sanégra, se promettant de revenir au presbytère dans la soirée pour s'y expliquer cette fois définitivement.

Le Sanégrol venait à peine de partir quand le vieux prêtre entra, par la terrasse, dans la chambre destinée à la veuve.

— Cassarotte, dit-il, après la messe, vous donnerez à déjeuner aux petits, vous déjeunerez vous-même, puis vous irez à Bédarieux. Voici cinquante francs : vous achèterez de quoi habiller la famille et de quoi vous habiller vous-même plus convenablement. S'il reste de l'argent, rapportez quelques provisions. Mais il faut vêtir d'abord ces pauvres agneaux, car l'air devient plus vif de jour en jour, fit-il entre-caressant les enfants qui s'étaient groupés autour de lui.

— Eh ! monsieur le curé, si je ne suis pas céans, qui vous préparera le dîner ?

— Je vais aujourd'hui à Frangouille.

— Faudra-t-il laisser les enfants à la cure ?

— Sans doute ; Félicien est bien assez grand pour garder Jeannot et Marie... Au fait, je prierai Cécile Sévérac de les surveiller un peu.

— O monsieur le curé, que pourrai-je faire jamais pour reconnaître...

Avant que la Cassarotte eût achevé ces mots l'abbé Courbezon était sorti, emmenant avec lui Félicien. Ils entrèrent dans la sacristie. L'aîné des Cassarot, que son père avait, pendant deux ans, tenu à l'école à Graissessac, griffonnant passablement et lisait très-couramment la lettre écrite ou moulée. Le curé, dans le but de lui apprendre à servir la messe, lui fit épeler au latin dans son bréviaire. Après cinq ou six répétitions des cérémonies, le Félicien, dont l'intelligence était vive, se déclara capable d'assister son bienfaiteur à l'autel, et fut promu aux fonctions d'acolyte de la paroisse.

Selon son habitude, Séveraguette était à la messe. Elle ne fut pas peu surprise quand, par la porte du presbytère, elle vit entrer dans l'église la veuve Cassarot suivie de ses enfants. Sans rien savoir de ce qui s'était passé la veille à Sanégra, la jeune orpheline devina tout. Elle comprit que l'abbé Courbezon, ayant appris dans quelle misère vivait cette malheureuse femme, s'était empressé de la recueillir avec toute sa famille. Oh ! pourquoi ne l'avait-elle pas devancé dans cette grande œuvre de charité ? Comment, à deux pas de sa maison où tout abondait, avait-elle pu laisser cette pauvre mère dans le dénûment ? La messe terminée, elle courut au presbytère, où la Sanégrole lui raconta toutes choses.

— Notre curé est un saint ! s'écria Sévéraguette avec enthousiasme.

La Cassarotto allait renchérir sur l'exaltation de Cécile, quand l'abbé Courbezon parut. Il pressa la veuve de partir pour Bédarieux, trempa une croûte de pain dans un verre de vin cuit du pays, recommanda les enfants à la jeune orpheline et s'en alla.

— Il n'y a donc rien à manger ici ? demanda Sévéraguette voyant la Cassarotto distribuer du pain sec à ses trois enfants.

— Quoi ! n'est-ce point assez, Cécile ? C'est du pain blanc, regarde !

— Venez tous déjeuner chez moi, allons ! dit-elle prenant Jeannot et Marinette par la main.

— Mais, Cécile, monsieur le curé ne nous blâmera-t-il pas ?

— Monsieur le curé m'a chargée de veiller sur les petits; je les emmène ! — Viens donc, toi aussi, Félicien.

La veuve, voyant toute sa famille s'attacher à Cécile, se décida à la suivre.

Quand la Poncolo vit entrer toute cette marmaille sale et déguenillée, sa figure se rida affreusement. Elle s'assit en grognant dans un coin de la cheminée, et ne trouva ni une caresse pour les enfants, ni une parole de bonté pour la mère. La Cassarotto s'aperçut de la mauvaise mine de la Boussagole, et, comme rien ne rend plus sensible, plus délicat, plus timide que le malheur, elle sentit son estomac se serrer et ne put manger. De peur de pleurer, elle embrassa vivement ses enfants, remercia Sévéraguette par un regard où éclatait tout son amour maternel, puis partit en courant vers Bédarieux.

— Nous ne sommes pas sans doute assez de monde ici pour manger les revenus, grommela la mère de Justin regardant fixement les cendres du foyer, que tu ailles chercher toutes ces bouches affamées... Pardi ! tu as bien besoin de pailler comme ça nos meilleures confitures à ces mendiants. S'ils n'ont rien, qu'ils travaillent ! Je me suis exterminé toute la vie le tempérament, moi, pour gagner un morceau de pain... Va, va, l'argent est rond, ma fillette, il file vite, et ce n'est pas avec tes jolis ongles et tes doigts blancs que tu le rattraperas... Nous verrons plus tard comment tu le retourneras, quand on aura mis tout à sec par ici... Est-ce ton gros curé qui t'a embéguinée de cette séquelle ! Elle est belle, ma foi, sa séquelle ! il devrait au moins la nourrir, lui, si elle lui plaît, et non pas la jeter sur la croûte de notre pain... Ah ! misère de nous, comme ce curé t'ensorcelle... C'est un malin, va, celui-là, et pourvu que tu l'écoutes, ce pauvre bien de

Saint-Xist sera bientôt à quia... Des chapes ! des chandeliers d'or ! des aubes blanches brodées ! des meubles ! et maintenant une kyrielle de fainéants... Tu ne dis rien, tu ne sais que répondre, n'est-ce pas ? Eh bien, moi, je vais te mettre toute cette gueusaille à la porte, et hardiment !...

La vieille, pourpre de rage, se leva, et voyant les enfants au moment de dévorer une seconde tartine de raisiné, elle allait les saisir par le bras et leur faire dégringoler le perron, quand Sévéraguette, jusque-là grave et silencieuse, s'interposa tout à coup.

— Ma tante, dit-elle, accoutumez-vous à voir la Cassarotto et ses enfants chez moi, car, dès aujourd'hui, ils y viendront chaque jour. Je le veux ainsi. Si les pauvres mangent mon bien, je ne le regretterai pas : « Les pauvres, nous dit l'Évangile, sont les membres vivants de Jésus-Christ. » Calmez-vous donc, et laissez-nous, ces petits et moi, déjeuner tranquillement.

L'accent, à la fois doux et ferme, avec lequel Cécile prononça ces simples paroles, bouleversa la Poncolo. Furieuse de ne pouvoir gouverner à sa guise, de sentir à cet instant même l'aiguillon d'une volonté supérieure à la sienne, elle sortit, craignant de laisser éclater sa colère, et d'amener trop tôt une rupture.

— Ah ! murmura-t-elle les dents serrées, pourvu que Cécile soit un jour ma bru, elle me payera cher ces affronts ! Patience ! mon temps viendra... Ce n'était pas assez du curé, voilà maintenant toute cette racaille qui vient mordre aux miches de notre fournée... Ciel du bon Dieu, que de sauterelles sur notre blé !...

L'abbé Courbezon, festoyé par les paysans de Frangouille, ne rentra à Saint-Xist que bien avant dans la soirée. Fumat était venu au presbytère dès six heures, mais, fatigué d'attendre, il était reparti désappointé.

Quand le curé arriva, la Cassarotto étala sous ses yeux de nombreuses emplettes. Elle avait acheté, pour Félicien et Jeannot, deux bonnes vestes et deux bons pantalons de serge verte tout confectionnés, pour elle et Marinette, un demi-rouleau de molleton, étoffe grossière dont s'habillent les pauvresses des monts d'Orb. Le tout coûtait trente francs. Ayant dépensé huit francs en provisions, elle voulut rendre au curé les douze francs qui lui restaient sur les cinquante.

— Gardez-les, lui dit le desservant : ne vous faut-il pas encore des sabots et des chaussons de lisière pour vous et les petits ? Vous en achèterez à Latour, en allant chez le boulanger.

8

III

Quinze jours après l'installation de la veuve de Sanégra au presbytère, l'abbé Courbezon, qui maintenant avait visité les paysans des quatre hameaux et les avait reçus chez lui, commençait à se reposer de ses longues courses et à introduire de la régularité dans sa vie, quand un matin, vers onze heures, au moment où il était à l'église; récitant, après la messe, sa prière d'actions de grâces, la Cassarotte vint le prévenir qu'un prêtre était arrivé à Saint-Xist et demandait à le voir tout de suite. Le vieux desservant ne fut pas médiocrement surpris, en entrant dans son salon, d'y rencontrer l'abbé Montrose. Le neveu de l'évêque se leva, lui tendit la main et s'informa de sa santé.

— Voilà donc le presbytère qu'on vous a bâti ? demanda-t-il promenant autour de lui un regard quelque peu dédaigneux.

— Je suis très-bien logé, répondit l'abbé Courbezon.

— Vous n'avez pas de meubles ? Votre salon est bien nu !

— Mon mobilier n'est pas encore arrivé de Montpellier.

— Il va sans dire que vous n'êtes pas très-content de vos paroissiens ! Nous sommes dans un pays sans foi.

— Mais au contraire, monsieur le curé, je suis très-satisfait de mes ouailles ; on suit ici très-assidûment les offices. Oh ! quand vous écrirez à monseigneur, dites-lui, je vous prie, combien je le remercie chaque jour de m'avoir envoyé dans cette Palestine.

Le jeune prêtre, visiblement contrarié, haussa les épaules avec mépris.

— Vous espérez donc faire du bien ? dit-il.

— S'il plaît à Dieu ! répondit le curé de Saint-Xist levant les yeux au ciel.

— Eh bien, moi, je n'ai rien obtenu de mes paroissiens. Je leur débite des discours magnifiques, mais je n'en retire pas plus de piété : ce sont des brutes indignes d'entendre la parole sainte. Véritablement je ne comprends pas l'obstination de mon oncle à me laisser à Saint-Martin, un pays de mines, un trou... de charbon.

Se croyant spirituel, il éclata de rire. L'abbé Courbezon resta grave et digne.

— Montrez-moi votre appartement, dit le neveu de l'évêque dépité par l'excessive réserve du vieux desservant.

L'abbé Courbezon alla devant lui, ouvrant toutes les portes.

— Que cela est misérable ! murmura le curé de Saint-Martin. Mais vous devez grelotter et mourir d'ennui dans cette baraque.

— Vous vous trompez, monsieur le curé, je suis heureux.

— Heureux ! s'écria l'abbé Montrose avec un pincement de lèvres plein d'impertinence, heureux ! c'est impossible.

— Oui, monsieur le curé, je suis heureux, répéta l'abbé Courbezon d'une voix ferme, car dans cette baraque, comme vous me faites l'honneur d'appeler ma maison, je pense souvent à notre divin Maître, qui n'avait pas, lui, une pierre où reposer sa tête.

Le curé de Saint-Martin d'Orb pâlit légèrement, se mordit les lèvres et demeura muet.

— A propos, dit-il enfin, attirant son vieux confrère à l'extrémité de la terrasse, quelle est cette femme que j'ai rencontrée chez vous ?

Le vieillard lui raconta naïvement l'histoire de la Cassarotte.

— Et quel âge a cette veuve ? demanda le jeune ecclésiastique avec importance.

— Je n'en sais vraiment rien, répondit l'abbé Courbezon, trop innocent pour pénétrer les pensées honteuses de son confrère.

— Comment ! s'écria monsieur Montrose feignant l'indignation, vous ne savez pas l'âge de cette femme et vous êtes ici avec elle ?

— Monsieur le curé !

— Vous ignorez donc que, par un décret du 12 octobre 1812, monseigneur défend à ses prêtres, pour éviter des scandales qui n'ont que trop affligé l'Église, de s'attacher des domestiques femelles âgées de moins de quarante ans ?

— Hélas ! soupira l'abbé Courbezon tout tremblant, quand ce décret a été promulgué, j'étais hors du clergé de mon diocèse, et je vous assure, monsieur le curé, que je ne le connais point. Mais à Dieu ne plaise que j'aie eu l'intention de désobéir à monseigneur ! Si la veuve Cassarot a moins de quarante ans, elle sortira de chez moi à l'instant même, devant vous. — Cassarotte, Cassarotte ! s'écria-t-il courant vers la cuisine.

La veuve parut.

— Quelle âge avez-vous ? lui demanda solennellement le neveu de l'évêque.

— J'aurai quarante-deux ans vienne la Chandeleur, mon bon monsieur le curé, pour vous servir.

L'abbé Montrose fit un geste ; la Cassarotte se retira.

— Vous pouvez garder cette femme, puisqu'elle a atteint l'âge requis. Est-elle au moins bonne cuisinière ?

— O mon Dieu ! elle accommode assez bien les oignons, les choux, les pommes de terre, les œufs.... Du reste, si vous voulez me faire l'honneur de dîner avec moi, monsieur le curé, vous la jugerez vous-même.

— Merci, répondit monsieur Montrose. — Et sa vanité lui arrachant un gros mensonge, il ajouta : Un perdreau truffé m'attend à Saint-Martin.

— Dans ce cas, j'aurais mauvaise grâce à insister, dit humblement le curé de Saint-Xist.

Il ouvrit la porte vitrée à son confrère près de se retirer.

En ce moment, entraient dans la cuisine, barbouillés de confitures et de fromage des yeux jusqu'au menton, Jean et Marie Cassarot. Les deux enfants, habillés complétement de neuf, ayant aux pieds de petits sabots sonores de châtaignier sauvage et des chaussons de lisière rouge, étaient superbes. En voyant l'abbé Montrose, — une figure étrangère, — ils se cachèrent effarés dans les jupons de Cécile, qui les ramenait de Saint-Xist. Le curé de Saint-Martin ne put s'empêcher, en passant, de lancer un regard oblique dans la direction de la jeune orpheline, dont les yeux baissés, la rougeur du visage, toute l'attitude embarrassée trahissaient la pureté céleste. Sévéraguette, en effet avec ses jupes entortillées par les enfants effrayés, ses longs bras retombant sur les épaules de Jeannot et de Marinette, sa tête que la pudeur inclinait, ressemblait admirablement à la *Belle Jardinière* de Raphaël.

— Ce sont là les enfants de cette veuve ? demanda le desservant de Saint-Martin d'Orb descendant l'escalier des Récollets.

— Oui, monsieur le curé, répondit l'abbé Courbezon.

— Quelle vacarme doit vous faire cette marmaille !

— J'aime les enfants ; ils sont la joie de la maison.

— Et quelle est cette jeune fille ?

— Cécile Sévérac, une sainte de vingt-deux ans. Du reste, cela ne doit point vous étonner : elle est la pénitente de monsieur l'abbé Ferrand.

Au nom du curé de Camplong, l'abbé Montrose devint roide et glacé. Il laissa le pauvre vieux prêtre l'accompagner plus de dix minutes sans ouvrir la bouche pour l'inviter à rentrer. Enfin, arrivés à un endroit où le chemin, profondément sillonné par trois ou quatre ruisselets bourbeux, devait offrir quelque difficulté au vieillard, le neveu de l'évêque se retourna, lui jeta un adieu brusque, et franchit les passerelles au pas de course. Il disparut un instant après dans les détours ronceux du sentier.

Le curé de Saint-Xist, préoccupé, troublé, revint lentement vers le presbytère. Il rencontra sous le porche de la terrasse l'aîné Cassarot, qui rentrait des champs ; car, depuis deux jours, dès la messe servie, il travaillait pour Sévéraguette, gardant tantôt les chèvres, s'essayant tantôt à mener la charrue.

— Monsieur le curé, il est midi, dit le félicien.

— Récitons l'*Angelus*, mon enfant, répondit tristement le vieux prêtre, la prière est une baume à toutes les plaies.

Le Cassarottou, ne comprenant pas ces dernières paroles, regarda son bienfaiteur avec inquiétude ; puis il tomba à genoux à son côté, et pria dans un recueillement tout angélique.

IV

Cependant Fumat n'avait pas oublié le presbytère ; il y était au contraire allé chaque soir passer la veillée ; mais, soit que le curé fût absent, soit que devant Cassarotte il n'osât pas s'ouvrir de ses secrètes pensées, il n'avait pas encore dit un mot de Sévéraguette. Cette situation devenait intolérable. Du reste, cette lenteur à s'expliquer compromettait de plus en plus ses espérances : la Pancole ne pouvait-elle pas en profiter pour circonvenir, elle aussi, le curé, et l'amener à seconder ses propres desseins ? Il se jura donc d'en finir une fois pour toutes avec ses hésitations, et de dévoiler clairement, à sa prochaine visite à Saint-Xist, ses vues sur Cécile. L'Avocat était un fin renard : il lui avait suffi de trois ou quatre rencontres avec l'orpheline pour flairer son caractère faible, indécis, et pour comprendre que Sévéraguette épouserait tout bonnement l'homme que le curé patronnerait auprès d'elle. Plus rusé en cela que la Pancole, laquelle s'obstinait à ne pas paraître aux Récollets et à déblatérer contre l'abbé Courbezon, il avait redoublé de prévenances envers le vieux prêtre. Trois fois il avait apporté des châtaignes avec des olives, et deux fois une charge de bois à brûler. Certes, Fumat regrettait bien un peu d'être condamné à de pareils sacrifices ; mais entrevoyant, au bout de ces cadeaux qui coûtaient tant à son avarice, les quarante mille francs de Cécile, il finissait par s'exécuter de bonne grâce. Un jour même, le curé lui ayant communiqué son intention de faire une quête pour doter l'église de fonts baptismaux, le Sanégrol, croyant le moment propice pour avouer son amour, s'était écrié qu'il donnerait les cinq cents francs nécessaires, puis il avait ouvert aussitôt la bouche et prononcé le nom de Sévéraguette. Malheureusement on était venu, au même instant, chercher monsieur Courbezon pour un malade à l'agonie, et l'infortuné conseiller de Sanégra s'était vu obligé de différer encore ses confidences. Le curé, du reste, n'ayant plus parlé des fonts baptismaux, Fumat pensa qu'il avait tout oublié.

Donc, par une soirée froide et claire du milieu de décembre, l'Avocat descendit de Sanégra, bien décidé à prier l'abbé Courbezon de favoriser son mariage avec Cécile. Il frappa résolûment à la porte des Récollets, et il allait, quatre à quatre, franchir les marches du grand escalier, quand, à la lueur de la lune, dont les

rayons perpendiculaires éclairaient la cour intérieure du Cloître, au lieu de la Cassarotte,
qui d'ordinaire venait lui ouvrir, il reconnut
Sévéraguette.

— Comment, c'est vous, Cécile ? dit-il.

— Oui, Fumadou, c'est moi. Venez, venez
vite ! Monsieur le curé est très-content, il a
reçu des nouvelles de sa mère, et la Cassarotte
apprête une *biroulade* (1).

On appelle dans les Cévennes faire la *biroulade*, manger des châtaignes grillées en les
arrosant de quelques bons coups de vin. Dans
les longues veillées d'hiver, tandis que les
femmes filent leur gros chanvre de genêt, que
les vieillards, assis sur les banquettes de frêne
fixées dans les encoignures de la vaste cheminée, roupillent doucement ou racontent l'histoire du berger Parado, le plus illustre sorcier
de ces montagnes, les jeunes filles et les garçons à marier font la biroulade. La biroulade
est une des rares coutumes traditionnelles du
pays cévenol que la civilisation n'a pas encore
emportées, et ce n'en est pas la moins originale. Mille superstitions tiennent à une biroulade plus ou moins réussie. Quand les châtaignes, qu'une jeune fille aux bras rouges et
nerveux fait sauter dans une grande poêle percée de trous, sont cuites à point, c'est qu'elle
doit être heureuse en ménage ; quand, au contraire, elle les a laissées brûler, tout le monde
lui conseille de ne pas se marier, car infailliblement le malheur s'acharnera sur elle. D'autres idées, des idées plus sombres, s'attachent
à la biroulade, pour peu que le *nobi* (2) mette
la main à cette redoutable besogne. L'usage le
condamne à lancer, par deux fois, toutes les
châtaignes hors de la poêle, et à les y recevoir
du même coup. Si une seule sort du récipient,
il perdra dans l'année même de son mariage, et s'il est assez maladroit pour les éparpiller chaque fois, c'est au contraire lui qui
mourra le premier. Mais paysans et paysannes
sont habiles, et il arrive bien rarement que la
biroulade soit un pronostic de malheur. Aujourd'hui, du reste, que les croyances naïves
des anciens jours vont de plus en plus s'effaçant, la vieille coutume de la biroulade elle-
même a perdu presque tout son caractère primitif. Elle ne décide plus guère du sort futur
des jeunes époux ; elle est devenue tout simplement un prétexte aux réunions de famille.
Maintenant la biroulade se fait en hiver dans
toutes les chaumières, et, quoique fêtée bien
différemment, — chez les pauvres avec de la
piquette, voire de l'eau, chez les riches avec du
vin cuit ou du muscat, — elle n'est plus, chez
les uns comme chez les autres, que la messagère pacifique du contentement et du rire.

(1) Du verbe languedocien *biroula*, tourner.
(2) *Nobi*, fiancé, garçon à marier.

Quand le curé vit entrer Fumat, il alla vers
lui, et, contre son habitude, l'embrassa.

— Ah ! mon ami, lui dit-il, vous arrivez à
propos : c'est aujourd'hui fête aux Récollets !

— J'apprends par Cécile que vous avez reçu
des nouvelles de Montpellier...

— Oui, oui, mon bon Fumat, interrompit
l'abbé Courbezon avec une gaîté tout enfantine, ma sœur Marthe m'a écrit. D'abord, elle
va bien ainsi que ma mère, puis elle a obtenu
de sa supérieure la permission de venir passer
quelque temps à Saint-Xist. Elles arriveront
dans quelques jours toutes deux.

— Et vous faites une biroulade à leur intention ?

— C'est Sévéraguette qui l'a voulu, et je ne
m'y suis point opposé : je suis si heureux !

Le Sanégrol tressaillit en lui-même d'une
secrète joie : évidemment, il ne pouvait rencontrer une meilleure occasion de s'ouvrir au
curé. Il était impossible que le vieillard, tout
bouleversé par la nouvelle de l'arrivée prochaine de sa mère et de sa sœur, sût, en un
pareil moment, lui refuser ses bons offices.
Fumat se vit à la veille de posséder les quarante mille francs de l'orpheline, et l'impression qu'il en éprouva le fit chanceler sur ses
jambes. Il s'assit ; puis, tandis que l'abbé Courbezon, affairé, cherchait dans les placards une
bouteille de vin cuit, il se rassasia de la vue
de Sévéraguette, à laquelle la Cassarotte avait
confié la poêle pour aller laver des verres et
dresser la table. Les châtaignes une fois rôties,
il ne put s'empêcher, en voyant Cécile les verser dans un paillasson à pain et les y presser
sous un linge, comme c'est l'usage, de penser
aux superstitions attachées à la biroulade. Il
se leva pour regarder dans le paillasson : les
châtaignes, à travers leurs gousses noircies et
crevassées, apparaissaient toutes dorées ; pas
une n'était brûlée.

— Cécile, soupira l'Avocat, vous serez heureuse en ménage, car votre biroulade est
superbe.

L'orpheline, qui, penchée vers le paillasson,
semblait considérer les châtaignes en rêvant,
ne répondit pas.

— Mais, monsieur le curé, dit tout à coup la
Cassarotte, si vous cherchez du vin cuit dans
les placards, c'est inutile ; il n'y en a plus.
Vous avez voulu en donner aux enfants ce
matin, et maintenant nous serons obligés de
faire gueule sèche.

— Eh bien ! nous boirons de l'eau, répondit
le bon abbé Courbezon.

— Monsieur le curé, dit Sévéraguette, puisque c'est moi qui ai proposé une biroulade en
l'honneur de madame Courbezon et de la sœur
Marthe, permettez-moi, je vous prie, de fournir du vin cuit pour boire à leur santé.

— Mais, ma fille, je le veux bien, moi.

— Fumat, ajouta Cécile, allez dire à ma

ante de vous remettre quatre bouteilles de vin cuit.

— Quatre bouteilles ! s'écria le curé ; ah ! vous n'y pensez pas, Sévéraguette...

— Je compte les enfants, répondit la jeune fille avec un délicieux sourire.

L'abbé Courbezon lui lança un de ses regards longs et magnifiques où éclatait son âme de saint.

En montant le perron de la maison de Cécile, le Sanégrol crut entendre parler. Il colla son oreille contre la porte et écouta : c'était la voix de la Pancole.

— Je te répète de prendre ces trois cents francs, disait la Boussagole, tu tiendras toujours ça. Au train dont se trafiquent les affaires céans, je vois qu'il faut songer à faire son magot. Cette fille, malgré mes sermons, ne se presse guère de l'épouser. C'est une folle ; ce curé lui a mis la cervelle à l'envers... Ah ! comme on lui tond la laine sur le dos, à cette innocente !... N'a-t-elle pas encore commandé une bannière pour la procession ! Jésus-Maria ! quelle patience il me faut avoir !... Mais va, je te sauverai pour toi ce que je pourrai, mon Pancolou. Tu comprends, elle me laisse arranger toutes les ventes, et je fais mes choux gras, moi, sans que ça paraisse. Elle ne voit que du blanc et noir à mes comptes. D'ailleurs, cette fille, elle est si bête ! Je me demande d'où diable ma sœur Marianne l'a tirée, car elle n'est pas de la famille des Mécanne, celle-là, par exemple !... Je ne sais pourquoi elle est allée rôder encore ce soir aux Récollets, chez son gros curé et cette Cassirotte, des mendiants... Ma foi, il est propre, son curé ! Un homme qui n'a pas même une serviette à son service. Il dit toujours comme ça que ses *affaires* vont arriver de Montpellier. Ah ! bien oui, des *affaires !* quelques torchons sans doute... Tout ce monde, ça crève de famine, vois-tu, Justin ; aussi ça s'est pendu à notre lard et à notre jambon, comme de vrais rats affamés qu'ils sont tous... Ils finiront par me faire monter sur mes ergots, et gare alors ! je serai mauvaise comme la grêle tombant sur les épis mûrs... A force de manger son chagrin, on le vomit à la fin...

— J'aime Sévéraguette ! s'écria le Sanglier avec un rugissement de bête féroce, et dussé-je tuer quelqu'un ici, elle sera ma femme, entends-tu, Pancole ! Je me moque de son argent comme de ça, moi.

Il fit claquer son ongle contre ses dents.

— Eh bien ! moi, j'aime mieux son argent que toute sa peau couleur de *châtaignon*.

— Dieu me damne ! Pancole, tairas-tu ta langue de vipère ! Cécile est belle, et je te dis que je l'aime !

— Aussi sera-t-elle ta femme, mon Pancolou. Rien n'est perdu encore... Prends ces trois cents francs pour payer les intérêts de Lodève

t, avec le reste, fais-toi confectionner des habits neufs. La cloche va bientôt arriver de Montpellier, et Cécile te choisira peut-être pour parrain.

— Tu crois, Pancole ?

— Est-ce que je ne suis pas là ? Sois tranquille, je chapitrerai la cousine.

— O Pancole ! si tu disais vrai, que tu serais bonne et que je serais heureux !

— Empoche toujours ces trois cents francs, et compte sur moi, mon enfant.

Fumat ouvrit la porte au moment où Justin glissait le sac d'écus sous sa veste. La honte d'être surpris en flagrant délit de vol fit pâlir le Sanglier ; il alla s'affaisser sur une chaise, derrière sa mère.

— Eh bien que veux-tu, toi, Avocat, avec ton museau de fouine? demanda la vieille qui, ne s'attendant pas à cette visite, lança à Fumat un regard clair et fixe.

— Doucement, Pancole, ne nous fâchons , ... Sévéraguette m'a chargé de venir quérir quatre bouteilles de vin cuit pour les Récollets.

— Quatre bouteilles de vin cuit !... Jésus-Maria ! comme elle y va, notre fille ! dit la Boussagole avec une grimace qui, en plissant ses lèvres minces, mit à nu des dents noires, ébréchées, hideuses. Elle croit donc que j'en fabrique du vin cuit, moi ! Il a filé, on n'en a plus par ici.

— Je rapporterai cela à Cécile.

Fumat revint vers la porte.

— Si tu en veux une bouteille, reprit la Pancole se radoucissant, on tâchera de te la trouver par là tout de même.

— Sévéraguette en demande quatre.

— Eh bien ! elle n'en aura pas du tout ; tu peux lui dire cela de ma part, entends-tu ? C'est pour faire boire à son tonneau de curé, n'est-ce pas ? Grand dommage vraiment ! Qu'il aille chercher du vin cuit à Montpellier, ce monsieur, s'il a soif, et qu'il ramène ses meubles de là-bas.

— Adieu, Pancole, ne vous inquiétez pas : m'est avis que ça n'en vaut point la peine.

Fumat mit la main sur le loquet de la porte.

— Voyons, Avocat, en veux-tu deux bouteilles ? dit la mère de Justin, lui saisissant vivement le bras.

— Donnez ! répondit le Sanégrol fatigué de cette comédie.

L'avare Boussagole ouvrit une vaste armoire où étaient rangées, sur de larges étagères, plus de cent bouteilles de différente capacité, choisit les deux plus petites, et les passa à Fumat, qui remonta vers la cure.

Troublé, ahuri par ce qu'il venait d'entendre et de voir, le conseiller de Sanégra déposa, en entrant dans la cuisine, les deux bouteilles sur la table, et s'assit sans mot dire pour manger sa part des châtaignes. Cependant son air in-

quiet fut remarqué de Sévéraguette. L'orpheline ne douta pas, puisque Fumat n'apportait
point les quatre bouteilles demandées, qu'il ne
se fût élevé quelque grave dispute entre le Sanégrol et sa tante. Mais accoutumée à subir la
tyrannie de la Pancole et trop affligée intérieurement de ses brutalités pour désirer connaître
ses nouveaux torts, elle feignit de ne s'apercevoir de rien et sourit gracieusement à l'Avocat.
Ce sourire d'ange était à la fois une prière et
une excuse : l'orpheline priait d'abord Fumat
de ne pas ouvrir la bouche sur ce qui venait
de se passer à Saint-Xist, puis elle lui demandait pardon de l'avoir si maladroitement exposé
à la mauvaise humeur de la Boussagole.

Cet embarras du Sanégrol et de Sévéraguette,
dont la cause était ignorée de la Cassarotte et
du curé, réagit néanmoins beaucoup sur leurs
dispositions doucement folâtres. L'entrain, la
verve, la gaieté naïve, qui avaient signalé les
commencements de la fête, s'évanouirent peu
à peu, et, après quelques paroles échangées
avec peine, chacun se mit à dévorer, dans son
coin, son quart de la biroulade. Le paillasson à
pain, mis au pillage, fut bientôt à sec; alors
on but un dernier coup, et on se leva.

— Tiens, dit l'abbé Courbezon voulant à tout
prix rompre un silence qui lui pesait, quels
gourmands nous sommes! nous n'avons pas
gardé la moindre châtaigne pour les enfants.

— Ces pauvres petits! fit Séveraguette d'un
air apitoyé.

— Mais aussi, dit le curé s'adressant à la
veuve, pourquoi les couchiez-vous si tôt aujourd'hui?

— Ils font trop de bruit, répondit la Cassarotte; puis vous avez bien vu Mariette qui
s'endormait sur vos genoux.

— Allez, monsieur le curé, ils n'auront rien
perdu pour attendre, ajouta l'orpheline : demain
je leur ferai moi-même une biroulade chez
moi.

Le curé et la veuve regardèrent simultanément Séveraguette; le regard du vieux desservant exprimait l'admiration pour la grâce avec
laquelle cette jeune fille exerçait la charité,
celui de la Cassarotte était plein d'une indicible
reconnaissance. Cécile, confuse, prit sa *capette*,
espèce de long capuchon en laine brune, salua
le curé, dit familièrement adieu à Fumat, et
sortit accompagnée de la veuve, qui jamais, la
nuit, ne l'aurait laissée rentrer seule à Saint-
Xist.

L'abbé Courbezon, comme pour inviter l'Avocat à opérer sa retraite, eut l'air de se retirer
dans sa chambre.

— Monsieur le curé, dit brusquement le Sanégrol, dont la langue se délia comme par en-
chantement, j'aurais à vous entretenir une
minute, si toutefois cela ne vous dérangeait
point trop.

— Est-ce des fonts baptismaux que vous
voulez me parler?

— Non, monsieur le curé, balbutia Fumat
tremblant pour sa bourse.

— C'est que, si vous aviez à me soumettre
quelque plan pour ces fonts, vous n'y seriez
plus à temps : j'ai envoyé à Prosper Corbineau,
marbrier à Béziers, un croquis de ma main, et
bientôt, je pense, nous recevrons son travail.

— Vous avez commandé les fonts baptismaux! s'écria le conseiller de Sanégra suant à
grosses gouttes.

— Sans doute. Ne m'avez-vous pas promis
de donner cinq cents francs?

— Certainement; mais, Dieu me sauve!...

— Ne vous mettez pas en peine; si les fonts
coûtent plus, je fournirai le reste de la somme
moi-même. Voici en deux mots la description
du petit monument : une large coquille et au-
dessus une grande urne pour enfermer les
saintes huiles, l'eau, le sel, le coton, ce qu'il
faut enfin pour administrer le baptême.

L'affreuse perspective de débourser prochainement la somme ronde de cinq cents francs
avait d'abord étourdi Fumat; mais reportant
son idée à Séveraguette, il se remit un peu de
son trouble.

— Ce sera très-beau! répondit-il étouffant
un soupir, et vous avez bien fait d'écrire au
marbrier. Mes cinq cents francs sont prêts.

L'abbé Courbezon lui serra la main.

— Mais, ajouta le Sanégrol avec embarras,
j'avais présentement à vous parler de Cécile.

— Voyons, qu'avez-vous à m'en dire?

— Tenez, monsieur le curé, je n'irai pas par
quatre chemins; je vous parlerai à la bonne
franquette tout de suite : j'ai de l'amitié pour
Séveraguette. La Fumade vieillit chaque jour,
il me faut absolument prendre femme... Décidé
à me remarier, j'ai visité les villages environnants, où, sans en avoir l'air, soit à l'église,
soit dans les rues, j'ai regardé les jeunesses,
mais je n'en ai trouvé aucune à mon goût.
Cécile, que je vis à Dédérieux, quand elle était
encore chez les sœurs, me plut. Malheureusement la Séverague, qui était une femme chétive, mourut au moment où elle allait me
donner sa fille. Ah! quel malheur pour moi!...
La Séverague mise au trou, je ne sus plus à
qui m'adresser pour obtenir la main de Cécile.
Parler de mes intentions à la Pancole, entichée
de lui bailler son garçon, c'était plus qu'inutile,
c'était bête. Je cuisais dans cette affreuse situation, quand monseigneur vous envoya chez
nous. A votre arrivée, je bénis le ciel plus que
personne : il me semblait comme ça qu'en
apprenant tout ce que j'avais fait pour la paroisse, vous ne manqueriez pas de vous intéresser à moi et de me rendre facile mon bonheur. O monsieur le curé, un seul mot de
vous comblerait tous mes vœux! Cécile est
orpheline; elle vous obéira en tout, j'en suis

sûr, car elle vous aime et vous respecte comme le bon Dieu en personne... D'ailleurs, monsieur le curé, poursuivit le Sanégrol effrayé par le silence du vieux prêtre, si Cécile Sévérac est un bon parti, Antoine Fumat n'est pas à dédaigner, Dieu me sauve ! Savez-vous bien, soit dit entre nous, que je suis riche d'environ cinquante mille francs ? Que peut avoir après tout Sévéraguette ? de trente à trente-cinq mille francs au plus. Ainsi, vous le voyez, le chat vaut pour le moins la chatte. Du reste, on dirait qu'un lien tout naturel existe comme ça entre nous : nos terres s'avoisinent. Oh ! quelle propriété on ferait avec les deux réunies ! Ni à Lunas, ni même à Bédarieux, on n'en verrait certainement de plus belle. Comme je soignerais tout cela ! Allez, quand les prairies de Cécile, qui sont du côté de Véreille, aux bords de l'Orb, m'appartiendraient, elles ne manqueraient pas, comme à cette heure, de larges fossés pour l'écoulement des eaux. Croyez-vous, par exemple, que, si ces belles châtaigneraies de Frangouille étaient à moi, j'en laisserais les murailles s'écrouler ? Comme ce bien serait soigné !... O monsieur le curé, s'écria l'Avocat à qui son ardente convoitise fit plier les genoux devant le vieillard, je vous en supplie, faites-moi épouser Cécile !

L'abbé Courbezon releva le Sanégrol et garda un moment le silence.

— Fumat, dit-il enfin avec une gravité solennelle, écoutez-moi bien, je n'ai que peu de mots à vous dire. — J'ai souffert d'énormes tracas dans ma vie, et je ne désire pas m'en créer de nouveaux ; or, ce serait m'en préparer de grands, s'il me prenait la sotte manie de m'immiscer dans les mariages de mes paroissiens. Il m'est impossible de faire ce que vous me demandez pour deux raisons : la première, parce que je suis prêtre et qu'il ne convient pas à mon caractère de descendre dans les combinaisons si ardues du mariage ; la seconde, parce que, le mariage devant être un acte absolument libre, je craindrais, justement à cause de l'obéissance passive de Cécile Sévérac à un de mes désirs, de contrarier les secrets penchants de son cœur. Certes, vous êtes digne d'épouser cette jeune fille, et, pour mon compte, je serais heureux de bénir une pareille union ; mais ce n'est pas à vous mener l'un vers l'autre. Si vous devez vous appartenir, Dieu vous fera vous rencontrer un jour, et ses desseins sur vous éclateront manifestement.

— Mais, balbutia le Sanégrol confondu, la Pancole la forcera à épouser son brigand de Justin !

— Fumat, dit sévèrement le curé, je ne veux pas vous entendre parler ainsi du cousin de Cécile.

— O monsieur le curé ! je vous assure que Paucel est non-seulement un ivrogne et un

faînéant, mais aussi un voleur ! Il s'entend avec sa mère pour voler Sévéraguette. Tout à l'heure, j'ai vu...

— Fumat, la passion vous aveugle, vous n'avez rien vu tout à l'heure. La Pancole et son fils sont de braves gens, que vous devriez rougir de calomnier devant moi.

— Mais, monsieur le curé, j'ai vu...

— J'ai à lire mon office, il est dix heures ; adieu, Fumat.

— Dieu me damne ! s'écria l'Avocat furibond, je ne m'attendais pas à cela de vous, vous êtes un ingrat !

Le vieux prêtre, au moment d'ouvrir la porte de sa chambre, revint vers le Sanégrol, et, lui saisissant convulsivement la main :

— Fumat, lui dit-il, voilà la première fois que vous offensez Dieu en ma présence et que vous me faites sérieusement de la peine.

Les yeux du vieillard étaient pleins de larmes.

Les sabots de la Cassarotte résonnèrent dans l'escalier. L'Avocat saisit son chapeau et s'esquiva tout honteux, oubliant sa *marrègue*, vaste limousine de grosse laine dont s'enveloppent les montagnards cévenols.

V.

A quelque temps de là, par une matinée de froid sec, pendant que la Cassarotte entendait la messe, Jeannot et Marinette, qui s'étaient échappés de l'église, jouaient en plein air à la main chaude avec beaucoup d'autres enfants accourus, ce jour-là, des hameaux voisins pour assister au catéchisme. La bande joyeuse s'était abattue au soleil sous la terrasse des Récollets, et le jeu avait atteint le comble du vacarme, quand les gamins furent obligés de se disperser devant une charrette chargée de meubles qui arrivait par la route de Lodève. La charrette, au grand ébahissement des petits paysans, s'arrêta devant le porche du presbytère, et ils en regardèrent descendre d'abord une vieille toute ridée, toute cassée, puis une femme jeune, dont la vaste cornette blanche et la robe grise, sur laquelle battait un gros chapelet, les firent reculer d'épouvante. Jeannot, voyant les deux femmes soulever le marteau de cuivre des Récollets, courut à toutes jambes vers l'église et en revint un instant après avec sa mère.

La Cassarotte, qui n'attendait pas sitôt la mère et la sœur de monsieur le curé, fut on ne peut plus agréablement surprise. Toute radieuse de joie, elle ouvrit la porte de la cure, alluma un grand feu dans la cuisine pour réchauffer la Courbezonne et Marthe qui grelottaient, renvoya Jeannot à l'église annoncer la bonne

nouvelle à Sévéraguette, et courut immédiatement aider le voiturier à décharger sa charrette. La messe en étant au *Sanctus*, Cécile
n'osa sortir à ce moment solennel ; mais, après
la *Consécration*, brûlant de connaître la Courbezonne et surtout Marthe, elle s'esquiva précipitamment.

L'abbé Courbezon, interrogé dans les lettres
de sa mère sur sa nouvelle vie à Saint-Xist,
n'avait pas manqué de lui parler longuement
et à plusieurs reprises des nombreux services
que lui rendait chaque jour Sévéraguette.
Aussi, dès l'entrée de Cécile dans la cuisine du
presbytère, la Courbezonne, pressentant qu'elle
avait devant elle cette jeune fille si bonne, si
dévouée, si vantée par son fils, se leva-t-elle
et lui prit-elle spontanément les mains.

— Vous êtes sans doute Cécile Sévérac ? lui
demanda-t-elle.

— Oui, madame, répondit l'orpheline s'inclinant avec respect.

— Embrassez-moi, mon enfant ! dit la vieille
paysanne de Castanet-le-Haut, ouvrant ses bras
à Sévéraguette, qui s'y précipita par un mouvement de tendresse filiale... Merci, Cécile, lui
répéta plusieurs fois la Courbezonne, merci
pour tout ce que vous avez fait de bien à mon
fils.

La jeune orpheline se trouvait dans un grand
embarras ; si elle eût osé, certainement elle se
fût enfuie, car elle souffrait. Rien ne torturait
plus cette pauvre enfant que les remercîments
pour les services rendus. Lorsqu'on lui disait
merci, une sueur froide lui couvrait aussitôt le
front. Naturellement simple et bonne, elle ne
savait quelle contenance garder devant un
obligé reconnaissant ; elle pâlissait et rougissait
tour à tour. Certes, ces âmes dépouillées de
tout sentiment de personnalité, toutes pétries
d'abnégation et d'amour, sont rares à une
époque où l'on ne rencontre plus guère d'in-
grats que parce qu'il n'existe plus de bienfaiteurs. Il en est pourtant. Sévéraguette était une
de ces natures d'élite, et l'abbé Courbezon,
dans une sphère plus élevée, en était une
autre. C'est ce qui explique comment, dès le
premier jour, leurs deux âmes s'étaient brusquement liées l'une à l'autre, sans examen,
sans discussion, violemment. La foi chrétienne
les ayant empreintes du même sceau de charité,
elles s'étaient reconnues sœurs.

— Je joins mes remercîments à ceux de ma
mère, mademoiselle Cécile, dit Marthe, qui,
ayant remarqué le trouble de l'orpheline, était
restée muette d'émotion.

A son tour, elle pressa Sévéraguette contre
son cœur.

— Pensez-vous, Cécile, demanda la Courbezonne, que monsieur le curé ait fini la messe ?
Je *languis* tant de le voir !

— Oui, madame, la messe doit être maintenant terminée.

— Marthe, donne-moi mon bâton, fit la
vieille se levant aussitôt ; allons embrasser
Pierre. — Sévéraguette, menez-nous à la
sacristie.

Au moment où la Courbezonne et Marthe,
précédées de Cécile, franchissaient le seuil de
la sacristie, le curé, qui achevait à peine sa
messe, y entrait, revêtu de la chasuble. En
apercevant sa mère et sa sœur, le pauvre vieux
desservant faillit laisser le calice s'échapper
de ses mains. Il le déposa sur le vestiaire, interrompit le *Te Deum*, prière que le prêtre récite en descendant de l'autel, et se jeta, avec
l'abandon naïf d'un enfant, dans les bras de la
Courbezonne et de Marthe.

— O ma mère ! ô ma sœur ! balbutia-t-il
avec des larmes de joie, que Dieu est bon !

Sévéraguette, craignant que sa présence à
un entretien tout d'épanchement et d'intimité
ne fût de sa part une grave indiscrétion, profita du moment où la Courbezonne et ses deux
enfants paraissaient le plus absorbés dans le
sentiment de leur situation présente pour
quitter la sacristie avec Félicien.

— Tu n'iras pas garder les chèvres aujour-
d'hui, Cassarottou, dit-elle à l'acolyte ; tu reste-
ras aux Récollets pour aider ta mère. Va lui dire
de monter ici, à ta mère ; il faut que je lui parle
tout de suite.

La veuve arriva bientôt chargée d'un bois de
lit. Cécile l'attira dans un coin de la vaste
cuisine.

— Cassarotte, lui dit-elle, qu'avez-vous à
donner à tout votre monde pour dîner ?

— Ah ! Cécile, tu me vois plus embarrassée
qu'un rat avec trois noix ; je ne sais comment
me retourner ; imagine-toi que je n'ai que
cela à cette heure.

Elle découvrit une grande marmite dans
laquelle bouillaient des choux mêlés à de rares
morceaux de lard.

— Comment, vous voulez que ma sœur
Marthe, malade encore, vous mange cette
soupe ? Et puis la mère de monsieur le curé
est vraiment trop âgée pour se nourrir si mal.

— Hélas ! Cécile, j'ai pensé à tout cela ; mais
que faire ? J'ai, vois-tu, depuis l'arrivée des
parents de monsieur le curé, *la tête exterminée*,
car je sais bien que ce dîner ne leur convient
point.

— Il fallait tout bonnement tuer deux ou
trois poulets. Je vous ai bien apporté six poulets,
l'autre jour.

— Tes poulets ! ma fille. Ah ! ils ont che-
miné, tes poulets. Est-ce que monsieur le curé
peut garder quelque chose céans ? Tes poulets
ont servi à faire du bouillon à deux malades
du Mas-du-Saule, pardi ! Ce saint homme bail-
lerait jusqu'à sa chemise quand il voit des
malheureux ; c'est plus fort que lui. Aussi tous
les pauvres le savent maintenant, et, du matin
au soir, c'est une vraie procession de mendiants

aux Récollets. Il en pleut de partout. On n'entend que des *Pater noster* à notre porte. Hier, il nous est venu une femme des Nières et un homme d'Estréchoux. Bénédiction de Dieu ! il n'est pas permis de se dépouiller comme ça...

— Vous auriez dû prendre de l'argent et courir à Lunas acheter des provisions.

— Prendre de l'argent ! Et où veux-tu que j'en prenne, de l'argent ? Tu parles comme saint Paul avec la bouche ouverte, toi ; mais tu ne connais pas notre position... Cécile, murmura la Cassarotte à voix basse, le boulanger de Latour a pensé hier me refuser du pain, parce que nous lui en devons pour plus de trente francs. Voilà où nous en sommes, ma fille.

— Est-ce possible, mon Dieu ! ne put s'empêcher de crier la jeune fille.

— C'est exactement comme je te le dis et non autrement. Quand je suis arrivée ici, il y avait à peu près deux cents francs dans le tiroir de la table de monsieur le curé. Maintenant tous ces écus sont partis à la file, on ne sait de quel côté. Comme monsieur le curé est fort distrait, qu'il ne sait jamais l'argent qu'il a ou qu'il n'a pas, je me suis tuée à battre du chanvre pour tout le pays, et, à mesure qu'on me payait, je glissais comme ça mes pièces de vingt sous dans le tiroir. Malheureusement mes bras n'ont pu suffire à son bon cœur ; tout est dépensé. Cette kyrielle de quémandeurs qui nous frappe à la porte avalerait la mer et ses poissons.

— Et maintenant qu'allez-vous faire ?

— Ma foi, Cécile, si le bon Dieu ne vient pas à notre secours, j'ignore ce que nous deviendrons tous ici. La faim va nous faire tirer la langue, à ce que je vois... Si du moins je pouvais aller quelque part gagner beaucoup d'argent pour ce pauvre monsieur le curé, qui est un saint du paradis sur la terre ! ajouta la veuve dont les yeux brillèrent de grosses larmes contenues.

— Vous dites, demanda Sévéraguette pensive, qu'il ne s'aperçoit de rien, quand on met de l'argent dans son tiroir ?

— Lui ! Il est bien trop distrait pour ça... Tu ne devinerais jamais ce qu'il m'a répondu lorsque, ce matin, je lui ai rapporté la conduite du boulanger Latour. — « Cet homme a » raison, m'a-t-il dit ; prenez de l'argent dans » le tiroir et allez le payer... » J'ai été sur le point de lui crier : « *Le tiroir est à sec !* » Mais je ne sais pas quel effet ses paroles ont produit sur moi, je n'ai pu déclarer les dents, j'avais envie de pleurer.

— Écoutez, Cassarotte, nous ne devons pas laisser monsieur le curé dans cette situation. Je comprends son désintéressement : c'est un saint homme monsieur Courbezon, et les choses de ce monde ne lui importent guère. Mais, puisqu'il refuse de s'occuper de ses affaires, nous allons nous en mêler un peu toutes deux, n'est-ce pas ?

— Mon Dieu ! que pourrons-nous faire ? demanda la Sanégrole joignant les mains par un mouvement de suprême inquiétude.

— J'ai plusieurs sacs de mille francs dans mon secrétaire, dit l'orpheline dont le visage rayonna : je cours en chercher un, et vous le verserez dans le tiroir de monsieur le curé.

— Moi !... Es-tu folle, Sévéraguette ? Mille francs !... Je ne me chargerai jamais de cette commission.

— Alors, dit la jeune fille, que son exaltation rendait sublime, je m'en charge, moi ! Où est la table dans laquelle monsieur le curé serre son argent ?

— Là, dans sa chambre.

Sévéraguette fit un pas pour sortir ; la veuve, alarmée, la retint.

— Réfléchis donc, Cécile, lui dit-elle. Mille francs, c'est une trop grosse montagne d'écus, et si, au lieu de m'envoyer à son tiroir, monsieur le curé l'ouvre lui-même, il est impossible qu'il ne s'aperçoive pas...

L'orpheline s'arrêta.

— Vous avez raison, Cassarotte, il faut agir prudemment. Vous glisserez seulement aujourd'hui deux cents francs dans le tiroir. Nous les remplacerons à mesure que monsieur le curé les dépensera.

— Oh ! Sévéraguette, je n'ose ! je n'ose ! dit la Sanégrole tremblante.

— Vous voulez alors que je vous laisse tous mourir de faim ? Voyons, qu'allez-vous devenir sans ressources ? Cassarotte, la mère de monsieur le curé est trop âgée, la sœur Marthe trop souffrante encore, pour supporter sans danger la vie que vous menez ici. Il faut à l'une et à l'autre un régime substantiel... Et peut-il se présenter pour moi une meilleure occasion de dépenser mon argent, que de l'employer à conserver sur la terre cette famille de saints ? D'ailleurs, monsieur le curé donne tout, et je suis enchantée de trouver à faire l'aumône par ses mains. Si vous refusez de déposer mes deux cents francs dans le tiroir, promettez-moi du moins un silence absolu sur tout ceci, je prends sur moi le reste.

— O Cécile ! dit la veuve transportée et étreignant la jeune fille, tu es un ange du bon Dieu, fais de moi ce que tu voudras.

Le charretier, qui avait fini sa besogne, entra.

— Monsieur le curé n'est pas là ? s'informa-t-il, tirant un lambeau de papier de son portefeuille crasseux.

— Il va rentrer, répondit la veuve.

— C'est sans doute votre facture que vous tenez là ? demanda insidieusement Sévéraguette.

— Oui-bien !

— Ça coûte probablement bien cher le transport des meubles, de Montpellier à Saint-Xist ?

— Cette charretée se monte à quarante francs. J'avais trois chevaux.

L'orpheline regarda intelligemment la Cassarotte.

— Vous devez éprouver le besoin de boire un coup ? dit-elle au voiturier.

— Oh ! oh ! comme ça ! Je ne dis pas non : le vin est l'ami de l'homme.

— On ne vous attendait pas encore, et rien n'est prêt à la cure. Voulez-vous venir manger un morceau à Saint-Xist, chez moi ? Je demeure à deux pas d'ici.

— Volontiers ; je casserais bien une croûte tout de même : ça creuse rudement, l'air de ce pays-ci.

— Cassarotte, ajouta Cécile, il est inutile que vous cuisiniez : tout le monde dînera chez moi. Je vais dans un instant remonter pour inviter monsieur le curé, sa mère et sa sœur.

— Dieu ! que dira la Pancole, si elle nous voit tous arriver à Saint-Xist ? soupira la veuve avec un frisson d'épouvante.

— Ma tante ne dira rien, car elle est aux semailles ; nous serons seuls !

Sévéraguette s'en alla avec le charretier. Arrivée à Saint-Xist, elle l'installa devant un gigot froid à peine entamé de la veille, et lui servit une bouteille de vin contenant au moins cinq litres. Elle monta dans sa chambre, prit deux cents francs, et revint en toute hâte au presbytère.

Les Courbezon n'étaient pas encore sortis de la sacristie. La Cassarotte et Cécile se faufilèrent dans la chambre du curé, éparpillèrent les pièces de cinq francs dans le tiroir de sa table, et, tremblantes comme si elles venaient de commettre un crime, rentrèrent dans la cuisine. Elles étaient depuis un instant accroupies devant le feu, osant à peine se regarder, quand on entendit la porte de la sacristie s'ouvrir, se refermer, et des pas retentir dans le cloître.

— Les voici ! murmura Sévéraguette.

Elle se leva pour courir au-devant des Courbezon.

— Ah ! Cécile, dit le curé, dont la face était tout épanouie, je suis bien heureux !

Sévéraguette fit son invitation, que l'abbé Courbezon accepta avec son admirable simplicité, et tout le monde, jusqu'à la Cassarotte, Félicien, Jeannot et Marinette, dont Marthe s'était emparée, prit le chemin de Saint-Xist.

Bientôt ce fut un épouvantable vacarme dans la maison de l'orpheline. On aurait dit que Sévéraguette, dans l'immense contentement qu'elle éprouvait d'avoir à fêter de pareils hôtes, voulait leur immoler toute sa basse-cour. Les coqs, les poules, les dindons, les canards, les oies, les jeunes poulets, traqués, harcelés, pourchassés, criaient, glougloutaient, piaulaient, glapissaient, se débattaient. C'était un sabbat infernal. Au milieu de cette population de bipèdes effarés, haletants, furieux, l

Cassarotte, armée d'un coutelas de cuisine, se montrait implacable. Au grand désespoir de Marthe, la terrible veuve trancha la tête à trois canards et saigna deux pauvres petits poulets. Il s'en fallut de bien peu qu'une oie grosse et grasse ne fût, elle aussi, passée au fil de l'épée ; mais, le curé s'interposant, on sursit à son exécution. Comme on était à peu près affamée, la cuisine se fit avec une célérité incroyable. Tout le monde y mit les mains. Marthe, malgré ses répugnances, se résigna à tenir sur le feu une casserole dans laquelle Sévéraguette roussissait sans pitié les membres encore palpitants des canards, et le vieux desservant fut obligé de monter trois fois le tournebroche où rôtissaient les jeunes poulets. Enfin, on se mit à table. La joie la plus douce, la plus cordiale présida à ce festin. Tous les fronts étaient calmes, toutes les lèvres souriantes. La Courbezon ne pouvait détacher les yeux du visage de son fils, qu'elle ne se souvenait pas d'avoir vu jamais si heureux : Saint-Xist était bien en effet un pays de bénédiction ! Marthe, à cette table où son frère était content, sa mère radieuse, retrouvait un appétit depuis longtemps perdu. Après dîner, on parla d'une biroulade, et Cécile, pour faire un choix de ses meilleures *châtaignes de Jeanne-Longue* (1), descendit elle-même, avec la Cassarotte, à la remise où l'on enfermait la récolte. Mais elle fut bien étonnée de rencontrer, assis au soleil devant la porte du vaste hangar, son cousin Justin Pancol.

— Tiens, vous voilà, Pancolou ! Qu'attendez-vous donc à la porte de la remise ?

— Je reviens de Lodève, répondit le Sanglier honteux d'être surpris, et je me repose un instant.

— Pourquoi n'êtes-vous pas monté à la maison ?

— Cécile, pouvez-vous me le demander ? ne le savez-vous pas ? murmura le Boussagol avec une poignante tristesse.

Sévéraguette parut touchée.

— Pancolou, lui dit-elle avec bonté, je vous sais gré de votre obéissance, et je m'en souviendrai. En attendant, venez dîner et manger votre part de biroulade, car on fait aujourd'hui la biroulade chez nous.

Le Boussagol, étourdi par ce bonheur inattendu, ne put répondre. Il se contenta de lancer à sa cousine un regard étrangement fascinateur, qui empourpra le visage de la jeune fille ; puis, après avoir choisi les plus belles châtaignes, ils remontèrent vers la maison.

Sévéraguette présenta son cousin aux Courbezon, et lui servit elle-même à dîner. Le

(1) *Châtaigne de Jeanne-Longue.* On appelle de ce nom, dans les monts d'Orb, les châtaignes de première qualité.

pauvre Sanglier perdait la tête ; il ne savait à quoi attribuer tant de prévenances de la part de Cécile. Dans la joie intérieure qui l'inondait, il eût embrassé ce curé que sa mère lui avait appris à haïr, car évidemment l'abbé Courbezon seul pouvait avoir changé les dispositions de sa cousine à son égard.

Pancol donc, ébahi de tout ce qui lui arrivait, complètement heureux, rouvrait son cœur à ses premières espérances, et le cercle des convives se formait près de la cheminée, autour du paillasson où la Cassarotte venait, selon l'expression du pays, *de mettre à confire la biroulade*, quand le charretier, l'œil allumé, la respiration oppressée par l'énorme gigot qu'il avait avalé tout entier sans scrupule, se leva et produisit de nouveau sa facture.

— C'est quarante francs tout au juste ? demanda l'abbé Courbezon.

— Oui-bien, monsieur le curé, bredouilla-t-il.

— Cassarotte, ajouta le vieux prêtre tendant la facture à la veuve par un geste aussi naturel que celui d'un banquier envoyant un commis à sa caisse, allez payer ce brave homme.

Sévéraguette et la Cassarotte, qui avaient un moment tremblé que leur stratagème ne fût découvert, échangèrent un regard qui fut un éclair de joie, et la Sanégrole souleva le loquet de la porte pour sortir. Mais, tout à coup la porte s'ouvrit poussée par une main invisible, et la Pancole entra dans la cuisine. En voyant tant de monde groupé devant la cheminée, en train de manger ses plus fines châtaignes, la Boussagole frémit de colère ; ses petits yeux gris s'enflammèrent, et elle allait éclater contre sa nièce, lorsque, en se retournant pour déposer un paquet d'herbages qu'elle apportait des champs pour les lapins, elle aperçut Justin auquel, en ce moment même, Cécile tendait une cuisse de poulet. Sa physionomie changea subitement d'expression ; toute sa nature fit volte-face. Devinant qu'il était probablement survenu quelque chose de favorable à son fils, elle salua le curé avec toute la grâce possible et sourit à la Courbezonne ainsi qu'à Marthe. Néanmoins, cette vieille à figure sinistre, qui soudain était apparue sur le seuil comme un oiseau de mauvais augure, avait épouvanté les Courbezon. La gêne, l'horrible gêne, cet ennui de l'âme et du corps, s'empara de tous les convives, les roidit, puis les glaça. Évidemment un autre esprit que celui de Sévéraguette, esprit doux, affectueux, clément, régnait en ce moment dans la maison. Aux pas seulement que la Pancole faisait autour de la table, aux regards que, depuis son entrée, elle lançait de tous côtés, on reconnaissait la dominatrice du lieu, dominatrice rigide, despotique, brutale. Les Courbezon, sans se prévenir ni des yeux ni du geste, se levèrent tous à la fois de leurs chaises, comme poussés par un ressort invi-

sible, et se retirèrent incontinent. Sévéraguette, désolée d'un aussi brusque départ, les suivit, emmenant avec elle les enfants de la Cassarotte, et laissant seuls sa tante et son cousin.

— Ah çà ! grommela la Boussagole croisant ses bras sur sa poitrine et branlant la tête avec un air de rage concentrée, maintenant qu'ils sont partis, tous ces bâfreurs, tu me diras, toi, je pense, ce qui se passe céans ?

— O Pancole, tout va bien, calme-toi : Sévéraguette m'aime! Elle m'épousera, sois tranquille.

— Elle te l'a dit ?

— Non ; mais pourquoi me traiterait-elle avec tant de douceur, si elle ne devait être un jour ma femme ?

— *Jean de Nivelle* (1) que tu es! Si elle ne t'a rien promis, tu n'as pas besoin de te monter si vite la tête de linotte... En attendant, ajouta-t-elle promenant un regard amèrement triste sur la table jonchée des débris du dîner, on dévore tout ici, quand je n'y suis pas.

— Et qu'est-ce que cela fait, si Cécile m'épouse ?

— Qu'est-ce que cela fait! Tu oses me demander ce que cela fait? Tu seras un joli compère avec une femme sans le sou. Si tu n'avais pas dissipé notre bien de Boussagues encore!...

— Dieu me damne! Pancole, interrompit le Sanglier furieux, finiras-tu de me reprocher le passé?

Un moment de silence suivit cette explosion de colère. Le Boussagol se leva pour partir.

— Pancolou, dit la vieille posant câlinement ses longs bras amaigris sur les épaules du Sanglier, c'est parce que je considère le bien de Cécile comme tien que je suis hors de moi, en le voyant dévorer par tout ce monde des Récollets. Assieds-toi près de moi, et causons .. Es-tu allé à Lodève payer les intérêts des trois mille francs?

— Oui, j'y suis allé ce matin.

— Ce matin! Tu es revenu bien vite.

— Aussitôt l'argent remis, j'ai repris vitement le chemin d'ici. J'avais rencontré au bas de la côte, près de Mont-Plaisir, les parents du curé, et je voulais savoir comment tout se passerait à Saint-Xist.... Ah! je n'espérais pas le bonheur qui m'est arrivé, Pancole!

— Tu fais bien, va, de surveiller tous ces gens de la cure. Ils nous avaleraient tous vifs; heureusement, je suis ici, et j'ai bon œil et bonne platine.

— Pancole, le curé me paraît un brave homme; ne le brusque pas, il nous servira peut-être. S'il vient ici avec sa mère ou sa sœur, reçois-les bien, cela fera plaisir à Cécile. D'ailleurs, Sévéraguette n'a rien vendu ; les terres sont toujours sans hypothèques. Que

(1) *Jean de Nivelle*, imbécile, niais.

nous importe qu'elle dépense les revenus, si le fonds nous reste ! Voyons, la mère, ne montre pas tes dents à tout le monde comme un vilain chien enragé ; elles ne sont point trop jolies déjà, tes dents. Sois moins regardante à tout, et nos affaires s'en porteront beaucoup mieux... Promets-moi cela.

— Je te le promets, Justin, articula la vieille, attendrie par un ton affectueux auquel le Sanglier ne l'avait pas accoutumée.

VI

Vers les quatre heures, au coucher du soleil, le Boussagol cheminait du côté de son village d'un pas délibéré, quand, au moment de prendre le raccourci de l'Aire-Raymond, entre Frangouille et le Mas-du-Saule, il vit tout à coup poindre Fumat. Le Sanégrol, qui venait de quitter la route de Bédarieux pour s'engager dans le sentier de Saint-Xist, marchait rapidement, lui aussi, et suait à grosses gouttes. Comme il se dirigeait forcément vers Pancol, celui-ci, ne voulant pas avoir l'air de le fuir, l'attendit de pied ferme au milieu du chemin.

— Je suis bien aise de te rencontrer, Avocat, lui dit-il.

— Et pourquoi, Sanglier, s'il te plaît ?

— Pour te donner des nouvelles de Cécile.

— Explique-toi, je ne comprends point.

— Je viens de voir Sévéraguette, elle m'aime, et sera bientôt ma femme ; comprends-tu, à cette heure ?

— Comme ci comme ça... Mais, Dieu me sauve ! le curé n'a pas encore prononcé le *conjungal*, je pense ?

— Le curé ! C'est un brave homme, le curé ; j'ai dîné avec lui chez ma cousine, et je suis sûr qu'il prononcera le *conjungat*, dès que nous le voudrons, Sévéraguette et moi.

— Et tu crois, toi, que Sévéraguette le voudra jamais ? dit le Sanégrol un peu ému par les dernières paroles de Justin.

— Elle sera ma femme dans moins d'un mois, répliqua Pancol lançant à l'Avocat un regard ironique.

— C'est ce que nous verrons... Bonsoir !

Fumat voulut poursuivre sa route ; mais l'air sournois dont il avait articulé ces deux mots : *nous verrons*, faisant craindre quelque piége au Boussagol, par un mouvement de bête féroce, il bondit au-devant de son rival et lui barra le passage.

— C'est maintenant à toi de t'expliquer ! s'écria-t-il embrassant Fumat tout entier d'un regard où pétillait la rage, et tu ne passeras point que tu ne m'aies dit ce que signifie ce *nous verrons*.

— Si tu ne veux point me laisser passer, eh bien ! j'attendrai, répondit le Sanégrol s'enveloppant dans sa limousine et s'asseyant tranquillement sur une borne. Oh ! ne crains pas que je viole ta consigne. D'able ! je ne suis point bâti comme un taureau, moi ! et je n'ai aucune envie de me faire casser les côtes.

— Pour lors, tu refuses de parler ? grommela Pancol d'une voix entrecoupée.

— Pardi ! je crois bien ! je n'ai rien à dire.

— Tiens, va-t'en, va-t'en ! brodouilla le Sanglier dont les doigts, en se recourbant, se roidissaient comme des crocs ; mais tâche de ne pas entraver mon mariage, car alors, Dieu me damne ! tu ne sortirais pas entier de mes mains.

— Tu ne m'apprends rien de nouveau, va ; je sais que tu es capable de tout.

Pancol, au moment de s'éloigner, se retourna vivement. Il saisit le bras de l'Avocat et le lui secoua avec force. Sa brutalité se borna à ce mouvement involontaire. Craignant, s'il entendait encore le Sanégrol, de ne pouvoir résister à ses instincts qui le poussaient à se débarrasser de son ennemi, il prit soudainement la fuite, et disparut dans le ravin profond du ruisseau de Frangouille. Lorsque Fumat l'eût tout à fait perdu de vue, il poursuivit, sombre et soucieux, son chemin vers Sanégra.

Depuis le jour où le curé lui avait refusé de s'employer officieusement à l'affaire de son mariage, l'Avocat n'était plus retourné aux Récollets. Exaspéré contre l'abbé Courbezon, dont l'extrême réserve le précipitait du faîte de ses espérances, il s'était promis non-seulement de le laisser sécher d'ennui dans son presbytère, mais surtout de lui faire un mauvais parti dans les quatre hameaux et de l'obliger sous peu à demander son changement. Évidemment, ce vieillard timide, simple, laid, n'était pas le curé que le Sanégrol avait rêvé pour Saint-Xist. En se dévouant à l'érection de la nouvelle paroisse, il avait pensé que monseigneur en conflerait le soin à un ecclésiastique jeune, alerte, intrigant, tout à fait capable de seconder ses vues sur Cécile, non à un vieux prêtre indolent et radoteur.

Dès le lendemain même de la biroulade, Antoine Fumat, qui jusqu'ici avait habilement dissimulé son vrai caractère, croyant ses intérêts en péril, laissa tout à coup éclater les instincts ignobles de sa basse nature. Profitant du moment où il occupait chez lui, pour les semailles et le battage des châtaignes, des paysans des hameaux voisins, il leur parla, à plusieurs reprises, de monsieur Courbezon avec la plus grande légèreté. D'abord, ses railleries portèrent sur les grosses épaules de monsieur le curé, sur sa figure bourgeonnée, ridée, percée des mille trous de la petite vérole, sur ses souliers éculés, son chapeau crasseux, sa soutane sale et toute effiloquée par le bas. Mais les jours suivants, ne gardant aucune retenue, l'Avocat déclara qu'il n'allait plus au presbytère pour ne pas être témoin des *horreurs* qui s'y commettaient.

— Et que s'y passe-t-il donc? s'écrièrent les paysans intrigués.

— Vous connaissez tous la Cassarotte, n'est-ce pas?

— Oui, répondit-on, une femme bien honnête!

— Bah! pas si honnête que vous croyez.

— Comment! est-ce qu'elle aurait mal tourné depuis la mort de son mari, par exemple?

— Oh! les curés, dit Fumat, clignant l'œil droit d'une façon significative, ne sont-ils pas, après tout, de chair et d'os comme nous autres?

— Tiens, tiens, firent les paysans, en voici du nouveau! Es-tu bien sûr de cela, au moins, Fumadou? Monsieur Courbezon a l'air comme ça d'un si brave et si digne homme!

— Faut-il vous mettre les points sur les i? riposta le conseiller; au fait, vous ne le croyez pas, si vous ne voulez pas le croire, vous autres; moi j'ai vu ce que j'ai vu.

Il est difficile de dire jusqu'où va la noirceur chez certaines créatures humaines; elle dépasse toutes les prévisions possibles. Vraiment, si la calomnie est toujours odieuse, elle le paraît peut-être moins à la ville qu'aux champs. On comprend presque que, dans les grands centres, où s'agitent tant de haines, tant de misères, tant de passions, il se trouve des hommes tarés, perdus, capables, dans la lutte, d'user des armes les plus déloyales pour frapper leurs semblables. Mais comment essayer de justifier la calomnie, si tant est qu'elle puisse être justifiée, quand elle s'exerce dans le silence de la campagne, dans le calme de la nature? Cependant c'est là qu'elle fait ses plus cruels ravages, par la raison que c'est là qu'on s'attendait le moins à ses atteintes. Le paysan, quand il est pervers, ne l'est jamais à demi; sa nature grossière, son intelligence inculte le poussent incessamment à exagérer ses vices. Là où le citadin se serait contenté d'un coup d'épingle, il assène, lui, un coup de massue. Le paysan n'a pas de moyen terme dans les passions, parce qu'il est tout d'une pièce. Au moral, son esprit étroit, à l'état pour ainsi dire embryonnaire relativement aux rapports sociaux, le rend tout bon ou tout mauvais, selon la première impression reçue. Tout le secret de son caractère obstiné, violent, sournois, est dans le sens délicat des nuances qu'une civilisation raffinée nous a fait, et dont il a été privé. Aussi, ignore-t-il l'art des transactions avec soi-même et des atermoiements. Quand il a à se venger, il se venge immédiatement; il ne blesse pas son homme, il le tue.

Le Sanégrol procéda avec cette implacable logique des gens à court d'idée et toujours impatients du fait. Croyant ses intérêts compromis, il commença sur l'heure, contre le pauvre curé, la guerre infâme de la calomnie à outrance. Il lui importait de se débarrasser de ce prêtre, et tous les moyens lui paraissaient également bons.

Mais en agissant avec cette atroce méchanceté, Antoine Fumat était certainement plus coupable que ne l'eût été tout autre paysan. Les facultés naturelles qui lui avaient valu dans tous le pays le surnom d'*Avocat*, en lui montrant combien toute calomnie est chose vile, auraient dû l'en faire s'abstenir. Puisque, au mépris de son intelligence très-clairvoyante, il entrait dans une voie d'infamie et de lâcheté, il se mettait au-dessous des campagnards ordinaires, que pourraient encore excuser un peu leur brutalité native et l'absence de toute culture.

Ce petit Sanégrol, mince, pâle, lymphatique, rusé, était cruel comme tous les hommes faibles et souffreteux. Il est rare que l'individu chez qui le corps où l'âme ne sont pas arrivés à leur développement complet, ne se venge pas sur autrui de cette moquerie de la nature. Certains physiologistes prétendent que la perfection absolue de l'âme, qui constitue l'homme de génie, ou celle du corps, qui fait les Antinoüs, crée, parmi nous, les seuls êtres absolument innocents, absolument bons. Chez les autres, l'inclination au mal serait en raison directe de leur imperfection morale ou physique. Cette opinion des physiologistes, que nous ne voudrions certes pas accepter sans restriction, trouve par hasard son entière justification dans le caractère du conseiller de Sanégra. L'Avocat était, en effet, d'une humeur inquiète, parfaitement en harmonie avec son organisation rachitique et maladive. L'âpreté au gain, vice général chez l'homme des champs, semblait née en lui de sa faiblesse. On aurait dit qu'il se cramponnait à ses sacs d'écus pour leur demander un appui. Du reste, sans passion autre que l'avarice, il avait donné à ses châtaigneraies, à ses vignes, à ses olivettes, toute l'affection dont il était capable. Autrefois il s'était marié sans amour, par pur intérêt; aujourd'hui, il rêvait de se remarier, simplement pour s'arrondir des biens de Cécile. Quant à la jeune orpheline, elle lui importait bien vraiment! Avec quel empressement il l'eût cédée à Pancol, si Pancol eût voulu le lui acheter au prix de la dot. Pendant huit jours donc, il calomnia sans relâche l'abbé Courbezon. Il inventa, pour entraîner les paysans dans sa haine, des faits monstrueux, et finalement, d'accord avec ses journaliers, un charivari fut organisé pour le dimanche suivant après vêpres. On devait, à la nuit tombante, se réunir sous la terrasse du presbytère avec des chaudrons, des casseroles, des colliers de mulets à clochettes retentissantes, et régaler le curé d'une aubade capable de le désespérer ou de le mettre immédiatement en fuite.

Fumat fut exact au rendez-vous. Dès cinq heures, il se posta sous le porche du presbytère un fifre entre les doigts, tout prêt à donner le branle au charivari. Mais, à six heures, personne n'était encore arrivé. Le Sanégrol, furieux, jura, tempêta, et attendit. Cependant aucun pas ne résonnait dans les chemins creux; le silence, au contraire, troublé tout à l'heure par le bruit des ménages de Saint-Xist qu'on entendait des Recollets, devenait de plus en plus profond. On se couchait probablement.

Fumat, grelottant, quitta le porche, fit quelques pas en avant de la terrasse et regarda avec inquiétude la façade du presbytère : toute trace de lumière avait disparu. Évidemment on dormait. Il remonta vers Sanégra, maugréant contre ses journaliers qui lui avaient manqué de parole, et contre le curé, qui le condamnait à de si humiliantes expéditions. Il ne dormit pas de la nuit. Après avoir égaré son esprit dans mille combinaisons afin de contraindre le vieux desservant à quitter la paroisse, reconnaissant qu'il arriverait difficilement à ce résultat, — les bienfaits de l'abbé Courbezon lui avaient déjà concilié l'affection du pays, — il se décida tout à coup à le laisser en repos et de tourner ses efforts d'un autre côté. Pancol étant le premier obstacle, il fallait d'abord se débarrasser du Sanglier pour rester maître de la place. Mais le Boussagol, plus que le curé, était un homme redoutable, et, quoique très-épris des quarante mille francs de Cécile, l'Avocat n'eût pas voulu exposer ses os. Comment s'y prendre pour perdre Justin Pancol?... Fumat s'enfonça la tête dans les draps et réfléchit longtemps; puis, brusquement, comme frappé d'une idée lumineuse, il bondit à bas de son lit, s'habilla à la hâte, et, sans réveiller la Fumade, partit à jeun pour Bédarieux.

VII

Au centre du quartier appelé les *Rues-Basses*, à Bédarieux, se trouve la Place-aux-Herbes. La Place-aux-Herbes est un vaste carré long, entouré de maisons d'une construction bizarre et fort ancienne. Ces maisons enfumées, lézardées, décrépites, dont les deux ou trois étages supportés par d'épaisses solives à tête sculptée, s'avancent sur le rez-de-chaussée de manière à former une galerie basse, étaient habitées en 1817, et sont encore habitées aujourd'hui par des marchandes de toutes sortes de comestibles. Ces femmes, un peu fortes en gueule, comme toutes les femmes de halle, accrochent, dès l'aube, à des clous enfoncés dans les poutres qui soutiennent ces vieilles demeures, leurs lards, leurs saucissons, leurs jambons, leurs boudins, protégés contre la pluie par l'avant-corps des étages supérieurs, puis, en attendant leurs pratiques, se carrent au pas de leurs portes, les poings sur les hanches et la langue en liesse.

Vers neuf heures du matin, la Place-aux-Herbes, dont les jardinières ont envahi le milieu, où se précipitent à la fois toutes les ouvrières de la ville, sorties des fabriques pour déjeuner, offre le spectacle de la cohue la plus compacte, la plus turbulente, la plus criarde ; mais cette extrême animation se calme de bonne heure. Dès midi, chacun ayant fait ses provisions pour la journée, il règne un tel silence à la Place-aux-Herbes, qu'il serait facile à un étranger, égaré dans le sale quartier des Rues-Basses, de se croire dans la cour de quelque cloître abandonné. Il n'en est pas ainsi le lundi, jour de marché, ni les jours de foire. Ces jours-là, grâce au perpétuel va-et-vient des paysans, dont le cabaret de Gratiboul, situé tout au fond de la Place-aux-Herbes, est le rendez-vous, le vacarme ne discontinue pas un instant. C'est du matin au soir un tohu-bohu assourdissant, effroyable.

Vis-à-vis le cabaret de Gratiboul, au coin de la ruelle qui mène de la Place-aux-Herbes à la rue à peu près déserte du Moulin-à-l'Huile s'élevait, à l'époque où se passe cette histoire, une maison dont les murailles, dégarnies de mortier, crevassées en plusieurs endroits, rongées par l'humidité qui règne dans cette partie basse de la ville, ne semblaient plus se soutenir que par l'effet de quelque prodige. Cette masure, disparue depuis, était habitée par Nicolas-Jérôme Vernoubrel, usurier de son état. Et Vernoubrel, à l'encontre de Gobseck, dont le teint avait jauni par sa contemplation trop assidue de l'or, affichait, lui, une jolie figure colorée, rondelette, avenante.

Chassé du Poujol, son pays natal, par les victimes trop nombreuses de ses maltôtes, il était venu se fixer à Hérépian, soi-disant pour y exercer le métier de maître d'école. Mais le juge de paix et les huissiers du canton, desquels il baisait trop souvent le seuil, lui conseillèrent amicalement, pour éviter le bois vert, de fermer son école et de quitter le bourg. On était en 1805. Nicolas Vernoubrel, à la tête d'une vingtaine de mille francs grapillés dans de petites affaires, crut le moment venu de tenter les grands coups, et se dirigea vers Bédarieux, résolu plus que jamais à se livrer à son honnête industrie. Avec ce flair admirable qui distingue ces chasseurs acharnés de la pièce de cent sous, il eût bientôt choisi le lieu propice à ses desseins. La Place-aux-Herbes, tant à cause du cabaret de Gratiboul, où affluaient les paysans, que de son aspect délabré, misérable, lui parut l'endroit unique pour établir le théâtre de ses obscures opérations. Il acheta donc, pour rien ou à peu près, cette vieille habitation ruinée, et s'y installa, sans femme, sans enfants, sans servante, sans chien, seul !

Nicolas Vernoubrel vivait à Bédarieux depuis deux ans que personne, — il faut en excepter toutefois les huissiers, — ne connaissait le bonhomme. Verrouillé dans sa ruine de la rue du Moulin-à-l'Huile, d'où il sortait seulement pour aller prendre ses repas chez Gratiboul et y trafiquer, il était fort rare qu'il s'aventurât hors du quartier des Rues-Basses. Du reste, quand une affaire urgente l'appelait sur un point éloigné de la Place-aux-Herbes, Vernoubrel, que la lumière semblait éblouir à l'égal du hibou, attendait la nuit. Une fois l'obscurité venue, il descendait son escalier rampant, et son large chapeau rabattu sur les yeux, se pelotonnant pour tenir moins de place, il se glissait à travers la ville, vigilant comme le chat et léger comme l'écureuil.

Mais si le nom de Vernoubrel était peu connu à Bédarieux, il était en revanche très-populaire dans les villages voisins. A Faugères, à Pézènes, à Dio, à Boussagues, à Saint-Xist, on eût trouvé plus d'une feuille de papier timbré où ce nom se prélassait en grosses lettres triomphantes. Vernoubrel prêtait rarement de fortes sommes : il gagnait plus sur les petits emprunts. Pourtant, il n'était pas exclusif, et, quand on parvenait à l'émouvoir, — ce qui était facile en portant l'intérêt à cent pour cent, — il pouvait, pour vous tirer d'affaire se saigner aux quatre veines, comme il le disait lui-même, et avancer la somme énorme de trois mille francs. Du reste, c'était un personnage bien étrange que ce petit usurier rose, grassouillet et rond ! Il avait tour à tour, pour son public de débiteurs, des brusqueries et des caresses, des rugissements de bêtes féroces et des câlineries de vieille chatte. Quand la récolte était mauvaise, que les châtaignes, le vin, les olives, le blé avaient manqué, Vernoubrel, dont la porte était assiégée par un tas de paysans besogneux, se dressait sur le seuil, menaçant, intraitable, injurieux.

— Allez au diable, s'écriait-il, je n'ai pas le sou.

— Monsieur Vernoubrel, notre bon monsieur Vernoubrel ! suppliaient les campagnards, il nous faut ensemencer, et nous n'avons pas un rouge liard pour acheter nos semailles...

— C'est bon, finissait par répondre le terrible usurier ; mais, je vous en préviens, puisque vous persistez à me dépouiller de mon dernier écu, il vous en coûtera plus d'une dent...

Les deux battants de la porte étaient ouverts incontinent, et le troupeau se précipitait dans l'abattoir.

Les rôles se trouvaient singulièrement intervertis, quand une année d'abondance mettait à l'aise les ménages dans les campagnes. Réduit à ronger quelques vieux débiteurs cancres et durs, n'ayant plus le roulement d'affaires auquel la disette l'avait accoutumé, Vernoubrel s'ennuyait et dépérissait à vue d'œil. Osant à peine sortir de chez lui pour aller manger chez Gratiboul, où les paysans qui, la veille étaient, à ses genoux, lui eussent peut-être fait plus d'une égratignure à la peau, il attendait, pour descendre, que le cabaret fût désert.

Cependant, nous devons l'avouer, pour ne pas paraître à l'auberge, Vernoubrel ne se cachait pas absolument. Trop affamé d'argent pour s'exposer à manquer une affaire par sa seule faute, les jours de marché ou de foire, quelque temps qu'il fît, d'ailleurs, il se plantait à sa fenêtre, agaçant du regard les paysans, leur montrant, comme les courtisanes du coin de la borne, son escalier du doigt, et laissant tomber sur eux, d'une petite voix aigrelette, ces séduisantes paroles :

— On ne le prête pas aujourd'hui, l'argent, on le donne !

Il arrivait parfois que ces fallacieuses promesses attiraient quelques novices dans le piège. Mais aussi quel scandale ne provoquaient-elles pas quand elles étaient entendues de ceux qu'il avait tenté de ruiner !

— Tairas-tu ta langue, Vernoubrel du diable !

— On n'a donc pas encore pendu ce brigand de la Calabre ?

— Combien sont aux galères qui ne l'ont pas mérité comme toi, misérable !

— Cache au moins ton museau, triple scélérat !

— Ah ! si je te rencontre jamais au fin bout de mon bâton !...

Durant cette litanie chantée à sa gloire, Vernoubrel, trop philosophe pour conserver le moindre préjugé à l'endroit de la reconnaissance humaine, assis devant son bureau, les pieds sur son coffre-fort, regardait les lettres de change dont regorgeait son portefeuille, et souriait de son petit sourire plein d'intelligence et d'ironie. Il attendait patiemment la fin de la tempête, puis, l'orage apaisé, il se frottait les mains, et reprenant place à la fenêtre, se montrait aux passants tout aussi gai, tout aussi engageant, tout aussi bonhomme qu'auparavant.

En arrivant à Bédarieux, Antoine Fumat ne s'arrêta pas au marché, où affluaient de toutes parts des charrettes chargées de blé, d'avoine, de mil... Il traversa la Grande-Rue, se dirigeant vers la Place-aux-Herbes.

La Place-aux-Herbes était déjà encombrée de monde. L'Avocat se fraya un passage, donnant du coude dans le dos charnu des jardinières, et, en quelques enjambées, se trouva dans la masure de Vernoubrel. Il monta sans hésiter l'escalier de l'usurier et frappa vivement à sa porte.

— Qui va là ? cria la petite voix du bonhomme.

— Ouvrez !

— Parlez, avant... Qui êtes-vous ?

— Antoine Fumat, de Sanégra.

La clef grinça dans la serrure et la porte s'ouvrit toute grande.

— Où courez-vous si matin comme ça ? demanda l'usurier avec un certain étonnement, car il voyait le Sanégrol franchir son seuil pour la première fois. Ce n'est pas certainement à moi que vous avez affaire ; vous vous trompez probablement de maison.

— Vous êtes bien monsieur Vernoubrel, celui qui...

— Oui, oui, je suis Vernoubrel, en effet, que me voulez-vous ?

— J'aurais un petit bout de service à vous demander.

— Tout à vos ordres, monsieur Fumat. Donnez-vous donc la peine de vous asseoir.

Pendant que l'Avocat prenait un siége, l'usurier refermait soigneusement sa porte.

— Maintenant, expliquez-vous, dit Vernoubrel, se postant debout devant son bureau.

— Par ma foi ! m'expliquer, dit l'Avocat intimidé par l'attitude froide du bonhomme, ce n'est pas facile comme ça de but en blanc.

— C'est une affaire d'argent qui vous amène chez moi, je présume ?

— Sans doute ; mais...

— Eh bien, combien vous faut-il ? Je connais votre position et puis vous prêter sans risques.

— Oh ! ce n'est pas de cela qu'il s'agit.

— Comment ! ce n'est pas de cela qu'il s'agit ! Et si je n'ai pas présentement la somme dont vous avez besoin, vous serez joliment capot, pas vrai ?

— Faites excuse, monsieur Vernoubrel, je ne viens pas ici pour emprunter de l'argent, Dieu me sauve !

— Que diable venez-vous y faire, alors ? s'écria l'usurier lançant au Sanégrol un regard de chat où perçait une extrême méfiance.

— Voici la chose tout simplement, à la bonne franquette : Justin Pancol, de Boussagues, est-il votre débiteur ?

— Ah ça ! est-ce que vous êtes monté chez moi pour me confesser, par exemple ?

— Je ne vous demande pas vos péchés, Dieu merci ! répliqua l'Avocat avec finesse. Dites-moi seulement si Pancol vous doit quelque chose, et si l'on pourrait s'entendre avec vous pour acheter la créance ?

— Vous voulez donc poursuivre Pancol ?

— C'est mon affaire, cela, monsieur Vernoubrel : vous doit-il, oui ou non ?

A cette demande, qui avait tout l'air d'une injonction, l'usurier ne jugea pas à propos de répondre. Le Sanégrol se leva.

— On prétend que vous ne manquez aucune occasion de gagner de l'argent, dit-il ; mais on vous fait plus futé que vous ne l'êtes, en vérité, car aujourd'hui vous en laissez échapper une belle. Puisque vous ne desserrez pas les dents, je m'en vais.

Il fit un pas vers la porte.

— Mon Dieu ! allez-vous-en, dit Vernoubrel avec une insouciance toute feinte. Il est bien certain que nous aurions pu nous entendre ; mais vous êtes si vif, si pétulant !... Allez-vous-en ! Je ne suis pas allé vous chercher à Sanégra, moi ! Pancol n'est pas un débiteur insolvable, et je n'ai aucun besoin de trafiquer sa dette.

— Il vous doit donc ?

— Qui vous a dit le contraire.

— Et combien vous doit-il ?

— Halte-là, Fumat ! vous êtes curieux comme une puce ; il faut payer pour connaître mes secrets.

— Voyons, combien exigez-vous, là, pour me passer votre titre ?

— J'ai une hypothèque sur les biens de Pancol, et si vous voulez être mis en mon lieu et place, il faudra aller chez le notaire. Il va sans dire que vous acquitterez les frais.

— C'est entendu.

— Puis, vous me donnerez, comme pot de vin, trois cents petits francs, et tout sera dit.

— Trois cents francs !... Fichtre ! vous n'y allez pas de main morte, vous.

— J'y vais toujours comme cela, c'est à prendre ou à laisser.

— Je le laisse, alors... Adieu !

— Eh bien ! tenez, mettons la chose à deux cent cinquante, et n'en parlons plus.

— Jamais de la vie ! s'écria l'Avocat d'une voix ferme et indignée.

— Vous voulez sans doute que je vous permette d'exploiter Pancol pour rien ?... Dans ce monde, il faut payer tous ses plaisirs, mon cher Fumat. Si on vous écoutait, vous autres, on ne pourrait pas tant seulement faire bouillir son pot, il faudrait se nourrir d'araignées rôties.

— Dieu me sauve ! comme vous plumez votre monde ! On ne se trompait pas, quand on m'assurait que vous égorgiez vos pratiques.

— Le bétail que j'ai égorgé n'est pas bien mort, puisqu'il revient sans cesse brouter mes écus, dit aigrement le bonhomme.

— Votre dernier mot, monsieur Vernoubrel, demanda Fumat en posant la main sur le loquet de la porte.

— Diable, diable, comme vous êtes pressé ! Vous partez, vous, comme le jeune vin qui fait sauter la bonde. Attendez donc, et calmez-vous !.. Je n'ai pas l'habitude de traiter les affaires aussi rondement, moi.. Vous ne pouvez tenir en place. Rasseyez-vous et causons comme de vieux amis, là, tranquillement. Nous disons donc qu'il vous faut un titre pour *détruire* Justin Pancol, de Boussagues ?

— Oui.

— Vous voyez bien que vous avez l'intention de le poursuivre; tout à l'heure, vous n'osiez pas l'avouer.

Le Sanégrol, dépité, se mordit la langue.

— Adieu, monsieur Vernoubrel, dit-il en tr'ouvant la porte, je vois que vous cherchez à me tirer les vers du nez; vous êtes trop fin pour moi. Votre serviteur !

Il était au moment de descendre la première marche de l'escalier, quand l'usurier, le saisissant au bras, l'obligea à rentrer.

— Antoine Fumat, lui dit-il, ne parlons plus de cette affaire ; mais je ne veux pas que nous nous quittions sans trinquer ensemble... Que diable ! parce que nous ne pouvons tomber d'accord aujourd'hui, cela ne veut pas dire que nous ne nous entendrons pas plus tard. Deux montagnes ne se rencontrent jamais, mais deux hommes, c'est différent... Je veux absolument choquer le verre avec vous. J'ai là du *riquiqui* dont vous me donnerez des nouvelles.

Et l'usurier posa une bouteille et deux verres sur le plateau graisseux de sa table.

— Merci, monsieur Vernoubrel, je suis pressé ; merci, c'est sans façon.

— Vous remercierez quand vous aurez avalé ceci.

Il lui versa un demi-verre de riquiqui.

— C'est bon, c'est très-bon ! dit Fumat.

— Pancol ne le trouve pas mauvais non plus.

— Il en a donc bu, le Sanglier ?

— Toutes les fois qu'il m'apporte les intérêts il en goutte un travers de doigt.

— Il les paie donc, ses intérêts ?

— Très-exactement. Ah ! c'est qu'avec moi, quand on est en retard, je n'ai pas besoin de mitaines pour envoyer mes *anges* à Boussagues.

(Les anges de Vernoubrel, c'étaient les huissiers du canton de Bédarieux.)

— Vous êtes un finot, vous, monsieur Vernoubrel, reprit Fumat.

— Moi !... Oh ! que vous me connaissez peu ! Je suis simple comme un enfant.

— Voleur ! pensa l'Avocat.

— Tenez, je suis si bon que, si vous me pressiez beaucoup à cette heure, je vous dirais le chiffre de la dette de votre ennemi, car il est évident que Pancol est votre ennemi et que vous cherchez à vous venger.

— Et quel est ce chiffre?

— Deux mille cinq cents francs... Êtes-vous content ?

— Et pour passer cette créance sur ma tête vous exigez deux cent cinquante francs ?

— Ça ne vaut pas moins... Comment ! vous détestez Pancol, vous le haïssez, vous lui voulez tout le mal de la terre, et quand, pour deux cent cinquante misérables francs, vous pouvez vous donner la satisfaction de l'exproprier, vous avez l'air de compter les mouches du plancher ! Ah ! tenez !...

— Monsieur Vernoubrel, interrompit l'Avocat, ému à la fois par la pensée du sacrifice qu'il s'imposait et par l'espoir de ruiner son rival, je vous donnerai cent francs.

— Il me faut au moins deux cents francs.

— Vieux brigand ! murmura Fumat.

Il essaya d'ouvrir la porte ; elle était fermée à clef.

— Comment ! Vous avez verrouillé la porte ?

— Oh ! c'est par mégarde. Vous me quittez ?

— Certes, je crois bien ! Vous m'avaleriez sans me donner le temps de crier, si je vous écoutais. Deux cents francs ! Ah ça ! vous croyez donc, vous, que j'ai autant d'écus dans ma poche qu'un chien a de puces sur sa peau ? Mort de ma vie, quel grippe monnaie vous me faites ! Adieu, monsieur Vernoubrel.

— Vous reviendrez me trouver, allez, j'en suis sûr.

— Jamais, où le diable m'emporte !

— Oh ! oh ! vous jurez comme un charretier. On a bien raison de dire que les paysans de votre village prennent feu comme l'amadou. Au revoir, monsieur Fumat.

L'Avocat descendit l'escalier en courant comme si quelque démon se fût attaché à ses trousses.

VIII

En se trouvant devant la porte du cabaret de Gratiboul, le Sanégrol ne sut pas s'il devait entrer pour déjeuner, ou aller tout de suite par la ville chercher quelque autre créancier de Pancol. Il était évident qu'il ne se déciderait jamais à compter deux cents francs de pot-de-vin à Vernoubrel. Appuyé contre un des volets verts de l'auberge, il restait immobile, indécis, tiraillé dans tous les sens par sa pensée inquiète, quand, à travers la fenêtre ouverte à côté de lui, il entendit le gros rire de Mécanne. Frappé d'une idée subite, — il pourrait peut-être, en se mêlant aux Boussagols qu'il évitait depuis l'affaire de la paroisse, mettre la main sur quelque créance nouvelle du Sanglier et l'acquérir à bon compte, — il entra bravement dans le cabaret, et, sans embarras, sans honte, la mine au contraire souriante et l'allure dégagée, alla s'asseoir à la table où le maire déjeunait avec plusieurs de ses administrés.

— Oh ! oh ! fit Mécanne en regardant ironiquement le conseiller de Sanégra, qu'est-ce que cela veut dire que tu viennes trinquer avec nous aujourd'hui, Fumat ?

— Cela veut dire que ce qui est passé est passé, répondit l'Avocat, et que nous serions des imbéciles de nous en vouloir plus longtemps. Ah ! certes, je vous l'avoue, si j'avais à recommencer la besogne de la paroisse de

Saint Xist, je la laisserai bien à tous les diables. Qu'on est bête, en vérité, de se créer des ennemis pour les curés ! Ça n'aime personne, ces robes noires, c'est sec et dur comme un sac de *châtaignons*.

Les Boussagols, dupes du désappointement de Fumat, partirent d'un éclat de rire homérique.

— Si tu mets comme ça ta fierté sous la semelle de tes bottes, dit Mécanne avec méfiance, il faut, Avocat, que tu aies besoin de moi.

— Besoin de toi, s'il te plaît ? Je veux tout simplement redevenir ton ami comme par le passé, et si je fais les premières avances, c'est que j'ai eu les premiers torts, voilà.

— Par ma foi, tu n'avais pas tort après tout de demander un curé, et, pour mon compte, je ne t'en ai jamais gardé rancune. Dans ce monde, comme on dit, chacun pour soi et Dieu pour tous... Mon neveu Justin, j'en conviens, m'avait un peu monté la tête contre toi. Mais bah ! enterrons notre feu sous les cendres et jetons-y de l'eau dessus. Pourquoi nous montrer toujours la crête comme des coqs en colère ?... Donc, ajouta Mécanne tendant la main au Sanégrol, qui la lui serra avec une admirable effusion, il est dit que tu déjeunes avec nous ?

— C'est dit, si vous le voulez.

— Certainement, Fumadou, que nous le voulons, répondirent les Boussagols, se pressant les uns contre les autres pour faire à l'Avocat une place plus commode autour de la table.

— Gratiboul ! Gratiboul ! cria le maire frappant sur son assiette avec son couteau historié de jolis clous de cuivre, une fourchette pour Antoine Fumat.

La servante de l'auberge, une grosse fille de Rubens, haute en couleur, donna l'objet demandé, et Mécanne glissa dans l'assiette de l'avocat une très-ample portion de gibelotte de lapin, qu'on venait d'apporter toute fumante dans un grand plat de faïence rouge. Il s'établit incontinent le plus absolu silence. On n'entendit désormais que le choc des verres et le craquement des os de l'animal entre les mâchoires impitoyables de ces paysans carnassiers. C'est seulement quand Gratiboul vint verser le café, que les langues, absorbées jusqu'ici dans les rudes travaux de la mastication et de la déglutition, recouvrèrent l'usage de la parole.

— Eh bien, à quand la noce ? dit Fumat s'adressant à Mécanne.

— Quelle noce ?

— Pardi oui, fais l'innocent, comme si tu ignores quelque chose !

— Et que sais-je ? Jésus-Maria ! je ne t'entends point, par exemple.

— Dieu me sauve ! tu sais bien que Pançol épouse Séyéraguette.

— Comment, tu es sûr de cela, toi ? tu me garantis cela, toi ? s'écria le maire de Boussagues avec une vivacité qui étonna tous les convives.

— Oh ! oh ! dit Fumat, cette nouvelle a l'air de te mettre mal à l'aise. Est-ce qu'elle compromet tes intérêts, par hasard ?

Et il enveloppa le Boussagol d'un regard attentif et profondément scrutateur.

— Au contraire, Fumadou, au contraire, balbutia le maire, c'est que, vois-tu, c'est que... Oh ! oui, je suis bien content ! Enfin, elle s'est décidée, cette petite bigote de Cécile. Je ne m'occupais plus de ce mariage, moi ; j'en désespérais presque ; aussi voilà bien longtemps que je n'ai bouté le pied à Saint-Xist... Mais au moins, Fumadou, tu ne te truffes pas de moi... J'aime Pançol ! D'ailleurs, je rentrerai dans mon argent... Tiens, si tu me jures que la chose est certaine, je paye deux bouteilles de vin vieux de Faugères.

— Je te le jure, puisque cela te fait plaisir.

— Gratiboul ! cria Mécanne, deux bouteilles de faugères, du vieux !

Pendant que l'on vidait ces deux bouteilles, Fumat, chez qui la joie spontanée de l'oncle de Pançol et ces mots saisis à la volée : « *Je rentrerai dans mon argent !* » avaient suscité des soupçons de toute sorte, ne perdait pas le maire des yeux. Certes, l'Avocat ne doutait pas de l'intérêt de Mécanne pour son neveu ; mais il savait par expérience ce que valent les liens du sang chez les paysans, et l'épanouissement subit de tout le visage du maire, à la nouvelle du prétendu mariage de Justin, son empressement à vouloir qu'on lui en assurât la certitude par serment, lui semblaient trahir des préoccupations toutes personnelles. L'idée que Mécanne était le créancier de son rival, qu'il attendait son mariage pour être remboursé, lui traversa involontairement le cerveau.

— Oh ! pensa-t-il, si je parvenais à arracher ses titres au maire, la comédie serait admirable : l'oncle exproprierait le neveu !... Et pourquoi ne les lui arracherais-je pas ?... Quelle catastrophe, Dieu me sauve !

Sentant qu'il avait besoin de toute son intelligence, de toute sa ruse, il jeta, sans être vu, sous la table, ses deux verres de faugères, un des vins les plus capiteux du pays, puis il appela Gratiboul et lui solda les bouteilles.

— C'est moi qui les dois, Fumadou, dit Mécanne.

— Non, c'est bien moi, au contraire, répliqua l'Avocat, et, si tu tiens à savoir pourquoi, sortons de l'auberge.

— Explique-toi, car ton dire est plus embrouillé que la quenouille de sainte Catherine, dit le maire se levant.

En ce moment, un petit homme se coula entre la table et la muraille, et frappa sur l'épaule de Fumat.

— Que voulez-vous ? demanda le Sanégrol.

— Venez, nous pourrons nous arranger, dit Vernoubrel.

— Je viendrai.

— Quand ?

— La semaine des quatre jeudis.

— Je vous laisserai la chose pour cent cinquante francs, insista Vernoubrel.

— Allez vous faire pendre au diable ! répondit l'Avocat, préoccupé d'autres idées.

L'usurier disparut, et Fumat, prenant le maire de Boussagues par le bras, l'entraîna hors du cabaret.

— Tu veux donc tout savoir ? lui dit-il en traversant la place aux Herbes.

— Sans doute.

— Gare ! une poutre va te tomber sur le corps avec mes paroles.

— J'ai bon dos, parle quand même, balbutia Mécanne ; qu'y a-t-il ?

— Il y a tout simplement que c'est moi qui épouse Séveraguette, non Justin.

— Comment, toi !... Allons, tu cherches à me faire voir les étoiles en plein midi, mais je fermerai les yeux. Ce que tu me dis n'est pas possible. La Pancole...

— Oh ! ne t'effraye pas, ne tremble pas pour ton argent, tu ne perdras pas un sou.

— Eh quoi ! tu sais...

— Je sais tout, parbleu !

— Qui te l'a dit ?

— Cela ne te regarde point, Mécanne. Je sais que tu as prêté de l'argent à Pancol, et je sais encore que, sans moi, tu risquerais fort de le perdre.

— Le perdre !... Je ne suis pas un enfant, Fumadou : je n'engage mes écus que sur hypothèque.

— Tu me fais rire avec tes hypothèques, toi, vraiment ! Est-ce qu'il n'y en a pas de toutes les sortes, des hypothèques ? J'avais bien une hypothèque, lors de la faillite de Maguenot frères, à Lodève, et cependant il ne m'en est pas revenu un rouge liard. Vernoubrel, lui aussi, possède une hypothèque sur Pancol, et va-t-on voir s'il n'a pas la peur dans les chausses. Mais je lui ai dit le fin mot de la chose, et il se repose sur moi. Ni Vernoubrel, ni toi, Mécanne, ni aucun des créanciers de Justin, vous ne perdrez un centime.

— Ah çà ! mais, différemment, il faudrait être sorcier comme Parado pour te comprendre. Qu'est-ce que tout ce galimatias, Dieu du ciel ! J'ai beau ouvrir mes yeux tout grands, je n'y vois pas plus clair dans tes paroles que dans un four.

— Ce n'est pas ma faute si tu as la cataracte comme ton mulet.

— Avocat, tu médites quelque coup de ta façon contre mon neveu Justin.

— C'est vérité, Mécanne, tu viens de mettre la main sur le gibier. Je médite de rendre à ton neveu son bien de Boussagues, libéré de toute hypothèque, comme il l'était du temps de ton beau-frère, Thomas Pancol.

— Te gausses-tu de moi, par exemple ?

— Et tu me croiras, quand tu connaîtras ma complice dans cette bonne action.

— Ta complice ! mais tu as la berlue, pas possible !... Voyons, quelle est cette complice ?

— Séveraguette, ta nièce.

— Séveraguette ! Mais, nom d'une trique ! tout le monde a donc perdu la tête à Saint-Xist ?

— Cécile est un cœur d'or, dit le Sanégrol avec une émotion admirablement jouée ; ne pouvant épouser Justin, qu'elle n'aime pas, la pauvre fille ! elle veut du moins le dédommager du refus de sa main en lui rendant tout son bien de Boussagues, qu'il allait perdre... Vernoubrel, je puis te confier cela, à toi, était à la veille d'exproprier Pancol.

Le maire, ahuri, attachant sur l'Avocat des yeux méfiants et étonnés, ne trouva pas une parole.

— Eh bien ! reprit le conseiller municipal, que dis-tu de cela, toi ?

— Je dis... je dis... je ne dis rien... Que diable veux-tu que je te dise ? D'abord, ce que tu me chantes-là est-il vrai ?

— Mécanne, je n'ai pas l'habitude de mentir, répondit Fumat avec froideur. Si tu ne veux pas que j'acquitte la dette de Pancol, dis un mot et je ne t'en romprai plus les oreilles. Certes, Vernoubrel et les autres ne sont point tant dégoûtés ! Il est clair, n'est-ce pas, que mes écus te brûleraient les doigts, tu n'en veux pas décidément ?

— Je ne dis pas cela... Mais pourquoi Justin n'est-il pas avec toi dans cette affaire ?

— Tu ne comprends donc pas, grand Nicodème, que Cécile lui ménage une surprise ?... Après tout, s'il te plaît de rester le dernier créancier de Pancol, à ton aise ! Seulement, je t'en préviens, quand il te faudra plus tard retirer de ses griffes tes quinze cents francs...

— C'est deux mille francs qu'il me doit, interrompit vivement Mécanne.

— J'avais oublié le chiffre, mais il est là, dans ma poche, écrit sur mon carnet.

— Et qui te l'a donné, ce chiffre ?

— Le bureau des hypothèques de Béziers est donc ouvert pour les aveugles ? D'ailleurs, nous n'en avons pas eu besoin : la Pancole a tout avoué à Séveraguette... Je te disais donc que, plus tard, il y aurait du tirage, quand il faudrait arracher ces deux mille francs à Justin. Cependant je ne veux pas t'ennuyer ; tu aimes ton neveu, et peut-être, toi aussi, veux-tu lui faire une surprise en lui donnant quittance finale.

— Pas de ça, pas de ça !... J'aime Justin sans doute, mais j'aime aussi mon argent, dit le Boussegol ébranlé.

— Pancol, j'en suis sûr, n'acquitte pas très-régulièrement les intérêts.

— C'est toujours un peu long.

— Comme tu es son oncle, il te paye déjà mal les intérêts pour finir par ne pas te payer le capital.

— Et tu me solderas, toi, les deux mille francs?

— Je ne m'en dédis pas.

— Tout de suite?

— A l'instant.

Mécanne s'arrêta et promena sur le Sanégrol un regard où l'inquiétude le disputait à la convoitise. Fumat tira de sa poche deux petits rouleaux de pièces de vingt francs.

— Voici deux mille francs, je les ai apportés pour toi; les veux-tu, oui ou non?

— Par ma foi, donne! dit Mécanne subjugué et tendant la main.

— A quel terme est ton obligation?

— Elle *tombe* fin février.

Le Sanégrol replongea les louis dans la poche de son gilet, serra familièrement le bras du maire, puis lui donnant, en manière de gentillesse, un grand coup de coude dans le flanc :

— Allons chez le notaire, *mon oncle Mécanne*, lui dit-il.

Le succès complet du Sanégrol sur le maire de Boussagues explique cette phrase laconique : *nous verrons* comme une flèche empoisonnée par l'Avocat au Sanglier, quand les deux paysans s'étaient rencontrés, à la tombée de la nuit, dans le chemin creux de Saint-Xist.

IX

Cependant l'abbé Courbezon s'abandonnait tout entier au charme de la famille; heureux entre sa mère, bien portante malgré son grand âge, et sa sœur, qui de plus en plus reprenait ses forces, il oubliait le passé si plein de misère et de deuil. Il lui semblait qu'une autre vie, une vie toute d'espérance et de consolation, commençait pour lui, et, bénissant Dieu, il se laissait aller au courant de cette existence nouvelle avec tout l'enivrement d'un cœur encore débordant d'illusions. Du reste, à Saint-Xist, tout était bien fait pour le plonger dans les plus délicieux rêves. Au lieu d'être harcelé, comme à Saint-Chinian, par des hommes ligués contre lui pour le perdre, d'avoir à lutter, à Villecelle, avec un entrepreneur grossier, de trembler chaque jour, comme à Montpellier, pour la santé de sa mère, que les privations minaient sourdement, il se trouvait au milieu de paysans respectueux et bons, sa mère et sa sœur vivaient sans inquiétude auprès de lui, il était l'objet de la sollicitude constante de la Cassarotte, et les enfants de la veuve l'embrassaient comme un père à tous les instants de la journée.

Peut-être Jeannot et Marinette étaient-ils, en effet, parmi les êtres qui l'entouraient, ceux qui répandaient dans l'âme du desservant le plus de rafraîchissement et d'intime joie. Oh! c'était un spectacle d'une mélancolie touchante de voir quelquefois ce vieux prêtre, dont la carrière avait été si rudement éprouvée, courir après les enfants ou se faire poursuivre par eux, se cacher derrière une porte, rire aux éclats en leur montrant le nez, puis les saisir tout à coup, les enlever de terre et les serrer dans ses bras avec une tendresse paternelle, divine!

Mais l'abbé Courbezon, qui, désabusé peut-être des grandes entreprises, source de tous ses maux, se laissait enfin vivre tranquillement, était loin de soupçonner à qui il devait le calme dont il jouissait pour la première fois. Laissant la Cassarotte puiser dans le tiroir de la table pour les besoins du ménage et ses aumônes, il ne se demandait jamais s'il restait de l'argent à la maison. Il savait qu'à la fin décembre un mandat de cent cinquante francs, montant de trois mois de traitement, était arrivé aux Récollets, et cette somme ne pouvait être sitôt épuisée.

Le fait est pourtant que Sévéraguette, aidée de la Cassarotte, continuait à glisser ses pièces de cinq francs dans la table du curé. Loin de se lasser, l'orpheline aurait voulu chaque jour remplacer la mise de la veille. N'eût été la Cassarotte, dont le bon sens modérait l'ardeur enthousiaste de Cécile, la jeune fille eût très-probablement commis quelque imprudence et fait tout découvrir. Entre elle et la veuve, il s'élevait toujours quelque discussion à propos de la somme qu'il était urgent de couler dans le tiroir.

— Mettez-y cinq cents francs, disait Sévéraguette.

— C'est impossible, Cécile. Ni sœur Marthe ni madame Courbezon ne vont d'ordinaire à l'argent, c'est vérité; mais enfin il pourrait bien arriver que je ne fusse pas là, et alors...

Il y avait à peine un mois que l'abbé Courbezon, sa mère et Marthe se reposaient, dans cette vie facile et douce, des fatigues, des luttes, des souffrances d'autrefois, quand un jour, vers midi, l'administration du roulage de Bédarieux vint déposer devant la porte de l'église de Saint-Xist deux lourdes caisses sur lesquelles étaient écrits en grosses lettres ces mots : « Envoi de Prosper Corbineau, marbrier à Béziers. »

— Ce sont les fonts baptismaux! s'écria le curé battant des mains comme un enfant, ce sont les fonts baptismaux!

Tandis que la Cassarotte allait acquitter la lettre de voiture, l'abbé Courbezon, aidé de sa sœur, de sa mère, de Séveraguette, qui s'était attachée à Marthe au point de ne pouvoir plus la quitter, commença le déballage des caisses de Prosper Corbineau.

L'abbé Courbezon fut surpris de ne point voir, ce soir-là, Fumat à la cure. En revenant des champs, plusieurs paysans de Sanégra avaient aperçu l'énorme caisse arrivée de Béziers et étaient accourus, ivres de curiosité, pour admirer les fonts baptismaux. Evidemment, ils avaient tout rapporté à Fumat. Pourquoi ne paraissait-il pas aux Récollets ?

Le vieux desservant, auquel était revenu le bruit du charivari organisé contre lui par le Sanégrol, craignit que Fumat, lui tenant toujours rancune, ne se refusât à payer les cinq cents francs promis pour les fonts baptismaux. Cette pensée lui fit courir un frisson par tout le corps. Que deviendrait-il ? Certainement, Prosper Corbineau, auquel il avait fait cette dernière commande afin de prouver à ce jacobin qu'un prêtre ne venge pas les injures, serait aujourd'hui aussi implacable qu'autrefois et n'hésiterait pas à le poursuivre. Oh ! combien il regretta de n'avoir pas fait une quête, comme l'idée lui en était primitivement venue, de s'être encore une fois engagé dans une affaire aux chances douteuses !

A quelques jours de là, l'abbé Courbezon revenait de dire la messe, quand le facteur lui remit une lettre timbrée venant de Béziers. Il la décacheta d'une main tremblante. Hélas ! ses prévisions ne l'avaient pas trompé : Prosper Corbineau annonçait à monsieur le curé de Saint-Xist qu'il venait de *tirer sur lui* un mandat de sept cents francs,

Le desservant ressentit un grand trouble, et, n'osant entrer dans le presbytère, où sa mère, sa sœur, la Cassarotte l'eussent accablé de questions, il alla s'enfermer dans la sacristie pour y reprendre courage. Il en sortit quelques minutes après, et traversa le Cloître, plus résolu, plus ferme.

— Cassarottou, dit-il à Félicien, qui redescendait vers Saint-Xist après avoir servi la messe, tu vas partir immédiatement pour Sanégra ; tu prieras Antoine Fumat de venir ce soir aux Récollets. Si tu ne le rencontres pas chez lui, tu le chercheras aux champs : il faut absolument que je le vois, entends-tu ?

— Oui, monsieur le curé, répondit l'enfant prenant ses jambes à son cou.

Le soir, vers sept heures, l'abbé Courbezon, rentré de Saint-Xist, où il avait soupé chez Séveraguette avec sa mère, sa sœur, la Cassarotte et les enfants, se promenait seul, soucieux, de long en large, dans la vaste cuisine des Récollets, quand un bruit de gros sabots ferrés se fit entendre dans l'escalier sonore du presbytère. Le curé ouvrit avec empressement la porte, et l'Avocat, enveloppé dans sa limousine, parut sur le seuil, sa lanterne allumée à la main.

— Bonsoir, monsieur le curé ; voilà un temps bien froid et bien obscur, après le beau soleil de ce matin.

— Bonsoir Fumat ; approchez-vous du feu.

Il lui offrit une chaise, en prit une autre, et tous deux s'assirent devant le foyer, où flambaient de grosses souches de vigne.

— Eh bien ! Fumat, les fonts baptismaux sont arrivés,

— Ah ! ah ! fit l'avocat feignant l'étonnement.

— Vous ne le saviez pas ?

— Eh ! vraiment non, monsieur le curé. Comment l'aurais-je su ?

— Si vous veniez aux Récollets comme autrefois, on n'aurait aucune nouvelle à vous apprendre.

— Souvent j'ai fort envie de dévaler jusque chez vous, monsieur le curé ; mais les travaux sont si durs en ce moment, que, le soir venu, on ne peut seulement point mettre une jambe devant l'autre. De Sanégra ici, il y a tout de même une bonne demi-heure de chemin, sans que ça paraisse.

— Je suis charmé, mon cher Fumat, que la fatigue soit l'unique motif qui me prive de vos visites. En toute franchise, je vous avoue que j'avais attribué votre retraite à une autre raison.

— Je ne dis pas, pardi ! que je ne fusse pas descendu plus souvent de Sanégra, si vous aviez consenti à glisser un seul mot, un seul petit mot de rien du tout, dans l'oreille de Séveragette. Cependant, malgré votre refus de seconder mes vues, je ne suis pas votre ennemi, monsieur le curé.... Oh ! pour être votre ennemi, voyez-vous, je ne le suis point.

— Fumat, dit le vieillard avec simplicité, quand on est comme moi prêt à tout souffrir comme à tout pardonner, qu'on espère tout de Dieu, rien de hommes, on ne saurait avoir d'ennemis sur la terre.

— Aussi, monsieur le curé, balbutia le Sanégrol subjugué malgré lui, je vous assure que je n'ai pas plus songé à vous faire du tort qu'à jeter des pierres à la lune... Si on vous a dit...

Il y eut ici un long moment de silence.

— Avant de vous parler de la facture de Prosper Corbineau, dit enfin le curé, venez admirer les fonts baptismaux.

L'envoi du marbrier avait été déposé derrière la grande porte de l'église. L'abbé Courbezon enleva la paille dont étaient recouvertes l'urne et la coquille, et comme l'Avocat restait silencieux, sans ébahissement :

— Est-ce que vous ne trouvez pas les fonts baptismaux à votre goût ? lui demanda-t-il

— Faites excuse, monsieur le curé, faites excuse ! Certainement voilà un travail bien joli : C'est un bon ouvrier que ce Prosper Corbineau de Béziers... Comme ça brille, ce marbre blanc !

En traversant la galerie intérieure du presbytère pour revenir à la cuisine, l'Avocat, uniquement préoccupé des cinq cents francs qu'on allait lui extirper, se promit de ne se résigner à cet énorme sacrifice qu'avec la certitude que l'abbé Courbezon s'entremettrait officieusement dans l'affaire de son mariage.

Ils reprirent leurs places autour du feu.

— Maintenant, Fumat, dit le desservant retirant de la fausse poche de sa soutane la lettre du marbrier, Prosper Corbineau m'annonce qu'il vient de mettre en circulation un mandat de sept cents francs.

— Sept cents francs!

— Oui; mais, soyez tranquille, je n'oublie pas que vous vous êtes engagé pour cinq cents seulement; les deux autres cents francs restent à ma charge.

— Diantre! quand il a été question entre nous de ces fonds, je ne pensais pas que les marbriers fussent si prompts en besogne. Je croyais d'abord que ce travail traînerait au moins six mois; puis que, pour payer, on aurait le temps de se remuer. Oh! oh! le feu est donc à la mer, que Prosper Corbineau soit si pressé de palper nos écus? Qu'il attende un peu, Dieu me sauve! A-t-on jamais vu cela, jeter un mandat sur le dos aux gens le lendemain même de l'envoi de la marchandise!

— Mais, Fumat, qu'est-ce que cela fait, après tout, que nous payions aujourd'hui ou demain, puisqu'il faudra payer?

— Qu'est-ce que cela fait, monsieur le curé? cela fait beaucoup. Et l'intérêt de l'argent donc? D'ailleurs, où pêcher cinq cents francs à cette heure? Pensez-vous que, lorsque j'ai amassé quelques sous en suant au soleil toute l'eau de mon corps, je les laisse pourrir chez moi dans ma paillasse, comme les vieilles avaricieuses? Je ne suis point tant de mon village, monsieur le curé: mon argent me gagne de l'argent, il travaille comme moi par tous les temps possibles.

— Voyons, mon ami, dit le vieillard essayant de sourire, vous n'en êtes pas à cinq cents francs près; quand vous voudrez cette somme, vous la trouverez partout.

— Ça ne sera pas, en tout cas, sous le pas de mes mules que je la trouverai, cette coquine de somme.

— Je sais une personne, à Bédarieux, qui vous prêterait cinq cents francs avec plaisir, j'en suis sûr.

— Vernoubrel, n'est-ce pas?

— L'usurier! je ne connais pas cet homme, Fumat.

— Et qui donc?

— Monsieur Castelbon, du conseil général.

— Pardi oui! Mais, par exemple, monsieur le curé, voudriez-vous me voir payer des intérêts pour Prosper Corbineau?

— Fumat, dit l'abbé Courbezon qui était à la torture, si monsieur Castelbon exige des intérêts, ce qui n'est pas probable, quand je connaîtrai la destination de son argent, je les acquitterai, moi! Que voulez-vous que je vous dise de plus?

— Mon Dieu! rien, monsieur le curé, rien de plus, certainement... Je verrai... Je réfléchirai... Les temps sont bien durs!... Si on pouvait semer des écus dans les champs, on ne reculerait pas devant cinq cents francs; malheureusement, ça ne pousse pas aux pieds des châtaigniers comme les champignons. Enfin, on regardera au fond du sac pour voir s'il y reste des miettes... On pèsera le fort et le faible... On...

Et, tout bredouillant ainsi, il saisit sa limousine et sa lanterne pour s'esquiver. L'abbé Courbezon, pâle, suant l'angoisse, l'arrêta par un geste plein d'autorité.

— Antoine Fumat, lui dit-il d'un ton qu'il s'efforçait de rendre calme, quand vous me promîtes de fournir cinq cents francs pour les fonds baptismaux, j'étais à la veille de faire une quête. Votre promesse seule m'empêcha de m'adresser à mes paroissiens. Depuis cette époque, les paysans des quatre hameaux s'étant cotisés pour acheter un bénitier, il m'est absolument impossible de leur demander le moindre secours. Je dois donc vous l'avouer, votre refus de tenir votre promesse, car les raisons que vous m'opposez dissimulent mal vos intentions, me met dans un cruel embarras. Je ne sais s'il y a cinquante francs ici, et, dans quelques jours, peut-être demain, il m'en faudra, grâce à vous, compter sept cents. Ce n'est pas la première fois que je me trouve dans une si horrible situation. Hélas! j'ai trop connu les ennuis d'argent! Mais je me croyais enfin délivré de ces misères, et si l'on m'eût dit que je devais y être replongé, je n'eusse jamais pensé que ce pût être par le fait de l'homme qui m'a le premier accueilli dans ce pays, en qui j'avais mis tout d'abord ma confiance.

— Mais, monsieur le curé, si je vous donnais cinq cents francs, — ma foi, vous me forcez à vous le dire, c'était que j'espérais...

Il hésita.

— Qu'espériez-vous? Parlez, je vous prie!

— J'espérais que vous vous intéresseriez à à mes projets de mariage, je...

— Fumat, interrompit le vieux prêtre contenant à peine son indignation, je vous dégage de votre parole, n'ayez donc aucun remords d'y avoir manqué. Dès l'instant que c'était pour Cécile Sévérac que vous achetiez les fonts baptismaux, non pour l'Église, vous ne pouvez plus, vous ne devez plus les payer: ce serait une profanation. Dieu est jaloux, et veut, quand on lui donne, qu'on lui donne pour lui-même. Je ne sais encore comment j'acquitterai le mandat de Prosper Corbineau, mais je l'acquitterai, soyez-en certain. Si l'on doit me poursuivre pour m'être encore une fois précipité dans des affaires hasardeuses, je l'ai bien mérité, et je suis prêt à tout endurer.

—Pourtant, monsieur le curé, je ne demande pas mieux...

— Vous pouvez vous retirer, Fumat; songez bien toutefois que je ne vous interdis point ma porte. Malgré ce léger désaccord, je vous verrai toujours avec plaisir chez moi. Vous êtes bon, mon ami, seulement la passion vous a un moment égaré. Dieu me préserve de vous en vouloir! Pour ce qui regarde vos intentions à l'endroit de Sévéraguette, je ne puis rien vous dire, sinon que je verrais votre mariage avec satisfaction. Cette jeune fille serait le modèle des épouses.

— Comment deviendra-t-elle jamais ma femme, si personne ne prend mon parti auprès d'elle?

— Sévéraguette a un oncle et une tante, adressez-vous à eux.

— Ah! que ne voulez-vous tant seulement souffler un mot, vous, monsieur le curé..

— Je ne le puis, et vous connaissez mes raisons.

— Adieu donc! puisqu'il faut s'en aller comme ça, murmura l'Avocat les dents serrées... Pançol apprendra bientôt de mes nouvelles, et c'est vous qui en serez cause.

— Que voulez-vous dire?

— Bonsoir, bonsoir, suffit, je m'entends; fin février, il y aura du nouveau à Boussagues, c'est moi qui vous le dis.

Le Sanégrol alluma sa lanterne et, descendit précipitamment l'escalier. Il rencontra sous le porche la Courbezonne, Marthe, la Cassarotte et ses enfants. On revenait de Saint-Xist.

— Vous partez, Fumat? lui dit la mère du curé.

— Oui, je pars, et même il fera chaud lorsqu'on me reverra chez vous. Bonsoir à toute la compagnie.

X

L'avocat avait à peine fait quatre pas hors du porche, qu'il aperçut, à une portée de fusil, le long du ruisseau de Pierre-Brune, une grande forme noire, armée comme lui d'une lanterne. Ne doutant pas que ce ne fût Sévéraguette, laquelle rentrait évidemment à Saint-Xist, après avoir reconduit les Courbezon jusqu'à la porte des Récollets, il courut vers elle à toutes jambes.

— Cécile! s'écria-t-il.

— Qui m'appelle?... Tiens, c'est vous, Fumadou!

— Cécile, je voudrais bien vous parler une minute.

— Comment, à cette heure, et par ce froid Ne pouvez-vous attendre à demain.

— Hélas! chère Cécile, demain aurais-je le même courage qu'aujourd'hui? Savez-bien que, depuis tantôt huit mois, je suis sur le point de vous arrêter pour vous allonger tant seulement deux fines paroles dans l'oreille, et que le front m'a toujours manqué?

— Si vous n'avez que deux mots à me dire, faites vite, car je grelotte ici, au bord de l'eau.

— Cécile, je vous aime, et vous demande votre main. Voilà.

— A quoi pensez-vous donc, Fumat? répondit la jeune fille qui essaya quelques pas pour s'éloigner; vous savez bien qu'en mourant ma pauvre mère m'a promise à mon cousin Pançol.

— Mais il ne vous aime point comme moi, lui, à en perdre la tête. D'ailleurs, voulez-vous que je vous le dise, là, franchement? Vous ne pouvez épouser Justin.

— Et pourquoi, s'il vous plaît, Fumat?

— Pour deux raisons, Dieu me sauve! La première, parce qu'il est ruiné complétement; la seconde, parce qu'il s'entend avec sa mère pour vous voler. Oui, Sévéraguette, Pançol est un voleur, c'est moi qui vous le dis, Antoine Fumat, de Sanégra, et j'en fournirai la preuve.

— Fumat, vous mentez, vous mentez!...

— Je l'ai vu, Cécile, je l'ai vu!... Je vous le jure sur l'Évangile, insista le Sanégrol retenant l'orpheline par le bras.

— Ciel! vous me faites trembler... Qu'avez-vous vu?

— Vous souvenez-vous, Cécile, que, le jour de la biroulade, vous m'envoyâtes chez vous pour y quérir quatre bouteilles de vin cuit?

— Oui, je m'en souviens.

— Je suis rentré aux Récollets tout pâle, tout bouleversé, n'est-il pas vrai?

— Eh bien?

— Voici pourquoi : en arrivant sur le perron de votre porte, j'avais entendu la Pançole offrir au Sanglier trois cents francs, qu'elle avouait avoir prélevés sur la vente de vos denrées; puis, ouvrant rondement la porte, j'avais vu Justin les empocher bel et bien.

— Mon Dieu! est-il possible?... Ils pouvaient bien m'avouer qu'ils avaient besoin d'argent! Est-ce que jamais je leur ai refusé quelque chose?... Fumat, êtes-vous au moins bien sûr de cela? l'avez-vous bien vu vous-même?

— De mes propres yeux, Sévéraguette, tout comme je vous vois.

— Ma tante me tromperait donc!... Et Pançol aussi!... Ah! je n'aurais jamais cru cela de Justin... Manquer de confiance en moi à ce point! Que leur ai-je fait, mon Dieu?... Fumat, je veillerai, et je saurai bientôt qui, de Pançol ou de vous, est un honnête homme, car vous seriez un vrai malheureux, si vous aviez calomnié aussi indignement mes parents de Boussagues!... Laissez-moi rentrer!

— Et comme ça, vous ne me promettez rien
pour l'avenir, Cécile, à moi qui n'espère qu'en
vous?

— Quo voulez-vous que je vous promette?
Certainement, si ce que vous venez de m'apprendre est vrai, je n'épouserai jamais mon
cousin.

— Et alors?... reprit l'Avocat s'enhardissant
jusqu'à lui saisir la main.

— Alors, déliée de toute promesse, libre enfin, je suivrai les inspirations de mon cœur.

— Et vous serez ma femme, n'est-ce pas?

— Peut-être, si je me marie; mais...

— Bah! les filles de votre façon ne sont point
faites pour coiffer sainte Catherine.

— La sœur de monsieur le curé était certai-
ment belle à son jeune âge, Fumat, et pourtant, vous le voyez, elle ne s'est pas mariée.

— Pardi! je crois bien, elle n'avait pas le
sou; tandis que vous êtes riche, vous.

— Et c'est pour cela aussi peut-être que
vous m'aimez? répliqua la jeune fille ne sachant pas jusqu'à quel point elle disait vrai.

— Ah! Cécile, je vous aime!... Les écus,
m'est avis, ne gâtent rien à la chose. Cependant, croyez-le, vous n'auriez que le bâton et
la besace, comme la Cassarotte, que je serais
tout aussi affolé de vous... Vous êtes si gentille, si mignonne, si douce, si...

Fumat n'avait pas terminé sa litanie que Séveraguette s'était enfuie vers Saint-Xist.

L'Avocat attribua cette brusque disparition à
l'impression trop vive produite par sa présence
sur l'orpheline, et, ramenant, par un mouvement plein de fatuité, sa limousine sur ses
épaules, il se perdit dans les roides sinuosités
du sentier de Sanégra.

En rentrant chez elle, Cécile ne souhaita pas
même le bonsoir à sa tante, en train de filer sa
quenouille, accroupie sur les cendres du foyer.
Dans un état de trouble inexprimable, elle alluma une bougie et courut s'enfermer dans sa
chambre.

Une fois seule, Séveraguette s'abandonna aux
mille pensées suscitées en elle par l'horrible
révélation que venait de lui faire Fumat, et
pleura. Quoi! Pancol, que sa mère lui avait
désigné pour époux, Pancol, qu'elle eût fini
peut-être par aimer, Pancol était indigne d'elle!
Impatiente de connaître une vérité de laquelle
dépendait son avenir, elle saisit d'une main
crispée le grand cahier où étaient inscrites les
ventes de châtaignes, de blé, de fourrage, de
vin, et vérifia les additions. Les additions se
trouvèrent justes. Elle ouvrit alors son secrétaire pour compter l'argent. Il ne manquait pas
un centime. Séveragrol douta de la sincérité
du Sanégrol. Elle pensa que Fumat, jaloux de
son cousin, avait inventé cette odieuse fable de
vol, et, s'en voulant beaucoup à elle-même
d'avoir pu croire Justin coupable d'un crime,
elle descendit à la cuisine, dans l'intention de

tout avouer à sa tante, et de lui demander pardon de ne pas l'avoir embrassée comme tous
les soirs. Heureusement, car si l'orpheline eût
rencontré la Pancole, sa vie peut-être eût changé de but; la cuisine était déserte. La Boussagole avait gagné son lit. Cécile pensa bien à la
réveiller; mais la quenouille de la vieille, découverte tout à coup sous la table, et dont le
chanvre sale, embrouillé, ébouriffé, annonçait
qu'on l'avait lancée là avec colère, témoignant
trop des dispositions orageuses de la Boussagole,
la jeune fille n'osa pas interrompre son sommeil. Elle ramassa la quenouille, en enleva soigneusement les pailles, les ordures, la poussière, puis remonta dans sa chambre, bien décidée à faire des excuses à sa tante le lendemain.

Au petit jour, quand Séveraguette entendit
la Pancole qui, levée avant tout le monde, selon son habitude, appelait les journaliers au
travail, elle sauta à bas de sa couchette et s'habilla promptement, ne voulant pas tarder plus
longtemps à se réconcilier avec elle. Elle en
était à nouer négligemment ses longs cheveux
sur sa nuque, quand un frisson qu'elle éprouva
dans tout le corps lui fit fléchir les genoux.
Saisie subitement par un malaise inexprimable, accablée, sans force, elle se laissa tomber
sur une chaise, et y resta le regard fixe, toute
blême, sans mouvement. Elle se leva pourtant,
et, comme si elle craignait d'étouffer, ouvrit
les deux volets de sa fenêtre.

Cécile, émue, frémissante, promena sur la
campagne un regard d'une vague mélancolie.
On était au commencement de février, et les
amandiers, dont est clair-semée la plaine de
Vérelle, se dégageant de plus en plus du léger
brouillard qui les enveloppait, apparaissaient
au loin avec leurs mille rameaux grêles criblés
de corolles blanches. Le long du ruisseau de
de Pierre-Brune, dont on entendait l'harmo-
nieux clapotement, sur les buissons déjà feuil-
lus, plus d'un oiseau matinal, secouant ses ailes humides de rosée, se disposait, avec les la-
boureurs prêts à partir, à aller accomplir, lui
aussi, sa journée à travers champs. L'air était
doux, pénétrant, parfumé de toutes les sen-
teurs délicieuses de la nature renaissante. A
l'orient, des nuages aux teintes roses et violacées annonçaient la prochaine arrivée du soleil
sur les montagnes pelées et granitiques de
Caunas.

Après avoir fait le tour du vaste horizon, qui
bruissait de murmures de toute sorte, qui s'emplissait de voix, de chants, de cris, de lumière,
l'œil triste de Séveraguette, ébloui sans doute,
se reposa sur la basse-cour, au-dessous de sa
fenêtre. A cette heure, la basse-cour offrait le
spectacle de l'animation la plus vive. Les coqs
au plumage luisant et doré, à la crête imperti-
nente, royalement perchés sur les brancards
d'une vieille charrette ruinée, s'égosillaient à

qui mieux mieux, tandis que les dindons, de toute la force de leurs poumons, lançaient dans l'air leurs gloussements stupides et se promenaient magistralement de long en large. Les oies, en poussant des cris d'une joie féroce bien indigne de leur gravité habituelle, dérobaient aux lapins calmes et doux les choux et les débris de *châtaignons* qu'on leur avait jetés, puis couraient se cacher lâchement. Les poules seules, ordinairement si piailleuses, ne prenaient pour cette fois aucune part à ce bruyant concert du réveil; absorbées dans l'éparpillement d'un grand tas de fumier, au fond duquel elles cherchaient quelque graine précieuse, elles se contentaient de caqueter doucement.

Sévéraguette, la tête moins lourde, ravivée par l'air pur et fortifiant du matin, referma sa fenôtre. Mais quand elle essaya d'ouvrir la porte de sa chambre pour descendre à la cuisine, ou elle entendait encore la Pancole se démener avec les journaliers, sa main resta paralysée sur le loquet et ses yeux se remplirent de larmes. Elle comprit alors clairement qu'elle ne pouvait tenir la promesse qu'elle s'était faite à elle-même. Voir sa tante, s'expliquer avec elle sur les bouderies de la veille, c'était vouloir se lier à jamais, et elle ne s'en sentait pas la force.

Sévéraguette n'aimait pas l'ancol. Ah! pourquoi sa mère, en mourant, l'avait-elle donnée à son cousin? La veille, quand Fumat lui avait révélé le vol de Justin, certainement Cécile en avait été affligée: mais son affliction, il faut bien l'avouer, s'était trouvée, malgré elle, allégée par une espérance : si l'ancol était coupable, elle aurait une raison puissante de ne pas l'épouser. Oh! alors, comme elle quitterait ce monde où une parole seule de sa mère la retenait encore! avec quelle indicible joie, quel enivrement de toute son âme, elle embrasserait la vie religieuse, la seule où, comme Marthe Courbezon, elle serait libre à toute heure de prier, de se dévouer, d'aimer!

Cécile Sévérac avait toujours caressé l'idée d'entrer en religion; mais elle avait nourri cette idée dans l'intimité de son cœur, n'osant pas même s'en ouvrir à monsieur Ferrand, de crainte que ce directeur sévère ne cherchât à l'en divertir. Etait-elle, en effet, assez près de la perfection pour oser former le vœu de se consacrer tout entière à Dieu? Sévéraguette, martyrisée par ses propres pensées, ne sachant si elle devait quitter le monde ou s'y river à jamais par un mariage, en était à se dévorer elle-même, quand Marthe Courbezon arriva à Saint-Xist. Cet incident, en apparence peu important, sans anéantir du premier coup les indécisions qui naissaient de la situation où se trouvait l'orpheline, décida néanmoins de sa vie. D'abord, Cécile s'attacha à Marthe simplement parce qu'elle était la sœur du curé ; mais cet attachement, calme, doux, affectueux à son

origine, devint en peu de temps une véritable passion. Marthe était à peine à Saint-Xist depuis quinze jours, que déjà Sévéraguette ne savait plus se séparer d'elle. Le matin, après la messe, elle s'emparait de sa sœur de charité, et, sous prétexte de l'emmener respirer l'air fortifiant des bruyères, l'entraînait à travers les bois et les chataigneries prochaines. Souvent leur course vagabonde les poussait jusqu'à Frangouille, au Mas-du-Saule, à Sanègra, où les paysans curieux les fêtaient en les accablant de questions. D'ordinaire, la religieuse et l'orpheline faisaient ces excursions à travers le pays seules et à pied. Quelquefois, cependant, Jeannot et Marinette étaient de la partie. Quand on devait amener les enfants, Félicien Cassarot tirait de l'écurie de Cécile, Briquet, un vieux petit âne acheté jadis par Martin Sévérac pour promener sa femme malade, et le conduisait sous la terrasse des Récollets. Jeannot, malgré et leste comme un chat, se plantait à califourchon sur la bête, et l'on partait. Il était rare, malgré les protestations de Jeannot, qui demandait à tenir sa sœur sur le bât devant lui, que Marinette fût exposée sur Briquet; le plus souvent elle ne quittait pas les bras de Marthe ou ceux de Cécile. Marinette était l'enfant gâté du presbytère; certes, on aimait aussi Jeannot, mais Marinette, à cause de sa gentillesse native, était adorée, idolâtrée. On s'en allait donc à travers les chemins creux du pays, riant, rêvant et quelquefois priant, car Marthe n'avait pas perdu l'habitude qu'elle tenait de son frère de ne jamais laisser passer une heure dans la journée sans élever son âme à Dieu. Dans cette vie toute de prière, de calme profond, d'intime poésie, de communion permanente avec les idées les plus hautes de dévouement et d'amour divin, le cœur de Sévéraguette s'épanouissait délicieusement comme une fleur des champs aux tièdes rayons du soleil de mai.

XI

Exaltée par ces promenades solitaires, Sévéraguette se promettait de confier enfin ses secrètes intentions à son directeur, et de suivre Marthe Courbezon à Paris, quand elle partirait. Décidée à tout quitter, elle revenait vers Saint-Xist, charmée, enivrée, portée par ses idées de dévouement comme par des ailes. Mais, en rentrant à la maison, l'aspect seul de sa tante toujours rogue, toujours inquiète, toujours agressive comme une harpie, suffisait à dissiper ses rêves et ses résolutions. Non-seulement la Pancole effrayait Cécile, mais la présence de la vieille à Saint-Xist lui rappelait la dernière volonté de sa mère. Donc, tiraillée d'un côté par la peur, de l'autre par le désir d'une mourante si chère, l'orpheline retombait dans ses indécisions. Oh! pourquoi avait-elle permis à sa tante de se fixer à Saint-Xist! de quel poids énorme ne pesait-elle sur sa vie! que n'eût-elle pas donné pour la voir s'éloigner!

Au grand jour, Sévéraguette descendit de sa chambre, baisa la Pancole du bout de ses lèvres, sans mot dire, et sortit, selon son habitude, pour aller aux Récollets. Elle rencontra tous les Courbezon réunis autour d'un feu pétillant de sarments dans la cuisine. Ils paraissaient tristes, inquiets, absorbés dans une méditation douloureuse. La mère du curé avait les yeux rouges, et Marthe était d'une pâleur presque livide. Quant au vieux desservant, bien que son regard fixe, sa tête inclinée sur les cendres du foyer, trahissent une forte préoccupation, il semblait néanmoins assez calme. C'était la première fois que Sévéraguette voyait les Courbezon ainsi accablés. La pensée seule que quelque malheur inattendu avait tout à coup fondu sur cette famille, où se résumaient maintenant toutes ses affections, la navra dans son cœur. Elle eut envie de se jeter au cou de la Courbezonne et de la supplier de lui confier leur chagrin. Avec quelle joie, si elle n'avait pu le dissiper, elle en eût pris du moins sa part! Mais l'attitude morne, réservée des Courbezon, lui interdisant toute parole, l'orpheline salua, et, l'âme haletante, bouleversée, elle courut à l'église, où naguère, en arrivant aux Récollets, elle avait vu entrer la Cassarotte.

— Il me vient une idée, Pierre, dit la Courbezonne, dès que Cécile eut refermé la porte: si nous nous adressions à Sévéraguette? Elle nous est si dévouée, cette jeune fille!

— Cela est impossible, ma mère, répondit le curé. Cécile Sévérac a déjà fait d'énormes sacrifices pour l'église, et lui demander de payer les fonts baptismaux, ce serait vraiment trop d'exigence. Savez-vous qu'elle aura bientôt deux mille francs à compter pour la cloche?

— Tu as raison, mon enfant, reprit la vieille paysanne de Castanel, il ne convient pas que nous ayons l'air de piller cette orpheline.

— Ah! je suis sûre, moi qui connais Cécile, dit la sœur de charité, qu'elle acquitterait le mandat de Prosper Corbineau avec joie. Veux-tu, mon frère, que je lui en parle moi-même?

— Non, ma bonne Marthe, non!... Puis, Sévéraguette a-t-elle de l'argent? Nous n'en savons rien.

— Mais elle en empruntera plus facilement que nous qui ne possédons plus un pouce de terre en ce monde, murmura la Courbezonne.

— Nous ne pouvons obliger Cécile à emprunter, ajouta l'abbé: sa tante le saurait, et vous connaissez cette femme. La Pancole pu-

blie déjà dans tout le pays que nous dévorons sa nièce; que ne dirait-elle pas alors? Du reste, Sévéraguette se mariera probablement bientôt, et si son mari trouvait des dettes contractées pour nous, il ne manquerait pas de nous accuser... Écoutez, ma bonne mère! Mes confrères, qui d'abord m'avait accueilli dans le canton assez froidement à cause de mes fautes, appréciant mieux mon véritable caractère, sont tous devenus mes amis. Parmi eux, j'en compte un surtout qui me fut dévoué dès mon arrivée dans ce pays: Monsieur Ferrand. Justement, c'est aujourd'hui jeudi, jour où je vais à Camplong. Je lui expliquerai franchement ma situation, et, n'en doutez pas, monsieur Ferrand viendra à mon secours, comme il l'a fait une première fois. S'il ne peut, — ce qui est probable, — me prêter sept cents francs, il exerce une trop haute et trop légitime influence sur les curés de Bédarieux, de Boussagues, de Graissessac, pour ne pas obtenir cette somme pour moi de ces messieurs. Allez, chère mère, tout s'arrangera, car Dieu nous voit et ne nous abandonnera point! Je sais bien qu'à votre âge et après vous avoir fait une vie toute semée de chagrins, je devrais avoir quelque pitié de vous et vous ménager; mais vous le voyez, cette fois il n'y a vraiment pas de ma faute. Je comptais sur Fumat, et cet homme m'a trompé... Oh! soyez-en bien certaine, mon excellente mère, continua le vieux desservant pliant les genoux avec respect et embrassant la Courbezonne qui pleurait, ce sont les dernières larmes que je vous fais verser.

La vieille paysanne balbutia quelques mots inintelligibles.

— Allons, ma mère, allons, ma sœur, courage! poursuivit le curé. — Et, prenant la Courbezonne et Marthe par la main: Voyons, ajouta-t-il en essayant de sourire, l'argent que nous avons en caisse.

Au moment où le curé ouvrait la porte de sa chambre, Sévéraguette et la veuve entraient dans la cuisine.

— .... Et vous ne savez pas, Cassarotte, d'où vient leur tristesse à tous? dit Cécile ayant l'air de poursuivre une conversation commencée.

— Hélas! non, ma Sévéraguette, je le l'assure.

— Ils auront peut-être reçu quelque mauvaise nouvelle ce matin.

— C'est impossible ça, puisque personne n'est venu ici depuis hier soir, et que le facteur de la poste n'est pas encore arrivé.

En ce moment, un léger cliquetis, semblable au bruit de pièces d'argent qu'on empile, se fit entendre dans la chambre du curé.

— O mon Dieu! murmura la Cassarotte, ils ont ouvert le tiroir!... Et moi qui, ces jours derniers, y ai déposé soixante francs!... Ne voilà bien, par exemple !... Sévéraguette, nous sommes perdues.

— N'ayez donc pas peur ! répondit Cécile horriblement pâle et tremblant de tous ses membres.

Les écus résonnaient toujours. La Casserotte et l'orpheline, sentant leurs genoux se dérober, tombèrent plutôt qu'elles ne s'assirent sur des chaises.

— Eh bien, mon enfant, dit tout à coup la Courbezonne, combien trouves-tu dans ton tiroir ?

— Oh ! je ne me croyais pas si riche ! J'ai là cent quarante-cinq francs, répondit le curé.

— Cent quarante-cinq francs ! s'écria Marthe, c'est impossible.

— Vois toi-même, ma sœur.

— Je trouve, en effet, cent quarante-cinq francs, dit la religieuse après avoir recompté la somme ; mais je ne comprends rien à cela. L'autre jour...

— Ah ! c'est que nous sommes économes ! interrompit le desservant presque joyeux... Voilà donc pour commencer à payer le mandat de Prosper Corbineau.

Ils reparurent à la cuisine.

— Casserotte, dit le curé, après la messe, vous partirez pour Sanégra. Fumat doit avoir vendu vos quelques sacs de *châtaignons* ; vous lui en réclamerez le montant, car nous en avons besoin pour payer les fonts baptismaux. Cela fait, au lieu de redescendre à Saint-Xist, vous irez au Mas-du-Saule rejoindre ma mère et ma sœur. C'est aujourd'hui jeudi, moi je dîne à Camplong, vous le savez.

Tout le monde se dirigea vers l'église.

Une fois à genoux, ce fut en vain que Sévéraguette essaya de se recueillir dans une lecture pieuse, comme elle le faisait tous les matins avant la messe. La terreur dont elle avait été envahie, en entendant le curé compter l'argent, n'était pas suffisamment dissipée pour que son esprit eût recouvré sa liberté entière. Elle frissonnait encore à la pensée que les Courbezon avaient failli tout découvrir. Que serait-il arrivé, mon Dieu ! Monsieur le curé, humilié, ne lui eût-il pas interdit l'entrée des Récollets ?...

La messe avançait, et Cécile, distraite, troublée pour la première fois de sa vie peut-être, tournait les pages de son paroissien sans les lire. Après la *communion*, entendant du bruit derrière sa chaise, elle se retourna et vit la Casserotte sur le point de sortir de l'église. Arrachée subitement à toutes ses craintes, ne se souvenant plus que des dernières paroles du curé, lesquelles trahissaient un besoin absolu d'argent, par une sorte de mouvement involontaire de ses genoux, elle se trouva debout. Elle suivit la Sanégrole.

— Casserotte, dit-elle saisissant rudement la veuve au bras, je connais maintenant le motif de leur chagrin.

— Et moi aussi, va, ma pauvre Cécile.

— C'est de l'argent qu'il faut à monsieur le curé, j'en suis sûre.

— Hélas ! oui, ma fille.

— Savez-vous du moins de quelle somme il a besoin ?

— Non, ma Sévéraguette ; mais tu ne veux pas, je pense, te risquer à passer de nouveau les écus dans le tiroir ?

— Et pourquoi non ? répondit l'orpheline avec une hardiesse héroïque.

— Quoi ! ce matin, tu l'as vu, on a manqué nous prendre sur le fait, et tu voudrais encore... Ah çà ! mais tu perds donc la tête, par exemple !

— Madame Courbezon a pleuré toute cette nuit ; vous n'avez donc pas vu ses yeux, Casserotte ?

— Oh ! je la plains bien, dit la veuve portant une main à son cœur d'une façon expressive ; je la plains tant, que j'en ai comme ça l'estomac tout brouillé ; mais tu ne peux songer à mettre un sou dans le tiroir à présent, puisqu'on sait l'argent qui reste aux Récollets. D'ailleurs, ce mandat de Prosper Corbineau monte probablement à une forte somme... De si jolis fonts !... O mon Dieu ! nous étions si contents !

— Fumat ne devait-il pas payer les fonts baptismaux, comme moi la cloche ?

— L'Avocat est un vieux grigou, — il est connu pour ça dans le pays, — et je ne serais pas étonnée qu'il eût refusé ses écus... Les écus ! si ça vaut la peine de chagriner monsieur le curé !...

— Oh ! je questionnerai ma sœur Marthe, je saurai tout... Et Fumat qui osait me demander de... Enfin, je ne puis pas voir souffrir monsieur le curé, Casserotte, ça me fait trop de mal.

— Promets-moi, au moins, Cécile, de ne pas être imprudente, je t'en supplie les mains jointes. Va, ma mignonne, avec l'aide du bon Dieu, nous nous sauverons encore...

— Et dire que j'ai dans mon secrétaire plus de dix-sept mille francs !... Ah ! que je suis malheureuse ! que je suis malheureuse !

Sévéraguette avait accompagné la Casserotte jusqu'aux ruines du château ; à cet endroit, la veuve lui abandonne Jeannot et Marinette qui l'avaient suivie, et gravit à grands pas la côte caillouteuse de Sanégra. Cécile revint au presbytère. Elle rencontra les Courbezon debout autour d'une table, sur laquelle Marthe avait déposé un grand plat de *châtaignons* bouillis ; ils se regardaient tristement et ne mangeaient point. La vue du curé, peut-être plus abattu maintenant que sa mère et sa sœur, consterna l'orpheline. Elle s'était promis de s'informer de toutes choses auprès de Marthe ; mais en face de la désolation muette, solennelle de ces trois personnes, elle se sentit elle-même si accablée, si anéantie, si écrasée, qu'elle ne put arracher une parole à ses lèvres froides et blêmes. Cependant, à une atonie complète d'elle-même causée par une douleur inconnue, l'idée de son dévouement survivait toujours. Coûte que coûte, dût-elle être blâmée, bannie de cette maison où désormais sa vie se trouvait circonscrite, il fallait sauver les Courbezon. Donc, balbutiant des mots vides de sens, pour ne pas se retirer sans rien dire, elle était sur le point de voler à Saint-Xist, y chercher de l'argent, quand la sœur de charité, qui l'avait vu pâlir subitement et chanceler, s'élança vers elle pour la soutenir.

— Qu'avez-vous, Sévéraguette? qu'avez-vous? vous paraissez malade.

— En effet, je suis un peu souffrante; permettez-moi, je vous prie, de retourner à Saint-Xist.

— Comment! vous êtes malade et vous n'en dites rien, Cécile! s'écria la Courbezonne contraignant la jeune fille à s'asseoir. Vos mains sont glacées... Et nous qui pensions à nos misères. — Pierre! Pierre! vite du vinaigre, elle se trouve mal!... O mon Dieu! ô Seigneur mon Dieu!

Sévéraguette, âme délicate et sensible, épuisée par les luttes de la dernière nuit, par les tristesses poignantes de la matinée, venait en effet de glisser dans les bras de la sœur Marthe et de s'évanouir. Le pauvre abbé Courbezon, aveuglé par le désespoir, courait à tous les placards, ne trouvant pas de vinaigre.

— Là! là! il est là sur la table devant tes yeux! donne! lui criait sa mère.

Cécile revint à elle-même.

— Ce ne sera rien, va, ma poulotte, lui dit la Courbezonne l'embrassant. Mais aussi pourquoi n'avoir pas plus de confiance en nous?

— O ma bonne Sévéraguette! ma bonne Sévéraguette! balbutia Marthe lui couvrant les mains de baisers, pourquoi ne pas nous dire que vous souffriez?

— Hélas! murmura l'orpheline, vous souffrez bien, vous autres, et vous ne me le dites point!

— Mais vous vous trompez, Cécile, dit la Courbezonne embarrassée.

— Pourquoi êtes-vous si tristes depuis ce matin?

Les trois Courbezon s'entreregardèrent avec inquiétude.

— Sévéraguette, dit le curé, j'avais pensé que vous pourriez accompagner ma mère et ma sœur au Mas-du-Saule, où elles sont attendues aujourd'hui. Mais votre état ne vous permettant pas de quitter Saint-Xist, je vais envoyer Félicien au Mas-du-Saule pour prévenir ces braves gens qu'on ira les voir dans quelques jours.

— Monsieur le curé, je me sens déjà mieux, répondit Cécile se levant. Puisque vous allez

à Camplong, faites un léger détour, et accompagnez vous-même votre mère et votre sœur jusqu'au Mas-du-Saule. Je vous promets de les rejoindre dans l'après-midi.

— Non, non, Cécile, dirent à la fois la Courbezonne et Marthe, nous ne vous quitterons pas un instant aujourd'hui.

— Pourquoi! Je vais très-bien, je vous assure, reprit-elle se promenant de long en large dans la cuisine; je vais très-bien, vous le voyez.

— Sévéraguette, ajouta l'abbé, ma mère et ma sœur ne seraient pas tranquilles là-bas sans vous.

— Je vous en supplie, monsieur le curé, emmenez-les. Ce moment de faiblesse est passé, et je me porte maintenant comme je me portais hier, c'est-à-dire au mieux.

Les Courbezon descendirent avec les enfants, et Sévéraguette, en leur réitérant de la voix et du geste sa promesse de les rejoindre, les regarda s'éloigner. Quand ils eurent disparu derrière les troncs des vieux oliviers, Cécile, pleine de courage, de résolution, d'enthousiasme, court à Saint-Xist, entra dans sa chambre, tira un sac de mille francs de son secrétaire et remonta à pas précipités vers la cure. La grande porte du porche était fermée. L'orpheline, très-au courant des habitudes des gens des Récollets, souleva une grosse pierre sous laquelle on enfouissait la clef, ouvrit et monta. Le presbytère, si bruyant d'ordinaire, grâce aux sabots, aux éclats de rire des enfants de la Cassarotte, était maintenant silencieux comme autrefois quand il servait d'abri aux chouettes, aux hiboux, à tous les oiseaux de nuit de la plaine de Véreille. La jeune fille, la figure animée, l'œil brillant, hardie comme une héroïne, traversa tout ce silence sans effroi, entra dans la chambre du curé et vida d'un seul coup son sac d'argent dans le tiroir de la table.

— Mon Dieu! s'écria-t-elle tombant à genoux et tendant les mains vers le grand crucifix du curé, qui, du haut de la cheminée, semblait incliner la tête pour le regarder, mon Dieu! vous qui permîtes aux oiseaux du ciel de nourrir votre prophète Élie dans le désert, me punirez-vous jamais d'avoir secouru vos saints!

Elle se leva, referma la porte du presbytère, et, tout heureuse de son audace, toute frissonnante d'intime joie, elle traversa le ruisseau de Pierre-Brune, gagnant à pas lents le Mas-du-Saule.

TROISIÈME PARTIE.

I

Le curé de Camplong recevait à dîner, tous les jeudis, deux ou trois de ses confrères. Ses convives, toujours les mêmes, étaient l'abbé Salinas, curé de Boussagues, l'abbé Laurent, curé de Graissessac, et le curé doyen de Bédarieux. A ces trois prêtres seuls, l'abbé Ferrand communiquait le vaste plan de ses œuvres théologiques ; ils avaient la primeur de sa pensée. Dès qu'un chapitre du *Tractatus de Concupiscentia*, ou bien un article pour le *Recueil des Conférences ecclésiastiques* était écrit, il le leur lisait, les invitant à lui faire des objections, les suppliant de le combattre. Du reste, ni le doyen, ni les abbés Salinas et Laurent n'étaient indignes d'argumenter contre le curé de Camplong. Sans posséder l'esprit large et généralisateur de l'abbé Ferrand, ces trois hommes, à différents degrés, avaient été doués d'une intelligence vive, pénétrante, subtile. Aussi ces réunions, où se discutaient, au fond d'un misérable presbytère de campagne, les seuls intérêts du ciel, ne se passaient-elles pas toutes sans orage. Le doyen, l'abbé Salinas, l'abbé Laurent éprouvaient un singulier plaisir à harceler leur redoutable adversaire ; non que leur vanité fût le moins du monde en jeu et qu'ils espérassent triompher de lui, mais parce que leur opposition était pour l'abbé Ferrand un motif à des mouvements souvent pleins d'éloquence.

En 1817, les séances théologiques de Camplong, où s'élaboraient les divers travaux qui devaient être publiés dans le *Recueil des Conférences ecclésiastiques*, s'augmentèrent d'un nouveau membre. L'abbé Ferrand, qui d'abord avait invité l'abbé Courbezon à venir le voir dans le but unique de le présenter plus directement au doyen ainsi qu'aux curés de Boussagues et de Graissessac, devina, après deux ou trois visites du desservant de Saint-Xist, tout ce qu'il y avait sous cette écorce grossière d'instruction théologique, de vraie science casuistique, et l'incorpora à ses conférences du jeudi. Désormais, l'abbé Courbezon était devenu l'ami et de l'abbé Ferrand et de ses convives ordinaires.

Cependant il y avait un jour dans l'année, un seul, où le presbytère de Camplong, habitué seulement à ses trois ou quatre hôtes paisibles, s'emplissait de monde et de bruit. C'était dans le commencement de février, une semaine environ après la Purification, fête patronale du village. Ce jour-là, la table ronde du salon était tirée de son coin, dressée au milieu de la pièce avec ses rallonges, et un grand dîner, suivi d'un verre de vin blanc de Maraussan, était servi à tous les desservants du canton de Bédarieux. Ce dîner s'écoulait en entretiens faciles : qui parlait de sa cuisinière, qui de sa cave, qui de sa goutte, et l'abbé Montrose ne tarissait pas sur monseigneur. A l'attitude presque dégagée que l'abbé Ferrand, ordinairement si grave et si austère, prenait en cette circonstance, on aurait dit que lui-même, fatigué des durs travaux de la scholastique, ne demandait qu'à s'oublier dans une conversation sans efforts. Le repas terminé, chacun se levait, prenait son café autour de la cheminée, puis l'abbé Tatillon, curé de Villemagne, s'écriait :

Messieurs, *la bête hombrée* commence !... hâtons-nous !... Les jours sont encore courts !... Il va tout à l'heure falloir regagner nos pigeonniers !

En quittant Saint-Xist avec sa mère et sa sœur, l'abbé Courbezon n'avait pas songé qu'à la dernière conférence de Camplong l'abbé Ferrand lui avait annoncé, pour le prochain jeudi, son grand dîner annuel. Quand, en gravissant seul la côte du ruisseau de Frangouille, ce souvenir vint le frapper, il se sentit envahi par mille craintes. Oserait-il parler de sa situation devant tous les prêtres du canton réunis ? Pourrait-il du moins prendre l'abbé Ferrand à part et lui confier ses embarras ? La tête un peu troublée par ses difficultés sans cesse renaissantes, il traversait l'Aire-Raymond, et, au lieu de suivre les longs détours du chemin des mines, il allait se jeter dans le raccourci du Moulin-de Barthélemy, quand une voix l'appela tout à coup.

— Monsieur le curé ! monsieur le curé !

Il se retourna et reconnut, douillettement assis sur son petit cheval limousin, monsieur Salinas. Les deux prêtres se serrèrent la main ; puis le curé de Boussagues descendit de sa bête, et, lui laissant la bride libre, la poussa dans le sentier où l'abbé Courbezon venait de s'engager.

— Eh bien, monsieur le curé, nous voilà donc bien malheureux ! dit l'abbé Salinas.

— Hélas ! bien malheureux ! murmura le desservant de Saint Xist qui crut ses besoins devinés.

— Vous savez alors ce qui est arrivé ?

— O mon Dieu ! qu'est-il arrivé ?... Je ne sais absolument rien, monsieur Salinas.

— Notre ami l'abbé Ferrand va de mal en pis. Nous sommes menacés d'un jour à l'autre de le perdre. Avant-hier, la crise a été si forte, qu'un moment on a pu le croire mort. On est venu me quérir en toute hâte, à Boussagues, au milieu de la nuit. Il a voulu en me voyant, se confesser et recevoir l'extrême onction. Je lui ai administré ce sacrement, assisté de monsieur Laurent, qu'on avait mandé en même temps que moi...

— Mais cela est impossible! interrompit l'abbé Courbezon, oubliant ses propres inquiétudes. Jeudi, il a parlé tout le temps de la conférence; il se disait moins souffrant.

— Hélas!...

Il secoua tristement la tête.

— Et que pensent les médecins?

— Qu'il n'y a rien à faire... L'abbé Ferrand se meurt de consomption. Les travaux immenses auxquels il s'est livré dans ces dernières années, pour écrire le troisième livre de son *Traité*, ont achevé de ruiner sa santé.

— Quelle triste fête patronale!

— J'ai contremandé le dîner annuel.

— Il n'y aura donc personne à Camplong? demanda le vieux prêtre, auquel revenait l'idée de sa situation.

— Il n'y aura que nous, la petite conférence.

Les deux desservants, mornes, accablés traversèrent Camplong, et descendirent vers la cure, au fond du village, au bord de la rivière d'Espase.

L'abbé Ferrand, assis devant un grand pupitre, la tête penchée sur un vaste in-folio, ne les entendit pas entrer. Les deux prêtres, émus, s'arrêtèrent et regardèrent leur confrère moribond avec des yeux troublés de larmes. Hélas! huit jours avaient entièrement changé sa noble et calme figure. Certes, depuis six ans que la maladie le torturait, on l'avait vu maigrir, pâlir; mais jamais son grand nez busqué, qui lui donnait une vague ressemblance avec Pascal, son menton ferme et proéminent, n'avaient présenté des angles si aigus, des méplats si décharnés. Il était évident, aux taches plombées, presque terreuses, qui lui parsemaient le front et le bas des joues, à ses paupières rougies par l'insomnie, à sa toux caverneuse et persistante, que la mort ne pouvait tarder à venir.

Les curés de Boussagues et de Saint-Xist s'avancèrent vers son fauteuil.

— Mais, mon ami, lui dit monsieur Salinas, vous voulez donc absolument vous tuer? Les médecins vous ont défendu le travail, et...

— O mes chers confrères, interrompit l'abbé Ferrand poursuivant ses idées, quel génie tendre et sublime que saint Bernard! quel charme adorable dans ses écrits sur la sainte Vierge! Est il possible qu'un homme qui a combattu l'hérésie avec des arguments si solides, puisqu'à lui seul il terrassa Abélard, le plus redoutable logicien de son temps, ait trouvé de tels accents pour parler de la mère de Dieu! Quel philosophe et quel poète!... Mes amis, mes chers amis, nous sommes des

nains comparés à ces grands hommes. Que l'Eglise devait être belle, glorieuse, florissante, à l'époque des saint Thomas, des saint Bonaventure, des saint Bernard!

— Monsieur le curé, nous vous en supplions, reprit l'abbé Salinas, voyant le malade s'exalter par degrés et redoutant quelque crise, au nom de l'Eglise qui a besoin de vous, goûtez au moins quelque repos.

Et, tandis qu'il lui prenait le bras pour le mener dans un autre fauteuil auprès du feu, l'abbé Courbezon, avec un empressement où éclatait toute son affection, fermait le volume de saint Bernard, serrait les papiers épars sur les tables, les chaises, le plancher, et cachait naïvement les plumes avec l'encrier derrière le coffre de la pendule.

— Je crains bien, mon pauvre abbé Courbezon, que vous n'ayez mis quelque désordre dans mes paperasses, murmura le curé de Camplong s'efforçant de sourire.

— Vous êtes trop souffrant pour travailler, et notre devoir est de vous en empêcher, répondit le vieux desservant.

— Hélas! fit le malade avec un geste qui trahissait toute sa lassitude physique, vous n'aurez pas de peine : je n'en puis plus!

La porte du presbytère s'ouvrit et se referma violemment.

— Ah! dit l'abbé Ferrand, voici le doyen! Je connais sa façon brusque de pousser la porte.

En effet, monsieur Michelin entra, suivi de l'abbé Laurent.

— Eh bien! mon ami, demanda-t-il, comment allez-vous aujourd'hui?

— Vous le voyez, doyen, assez mal, Dieu merci!

— Mais aussi, convenez-en, c'est un peu de votre faute, monsieur le curé, dit l'abbé Laurent; vous vous fatiguez beaucoup trop. Imaginez-vous, messieurs, que, hier, j'ai trouvé monsieur Ferrand, ici, dans ce salon, travaillant avec un acharnement incroyable. Il m'a fallu le supplier à genoux de cesser ce dur labeur. Enfin il a cédé à mes prières, et m'a alors avoué qu'il avait écrit dans la journée quinze feuillets comme celui-ci.

Il montra une page de papier grand in-octavo.

— Ah! curé de Graissessac, vous m'aviez promis de ne me dénoncer au chapitre, ce n'est pas bien.

— Je vous aime! murmura monsieur Laurent.

— Mes chers confrères, dit l'abbé Ferrand essayant de se lever, puis retombant brusquement dans son fauteuil, si, dans ces derniers temps, je me suis en effet livré à un travail sans trêve ni repos, c'est parce que, sentant venir ma fin, je ne voulais pas mourir sans avoir terminé cette œuvre qui résume toutes les études, les observations, les réflexions de ma vie : *le Traité de la Concupiscence*. Il m'était dur de penser que ce livre, entrepris avec tant d'amour, poursuivi à travers tant de difficultés de toutes sortes, resterait inachevé, faute de persévérance et de courage. Alors, et la nuit et le jour, malgré mes ennuis, mes souffrances, malgré vos conseils, je suis resté opiniâtrément enchaîné à ma tâche... Hélas! ne me reprochez pas mon obstination : je suis vaincu ! Tenez ! ce matin, il m'a été impossible de finir un chapitre auquel il manque une vingtaine de lignes seulement... Vous le voyez donc, je ne puis plus rien pour l'Eglise, et le Dieu qui me rappelle à lui est bien toujours le Dieu de bonté.

Le curé de Camplong s'interrompit pour reprendre des forces. Ses confrères, consternés, groupés autour de lui, le dévorant des yeux, restèrent immobiles et muets.

— A vous, mes chers amis, continua-t-il, à vous, que Dieu a doués d'une santé robuste et d'un esprit droit, de mener à bout cette œuvre à laquelle je vous ai dès longtemps associés, et dont le plan, les divisions, la pensée vous sont connus. Travaillez-y tous quatre avec énergie et continuité, quand je ne serai plus. Certes, ce que je vous laisse à faire est hérissé de difficultés; mais vous en triompherez, s'il règne parmi vous un parfait accord d'idée, une harmonie complète de sentiments. J'invite les abbés Courbezon, Salinas et Laurent, pour tout ce qui concerne *le Traité de la Concupiscence*, à suivre la direction qu'il plaira à notre ami le curé de Bédarieux d'imprimer à leur esprit; qu'ils s'en rapportent à sa sagesse, à ses lumières, à sa longue expérience scolastique.

— O mon ami, ne put s'empêcher de dire le doyen, vous parlez comme s'il était absolument prouvé que vous dussiez mourir! Dieu, j'en ai l'espoir, vous permettra d'achever vous-même votre œuvre.

— Regardez-moi bien ! s'écria l'abbé Ferrand se levant cette fois par un effort héroïque et s'accotant au plateau de la cheminée, regardez-moi bien tous ! et dites, la main sur la conscience, si j'ai l'air d'un homme qui doit vivre encore deux ans. Il ne me faut pas moins de deux ans pour parachever mon livre.

Les quatre prêtres, ayant, par un regard furtif, scruté la profondeur du mal, inclinèrent la tête sans répondre.

Le curé de Camplong se rassit.

— *Le Traité de la Concupiscence*, poursuivit-il, tel que je l'ai conçu, tel qu'il a été en partie écrit sous vos yeux, est indispensable à notre clergé de France pour se conduire dans la société nouvelle qui se forme de toutes parts. Ne vous y trompez pas, mes amis, la Révolution française, que quelques-uns des nôtres ont regardée comme un fait monstrueux ou un pur accident social, est tout simplement la conséquence logique des principes proclamés par Luther au seizième siècle et déjà annoncés par tous les hérésiarques, ses prédécesseurs. La Révolution est le triomphe de l'hérésie sur le dogme, du libre examen sur la foi, de la chair sur l'esprit. L'hérésie, le libre examen, la chair, deviennent nécessairement les éléments constitutifs de la société où nous vivons. Vous le voyez donc, l'univers a changé de face et il nous est ennemi. Que ferons-nous ? Comment retenir le monde qui s'en va de nos mains ?... Comment ! par le spectacle des grandes vertus qui jetèrent les hommes aux pieds des douze pêcheurs de Galilée : par la pauvreté, le dévouement, l'amour, la chasteté, la chasteté surtout, cette éternelle protestation contre la chair qu'on déifie. La victoire sera disputée, mais elle nous appartient infailliblement. Comme cela devait arriver sous l'inspiration d'une révolution accomplie au seul profit des instincts matériels et brutaux de l'homme, on s'en est pris au prince plutôt qu'à Dieu, à la politique plutôt qu'à la religion. Profitons de cette grossière méprise des hommes d'Etat de 89, et hâtons-nous, car le décret de la Convention qui envoyait Louis XVI à l'échafaud, si nous n'y prenons garde, sera suivi d'un décret non moins exécrable qui condamnera Dieu à mort. Il faut sans doute des siècles aux peuples pour tirer la dernière conséquence des principes qui les constituent en société ; ils la tirent enfin, cette conséquence fatale, et alors ils sont ce que nous les avons vus en 93, impitoyables jusqu'à la férocité, logiques jusqu'au ridicule. Vous n'avez pas oublié, je présume, la déesse Raison encensée dans Notre-Dame de Paris. Si le dix-huitième siècle assassina son roi, c'est à nous d'empêcher que le dix-neuvième n'assassine son Dieu... Je m'explique...

L'abbé Ferrand fit une pause, autant pour respirer que pour se recueillir un moment. Il continua :

— Tandis que l'homme charnel de 89, enivré de son triomphe et pressé de jouir, ne songeant pas que sa victoire est incomplète tant qu'il reste un prêtre catholique au monde, organise la religion des intérêts, la seule à laquelle il veuille croire désormais, le clergé, bouleversé, dispersé par une effroyable tempête, doit se reconstituer au plus vite pour redevenir, non ce qu'il était dans ces derniers temps, riche et oisif, mais ce qu'il fut dans les premiers siècles, pauvre et militant. La Révolution a eu cela de providentiel qu'elle nous a dépouillés de biens dont les rois et les seigneurs ne nous avaient accablés que pour nous rendre moins sévères. Aussi, en l'envisageant à ce point de vue, la Révolution qui, d'ailleurs, a porté de si rudes coups à l'Eglise, l'aurait sauvée par une spoliation qui, pensait-on, devait la perdre. La terre ne nous appartient pas. De quel droit prétendrions-nous la posséder? Dieu l'a livrée aux discussions des hommes, et nous n'avons qu'a faire dans ces discussions. Toutes les fois que nous tendons la main pour recevoir, nous abdiquons notre caractère avec notre indépendance. Un prêtre n'a que le droit de donner ce qu'il possède et d'offrir toujours son sang comme Jésus-Christ. J'ai entendu bon nombre de nos confrères se plaindre de la mesquinerie du budget que le gouvernement fait au clergé. Pour ma part, j'aurais désiré qu'après la Révolution on nous abandonnât sans pain et sans souliers à travers le monde; alors, comme les soldats de Bonaparte, nous eussions fait des prodiges. Quand on saura que nous ne possédons rien, on ne nous enviera plus, et partant, on nous écoutera. Ignorez-vous que l'argent corrompt tout ce qu'il touche? Évidemment ni le grand schisme du seizième siècle, ni la Révolution n'auraient eu lieu, si, en 89, il n'y avait eu une question d'argent entre le clergé et la France, comme en 1517, entre le pape et Luther. Hume l'a dit : « Le » véritable fondement de la Réforme fut l'envie » de voler l'argenterie et tous les ornements » des autels. »

Le curé de Camplong s'interrompit encore quelques minutes. Il reprit :

— Plus le prêtre chérira la pauvreté, plus il dominera la société nouvelle qui, enivrée par la possession des biens terrestres, pourra bien le maudire, mais ne saura s'empêcher de l'admirer. Or, quand on admire, on est bien près d'être persuadé, et c'est ainsi que l'univers sera reconquis! Certes, le triomphe du christianisme ne sera pas immédiat. L'homme, enfiévré par l'amour de soi, par le désir violent de vivre libre, fuira Dieu par toutes les voies, et il arrivera même un jour où le sens moral des nations paraîtra complètement oblitéré. Mais, comme l'a dit l'apôtre saint Paul : *In Deo vivimus, moremur et sumus*, et, malgré lui, l'homme reviendra à la religion. Laissez le donc un instant humer l'air libre, s'émanciper follement à travers champs, comme un cheval débarrassé de ses enferges, et ne vous épouvantez point! L'homme a besoin d'un joug par la seule raison qu'il est un être créé, par conséquent esclave de son créateur, et il reviendra prendre le joug de Dieu, moins lourd que celui de ses propres passions. Oh! il aura bientôt assez de sa liberté dérisoire, quand, à chaque pas, il la sentira se retourner contre lui-même. Religieux, il dominait les appétits grossiers de sa nature, et le calme régnait dans le monde; affranchi de toute croyance, il vogue à la merci de ses mauvais instincts, qui le traînent partout où il ne voudrait pas aller, et l'univers tremble sur ses bases. Car, réfléchissez-y, chers confrères, sans religion, point d'État, et sans État point de société. L'autorité est le principe vital de toute société, parce qu'elle est néces-

sairement le fondement de la loi, du droit public, de la politique. Or, d'où faire découler l'autorité, sinon de Dieu? Pensez-vous que les lois soient obéies, quand, au lieu de demander leur sanction à un principe divin immuable, elles invoqueront la force ou les hasards de l'histoire? Je vous le demande, que signifierait la justice si elle était simplement fille du Code? le droit, si l'homme l'avait inventé? la souveraineté, si elle naissait seulement de la fatalité des circonstances? les mœurs, si elles dérivaient de quelque événement fortuit?... Il faut que l'homme, ce ver de terre qui pense, sente une base à sa certitude, il faut une origine à sa loi. — Le gouvernement seul ne peut gouverner. — Vous le voyez donc, la question de l'Église est tout simplement la question du monde civilisé.

— Encore un mot sur la Révolution.

— On dit que la Révolution a tué l'aristocratie, c'est une erreur! La Révolution a fait de chaque homme, sinon au point de vue matériel, du moins, au point de vue moral, un aristocrate et un aristocrate furibond, voilà tout! Prenez un individu dans la masse, quel qu'il soit d'ailleurs, et interrogez-le. Vous ne serez pas longtemps sans vous apercevoir que cet individu, gonflé de sottise et de fiel, loin de se considérer comme un point imperceptible perdu dans une immense circonférence, se regarde, au contraire, comme le centre de cette circonférence, et ne rêve qu'une chose, arriver, par tous les moyens, à prouver que lui seul est le vrai et l'unique centre du monde! Que faire devant un tel envahissement de volontés résolues à se proclamer toutes simultanément souveraines?... Voilà la conséquence logique des fameux *Droits de l'Homme* : le délire individuel! Organisez maintenant une société avec l'orgueil humain, c'est-à-dire avec la déraison pour base? Il serait insensé de croire à la possibilité d'une pareille société : la liberté hors de Dieu, c'est l'anarchie en permanence.

Une quinte de toux violente, convulsive, coupa la parole à l'abbé Ferrand.

— Oh! fit-il, que je suis las!... Mes amis, si vous me déposiez un moment sur mon lit.

Le curé de Bédarieux et l'abbé Laurent l'enlevèrent dans leurs bras et le couchèrent. La toux se calma.

— Quelle triste fête annuelle! murmura le malade accablé et fermant les yeux comme pour dormir.

Les quatre prêtres, assiégés par les plus noires pensées, s'assirent silencieusement autour du lit, ne quittant pas leur ami des yeux, suivant avec une anxiété douloureuse le bruit étouffé de sa respiration qui semblait s'embarrasser de plus en plus. Ils étaient là depuis un instant, mornes, préoccupés, les joues sillonnées par des larmes intermittentes, quand l'abbé Courbezon, se levant, fit de la main un geste à ses confrères. Les trois ecclésiastiques se groupèrent autour de lui.

— Si nous priions! dit le desservant de Saint-Xist; la prière en commun est agréable à Dieu, il aura peut-être pitié de nous.

Les curés de Bédarieux, de Boussagues, de Graissessac, sans répondre, tombèrent à genoux, et l'abbé Courbezon récita le *Miserere*. Ce psaume était à peine terminé, que la porte de la chambre à coucher s'ouvrit brusquement. Les quatre prêtres, comme s'ils avaient cru à l'arrivée de quelque messager divin envoyé pour relever le moribond, se retournèrent vivement.

— Messieurs, dit la servante, le dîner est sur la table.

— Nous n'avons pas faim, répondit l'abbé Courbezon.

— Mais monsieur le curé se fâchera si vous ne mangez pas, vous le savez bien.

— Nous n'avons pas faim! répliquèrent-ils tous à la fois.

Au bruit que fit la domestique en refermant la porte, l'abbé Ferrand ouvrit les yeux. Un moment, comme s'il avait oublié les scènes de la matinée, il regarda ses confrères avec étonnement. Mais ses idées, interrompues par un sommeil d'une heure environ, reprirent leur cours dans sa tête, et, tendant ses deux mains à ses amis avec un sourire qu'il s'efforçait de rendre rassurant :

— Je vous ai donné bien de l'inquiétude, n'est-ce pas? dit-il. — Mais quelle heure est-il donc?

— Une heure et demie, répondit monsieur Michellin.

— Vous avez dîné, je suppose?

— Oh! dit l'abbé Courbezon, nous avons voulu attendre votre réveil.

— C'est un tort. Et si j'avais dormi jusqu'au soir?

— Eh bien! nous aurions encore attendu, répliqua le vieux desservant. Le sommeil, c'est la santé pour vous.

— Mon bon abbé Courbezon, murmura le malade ne pouvant s'empêcher d'étreindre le vieux prêtre dans ses faibles bras, mon bon abbé Courbezon! — Messieurs, ajouta-t-il, je vous recommande l'abbé Courbezon. Ses fautes, vous le savez, vinrent de son excès de zèle : il a trop aimé les pauvres! veillez sur lui quand je ne serai plus.

Le vieillard leva sur l'abbé Ferrand ses beaux grands yeux brillants de pleurs, de tendresse, de reconnaissance, et essaya de balbutier quelques mots; mais ses lèvres tremblantes ne purent articuler que des monosyllabes inintelligibles. Le curé de Camplong l'embrassa de nouveau; puis, soutenu par le doyen, marcha jusqu'au salon. Il s'assit dans le fauteuil auprès du feu, et, le dîner étant servi, il pressa ses confrères de se mettre à table.

Le repas fut silencieux et triste. Les curés de Bédarieux, de Graissessac et de Boussagues prirent bien sur eux de toucher à un plat; mais l'abbé Courbezon, malgré de violents efforts imposés à son estomac, ne put manger. Il ne savait détacher ses yeux de l'abbé Ferrand, qui, sa tête pensive appuyée dans les deux mains, semblait absorbé dans quelque méditation profonde. Qui sait, à cette heure suprême, dans quel pays voyageait la pensée du grand théologien! Le vieux desservant, uniquement préoccupé du malade, ne se souvenait plus du but de son voyage. La douleur où le mettait l'idée de la mort prochaine de l'abbé Ferrand ne lui permettait pas de penser à lui-même; il avait oublié jusqu'à sa mère! Désormais il vivait tout entier dans son ami. Que lui importaient maintenant Prosper Corbineau et ses menaces! Quand le curé de Camplong ne vivrait plus, seul au monde, il aurait le courage de tout supporter jusqu'à la fin.

II

Depuis le jour où, en pleine conférence cantonale, l'abbé Ferrand, avec cette bonté généreuse qui sied aux grandes intelligences, l'avait relevé du mépris flétrissant de ses confrères, l'abbé Courbezon s'était senti attaché à lui par les liens les plus intimes de l'âme. Et certes, il n'y avait aucun égoïsme dans l'affection de ce vieillard pour l'illustre théologien! Dans la noble conduite de l'abbé Ferrand à son égard, le curé de Saint-Xist avait vu, non le triomphe de ses vertus personnelles divulguées aux yeux de tous, mais un solennel hommage rendu au caractère indélébile du prêtre. Avant tout, l'abbé Courbezon était prêtre, et toute parole tendant à relever le prêtre dans le monde excitait à la fois en lui des transports de reconnaissance et d'allégresse. Ce n'était ni l'ambition, ni la paresse, ni la misère qui l'avaient jeté dans le sacerdoce, lui! Il n'y était pas entré violemment, comme celui qui, n'étant pas sûr de lui-même, se hâterait d'étouffer ses irrésolutions sous une décision brusque, irréfléchie. Pierre Courbezon avait longtemps, dans les solitudes de Castanet-le-Haut, écouté la voix intime de son âme, avant de s'abandonner à sa *vocation*, mot sublime dont l'Église se sert pour établir une ligne de démarcation entre le service des autels et les diverses conditions humaines. On peut bien à son gré choisir un métier dans le monde, mais Dieu *appelle* lui-même ceux qu'il s'est réservés pour accomplir son œuvre ici-bas. On ne se fait donc pas prêtre comme on se fait médecin, homme d'État, laboureur; on l'est par une faveur d'en haut.

On peut dire que les abbés Courbezon et Ferrand étaient nés prêtres. Peut-être même, chose triste à avouer ! parmi les dix-sept ecclésiastiques du canton, étaient-ils les seuls qu'une impérieuse vocation eût sollicités. Bien différents de l'abbé Montrose, lequel n'avait vu dans le sacerdoce qu'un moyen facile de satisfaire sa convoitise, sa vanité, ils avaient accepté, eux, les redoutables fonctions de prêtre en tremblant et dépouillés de toute préoccupation personnelle. Si, jeunes, ils étaient entrés au séminaire, — l'abbé Ferrand surtout, — la tête un peu troublée par le vent des ambitions humaines, ils étaient, à coup sûr, descendus de l'autel où l'évêque venait de les sacrer, calmes, purifiés, augustes, résolus aux plus rudes combats contre eux-mêmes, prêts à tout souffrir comme à tout entreprendre pour la cause de Jésus-Christ. Quoique, en recevant l'onction sainte, ils eussent éprouvé des sentiments bien opposés, — l'un avait senti son cœur s'emplir du plus immense amour, l'autre, sa tête rayonner des plus vives lumières, — l'abbé Courbezon et l'abbé Ferrand n'en étaient pas moins les élus de Dieu. Ces deux caractères ne résument-ils pas, en effet, tout l'esprit de l'Église, si admirablement symbolysé dans les apôtres saint Pierre et saint Paul, la bonté et la force, les clefs qui ouvrent la porte du ciel et le glaive qui en défend l'entrée aux impies? Avec l'abbé Courbezon, c'était l'Église dévouée, avant tout, au bonheur des hommes, les consolant, les bénissant, les aimant jusqu'à la mort; avec l'abbé Ferrand, c'était l'Église élevant au-dessus de toutes les têtes le flambeau de la foi, soumettant le monde au despotisme d'une idée, disputant à pied le terrain à la raison humaine envahissante, excommuniant les princes, établissant enfin un gouvernement qu'on n'avait pas vu jusqu'alors, le gouvernement universel des âmes.

Les événements de la période révolutionnaire n'avaient en rien modifié la nature exclusivement bonne de l'abbé Courbezon. Occupé à secourir des misères inouïes, il traversa ces temps orageux sans voir les abîmes que la Révolution triomphante creusait, chaque jour, entre la terre et le ciel. Rien de particulier ne le frappa dans cet immense bouleversement de tout le monde matériel et moral. S'il avait entendu des voix dans le tumulte de tout un peuple en fusion, c'étaient les voix de quelques malheureux sous le couperet de la guillotine, et non celles des hommes qui mettaient l'existence de Dieu au scrutin. Plus d'une fois, traversant la place de l'Esplanade, à Montpellier, il aperçut cette guillotine levant ses bras rouges sur la cohue grouillante de la canaille; mais il ne vit là qu'un chevalet d'une nouvelle forme sur lequel on étendait les nouveaux martyrs, et, se sentant le courage de coucher ses membres sur la planche fatale, il

était passé, tête haute, presque avec un air de défi. En un mot, la Révolution avait été pour le reclus de la rue d'Aigrefeuille une persécution comme toutes les persécutions, rien de plus.

L'abbé Ferrand jugea bien autrement les choses. Venu plus tard, quand le volcan était à peu près éteint et que la lave commençait à se refroidir, il en vit avec consternation les effroyables ravages. La conscience humaine bouleversée de fond en comble, l'individu isolé dans le néant de sa raison et tâtonnant entre le bien et le mal, l'épouvantèrent. Le rideau qu'une politique impie et sanguinaire avait tiré entre la terre et le ciel, l'exaspéra. Donc les hommes avaient exilé Dieu du monde et s'étaient déterminés à vivre sans lui ! Avant de rien entreprendre, il se demanda avec terreur si on n'en était pas arrivé à cette horrible période du temps, voisine de la fin de toutes choses, et que saint Jean, dans l'Apocalypse, a peinte sous de si sombres couleurs. Cependant, puisant de grandes espérances dans sa foi, il ne voulut pas désespérer. C'est vers cette époque que, s'appliquant à l'étude des institutions politiques nouvelles pour y faire la brèche par où l'Église devait rentrer dans la place, cet homme, d'ailleurs pauvrement doué du côté du cœur, sentit toute sa vie se réfugier dans son cerveau. Ayant trouvé sa voie, il ne quitta plus désormais ses livres. Homme d'État ou général d'armée, il n'est pas douteux que la violence de son tempérament et ses convictions ne l'eussent poussé à tenter une contre-révolution pour rendre à l'Église son ancienne prépondérance; mais obscur soldat de la milice sacrée, il ne lui restait pour toute arme que sa plume. Aussi, en la montrant à ses confrères, cette plume légère, avait-il l'habitude de leur répéter cette parole de Tacite : « *Unam in armis salutem !* » Il se promettait donc d'user de cette épée aux mille tranchants; mais, comme nous l'avons vu, les forces physiques trahirent ce fougueux apologiste au moment même où il allait porter à la Révolution, par le *Traité de la Concupiscence de la chair*, le rude coup qu'il avait mis dix ans à préparer.

Les quatre ecclésiastiques, inquiets de son attitude accablée, venaient de tremper leurs lèvres dans des tasses de café, qu'ils n'avaient vidées qu'à demi, quand le curé de Camplong, relevant la tête par un mouvement roide et brusque, prit de nouveau la parole :

— Tout à l'heure, dit-il, je vous recommandais de veiller, après ma mort, sur l'abbé Courbezon, et tous, vous m'avez regardé avec surprise. Votre étonnement m'a touché, il est le plus parfait éloge des grandes vertus de notre respectable ami. Mais vous m'avez mal compris. Certes, loin de moi la pensée que notre confrère de Saint-Xist ait besoin d'un guide quelconque dans la vie ecclésiastique;

il nous en servirait à tous ici ! En vous priant de le voir, de l'aider de vos conseils, j'entendais parler, non des choses spirituelles, mais des choses purement matérielles ; il ne s'agissait pas de réchauffer un cœur tiède, mais, au contraire, de modérer les élans d'une âme trop ardente au bien. L'abbé Courbezon a poussé la charité jusqu'à en devenir victime. Ne l'avons-nous pas vu, frappé par monseigneur, obligé de quitter Saint-Chinian et Villecelle pour y avoir fait trop de bien. Je plains et j'envie ses malheurs, mais ils sont pour nous une haute leçon. Ils nous apprennent que tout à changé autour de nous, que l'Eglise doit éternellement veiller sur elle-même, étant désormais placée au milieu d'un monde ennemi. Autrefois, quand l'esprit religieux animait les masses, un prêtre n'eût jamais pu se compromettre à pratiquer le bien même au delà de ses ressources. Quel évêque de France, je vous le demande, eût osé infliger le moindre blâme à saint Vincent de Paul s'endettant pour ses enfants trouvés ? Il n'en serait pas de même aujourd'hui. L'article de la bulle *In cœna Domini* excommuniant ceux qui amènent les ecclésiastiques devant les tribunaux séculiers est depuis longtemps tombé en désuétude. Qu'un prêtre, à l'heure où nous sommes, dans le but le plus charitable d'ailleurs, contracte la moindre dette, s'il ne l'acquitte au jour fixé, il sera cité devant les tribunaux civils, et jugé par les hommes qui condamnent les escrocs et les assassins. Et ce n'est pas tout, les représentants de la justice humaine ne craindront pas de provoquer un scandale ; animés d'un esprit d'opposition imbécile, ils harangueront impertinemment le malheureux et finiront par l'attacher à la colonne du prétoire, comme les Juifs y attachèrent Jésus-Christ, pour se divertir. « Mais, misérables, serait-on tenté de leur crier, s'il s'endetta, ce fut pour » cacher vos hontes, pour donner du pain à » vos bâtards ! » Mes amis, la Révolution a destitué le prêtre de toute auréole, il tombe sous la loi commune, pour tout dire en un mot, c'est un citoyen !... Evitons ces démêlés honteux avec la justice humaine. Le prêtre qui s'humilie de lui-même vit selon l'esprit de l'Evangile ; mais le prêtre qu'on humilie publiquement perd son prestige et son autorité. Comprend on que la France, en train de se reconstituer après une complète ruine, n'ait pas senti que le clergé est l'élément organisateur par excellence, puisqu'il est l'élément moral, et que l'abaissement du clergé implique l'affaiblissement du principe constitutif de toute société ? Voici en quels termes le philosophe Bacon a fait la leçon aux princes de la terre : » Les rois, dit-il, sont véritablement inexcusa-» bles de ne point procurer, à la faveur de » leurs armes et de leurs richesses, la propaga-» tion de la religion chrétienne. »

Après un silence de quelques moments, l'abbé Ferrand reprit :

— Vous n'ignorez pas mes luttes avec monseigneur, et vous savez si je suis homme à le juger trop indulgemment. Pourtant je dois être juste envers lui, et si, plus d'une fois, je blâmai devant vous certains actes de son administration, je veux aussi reconnaître devant vous les hautes qualités qui distinguent notre évêque. A mes yeux, il en a une bien supérieure, c'est l'énergie dans le commandement. Comme le grand Innocent III, monseigneur Le Kalonec serait capable de prononcer cette parole hautaine : « *Nous voulons que,* » pendant notre vie le christianisme soit obéi, » respecté » Notre évêque a traversé la Révolution et l'a comprise. Ayant vu mourir le principe d'autorité en politique avec Louis XVI, il s'est dit que l'Eglise ne devait pas périr par la faiblesse qui perdit la royauté, et il s'est armé d'une volonté de fer. Dès son arrivée à Montpellier, vous ne l'avez pas oublié, il établit une discipline sévère ; aussi n'avons-nous connu, chez nous, aucun des désordres qui n'ont que trop affligé les diocèses voisins. Les prêtres, ici, travaillent, prient, font du bien, car l'œil de l'évêque est sans cesse ouvert sur eux. Cet homme a évidemment sa grandeur ! Je veux bien que l'inflexibilité, l'implacabilité de son caractère lui ait fait commettre des fautes, et, tout le premier, j'ai souvent été révolté de sa dureté. Cependant, en descendant plus profondément dans ses actes, en les scrutant plus attentivement, en les soumettant à une plus minutieuse analyse, ma raison m'a convaincu que monseigneur Le Kalonec avait toujours agi dans des vues désintéressées, exclusivement pour le bien de l'Eglise. — L'abbé Courbezon s'endette à Saint-Chinian, et un marbrier de Béziers dont j'ai oublié le nom...

— Prosper Corbineau, murmura le curé de Saint-Xist.

— Et Prosper Corbineau le menace des tribunaux. Que fait monseigneur ? Se refusant à reconnaître la charité si louable de l'abbé Courbezon, et préoccupé seulement de la déconsidération que devait jeter sur le clergé la condamnation pour dettes d'un curé de canton, il avertit d'abord le doyen de Saint-Chinian, puis il révoque le desservant de Villecelle. Remarquez ici, chers confrères, que e renvoi d'un prêtre de sa paroisse n'implique pas toujours un blâme à sa moralité. En retranchant l'abbé Courbezon du service actif de l'Eglise, monseigneur se garda bien de l'interdire, ce qu'il n'eût pas manqué de faire pour un prêtre prévaricateur. Il lui laissa tous les droits conférés par l'ordination, preuve manifeste qu'il ne s'en prenait pas à son caractère sacerdotal, mais seulement à sa conduite dans les affaires matérielles de la vie, non pas au prêtre en un mot, mais à l'administrateu:

de paroisse. Je sais que monseigneur eût pu se montrer moins sévère : mais outre qu'il agissait sous l'impulsion d'une idée, — une idée est toujours implacable, — il faut se souvenir que notre évêque est Breton, et qu'il manque de cette souplesse de caractère, privilége exclusif des populations méridionales. Monseigneur Le Kalonec réunit au plus haut point toutes les qualités qui, depuis plusieurs siècles, font du Midi l'esclave très-humble du Nord. Il est roide, froid, sec, méthodique, il est même brutal quelquefois, et c'est, je vous l'assure, une grande féroce pour gouverner. Savez-vous ce qu'il me répondit, quand, pressé par la sœur Sainte-Marie, de l'Hôpital-Général, j'allai le supplier de réintégrer notre ami dans ses fonctions ? « Monsieur l'abbé, me dit-il, je » fais le plus grand cas des vertus de monsieur » Courbezon, mais il faut plus que des vertus » aujourd'hui pour servir utilement l'Eglise ; il » faut avoir le sentiment de la situation où la » Révolution a placé le prêtre, et s'appliquer à » relever son caractère aux yeux de tous, au » lieu de s'exposer aux rires et aux avanies de » la foule par des dévouements inconsidérés. » Les bienfaits à outrance sont un excès que, » dans notre situation précaire, nous ne pou- » vons, nous ne devons point nous permettre. » Tout est grave dans notre vie, monsieur, et, » espionnés comme nous le sommes par tous » les yeux, je ne puis pardonner à monsieur » Courbezon d'avoir exposé mon clergé à rou- gir devant la justice humaine... »

Epuisé, le curé de Camplong se tut. Les abbés Michelin, Salinas et Laurent le supplièrent de prendre du repos. L'abbé Courbezon, seul, assis auprès du grand théologien, resta la tête inclinée, immobile, sans parole. Hélas ! le pauvre homme, il était écrasé. Le nom fatal de Prosper Corbineau, qui était venu sur les lèvres de l'abbé Ferrand, lui avait remis dans l'esprit son horrible situation actuelle, et la pensée qu'après douze ans d'épreuves, il se retrouvait exactement aujourd'hui, par le fait des mêmes imprudences, dans les mêmes embarras qu'à Saint-Chinian et à Villecelle, lui remplissait l'âme de terreur. Etait-il possible, s'il ne payait pas le marbrier, qu'il fût à la veille, comme on venait de le lui démontrer, d'avilir son caractère sacré de prêtre, de compromettre l'Eglise ?... Oh ! il payerait, dût-il prier ses confrères à genoux ! Plein de cette idée que monseigneur, pour protéger le corps ecclésiastique éternellement menacé par ses entreprises, allait de nouveau lancer les foudres épiscopales, lui reprendre sa paroisse, le rendre à la sou- pente de la rue d'Aigrefeuille, où sa mère, cette fois, mourrait évidemment de chagrin, il se leva prêt à tout, à implorer, à conjurer ses confrères de lui prêter de l'argent. Mais l'effort qu'il s'était imposé avait été trop violent sans doute, car, une fois debout, il se mit à trembler de tous ses membres, ses paupières gonflées laissèrent échapper de grosses larmes, et il ne put articuler un mot.

— Mon ami, s'empressa de dire l'abbé Ferrand, qui crut voir dans les pleurs du vieillard un blâme infligé à ses paroles impitoyables, pardonnez-moi, je viens de vous faire du mal, oh ! pardonnez-moi ! Emporté par la logique, j'ai pu juger trop sévèrement votre passé ; mais, vous le savez, personne plus que moi n'apprécie le noble mobile des actions de toute votre vie et n'admire votre caractère tout à fait digne des premiers temps de l'Eglise.

— Hélas ! balbutia le vieux desservant, je suis bien coupable ! Vous avez raison, ma charité était un crime, je le comprends maintenant, et je bénis la main qui m'a frappé... Cependant l'argent de madame de Serviès...

Les sanglots lui brisèrent la voix.

— Mon ami, monseigneur, je le jure, ne douta jamais que cet argent n'eût été dépensé en bonnes œuvres...

Puis l'abbé Ferrand, se levant :

— Messieurs, dit-il d'une voix solennelle, moi, je m'en vais, mais je vous le dis en vérité, je laisse parmi vous un saint !

Et il tomba dans les bras du vieux prêtre.

Les curés de Bédarieux, de Boussagues, de Graissessac, qui connaissaient maintenant le desservant de Saint-Xist, plièrent le genou par un mouvement unanime, prirent la main de l'abbé Courbezon et la baisèrent avec respect. Lui, cependant, n'eut l'air de rien entendre à cette scène. L'esprit uniquement occupé du mandat de Prosper Corbineau, il ne vit point la vénération dont il était l'objet. Seulement ne se sentant pas la force de mettre à nu sa situation, il se rassit : peut-être, en gagnant du temps, lui viendrait-il plus de courage.

L'abbé Ferrand reprit tout à coup :

— Comme je l'ai démontré, dit-il, dans le troisième livre du *traité*, c'est par la vigueur de sa discipline que l'Eglise se sauvera elle-même et reprendra dans le monde la place d'où nos fautes, plutôt que la Révolution, l'ont fait déchoir. Or, parmi les lois disciplinaires, il en est une fondamentale, c'est l'obéissance à nos supérieurs hiérarchiques. De quel poids pèserons-nous sur le monde si la révolte règne parmi nous ? D'ailleurs, qu'a de si pénible l'obéissance pour des chrétiens ? N'avons-nous pas juré à notre évêque d'être dans ses mains des instruments maniables ? Croyez-vous qu'il nous eût ordonnés prêtres sans cette promesse formelle de soumission absolue ? Eh bien ! si nous résistons à son autorité, que devient le serment, chose encore sacrée parmi les hommes ? Sans doute monseigneur n'est pas sans avoir quelques travers. Mais que nous importent les travers de notre évêque, si les actes de son administration, empreints d'un grand caractère d'autorité, de rigorisme, de puissance, fon l'Eglise forte et respectée ? Grégoire VII et Innocent III n'ont pas précisément laissé derrière eux les traces de vertus éclatantes; néanmoins il serait insensé de méconnaître l'œuvre immense de ces grands organisateurs du clergé en corps politique et religieux. Ces deux pontifes ont fondé dans l'Eglise la discipline, sans laquelle Dieu n'eût pas permis qu'elle vécût; ils ont créé l'unité catholique! Obéissons donc à notre évêque, soyons dans sa main, selon l'expression du grand Hildebrand, *« comme un bâton dans la main du voyageur, »* et s'il arrivait jamais qu'il fût indigne du pouvoir qu'il exerce sur nous, plions de même sous ses ordres, non alors pour sa personne, mais pour l'idée divine d'autorité qu'il représente. Dans ces derniers temps, nous avons été témoins d'un grand spectacle. Il y a trois ans, l'Europe se levait tout entière contre un seul homme, et nous entendions la chute immense de l'Empire. Pensez-vous que Napoléon fût tombé si ses soldats avaient continué à croire à son infaillibilité ? Non. L'empereur serait encore aux Tuileries si Murat, Davoust, Marmont, Ney, Soult et les autres, au lieu de discuter les ordres de l'homme de génie qui les avait ramassés dans la boue de la Révolution pour les faire à son gré ducs, princes, rois, se fussent contentés d'obéir. Je veux bien que la campagne de 1812 fût une faute énorme; mais une fois dans les steppes de la Russie, ce n'était guère le moment, quand les soldats supportaient toutes les tortures du froid et de la faim avec un héroïsme dont on ne trouve d'exemple que chez nos martyrs, de blâmer ouvertement l'empereur, de se révolter contre lui, de dépouiller publiquement le dieu de tout prestige. Outre qu'il y a de la lâcheté à frapper un prince dans le malheur, en agissant ainsi, les généraux enlevaient aux troupes leur dernier espoir, leur dernière foi dans le génie de Napoléon. Aussi l'empereur eut beau renouveler, à Lutzen, à Leipsick, à Montmirail, les prodiges de Marengo et d'Austerlitz, les soldats, croyant qu'il pouvait être vaincu, et les généraux ne considérant plus la moindre de ses paroles comme un oracle, il succomba sous le doute. Il était vaincu dans l'esprit de son état-major avant d'être vaincu dans les conseils de l'Europe. On dirait que cet homme extraordinaire ne revint de l'île d'Elbe que pour faire à son empire des funérailles dignes de sa grandeur! Waterloo fut le vaste cimetière où il voulut coucher sa garde, avant de descendre lui-même dans sa tombe de Sainte-Hélène. Ainsi périrait l'Eglise, — dans cette partie du monde du moins, car l'Eglise, éternelle comme Dieu, dont elle est la fille, morte en Europe, se relèverait en Asie avec un clergé nouveau, — si l'autorité du souverain pontife, des évêques cessait un instant d'être obéie. Quoi! Bonaparte, dont l'ambition après tout était mesquine, la bornant à convoiter quelques millions de sujets de plus à la France, s'est brisé à la première résistance qu'a rencontrée sa volonté, et nous résisterions à nos chefs, nous qui marchons à la conquête universelle des âmes! Le moment ne fut jamais plus grave, songez-y, chers confrères. Les barbares sont de nouveau aux portes de Rome : et, cette fois ils ne s'appellent plus les Huns, les Vandales, peuples violents et brutaux mais purs, que le christianisme naissant subjugua et parmi lesquels il choisit ses apôtres. Rome est assiégée aujourd'hui par des hommes qui, ayant cru à tout, ne veulent plus croire à rien, dont l'âme fatiguée, énervée, blasée, aspire à la négation de toutes choses comme au repos de la mort. Quand Jésus-Christ vint renouveler la face du monde, le corps humain, épuisé par toutes les impudicités du paganisme, se mourait; hélas! c'est l'âme humaine qui se meurt aujourd'hui!

L'abbé Ferrand s'était interrompu plusieurs fois en prononçant ces dernières paroles, mais, après ce cri désespéré : *« l'âme humaine se meurt! »* soit qu'il n'eût plus rien à ajouter, soit qu'il craignît de décourager ses confrères par un tableau trop sombre de la situation où se trouvait placée l'Eglise, il se tut brusquement. Du reste, il était à bout de forces, car il demanda à être recouché.

Le curé de Camplong ne put dormir; la fièvre, qui le tenait depuis le matin, exaspérée par la trop grande animation de son discours, avait redoublé. Son visage semblait avoir revêtu un caractère de dévastation plus lugubre. Le front et le bas de la face, exsangues, présentaient çà et là de grosses taches terreuses, tandis que, par un étrange contraste, les joues et le haut des pommettes surtout se montraient injectés de sang. Les lèvres, bleues, offraient des dépressions sinistres; le nez, aminci, s'affaissait visiblement sur lui-même; l'œil, vitreux, éraillé, à demi-éteint sous une paupière trop lourde, restait fixe et froid au fond d'une orbite creuse et noire; les mains paresseuses et flasques, étendaient sur le drap blanc leurs longs doigts décharnés, déjà immobilisés par le froid de la mort. Evidemment, si *l'homme est à la fois un dieu et un ver de terre,* comme le proclame Bossuet, on peut dire que le dieu s'en allait à chaque minute de chez l'abbé Ferrand pour laisser le ver de terre régner en maître absolu. Ver de terre, tu es véritablement le roi qu'on ne détrône jamais.

— Mes amis, murmura le desservant de Camplong d'une voix profondément altérée, il fait déjà nuit, ne vous attardez pas pour moi, je vous en prie, rentrez dans vos paroisses.

— Ne vous mettez pas en peine de nous, dit le doyen.

— Mais voilà cinq heures qui sonnent, il est tard, et...

— Nous ne pouvons vous quitter en ce moment, interrompit l'abbé Courbezon.

— Nous sommes décidés à passer la nuit auprès de vous, interjeta l'abbé Laurent.

— Et vos affaires? les affaires de vos paroisses? reprit le moribond.

— Toutes nos affaires sont ici présentement, répondit le curé de Boussagues.

— Non, non! répliqua l'abbé Ferrand avec animation, je n'entends pas cela. Si deux d'entre vous veulent rester, j'y consens. Mais l'abbé Courbezon et le doyen, qui ne me savaient pas si malade, sont attendus chez eux; qu'ils s'en aillent, je le veux, je l'exige, je l'ordonne!

Le curé de Bédarieux et le desservant de Saint-Xist, promettant de revenir le lendemain, partirent. Un instant après ils gravissaient tous deux silencieusement la côte roide du Moulin-de-Barthélemy. Arrivés à l'Aire-Raymond, ils se donnèrent une poignée de main, serrée, pleine d'éloquence émue; puis chacun regagna sa paroisse, le doyen par le chemin de Latour, l'abbé Courbezon par la descente du ruisseau de Frangouille.

III

Ce fut seulement au bas de la côte, au moment de prendre le petit chemin creux du Mas-du-Saule, que le vieux desservant, distrait jusqu'ici de ses propres chagrins par des préoccupations plus généreuses, retomba tout d'un coup sous ses amères inquiétudes. Écrasé sous le poids d'une situation implacable, il se sentit à peine le courage de faire un pas dans ce sentier au bout duquel l'attendaient sa mère et sa sœur. Il resta quelques instants immobile, regardant de tous côtés, dans la plaine, sans but, comme hébété. Cependant, la nuit s'épaississant de plus en plus, il se décida à avancer. A l'entrée du hameau, il rencontra la Courbezonne, Marthe, Sévéraguette et la Cassarotte. Les quatre femmes, silencieuses et tristes, étaient assises sur un tas de gravier au bord du chemin. On eût cru des statues de pierre à leur attitude rigide et muette.

— Ah! te voilà enfin, Pierre, dit la vieille paysanne de Castanet. Jésus-Maria! pourquoi es-tu resté si longtemps?

— Monsieur Ferrand est malade.

Jeannot et Marinette, tenant chacun une large tartine de raisiné, descendirent en ce moment le perron d'une maison voisine, et vinrent trottiner, gambader, jacasser autour de l'abbé Courbezon. Mais celui-ci, qui jamais ne s'était montré insensible aux gentillesses des enfants, les dédaigna cette fois. Marchant en avant entre sa mère et sa sœur, il ne se retour-

na pas même pour voir les frais minois qui lui souriaient. La Cassarotte, dont le cœur de mère savourait délicieusement les caresses données à ses enfants, remarqua la froideur du curé, et, s'adressant à Sévéraguette qui cheminait, seule, à quelques pas en arrière:

— Cécile, dit-elle, il faut que monsieur le curé soit bien malheureux; il n'a pas même embrassé Marinette!

— Je l'ai bien vu, répondit l'orpheline.

— Quand je songe que c'est l'Avocat qui nous a mis dans cette galère! Aussi, ce matin, à Sanègra, je n'ai pas eu la langue dans la poche de mon tablier, va!

— Pourquoi, en effet, ne paye-t-il pas les fonds baptismaux, puisqu'il l'avait promis à monsieur le curé?

— Oh! il donne une jolie raison, ma foi! une jolie raison il donne, ce grigou!

— Quelle raison donne-t-il?

— Je me garderai bien de te la dire. Ce n'est pas honnête de parler de ces choses là, vois-tu... Mais... si, je te le dirai tout de même... Ah! mais, non, c'est des bêtises...

— Dites-la, Cassarotte, dites-la, je vous en prie!

— Aussi bien, il faut que tu sois prévenue après tout, car l'Avocat pourrait bien encore chercher à t'ennuyer de ces babioles.

— Moi!

— Oui, toi. Il est fin, sais-tu, Antoine Fumat, il est fin!

— Je ne vous entends point.

— Eh bien, je m'entends, moi... Suffit!

— Enfin expliquez-vous, si vous voulez que je vous comprenne.

— Oh! tout ceci, vois-tu, ma mignonne, est simple comme un et un font deux.

— Parlez, je vous en conjure, Cassarotte, parlez, vous me faites mourir.

— Va, je te l'ai chapitré d'importance, cet avaricieux d'Avocat! Je lui ai dit comme ça que tu étais trop jeune et trop jolie pour lui, et que, puisqu'il avait dans l'idée de prendre femme, il pouvait s'assoter d'une autre fille que de notre Sévéraguette. Est-ce qu'il te prend pour une paysanne comme nous autres, par exemple, toi qui es une demoiselle bien éduquée! Il n'aura pas de poule de notre poulailler, ce vieux coq déplumé.

— Il vous a donc dit?...

— Oh! pour ça, il m'a conté un tas de faribeles qui n'ont pas le sens commun... Mais je lui ai tenu la dragée haute, sois tranquille.

— Vous saviez qu'il désirait m'épouser?

— Ah! certes, et depuis longtemps! Avant que la feuille ait remué sur l'arbre, moi je connais d'où vient le vent.

— Mais je ne vois pas en quoi son intention de me prendre pour femme peut l'empêcher d'acquitter le mandat de Prosper Corbineau.

— Ah! tu ne le vois pas, toi, pauvre innocento! Eh bien! moi, je le vois, car il m'a tou avoué dans sa colère!... Voici la chose tout uniment... c'est simple comme la *croix* (1). Voici la chose; écoute bien: il avait promis de payer les fonts baptismaux, croyant que monsieur le curé allait t'ordonner de l'épouser; mais comme ce bon monsieur le curé n'a pas voulu tant seulement t'ouvrir la bouche de cette affaire, ce gratte-sou d'Avocat a gardé son argent. Voilà tout le paquet maintenant.

— Est-ce possible, cela, Cassarotte.

— C'est aussi vrai qu'il y a un bon Dieu au ciel!

— Eh bien! qu'il garde ses écus, Fumat, fit Sévéraguette dont l'œil étincela dans l'ombre, on n'en a pas besoin... Ne vous chagrinez pas, ma bonne Cassarotte, bientôt monsieur le curé...

Elle hésita.

— Que veux-tu dire, Sévéraguette? Oh! je t'en prie, parle!

— Je veux dire que Dieu n'abandonne jamais les siens. Pendant que vous étiez à Sanégra, j'ai...

Elle s'interrompit encore.

— O malheureuse enfant! tu auras, j'en suis sûre, mis de l'argent dans le tiroir...

— J'ai seulement...

— Cassarotte! Cassarotte! cria l'abbé Courbezon s'arrêtant au milieu du sentier.

La Sanégrole, toute blême, quitta Cécile.

— Fumat ne vous a donc point remis l'argent de vos *châtaignons*? lui demanda le desservant.

— Non, monsieur le curé; mais il m'a promis comme ça de descendre aux Récollets dans la vesprée.

— Vous a-t-il dit combien il vous doit, au moins?

— Soixante-deux francs tant seulement, balbutia la veuve toute honteuse d'apporter un si mince secours.

L'abbé Courbezon se remit en marche vers Saint-Xist, toujours entre sa mère et sa sœur.

— Je vous le promets, dit-il, demain j'aurai le courage de parler de ma situation à mes confrères.

— Hélas! murmura la Courbezonne, ces messieurs sont notre seul espoir maintenant, car tu m'as dépouillée tout à fait, moi; je n'ai plus rien, rien de rien; je reste nue sur la terre comme un ver!

— Ma mère, dit l'abbé Courbezon levant un bras vers le ciel par un geste de simplicité solennelle, Dieu nous voit et nous entend; ne nous plaignons jamais, mettons notre confiance en lui.

— Notre père qui êtes aux cieux, articula Marthe joignant les mains sur sa poitrine palpitante, sauvez-nous, nous périssons!

(1) La *croix*, l'alphabet.

L'abbé murmura ce verset du psalmiste:

« *Esurientes implevit bonis et divites dimisit inanes.* »

Il faisait nuit, quand on arriva aux Récollets. Le curé ouvrit la porte du presbytère et monta avec sa mère, tandis que la religieuse s'arrêtait, sous le porche, attendant Sévéraguette et Cassarotte, qui, obligées à cause des enfants de ralentir le pas, étaient restées en arrière. Elles parurent enfin. L'orpheline, déposant Marinette qu'elle portait dans ses bras, embrassa brusquement la sœur de charité, puis fit quelques pas vers Saint-Xist.

— Comment, Cécile, s'écria Marthe courant après elle, vous nous quittez?...

— Je crains que ma tante...

— Votre tante sait que vous êtes avec nous et ne peut être en peine.

— Mais je voudrais...

— Est-ce que vous êtes souffrante encore, ma Cécile? avouez-le, je vous aime, moi, et vous soignerai bien.

— Non, ma sœur, non, murmura Sévéraguette qui tremblait de tous ses membres.

— Eh bien, alors, adieu! dit Marthe d'un ton de voix où, sous la résignation, éclatait la plus amère douleur... Ah! nous allons nous trouver bien seuls ce soir... Hélas! nous sommes si tristes!

Et elle serra convulsivement la jeune fille dans ses bras.

— Oh! je viens avec vous! je viens, ma sœur Marthe! s'écria Sévéraguette bouleversée par cette étreinte ardente, désespérée, et se sentant tous les courages.

En montant le grand escalier du presbytère, elles rencontrèrent Fumat.

— Bonsoir, Cécile et la compagnie! dit le Sanégrol.

Sévéraguette s'arrêta sur les marches et regarda l'Avocat avec mépris.

— Est-ce pour faire encore du chagrin à monsieur le curé que vous venez ici, Fumat? lui demanda-t-elle d'un ton de reproche.

— Du chagrin à ce bon monsieur le curé que j'aime tant!... Jésus-Seigneur! mais vous n'y pensez pas, Cécile.

— Sachez, Fumat, qu'on peut se passer de vous aux Récollets.

— Mais j'apportais de l'argent...

— De l'argent! murmura Marthe avec un tressaillement de tout son être.

— On n'a pas besoin de votre argent, et vous pouvez vous en retourner à Sanégra, reprit l'orpheline.

Et, prenant le bras de la sœur de charité, elle l'entraîna toute consternée dans la cuisine du presbytère. Le Sanégrol s'y glissa derrière elles.

— Ah! vous voilà, Fumat! dit le curé se levant du siège où il s'était laissé tomber à côté de sa mère.

— Comme vous voyez, monsieur le curé; je suis descendu pour vous remettre cet argent.

— Les soixante-deux francs de la Cassarotte, n'est-ce pas?

— Oh! cela et autre chose avec, monsieur le curé, si vous le permettez.

La Courbezonne dressa la tête et fixa les yeux sur l'Avocat avec inquiétude.

— Que voulez-vous dire? demanda le desservant surpris.

— Dieu me sauve! cette année les *châtaignons* ne se sont pas mal vendus, et je suis content. Pour lors, je ne vois pas pourquoi je ne ferais pas comme ça un sacrifice... Notre église, malgré tous les dons de Sévéraguette, est encore bien pauvre, bien nue. . D'ailleurs, pour dire vérité, les fonts de Prosper Corbineau sont jolis, ils me plaisent, et sept cents francs ne seront pas la mort d'un homme comme Fumat, qui possède pour plus de quarante mille francs de bon bien au soleil, sans compter le magot de la Fumado.

Il s'interrompit pour lancer un regard à Cécile.

— Oh! je puis les payer, allez, ces fonts! Je ne suis pas embarrassé, moi! j'ai les reins forts, moi! j'ai du foin dans les bottes, moi! Tenez, voyez si on en manque de ces rondelles qui font chanter les aveugles! Monsieur le curé n'a qu'à dire un mot, — il sait bien à qui, — et tout cela lui appartient.

Espérant peut-être que l'or fascinerait l'abbé Courbezon comme, en plein midi, à la place aux Herbes de Bédarieux, il avait fasciné Mécanne, le paysan madré vide sur la table ses deux poches littéralement pleines de pièces de vingt et de quarante francs. L'émotion fut on ne peut plus vive parmi les assistants. Marthe, croyant tout sauvé, sourit à Fumat, et la Courbezonne courut vers la table, l'œil enflammé de désir, la bouche béante, les bras tendus.

Cependant, le vieux desservant, pâle et le front inondé de sueur, restait debout auprès de sa chaise, pétrifié. Son âme était en proie à une lutte poignante. Allait-il accepter l'argent de cet homme et abaisser son caractère de prêtre, ou bien exposerait-il sa vie, celle de sa mère, l'honneur du clergé? Cet instant d'incertitude fut atroce. Enfin, il s'avança vers la table, et, comme le Sanégrol comptait les sept cents francs du marbrier avec une précipitation convulsive, lui, par un geste de dédain superbe, renversa la pile de louis.

— Fumat, dit-il, prenant trois pièces de vingt francs dans la main, si vous avez quarante sous à me donner, cela fera soixante-deux francs, et vous ne nous devrez rien!

Le Sanégrol, hébété, regarda fixement le curé.

— Quarante sous! balbutia-t-il, quarante sous! Vous ne voulez donc pas que je paye les fonts baptismaux?

Marthe ne pouvant s'expliquer le refus de son frère, ouvrit de grands yeux pleins d'étonnement, et fut sur le point de le presser d'accepter l'argent de l'Avocat; mais l'air à la fois triste et solennel de l'abbé lui imposa; elle se tut. Quant à la Courbezonne, muette aussi de surprise, elle était retombée sur sa chaise et s'y tenait doublée sur elle-même, dans une attitude d'indescriptible accablement. La Cassarotte et Cécile, en un coin de la vaste pièce assombrie, se dressaient silencieuses et blanches comme des statues. Les enfants eux-mêmes, saisis par la grandeur de cette scène, avaient cessé leurs amusements, et s'étaient assis sur le perron du foyer, boudeurs, ennuyés, inquiets.

Cependant l'abbé Courbezon, debout devant Fumat qui cherchait dans toutes ses poches de l'argent, et n'y trouvait que de l'or, attendait patiemment les quarante sous, complément de la somme due à la Cassarotte. Enfin, une pièce de deux francs brilla dans les doigts du Sanégrol; il la remit au curé, lequel entra dans sa chambre pour la déposer, avec les trois louis, dans le tiroir de sa table. A cet instant, la Cassarotte et Sévéraguette, comme atteintes par une commotion électrique, sortirent de leur immobilité. Toutes deux, la tête perdue, ne sachant où se réfugier, — tout allait être infailliblement découvert, — se dirigèrent instinctivement vers la porte. Mais un cri de l'abbé Courbezon les cloua tremblantes et blêmes sur le seuil. La Courbezonne et Marthe, alarmées, se précipitèrent vers la chambre et trouvèrent l'abbé les mains enfoncées dans le tiroir de la table regorgeant d'écus.

— O mon Dieu! soyez béni! s'écrièrent à la fois la mère et la sœur du vieillard, âmes pleines de simplesse.

Le curé, honteux d'être surpris les mains sur un argent qu'il ne savait d'où venu, les retira vivement.

— Ma mère, demanda-t-il haletant d'une joie intime qu'il cherchait en vain à dominer, est-ce vous qui avez mis cet argent dans le tiroir?

— Non, mon enfant, non, c'est le bon Dieu!

— Est-ce toi, Marthe?

— Non, mon frère, Dieu a voulu nous sauver!

— Dieu fait des miracles pour ses saints, non pour de misérables pécheurs comme nous, dit l'abbé d'une voix profonde. — Cassarotte! s'écria-t-il, Cassarotte!

La pauvre veuve parut.

— D'où est venu cet argent? s'informa-t-il sévèrement.

— Je... je croyais... Cécile...

Elle éclata en sanglots.

— Je comprends, murmura l'abbé.

Il saisit le sachet où le matin il avait serré ses cent quarante-cinq francs, et, sans songer à en retirer cette somme, y entassa à belles poignées les mille francs de l'orpheline.

— Appelez Sévéraguette, dit-il, quand il eut lié le sac.

La jeune fille, blanche comme les ruches de sa coiffe de mousseline, marchant avec peine, à son tour entra dans la chambre.

— Cécile Sévérac, lui dit le vieux desservant, voici de l'argent que vous avez apparemment oublié dans le tiroir de cette table qui vous appartient, je vous prie de l'emporter chez vous.

Atterrée par ces simples paroles, où éclataient toute la dignité, toute la noblesse, toute la grandeur du caractère de l'abbé Courbezon, Sévéraguette prit le sac qu'on lui tendait, et resta un moment interdite, stupide. Elle revint pourtant à elle-même, et, n'osant rien tenter contre le curé, dont la physionomie froide, rigide, l'effrayait, elle tomba aux genoux de la Courbezonne et de Marthe.

— Ma mère, dit-elle les yeux ruisselants de larmes, et vous, ma sœur, car vous êtes maintenant toute ma famille, aidez-moi à fléchir monsieur le curé. Oh! je vous en conjure, faites-lui accepter cet argent. Si Fumat ne paye pas les fonts baptismaux, comme il s'y était engagé, c'est parce que monsieur le curé n'a pas voulu me dire de l'épouser... Fumat n'agit pas en honnête homme; aussi, qu'il m'entende bien : je ne serai jamais sa femme, jamais!... Monsieur le curé, ajouta-t-elle, se retournant vers le vieux desservant, monsieur le curé, pourquoi refuseriez-vous mon argent? Ne suis-je pas libre d'en faire ce que je veux? N'est-il pas à moi, à moi seule? Puisque j'ai acheté des candélabres et des ornements, je puis bien acheter des fonts baptismaux !... Non, non, continua-t-elle avec plus d'énergie, personne ne m'empêchera de dépenser mon argent comme je l'entends, et jamais je ne consentirai à reprendre ces mille francs! Je veux que cette somme soit employée à acquitter le mandat de Prosper Corbineau, qui est peut-être en route pour Saint-Xist, et je suis sûre, monsieur le curé, que vous ne saurez refuser cette grâce à votre mère et à votre sœur qui m'aiment.

Et, saisissant de ses deux mains la Courbezonne et Marthe, elle les traîna avec elle aux pieds du vieillard.

— Pierre! balbutia la paysanne de Castanet, Pierre!

— Mon frère! murmura la sœur de charité.

— Sévéraguette, dit le curé, élevant un mouvement d'une largeur idéale ses bras tremblants d'émotion sur la tête de l'orpheline, que Dieu vous bénisse comme je vous bénis, et qu'il vous rende, un jour, dans le ciel, ce que vous faites aujourd'hui pour nous !

L'abbé Courbezon, avec une insouciante simplicité, reprit le sac et le jeta dans le tiroir.

Tout le monde rentra dans la cuisine; mais quand la Courbezonne et Marthe, le cœur débordant de reconnaissance, cherchèrent Cécile pour la remercier, au lieu de la jeune fille, leurs yeux ne rencontrèrent que Fumat, dont le visage sombre, l'attitude sinistre, leur communiquèrent un frisson d'épouvante au milieu de leur brusque joie.

IV

Sortie des Récollets dans un état d'inexprimable agitation, Sévéraguette s'arrêta sous les frênes qui longent le ruisseau de Pierre-Bruno. Bouleversée comme elle l'était, et le visage encore tout imprégné de larmes, elle n'osait rentrer chez elle. Elle redoutait le petit œil perçant de sa tante, toujours ouvert pour scruter ses moindres actions. Que ne dirait pas, en effet, la Pancole si elle venait à soupçonner seulement la scène de la cure? à quelles fureurs ne pouvait-elle pas se laisser emporter? Déterminée à tout lui cacher, Cécile s'assit sur l'herbe au bord de l'eau, attendant patiemment que le calme revînt à son âme et la placidité à ses traits tout convulsés par de terribles émotions.

Il faisait une nuit admirable, une de ces nuits sereines et douces, avant-courrières clémentes des nuits de printemps. L'air n'avait plus l'âpreté mordante, la sécheresse rude de l'hiver; il était déjà tiède, comme amolli par les émanations de toute la nature végétale en travail. Certainement jamais Sévéraguette n'avait senti une brise plus suave lui caresser le front et les lèvres. Aussi cette jeune fille, dont l'âme délicate pouvait savourer les plus délicieuses sensations de la vie, s'abandonna-t-elle tout entière au charme enivrant de cette belle nuit. En vain le chemin de Bédorieux à Lodève, qui se dessinait à l'horizon dans la lumière pâle du ciel, comme un large ruban moiré çà et là par l'ombre tremblante des arbres, se dépeupla; en vain les sentiers de Saint-Xist, du Mas-du-Saule, de Sanégra, perdus dans la demi-obscurité des oliviers et des saules, devinrent absolument déserts, l'orpheline ne parut point s'en préoccuper. Penchée sur le ruisseau, dont l'onde claire et brillante sous la lune reflétait l'ovale pur de son visage, elle se berçait de mille rêves. Dans le silence solennel qui l'enveloppait, l'avenir lui apparaissait rayonnant, splendide! Elle repassait en elle-même, avec d'indicibles tressaillements, ses longs entretiens avec la sœur Marthe, et enviait le bonheur de cette pauvre fille de charité. Oh! quand sa vie, à elle, deviendrait-elle plus méritante! Cependant le pressentiment qu'elle en finirait bientôt avec de ridicules obstacles l'agitait et la consolait à la fois. Ayant eu l'audace de sauver monsieur le curé malgré lui-même, lui semblait qu'elle serait maintenant capable de tous les héroïsmes. Non, sa tante ne l'empêcherait plus de réaliser ses projets. D'ailleurs il lui restait un moyen infaillible de rendre la Pancole docile à ses volontés : ne pouvait-elle pas lui léguer son bien ?

A l'idée que désormais elle était libre, que personne n'essayerait plus de la retenir, Sévéraguette se leva, et, transportée par une sorte d'enthousiasme naïf, tomba à genoux pour prier. Elle eût bien voulu trouver sur ses lèvres des paroles en harmonie complète avec ses sentiments, mais elle ne put que fondre en larmes et balbutier à plusieurs reprises :

— Mon Dieu ! mon Dieu !...

Enfin, résolue à tout tenter pour s'affranchir du joug accablant d'une vie inutile, elle descendit les marges gazonnées du ruisseau, gagnant Saint-Xist d'un pas ferme et décidé.

Le ruisseau de Pierre-Brune, ainsi nommé des gros quartiers de granit noir veiné de rouge qui obstruent son passage un peu au-dessus des ruines du château, est un courant d'eau fort mince qui, dans les mains de la montagne pelée de Sanégra où il prend sa source, se précipite en cascade vers la plaine de Véreille, et va se jeter dans la rivière d'Orb par d'innombrables détours. Il décrit ses méandres les plus paresseux, les plus bizarres, entre les Récollets et Saint-Xist. Sévéraguette suivit les sinuosités capricieuses du ruisseau jusqu'à son potager, situé pour l'arrosage à quelques pas du courant. Arrivée là, elle ouvrit la porte à claire-voie, et s'aventura à travers l'unique allée du vaste jardin immobile et dormant. Mais elle l'avait à peine à moitié parcourue, que, jetant distraitement un regard vers sa maison, coquettement assise au fond du potager au milieu des arbres fruitiers, elle remarqua, sur la façade envisageant le nord, une fenêtre éclairée. Justement ce côté du bâtiment, pris en biais par la lune, se trouvait plongé dans l'obscurité la plus noire, ce qui décuplait l'intensité lumineuse de cette fenêtre. Tout à coup deux ombres glissèrent sur les rideaux. Stupéfaite, Cécile s'arrêta. Elle ne pouvait supposer que sa tante fût encore debout : il était si tard ! Néanmoins, à sa surprise se mêla un vif sentiment de méfiance, quand, après avoir compté les fenêtres de la façade nord, elle fut amenée à constater que celle où brillait la lumière était précisément la fenêtre de sa chambre. Qui donc avait osé pénétrer dans cette petite pièce, où était morte sa mère, qu'elle avait toujours considérée comme une sorte de sanctuaire inviolable ? Elle gravit le perron à pas muets, et ouvrit la porte de la maison sans bruit. La cuisine était déserte ! Haletante, elle monta dans sa chambre : une lampe de cuivre accrochée à un clou était en train de s'éteindre, illuminant les objets d'une lueur intermittente, blafarde, fantastique ; mais, personne ! Sévéraguette promena un re-

gard autour d'elle et fut réellement abasourdie par le désordre où se trouvait toutes choses. De quelles scènes étranges et terribles sa chambre avait-elle été le théâtre ? Deux de ses chaises gisaient sur le plancher, l'une d'elles effondrée complètement, et son secrétaire, forcé, mis au pillage, laissait couler de toutes parts les liasses de papier dont il était littéralement farci. Contrats de vente, lettres de change, billets, chassés par le vent, voltigeaient également à travers la pièce bouleversée de fond en comble. Frappée d'une idée horrible à la vue de la lampe, qu'elle reconnut pour être celle de sa tante, et d'un couteau traînant à terre, qu'elle avait vu dans les mains de Justin Pancol le jour où elle lui avait servi à dîner, sans refermer le secrétaire, sans ramasser aucun des papiers épars sur le plancher, elle se précipita dans l'escalier, courant vers la chambre de sa tante, indignée, furieuse, hors d'elle-même. Mais elle trouva la chambre vide.

— Oh ! la malheureuse, murmura Cécile, puisse-t-elle ne plus revenir ! Fumat avait raison, j'ai des voleurs dans ma famille !...

Toute honteuse, elle se couvrit le visage de ses mains, et tomba accablée au bord du lit de la Boussagole.

Tandis que Cécile, à laquelle était revenu le courage de sa nouvelle situation, recueillait soigneusement, un à un, les papiers dispersés dans sa chambre, deux individus, sortis de la maison de l'orpheline par la petite porte de la basse-cour, fuyaient à travers champs, rapides et silencieux. Ils errèrent quelques minutes, égarés, inquiets, se retournant de temps à autre vers Saint-Xist, craignant d'être poursuivis, et se blottirent enfin, tout haletants, dans l'ombre noire projetée par la haute muraille du cimetière, à quelques pas des Récollets.

— Eh bien ! merci de moi, Pancole, tu m'embarques dans de fameuses affaires, tu peux t'en vanter, par exemple ! murmura Justin avec un accent de rage concentrée.

— Est-ce que je devinais, moi, que cette pécore de fille reviendrait sitôt de chez son curé ? répondit aigrement la Boussagole.

— Enfin, voilà ! nous avons mis tout sens dessus dessous par là-bas, nous avons même enfoncé le secrétaire, et nous sommes aussi rats qu'avant !... Ils sont ma foi jolis, les louis d'or que tu m'avais promis ! Tu me marmottais comme ça : « Fouille ! fouille ! » — Tu vois, pas un rouge liard... Tu t'y entends bien, Dieu me damne ! à dépister le magot de la petite...

— Vas-tu me jeter toute la charge sur le dos, parce que nous n'avons pas réussi ? s'écria la Pancole dressant dans l'ombre sa vieille tête à profit sinistre et menaçant.

— Pardi, oui, plains-toi ! m'est avis que je voudrais bien voir cela, moi !

— Je n'aurais peut-être pas raison de me plaindre ? Jésus-Maria ! tu me rends si heureuse, en vérité !... Enfin l'Avocat va nous exproprier, et ce sera la fin des fins pour le coup, cette fois.

— Tiens, Pancole, si tu m'en crois, tu retiendras ta langue en paix, et tu t'assiéras là tranquillement ! articula la voix rauque du Sanglier, dont l'irritation provoquée par ses espérances trompées arrivait au paroxysme.

— Et s'il me plaît à moi de jacasser comme ça, qui me fermera le bec ? dit la Boussagole avec un geste d'audacieuse révolte.

— Moi, Dieu me damne ! moi ! s'écria Pancol bondissant vers sa mère, la saisissant rudement à l'épaule, et la précipitant sur un tas de pierre à ses pieds.

— Ah ! brigand, voleur, râla la vieille, tu m'as tuée !

Et, s'enroulant comme un reptile autour des jambes de Justin, elle lui enfonça dans le mollet ses vieilles dents longues et aiguës. Le Sanglier, blessé, grogna sourdement. Puis, par un mouvement d'une extrême rapidité, il posa sa lourde main sur la tête de sa mère, dont les cheveux blancs dénoués cachèrent le cou de grue, décharné, hideux à voir, et la relança violemment contre les pierres anguleuses, où cette fois elle resta couchée tout de son long. Cette lutte effroyable terminée, Justin, calme, alla se rasseoir à la place qu'il avait quittée sous le mur du cimetière. Il était là depuis un quart d'heure, absolument paisible, ne songeant pas même à sa mère peut-être morte, respirant à pleines narines, comme un animal harassé, l'air humide de la nuit, lorsque la Pancole releva soudainement la tête.

— Tu vois bien la mère, que tu n'es pas encore morte, puisque tu te ramasses ! Tu reviendras de celle-ci.... Il faut bien que tu assistes à notre déconfiture, pardi !

— Ah ! canaille, fripon ! bredouilla la Boussagole redressant péniblement son buste sec et rigide ; cette fois, tu ne t'en tireras pas les chausses nettes. Il y a des gendarmes à Bédarieux, et demain ils dévaleront par ici avec des menottes, je t'en donne ma parole d'honnête femme.

— Dieu me damne ! Je te conseille, en effet, de me dénoncer !

— Oui, oui, méchante gale, tu iras manger des fèves avec les galériens ! Sois tranquille, il y a du pain cuit pour toi, là-bas, au *séminaire* de Toulon.

— Pour lors, nous partirons de compagnie, dit le Sanglier avec un rire féroce, car, si je sais le métier de voleur, c'est toi qui me l'as appris entends-tu, la Boussagole ?

Il y eut de part et d'autre un long moment de silence. Enfin, la Pancole, avec des efforts inouïs, réussit à se mettre sur pied, et revint cahin-caha se tapir auprès de Justin. Là, soit

douleur réelle occasionnée par ses contusions, soit désespoir de se trouver dans une situation sans issue, — Cécile, rentrée dans sa chambre, devait avoir tout compris, — cette vieille femme, dure aux autres et à elle-même jusqu'à la cruauté, laissa glisser de sa main une pierre qu'elle avait ramassée furtivement, dans le but d'en frapper son enfant, et éclata soudainement en sanglots. Justin, plus étonné qu'ému, — il n'avait jamais entendu pleurer sa mère, — se retourna brusquement vers elle.

— Allons, voyons, lui dit-il, d'un ton presque affectueux, ne nous chamaillons pas ainsi, Pancole. Différemment, toutes nos disputes ne nous mettront pas dans des draps plus propres.

— Va, va, tu peux bien te sortir d'affaire comme tu voudras ! Pour moi, je me retire de la farce, soupira-t-elle, arrivée au dernier degré du découragement.

— Ah ! c'est comme ça ! ah ! tu m'abandonnes, après m'avoir soufflé le diable dans le corps ! Eh bien ! sois tranquille, je n'ai pas besoin de toi pour faire la besogne : j'ai les bras longs et forts comme des branches... Il arrivera certainement des malheurs par ici ; mais j'en ai assez de tout ça, il faut que je me venge à la fin des fins. D'abord, Pancole, je verrai la couleur du sang de l'oncle Mécanno, je te le promets. Ah ! il vend sa créance à l'Avocat ; ah ! il veut qu'on me *détruise* ; ah ! ah ! ah !... Nous verrons... D'ici à peu de temps, on parlera de ton sacripant de garçon dans le pays et dans les environs. On ne connaît pas encore le Sanglier dans la commune... Et Fumat, ce fétu que je doublerais comme un osier en appuyant tant seulement ma patte sur lui, qui se mêle de ne donner des crocs en jambes, qui va chez monsieur Vernoubrel... Dieu me damne ! le cœur me tressaute dans l'estomac, et déjà voilà mes yeux qui dansent. Je tuerai quelqu'un, cette nuit ! ils ont beau faire tous, il me faut Cécile, vois-tu, Pancole, et je l'aurai aussi bien que je suis ton garnement de fils. Non, sous la roue du soleil, il n'y aura pas plus méchant que moi, quand je m'y mettrai... Ah çà ! me crois-tu, au bout du compte, assez de mon pays pour me laisser enlever Cécile par quelqu'un ! Je me moque des lois, des juges de paix, des commissaires et des gendarmes, moi... Cécile... Cécile... ah ! Cécile ! Enfin, suffit... M'est avis que j'étais bien bête de chercher à voir Séveraguette pour acquitter le billet de Mécanno. Qu'ils m'exproprient donc ! Je leur abandonne mon bien de Boussagues, où je ne trimeral plus comme un nègre ; mais ils me le payeront cher, l'expropriation, je te le jure de par tous les diables ! Je vais en finir avec mes ennemis, une fois pour toutes !... Oh ! je suis content, je retrouve mon caractère... Et que le curé, continua-t-il après avoir essuyé d'un revers de sa manche un léger filet d'écume qui lui blanchissait les lèvres, que le curé se tienne tranquille dans sa baraque, car il pourrait bien ne pas avoir froid aux côtes, lui aussi. Je me battrais contre des châtaigniers, à cette heure ! Différemment, j'ai été bien sot de supporter si longtemps tout ce monde sur mes épaules... Ma tante Sévérague ne m'a-t-elle pas accordé sa fille à son lit de mort ?...

— C'est vérité, murmura la Boussagole, mais elle en épousera un autre.

— Et pourquoi en épousera-t-elle un autre ?

— Parce qu'elle ne voudra jamais d'un homme qui lui arrive de Boussagues la besace vide et les dents longues.

— Ah ! brigand de Mécanne, je te tordrai le cou...

— L'Avocat est plus méchant que ton oncle le maire. N'aurait-il pas acheté le titre de cet aigrefin de Vernoubrel, si Mécanne ne lui eût baillé le sien ! C'est Fumat qu'il faudrait secouer les puces le premier, il me semble, mon Pancolou.

Le Sanglier fit un bond, et se jeta dans le sentier de Sanégra. La Pancole se précipita au-devant de lui pour l'arrêter.

— Où vas-tu comme ça, Justin, où vas-tu ! demanda-t-elle épouvantée.

— Tu le sauras demain. Laisse-moi ! Il va y avoir des pots cassés à Sanégra, comme dit l'autre.

— Mais tout le monde est couché là-haut, tu ne rencontreras pas Fumat.

— J'enfoncerais sa porte et j'irai l'étouffer dans son lit.

— Mais la Fumade...

— La Fumade y passera de même, si elle montre tant seulement le bout de son museau.

Et, comme la Boussagole s'agrippait à lui de toute la force de ses ongles longs et crochus :

— Sacré tonnerre ! rugit le Sanglier, vas-tu me laisser tranquille, ou me faudra-t-il commencer par toi ?

La vieille lâcha prise, et Pancol allait poursuivre sa marche vers Sanégra, lorsque le grincement strident d'une porte qui se referma troubla le silence de la nuit. Justin et sa mère, effrayés, se retournèrent vivement, et reconnurent, à quelques pas, l'Avocat et le curé. Fumat gesticulait et causait avec animation. Le Sanglier tressaillit d'une joie féroce. Entraînant sa mère par le bras, il se replongea avec elle dans l'ombre où tout à l'heure ils étaient accroupis.

— Ils viennent à nous ! murmura la Boussagole, aux aguets.

En effet, l'Avocat, toujours pérorant, se dirigeait vers le chemin de Sanégra, suivi du curé, qui faisait de vains efforts pour mettre un frein à la fureur de son éloquence. Bientôt les paroles de Fumat arrivèrent jusqu'aux Boussagole.

— Non ! non ! je ne tairai point ma langue, s'écriait le Sanégrol, et vous aurez beau dire,

tout le monde saura dans le pays, que vous grugez Sévéraguette. Dieu me sauve ! la Pancole avait bien raison de vous tenir le râtelier un peu haut ! Savez-vous qu'avec un appétit comme le vôtre, vous ne feriez pas tant seulement quatre bouchées du bien de Cécile... Vous êtes une sangsue, mais là une vraie sangsue d'apothicaire qui veut toujours travailler sur le corps du pauvre monde. Que vous faut-il à vous ? de l'argent ; et quoi plus encore ? de l'argent... Ah ! mais j'entends que tout ça finisse. A-t-on jamais vu... Monsieur Courbezon, nous n'avons pas pris un curé pour qu'il vienne comme ça nous tondre la laine à ras de la peau... Mort de ma vie ! avec vous, on aurait bientôt crevé de famine. Voyez-vous, vous avez les dents trop longues, quand il s'agit de mordre à la pitance du voisin...

— Fumat, interrompit le curé avec une dignité qui ne pouvait être comprise du campagnard, je ne vous ai jamais rien demandé, et je ne m'explique pas que vous osiez me parler ainsi.

— Ah ! vous ne m'avez rien demandé ! Ou vraiment, vous ne m'avez rien demandé !... Et les sept cents francs pour votre Prosper Corbineau, que le diable emporte bien loin !

— C'est vous-même qui m'offrites de payer les fonts baptismaux.

— Oh ! vous trouverez toujours de bonnes raisons ! vous êtes fins, les curés ! — Aussi bien, je sais qu'on vous fait étudier le latin dans vos séminaires pour gruger plus facilement les pauvres gens. — Mais moi, Antoine Fumat, je ne suis pas la moitié d'un nigaud, et je ne donnerai point dans vos finasseries.

— Fumat, je n'ai jamais essayé de séduire personne par de belles paroles. Vous calomniez indignement mon caractère, et, puisqu'il m'est impossible de vous ramener à des sentiments plus justes à mon égard, brisons là-dessus.

— Brisons, si ça vous plaît ainsi. Mais souvenez-vous que j'aime Séséraguette, et qu'avec elle, j'aime aussi son bien.

— Peut-être n'aimez-vous que son bien, murmura l'abbé Courbezon, qui depuis longtemps avait pénétré la vraie nature du paysan.

— Oui-dà ! j'aime son bien, vous l'avez dit ; aussi le considérant comme mien, je ne souffrirai pas que vous en fassiez vos choux gras aux Récollets, entendez-vous ? Ah ! vous croyez peut-être qu'on vous laissera dévorer tranquillement Cécile !...

— Bonsoir !

— Bonsoir, si vous voulez. Mais n'oubliez pas que Séséraguette doit être ma femme, et que je défends ma bourse en défendant la sienne.

— La bourse est, en effet, ce qui vous tient le plus au cœur.

— Et vous donc, par exemple !... Tenez, monsieur le curé, avant de nous brouiller tout à fait, je veux une dernière fois, vous prouver que je suis bonhomme tout de même, et...

— C'est inutile, je vous connais maintenant...

L'Avocat arrêta l'abbé Courbezon qui s'éloignait.

— Voici sept cents francs, lui dit-il, tirant des profondeurs de son gousset une poignée de louis qui étincelèrent sous la lune, les voulez-vous pour payer Prosper Corbineau? Vous glisserez un mot pour moi à Cécile... Ah! réfléchissez bien, car, si nous brisons paille, vous ne mangerez guère plus de pain dans ce pays.

— J'ai réfléchi, répondit le curé d'une voix ferme, et je refuse votre argent.

— Voilà ce qui s'appelle parler à la bonne franquette, et je vois clairement où vous voulez en venir.

— Où je veux en venir ?

— Pardi, oui, on est aveugle, fiez-vous y ! Vous espérez, en ne vous engageant point avec moi, empêcher Séveraguette de se marier, et continuer, dans l'avenir, à la plumer comme par le présent. Vous êtes un malin tout de même avec votre air de ne pas y toucher ; mais je suis l'Avocat, de Sanégra, moi, et je n'ai pas besoin de lunettes pour dépister vos ruses cousues de fil blanc. Cécile est en âge de se marier, et il faudra bien qu'elle s'y décide. Ah ! certes, je sais bien que Pancol lui trotte quelque peu dans la cervelle ; mais dans huit jours le Sanglier sera pauvre comme un rat d'église, car mes poursuites vont donner le branle à toute la clique de ses créanciers. La belle histoire ! je ruine le neveu avec le titre de l'oncle ! Et dire que vous auriez pu conjurer tous ces malheurs, en me mariant avec Séveraguette, comme c'était votre devoir...

— Mon devoir est de vous engager à être plus calme et moins cruel pour vos ennemis. Pancol ne vous a rien fait, et ne mérite pas que vous le traitiez avec cette atroce méchanceté.

— Comment, il ne m'a rien fait! Vous ne voyez donc pas que, si je ne m'en mêle, si je ne mets à nu sa position, il épousera Cécile ! Ah ! certes, le Sanglier n'en touchera pas un morceau, de la petite. Cécile est trop jolie et trop riche pour ce rustre... C'est une affaire décidée, Pancol sera mis sur le fumier, et vous aussi, tout curé que vous êtes, s'il en est besoin pour arriver à mes fins. Votre serviteur !

— Adieu, Fumat, que le Seigneur vous apaise et vous conduise !

L'abbé Courbezon lui fit un signe où se trahissait le plus accablant chagrin, et regagna lentement le presbytère.

Le Sanégrol, maugréant et jurant, continua à gravir le haut de la côte. C'est alors que Pancol, l'œil enflammé, les poings serrés, sortit de l'ombre et s'élança sur ses traces ; mais, agité

comme il l'était, l'Avocat n'entendit point les pas lourds et saccadés de son rival derrière lui. Il arriva jusqu'aux larges blocs granitiques d'où le ruisseau de Pierre-Bruno tire son nom, sans soupçonner qu'il était suivi. A cet endroit, le plus sauvage de la montagne, le passage offre quelque difficulté. Le ruisseau forme une vaste mare resserrée entre les quartiers d'énormes rochers à pic. Fumat s'arrêta, compta du doigt les passerelles, dont les têtes anguleuses à fleur d'eau parsemaient de taches noires le miroir de ce petit lac tranquille et transparent. Debout déjà sur la première, il allait enjamber toute la rangée, lorsqu'un bruit vague, qui vint le frapper soudainement, le fit tressaillir malgré lui. Comme la lune était magnifique et qu'il pouvait facilement discerner toutes choses autour de lui, planté sur son piédestal au bord de l'eau, il resta immobile, retenant son haleine, attentif au moindre bruissement. Rien n'interrompant plus le vaste silence, le Sanégrol sauta sur la deuxième pierre. Mais cette fois il n'alla pas plus loin ; car il crut entendre auprès de lui le halètement d'une poitrine humaine. La peur doublant l'intensité de son regard, il le dirigea de tous côtés, et demeura pétrifié d'épouvante, quand, du milieu des broussailles qui croissaient follement dans les anfractuosités des rochers, il vit se dresser devant lui, comme une apparition, Justin Pancol, pâle et furibond. Averti par un pressentiment sinistre de ce qui allait se passer, il eût voulu fuir. Mais cloué à la passerelle par une terreur invincible, il ne put ni soulever ses jambes, ni crier. Il était là, livide, glacé, projetant sur la mare profonde une ombre aussi roide, aussi sèche, que celle d'un des pans de muraille du vieux château. C'était comme une roche de plus au milieu de ces immenses roches. Cependant, le Sanglier, débarrassé, de toute entrave, s'avançait sur lui dans un silence formidable.

— Que me veux-tu, Justin? dit le Sanégrol, qui parvint à délier sa langue paralysée par la stupeur.

— Ce que je te veux ! bredouilla le Sanglier happant rudement son rival, tiens, le voilà ce que je te veux.

Et, le soulevant par un jeu de ses bras robustes, il le terrasse à ses pieds.

— Oh ! Pancol, Pancol ! s'écria l'Avocat montrant un visage où le sang se mêlait aux larmes, pardonne-moi !... J'ai eu tort, mais je te cède Cécile, prends-la, elle est à toi !... C'est le curé, le curé...

— Qu'es-tu allé faire chez Vernoubret ?

— Cette canaille de Vernoubret t'a menti ; je ne suis jamais allé chez lui.

— Tu as acheté la créance de Mécanne pour me mettre sur la paille, Dieu me damne !

— Mécanne me devait de l'argent et m'a payé avec son titre, voilà !

— Alors, pourquoi, sans me prévenir, as-tu porté le billet chez l'huissier ?

— J'avais besoin d'argent ces jours-ci, et...

— C'est faux comme un jeton, ce que tu dis là ! Tu voulais me *détruire* pour me prendre Cécile.

— Oh ! ne me tue pas ! ne me tue pas ! implora Fumat, sentant les ongles du Sanglier lui labourer la chair.

— Ah ! je suis un rustro !... Ah ! Cécile est trop belle pour moi !... rugit le Boussagol.

— Grâce, Justin, grâce !

— Non, Dieu me damne ! je veux en finir avec toi et les autres. Je me suis bouté ça dans la cervelle : tu crèveras.

— Pancol ! Pancol !... J'ai trois mille francs sur moi, tiens, je te les donne et je te promets de plus de déchirer ton billet, mais aie pitié de moi...

— Garde ton argent ; je veux ta vie !

Et, d'un coup de pied asséné en pleine poitrine, il renversa de nouveau l'Avocat, dont la tête alla heurter violemment contre la première passerelle.

— Au secours ! on m'assassine ! au secours ! s'écria le Sanégrol d'une voix déchirante.

Mais le Sanglier, sombre et terrible, le saisissant vivement, le balança une seconde au-dessus de sa tête, aussi légèrement qu'il eût fait d'une paille, et le lança de toute la force de ses bras contre les roches de granit. Le sang jaillit en fusée, puis un cri, strident, lamentable, intraduisible, le cri d'une âme qui s'échappe du corps humain, ébranla l'air calme de la nuit. Fumat, râlant, se démenant dans les suprêmes angoisses de l'agonie, glissa des rochers où il avait été précipité dans les broussailles touffues, et des broussailles, dans le ruisseau de Pierre-Brune.

Pancol, debout au bord de la mare clapotante, suivit les convulsions de sa victime avec un calme effroyable. Il se demandait si son rival allait expirer bientôt, ou s'il faudrait de nouveaux coups. Cependant, quand il vit Fumat étendu roide et morne au fond de l'eau, les bras inertes, le visage hideusement distors, il plongea les pieds dans la mare, et vint lui soulever la tête par les cheveux, impatient de s'assurer s'il était bien mort. Il ne pouvait en douter : le crâne du malheureux Avocat, fracassé en plusieurs endroits, laissait échapper la cervelle par de nombreuses fissures, et le corps était déjà froid. Néanmoins, comme s'il craignait de le voir se relever, le paysan féroce et naïf le coula soigneusement au plus profond de la mare, maintenant bourbeuse et ensanglantée, et lui posa, par précaution, une énorme pierre sur le ventre. Cela fait, il ramassa avidement les louis, dont les rouleaux avaient coulé des mains du Sanégrol au milieu des pierres du chemin, lança un dernier regard anxieux dans la direction du cadavre, puis gagna Boussagues en suivant la crête de la montagne.

V

Après une nuit d'une insomnie ardente et fébrile, Sévéraguette, étendue tout habillée sur son lit, commençait à fermer les yeux, quand des cris aigus, partis du dehors, vinrent l'arracher au demi-sommeil qui l'envahissait. Elle secoua son engourdissement, dressa l'oreille et écouta. Les cris devenant de plus en plus perçants, elle courut à sa fenêtre, l'ouvrit précipitamment, et distingua, à travers la brume transparente du matin, un groupe de paysans stationnant à la porte du presbytère. Ils étaient là tous gesticulant, vociférant autour d'un objet long et blanc, dont il fut impossible à Cécile de bien préciser la forme. Pénétrée de je ne sais quel sentiment de terreur indicible à ce spectacle inaccoutumé, elle repoussa violemment la fenêtre et descendit.

— Qu'y a-t-il ? demanda-t-elle aux journaliers attablés dans la cuisine, qu'y a-t-il ?

— Il est arrivé un malheur cette nuit, répondit Félicien Cassarot ; oh ! un grand malheur, notre maîtresse.

— Et qu'est-il arrivé ? Aurait-on fait du mal à monsieur le curé ?

— Oh ! non pas, notre maîtresse ; c'est à Fumat, de Sanégra, qu'on a fait du mal, et tant et tant qu'il en est mort.

— Mort ! Mais il était hier au soir avec nous aux Récollets.

— Ce matin, au petit jour, la Fumade, s'étant aperçue que Fumadou n'avait pas couché dans son lit, dévalait vitement aux Récollets pour voir ce que ça voulait dire qu'il ne fût pas rentré, quand, arrivée à la mare de Pierre-Brune, elle a vu quelque chose qui gargouillait au fond de l'eau toute rouge ; elle s'est approchée plus près et a reconnu ce pauvre Famadou...

— Il s'était noyé ? interjeta Cécile, en se laissant couler sur une chaise.

— Pas de ça, notre maîtresse, pas de ça, reprit le jeune pâtre, il ne s'est pas noyé... oh ! non pas, il ne s'est pas noyé ! C'est bien quelqu'un qui l'a assassiné, cette nuit, quand il remontait à Sanégra.

— Et qui veux-tu qui l'ait assassiné, dis, méchante gale de Cassarot ? s'écria tout à coup la Pancole qui se dressa, sombre et menaçante, sur le perron du foyer où elle était restée accroupie.

— Ah ! pour dire qui a fait le coup, je ne puis pas le dire... non, je ne puis pas le dire, ma foi !... Mais pour avoir été assassiné, Fumat a été assassiné, et la preuve, c'est qu'il a la tête fendue comme les grenades du jardin quand elles sont mûres à crever la peau, et que son corps est tout couvert de bleus.

— Il s'est *détruit* la tête en butant contre les passerelles, pardi ! dit la Boussagole.

— Et la grosse pierre d'un quintal qu'on lui a tiré de sur l'estomac ? Est-ce lui qui aurait pu comme ça se la bouter sur les os ?

La vieille se taisait.

— Eh bien ! que dites-vous à cela maintenant, Pancole? poursuivit Félicien avec une ironie toute enfantine.

— Ce que je dis à cela ! répliqua la mère de Justin, ivre de colère, je dis à cela que ta langue va comme le battant d'une cloche, sans rime ni raison, et que tu ferais mieux de la tenir serrée entre les dents, entends-tu, petit guenilleux de rien du tout que tu es ?

Le Cassarottou rougit comme une pivoine et se tut.

Cependant les journaliers, qui s'étaient tous retournés vers la Pancole, tenaient attachés sur elle des yeux stupides d'étonnement. Ne comprenant rien à une explosion de rage si brusque, si hors de propos, ils semblaient attendre une explication, debout autour de la table. Quant à Sévéraguette, soit qu'elle eût deviné les motifs de la fureur de sa tante, soit que la mort de Fumat lui fût un chagrin réel, elle restait clouée sur sa chaise, atterrée, les bras ballants le long du corps, comme privée de sentiment.

— Eh bien, vous autres ! s'écria la Boussagole embarrassée de plus en plus par tous ces regards interrogateurs, allez-vous perdre toute la journée, les bras croisés, grands fainéants ? Vous êtes là tous à me dévisager comme si j'étais cause du malheur qui arrive. Est-ce ma faute, à moi, si l'Avocat a voulu ramasser la lune avec les dents au fond de la mare de Pierre-Brune ? Allons, qu'on me décharge le plancher, et hardiment, s'il vous plaît !

Le bruit que fit la bande de journaliers en sortant tira Sévéraguette de son apathie. Elle se leva, et, ayant un moment considéré la Pancole, toujours debout sous la vaste cheminée, elle s'avança résolûment vers elle. Le pas grave et ferme de Cécile parut déconcerter la Boussagole. Une crispation étrange se manifesta dans le coin de ses lèvres, et, comme si elle pressentait une lutte, par un mouvement tout félin, elle ramena les poches de son tablier, où elles restaient ordinairement enfouies, ses armes naturelles, ses deux mains aux doigts décharnés, longs et crochus.

— Ah çà ! que me veux-tu, toi, maintenant, avec ta figure de jaune d'œuf ? dit elle, ne voulant pas se laisser serrer de trop près par l'ennemi sans être renseignée sur ses véritables desseins.

— Connaissez-vous ce couteau ? demanda l'orpheline, lui montrant, par un geste brusque, le couteau que la veille elle avait trouvé dans sa chambre.

— Pardi ! tu me la donnes belle, notre fille ! dit la vieille avec un sourire forcé ; je crois bien que je le reconnais, c'est le couteau de Justin.

— Justin est donc venu à Saint-Xist, hier ?

— Ah bien oui ! Pourquoi viendrait-il rôder par chez nous, mon Pancolou ! Tu lui fais si bonne mine, en vérité !

— On fait aux gens la mine que l'on peut, répondit sèchement Cécile. Mais enfin ce couteau n'a pas poussé tout seul dans ma chambre comme un champignon ; je veux savoir qui l'y a laissé, hier au soir.

— Oh ! oh ! notre fille, dit la Boussagole décontenancée et cherchant à faire prendre le change à l'orpheline, nous avons donc marché sur la queue du loup ce matin ? *Hôtine !* comme nous sommes hardie et questionneuse !

— Ma tante Pancole, vous ne me répondez pas.

— Ah ! tu veux donc savoir tout ? s'écria-t-elle avec une exaltation admirablement jouée... Il est vrai que je suis ta tante, ta seconde mère, et que j'aurais le droit de rester bec cousu, quand tu te mêles de me pousser comme ça des questions ; mais je suis bonne femme tout de même, moi... Pour lors donc, fatiguée de voir les écus s'en aller tous à la file chez ton curé, je me dis comme ça hier : — « Pancole, faut savoir où en sont les affaires » de la petite, car je ne dois pas souffrir que » ces mendiants des Récollets lui dévorent la » chair jusqu'aux os. » — Et, sans faire ni une ni deux, je montai dans ta chambre. Mais, bernique ! ton secrétaire était fermé à clef... Pourtant, je ne pouvais descendre avec un pied de nez. Je pris le couteau de Justin dans mon tablier, et je...

— Mais comment ce couteau se trouvait-il dans votre poche ?

— Eh ! pardi, il ne pouvait pas être à Boussagues dans la veste de Pancolou, puisque Pancolou l'oublia ici en cassant une croûte, il y a plus de quinze jours de ça... Écoute-moi, si tu m'as mis la langue en train... Donc, voyant que la porte de ton secrétaire ne faisait pas mine de s'ouvrir toute seule, je boutai la lame de mon couteau entre les deux planches, et je farfouillai longtemps par là dedans. Tout d'un coup j'entendis cric-crac, et le grand battant tomba sur ses gros ressorts de fer : il paraît que j'avais fini par toucher la languette de la serrure... Tu comprends, alors je fourrai mes doigts dans tous les coins et recoins. Malheureusement, tu ne me laissas pas le temps de mettre le nez sur les papiers, car tu arrivas tout de suite. Comme une imbécile, au lieu de rester après ma besogne en l'attendant, je partis à bride abattue, abandonnant tout à terre, oubliant le couteau de Justin, ma lampe avec... Et dire que j'ai eu peur de toi, moi, ta tante !... Ah ! Jésus-Maria ! suis-je bête ! suis-je bête !...

La Pancole se tut, et, se plantant les poings sur les hanches avec un air de défi, attendit la réponse de Cécile. Celle-ci l'enveloppa d'un regard fixe, profond, et n'articula pas un mot. Ce silence et ce regard implacables, opposés à tant de mensonges, terrifièrent la Boussagole.

— Eh bien ! fit-elle impatientée, tu ne dis mot ?

— Je dis que, ne sachant pas lire, vous n'avez pas forcé la serrure de mon secrétaire pour vérifier mes comptes.

— Oui... sans doute... bredouilla la vieille avec embarras, tu as raison, je ne vois que noir et blanc sur les pages de là-haut... malheureusement pour moi, hélas !... Aussi, ce n'est guère à tes chiffons de papier que j'en voulais, innocente ! mais à ton argent. Je sais compter, si je ne sais point lire, va ! et tout ce que je désirais, c'était de savoir où tu en es de l'argent laissé par ma chère défunte Marianne.. Voyons, avoue-moi tout, Sévéraguette, dit-elle d'un ton câlin et hasardant trois pas vers Cécile qui recula avec horreur, avons-nous mangé toute la grenouille ?

— Hier au soir, il y avait une autre personne avec vous dans ma chambre.

— Tu as donc juré de me faire monter sur mes ergots ? s'écria la Pancole, lassée de cette persistance et allongeant ses griffes de harpie.

— Oh ! criez aussi haut qu'il vous plaira, dit Cécile, que sa conscience pure élevait à la hauteur de la lutte ; vous ne m'empêcherez pas de répéter que vous n'étiez pas seule dans ma chambre.

— Et qui donc était avec moi, dis, dévote de pacotille ? vociféra la Boussagole menaçant la jeune fille de son poing crispé et l'acculant au fond de la cuisine.

— Justin ! votre garçon Justin ! riposta courageusement Sévéraguette.

— Tiens, coquine ! voilà pour ta méchante langue de vipère !

Elle asséna un si rude coup sur la tête à Cécile, que la pauvre enfant, étourdie, après avoir au hasard essayé quelques pas vers la porte, fut obligée de se cramponner à la table pour ne pas tomber sur le plancher.

— Ça t'apprendra à me pousser à bout avec tes airs de sainte-nitouche... Ah ! tu dis que Justin est venu à Saint-Xist, hier soir ! Tu en as menti ! coquine ! tu en as menti ! Va, je le sais, la promesse que tu as faite à ma chère Marianne d'épouser mon garçon te pèse, et tu ne serais pas fâchée de le faire gripper par les gendarmes pour en être débarrassée. Mais cela n'arrivera point, petite gueuse, je te le promets. Tu auras beau dire que tu as vu Pancolou à Saint-Xist hier, personne dans le pays ne le prendra pour l'assassin de Fumat... Et différemment, je le demande un peu, pourquoi mon garçon aurait-il tué l'Avocat ? Est-ce qu'il lui avait fait quelque chose, l'Avocat ? Au contraire, Fumat était l'ami de Justin... N'étaient-ils pas conseillers tous les deux ?... Les conseillers ne se mangent pas entre eux, c'est comme les loups, ces gens là... Mais pour toi, vois-tu, tu avaleras ta langue enragée, si tu ne sais la tenir tranquille ; c'est ta tante Pancole qui te le dit !

— Vous n'êtes plus ma tante, articula Sévéraguette avec un geste de dégoût.

— Comment, je ne suis plus ta tante !... Ah çà ! est-ce que tu deviens folle à présent, par exemple !

— Je vous le répète, après ce qui s'est passé hier et aujourd'hui ici, il ne peut plus exister le moindre rapport entre nous. Je vous ordonne de quitter à l'instant ma maison, où vous êtes venue sans être appelée, et où j'ai eu le tort de vous supporter trop longtemps.

— Et qui donc est maîtresse ici ? s'écria la Pancole hochant orgueilleusement la tête.

— Moi, moi seule ! répliqua énergiquement l'orpheline.

— Ouais... en vérité.. pécaïre ! Et la part de Justin ? Est-ce que Justin n'a rien à voir dans ton bien ?

— Je ne dois pas un sou à votre garçon.

— C'est vérité ; mais tu lui dois plus que cela, mauvaise graine ! tu lui dois le mariage, c'est-à-dire la moitié de ta personne et la moitié de ton bien. Ah ! tu t'imagines peut-être que je suis venue m'exterminer le tempérament à Saint-Xist pour grossir ton avoir. Merci de moi ! pas si bête !... J'ai travaillé ici pour Pancolou, et non point pour vous, mademoiselle la mijaurée, qui vous croisez les bras tout le long de la journée comme une Sainte-Vierge... Oh ! oh ! nous verrons bien si vous n'épousez pas mon garçon...

— Je vous jure que je ne serai jamais la femme de Justin.

— Pour lors, tu lui donneras la part de bien qui lui revient, coquine ! si tu ne veux pas que ta mère vienne te tirer par les pieds, toutes les nuits, dans ton lit.

— Je ne lui donnerai rien, par la raison que je ne lui dois rien.

— Et que dois-tu à ton gros roquentin de curé pour lui bailler tout à souhait ? s'écria la Pancole, dont le visage injecté de bile et de sang avait pris des teintes verdâtres hideuses.

— Je suis maîtresse de disposer de mon bien comme je l'entends.

— Oh ! oui, gorge-le, ton bedon de curé, fais-le crever d'indigestion, lui et toute sa clique ; mais sache qu'on n'a pas sur les yeux les écailles de saint Paul, et qu'on y voit clair tout de même dans sa conduite. Pardi ! c'était si difficile, en vérité !... Aussi, tout le monde s'en est-il aperçu... Et tiens ! pas plus tard que lundi passé, en revenant du marché, monsieur Montrose, un bon curé celui-là, me disait comme ça tout en cheminant : — « Eh bien !

» Pancolc, votre nièce aime-t-elle toujours au-
» tant monsieur Courbezon ? — Toujours de
» même, monsieur Montrose, lui ai-je répondu.
» — Veillez sur elle, Pancole, veillez sur elle.
» Un curé est, des fois, un homme comme les
» autres. » — Tu le vois, on sait de tes nouvelles... Bon Dieu du ciel ! choisir pour galant
une robe noire !...

— Ma tante ! s'écria Cécile, qui se sentit capable de haine, vous êtes une malheureuse...
Allez-vous en ! Je ne veux plus vous voir dans
ma maison...

— Si tu ne veux plus me voir, ferme les
yeux comme les taupes. Je ne quitterai pas
Saint-Xist sans savoir pourquoi.

— Vous dites que vous ne vous en irez pas !
s'écria Cécile, dont le premier accès de colère
fut terrible.

Elle leva les deux bras sur sa tante, laquelle,
épouvantée cette fois, s'était blottie sous la
lourde table de chêne. Cécile, honteuse d'elle-
même, se couvrit tout à coup le visage de ses
mains, et glissa sur une chaise, où elle éclata
en sanglots.

— Oh ! murmura-t-elle à plusieurs reprises,
oser calomnier ainsi monsieur le curé, un saint,
un vrai saint du paradis sur la terre !... Se
peut-il que le monde soit si mauvais !... Je le
quitterai, mon Dieu ! je le quitterai, ce monde
que vous avez maudit !

Après deux minutes, elle ouvrit la porte, et,
sans même se retourner vers sa tante, qui,
pelotonnée comme une vieille chatte galeuse
derrière les larges piliers de la table, guignait
ses moindres mouvements, elle sortit.

VI

Les cris de la Fumade à la mare de Pierre-
Brune ayant été entendus de quelques labou-
reurs matineux, ils étaient accourus, avaient
arraché le cadavre de l'Avocat des mains de sa
mère éperdue, et, persuadés que monsieur le
curé, médecin dans l'occasion, parviendrait à
le ranimer, l'avaient, sans hésitation, apporté
au presbytère. Aussi, quand Sévéraguette y
entra, la vaste cuisine des Récollets était-elle
encombrée de monde. Outre les paysans venus
au secours de la Fumade, tous les parents du
malheureux Sanégrol, jusqu'aux arrière-petits-
cousins inclusivement, avertis, on ne sait par
quelles voies, de la catastrophe de la nuit, étaient
là, soucieux, empressés, rangés déjà en bataille
devant la succession. Tantôt debout autour du
cadavre, tantôt penchés sur lui pour s'enquérir
de son état, ces campagnards, avides et dissi-
mulés, jouaient l'éternelle comédie des héritiers, comédie lamentable, qui ravale l'homme
au-dessous de la brute, car enfin les animaux

entre eux se regrettent. Faisant des efforts
inouïs pour donner à leur visage quelque vague
expression de tristesse, ces hommes durs et
avares remplissaient la cure de leurs gémissements hypocrites. Mais, tandis qu'un œil laissait
filtrer quelque maigre larme, on voyait l'autre
épier si le mort n'allait pas se relever, et il
était facile de constater que le masque même
de la douleur ne pouvait tenir sur ces faces
pétrifiées par la plus absorbante des passions :
la brutale, la féroce cupidité.

— Allez, monsieur le curé, je crois que vous
pouvez laisser mon oncle tranquille comme ça,
dit un neveu de l'Avocat à l'abbé Courbezon
qui tâchait d'assouplir la peau du crâne du
malheureux Sanégrol.

— Hélas ! interjeta un cousin germain, quand
on est mort, on est bien mort, et ce ne sont
point les drogues d'apothicaire qui nous font
revenir.

— Voyez comme il est vert, monsieur le
curé !... Oh ! nous vous en prions tous, ne
tourmentez pas davantage ce pauvre défunt,
murmura une tante.

— Tenez, ajouta une arrière-petite-cousine,
la preuve qu'il est trépassé et que vos ingré-
dients n'y feront rien, c'est que la cervelle lui
fuit de la tête comme le saindoux d'un pot
fêlé... Miséricorde du ciel, ça me fend le
cœur !

— O Jésus-Seigneur-Dieu ! s'écria tout à
coup une nièce, je crois qu'il a remué une
jambe !

La multitude des héritiers pâlit.

— Il était si malin de son vivant, l'Avocat,
qu'il pourrait bien faire le mort, à présent
qu'il est mort ! dit un des villageois qui avaient
aidé à transporter le cadavre.

Les héritiers s'entre-regardèrent avec une
inexprimable anxiété.

— Fumat est mort ! dit l'abbé Courbezon
laissant retomber la tête du Sanégrol sur le
matelas où on l'avait couché.

— Enfin ! soupira l'un des parents perdu
dans la foule.

Cette parole atroce donna un frisson au
curé.

— Qui ose parler ainsi ? demanda-t-il d'une
voix irritée.

Les héritiers cachèrent leurs faces épanouies
dans leurs mouchoirs, et restèrent muets. Le
vieux desservant entra dans sa chambre, où sa
mère, sa sœur, la Cassarotte faisaient de vains
efforts pour consoler la Fumade.

— Hélas ! marmottait la vieille, sanglotant,
qui soignera le bien à présent ?... Dieu du ciel
c'était si propre, si beau, si bien peigné, nos
châtaigneraies et nos olivettes de Sanégra !
C'était luisant comme la prunelle de mon œil...
Aussi tout le monde crevait de jalousie en
voyant seulement nos récoltes sur pied ! On
disait comme ça en parlant de notre vin et de

nos châtaignes : — *C'est le triomphe du pays !*
— Ah ! Jésus-Maria ! faut-il être malheureuse,
perdre mon Fumadou !... Voilà pourtant ce que
l'on gagne à ramasser de la *viande ;* les mendiants vous assassinent ! car ça ne peut être
que quelque pouilleux de grand chemin qui a
fait le coup... Il était si jeune, mon Fumadou !
A peine quarante ans, mon bon monsieur le
curé, à peine quarante ans... Hier, il paraissait
si vaillant, il paraissait
si content en dévalant aux Récollets ! Il rossi-
gnolait comme qui va à la noce... Ah ! si j'avais
su... Enfin, voilà, j'ai mis au trou mon homme,
ma bru et maintenant mon pauvre garçon...
Savez-vous que tout n'est pas roses sur la terre,
monsieur le curé, et que tout de même c'est
un bien rude métier que celui de vivre et
d'être mère ? Allez, il n'y en a pas de plus terrible sous la roue du soleil... Oh ! mais, ça
finira bientôt, j'ai soixante-douze ans, et je
n'userai plus beaucoup de chemises par ici-
bas !

La Fumade se leva, et, malgré le curé qui
essayait de la retenir encore, elle ouvrit la
porte de la chambre.

— Eh bien ! s'écria-t-elle en voyant la cuisine déserte, où sont-ils tous à cette heure ?
où l'ont-ils porté, mon pauvre défunt ?

— Ils sont partis pour Sanègra, dit Sévéraguette, seule sur le pas de la porte.

La Fumade se précipita vers l'escalier, et,
accompagnée de Marthe, prit le chemin de
Sanègra.

— Ah ! Sévéraguette, dit le desservant entrant dans la cuisine avec sa mère, il faut que
Dieu soit bien las de mes fautes pour me
châtier aussi cruellement qu'il vient de le faire
par la mort du Fumat.

— Mais, monsieur le curé, ce n'est pourtant
pas vous qui êtes cause de sa mort.

— Et qui donc, mon enfant ? qui donc ?
Pensez-vous qu'Antoine Fumat eût été assassiné, s'il n'eût jamais été question de fonts baptismaux entre nous ? si, plus docile aux injonc-
tions de monseigneur, j'avais corrigé mon
caractère trop entreprenant, trop... Eh ! dites,
qui a envoyé chercher Fumat hier ? N'est-ce
pas moi ? Oui, c'est moi qui, pour lui arracher
quelques écus promis à la légère, ai précipité
cet homme dans la mort !

— Mon enfant ! mon pauvre enfant ! soupira
la Courbezonne, ne t'accuse pas ainsi, tu n'es
pas coupable. Ne m'as-tu pas répété souvent
que Dieu juge seulement les intentions ? Quand
est-ce que tes intentions ont cessé d'être pures
et saintes ?

— Ma mère, d'après ce qui nous arrive, il
est visible que Dieu est irrité, que sa main est
étendue sur nous... Allons à l'église prier,
ajouta-t-il, peut-être éviterons-nous de nouveaux malheurs.

Au moment où ils traversaient le Cloître, ils
entendirent la grande porte des Récollets s'ou-

vrir sous le porche, se refermer avec fracas
puis des pas résonner dans l'escalier. Ils s'arrêtèrent, et virent, à leur grande surprise,
paraître Clavel, de Camplong.

— Bonjour, monsieur le curé et la compagnie ! dit le maître maçon.

— Bonjour, Clavel... Qu'y a-t-il ?

— Ah ! rien de bon, monsieur le curé, rien
de bon, malheureusement.

— Parlez vite !

— Ce matin, dit Clavel, tortillant avec embarras son feutre entre ses doigts, comme
j'allais partir pour Saint-Martin d'Orb, où je
travaille en ce moment pour monsieur Montrose, la servante de notre bon monsieur le curé
est venue chez nous et m'a dit comme ça en
pleurant : « Clavel, est-ce que vous ne passez
» pas par Saint-Xist, en allant à Saint-Martin ?
» — Mais si j'y passe, ai-je répondu. — Pour
» lors, dites à monsieur Courbezon qu'il vienne
» tout de suite à Camplong, que monsieur le
» curé est à l'agonie. » — Voilà la chose toute
crue.

Le maître maçon s'essuya le front.

— Clavel, murmura le vieux desservant
accablé ; vous ne me dites pas toute la vérité :
monsieur Ferrand est mort.

— Mais, monsieur le curé...

— Je vous répète que monsieur Ferrand est
mort.

— Eh bien, oui, mon bon monsieur Courbezon ; il est mort ce matin à quatre heures,
dans les bras de monsieur le curé de Boussagues... Il paraît qu'il vous a demandé plusieurs
fois.

— Ah ! s'écria le vieillard fondant en larmes
et levant désespérément ses deux mains sur
la tête, pourquoi l'ai-je quitté hier au soir !
Mon Dieu ! mon Dieu ! votre droite est terrible.

Il embrassa sa mère, et partit incontinent
pour Camplong.

VII

La Courbezonne, la Cassarotte et Sévéraguette rentrèrent dans la cuisine du presbytère. Elles restèrent longtemps comme vissées
à leurs chaises, immobiles, silencieuses. La
mère du curé surtout paraissait anéantie. A
plusieurs reprises, elle releva la tête, promena
un regard stupide autour d'elle et essaya de
parler ; mais ses lèvres tremblantes ne balbu-
tièrent que des mots inintelligibles, qui s'é-
chappèrent de sa poitrine avec des soupirs dé-
chirants.

— Seigneur-Dieu ! répétait-elle, Seigneur-
Dieu !

La Cassarotte, quoique bouleversée par tant
d'événements funestes, était peut-être celle des

trois femmes qui, dans la crise actuelle, conservait le plus de calme, de raison. Elle devait cette énergie de tempérament à un apprentissage précoce du malheur. A l'époque où elle habitait son misérable séchoir dans la montagne, ayant souvent manqué de pain pour ses enfants, la Sénégrole avait souffert le plus atroce des supplices. Aussi pouvait-elle désormais défier en quelque sorte les aiguillons de la douleur. Réfléchissant au moyen le plus sûr d'arracher la Courbezonne et Sévéraguette à l'impression si accablante du moment, la pauvre paysanne leur proposa de sortir pour aller au-devant de Marthe.

— Le temps est si beau ! dit-elle.

— Comme vous voudrez, sortons ! murmura la mère du curé abandonnant son bras à la veuve.

— Marinette ! Jeannot ! cria la Cassarotte hêlant les enfants qui jouaient dans le Cloître.

On descendit l'escalier.

— Mais, dit Cécile, s'arrêtant, tout à coup sous le porche, les petits n'ont pas déjeuné, je crois ?

— Ma foi, c'est vérité ! répondit la Sénagrole, on n'a pas eu idée à leur donner la becquée, ce matin.

— Remontons, dit la Courbezonne.

— C'est inutile, reprit l'orpheline en quête d'un prétexte qui lui permît de s'isoler, je vais les emmener déjeuner à Saint-Xist. Nous vous rejoindrons bientôt.

— Oh ! mais, non, non ! s'écria la Cassarotte ; ils se lèvent à peine et n'ont pas encore faim.

— Est-ce que tu ne croquerais pas une tartine de miel blanc, toi ? demanda Sévéraguette à la petite fille.

Marinette sourit, allongeant ses mignonnes lèvres d'un rouge de corail.

— Et toi, Jeannot, qu'en dis-tu ?

Le petit paysan ouvrit des yeux démesurés.

— Et moi aussi j'en mangerais, du miel blanc, Cécile, si tu voulais m'en donner, dit-il, se pourléchant les coins de la bouche comme un jeune chat à l'approche du fromage.

— Eh bien, venez avec moi !

Les enfants s'accrochèrent à l'orpheline.

— Pardi ! dit la Cassarotte, ces gueules fraîches, ça n'est pas encore éveillé que ça veut s'attire. Ah ! Cécile, comme tu me gâtes ma racaille !... Enfin, emmène-les, puisque le cœur te dis de leur faire toujours des amitiés comme ça. Mais ne va pas pousser racine par là-bas, reviens vitement par exemple, entends-tu ?

On se sépara.

En entrant dans la cuisine, Sévéraguette n'eut rien de plus pressé que d'atteindre, sur une haute étagère, un grand pot plein de miel, de tailler dans une miche énorme deux larges tartines, et de contenter les enfants qui se tenaient autour de la table, bouche béante et

bras levés. Jeannot fut le premier servi. Le petit paysan mordit à son déjeuner avec une incroyable gloutonnerie : il emplissait sa bouche au point de gêner la mastication, puis il gambadait autour de Cécile en poussant de petits grognements de satisfaction. Mais quand Marinette eut reçu sa tartine, qu'elle se mit à lécher délicatement en promenant dans tous les sens sa fine langue de chatte, à la surprise de l'orpheline, les deux enfants, comme s'ils s'étaient donné le mot, se dirigèrent simultanément vers la porte.

— Eh bien, où allez-vous si vite ? leur demanda Sévéraguette.

— J'ai peur de la Pancole, moi, répondit Marinette.

— Oh ! si la Pancole venait, elle nous battrait, allons-nous-en ! s'écria Jeannot décampant le premier.

— Vous voyez bien qu'elle n'est pas à la maison, dit Cécile, remarquant alors seulement l'absence de sa tante.

— Et où est-elle, la Pancole ? insista Jeannot.

— Est-ce qu'elle est morte, la Pancole ? demanda Marinette.

— Non, non ! dit Sévéraguette avec un frisson, elle est aux champs en ce moment... Amusez-vous, n'ayez pas peur.

Rassurés, les enfants restèrent.

Enfin Sévéraguette était seule. Elle s'assit, et, laissant tomber la tête dans ses mains, essaya de se recueillir. Elle voulait se rendre un compte exact de sa situation pour prendre un parti décisif. Que devenir dans les malheurs qui frappaient l'abbé Courbezon, qui la frappaient elle-même ? La pensée qui se présenta à son esprit le plus de netteté, embellie du plus de charmes, fut une pensée de fuite. Pourquoi, en effet, n'irait-elle pas s'enfermer dans un couvent, où ne lui parviendraient plus les bruits d'un monde détesté ? Qui la retenait, maintenant que sa tante ne lui était plus rien, que son directeur, monsieur Ferrand, venait de mourir ? Assurément ce n'était pas au vœu de sa mère, car elle ne pouvait désormais songer à Pancol sans un tressaillement d'épouvante et d'horreur... Cependant, si elle partait, que deviendrait l'abbé Courbezon ? La Cassarotte se chargerait-elle de glisser encore des écus dans le tiroir de la table, ou serait-elle capable d'inventer telle autre ruse qui mît le curé à l'abri du besoin et lui permît de continuer ses aumônes dans le pays ? Mais où la Cassarotte trouverait-elle de l'argent ?... Cécile se vit enchaînée à Saint-Xist par un lieu plus puissant que celui qui l'y avait jusqu'alors retenue. Autrefois, ce n'était qu'un vœu subrepticement arraché à sa mère ; aujourd'hui, c'était toute une famille de saints à faire vivre, tous les pauvres de la contrée à secourir. En proie à une sorte de désespoir muet, occasionné par la ruine d'espérances si divinement caressées, elle s'efforçait d'incliner son âme à la résignation, quand les enfants de la Cassarotte, qui depuis un instant étaient venus se tapir dans ses jupes, riant aux éclats, lui tirèrent brusquement les coudes.

— Eh bien, qu'y a-t-il? dit l'orpheline avec humeur.

Jeannot, n'osant répondre, fit un signe à sa sœur.

— Est-ce que tu n'as plus de miel blanc dans ton grand pot, Cécile? demanda Marinette.

— Si; tu en veux donc encore?

— Pas moi : c'est Jeannot.

— Elle ment, c'est elle! fit le petit paysan honteux.

— Je vois que vous en voulez tous les deux.

Elle se leva et leur distribua un second déjeuner.

— Tu serais bien gentille, Cécile, si tu nous laissais aller jouer dans la basse-cour avec les lapins? dit Marinette.

— Allez, allez!

Jeannot, d'une main enfonçant dans sa bouche qui s'entre-bâilla jusqu'aux oreilles sa nouvelle tartine, de l'autre remorquant Marinette, se dirigea vers l'escalier de la basse-cour.

— C'est comme ces pauvres enfants, pensa Cécile, les suivant des yeux, que deviendront-ils, si je les abandonne? Ils grandissent chaque jour, et bientôt monsieur Courbezon ne pourra plus les garder chez lui. Où ira Marinette? où ira Jeannot? où ira même Félicien, car la Pancole ne le souffrira pas ici, quand je n'y serai plus pour le protéger? Pauvres enfants!... C'est bien triste tout de même la pauvreté!... Heureusement, je suis riche, moi... Pourquoi ne laisserais-je pas mon bien à la Cassarotte, si bonne pour moi, si dévouée à monsieur le curé, à ma mère, à Marthe? Suis-je, en conscience, obligée de léguer mes terres, mon argent, ma maison à ma tante Pancole, qui ne m'aime point, qui mangera mes écus avec son garçon, sans jamais en laisser tomber un dans la main du pauvre? Non! Dieu ne peut m'avoir donné du bien pour un si funeste usage... D'ailleurs, suis-je sûre que Justin n'est pas le dernier des hommes?... Et la Pancole?... S'ils avaient assassiné Fumat!... Une voix s'élève en moi qui les accuse... Oh! oh!... Il faut que le méchant soit puni : mes parents de Boussagues ne toucheront pas une bribe de mon bien... Et puis, si j'abandonnais tout à la Cassarotte, non-seulement son avenir et celui de ses enfants seraient assurés, mais je pourrais m'éloigner sans regrets, sans remords, car, aux Récollets, on ne manquerait jamais de rien...

L'orpheline en était à ce point de ses réflexions, quand un cri perçant et prolongé la fit sauter vivement de sa chaise : elle avait reconnu la voix de Marinette. Elle se précipita vers la porte vitrée de la basse-cour; mais elle ne l'avait pas encore ouverte, que des hurlements semblables à ceux d'un animal qu'on égorge, la glacèrent d'épouvante.

— Marinette! Jeannot! appela-t-elle : Où êtes-vous?

— Ici! ici! répondirent les enfants, blottis sous la vieille charrette effondrée qui gisait au milieu de la basse-cour.

— Qu'avez-vous donc? pourquoi criez-vous ainsi, sainte Vierge?

— Elle m'a pris ma tartine! dit Jeannot, dont les yeux étaient de vrais arrosoirs.

— Et à moi aussi, Cécile, balbutia Marinette suffoquée par les sanglots.

— Qui donc? qui?

— Elle, là-bas! firent les enfants désignant le fond de la basse-cour.

Sévéraguette se retourna, et vit la Pancole.

Armée du grand balai des écuries, la mère de Justin s'escrimait à nettoyer le ruisseau plein de boue où se vautrait quotidiennement le cochon. Cette ignoble corvée étant le lot de la fille de basse-cour, Cécile demeura fort étonnée de la voir accomplir par sa tante. Suspectant désormais ses moindres démarches, elle pensa qu'une raison puissante pouvait seule avoir déterminé la Boussagole à se livrer à une besogne si dégoûtante, si insolite surtout, et elle s'avança pour la questionner. Mais celle-ci, qui probablement ne se souciait guère d'être troublée dans sa tâche immonde, leva haut le balai par un mouvement plein de menace.

— Et toi, dit-elle, vas-tu me chercher noise maintenant avec cette gueusaille de Cassarot? Aussi bien m'est avis que tu agiras sagement en me laissant en repos, entends-tu? car autrement, gare!

Elle agita son balai d'une façon significative. Elle continua :

— Ah çà! mais, est-ce que tu crois que les miches tombent toutes rôties du ciel, que tu en bailles comme ça des quartiers de deux livres à ces gueguilleux? Je leur ai attrapé leur mangeaille, et qu'ils viennent tant seulement la demander, et tu verras quelle danse! Je tiens des gourmades toutes prêtes au bout de mes doigts pour tous ces mendiants. Ils étaient là, dévorant mon bien à ma barbe, et tu aurais voulu que je restasse tranquille! Ah! pardi, oui, on vous en donnera du calme, quand votre bien s'en va de tous côtés. Ah! pas de l'eau dans les veines, moi, pour voir ma ruine sans placer mon mot... Il faut trop trimer pour gagner un sou. Toute ma misérable vie, je l'ai passée à m'exterminer le corps au soleil, à la pluie, à la gelée, pour me ramasser un morceau de pain. Jamais je ne me suis allongée dans mon lit que lorsque mes pauvres côtes n'en pouvaient plus. Aussi ma carcasse est droite, allez! Je suis devenue, à force de peine,

défléchie comme un cerceau de barrique. Ah !
ciel du bon Dieu ! ça vous double les pauvres
créatures comme un osier, le travail de la terre...
A toi, tous les chemins vont de plain-pied ; il
te semble que rien ne t'arrêtera, parce que tu
puises à même dans le magot de Marianne. Fais
attention, ma nièce, toutes les mouches qui
doivent te piquer n'ont pas quitté leur trou...
Gare la mouche de la misère !

Depuis un instant, Sévéraguette n'écoutait
plus sa tante ; l'œil attaché sur l'endroit le plus
boueux du ruisseau, elle examinait avec une
attention avide des traces de pas fortement
empreintes dans la fange. C'étaient évidemment des pas d'homme ! La semelle du soulier
était dessinée tout entière et dans les plus mi-
nutieux détails. Tout à coup, au beau milieu
de cette semelle, elle aperçut de gros clous à
tête de marteau formant un J. et un P. Ces
lettres, travail artistique d'un cordonnier de
Boussagues très en réputation dans le pays et
initiales du nom de son cousin, en expliquant
à Cécile pourquoi sa tante balayait le ruisseau
de la basse-cour, lui apportaient la conviction
absolue de la présence de Pancol, la veille, à
Saint-Xist. Elle frissonna : le jour se faisait autour de l'assassinat de Fumat.

— Oserez-vous dire maintenant, s'écria-
t-elle, fixant sur sa tante des yeux enflammés,
que votre garçon n'est pas venu hier ici, quand
je vous trouve occupée à effacer la trace de ses
pas ?

La Pancole, exaspérée, sans proférer une parole, lança de toutes ses forces son gros balai
dans la direction de Cécile ; mais elle l'évita
par un recul adroit, et s'enfuit à toutes jambes,
entraînant Marinette et Jeannot tout effarés.

VIII

Sévéraguette s'arrêta dans la cuisine juste le
temps de remplacer les tartines enlevées aux
enfants ; puis elle sortit avec eux et reprit le
chemin de Sanégra. Le soleil était déjà haut.
Fatiguée par la chaleur, épuisée par tant de
luttes, désespérant d'ailleurs de rejoindre la
Courbezonne, l'orpheline s'assit pour respirer
à l'ombre des vieilles murailles du château,
laissant aller Marinette et Jeannot, qui s'amu-
sèrent à faire des bouquets avec les fleurettes
épanouies de toutes parts sur les ruines. Elle
était là depuis plus d'une heure, s'enivrant de
ses mêmes idées de fuite, pensant tour à tour
au curé, à Pancol, à sa tante, à la Cassarotte,
quand le vague tumulte d'une foule qui marche
arriva jusqu'à elle comme un bruissement
lointain.

Cécile, épouvantée, se hissa sur un pan de
mur, et vit, au bas de la côte, s'égrenant en

divers groupes le long du sentier de Sanégra,
un amas énorme de paysans. Tout ce monde,
criant, hurlant, riant, pleurant, gravissait la
colline ardue, précédée de quatre hommes à
cheval, que Sévéraguette n'eut pas de peine,
au miroitement de leurs armes au soleil, à reconnaître pour des gendarmes. Son premier
mouvement fut d'appeler les enfants et de fuir
en haut de la montagne ; mais, arrivée à la
mare de Pierre-Brune, elle s'arrêta brusquement. La vue des passerelles ensanglantées, de
l'eau encore bourbeuse, des glissades faites
par l'assassin ou par le malheureux Fumat sur
les bords fangeux du ruisseau, les traces enfin
de tout le drame de la nuit, que l'on pouvait
suivre depuis le commencement de la lutte
jusqu'à son effroyable dénoûment, la glacèrent.
Elle sentit qu'elle n'aurait jamais la force de
poser le pied sur ces passerelles tachées du sang
d'un homme qui peut-être l'avait sérieusement
aimée, et demeura là, immobile, les yeux pleins
de larmes, attendant courageusement les gendarmes qui allaient, à ne plus en douter, lui
révéler le nom du meurtrier.

Parvenus aux bords de la mare, les gendarmes rejetèrent la foule en arrière, et deux
hommes, à la mine grave, au costume sévère,
ceints de l'écharpe, s'avancèrent d'un air important : c'étaient le juge de paix et le commissaire de police du canton. Alors commença,
dans les plus intimes détails, une véritable enquête des lieux. Pas une pierre, pas une
broussaille, pas une goutte de sang, ne furent
oubliés dans la description sèche, écrite en
français équivoque, que dicta en plein vent le
juge de paix à son greffier. On porta le mètre
partout où l'on aperçut quelque trace de pas ;
on ramassa dans la boue un bouton de métal
et un chiffon de drap brun ; puis le juge de
paix interrogea, séance tenante, plusieurs campagnards, qui ne surent donner aucun éclair-
cissement. Enfin, le procès verbal clos, signé,
parafé, l'on se dirigea vers Sanégra pour y
procéder à l'inspection du cadavre.

Sévéraguette, reculée comme tout le monde,
s'était blottie avec les enfants entre deux rochers, et était restée là tout le temps qu'a-
vaient duré les informations de la justice,
agitée, tremblante. Certainement, si le juge de
paix eût aperçu, dans la foule, le visage blême
de la jeune fille, son œil inquiet, ses trépida-
tions involontaires, il n'eût pas manqué de
concevoir des soupçons et de l'interroger ; mais
il ne se tourna pas même une fois de son
côté.

Cependant, quand les chevaux des gendarmes eurent disparu dans les détours du sentier
de Sanégra, que tout autour de la mare de
Pierre-Brune fut rentré dans son silence et son
repos habituels, l'orpheline s'élançant de sa
cachette par un bond d'une hardiesse inouïe,
court à l'autre extrémité de la mare, précisé-

ment à l'endroit où avait eu lieu la dernière lutte entre Fumat et son meurtrier. Cette partie du bord, peu remarquée par les hommes de justice, avait tout d'abord attiré l'œil de Sévéraguette. Il existe au fond de toute âme pure comme un instinct de divination qui la guide sans cesse vers la vérité. Il avait paru à Cécile que le terrain était plus piétiné qu'ailleurs, et tout naturellement ses yeux s'y étaient arrêtés. Elle avait examiné, compté, dévoré du regard chaque pas empreint dans la boue, et déjà elle bénissait Dieu de ne pas reconnaître, dans toutes ces traces emmêlées, entre-croisées, les pas de son cousin, quand, tout au fond, sous un jeune saule, près d'une grosse touffe de cresson vivace, elle avait cru voir imprimés dans la terre humide, les deux lettres fatales : J. P! Des gouttes de sueur froide lui perlèrent au front. Elle n'avait su qu'elle contenance tenir entre les rochers. Évidemment le commissaire de police et le juge de paix, ou bien quelqu'un des paysans, allait apercevoir cette trace révélatrice et nommer l'assassin de Fumat. Qui sait si elle-même ne serait pas arrêtée et menée à Bédarieux, les mains derrière le dos, la chaîne au cou? car enfin elle était la parente du coupable, et on pouvait la prendre pour sa complice! Rien ne saurait peindre les angoisses de Sévéraguette. En une heure que durèrent les perquisitions de la justice, elle connut toutes les tortures de l'enfer. Oh! pourquoi était-elle venue à la mare de Pierre-Bruno?

Ni son œil, ni son instinct n'avaient trompé l'orpheline : c'étaient bien les initiales de Justin Pancol qu'elle avait lues dans la fange. Comme dans la basse-cour, la semelle tout entière, avec ses clous, ses crevasses, ses arabesques bizarres, était parfaitement moulée dans la glaise. Saisie d'une frayeur indicible devant cette preuve positive de la culpabilité de Justin, la jeune fille ne sut s'empêcher de passer le pied sur cette marque accusatrice; mais elle ne l'eut pas plus tôt effacée qu'elle recula d'horreur. Il lui sembla qu'elle venait de commettre une faute grave : Dieu ne permet-il pas que la terre garde les traces du criminel, afin qu'il soit puni dès ici-bas? Sa conscience pure, timorée, suscita mille pensées inquiétantes à Sévéraguette. Qui sait si, au lieu de cacher l'assassin, son devoir n'était pas de le faire connaître? En ne pas dénoncer le crime, n'était-ce pas en accepter la complicité morale? Elle frémit de tous ses membres à l'idée qu'une de ses paroles pouvait envoyer son cousin à l'échafaud. Néanmoins, la crainte de compromettre par une faiblesse coupable son salut éternel lui fit prendre un prompte résolution : elle irait le lendemain à Bédarieux pour tout dévoiler à la justice.

Cécile, suivie des enfants qui se tenaient silencieux et tristes, descendit lentement vers Saint-Xist, l'âme en proie aux plus dévorantes pensées, au plus cuisant désespoir. Au bas de la colline, Marthe, la Courbezonne et la Cassarotto la rejoignirent.

— Eh bien! demanda Sévéraguette, la justice a-t-elle découvert le coupable?

— Non, répondit la sœur de charité. Est-ce que vous soupçonnez quelqu'un, vous, Cécile?

— Moi, babultia-t-elle, sentant la voix lui expirer dans le gosier... Qui voulez-vous que je soupçonne? ajouta-t-elle avec effort.

La Courbezonne, brisée par cette course à travers des sentiers pierreux, presque impraticables, rentra au presbytère avec la Cassarotto et les enfants.

— Sévéraguette, dit Marthe attirant la jeune fille dans l'ombre du porche, je vous croyais plus forte. Une chrétienne ne doit pas à ce point se laisser accabler par l'infortune. Vous savez que nous sommes ici-bas pour souffrir, et que Dieu a dit : — *Heureux ceux qui pleurent!* Fumat désirait vous épouser, mais il n'était pas encore votre mari, et... •

— Ah! ma sœur Marthe! ma bonne sœur Marthe! interrompit l'orpheline prenant les mains de la religieuse et les arrosant de larmes.

— Eh bien! qu'est-ce, mon enfant?

— Je veux m'en aller d'ici, emmenez-moi loin d'ici, je suis malheureuse!

— Mais où voulez-vous que je vous conduise?

— Ah! c'est vrai... Hélas! je suis une trop grande pécheresse pour espérer qu'on me reçoive jamais dans votre maison-mère de Paris.

— Quoi! s'écria Marthe, dont l'œil étincela d'une joie toute divine, vous accepteriez l'humble habit de sœur de Saint-Vincent?

— Oh! soupira Cécile tombant à genoux et baisant la robe grise de la sœur avec un respect passionné.

En ce moment, l'abbé Courbezon, revenant de Camplong, parut dans le chemin creux, en deçà du ruisseau.

— Mon frère! mon frère! appela Marthe, cours donc, cours!

Le vieillard hâta le pas.

— Réjouis-toi, mon frère, réjouis-toi! Dieu, au milieu de tes grandes épreuves, t'envoie une consolation, et ta journée, commencée dans les larmes, va s'achever dans l'allégresse.

— Parle, Marthe, parle! et que Dieu soit également béni pour le bien comme pour le mal qu'il nous envoie!

— Sévéraguette embrasse la vie religieuse!

Le ton à la fois ému et solennel dont furent prononcées ces paroles disait bien tout le prix qu'attachait la sœur Marthe au renoncement volontaire au monde. Enivrée de contentement, elle embrassa plusieurs fois Cécile, qui, dans un trouble inexprimable, balbutiait des mots vides de sens. Quant au curé, il fut un instant immobile et muet d'admiration ; puis, enveloppant ce groupe si cher à Dieu, si cher à lui-même :

— Cécile Sérérac, dit-il, rien ne pouvait m'être plus doux que d'apprendre les admirables résolutions de votre cœur, et je bénis Dieu de ce qu'il fait en vous de grandes choses. Cependant, si rien ici-bas ne doit s'accomplir inconsidérément, il faut y réfléchir à deux fois quand il s'agit de renoncer au monde, à ses aises, à ses séductions, pour embrasser une vie toute de privations et de dévouement. Les voies du Seigneur, mon enfant, sont semées de ronces et d'épines, on n'y marche qu'en s'y ensanglantant les pieds... Marthe n'était pas encore remise complétement, j'ai demandé une prolongation de congé à la supérieure générale de la Congrégation : elle m'a accordé six mois. Pendant ces six mois, sondez votre esprit, sondez vos forces, et si, au bout de ce temps, vous êtes dans les mêmes dispositions où je vous vois, eh bien ! alors, vous partirez avec ma sœur pour Paris.

Ils rentrèrent tous trois au presbytère.

IX

Cependant l'assassinat d'Antoine Fumat avait mis tout le pays en émoi. Non-seulement dans les quatre hameaux de la paroisse de Saint-Xist, mais dans toutes les bourgades des monts d'Orb, la catastrophe du malheureux Sanégrol était devenue la préoccupation générale. Au marché de Bédarieux, où l'on avait l'habitude d'entendre pérorer l'Avocat, au cabaret de Gratiboul, où naguère on l'avait vu dîner avec les Boussagols, on s'abordait en se demandant si le meurtrier n'était pas encore arrêté. Les villageoises de la plaine de Véreille, terrifiées, croyant à l'existence de quelque bande de brigands dispersée dans la haute vallée d'Orb, ne s'attardaient plus à la ville. Celles de Sanégra rentraient même avant le coucher du soleil, ne voulant pas s'exposer à traverser, de nuit, la mare de Pierre-Brune. Du reste, les fréquentes descentes de la justice à Saint-Xist étaient bien faites pour surexciter les cerveaux faibles. Il ne se passait pas de jour qu'on ne rencontrât, dans les châtaigneraies, des gendarmes à pied ou à cheval.

Tant de précautions étaient prises en pure perte ; non qu'on pût accuser la gendarmerie de manquer d'initiative, — elle arrêta plusieurs individus qu'on relâcha presque aussitôt, — mais il ne fut pas trouvé la moindre trace du coupable. C'est alors que le parquet de Béziers, ne s'en rapportant plus à ses agents subal-

ternes, plus zélés qu'intelligents, se mit lui-même de la partie. D'abord, le juge d'instruction vint procéder à l'interrogatoire d'un grand nombre de paysans ; puis le procureur du roi installa pour quelques jours son quartier général d'opérations à Bédarieux, et, guidé par le maire de Boussagues, Mécanne, se disposa lui-même à battre les montagnes. Mais, en admettant que les recherches du parquet eussent dû aboutir, Mécanne, qui avait trop de raisons pour ne pas soupçonner son neveu Pancol d'avoir assassiné Fumat, eût suffi à en compromettre le succès. A la nouvelle de l'arrivée, à Bédarieux, du procureur du roi, le maire de Boussagues avait volé auprès de lui : s'était mis tout entier à sa disposition, lui répétant que personne mieux que lui n'avait exploré la contrée, qu'il savait le nom de chaque famille des monts d'Orb, que de plus il connaissait, du côté de Camplong, des grottes souterraines où il ne serait pas impossible que se tînt caché le meurtrier de Fumat. Dupe de ce dévouement intéressé, la justice dans l'embarras n'avait pas hésité à charger Mécanne de diriger ses excursions à travers le pays.

Une fois investi de la confiance du procureur du roi, le premier soin de Mécanne fut de le fatiguer en de vaines pérégrinations.

— Lorsque ce petit monsieur, pensait-il, aura crevé ses jolis souliers de peau de chèvre aux pierres aiguës de nos chemins, comme il ne voudra pas s'y déchirer les pieds, il reviendra devers son beau salon de Béziers.

Aussi, le magistrat, déconcerté, se récriait-il en vain, quand le maire de Boussagues, au lieu de le conduire à Sanégra ou à Saint-Xist, lui fit tout à coup franchir l'Aire-Raymond, et l'amena aux bords de la rivière d'Espase, au-dessus du village de Camplong. Le campagnard retors lui persuada que la gendarmerie n'avait laissé rien à faire dans sa commune, et que, si l'assassin était encore dans le pays, on le découvrirait dans les gorges de Bataille. Là-dessus, il ordonna à deux des gendarmes qui les escortaient de courir à Camplong et de s'y procurer de la paille à tout prix. Il voulait, disait-il, enfumer les grottes, qui n'étaient pas bien profondes, et contraindre le criminel à en sortir ou à y périr étouffé, comme un renard dans son terrier.

On se fera difficilement une idée de quels gestes animés, de quels regards résolus, Mécanne accompagnait ses paroles, et tout cela sans le moindre effet théâtral, avec un air de bonhomie et de naïveté admirable. Et qu'on dise maintenant qu'une extrême civilisation seule engendre la perversité ! Le procureur du roi, qui se croyait très-perspicace, ne vit dans ce paysan profond, qui se jouait de la chose la plus sacrée, la justice ! qu'un brave homme très-honoré de la servir. Il laissa Mécanne allumer sa paille à l'ouverture des cavernes de

Bataillo, et assista sérieusement à ses ridicules incendies.

Plus de six jours furent passés ainsi à noircir de fumée toutes les excavations autour de Camplong. Mais aucune n'ayant tenu les promesses formulées par le maire, le procureur du roi, harassé de ses courses à travers d'horribles escarpements, déclara qu'il irait le soir même à Saint-Xist pour y poursuivre ses investigations.

— C'est inutile, dit Mécanne.

— Pourquoi donc ?

— Tout bonnement, monsieur le procureur du roi, parce que nous tenons notre homme.

— Vous moquez-vous, monsieur le maire ?

— Dieu m'en garde, monsieur le procureur du roi ! Mais si vous voulez bien m'écouter tant seulement une minute, vous comprendrez que, si le meurtrier de ce pauvre Fumat rôde encore aux monts d'Orb, il est bien près de tomber entre nos mains... Ah ! ma foi, je vous le jure, je ne voudrais pas, en ce moment-ci, me trouver dans sa chemise.

— Qu'entendez-vous par là ? Expliquez-vous !

— Mon Dieu ! c'est bien simple, monsieur le procureur du roi, fit Mécanne d'un air dégagé. Quand, à Bédarieux, je vous ai dit que je connaissais, aux environs de Camplong, des grottes où s'étaient cachés des prêtres pendant la Révolution, et où tout dernièrement, sous l'empereur, des soldats réfractaires avaient trouvé un asile assuré contre la gendarmerie, je n'entendais point parler comme ça d'un seul versant de la montagne, mais bien des deux versants. Or, il nous reste à faire des perquisitions à Graissessac. Il est clair pour moi que si, comme nous le savons à présent, le coupable n'est pas dans les gorges de Camplong, il est dans les mines de Graissessac. Qui sait même si ce n'est pas un mineur qui a fait le coup ? Tenez, il y a beaucoup de pétardiers piémontais dans la bande des ouvriers dont je ne donnerais pas deux gousses d'ail au moins ! Ah ! par exemple, si c'est à un mineur que nous avons affaire, je vous l'avoue franchement, monsieur le procureur du roi, notre besogne sera rude ; car il y a dans la mine de Brochain des galeries secrètes connues tant seulement des travailleurs, puis le grisou rend celle de Sainte-Barbe inabordable. Mais il nous reste les mines d'Eugène et des Nières, où nous pouvons pénétrer, et je suis certain, monsieur le procureur du roi...

— Vous avez raison, monsieur le maire, interrompit gravement le magistrat préoccupé, l'homme que nous cherchons s'est peut-être réfugié dans les mines ; c'est même par les mines que nous aurions dû commencer... Il y a à Graissessac une grande agglomération d'ouvriers, parmi lesquels beaucoup d'étrangers... Partons !

Trois jours entiers furent employés à fouiller les mines. D'abord ce fut celle de Brochain qu'on visita, comme étant la plus importante. Le procureur du roi, ayant à ses côtés le maire de Boussagues et l'ingénieur de la compagnie houillère, y entra précédé de quatre gendarmes le sabre au poing et de quelques ouvriers de confiance armés de torches enflammées. Plusieurs des galeries secrètes de cette mine, qui s'étend à plusieurs lieues dans la montagne, furent explorées. Mais suffoqué par l'odeur fortement sulfureuse que dégageaient les bancs de charbon, grelottant de froid et désespérant de parvenir jamais à sonder les mille sentiers étroits qui s'égaraient de tous côtés dans ce noir labyrinthe, plus inextricable que celui de Crètes, après deux heures seulement de recherches, le magistrat demanda à revoir le soleil.

— Les jours suivants, soit dévouement à ses devoirs, soit pure curiosité, il se fit néanmoins accompagner dans les mines d'Eugène et des Nières. Mais quand l'ingénieur lui proposa de le conduire dans celle de Sainte-Barbe, il parut embarrassé.

— N'est-ce pas là qu'est le feu grisou ? demanda-t-il.

— Il y a, en effet, quelques galeries dangereuses, répondit l'ingénieur ; cependant, avec nos lampes Davy, on peut s'y engager sans crainte.

— Pour moi, je ne suis pas de la partie, fit Mécanne. Monsieur l'ingénieur m'excusera, mais je n'ai aucune confiance dans ses lampes de sûreté. Elles n'ont pas empêché, l'année passée, Pierre Cassarot, de Sénégra, d'être frit comme un merlan.

Le procureur du roi formula son refus plus courtoisement que le maire ; mais il refusa, comme lui, de s'aventurer dans la mine de Sainte-Barbe. Il se contenta de remercier l'ingénieur de ses efforts pour éclairer la justice ; lui demanda quelques renseignements sur la moralité des ouvriers de la compagnie, et lui tira son salut.

— Allons chercher nos chevaux, monsieur le maire, dit-il, et partons !

— Pour Béziers ? demanda Mécanne.

— Ma foi, j'en aurais bien envie, car toutes ces excursions à travers le bassin houiller de Graissessac et les pierrailles de Camplong m'ont mis sur les dents... Pourtant, avant de rentrer chez moi, ajouta-t-il, je tiens à voir le curé de Saint-Xist : les curés savent toujours beaucoup de choses.

Mécanne frissonna.

— Faites à votre volonté, monsieur le procureur du roi, dit-il ; toutefois, je dois vous prévenir que votre course à Saint-Xist n'aura qu'un résultat, celui de vous fatiguer davantage. Allez, ce n'est pas monsieur Courbezon qui vous ouvrira les yeux sur cette affaire. Outre que c'est un homme simple, il ne connaît pas un chat dans le pays.

— N'importe, je veux le voir ! repartit le magistrat.

De peur d'éveiller des soupçons par trop d'insistance, Mécanne se tut.

X

L'abbé Courbezon était en train de donner une leçon de lecture à Jeannot et à Marinette sur la terrasse du presbytère, quand, vers trois heures de l'après-midi, le procureur du roi et son guide arrivèrent à Saint-Xist. En voyant deux cavaliers escortés d'un piquet de gendarmes s'arrêter à la porte des Récollets, le vieux prêtre planta là les enfants, et, à la grande surprise de sa mère, de sa sœur, de Sévéraguette et de la Cassarotte, réunies dans la cuisine, descendit vivement l'escalier.

— Salut, monsieur le curé, dit Mécanne en apercevant l'abbé. Je suis bien sûr que vous ne vous attendiez point aujourd'hui à la visite de monsieur le procureur du roi et à la mienne ?

— Quel qu'en soit l'objet, soyez les bienvenus, messieurs, répondit le vieillard s'inclinant avec respect devant le magistrat, et tendant amicalement la main au maire de la commune.

— Vous devinez probablement, monsieur le curé, dit le procureur du roi, montant l'escalier des Récollets, pourquoi je viens à Saint-Xist.

— Hélas ! monsieur, le crime qui a été commis dans ma paroisse ne justifie que trop votre présence ici.

On entra dans la cuisine, qui servait aussi de salon ; Mécanne embrassa sa nièce Cécile ; l'abbé présenta sa mère, sa sœur, Sévéraguette au magistrat, puis lui offrit un siège.

— Peut-être, monsieur, s'empressa-t-il de lui dire, désirez-vous m'entretenir en particulier ? Dans ce cas, nous passerons, si vous voulez bien, dans ma chambre.

— C'est inutile, monsieur le curé, c'est inutile. Au lieu d'avoir des secrets à vous confier, e viens vous en demander : c'est donc à vous de juger si vous pouvez parler en présence de ces dames et de monsieur le maire.

— Alors, monsieur le procureur du roi, asseyons-nous ici.

— Vous n'avez donc absolument rien à ajouter à la lettre que vous m'avez fait l'honneur de m'écrire ?

— Absolument rien, monsieur... Toutefois, si vous le permettez...

— Parlez, monsieur le curé, parlez.

— Oh ! dit Mécanne épouvanté, monsieur le curé, j'en suis bien persuadé, ne pourra pas nommer l'assassin de Fumat, car il n'a pas suivi le pauvre Sanégrol jusqu'à la mare de Pierre-Brune, dans la nuit de sa catastrophe. S'il avait vu de ses yeux...

— Monsieur le maire, laissez monsieur Courbezon s'expliquer, je vous prie, interrompit sévèrement au magistrat.

Sévéraguette sentit des gouttes de sueur froide lui perler au front.

— Je ferai une simple observation, reprit l'abbé : — Certains témoins ont déposé qu'Antoine Fumat s'adonnait au vice honteux de l'ivrognerie, et qu'une fois pris de vin, il aurait bien pu se noyer dans la mare. Quoique les blessures de la victime et l'énorme pierre qu'on a trouvée sur son corps soient des faits assez graves pour éloigner de l'esprit toute idée d'accident, il m'importe de déclarer que Fumat, quand il m'a quitté, était dans la parfaite jouissance de toutes ses facultés morales.

Le vieux desservant faisait allusion à la déposition de plusieurs des parents de l'Avocat, lesquels, cités devant le juge d'instruction, n'avaient pas craint, croyant s'épargner les frais d'une poursuite à diriger, de calomnier la mémoire du Sanégrol. « Il buvait sans » comparaison, comme un moucheron qui a » soif, notre pauvre défunt, avaient-ils dit, et » il pourrait bien comme ça avoir vu trouble » en traversant la mare de Pierre-Brune, à la » nuit close. »

— Et voilà tout ce que vous avez à ajouter à votre lettre ? demanda le procureur du roi.

Le vieillard fit un signe de tête affirmatif.

— Mécanne respira délicieusement une large bouffée d'air.

— Comment ! reprit le magistrat avec une vivacité qui montrait jusqu'à quel point il était avide de révélations, vous habitez le pays où a été perpétré le crime, votre ministère vous met quotidiennement en rapport avec tous les paysans de ces montagnes, vous en savez le caractère, les instincts, les mœurs, vous connaissez ceux qui offrent le plus ou moins de garanties de moralité, et vous ne pouvez pas me citer un nom !

— Monsieur le procureur du roi, répliqua le vieux prêtre avec une fierté touchante, j'ai la conviction intime qu'aucun de mes paroissiens n'est le meurtrier de Fumat. Je serais trop malheureux si je pensais qu'il en fût autrement.

— Mais, insista le magistrat cherchant quelqu'un à dévorer comme le lion de l'Écriture, vous voyez à toute heure de la journée défiler à votre porte des gens qui, sous prétexte de demander l'aumône, pratiquent le vagabondage le plus suspect, et il ne serait pas impossible que vous eussiez jeté vos soupçons sur quelqu'un de ces malfaiteurs anonymes.

— Je n'ai jeté de soupçons sur personne, monsieur, et j'aurai la franchise de vous avouer que, si j'avais, en effet, conçu des soupçons, je les enfouirais au plus profond de mon cœur, au lieu de vous les révéler. Il faut, à mes yeux, plus que des soupçons pour pousser un homme sur les bancs de la cour d'assises, car s'il en revient quelquefois avec la tête, — le monde est ainsi fait, — il y laisse toujours l'honneur.

Le magistrat n'entendit pas cette dernière phrase, qu'il n'eût certainement point laissée sans réplique. Depuis un moment son attention tout entière était concentrée sur Sévéraguette, dont la pâleur, l'attitude embarrassée, l'abattement singulier, venaient de faire briller à ses yeux quelques vagues lueurs d'espérance.

— Tenez, monsieur le curé, dit-il se levant tout à coup, je suis sûr que mademoiselle en sait plus long que vous sur l'assassinat de votre paroissien.

Et il fit un pas vers Cécile. Mais l'abbé Courbezon, remarquant alors l'horrible accablement de l'orpheline, l'arrêta d'un geste.

— Oh! monsieur, s'écria-t-il, je vous en supplie, n'augmentez pas la douleur de cette enfant! Vous la jugerez bien naturelle, quand vous saurez qu'Antoine Fumat avait demandé sa main.

— C'est vrai, monsieur le procureur du roi, c'est vrai, bredouilla Mécanne bouleversé, ma nièce devait épouser Fumat.

— Mademoiselle, je regrette... balbutia le magistrat s'inclinant.

Il salua et descendit, toujours accompagné de Mécanne, qui, le cœur débordant de joie, avait appliqué deux baisers sonores sur les joues livides de Cécile.

Un instant après, on entendit le lourd galop des chevaux des gendarmes dans les bruyères de Véreilhe.

— Sévéraguette, dit l'abbé Courbezon cherchant à démêler les vrais sentiments de la jeune fille, vous regrettez donc bien Fumat!

— Vous vous méprenez, monsieur le curé, vous vous méprenez sur le motif réel de ma peine.

— Mais alors, ma Cécile, qu'avez-vous? demanda Marthe.

— O ma sœur, comme c'est effrayant un homme de justice! fit-elle, dissimulant toujours ses véritables préoccupations.

— Les hommes de justice ne sont effrayants que pour les coupables, mon enfant, insista l'abbé, et vous n'avez pas à trembler devant eux. Vous n'étiez pas plus que moi, à la mare de Pierre-Brune, j'espère?

— C'est vrai, monsieur le curé; mais qui sait si quelqu'un de mes parents ne s'y trouvait pas? dit-elle, laissant enfin éclater son cœur.

— Quoi! s'écria le desservant alarmé, soupçonnez-vous quelqu'un des vôtres d'avoir assassiné Fumat?

— Non, non, certes! balbutia-t-elle, la tête perdue... Cependant, dans nos petits villages, nous sommes tous liés les uns aux autres par quelque lien de parenté, et...

E le ne put continuer.

— Si ce n'est que cela, rassurez-vous, Sévéraguette. Je ne puis croire qu'il existe un meurtrier parmi mes paroissiens. Ils sont violents en paroles, mais c'est tout... Oh! ajouta-t-il en joignant les mains avec angoisse, que Dieu vous préserve de cet affreux malheur, ma pauvre enfant, car il vous serait alors impossible de suivre votre vocation : les portes des couvents vous seraient fermées sans retour.

— Comment! si un membre de ma famille, même éloigné, avait trempé ses mains?...

— Ce serait un motif radical d'exclusion, interrompit l'abbé. Ne croyez pas, Sévéraguette, qu'on entre dans les couvents aussi facilement que dans les églises, où Dieu a voulu que tout le monde fût admis, le saint comme le larron. Avant de vous ouvrir ses portes, une maison religieuse fait une sorte d'enquête, elle veut savoir qui vous êtes, d'où vous venez, enfin, c'est toute une négociation, et s'il existe le moindre tache dans votre famille, elle vous repousse impitoyablement... Mais, mon enfant, continua-t-il, lui prenant affectueusement les mains dans les siennes, pourquoi vous laisser aller à ces tristes pensées, quand vous n'avez aucun motif de croire les vôtres compromis?... Du courage, Cécile!... J'ai déjà écrit à la supérieure des sœurs de Saint-Vincent; je l'ai longuement entretenue de vous, de votre famille si honorable, et l'autorisation de votre noviciat ne peut tarder à arriver à Saint-Xist. Dieu, ma chère enfant, mesure les tribulations qu'il nous envoie à nos forces, et il ne voudra pas vous écraser du poids de sa colère : il acceptera, n'en doutez pas, l'offrande que vous lui faites de votre vie.

L'orpheline, retenant à peine ses larmes, baisa respectueusement les mains du vieillard.

L'abbé Courbezon appela Jeannot et Marinette, et alla avec eux reprendre la leçon de lecture interrompue.

Sévéraguette, ne sachant quel prétexte invoquer pour quitter les Récollets, resta encore quelques instants dans la cuisine, ayant l'air d'écouter ce que Marthe et la Courbezonne lui disaient pour l'arracher à ses désolantes pensées. Enfin, sentant son cœur près de déborder, elle se leva, et sans donner à la religieuse le temps d'ajuster sa cornette pour l'accompagner, se retira brusquement. Jusqu'au ruisseau de Pierre-Brune, elle trouva encore assez de force pour dominer les émotions qui la bouleversaient; mais une fois cachée derrière le rideau de saules qui borde le courant, elle ne sut plus tenir contre son désespoir, et se laissant tomber sur le gazon, dans l'endroit le plus touffu de la saulée :

— Mon Dieu! murmura-t-elle donnant un libre cours à ses sanglots, se peut-il qu'il y ait un assassin dans ma famille!...

XI

Sévéraguette, qui primitivement avait formé le noble dessein d'aller à Bédarieux déclarer ses soupçons à la justice, qui, plus tard, avait failli les révéler au procureur du roi, resta à Saint-Xist, et évita soigneusement de parler et d'entendre parler de l'assassinat commis à la mare de Pierre-Brune. Ayant depuis longtemps, dans son cœur, dit adieu au monde, elle ne pouvait s'y laisser river maintenant par le crime de Pancol. Peut-être y aurait-il eu quelque héroïsme à tout avouer et à se résigner ensuite au mépris; mais cette idée ne lui effleura pas même l'esprit. Tout entière à ses rêves de vie religieuse, en les sentant se dissiper aux paroles du curé, elle ne songea qu'à les retenir de toutes ses mains, de toute son âme, pour s'y plonger à nouveau. Risquer un avenir qui devait infailliblement lui ouvrir les portes du ciel, but unique de sa vie, était au-dessus de ses forces. D'ailleurs, que pourrait-elle dire qui ne fut très-hasardé? Avait-elle, de ses yeux, vu Pancol à la mare? Pancol était-il le seul homme dans la commune, dans le monde, dont le nom commença par les deux lettres J. P.? Fumat ne pouvait-il pas avoir été tué par un de ces maraudeurs dont on ne sait ni le nom ni le pays?...

Cécile, qui voulait être convaincue, se forgea toutes sortes d'arguments pour innocenter Pancol, et bientôt son cousin lui apparut lavé de toute souillure. Evidemment Justin, ainsi purifié, n'avait pu commettre le moindre mal. Dans la situation morale où la mettait l'idée fixe de son renoncement au monde, la Pancole elle-même lui parut une femme douce, commode, affectueuse. L'orpheline se reprocha amèrement de s'être laissé emporter contre elle à des mouvements de colère, et s'étonna beaucoup que sa tante ne l'eût pas traitée plus durement, quand, sans aucune preuve plausible, elle avait osé accuser Justin. Comme elle s'était montrée indulgente, bonne, charitable, cette chère tante!

Cependant le parquet de Béziers, qui n'était parvenu à aucune découverte, avait abandonné l'instruction, et le pays, un moment troublé, était peu à peu rentré dans son calme habituel. Chez le curé, comme chez Sévéraguette, régnait la paix la plus entière, la plus absolue. Seulement cette paix, la même en apparence au presbytère qu'à Saint-Xist, différait essentiellement quant au fond. Aux Récollets, elle était tout bonnement le résultat de longues fatigues morales : après avoir traversé une épouvantable crise, on respirait avec délices; tandis qu'à Saint-Xist, elle naissait d'un

profond calcul : on ne voulait pas parler parce qu'il existait à fleur d'eau des écueils contre lesquels on risquait de se briser au moindre mot. Sévéraguette avait bien essayé de rentrer en grâce avec sa tante, elle avait bien poussé l'héroïsme jusqu'à l'embrasser plusieurs jours de suite; mais la Pancole, peu faite aux cajoleries, se méfiant d'ailleurs de sa nièce, laquelle avait été capable de lui signifier son congé, reçut froidement ses caresses. Quand Cécile allongeait sa petite main de velours pour une chatterie, la vieille, croyant toujours à quelque attaque soudaine, étirait ses doigts nerveux sous son tablier, prête à griffer pour se défendre. Ayant à garder un secret dont dépendait la vie de son enfant, peut-être la sienne, et flairant une ennemie dans l'orpheline, la Boussagole était constamment sous les armes.

Cet état perpétuel de qui-vive, auquel semblait s'être désormais condamnée sa tante, outre qu'il confirmait dans l'esprit de la jeune fille des soupçons qu'elle eût voulu en arracher à tout prix, la tenait dans une irritation croissante. A la cure, les visages respiraient une sérénité idéale, un calme tout divin, là les âmes étaient pures et s'épanouissaient adorablement sur les traits. A Saint-Xist, au contraire, il y avait des jours où le front de Sévéraguette se rembrunissait, où ses gestes perdaient leur moelleux, leur grâce, leur harmonie, pour devenir violents, saccadés, menaçants. Enfin, là-haut, entre la Courbezonne, le vieux desservant, Marthe, la Cassarotto, les enfants, le sarment clair pétillait, illuminant joyeusement les pierres du foyer; là-bas, entre la Pancole et l'orpheline, le feu couvait sous les cendres, et devait, un jour ou l'autre, éclater en sombres étincelles, ou un effroyable incendie.

L'arrivée de la cloche vint pour un moment faire diversion à une situation aigrie, désespérée. Il était temps! Pendant plusieurs jours, Sévéraguette, qui ne quittait plus les Récollets, où s'agitait la grave question du baptême de la cloche, vit à peine sa tante. La marraine était toute trouvée, c'était naturellement la donatrice; mais il fallait un parrain, et le curé proposa Justin Pancol.

— C'est impossible! c'est impossible! se hâta de dire l'orpheline avec un tressaillement d'épouvante.

— Pourquoi?

Cécile resta interdite.

— Est-ce que votre cousin n'est pas un bon chrétien? insista le vieux desservant.

— Je ne sais s'il est bon chrétien, murmura-t-elle; mais il n'est pas de la paroisse, et pour moi c'est un cas d'exclusion.

— Alors, cherchons encore, dit l'abbé, prenant une attitude méditative.

Il y eut quelques minutes de silence.

— J'ai trouvé le parrain! fit tout à coup Sé-véraguette joyeuse.

— Qui donc? qui donc? demandèrent-ils tous.

— Le Cassarottou.

— Félicien! mon Félicien! s'écria la pauvre veuve de Sanégra.

— Oui, Cassarotte, votre enfant sera mon compère, c'est décidé.

— Oh! tiens, laisse-moi t'embrasser, balbutia la Sanégrole.

Le soir, quand Félicien Cassarot revint de la montagne avec les chèvres, Sévéraguette, qui l'attendait sur le perron, lui annonça la grande nouvelle de la journée.

— Comment, lui! ce mendiant! il serait le parrain de la cloche? s'écria la Pancole, qui ne fit qu'un bond de la table où elle trempait la soupe aux journaliers sur le perron.

— Lui-même, riposta sèchement Cécile.

— Et tu auras le front de planter à côté de toi, devant tout le monde, ce guenilleux qui n'a pas tant seulement une paire de souliers à se mettre aux pieds!

— Vous auriez préféré sans doute que je choisisse votre garçon; il a des souliers, lui, et qui marquent joliment son nom partout où il passe.

— Mais il ne t'aurait point fait déshonneur, mon Pancolou, il me semble!

— Vous savez bien que si! murmura Sévéraguette, se penchant à l'oreille de sa tante, qui recula comme frappée d'un coup violent en pleine poitrine.

— Oh! tu crèveras de ma main, vipère! grommela-t-elle avec un geste terrible.

Cécile la regarda fixement, ayant l'air de la braver. La Pancole rentra dans la cuisine.

— Demain, reprit la jeune fille revenant à Félicien toujours debout devant elle, tu iras à Bédarieux prendre mesure chez le tailleur d'un habillement complet de drap; tu t'achèteras aussi deux paires de souliers et six chemises. Ta mère t'accompagnera.

— O notre maîtresse, vous êtes bien trop bonne pour moi!

— Monte dans ma chambre, je te remettrai de l'argent.

Ce dernier mot prononcé par Séveraguette en posant le pied sur le seuil de la cuisine, fut entendu de la Pancole accroupie sous la cheminée. Elle se redressa furieuse.

— Vous le voyez, vous autres, dit-elle apostrophant les journaliers attablés, ces Cassarot nous dévorent. Ne voilà-t-il pas qu'elle va encore lui bailler de l'argent pour qu'il s'endimanche, celui-là! Grand dommage, en vérité, avec un si joli museau! Accrochez-lui plutôt au cou un sac de toile de genêt, à ce mendiant-là, et qu'il aille réciter le *Pater noster* aux portes pour manger du pain.... Mais vous ne savez pas tout : *mademoiselle* veut faire de

notre *pillard* son compère au baptême de la cloche.... Quelle pitié! Dieu m'assiste, quelle pitié!... C'est comme cette cloche, qui la paye? Nous.... Enfin je vous dis que ces gens des Récollets c'est pire que la vermine : quand ça s'est mis sur vos écus, ça n'en laisse pas une miette; vous pouvez faire le signe de la croix sur votre bourse, c'est fini.... Et moi, je m'échine ici, je fais le diable à quatre pour conserver quelque chose; mais il faudra que tout y passe, bon Dieu de bon Dieu!.. Les anciens ont bien raison de dire : « *Qui travaille, mange la paille; qui ne fait rien, mange le foin.* » Mais gare! si je vois tout s'en aller à la débandade comme ça, je pourrai bien faire un coup de ma tête.

— Et que ferez-vous? demanda Cécile, regardant sa tante en face.

— Tu crois, toi, nigaude, que je souffrira longtemps ces avale-tout-cru des Récollets? Ce pillage me met la tête à l'envers....

— Qui vous retient à Saint-Xist? interrompit Séveraguette. Les chemins de Boussagues sont ouverts, et vous pouvez les prendre à l'instant si ce qui se passe chez moi vous offusque. J'entends agir dans ma maison comme il me plaît, et mon bien n'est pas le vôtre pour en parler avec tant d'intérêt. En un mot, il n'y a qu'une maîtresse ici, c'est moi!

Ayant articulé ces paroles avec une grande énergie, elle prit familièrement Félicien par la main et disparut avec lui dans l'escalier de sa chambre. La Pancole resta atterrée du coup.

XII

Une heure après, il faisait nuit. Les journaliers, obligés de se lever dès l'aube, avaient quitté la table de bonne heure et étaient allés se coucher. La maison se taisait, et l'on eût pu croire que tout le monde y dormait profondément. Cependant, dans cet imposant silence, une oreille attentive eût saisi le bruit étouffé d'une respiration humaine; et les rayons blafards de la lune, qui venaient à travers les vitres se jouer sur les dalles ébréchées de la cuisine, eussent suffi à un œil exercé pour distinguer une forme accroupie sur les premières marches de l'escalier conduisant à la chambre de Cécile. Cette forme sombre, anguleuse, d'attitude suspecte, c'était la Pancole! Après le départ des journaliers, la Boussagole, revenue de l'étourdissement où nous l'avons vue, dans le dessein d'aller surprendre la conversation de Cécile avec Félicien, avait essayé de monter l'escalier à pas de loup; mais une terreur invincible lui ayant brusquement brisé les jarrets, elle s'était couchée comme un affreux reptile sur les marches basses, allongeant son oreille au moindre bruit, au plus faible murmure. Percevant de temps à autre un son vague de voix; mais, ne pouvant induire un mot de toutes ces vibrations confuses, elle allait se retirer, dépitée, furieuse contre elle-même, quand le cliquetis sonore d'un sac d'écus qui roule par terre la fit tressaillir de la tête aux pieds. Elle entendit ces paroles : « Fais donc attention, l'élicien. Est-ce le douzième sac, celui-là ? — Oui, répondit le Cassarottou. » Que se passait-il donc dans la chambre de Cécile ? Mille pensées traversèrent instantanément l'esprit de la Pancole. Qui sait si, à cette heure, Cécile ne se dépouillait pas de son dernier écu au profit des Courbezon ou des Cassarot ? Elle eut la tentation d'ouvrir tout à coup la porte, de se précipiter sur les sacs d'argent, de les entasser dans son tablier et de s'enfuir ensuite vers Boussagues. Mais en dépit de l'envie qui lui brûlait les entrailles comme un fer rouge, elle resta collée au bas de l'escalier et ne franchit pas un degré de plus.

Cécile effrayait maintenant la Pancole. L'attitude à la fois sévère et vaillante que la jeune fille avait su prendre dans la lutte engagée depuis plus d'un mois destituait la vieille de toute son audace. Elle eût bien voulu tenter quelque chose contre l'orpheline ; mais elle se sentait lâche, car Séveraguette connaissait évidemment l'assassin de Fumat, et il suffirait d'un mot de sa bouche pour les perdre, elle et son fils. Ecrasée par la fatalité de cette situation implacable, la Boussagole, couchée sur son ventre stérile, comme une vieille louve cévenole, repaissait son esprit de toute sorte d'idées de meurtre et de sang, quand un cri monotone et triste, absolument semblable à celui de la chouette, la fit brusquement se dresser sur pieds. Ce cri ayant été répété, elle sauta avec l'agilité d'une chatte au milieu de la cuisine, et courut à la porte, qu'elle entre-bâilla doucement. Sans doute, la Pancole attendait quelqu'un, et le chant lugubre de la chouette était le signal convenu.

En effet, la porte était ouverte depuis une minute à peine qu'un pas pesant fit craquer le sable de la grande allée du potager; puis un homme glissa sous les arbres et s'arrêta au bas du perron.

— Pancole, tout le monde est-il couché? souffla ce visiteur nocturne à voix basse.

— Oui; monte, monte, ne crains rien, va !

— Eh bien! quoi de nouveau par ici, la mère? demanda Justin entrant dans la cuisine et promenant autour de lui un regard inquiet.

— Rien, mon Pancolou, rien de nouveau.

— Les gendarmes se sont-ils montrés par chez vous, ces jours derniers?

— Non, ma fine! on ne les voit plus ces grands brigands de gendarmes quillés sur leurs gros chevaux. Et à Boussagues, se doute-t-on de quelque chose?

— A Boussagues, c'est comme à Saint-Xist, les gendarmes sont de plus en plus rares. Tout va bien.

— Parlons affaire.... Et le billet de l'Avocat?

— Il m'a été présenté hier.

— Tu l'as acquitté?

— Tu me crois donc bien Nicodème, Pancole? Eveiller des soupçons!... Dieu me damne! je ne suis pas pressé de me faire raccourcir par le bourreau, sur l'Esplanade de Montpellier.

— Et qu'as-tu dis comme ça pour raison?

— J'ai demandé du temps, pardi !

— Et si on te proteste?

— La Fumade est trop triste et les héritiers sont trop occupés à bâiller devant leurs nouvelles terres pour me tomber sus en ce moment. Ils m'ont accordé six mois. Tu comprends, il aura passé beaucoup d'eau sous le pont de Latour d'ici à l'automne, et la justice ne pensera plus alors à l'accident de l'Avocat... Mais parle-moi de Séveraguette; c'est pour elle que je suis venu. Que fait-elle! que dit-elle? que pense-t-elle? Oh! je l'aime plus que jamais, vois-tu, Pancole... Parle donc, est-ce que tu as avalé ta langue, par hasard?

La Boussagole, les bras croisés sur sa poitrine, l'œil translucide, dans une attitude de sibylle prête à rendre quelque oracle funeste, restait muette.

— Eh bien! desserreras-tu les dents? On est gens ou bête, on parle, Dieu me damne ! s'écria Pancol, lui posant une main sur l'épaule et la secouant à la renverser.

— Tu tiens à savoir ce que pense Cécile? articula la vieille d'une voix si étrangement cadencée que Justin en frissonna malgré lui.

— Sans doute.

— Elle pense que tu as assassiné Fumat.

— Moi ! rugit le Sanglier bondissant en arrière comme un animal blessé.

— Oui, toi-même! dit la Pancole pesant à dessein sur chaque syllabe.

Justin s'était affaissé sur une chaise.

— Qui lui a dit cela? demanda-t-il se soulevant tout à coup.

— Elle l'a deviné, je ne sais comment. Elle dit comme ça qu'elle t'a vu dans sa chambre.

— Oh! tu auras eu la langue trop longue, oi! Je te connais, tu es un véritable moulin à paroles. Prends-y garde, Pancole, je suis capable de te briser sur mon genou comme un sarment sec, si Cécile connaît tant seulement le plus petit mot de la chose.

— Pourquoi oubliais-tu ton couteau dans sa chambre? Pourquoi les semelles de tes souliers sont-elles marquées? Est-ce que j'ai pu empêcher Cécile de trouver ton couteau là-haut et de voir tes pas dans la basse-cour?

Pancol, tremblant comme un criminel pris en flagrant délit, retomba sur sa chaise.

— Mais elle ne m'a pas vu à la mare de Pierre-Bruno? bredouilla-t-il d'un ton lamen-

tablo qui trahissait tout le désordre de ses
idées.

— Aussi, ajouta la Boussagole quittant sa
pose prophétique, n'a-t-elle que des soupçons.

— Il faut le lui enlever, il le faut absolument, Pancole, entends-tu ? Je l'aime!... Ah !
murmura-t-il les yeux pleins de grosses larmes,
c'est pourtant par amour pour elle que j'ai tué
l'Avocat,.. J'eusse tué je ne sais qui,.. O mon
Dieu! sanglota-t-il, peut-il y avoir un homme
plus malheureux que moi sur la terre!

Ce cri de désespoir inattendu, sorti des entrailles du Sanglier comme des profondeurs
d'un bloc de granit, ébranla la Boussagole.
Cette paysanne, glacée par la convoitise et l'a-
varice, sentit son vieux cœur de mère se ranimer et battre avec violence. Elle qui avait tenu
devant les incroyables brutalités de son enfant
ne sut tenir devant ses pleurs. Bouleversée par
des sensations inconnues, poussée vers Justin
par des attractions intimes irrésistibles, elle se
pendit à son cou, lui essuyant les yeux avec
sollicitude, avec passion. Certainement, en ce
moment de douleur et de volupté intérieures
indicibles, la Pancole regretta ses honteux démêlés avec Sévéraguette; certainement, elle
eût voulu revenir en arrière et racheter ses
violences par l'affection, le dévouement, l'abnégation sainte de la mère!... Mais que faire
désormais ?... Pourtant, comme elle s'était mé-
connue elle-même!... Oh! que de sublimes et
nobles pensées traversèrent cette tête dure, où
brillait pour la première fois peut-être la céleste lueur de l'amour maternel! Que de choses
cette vieille lut dans les larmes de son enfant!..

— O mon Pancolou, sois tranquille, balbutia-
t-elle luttant contre son émotion, tout n'est pas
perdu. Je serai si bonne, si douce pour Sévéraguette, que je la forcerai à mettre ses soupçons dans le sac, et à nous aimer un peu. Va,
quand je veux cajoler quelqu'un, je m'y entends, n'aie crainte! Avec ma mine de héris-
son, on a peur de moi; mais je sais faire patte
fine ou, comme on dit, patte de velours.... Tu
verras!... Enfin, tu reviendras ici dans quelques jours, n'est-ce pas? Eh bien! je veux que
Cécile t'embrasse à la porte. Ah! quand j'ai
comme ça martel en tête pour quelque chose,
moi, il faut que cela soit... Cécile t'embrassera,
mon Pancolou, je te le promets.

— Ce sera la première fois, hélas! murmura
le Sanglier, dont la voix tremblait à cette
pensée.

La porte de la chambre de Séveraguette s'ouvrit brusquement au bas de l'escalier.

— Qui vient? demanda Pancol?

— C'est elle.

— Cécile ?

— Oui.

— Adieu, Pancole, je ne veux pas qu'elle me
voie.

— Et moi, je ne veux pas que tu t'échappes
comme un voleur! dit la vieille refermant la
porte entr'ouverte, et retenant le loquet dans
la main pour empêcher Justin de s'enfuir.

— Ouvre-moi, j'ai peur! supplia le Sanglier.

— Courage, Pancolou, la voici!

Séveraguette et Félicien parurent.

Le premier mouvement de l'orpheline, en
apercevant son cousin, fut de se rejeter en arrière et de remonter deux marches de l'escalier; mais, honteuse de sa lâcheté, elle redescendit, et, sans lever les yeux sur Justin, accoté au jambage de la porte, elle alla vers un
bahut, en tira un plat et servit à souper au
Cassarottou.

— Allons, voyons, Félicien, mange! dit-elle
au jeune paysan, qui, placé entre les trois personnages de cette scène, et comme s'il recevait
le contre-coup de leurs passions, n'osait ouvrir
la bouche.

— Et vous, notre maîtresse, est-ce que vous
ne soupez pas? demanda-t-il.

— Je n'ai pas faim, ce soir.

— Ni moi, je vous assure.

— Mange donc, je le veux! reprit-elle impérieusement.

Félicien avala à la hâte quelques pommes
de terre; puis il alla, sans mot dire, se coucher
dans la paille de la grange, où ronflaient déjà
les journaliers.

— Maintenant que nous sommes seuls, Pancol, dit Séveraguette s'arrêtant devant son
cousin, écoutez-moi, je vous prie.

Le Sanglier, foudroyé de surprise, leva la
tête et montra le front livide et anxieux de
l'accusé auquel on va lire les décisions du
jury.

L'orpheline continua :

— Quelques jours avant sa mort, ma pauvre
mère, qui vous connaissait à peine, vous promit ma main, et je ne vous ai pas épousée. Je
dois vous dire pourquoi. Mes raisons sont de
deux sortes : les unes toutes relatives à moi,
les autres à vous. Certainement, si, comme les
filles du pays, je me fusse sentie poussée vers
le mariage, je n'aurais pas, ainsi que je l'ai
fait, traîné le temps en longueur, et, le deuil
de ma mère expiré, je fusse devenue votre
femme. Mais mes répugnances à me lier à un
homme par d'autres liens que ceux de l'amitié
ont toujours été insurmontables, voilà pour ce
qui me regarde. Quant à vous, sans parler de
votre inexplicable visite à Saint-Xist, juste le
soir du meurtre de Fumat, vous n'eussiez pas
été le mari de mon choix, en admettant que je
me fusse jamais mariée. Votre dureté naturelle, vos violences envers votre mère, envers
tous ceux qui vous approchent, votre mauvaise
réputation, — toutes choses aujourd'hui parfaitement connues de moi, — m'eussent éloignée
de vous, si, comme je viens de vous le dire, la

nature n'avait déjà pris soin de me rendre toute pensée de mariage insupportable. Mon Dieu ! faut-il ne vous rien cacher? Votre mère, ici venue pour protéger vos intérêts, les a compromis plus que vous, peut-être plus que moi-même, car sait-on si une tante, bonne, dévouée, aimante, une seconde mère, n'eût pas changé les dispositions de mon cœur.

— Je te demande pardon, Sévéraguette, je te demande pardon! articula la Pancole dans une attitude à faire pitié.

— Je vous pardonne tout le mal que vous m'avez fait, dit Cécile avec ce calme écrasant auquel arrivent seules les âmes profondément blessées; mais tout est fini entre nous, et, si jamais vous eûtes pour moi quelque affection, donnez-m'en une preuve en rentrant, ce soir même, à Boussagues.

La Pancole essaya de murmurer encore quelques paroles, mais Sévéraguette y opposa un geste de dénégation implacable.

Quant à Justin, il était hébété.

— Quoi? demanda-t-il naïvement, vous ne m'avez jamais aimé!

— Jamais.

— Moi, je vous aime tant! dit-il en se frappant un grand coup sur le cœur par un mouvement brutal et sublime.

— Adieu, Pancol, emmenez votre mère.

— O Sévéraguette! s'écria le Sanglier se roulant aux pieds de la jeune fille et la retenant dans ses grosses mains velues, qui l'eussent broyée au moindre effort, ô Sévéraguette! si vous saviez ce que j'ai fait pour vous!... Tenez,... oh ! non, je ne puis pas le dire.... Je vous aime!... voyez-vous... Ah! pitié! ah !...

Ne pouvant articuler un mot de plus, comme s'il voulait arracher les paroles qui s'arrêtaient dans son gosier, il porta une main crispée à sa bouche; mais il n'en sortit que des sons confus, de vrais rugissements d'animal. Les physiologistes ont remarqué que les mots sortent avec une énorme difficulté de la bouche des condamnés à mort, les émotions accablantes auxquelles ces malheureux sont en proie gênant les fonctions de la salivation et amenant le dessèchement de la gorge. Ce phénomène s'accomplissait en Pancol. Les conclusions de Sévéraguette, n'était-ce pas, en effet, pour ce terrible paysan, une manière de condamnation à mort?

— Viens, Pancole, bredouilla-t-il enfin, partons, puisqu'il lui plaît comme ça de nous chasser de chez elle.

— Partir! s'écria la Boussagole, qui s'accrocha de toutes ses griffes à un lourd bahut de chêne, tu ne m'arracheras d'ici que par morceaux.

— Tu n'as donc aucune vergogne ?... Attends un peu, je saurai bien te forcer à prendre avec moi le chemin de Boussagues.

Et Pancol retroussait les manches de sa veste,

se disposant à entraîner sa mère de vive force, quand Sévéraguette, frappée d'une subite pitié, s'élança au-devant de son cousin.

— Justin, murmura-t-elle, ne lui faites pas de mal, laissez-là, qu'elle reste !

Elle disparut.

QUATRIÈME PARTIE.

I

Le jour de la bénédiction de la cloche, retardé jusqu'ici par la construction d'un énorme échafaudage en bois de chêne destiné à la soutenir, arriva enfin. Ce fut le premier dimanche du mois de mai. Le temps était admirable. Dès le matin, des groupes de paysans, de paysannes, descendus des villages voisins, encombrèrent les sentiers. Les hommes dans leurs habits de fête, les femmes dans leurs robes aux couleurs voyantes, défilaient pittoresquement sous les châtaigniers, dont les bourgeons gommeux fumaient au soleil levant. On jasait, on jacassait, on riait, on chantait. Vers neuf heures, la foule avait non-seulement envahi le cimetière, les abords de l'église et du presbytère, mais elle refluait, d'un côté, jusqu'aux ruines du château; de l'autre, jusqu'au ruisseau de Pierre-Brune.

Enfin, vers dix heures, l'abbé Courbezon parut. Il était suivi des curés de Bédarieux, de Boussagues, de Graissessac, accourus à Saint-Xist pour donner plus de pompe à la solennité. Les quatre prêtres étaient en habit de chœur, et les acolytes, la calotte rouge au bout des cheveux et l'aube blanche plissée autour du corps, allaient devant avec l'aspersoir, le missel, les saintes huiles. La foule, entassée sur les quelques marches de l'église, se replia péniblement pour livrer passage au porte-croix, et le cortège se dirigea vers la cloche.

La cloche, ses anses couronnées de primevères et son large pourtour littéralement couvert de guirlandes de buis, d'immortelles, de branches d'olivier, avait été posée sur deux énormes rouleaux. Ces rouleaux, cachés en partie sous des flots de verdure, et reposant eux-mêmes sur deux poutres épaisses qui se prolongeaient jusqu'au clocher, devaient, la cérémonie terminée, mener cette belle reine jusqu'à son palais dans les airs. En attendant, comme une fiancée timide qui ne trouverait pas assez de voiles pour sa pudeur alarmée, la cloche, dont le soleil faisait étinceler le métal nouvellement fourbi, semblait rougir sous ses fleurs épanouies, fraîches, odorantes.

L'abbé Courbezon, leva l'aspersoir et entonna le *Benedictus Dominus Deus Israël*, le psaume le plus triomphal de l'Église. Puis, après des prières touchantes lues à haute voix par le vieux desservant, et dans lesquelles il était recommandé à la cloche d'être prudente et discrète, de réserver exclusivement sa voix au service de Dieu, le curé demanda le parrain. Le Cassarottou s'avança tout d'une pièce, lentement, pour ne pas froisser ses habits neufs.

— Répondez-vous de veiller sur elle comme sur votre propre fille? demanda l'abbé Courbezon.

— J'en réponds devant Dieu, monsieur le curé.

— Récitez le *Credo*.

Félicien se mit à genoux.

— Où est la marraine?

— Me voici, dit Sévéraguette.

— Répondez-vous, ô femme, de veiller constamment sur celle que Dieu a choisie pour le messagère de ses bonnes nouvelles?

— J'en réponds devant Dieu!

— Récitez le *Credo*.

Sévéraguette se prosterna.

— Cécile, dit le curé de Saint-Xist s'adressant à la cloche, je te consacre les lèvres avec le saint chrême de Dieu, afin que tes paroles soient pures, qu'elles répandent la joie et l'espérance du paradis chez les hommes.

Et, soulevant les guirlandes de buis, le doigt tremblant du vieillard, avec le saint chrême dont on marque les lèvres et le front des nouveaux-nés, dessina sur le bronze plusieurs petites croix brillantes.

— Maintenant, Cécile, ajouta-t-il, parlant toujours à la cloche, te voilà consacrée : loue le Dieu d'Abraham, d'Isaac et de Jacob, et que les nations de la terre, entendant ta voix, te proclament bienheureuse!

Le vieux desservant entonna le *Laudate Dominum, omnes gentes...*, et le cortège reprit le chemin de l'église, tandis que cent paysans empressés, dirigés par un charpentier de Bédarieux, roulaient vers son échafaudage aérien la cloche, débarrassée de ses guirlandes et de ses fleurs.

Il ne fallut pas moins de deux heures pour accomplir cet énorme travail, et ce fut seulement vers midi, comme on sortait de la messe, que la cloche, appuyée sur ses bras de chêne et de fer, put être enfin mise en mouvement. Rien ne saurait traduire la joie, l'ébahissement, l'enthousiasme des paysans aux premières volées : on n'avait pas entendu le son d'une cloche dans la vallée de Véreille depuis la Révolution. La bouche béante, ils ne quittaient pas des yeux le clocher, d'où, à chaque coup de battant, s'enfuyaient épouvantées des légions d'oiseaux de nuit. Le curé lui-même, perdu dans la foule de ses paroissiens, écoutait avec ravissement les notes bruyantes qui volaient à travers les campagnes tranquilles, et chacune éveillait en lui mille sentiments confus d'espérance, d'amour, de regret. Ces vibrations sonores lui rappelaient à la fois et ses malheurs, et l'abbé Ferrand enterré d'hier, et Sévéraguette le secourant dans sa détresse; puis, après avoir parcouru tout le triste poème de sa vie, il s'estimait heureux que Dieu, préférablement à tant d'autres, l'eût voué à de si grandes épreuves. Quant à Cécile, environnée de la Courbezonne, de Marthe, du Cassarottou, elle écoutait dans un recueillement profond les bégayements de sa filleule, et n'osait lever les yeux vers elle de peur de laisser déborder les larmes dont elle les sentait tout inondés.

Enfin, sur l'ordre du curé, les sonneries cessèrent, et chaque villageois, emmenant avec lui ses invités, s'achemina vers son hameau. Le vieux desservant et ses confrères montèrent le grand escalier du presbytère, où la Courbezonne, Marthe, Sévéraguette et Félicien se disposaient à les suivre.

— Où vas-tu donc si vite? demanda Cécile au Cassarottou, qui se détacha brusquement du groupe des trois femmes.

— A Saint-Xist, notre maîtresse. Votre tante m'a bien recommandé de rentrer à la maison tout de suite après la messe.

— Pourquoi?

— Pour aller garder les chèvres par là le long des haies.

— Allons donc, viens avec moi! N'es-tu pas le parrain de la cloche? Que veux-tu que je devienne là-haut sans mon compère?

— Ah! tenez, notre maîtresse, vous êtes bonne comme le bon pain, vous; mais votre tante ne vous ressemble pas plus qu'une vipère ne ressemble à un bel oiseau du bon Dieu... M'est avis que, si je ne veux pas être gourmé ce soir, je ferai bien de dévaler du côté de chez nous.

— Et moi, je veux que tu restes! ordonna Cécile, à qui cette opposition timide du Cassarottou en disait long sur les violences exercées par la Pancole contre les gens de sa maison.

— Par ainsi, on ne sortira pas les chèvres aujourd'hui?

— Qu'elle aille les garder elle-même, les chèvres, si ça lui plaît. Mon Dieu! elle en a le temps, je pense, puisqu'elle ne met plus les pieds à l'église, la malheureuse! Du reste, n'aie pas peur, Félicien, je serai là quand tu rentreras, et si la Pancole ose te toucher seulement du bout du doigt... Viens!

Le Cassarottou, sans plus de résistance, se laissa entraîner par l'orpheline.

Le curé de Saint-Xist présenta Sévéraguette

à ses confrères, qui l'accueillirent avec une bienveillance affectueuse, et il la fit asseoir à sa droite. Le commencement du repas fut signalé par une gaieté douce, un entrain charmant. Grâce à Cécile, qui, après avoir disputé Félicien à lui-même, eut encore à l'arracher à sa mère, acharnée par modestie à le faire dîner dans un coin de la cuisine avec Marinette et Jeannot, on entendit quelques bons éclats de rire francs et communicatifs. Il s'en fallait néanmoins que la joie épanouie sur les lèvres le fût également dans les cœurs, et le front de l'abbé Courbezon, qui se chargea d'ombres et de rides, le prouva bien vite. Depuis le matin, un souvenir du passé torturait le pauvre desservant ; la cérémonie de la cloche 'en avait un moment distrait ; mais, maintenant, ce souvenir, implacable était venu le saisir de nouveau au milieu de ses confrères, et il ne savait s'en distraire. Le vieillard, assis en face des curés de Bédarieux, de Graissessac, de Boussagues, ne pouvait s'empêcher de penser à l'abbé Ferrand. Il croyait entendre encore le curé de Camplong, il le voyait, il lui parlait, il lui serrait la main... Hélas ! était-il possible que Dieu l'eût privé de son ami, de son meilleur ami !... L'abbé Courbezon promenait autour de la table des yeux noyés de larmes, cherchant la place où l'abbé Ferrand aurait dû être assis... A la longue, ses confrères devinèrent la pensée qui l'obsédait, et chacun s'efforça d'y faire diversion.

— Savez-vous, messieurs, la grande nouvelle qui préoccupe le diocèse ? dit le doyen.

— Quoi donc ? firent les abbés Salinas et Laurent.

— Monsieur Montroso quitte Saint-Martin-d'Orb.

— Le neveu de monseigneur s'en va ? demanda l'abbé Courbezon subitement arraché à ses inquiétudes.

— Il rentre à Montpellier. Notre évêque, dans sa sagesse, a pensé qu'il valait infiniment mieux confier à monsieur Montroso des lettres à écrire que des âmes à diriger, et il lui restitue ses anciennes fonctions de secrétaire particulier. Je loue monseigneur d'avoir compris, en effet, que si son neveu doit rendre quelques services, c'est sous son autorité directe seulement qu'il les rendra. Ce jeune homme avait trop vécu à l'évêché, avait été trop cajolé par les grands vicaires et le chapitre de Saint-Pierre pour se montrer docile à la hiérarchie. Il ne reconnaissait pas la suprématie du doyen sur les desservants, et je ne lui fis jamais une observation sans qu'il en réclamât aussitôt de son oncle. Habitué d'ailleurs aux grandes villes, il était peu fait pour se plaire dans nos hameaux. Il existe malheureusement des prêtres qui ne comprennent pas leurs devoirs obscurs, les plus agréables à Dieu, et monsieur Montroso est de ce nombre. Enfin, vous l'avouerai-je ? la perte

que fait mon canton m'est peu sensible, et je suis bien sûr que, comme moi, l'abbé Courbezon n'en portera pas un long deuil.

— Oh ! monsieur le doyen, je n'ai vraiment aucun sujet de me plaindre de monsieur le curé de Saint-Martin-d'Orb, dit le vieux desservant.

— Il faut le reconnaître pourtant, mon ami, continua monsieur Michelin, l'abbé Montroso n'était pas du tout bienveillant pour vous, et vous méconnaîtriez singulièrement vos intérêts si vous regrettiez son changement de situation. Certainement vous ne bâtissez plus, vous ne donnez plus, comme autrefois, tête baissée, dans toutes sortes d'entreprises ; néanmoins un voisin animé de dispositions hostiles a toujours mille moyens de nuire, et franchement je vous aime trop pour ne pas me réjouir du départ de monsieur Montroso.

— Ce qui ne veut pas dire, mon cher abbé Courbezon, ajouta monsieur Salinas souriant, qu'affranchi maintenant de toute surveillance, vous devez recommencer à remuer des pierres et du mortier.

— Et ne sommes-nous pas là pour lui lier les bras s'il l'osait ? interjeta vivement le curé de Graissessac sur le même ton de plaisanterie innocente.

— Hélas ! mes amis, je ne vous réduirai pas à me faire violence.

— Voilà un hélas ! qui me paraît suspect, dit le doyen avec un fin clignement d'yeux... Monsieur Courbezon, avouez-le, vous n'avez pas entièrement dépouillé le vieil homme ?

L'œil du vieillard s'illumina d'un éclat soudain.

— Vous l'avez dit, monsieur le curé, répliqua-t-il, je n'ai pas dépouillé le vieil homme. En vain j'ai essayé de modifier les dispositions funestes de mon âme, je n'ai pu l'arracher encore à ses instincts primitifs. Oh ! il n'est pas aussi facile qu'on le croit de commander à tout son être moral de faire volte-face ! Je le confesse à ma honte, malgré des efforts persévérants, ma tête se refuse obstinément aux combinaisons pesées, balancées, mesurées, calculées ; elle vole sans cesse au-devant de mon cœur, qui voudrait embrasser le monde. Faut-il vous le confesser ? après mes projets avortés de Saint-Chinian et de Villecelle, je forme encore des projets. L'école des filles que j'avais commencée à Villecelle, je voudrais l'achever à Saint-Xist. Comment ? Je cherche... Traitez-moi de fou ; ma folie, c'est la folie de Saint-Paul, la folie de la croix ! Sainte-Thérèse disait : « Cinq sous restent à Thérèse ; cinq sous et » Thérèse, ce n'est rien ; mais cinq sous, Thé-» rèse et Dieu, c'est tout ! » et elle fondait de grands monastères... Si, à Villecelle, le maître d'école instruisait mal les enfants, à Saint-Xist on ne les instruit pas du tout. Ceux qui savent lire le catéchisme dans ma paroisse, —

ils sont rares, — l'ont appris à Graissessac, à Camplong, à Boussagues. Cette ignorance est la source de grands maux. Outre qu'on a une peine incroyable à inculquer les premières vérités de la religion dans ces natures abruptes, ces vérités, que ne réchauffe plus aucune lecture pieuse, s'effacent à la longue complètement. De là mille désordres. Il me faudrait ici deux religieuses pour élever les petites filles; je me chargerais des garçons. Le plan du petit couvent que je voudrais bâtir pour loger les sœurs est déjà fait, j'ai même choisi l'emplacement non loin d'ici, dans une pièce de terre appelée le *Champ de la Croix-Blanche*, et qui appartient à mademoiselle Cécile Sévérac. Voilà mon rêve! Mais je ne songerai à le réaliser, j'en fais le serment devant vous, que lorsque j'aurai trouvé de suffisantes ressources.

— Et vous agirez sagement, dit le doyen. Sans partager d'une manière absolue les opinions de notre regretté abbé Ferrand sur la surveillance que, dans nos temps malheureux, le prêtre doit exercer sur ses moindres démarches, je crois néanmoins que, plus que tout autre, vous êtes tenu d'user d'une grande réserve. — Jeudi, monsieur le curé, nous reprendrons, à Bédarieux, nos petites conférences de Camplong, pour continuer l'œuvre que nous a léguée notre illustre ami. Ne manquez pas de vous y rendre, je vous en prie. Outre que vous êtes indispensable au parachèvement du *Traité de la Concupiscence*, mes confrères et moi nous tenons à ne pas vous perdre de vue... A jeudi !

— A jeudi, répondit le vieux desservant.

On se leva de table.

L'abbé Courbezon accompagna ses confrères jusqu'au ruisseau de Pierre-Brune; là, il leur dit adieu, et revint à pas lents vers l'église, où les éclats sonores de la nouvelle cloche appelaient bruyamment les paysans dispersés dans les hameaux.

II

Les vêpres étaient chantées depuis longtemps, et le Cassarottou ne rentrait pas à Saint-Xist. Désespérant de le voir paraître, la Pancole, en maugréant, ouvrit la porte à claire-voie qui retenait les chèvres captives, et se résigna à les mener elle-même brouter le long des haies. Suivie de son troupeau, à la tête duquel se dandinait majestueusement un bouc à barbe vénérable, elle s'enfonça dans le ravin de Pierre-Brune, vomissant mille imprécations contre Sévéraguette et contre Félicen.

Le printemps était partout sur le sol de touffes d'herbe nouvelle, et les feuilles vertes pointaient aux rameaux des saules, des frênes,

des jeunes bouleaux. Les chèvres, alléchées par cette nourriture fraîche et tendre, en dépit de la Pancole qui, dévorée d'activité, pressait leur marche à coups de pierres, s'arrêtaient à chaque pas, se suspendant aux branches flexibles et tondant sans pitié tout ce que leur dent cruelle pouvait atteindre.

Pourtant, à force de cris et de cailloux vigoureusement lancés, la Boussagole — non sans passer toutefois devant la porte des Récollets, où elle eût bien voulu rencontrer Félicien pour lui rompre les os, — arriva au champ de la Croix-Blanche, vaste pièce de terre sise à une portée de fusil du presbytère. Là, la vieille abandonna au bouc la surveillance du troupeau, qui s'abattit goulûment sur les *gamacès*, espèce de gros arbustes brouissaillés dont on forme les haies dans le Bas-Languedoc; puis, comme le vent soufflait du nord vif et froid, elle ramena sur sa tête, par un mouvement brusque, son gros jupon de serge rayée, et, toujours marmottant des mots inintelligibles, s'accroupit derrière un tronc de châtaignier.

La Pancole était horriblement malheureuse. Malgré l'acharnement qu'elle mettait à se maintenir dans la maison de Cécile, elle sentait qu'elle perdait chaque jour du terrain, et la certitude d'une retraite prochaine l'épouvantait à l'égal d'une menace de mort. Évidemment il lui faudrait bientôt quitter Saint-Xist. Où irait-elle?... A Boussagues? L'expropriation l'y attendait; puis Justin, pour qui Sévéraguette serait perdue, était bien capable de l'y tuer.

Dans les brumes épaisses de l'avenir, la Pancole n'aperçut qu'un port, la mendicité. Elle se vit, à soixante ans, gravissant la colline de l'Aire-Raymond ou celle de Sanègra, le bâton à la main et la besace sur le dos, Dieu du ciel, quelle humiliation ! Aller quêter aux portes, elle qui avait tant travaillé toute sa vie ! Hélas ! qu'étaient devenues ses espérances ? Pourquoi ne s'étaient-elles pas réalisées ? Y avait-il de sa faute ? Non, non ! car Sévéraguette ne pouvait l'accuser d'avoir négligé ses intérêts.

Tout, dans cette tête dure de paysanne, se réduisait à un calcul, et le rapport des terres de Saint-Xist ayant été doublé par sa gestion, la Boussagole se croyait tous les droits possibles à la reconnaissance comme à l'affection de Cécile. Cependant elle ne pouvait plus se bercer d'illusions ; il faudrait partir ! Une si affreuse perspective lui broyait le cœur et lui arrachait des larmes de rage. Trop nerveuse pour demeurer tranquillement repliée sur elle-même au pied des arbres, elle se redressa brusquement, et, levant ses longs bras vers le presbytère :

— C'est de là, grommela-t-elle, que sont sortis tous mes malheurs. Si toute cette gueusaille des Courbezon n'était pas venue à Saint-Xist, Cécile aurait épousé mon garçon. C'est le curé qui l'a empêchée de se marier, pour lui dévorer son bien. Ils ont les dents longues comme le carême, tous ces affamés des Récollets. Mais qu'ils ne me fassent point trousser la manche, car je pourrais bien mettre le feu à leur baraque et les rôtir tous comme une *biroulade* de châtaignes.

Après cet épouvantable menace, la Pancole s'assit en plein vent sur un bloc de grès, et y resta plus d'une heure absorbée dans les plus noires pensées.

Non! elle ne se résignera jamais à quitter Saint-Xist, à abandonner la partie aux Courbezon. Poursuivie, traquée, harcelée comme une bête fauve dans ses derniers retranchements, cette vieille, capable de tout supporter, hormis l'humiliation de la mendicité, sentit qu'elle pourrait, elle aussi, devenir criminelle. Certainement elle n'avait ni le bras assez vigoureux, ni les reins assez robustes pour lutter corps à corps avec son adversaire; mais elle n'en arriverait que plus sûrement à ses fins par des moyens lents et détournés. On voulait donc la chasser de Saint-Xist, de la maison de sa sœur, morte en donnant la main de sa fille à Justin! Eh bien! on verrait! Plutôt que de laisser place nette aux intrigants, elle coucherait tous les Courbezon dans leurs trous au cimetière, après les avoir grillés dans l'incendie de la cure. Oh! personne ne savait jusqu'où pouvait se porter sa haine! Après tant de sueurs, se voir arracher le morceau de pain des dents par des étrangers!

Cette idée, qui lui martelait le cerveau avec l'implacable régularité d'un balancier de pendule sonnant son éternel tic-tac, la soulevait de terre et allumait dans ses regards des éclairs sombres et sinistres. Lors de la dernière entrevue de Séveraguette avec Justin, elle avait promis à celui-ci de lui ramener, malgré tout, le cœur de sa cousine. Elle tiendrait sa promesse, car les Courbezon disparus, Cécile reviendrait inévitablement à la volonté de sa mère. Du reste, si elle refusait de se marier, les Courbezon n'étant plus là pour piller le bien, on pourrait appeler Pancolou à Saint-Xist, lui en confier la gestion, l'installer enfin propriétaire des quarante mille francs tant convoités.

Le ciel qui, pendant toute la journée, s'était montré, dans sa profondeur infinie, marbré de ces petits nuages blancs et légers appelés dans le pays *barbes de chat*, balayé par le vent du nord, avait repris au zénith son bleu resplendissant. Mais les *barbes de chat*, repliées les unes sur les autres, formaient au couchant des masses sombres, menaçantes, et il était à craindre que, si le vent cessât, la pluie ne tombât à torrents. La Pancole, qui, comme toutes les paysannes cévenoles, habituées au grand air, pressentait les révolutions de l'atmosphère, se hissa, au moyen de ses ongles résistants, sur le plateau d'une roche abrupte, et

héla, par un « tou! tou! » aigre et sauvage le bouc acharné contre les *gamacès* épineux. Le bouc répondit par un bêlement strident au cri de sa maîtresse; puis, après avoir chassé, comme un véritable chien de berger, les chèvres récalcitrantes, à la tête de la colonne, descendit pesamment les hauteurs du champ de la Croix-Blanche. La Pancole marcha pour enfiler, avec son troupeau, le chemin creux de Saint-Xist. Elle resta tout à coup immobile, comme fichée en terre : elle avait entendu parler derrière elle. Revenant à pas muets vers la haie, elle passa la tête dans le treillis feuillu, au risque de s'y ensanglanter le visage, et vit, en face d'elle, à quelques enjambées seulement, le curé, Marthe, Séveraguette debout et causant. Dévorée de curiosité, elle dressa l'oreille; mais ce fut à peine si le vent, maintenant dans toute sa force, lui apportait, de temps à autre, quelques bruits confus de voix. Elle ne pouvait néanmoins rentrer à Saint-Xist sans connaître le but de la visite du curé au champ de la Croix-Blanche, où il n'avait jamais mis les pieds auparavant. Frappée d'un horrible pressentiment et déterminée à tout savoir, la Pancole, comme une couleuvre, se glissa le long de la haie, et parvint, en rampant, non loin du groupe des trois interlocuteurs. Là, elle se rasa dans l'esparcette déjà haute, et l'oreille collée au sol, écouta.

— Et vous pensez, monsieur le curé, disait Séveraguette, que ce champ serait assez vaste?

— Certes, je crois bien! il suffirait largement à exécuter mon plan.

— Eh bien, pourquoi ne l'exécuteriez-vous pas, votre plan.

— J'ai essayé une fois à Villecelle, et vous savez ce qui m'est arrivé.

— Je sais que vous n'avez pu terminer l'école des filles faute d'argent; mais si vous en trouviez, là, de l'argent?

— Séveraguette, dit le curé, ne me tentez pas : je serais capable de succomber.

— O Cécile! articula Marthe, vous n'ignorez pas ce que nous ont coûté l'église de Saint-Chinian et l'école de Villecelle, ayez pitié de nous!

— Que ce champ de la Croix-Blanche est bien exposé! interjeta l'abbé Courbezon, promenant avidement ses regards d'une haie à l'autre.

— Viens, mon frère, allons-nous-en.

— Ne penses-tu pas, Marthe, que des sœurs, logées dans une belle maison au milieu d'un jardin, tout près de nous, seraient bien heureuses? Quels bienfaits ne répandraient-elles pas dans le pays, ces saintes filles?

— Pierre, Pierre, notre mère nous attend! dit la sœur de charité, évoquant le souvenir de la Courbezonne, image la plus fidèle et la plus triste du passé.

Le vieux desservant fit quatre pas; puis,

sentant sourdre en lui tous ses premiers instincts si longtemps comprimés, il s'arrêta de
nouveau.

— Et, si je trouvais cinq mille francs pour bâtir
mon petit couvent, vous me donneriez le
champ de la Croix-Blanche, Cécile? demanda-
t-il, ressaisissant sa marotte.

— Non-seulement je vous donne le champ
de la Croix-Blanche, monsieur le curé, mais
aussi les cinq mille francs nécessaires pour
construire l'école.

— Quoi! vous, Cécile...

— Vous n'y pensez pas, Sévéraguette, s'écria
Marthe aux abois. Cela est impossible.

— Pourquoi donc, ma sœur? pourquoi donc!
dit le curé, dont le cœur emportait la raison
dans ses battements précipités.

Au même instant, l'orpheline porta une
main à son oreille : elle venait d'entendre
comme le sifflement d'une balle.

— Mon Dieu! s'écria-t-elle... Oh! monsieur
le curé, vous êtes blessé!

Une pierre, partie du milieu des *gamacès*,
venait, en effet, d'atteindre le vieillard à la
tête, et, de la pointe de ses cheveux, de grosses gouttes de sang lui pleuvaient sur le
visage.

— Seigneur! mon frère!...

— Ce n'est rien, dit l'abbé, je n'ai pas même
senti le coup.

— Mais qui donc a lancé cette pierre? demanda la religieuse étanchant le sang avec
son mouchoir.

Sévéraguette restait muette, les yeux tour-
nés vers la haie, qui craquait à quelques pas
d'elle.

— C'est moi qui l'ai lancée, cette pierre,
belle dame, ricana la Pancole, dont la tête
hideuse émergea au-dessus des *gamacès*; oui,
c'est moi, et j'en suis bien contente, puisqu'elle
a attrapé le curé. Ah! vous croyez qu'on ne
vous entend point, quand vous ruinez comme
ça cette bonne bête de Cécile? J'étais là à l'espère, et je sais vos plans, voleurs que vous
êtes! Touchez-y tant seulement au champ de
la Croix-Blanche, pour y bâtir votre bicoque,
et nous verrons! Je vous le promets, foi de
Pancole, si vous ne finissez de nous mettre la
main dans les poches pour nous détourner
notre argent, il arrivera des malheurs. Ne vous
en a-t-on point fait tenir assez d'argent avec
les ornements, les chandeliers, les meubles,
la cloche et tout ce que je ne sais pas? Enfin,
je n'ai plus rien à vous dire, mais souvenez-
vous que je ne vous quitte pas du coin de
l'œil.

Elle vociféra de nouveau son *tou! tou!* pour
réunir les chèvres éparses ; puis, sa tête ayant
glissé sous les broussailles, elle disparut.

L'apparition inattendue de la Boussagole,
l'accent violent de sa parole grosse de sarcas-
mes et de menaces, avaient terrifié les trois

personnages de cette scène. Paralysés par une
stupeur invincible, le curé et les deux femmes
avaient écouté jusqu'à la fin sans oser l'interrompre, la vieille, dont la bouche écumante de furie
vengeresse, lançait la malédiction. Cependant,
quand ils la virent défiler au loin, sous le ciel
devenu plus sombre, avec son long troupeau,
ils se regardèrent d'un air plein à la fois d'é-
tonnement triste et d'amère désillusion.

— Vous voyez, Cécile, Dieu n'a pas béni
notre pensée, dit l'abbé Courbezon.

— Comment, monsieur le curé, parce que
la Pancole est une mauvaise femme, un démon
que je m'en vais chasser de chez moi, vous re-
nonceriez à bâtir l'école des filles!

— Votre tante a cédé à un juste emporte-
ment ; vous avez déjà fait trop de sacrifices
pour l'église. Votre fortune appartient à vos
parents.

— Ma fortune appartient à Dieu! s'écria Sévéraguette avec toute l'exaltation d'une mystique, et c'est pour sa gloire que j'entends la
dépenser.

— Dieu ne demande pas que vous vous dé-
pouilliez absolument pour le prochain, mon
enfant.

— Dieu dit : — « *Partage ton pain, tes habits, ton toit avec ceux qui en manquent.* »

— Vous avez fait cela, ma fille.

— Mais n'avez-vous pas mille fois répété
que, pour soulager les pauvres, il fallait savoir
ôter le pain de sa bouche?

— C'est, en effet, l'esprit de l'Évangile.

— Eh bien! je n'ai jamais pratiqué l'aumône jusque-là, puisque, en ce moment
même, j'ai dans mon secrétaire douze mille
francs qui ne sont utiles à personne.

— Douze mille francs! fit le vieillard,
étourdi.

— Oui, monsieur le curé, douze mille francs,
que je vais déposer chez vous dans un quart
d'heure pour commencer tout de suite le couvent.

— Ah! cela ne se peut, Sévéraguette, s'é-
cria spontanément la sœur de charité. — Allons, Pierre, rentrons.

L'abbé restait immobile, les pieds cloués au
champ de la Croix-Blanche.

— Alors, sœur Marthe, si vous ne me permettez
pas de dépenser cet argent en bonnes œuvres,
qu'en ferai-je, devant partir pour Paris avec
vous?

— Vous le laisserez à vos parents, vos héritiers naturels.

— Mes parents sont tous dans l'aisance, tandis que les pauvres...

— Monseigneur a défendu à mon frère de
bâtir.

— De bâtir sans avances suffisantes, répliqua l'abbé. Or, ici, monseigneur ne trouverait
aucun motif de blâme, puisque douze mille
francs...

— Et n'ai-je pas encore pour quarante mille francs de biens au soleil, que je puis vendre demain, si telle est ma volonté ?

— Quarante mille francs ! s'écria le vieux prêtre. Seigneur, que de larmes on pourrait sécher !

Et, laissant aller la main qui retenait son mouchoir collé contre sa tempe, des gouttes d'un sang brun, semblables à celles qui de la couronne d'épines tombent sur la face de Jésus, dans l'admirable tête du Christ de Guido Reni, perlèrent le long du visage du vieillard. Marthe banda de nouveau la blessure.

— Monsieur le curé, je dois quitter le pays dans six mois ; défalquez de mon bien ce qu'il me faut emporter à Paris, et disposez du reste, je vous en supplie. C'est par vos mains que je veux pratiquer l'aumône, car il n'en est pas de plus pures sur la terre.

— O Cécile, que vous devez me trouver faible ! Hélas ! il y a tant de malheureux, et je voudrais soulager tout le monde dans la contrée ! Aux uns je désirerais donner l'instruction religieuse, aux autres du pain. Pourtant, je ne sais si je puis accepter vos généreux sacrifices. Je demande à méditer devant Dieu avant de vous répondre. Adieu, Cécile, rentrez à Saint-Xist et calmez votre tante ; dites-lui surtout que je ne lui en veux pas. Qui sait si la pierre dont elle a frappé ma tête n'est pas un avertissement du ciel !

Sévéraguette, sans répondre, descendit vers sa maison par le sentier où naguère s'en allait la Pancole, tandis que l'abbé Courbezon, appuyé sur le bras de sa sœur, se dirigeait vers les Récollets. La nuit était proche, et les premières gouttes de pluie, emportées dans les sifflements du vent à travers la plaine nue, après avoir embaumé l'atmosphère, venaient s'aplatir contre le sol avec un petit bruit sec d'une horrible mélancolie.

III

En passant devant le hangar aux charrues, Cécile aperçut le Cassarottou blotti dans l'embrasure du portail.

— Et bien, que fais-tu là, toi, à cette heure ? lui demanda-t-elle.

— Je me suis dit comme ça que la Pancole devait avoir de l'humeur, et je vous attendais pour rentrer à la maison avec vous, notre maîtresse.

— Allons, viens, et vitement ! la pluie redouble.

— C'est par ma foi vrai que le ciel fait des siennes. Il tombe des gouttes larges comme des écus de trois francs.

Quand l'orpheline, suivie du jeune paysan,

entra dans la cuisine, la Pancole, assise sur son escabelle de châtaignier, filait sa quenouille de genêts en un coin obscur de la vaste pièce. Elle lança un regard oblique dans la direction des arrivants, mais ne bougea ni pied ni langue. Du reste, ce n'était plus la furie du champ de la Croix-Blanche. Son visage avait perdu toute expression de vengeance et de haine. Les muscles de sa face, naguère hideusement tordus par la rage, avaient repris leur élasticité ordinaire, et les taches verdâtres qui les parsemaient s'étaient peu à peu effacées. Evidemment la Boussagolo subissait la réaction de sa colère, et, comme on se repose après un grand effort, l'ivresse de la fureur dissipée, elle respirait maintenant avec délice. Puis, il faut bien le dire, la Pancole était une paysanne madrée, et son exaltation ne l'avait pas empêchée de constater en elle-même que la pierre lancée au curé pouvait lui attirer quelque méchante affaire. Que ferait-elle si, par hasard, le curé dénonçait ce fait au commissaire de police du canton ? Comment éviterait-elle la gendarmerie ? D'ailleurs Cécile, qu'elle harcelait sans cesse et qu'en cette circonstance elle venait de blesser dans ses plus intimes affections, ne parlerait-elle pas enfin, et ne perdrait-elle pas Justin en même temps que le curé la perdrait elle-même ?

L'orpheline, qui s'était attendue à une lutte, sentit toute son irritation tomber devant l'air calme, presque souriant de sa tante. Elle avait redouté une explosion, et elle trouvait la mèche de la mine éteinte. Enchantée qu'il lui fût si facile d'obéir au curé, lequel lui avait enjoint de bien traiter la Pancole, elle s'assit à table avec le Cassarottou, lui servit une bonne assiettée de soupe, et commença elle-même à manger tranquillement.

Maintenant Cécile ne vivait plus dans le doute, elle était complètement rassurée à l'endroit de son avenir, et la pensée de son départ prochain pour Paris lui donnait une merveilleuse force de résignation. Ayant peu de temps à souffrir, elle se sentait disposée à la plus entière indulgence. Certainement, quand elle était entrée avec Félicien, il n'eût fallu qu'une parole de sa tante pour amener une querelle ; mais, puisque la Boussagolo se tenait coite, elle n'irait pas la réveiller. Du reste, autant que la mère de Justin, Sévéraguette était intéressée à éviter toute espèce de démêlé. Que pouvait-il, en effet, sortir d'une dernière lutte, sinon leur perte mutuelle ? Si sa tante la battait ou la menaçait seulement, elle était capable d'appeler la justice à Saint-Xist, et qui lui répondait qu'au moindre mot sa tante ne lèverait pas la main ! Que deviendrait-elle alors ? Pourrait-elle songer à entrer dans un couvent, quand Pancol aurait été traîné en prison et de là peut-être à l'échafaud ?

Le Cassarottou ne fit guère honneur au souper de Cécile. Le dîner des Récollets étant à peine digéré, — il en avait pris jusqu'au gou? tot, selon le mot du pays, — il se leva de table après la soupe, déclarant qu'il n'avait point faim et suppliant Sévéraguette de lui permettre d'aller se coucher.

— Va te coucher, va, je le veux bien.

— Bonsoir, Félicien, dit la mère du Sanglier au Cassarottou qui ouvrait la porte.

— Bonsoir, Pancole, bonsoir! répondit-il en se retournant étonné.

— Tu vois bien que je ne t'ai pas mangé, *imbécillas!* quoique tu m'aies obligée à garder les chèvres aujourd'hui. Pardine! il fallait bien que tu te montrasses à tout le monde de la commune dans tes beaux habits neufs.

— Pancole, je suis fâché...

— Va donc, *nigaudinos!* je ne te tiens point rancune... Ah çà! sais-tu bien que tout de même tu as tout à fait l'air d'un monsieur avec ta veste de drap!

— Ah! Pancole, notre maîtresse est si bonne!...

— Je le sais bien, Jésus-Dieu! qu'elle est bonne, ma Sévéraguette. Aussi, va, malgré ma langue qui va souvent comme ça tout de travers, je me jetterais au feu pour elle.

En parlant ainsi, la Pancole avait des larmes dans la voix.

— Comment, vous m'aimez, ma tante? dit Cécile émue par le ton de sincérité de la vieille.

— Si je t'aime, ma fille!... Tiens, vois si je t'aime!

La rusée Boussagole se précipita dans les bras de l'orpheline.

— Mon Dieu! balbutia celle-ci, serait-il vrai que ma mère n'est pas morte tout entière!

— Ma pauvre Marianne! murmura la Pancole avec un soupir hypocrite, ma pauvre Marianne! je veux tout à fait la remplacer auprès de toi, ma Cécilette.

Félicien fit mine de se retirer.

— Attends, mon garçonnet, attends, dit la vieille. Tu vas boire un coup de vin cuit. N'est-ce pas aujourd'hui le baptême de la cloche?

Elle grimpa sur une chaise et atteignit une bouteille étiquetée, blanche de poussière.

— Elle est du bon coin, celle-là, j'en réponds.

Elle lava trois verres et versa le vin cuit. Après avoir bu, Félicien, ne sachant quelle contenance garder en face de la Pancole transformée, méconnaissable, bredouilla un *bonsoir* et s'esquiva.

— Ma tante, dit Cécile, que je vous aime ainsi!

— Hélas! je ne le mérite guère, j'ai tant de torts envers toi!

— Oublions le passé.

— Non, non, je n'oublierai jamais le mal

que je t'ai fait, ma poulotte. Et, tout à l'heure encore, n'ai-je pas commis un crime? Ah! dire que cette main, ajouta-t-elle allongeant son bras décharné sur la table, a osé lancer... Tiens, je suis une malheureuse!... Un si bon curé!... Va, monsieur Courbezon ne me pardonnera jamais.

— Lui! il vous a pardonné depuis longtemps; il est indulgent comme Dieu lui-même.

— Est-ce possible?... Jésus-Maria, quel saint homme! s'écria-t-elle en joignant les mains d'un air on ne peut plus dévotieux.

— La pierre n'a fait que lui effleurer la tête, et la peau seule est déchirée.

— Vois-tu, quand je t'ai entendue promettre à monsieur le curé le champ de la Croix-Blanche et cinq mille francs pour son école, je n'ai pu me retenir... Ciel du bon Dieu! je vous aurais tués tous à ce moment-là... Tu ne sais donc point, petite, que le champ de la Croix-Blanche est le meilleur de notre avoir, comme qui dirait l'aile du poulet? Cécile, sois de bon compte, à quoi penses-tu! On s'est bien passé d'école jusqu'ici à Saint-Xist, et la jeunesse n'en a pas été plus mal éduquée. Oh! quelle idée baroque t'a poussé dans la cervelle! Tu as déjà tant donné à l'église!... Tu veux donc que tout y passe?... D'ailleurs, d'où tireras-tu tes cinq mille francs?

— Oh! ne vous inquiétez pas de cela, ma tante, je les trouverai.

— Pardi! je le sais bien, en vendant un coin de terre.

— Je ne vendrai pas un pouce de ma propriété, soyez tranquille.

— Mais enfin ils ne tomberont pas du ciel tout seuls comme la manne, tes cinq mille francs?

— Est-ce que je n'ai pas mon magot?

— Ah! soupira la Pancole, la grenouille de Marianne?

— Ma tante, il me reste encore douze mille francs au fond du sac.

— Douze mille francs! s'écria-t-elle ouvrant des yeux immenses.

— J'ai compté mon argent l'autre jour avec Félicien.

— Ah! Sévéraguette, dit la Boussagole d'un ton suppliant et l'œil pétillant de convoitise, ne te dépouille pas ainsi, crois-moi. Que deviendras-tu, ma pauvre Cécile, quand tu te seras comme ça mise à la chemise pour les autres, toi qui n'as jamais travaillé? Si j'étais jeune encore et vaillante comme au temps jadis, je te dirais : — « Dépense tes écus, mes bras t'en ramasseront d'autres! » — Mais, tu le vois, je suis vieille, la moindre peine m'écrase maintenant, et bientôt mes pauvres os, qui ne peuvent plus tant seulement se traîner, iront se reposer au cimetière. Oh! si tu avais épousé mon garçon, il a une bonne paire de bras, lui!

— Ma tante, je ne me marierai jamais.

— Tu fais bien, si ce n'est pas ton goût, Cé-
cillette, et j'ai eu tort de te tourmenter pour
ton mariage. Ma foi, on est bien maîtresse
après tout de prendre un homme ou de ne
pas en prendre... Mais ce qui me trouble l'esprit, c'est ton *tort à venir*. Ah ! ma fille, quand
on a mangé son *bien*, comme c'est triste !..
Je le sais, moi... Souviens-toi du proverbe :
« *Après pain blanc, pain bis ou faim...* »
Voyons, entre nous, ne pourrais-tu pas contenter monsieur le curé avec mille francs ?...
Il quêterait le reste dans les hameaux.

— Celle-ci est la dernière dépense que vous
me voyez faire.

— Dieu m'assiste ! mais elle en vaut la peine,
ta dépense, fillette. Réfléchis un peu à ton
avenir donc.

— Mon avenir est ailleurs qu'ici, ma tante,
dit Sévéraguette avec un enthousiasme religieux plein d'orgueil.

— Que veux-tu dire ?

— Tenez, ma tante Pancole, puisqu'enfin
vous êtes bonne, je vais tout vous avouer.

— Parle, parle, ma Cécile, je t'écoute.

— Ma tante, au mois de septembre, je quitterai Saint-Xist.

— Tu quitteras Saint-Xist ! Où iras-tu, ma
fille ?

— A Paris.

— Que faire si loin, Jésus-Seigneur mon
Dieu ?

— Prendre d'abord l'habit de sœur de charité, puis aller soigner les malades dans les
hôpitaux.

— Tu veux être sœur, toi !... C'est donc
pour cela que tu as refusé mon Pancoulou ?

— Je ne pouvais me marier, vous le comprenez.

— Tu es une sainte ! s'écria la vieille, pressant Cécile sur son cœur avec des transports
que la jeune fille naïve prit pour des élans de
tendresse.

— Ah ! ma tante, vous me comblez de joie !

— Et toi, tu me combles de tristesse, ma
fille... Hélas ! nous séparer ! Que deviendrai-je
maintenant ?

Elle pleura.

— Enfin, je le vois, dit-elle, il va falloir
m'en retourner à Boussagues.

— Au contraire, vous resterez ici comme par
le passé.

— Quoi ! tu me laisserais ton bien ?

— Oui, ma tante... Aurez-vous pour maintenant de manquer de pain ?

— Cécile, ma Cécilette, je ne suis pas digne
de tels bienfaits ! soupira la Pancole tombant
aux genoux de sa nièce tout abasourdie.

— Vous me permettrez maintenant de disposer du champ de la Croix-Blanche et du
magot ? dit Sévéraguette avec un adorable
sourire.

— Est-ce que tout ne t'appartient pas ici ?
Donne, casse, brise, pille : n'es-tu pas la maîtresse ?

— Connaissant mes secrets, ne vous mon-
trez plus soucieuse de mon avenir et du vôtre :
l'un et l'autre sont assurés. Seulement je vous
recommande monsieur le curé, sa mère, la
Cassarotte et ses petits. Oh ! vous serez bonne
pour eux tous, n'est-ce pas ? Vous partagerez
vos provisions avec eux, vous me le promettez.

— Certainement que je te le promets, ma
fille. Va, pars tranquille : ils ne manqueront
de rien, ces braves gens des Récollets.

L'orpheline posa ses jolies lèvres roses sur le
front parcheminé de sa tante, et se dirigea vers
sa chambre ; la Pancole, empressée, l'accompagna
jusqu'à sa porte, et lui baisa les mains à plusieurs reprises en la quittant.

— Certes ! pensa la vieille, redescendue dans
la cuisine, il vaut bien mieux qu'elle parte
pour le couvent, cette pécore de fille ! Je n'aurais jamais gouverné céans, si Cécile eût
épousé Justin ; tandis qu'héritant seule, c'est
moi, moi qui serai maîtresse de tout !... Ah !
maîtresse !... Il faudra bien que Justin plie
l'échine devant moi, s'il ne veut pas que je
l'envoie rôder avec les chèvres par les *garrigues...* Mon garçon ne m'avalera pas toute cru,
cette fois, comme à Boussagues... et moi qui
accusais les Courbezon ! Mais il ne faudra pas
qu'ils comptent venir se gobarger ici... Une
fois Cécile partie et le bien à mon nom, j'aurai
bientôt fait de jeter la porte au nez à tous ces
mendiants... Les beaux temps sont passés pour
eux et ils commencent pour moi... Maîtresse
de quarante mille francs !... Jésus-Dieu, est-ce
possible ? est-ce possible ?... Tout de même je
ferais bien d'aller demander pardon au curé :
cela réjouirait notre fille... J'y vais... Maîtresse ! ah ! maîtresse !... Il me semble que je
passe de l'enfer en paradis !

Elle sortit et gagna le presbytère.

IV

Le jour suivant, Sévéraguette, impatiente de
savoir dans quel état se trouvait l'abbé Courbezon, alla aux Récollets dès huit heures.
Marthe et sa mère étaient seules dans la cuisine.

— Eh bien ! et monsieur le curé ? demanda-t-elle avant d'embrasser personne.

— Il se ressent à peine de sa blessure, répondit la religieuse.

— Dieu soit béni ! murmura Cécile. Que
croyez-vous ? n'entendant pas sonner la messe,
j'avais peur qu'il ne fût plus souffrant.

— Il est probablement descendu au potager,

où la Cassarotte est en train d'arroser quelques pieds de basilic, dit la Courbezonne. Ah ! savez-vous bien, Sévéraguette, que votre tante est une fort vilaine femme ?

— Hélas ! elle est désolée de ce qu'elle a fait.

— Penser qu'elle aurait pu tuer Pierre !... Aussi voyez-vous, Cécile, ne parlez plus à mon enfant de cette école ; car j'ai comme le pressentiment qu'il nous arriverait des malheurs dans ce pays, s'il recommençait à bâtir. Ah ! il en a assez remué comme ça de moëllons, à Saint-Chinian et à Villecelle. D'ailleurs, monseigneur ne le veut pas... Je sais bien que vous lui tournirez de l'argent ; mais, ma bonne Cécile, vous ne pourrez lui en fournir jamais assez. Pierre est un saint, il ne comprend rien aux affaires, ce qui fait que chacun lui tire aux jambes, comme on dit, et qu'il dépense vingt mille francs quand il ne comptait en dépenser que dix. Il ne ressemble pas à son père, lui ! Mon homme tenait l'œil à tout ; il avait un naturel madré qui le défendait contre les diseurs de belles paroles ; mais lui, mon pauvre garçon, on le vole comme dans un bois. Puis, vous le savez, c'est la charité en personne, et l'argent ne s'arrête pas une minute dans ses poches. Enfin il a les mains trouées, et vous voyez où il m'a réduite. Moi qui possédais une ferme, des maisons, des champs, je n'ai plus rien sous la roue du soleil...

— Pourtant, s'il ne lui faut que cinq mille francs, hasarda timidement la jeune fille.

— Cinq mille francs ! fit la Courbezonne avec un geste d'incrédulité, cinq mille francs !

— Mais vous ne pensez pas à mes terres que je pourrais vendre, si cinq et dix mille francs ne suffisaient pas.

— Vendre vos terres ! Êtes-vous folle, Sévéraguette ?... Et votre tante ?... Gardez-vous de toucher à vos terres, ma fille ; une fois entamé, le gâteau sera vite mangé, croyez-le. Oh ! vous ne connaissez pas Pierre... Il ne devait vendre qu'une partie de notre bien de Castanet. Moi, je suis sa mère après tout, et mon bien lui appartenait ; mais vous, Cécile, vous n'êtes pas même notre parente éloignée... Croyez-vous que je souffrirais qu'il en arrivât de vous comme de moi ? Non, non, j'en mourrais, voyez-vous, mon enfant !... Mon Dieu ! quelle malheureuse idée vous avez eue hier ! Qui sait ce qui va nous arriver maintenant !

Ces derniers mots trahissaient une telle angoisse, que Sévéraguette en tressaillit d'épouvante et recula instinctivement de quelques pas, comme si tout à coup elle se fût trouvée au bord d'un abîme.

— Oh ! je ne parlerai plus de rien, murmura-t-elle effarée ; il ne sera plus question de cette école entre monsieur le curé et moi, je vous le promets.

Le facteur rural entra et remit une lettre à la sœur de charité.

— Cécile, voici l'autorisation de votre noviciat ! s'écria Marthe joyeuse.

— Serait-ce possible ! s'écria l'orpheline joignant les mains par un mouvement de reconnaissance envers Dieu.

— Allons trouver Pierre, vite, vite ! dit la Courbezonne.

Les trois femmes descendirent au jardin par la porte du Cloître.

— Monsieur le curé est-il là ? demanda Sévéraguette avisant la Sanégrole avec ses enfants au milieu du potager.

— Non, Cécile.

— Comment ! vous n'avez pas vu mon frère, Cassarotte ? insista Marthe.

— Non, ma sœur, il ne s'est pas montré par ici ; vous le rencontrerez sûrement à l'église.

Ayant trouvé l'église et la sacristie désertes, les trois femmes, soucieuses, revinrent dans le Cloître, où la Courbezonne appela plusieurs fois :

— Pierre ! Pierre !

Aucune voix ne répondit.

— Il sera allé visiter quelque malade dans les hameaux, dit la sœur de charité, cherchant à rassurer sa mère.

— Comment peux-tu penser cela, Marthe ? répliqua la vieille paysanne ; tu sais bien qu'il ne sort jamais sans nous prévenir.

La religieuse ouvrit la porte de la terrasse, où sa mère et Sévéraguette la suivirent.

En ce moment, passait devant le porche des Récollets, avec ses chèvres repues, le jeune *pillard* Cassarot. *Il avait fait sa matinée* dans les genevrières de Véreille, et rentrait à Saint-Xist pour manger la soupe.

— Félicien, tu n'as pas vu monsieur le curé, par hasard ? lui demanda Cécile.

— Si, pardine ! notre maîtresse, je l'ai vu, monsieur le curé.

— Où donc ? où donc ? interjeta Marthe.

— Il est par là-bas, au champ de la Croix-Blanche ? s'écria douloureusement la Courbezonne. Miséricorde ! nous sommes perdues... Et qu'y fait-il ?

— Ah ! pour ça, madame Courbezon, c'est autre chose, et je ne pourrai rien vous en dire ; seulement j'ai vu monsieur le curé poser comme ça sa canne par terre, tout comme s'il mesurait le champ, puis il le regardait, à tous moments, dans une feuille de papier longue comme d'ici à Pâques.

— Vous voyez, Sévéraguette, vous voyez, dit la mère du curé avec un air de reproche, grâce à vous, voilà son ancienne folie qui reprend mon pauvre Pierre ! Je suis sûre qu'il n'a pas fermé l'œil de la nuit... Vous ne le connaissez pas... Seigneur mon Dieu, ayez pitié de nous !

Cécile était consternée.

— Allons le rejoindre tout de suite, ma mère,

dit Marthe, peut-être cette idée n'a-t-elle pas encore pris racine dans son esprit et parviendrons-nous à l'en arracher facilement.

En arrivant au champ de la Croix-Blanche, les trois femmes aperçurent l'abbé Courbezon assis fort tranquillement derrière la haie de *gamacès*. Une grande feuille de vélin était déroulée sur ses genoux, et, de temps à autre, sa main y promenait un petit compas. C'était bien là son ancienne attitude de Saint-Chinian et de Villecelle. La Courbezonne sentit son sang se figer dans ses veines ; elle eut besoin de s'appuyer sur le bras de sa fille.

— Pierre ! s'écria-t-elle d'une voix étouffée, Pierre !

L'abbé Courbezon entendit, se leva et accourut.

— Que fais-tu là, mon enfant ? il est déjà onze heures, et tu n'as pas encore dit la messe.

— Ah ! ne croyez pas, bonne mère, que j'ai perdu mon temps, ce matin.

— Et quel a été ton travail, Dieu du ciel ?

— J'ai déjà pris, sur le terrain, toutes les mesures pour l'école des filles, et nous pouvons, demain s'il nous plaît, faire creuser les fondations.

— Les fondations ! s'écria-t-elle atterrée ; Jésus-Maria, les fondations ! Tu veux donc tout à fait recommencer à bâtir, comme autrefois ?

— Et pourquoi non ? dit le desservant d'un ton superbe. Ah ! mais, à propos, ajouta-t-il se retournant vers l'orpheline, vous ne m'aviez pas dit, Cécile, que votre champ de la Croix-Blanche penche un peu au midi ; il penche vers le chemin de Saint-Martin, ma chère enfant, il penche. Du reste, ne vous en préoccupez point, on guérira facilement ce vice par un mur de soutènement. Cela même ne sera pas trop laid ; vous verrez !... Certainement voilà une dépense imprévue, mais qu'y faire ? nous ne pouvons pourtant pas laisser emporter, au premier orage, la terre végétale par les rigoles. Un bon mur, épais et solide, nous distribuera le champ de la Croix-Blanche en deux zones, chacune de niveau. Nous bâtirons le couvent sur la plus haute, et nous planterons la plus basse d'arbres fruitiers. Du chemin de Lodève, on verra notre école à mi-côte ; ce sera charmant ! Les maisons font toujours bien sur les hauteurs ; et quelle maison nous allons construire ! Tenez, voyez le plan !

Le vieillard déroula son immense feuille de vélin.

— C'est le premier plan que je dressai, dit-il, pour l'école des filles de Villecelle ; mais on en exécuta un second plus simple, celui-ci ayant paru impossible à réaliser avec les modiques ressources que nous avions.

— C'est bien beau, monsieur le curé ! murmura Sévéraguette regardant la façade du couvent lavée à l'encre de Chine.

— Ça coûterait tout au plus huit mille francs, et vous pouvez en fournir douze...

— Que vous disais-je Cécile ? interrompit la Courbezonne qui n'y tint plus. Hier, il s'agissait de cinq mille francs, aujourd'hui c'est de huit mille. Je vous ai prévenue, ma fille, Pierre a les mains percées, et, si vous l'écoutez, il ne vous laissera que les yeux pour pleurer.

— Mais, ma mère, dit l'abbé, nous avons douze mille francs à dépenser...

— Mon enfant, tu n'as rien à dépenser, puisque tu ne possèdes rien, répondit sévèrement la vieille paysanne.

— Cécile, balbutia le curé, Cécile...

— Tu ne peux ruiner cette jeune fille, tu n'en as pas le droit. Voyons, donne-moi ce grand rouleau de papier, et rentre à la maison.

L'abbé Courbezon, intimidé par le ton d'autorité de sa mère, livra sans hésitation le plan de l'école projetée, et, silencieux, tête basse comme un enfant boudeur, la suivit d'un pas embarrassé vers le presbytère. Sévéraguette, confuse, s'esquiva du côté de Saint-Xist.

V

Un mois se passa sans que la pauvre Cécile pût communiquer intimement avec le curé. La Courbezonne, devinant la loi d'irrésistible attraction qui entraînait sans cesse l'orpheline vers Pierre, était constamment aux aguets. Elle ne les laissait pas seuls un instant. Marthe elle-même, pour éviter à son frère les misères et les humiliations d'autrefois, était entrée dans cette ligue contre le bien à outrance, et se plaisait éternellement à séparer ces deux ennemis du repos de sa mère et du sien, dès que le hasard ou la fatalité de leur organisation les mettait en présence. A peine si, dans ce mois d'excessive contrainte, le vieux desservant avait osé adresser quatre paroles à l'orpheline pour lui annoncer que, l'autorisation de son noviciat étant arrivée de Paris, elle pouvait désormais se considérer comme fille de Saint-Vincent.

Un soir, cependant, l'abbé Courbezon parut plus préoccupé que d'habitude : il était sorti dans la journée, et Marthe l'avait vu rentrer aux Récollets par le sentier du champ de la Croix-Blanche. Mon Dieu ! pensait-il encore à son couvent ? La Courbezonne et sa fille se montrèrent, durant toute la soirée, inquiètes, nerveuses, agitées. Néanmoins, elles se couchèrent à huit heures comme à l'ordinaire, laissant Pierre sur la terrasse où, depuis que le mois de mai avait attiédi l'air, il récitait son chapelet en se promenant de long en large, à la lueur des étoiles... Mais, après le dernier ave, au lieu de rentrer dans sa chambre, l'abbé Courbezon se planta tout au bout de la terrasse,

plongeant de l'œil dans la vaste plaine de Véreille, ensevelie dans le silence et le repos.
D'abord, il regarda au hasard et les grandes
taches noires que la lune, filtrant à travers les
arbres, découpait çà et là sur le sol, et la rivière d'Orb traînant au loin son écharpe d'argent au milieu des prairies d'un vert sombre,
et le clocher de Caunas profilant à l'horizon
sa flèche à dents de scie dans le bleu noir du
ciel. Mais, peu à peu, ses yeux, obéissant aux
secrètes pensées de son âme, se concentrèrent
sur un point unique. Ce point, qui les attira,
les captiva, les absorba, les tint fascinés, était
une pièce de terre distante de quelques pas
seulement, plantée d'oliviers rares, environnée
d'une halo épaisse de gamacès, dominée par un
énorme poteau blanc en forme de croix. L'abbé
Courbezon soupira, et, fixant ses regards sur
cette croix solitaire, dont les grands bras éle-
vés semblaient bénir la campagne endormie, il
murmura ce vers d'une hymne de l'Église :

     « O Crux, ave, spes unica! »

Puis, comme emporté par une force invincible, il quitta la terrasse, descendit à pas
comptés le grand escalier de pierre, ouvrit
doucement la lourde porte d'entrée et se précipita vers Saint-Xist.

Deux minutes après, il montait le perron de
la maison de Sévéraguette.

— Salut, Pancole! dit-il avisant la mère de Justin occupée en un coin de la cuisine à trier de
gros haricots rouges pour la soupe du lendemain.

— Bonsoir, monsieur le curé, bonsoir !... Et
quel bon vent vous amène donc chez nous
comme ça à la nuit faillie ?

— J'ai absolument besoin de voir Cécile. Est-
ce qu'elle est couchée par hasard ?

— Couchée !... Ah! mon bon monsieur le
curé, vous ne la connaissez guère, si vous
croyez qu'elle se couche avec les poules, notre
fille. Et ses prières donc ? Elle ne les finit jamais
avant dix heures.

— Alors annoncez-lui que je suis ici, que j'ai
à lui parler.

La Boussagole grimpa vers la chambre de sa
nièce.

— Bonne nouvelle, Sévéraguette! s'écria
l'abbé Courbezon en apercevant l'orpheline.

— Clavel a-t-il terminé ses travaux de Saint-
Martin d'Orb? demanda-t-elle.

— Il a dû les finir ce soir.

— Et quand viendra-t-il commencer notre
école ?

— Demain, mon enfant, demain ! dit le curé
la face épanouie.

— Enfin ! soupira la jeune fille le cœur op-
pressé d'une indicible joie.

— « Demain, au petit jour, m'a-t-il dit, je
» serai à Saint-Xist avec une dizaine d'ouvriers
» pour attaquer les fondements. »

— Et votre mère, monsieur le curé, sait-elle
cela ? Elle n'avait guère l'air de s'en douter
aujourd'hui, quoique, à vrai dire, votre absence de trois heures l'ait beaucoup préoccupée.

— Hélas ! ma pauvre Cécile, elle ignore tout.

— Vous en avez au moins parlé à ma sœur
Marthe ?

— Pas davantage, mon enfant ; je n'ai pas
osé.

— Mon Dieu !

— J'avais songé à un moyen qui, s'il était
habilement employé, calmerait et les craintes
de ma mère et celles de ma sœur. Malheureusement, son succès ne dépend pas de nous
deux.

— Et de qui dépend-il ?

— De votre tante.

— De moi ! s'écria la vieille, qui crut avoir
mal entendu.

— Oui, Pancole ; vous seule pouvez tirer ma
famille d'inquiétude. Si vous voulez, non-seulement elle ne s'opposera point à la construction
de l'école des filles, mais elle s'en réjouira
comme nous tous.

— Que faut-il faire pour cela, monsieur le
curé ?

— Tout simplement aller rassurer ma mère
et ma sœur sur vos intentions, leur dire que
vous ne vous opposez plus à ce que votre
nièce a manifesté de léguer à son village une
école de filles. Vous savez, Pancole, qu'il ne
s'agit que de douze mille francs et qu'il ne sera
pas vendu un pouce de terre.

— Mais êtes-vous sûr au moins qu'avec douze
mille francs vous aurez assez d'argent ? demanda la vieille, prête à redevenir l'ennemie
du curé, si les terres de Cécile se trouvaient le
moins du monde menacées.

— Nous ne dépenserons pas toute cette
somme.

— Ah! certes, c'est un assez joli denier, cette
somme ! soupira la mère de Justin, que des
circonstances fatales condamnaient à la résignation... Différemment, ajouta-t-elle avec un
sourire amer, il faut bien faire quelque chose
pour le bon Dieu en ce monde.

— Vous irez donc aux Récollets demain matin, n'est-ce pas, ma tante? insista Cécile.

— Oui, ma fille, n'aie crainte ! Je verrai demain cette bonne madame Courbezon, et je lui
dirai comme ça que, le bon Dieu ayant changé
mes idées, au jour d'aujourd'hui j'éprouve autant de plaisir à voir bâtir le couvent des filles
qu'autrefois j'en aurais eu de peine... Oh! sois
tranquille, j'arrangerai vos affaires ! Il faudra
bien que sœur Marthe m'entende aussi, et la
Castorette de même, et les enfants encore...
Pourtant quel brave monde que ce monde des
Récollets ! Et dire que je suis restée si longtemps brouillée avec lui ! Vous avez bien raison, monsieur le curé, de nous crier sans cesse

aux oreilles que Dieu est excellent. Il faut qu'il le soit, excellent, pour m'avoir changée au point que je ne me reconnais plus moi-même.

Ici, la Boussagole, en parfaite comédienne, embrassa étroitement Sévéraguette.

— Pancole, dit le curé, vous m'avez traité durement au champ de la Croix-Blanche; mais, au lieu de m'arracher quelques gouttes de sang, vous m'eussiez brisé un membre, que votre tendresse pour Cécile effacerait aujourd'hui tout souvenir fâcheux. Vous êtes une brave femme, et je m'en réjouis. Aimez votre nièce, aimez-la bien, car, malgré vos torts, elle n'a jamais cessé de vous chérir...

— Pour lors, monsieur le curé, interrompit la Boussagole préoccupée d'une seule idée, vous m'assurez que vous ne vendrez pas tant seulement une émincée de notre terre?

— Je vous l'assure.

— Eh bien, comptez sur moi! Demain, j'irai aux Récollets, où j'aurais bien dû montrer le museau plus souvent. Mais, bast! ce qui est passé est passé; la vipère a fait peau neuve!

L'aube blanchissait à peine les coins obscurs de l'horizon, quand le curé ouvrit les volets de sa chambre et parut sur la terrasse. Se sentant trop coupable envers sa mère pour oser affronter une explication, il n'avait pas voulu attendre que Clavel, avec sa bande d'ouvriers, vînt éveiller bruyamment le presbytère, et s'était levé avant tout le monde. Il arpenta plusieurs fois la terrasse, soucieux, troublé, laissant échapper tantôt une parole pleine de doute sur la réalisation chanceuse de son entreprise, tantôt un geste où éclatait l'espoir d'une âme fermement convaincue. Mais Clavel n'arrivait point.

L'abbé Courbezon, redoutant d'entendre à tous moments le pas de sa mère, s'échappa des Récollets par la grande porte de l'église, et, courant au-devant des ouvriers, s'engagea dans le sentier de Sanégra. Il marcha jusqu'à la mare de Pierre-Brune sans rencontrer âme qui vive. Enfin, un bruit de voix le frappa tout à coup, et les ouvriers, leur patron en tête, débouchèrent à l'un des mille détours du chemin, armés de pics, de marteaux, de truelles et de baquets. Toujours préoccupé de sa mère, le vieux desservant, prétextant qu'il ne devait rien commencer sans Cécile Sévérac, s'enfonça dans le ravin de Pierre-Brune avec les maçons, gagnant le champ de la Croix-Blanche par Saint-Xist, au lieu d'y aller tout droit en deux enjambées par les Récollets.

Quand le curé entra chez Sévéraguette, la Boussagole affairée, bruyante, criarde, distribuait la besogne à chaque journalier:

— Toi, va-t'en élaguer l'olivette du Mas-de-Saule! toi, faucher la luzerne du côté de Caunas! toi, biner la vigne de Frangouille! Allons, hardi!

Les journaliers, leurs besaces garnies au dos,

s'en allèrent. La mère de Justin se retourna vers l'abbé Courbezon:

— Faut-il que je monte vers les Récollets tout de suite, monsieur le curé? dit-elle.

— Dans une demi-heure, ma bonne Pancole, car ma mère pourrait bien ne pas être levée... Est-ce que Sévéraguette n'est pas encore descendue?

— Me voici! cria l'orpheline, dont on entendit le pas dans l'escalier.

— Comment, déjà debout, Cécile!

— Oh! monsieur le curé, il y a longtemps que je suis à ma fenêtre, regardant de tous côtés si j'aperçois Clavel.

Vingt fois on fit le tour du champ de la Croix-Blanche, vingt fois on le remonta, on le redescendit, on l'arpenta. Enfin, après des heures d'hésitation, de débats, le curé et Clavel fixèrent quatre jalons en terre, et les ouvriers tendirent le cordeau pour commencer les fondations. Le premier coup de pioche retentit mélodieusement aux oreilles du vieux desservant. Il éleva les bras vers le ciel en murmurant quelques paroles, puis il saisit la main de Sévéraguette, attirant la jeune fille vers les hauteurs du champ de la Croix-Blanche. Il voulait lui faire admirer le panorama magnifique de la vallée, et la convaincre que le couvent ne saurait être mieux placé que là où il avait ordonné d'en bâtir les murailles. Mais trois femmes, qui parurent en ce moment dans le chemin creux des Récollets, arrêtèrent l'abbé Courbezon dans son explosion d'enthousiasme. Il laissa aller involontairement la main de Cécile, et regarda la haie qui enfermait de tous côtés la vaste pièce de terre, ayant l'air d'y chercher une brèche pour s'enfuir. Qui sait, en effet, ce que venaient faire sa mère et Marthe, qui s'avançaient là-bas, accompagnées de la Pancole? N'allait-on pas lui enjoindre de renoncer immédiatement à toute entreprise? Obéirait-il, si sa mère lui ordonnait de renvoyer les ouvriers de Clavel? Ces craintes, qui dans son esprit troublé prenaient le caractère de chagrins réels, s'effacèrent presque complétement, quand le curé put voir de plus près les visages de sa mère et de sa sœur. La Courbezonne avait l'air calme, satisfait; elle marchait preste et légère, s'appuyant à peine sur son bâton, et Marthe souriait à la Pancole, qui lui parlait avec animation. Il était évident que la langue bien pendue de la Boussagole avait opéré des miracles.

L'abbé Courbezon, sans attendre qu'on l'appelât, accourut au-devant des trois femmes, entraînant Sévéraguette.

— Ma mère, me pardonnerez-vous jamais de vous avoir désobéi? dit-il.

— Que la volonté de Dieu soit faite, mon enfant! répondit la Courbezonne.

Puis, serrant dans ses vieilles mains tremblantes les mains de son fils, elle ajouta:

— Pierre, c'était pour toi, non pour moi-même que je m'opposais à la construction de l'école des filles ; je n'avais pas peur de souffrir, j'avais peur de te voir souffrir. Mais enfin, puisque tout le monde le veut, il faut bien que je le veuille aussi. Va, mon enfant, bâtis sans crainte ; quoi qu'il arrive, la vie est courte et le paradis est au bout !

On revint vers la cure. La Courbezonne, Marthe, Sévéraguette et la Pancole allaient en avant, émues, recueillies ; puis, à quelques pas, marchait le curé, la face rayonnante, et, comme si son œuvre était déjà réalisée, murmurant les versets du cantique de Siméon : *Nunc dimittis servum tuum...*

VI

On n'échappe pas à la loi de son organisation : l'évêque avait eu beau s'acharner contre l'abbé Courbezon, lui adresser les plus vifs reproches à Saint-Chinian, et finalement le destituer à Villecelle, la nature obstinément bienfaisante du vieux prêtre n'était en rien modifiée à Saint-Xist. Après onze ans d'humiliations et de souffrances, il se réveillait, comme après un long sommeil, avec les mêmes projets chimériques en tête, avec la même ardeur naïve au cœur pour en poursuivre la réalisation. Aujourd'hui même, aucune considération n'était plus capable de l'arrêter dans ses déportements de charité, car, renseigné sur les dispositions hostiles des siens, il se méfiait et usait de mille et mille détours pour atteindre au but marqué. La sévérité de son évêque et les précautions irritantes de sa famille n'avaient réussi qu'à aiguiser son génie tout entier aux idées de dévouement. Aussi rien ne lui coûtait-il maintenant, dès que le bonheur du prochain était en jeu, ni ruse, ni entêtement, ni dissimulation. Fallait-il secourir de pain ou de linge quelque ménage nécessiteux de la paroisse, l'abbé Courbezon attendait le soir, et, quand on dormait aux Récollets, il pillait la huche, il pillait l'armoire, et courait vers les malheureux. S'agissait-il de l'école des filles ? sans être aperçu, il partait pour Saint-Martin d'Orb où travaillait Clavel, fixait avec celui-ci le jour où l'on devait se mettre à l'œuvre, puis, le lendemain, s'enfuyait du presbytère à pas de loup. Enfin, dans la situation d'horrible gêne qui lui était faite par sa mère, laquelle, après avoir tout donné, aurait voulu tout retenir, ce grand homme de bien étouffait, et en était réduit désormais à commettre un bienfait comme d'autres commettraient un crime, en se cachant.

Mais l'abbé Courbezon, dont la tête s'égarait à la pensée que le rêve unique de sa vie allait enfin prendre un corps, ne laissa pas éclater tout d'un coup au dehors son immense contentement. Soit respect envers sa mère, qui subissait ses entraînements plutôt qu'elle ne les approuvait, soit égoïsme d'artiste s'enivrant dans le silence de la contemplation de son idée, il prit un secret plaisir à comprimer son âme, à se montrer calme et presque insouciant, comme avant l'arrivée de Clavel. Ce rôle, certes, était difficile à tenir, et plus d'une fois ce vieillard débordant de sève juvénile fut sur le point de trahir les enthousiasmes qui le ravageaient intérieurement. Pourtant, malgré les meurtrissures intimes qu'il recevait des contre-coups d'une joie trop obstinément contenue, l'abbé Courbezon eût, jusqu'à la fin, persisté dans cette attitude froide et digne, si Sévéraguette, cœur plus jeune, plus spontanée, par conséquent moins capable de dissimuler ses sentiments, ne la lui eût à la longue rendue intolérable.

Cécile Sévérac, qui n'avait connu ni les angoisses de Saint-Chinian, ni les luttes terribles de Villecelle, ni la hideuse misère de la rue d'Algrefeuille, jouissait d'une fraîcheur d'impression depuis longtemps perdue pour le vieux desservant de Saint-Xist. Lui aussi, autrefois, à Saint-Chinian, quand la route s'ouvrait devant lui large et belle, il avait éprouvé ces tressaillements indicibles auxquels la jeune orpheline, au champ de la Croix-Blanche, s'abandonnait avec une naïveté charmante. Mais, hélas ! la sagesse était venue, l'implacable sagesse, qui emporte les illusions, ces fleurs de la vie, et, par elle, il avait appris que, si l'on peut quelquefois faire le mal sans s'exposer, ce n'est jamais qu'à ses risques et périls qu'on pratique le bien.

Depuis que l'école des filles était commencée, Sévéraguette ne quittait plus le champ de la Croix-Blanche. Elle y allait dès le matin, accompagnée de Félicien Cassarot, qui avait délaissé son métier de pillard pour embrasser celui de manœuvre. Ayant désormais son but arrêté, et n'attendant plus que la fin de cette grande entreprise pour se plonger dans les délices de la vie rêvée, elle stimulait les ouvriers de mille façons. Non-seulement Cécile, qui n'était tenue à rien envers les maçons, leur versait tout le vin de sa cave, mais le matin elle leur faisait distribuer de la soupe. De plus, pour hâter encore la construction du couvent, elle employait ses journaliers à charrier la pierre, à pétrir le mortier. Elle-même ne dédaignait pas de mettre la main à la besogne, et souvent on la vit, dans son impatience, soulever des fardeaux trop lourds pour ses bras.

Du reste, à côté d'elle une autre femme, — affaiblie par l'âge celle-là, — travaillait avec un incroyable acharnement. C'était la Pancole. Portée par l'idée qu'elle allait bientôt posséder une fortune, la mère de Justin ne sentait pas les fatigues accablantes auxquelles elle se condamnait volontairement. Ses vieux muscles épuisés avaient retrouvé l'énergie, la puissance de la vingtième année, pour travailler à l'accomplissement d'une œuvre considérée par elle comme son œuvre de délivrance. Ces murailles une fois hautes, elle ne verrait plus la misère qui, naguère, lui était apparue sous la figure d'une mendiante en haillons. Et elle gravissait les échelles, et elle courait sur les échafaudages, alerte, légère, vive, comme une chatte en maraude.

Vraiment, il y avait à la fois quelque chose de touchant et de terrible dans le spectacle de cette jeune fille et de cette vieille femme prêtant leurs mains à la même œuvre avec des sentiments si opposés : celle-ci absorbée par la passion de la terre, celle-là par la passion du ciel !

L'abbé Courbezon eut beau se roidir, jouer l'indifférence pour ne pas offenser sa mère, il fut bientôt entraîné par l'exemple irritant de Sévéraguette. Il se débattit bien encore un peu, mais il succomba dans la lutte avec ses désirs dévorants. Durant les premiers jours, il s'était contenté une fois, le matin, au chantier pour donner, disait-il, des ordres à Clavel, qui n'en avait nul besoin. Bientôt il y alla deux fois, inventant toutes sortes de prétextes absurdes, toujours en vue de ménager sa mère. Enfin le moment arriva où le vieux prêtre, exalté par le spectacle de son œuvre, qui peu à peu montait de terre dans ses proportions magnifiques, fut incapable de s'imposer la moindre contrainte. Ni ses deux visites de la journée au champ de la Croix-Blanche, ni celles de la nuit, — en proie à une surexcitation fébrile très-intense, il ne dormait plus, — ne pouvaient désormais lui suffire. Il fallait, maintenant, comme Sévéraguette, qu'il voyait de la terrasse des Récollets agir, travailler, se démener au milieu des ouvriers, qu'il mît lui-même la main au sable, à la chaux, au moellon.

Emporté par la violence de sa passion, le vieux desservant oublia ce qu'il devait et à sa mère et à sa sœur. Un matin, avant qu'elles fussent levées, il alla dire, assisté du Cassarottou, sa messe basse de chaque jour, — bien entendu sans sonner la cloche, — puis s'enfuit vers le chantier. Quoique à jeun, il travailla jusqu'à midi avec une incroyable ardeur, activant les ouvriers par de bonnes paroles, remplissant les baquets de mortier, chargeant les manœuvres, montant, descendant les échelles, promenant partout son œil satisfait et joyeux. Il eut six heures de délicieuses émotions. Mais quand la Cassarotte sonna l'*Angelus*, et que les ouvriers, désertant les échafaudages, coururent s'asseoir pour dîner à l'ombre des châtaigniers, l'abbé Courbezon éprouva le plus vif embarras. Qu'allait-il faire ? Rentrerait-il aux Récollets ?

Rempli de craintes secrètes, il faillit accepter l'invitation de Sévéraguette, qui le pressait de la suivre à Saint-Xist pour y partager son repas. Il n'en fit rien néanmoins. Il y aurait eu de la cruauté de sa part à laisser sa mère et sa sœur plus longtemps seules à la maison. Il le comprit à un mouvement de son cœur, et, coupant court à ses hésitations, il regagna la cure d'un pas rapide.

La Courbezonne, appuyée sur le bras de Marthe, descendait l'escalier des Récollets comme l'abbé arrivait.

— Pierre, lui dit la vieille paysanne, est-ce que jamais j'ai contrarié ta volonté en quoi que ce soit ?

— Jamais, ma mère, répondit le vieillard qui blêmit.

— Alors, pourquoi te caches-tu de moi ?

L'abbé Courbezon baissa la tête et resta muet.

— O mon enfant, autrefois tu ne fusses point sorti à six heures du matin sans me dire où tu allais. Tu ne m'aimes donc plus autant à cette heure ?

— Vous, ma mère ! vous, ma mère !... s'écria le pauvre desservant éperdu.

Il ne put articuler un mot de plus ; il tomba à genoux sur les marches de l'escalier, et, saisissant, par un mouvement plein de respect passionné, les mains de la Courbezonne, il les pressa plusieurs fois contre son cœur en les arrosant de larmes.

— Mon pauvre enfant, balbutia la vieille femme bouleversée, je t'ai fait du mal ; je suis méchante, moi ! Oh ! relève-toi, je t'en supplie, relève-toi.

— Pierre ! Pierre ! dit Marthe étreignant son frère et lui essuyant les yeux avec une sollicitude pieuse, pardonne-nous, nous ne te tourmenterons plus, va ! Tu ne feras ici que ce que tu voudras désormais. Tu sortiras quand cela te fera plaisir, et nous ne te demanderons jamais ni d'où tu viens ni où tu vas.

— Mon Dieu ! mon Dieu ! soupira-t-il, vous les avez faites meilleures que moi.

On entra dans la cuisine, où la Cassarotto servit le dîner. On se mit à table, mais on fut triste, embarrassé. Marthe seule restait alerte, vive, souriante. Assise à l'un des bouts de la table, au milieu des enfants de la Cassarotte, elle allongeait de temps à autre le bras, servant à boire et à manger à sa mère, à son frère, qui ne mangeaient guère et ne buvaient pas davantage...

Hélas ! non-seulement la Courbezonne aimait son fils, mais elle l'admirait, le respectait, et la pensée qu'elle venait de l'offenser lui était un crève-cœur horrible. Certainement les méfiances de Pierre avaient quelque chose de blessant pour elle qui avait tout sacrifié ; mais enfin devait-elle lui demander compte de ses heures, quand elle savait qu'il les employait toutes au bien du prochain? Elle s'en voulut d'avoir contristé ce fils, dont plus d'une fois, à l'église, elle avait cru voir la tête s'environner d'une auréole de gloire, comme les saints peints sur les murs, et, devant lui, à table, elle fut timide, inquiète, tremblante. De son côté, le vieux desservant faisait des réflexions sérieuses. Il descendait en lui-même et se trouvait bien coupable. Pourquoi harceler éternellement les siens? Oh! si sa mère s'était laissé emporter jusqu'à lui dire qu'il ne l'aimait plus, il fallait qu'elle fût bien malheureuse! Il pensa tomber à ses pieds, lui demander grâce et renoncer à jamais au couvent. En ce moment, toutes ses entreprises lui parurent misérables, sinon criminelles, et, comme un enfant qu'il était, ce vieillard eut envie de pleurer ses fautes dans le sein maternel.

La Cassarotte observait son monde.

— Voilà pourtant ce que c'est, monsieur le curé, dit-elle, vous avez trop travaillé ce matin à l'école de Séveraguette, et maintenant vous n'avez pas tant seulement envie d'ouvrir la bouche.

— Je ne suis point fatigué, Cassarotte, je vous assure.

— Point fatigué, point fatigué, c'est bon à dire, cela, monsieur le curé; on ne croit point l'être, fatigué, et puis on l'est tout de même, allez! Différemment, il faut bien que vous ayez quelque chose, puisque vous ne dînez point, et que par votre mine, vous empêchez votre mère de dîner.

— J'empêche ma mère de dîner.

— Quand je dis que vous l'empêchez de dîner, je m'entends : je veux dire que, comme elle vous aime à l'adoration, votre brave mère, elle ne peut toucher à son assiette si vous ne touchez premièrement à la vôtre.

Le vieux prêtre saisissait sa fourchette, et malgré qu'il en eût, se disposait à manger, quand le facteur rural entra.

— Une lettre! cria-t-il.

La sœur Marthe tendit la main.

— Oh! dit-elle, elle vient de Murat, près de Castenet, cette lettre.

— De Murat! fit la Courbezonne, dont l'œil s'humecta d'une larme subite. — Hélas! Pierre, qui peut t'écrire de par là-haut? Ce ne sont point des créanciers, je pense, car si nous n'avons ni terre ni deniers, au moins nous ne devons rien à personne.

— Non, ma mère, dit le curé tout joyeux et prenant la lettre, ce ne sont point des créanciers qui m'écrivent de Murat, c'est la supérieure du couvent de Sainte Agnès.

— La supérieure de Sainte-Agnès! Et pourquoi t'écrit-elle, cette supérieure?

— Elle ne fait que répondre à la lettre que nous lui avons adressée, Séveraguette et moi, il y a huit jours, pour lui demander deux sœurs de son ordre. Il nous faut bien au moins deux sœurs pour notre couvent.

— Ah! c'est vrai, soupira-t-elle.

Et elle accompagna ces mots d'un geste d'indescriptible découragement.

Le curé se tut. Sans la lire, il serra la lettre dans la poche de sa soutane et essaya de dîner. A force de courage, de volonté, il parvint à manger un peu de viande et quelques *châtaignons* bouillis, dessert obligé de tous les repas au presbytère. Il se leva. Pourtant il lui en coûtait de quitter sitôt sa mère, qu'il venait encore de contrister malgré lui. Il resta un instant immobile, le regard arrêté sur la vieille paysanne, en proie à mille déchirements intérieurs. Enfin, il alla vers la porte; mais, se retournant, il courut se jeter aux pieds de la Courbezonne.

— Ma mère, murmura-t-il d'une voix haletante d'émotion, n'appréhendez plus rien de l'avenir; soyez heureuse : je renonce à bâtir l'école des filles.

— Que dis-tu, mon enfant, que dis-tu?

— Je dis que je ne veux pas vous voir mourir de chagrin. Dieu, pour le servir, ne commande pas qu'on tue sa mère.

— Mon pauvre Pierre...

— Je vivrai désormais auprès de vous tranquillement, comme à Montpellier. Je ne ferai rien, absolument rien que vous aimer. Vous verrez quelles belles promenades par la campagne! Nous irons au Mas-du-Saule, à Frangouille, peut-être même jusqu'à Bédarieux. N'est-ce pas, Marthe, que tu viendras avec nous? — Oh! allez, je ne vous sacrifierai plus à mes entreprises. Qui sait, d'ailleurs, où m'aurait mené celle-ci?

— Tu n'y penses pas, mon enfant; et Clavel?

— On payera son travail à Clavel, et on le congédiera.

— Séveraguette ne se résignera pas, comme toi, à abandonner son idée, mon frère, dit Marthe.

— Séveraguette aime notre mère! répliqua l'abbé embrassant la Courbezonne.

Un pas léger montait vivement l'escalier. Cécile Sévérac parut. Sa robe poussiéreuse et ses souliers brûlés par la chaux annonçaient les occupations auxquelles elle se livrait, depuis l'arrivée des maçons à Saint-Xist.

— Monsieur le curé, dit-elle, Clavel, qui voudrait distribuer à ses ouvriers la pierre de taille de la porte d'entrée, m'envoie vous demander le plan du couvent.

— Le plan, le voici!

Par un mouvement instinctif, il étendit la main vers un grand rouleau de papier gisant sur une chaise. Mais se ravisant :

— Séveraguette, dit-il tristement, j'ai à vous demander un grand sacrifice.

— Vous savez bien, monsieur le curé, qu'il m'est toujours doux de vous obéir. Que souhaitez-vous de moi?

L'abbé Courbezon hésita; enfin, avec un effort héroïque :

— Sévéraguette, murmura-t-il d'une voix expirante, il faut renoncer à nos projets.

— A bâtir l'école des filles?

— Le repos de ma mère l'exige impérieusement. Vous ne voudriez pas, je suppose, causer le moindre chagrin à ma pauvre mère, qui vous aime comme sa fille?...

Il ne put en dire davantage. Il était horriblement pâle et son front ruisselait de sueur. Il s'assit.

— Monsieur le curé, dit Cécile subissant avec la docilité d'un ange un revirement si brusque de situation, je cours de ce pas dire à Clavel d'arrêter les travaux.

Elle allait s'élancer vers la porte, quand la Courbezonne s'écria transportée :

— Embrasse-moi, ma fille, ma seconde fille !

Cécile se précipita dans le sein de la vieille paysanne.

— Oh ! ne croyez pas au moins ce que vient de dire Pierre, ma bonne Sévéraguette, ajouta la Courbezonne, il se trompe; je ne suis point malheureuse de vous voir bâtir le couvent, non vraiment, je n'en suis point malheureuse !

Elle essaya de sourire.

— Mais demandez donc à Marthe, reprit-elle, si je ne lui disais pas hier encore : — « Elle » sera belle tout de même, cette école du champ » de la Croix-Blanche! » — C'est vrai que souvent je suis triste et que je désole mon pauvre enfant, qui est un juste devant Dieu. Mais il faut me pardonner ma mine : j'ai eu tant de traverses dans ma vie ! et puis je suis si vieille ! Savez-vous bien, ma fille, que, quand on a passé quatre-vingts ans, on ne sait pas toujours ce que l'on fait, ce que l'on dit, ce que l'on est? Jugez-en : Tout à l'heure, Pierre a prononcé le nom de Murat. Eh bien ! parce que j'avais autrefois du bien dans ce pays, voilà que j'ai eu envie de pleurer au souvenir de ma belle ferme vendue. Quelle pitié, n'est-ce pas?... Que sommes-nous donc que nous tenions tant à la terre? Moi, j'aimais trop les champs, où je travaillais à côté de mon homme, et Dieu, pour me punir, me les a tous ravis par la main de mon fils. Que le saint nom de Dieu soit béni, et que mon fils ne regrette rien, car il a été l'instrument de la Providence, qui voulait me purifier de toute avarice!... Ah ! Cécile, laissez dire votre tante Pancole, et continuez à vous dévouer aux pauvres... Tenez, voilà le plan, bâtissez !

Elle lui donna le rouleau de vélin.

— Certes, continua-t-elle, il est probable que, si vous suivez les conseils de Pierre, qui court dans le chemin de la charité comme un lièvre à travers champs, il vous mènera jusqu'à votre dernier écu. N'importe, suivez-le toujours, mon enfant, car la voie par où il vous conduit va droit au ciel !

La Courbezonne avait trouvé l'inspiration religieuse de son fils, ou plutôt, si, comme l'a dit un profond naturaliste, l'homme relève surtout de sa mère, la vieille paysanne venait de montrer la source cachée où l'abbé avait puisé sa naïve éloquence et son indomptable charité.

Elle s'assit épuisée. Sévéraguette, Marthe, la Cassarotte, saisies d'un enthousiasme pieux, tombèrent à ses genoux, et le vieux prêtre lui tint les mains embrassées, murmurant au milieu des larmes :

— Ma sainte mère ! ma sainte mère !

VII

Deux heures après cette scène douloureusement émouvante, l'abbé Courbezon et Sévéraguette sortirent du presbytère. L'orpheline tenait sous son bras le plan de l'école, et le curé avait les mains embarrassées de nombreux morceaux de carton, sur lesquels il venait de dessiner lui-même les moulures des chapiteaux de la grande porte du couvent. L'esprit encore tout préoccupé de la Courbezonne, ils allèrent jusqu'au chantier sans échanger une parole. Arrivés là, l'abbé remit à Clavel les panneaux, lui fit quelques observations très-sommaires, puis redescendit vers le sentier de Saint-Xist. Cécile, n'osant l'interroger, crut qu'il allait visiter quelque malade dans les hameaux, et s'arrêta.

— Sévéraguette, venez, lui dit-il, j'ai à causer avec vous.

La jeune fille suivit le vieux prêtre, qui, évitant le chemin des Récollets, se dirigea vers Saint-Xist.

Ils atteignirent les premières maisons du hameau.

— Il n'y a personne chez vous, Cécile ! demanda-t-il.

— Non, monsieur le curé.

— Votre tante est-elle encore pour longtemps au chantier?

— Elle y restera jusqu'à six heures, comme toujours.

— Montons ! dit-il gravissant les degrés du perron.

Sévéraguette ouvrit la porte et la referma.

— Eh bien, monsieur le curé? demanda-t-elle revenant vers le prêtre.

— Eh bien, ma chère enfant, j'ai reçu la réponse de la supérieure de Sainte-Agnès.

— Déjà !... Oh ! quel bonheur?... Et que dit madame la supérieure?

— Voici sa lettre; je ne l'ai point encore décachetée.

— Lisons-la vite ! s'écria Sévéraguette dévorée d'impatience.

— Hélas ! je n'ose, répondit tristement l'abbé... Je pense que peut-être le moment est venu de donner de l'argent et que ce n'est pas le mien que je donnerai.

— Ah ! monsieur le curé, vous allez me rendre bien malheureuse, si vous manquez ainsi de confiance en moi.

Elle lui prit la lettre des mains et lut ce qui suit :

« Murat, 29 juin 1848.

» Monsieur le curé,

» La lettre que vous m'avez fait l'honneur de m'écrire m'a comblée de joie : je ne pensais pas que la pauvre maison religieuse dont je suis la supérieure très-indigne fût connue au delà des limites du département du Tarn. L'arbre ayant étendu ses racines plus loin que je ne l'eusse jamais supposé, c'est une preuve évidente que Dieu en a béni le germe ; que Dieu donc soit loué, il est la source de tout bien !

» Vous voudriez, monsieur le curé, répandre mes bonnes filles dans les villages de l'Hérault, et, pour commencer à prêcher d'exemple, vous m'en demandez deux pour votre paroisse. Je vous remercie de la préférence que vous accordez à l'humble couvent de Sainte-Agnès sur tant d'autres congrégations fameuses dévouées comme nous aux campagnes, et je suis toute disposée à envoyer à Saint-Xist deux des sujets les plus distingués de l'ordre, si toutefois les conditions établies par nos règlements vous agréent.

» Elles se réduisent à deux :

» 1° Loger convenablement les sœurs.

» 2° Payer pour chacune d'elles une rente annuelle de deux cents francs.

» Quand c'est une commune qui demande des religieuses, le maire a soin d'adresser au notaire de la congrégation, monsieur Noël, à Murat, un duplicata de la délibération du conseil municipal garantissant les droits susénoncés. Mais, quand c'est par le fait d'une œuvre de charité individuelle que mes filles sont appelées, la congrégation ne pouvant courir aucune chance, la personne fondatrice de cette œuvre doit préalablement consigner entre les mains de monsieur Noël, investi de toute ma confiance, un dépôt de quatre mille francs pour une sœur, de huit mille francs pour deux...

» Il est bien entendu, monsieur le curé, que ce dépôt, dont monsieur Noël et moi donnons conjointement reçu, est considéré comme un nantissement inviolable et sacré. Les intérêts seuls en sont prélevés pour être versés, à époques fixes, dans la caisse de la communauté.

» J'ai la confiance, monsieur le curé, que le dépôt de huit mille francs ne saurait être une trop lourde charge pour l'orpheline charitable qui veut doter votre paroisse d'une école gra-

tuite de filles, et que vous voudrez bien, pour que j'avise, me faire part de sa résolution dans le plus bref délai.

» Agréez, je vous prie, monsieur le curé, les hommages de profond respect de votre dévouée servante et fille en Notre-Seigneur Jésus-Christ.

» ANGÉLIQUE, supérieure. »

— Huit mille francs ! fit l'abbé Courbezon levant ses bras et les laissant retomber.

— Et vous trouvez que c'est beaucoup, monsieur le curé ?

— Hélas ! c'est peu pour les pauvres filles condamnées à vivre de l'intérêt de ce capital ; ce capital néanmoins est encore trop fort pour nous.

— Monsieur le curé, j'ai douze mille francs dans mon secrétaire ; rien ne s'oppose donc à ce que j'en consigne huit mille chez le notaire de Murat.

— Ma bonne Cécile !... Et comment payerons-nous Clavel ?

— Ne me restera-t-il pas quatre mille francs !

— Les travaux effectués atteignent déjà ce chiffre, mon enfant. Les fondations de l'école, creusées dans le roc, s'élèvent seules à douze cents francs.

— Et mes récoltes si belles sur pied, vous les comptez donc pour rien ? Ne vendrai-je pas mon blé le mois prochain ? Et puis, un peu plus tard, mon vin, mes châtaignons, mon huile, mon miel, mes cocons ?

— Quel sera le produit de ces ventes ?

— Quinze cents francs environ.

— Avec quinze cents francs, ma fille, au prix exorbitant où s'élève la main-d'œuvre dans ce pays, non-seulement nous ne bâtirions pas la muraille de soutènement, mais nous ne pourrions pas même achever le couvent.

— Nous l'achèverons, notre couvent, monsieur le curé, nous l'achèverons ! s'écria Cécile d'un accent de voix résolu. Après tout, mes terres sont à moi, bien à moi seule, et, s'il faut les vendre, les vendre l'une après l'autre pour accomplir mon œuvre de charité, comme dit la supérieure de Sainte-Agnès, je les vendrai, personne ne pourra m'en empêcher.

— Cécile, mon enfant, calmez-vous ! dit le vieux desservant épouvanté et charmé à la fois par cette explosion d'enthousiasme.

— Non, monsieur le curé, je ne puis permettre qu'encore une fois monseigneur censure votre conduite. C'est alors que les appréhensions de votre mère se trouveraient justifiées !... Et ce serait moi qui vous aurais précipité dans de nouveaux malheurs ! Si je n'avais déjà fait à Dieu le sacrifice de mon bien, l'idée seule que sa réalisation en argent peut vous éviter une contrariété, me déciderait à m'en défaire. Eh ! vraiment, c'est bien la peine d'hésiter ! De quoi s'agit-il après tout ? de quelques misé-

rables lopins de terre perdus aux quatre coins
de l'horizon. Je n'éprouve qu'un regret, c'est
de n'avoir pas une plus riche offrande à faire
aux pauvres... Voyons, monsieur le curé, maintenant que vous m'avez montré ma voie, voudriez-vous me voir reculer ? Je le tenterais, que
je ne pourrais pas, comme ma tante Pancole,
m'accrocher de mes dix doigts à la terre. Je ne
crois pas à la terre, moi, je crois au ciel !
— Vous êtes un ange, ma fille, un ange du
paradis ! Cependant il faudrait penser...
— Monsieur le curé, je ne veux penser qu'à
notre entreprise, interrompit Séveraguette ;
aussi n'essayez pas, je vous en supplie, d'en-
tamer ma résolution. Dites-moi de marcher
pieds nus sur des charbons ardents, j'y marcherai, parce que je me suis promis de vous
être docile en toutes choses ; mais en ceci,
laissez-moi libre de ma volonté, car, je le sens,
je serais capable de vous désobéir. Vous avez
posé la première pierre du couvent, vous en
poserez la dernière. Dût-il m'en coûter mon
dernier écu, vous goûterez, je vous le jure, la
suprême consolation de voir réaliser l'œuvre
que vous avez rêvée durant tant d'années d'agitation et d'épreuves.
— O Cécile ! ô Cécile ! s'écria le pauvre abbé.
Dans le désordre de ses idées, il allait se jeter
aux genoux de l'orpheline, devenue désormais
comme une sainte pour lui, quand Sévéraguette, qui avait remarqué ce mouvement, se
précipita elle-même à ses pieds, implorant sa
bénédiction. Le curé posa ses larges mains
d'apôtre sur la tête de la jeune fille et resta
muet. L'émotion qui lui soulevait le cœur était
trop forte ; il n'eût pu parler sans sanglots.
Enfin il leva au ciel ses yeux, toujours magnifiques dans les grandes crises de son âme, et
murmura quelques paroles. Puis faisant un
geste solennel, il bénit Cécile prosternée.
Un long moment de silence succéda à cette
scène grandiose.
— Mon enfant, reprit-il enfin, pardonnez-
moi les faiblesses que je viens de vous montrer : j'étais encore, malgré moi, préoccupé de
ma mère. Vous avez raison, Cécile, nous devons
marcher fermes dans notre voie. D'ailleurs, ma
mère et ma sœur sont avec nous maintenant,
et nous pouvons nous abandonner tout entiers
à notre œuvre sans remords.
— Alors, monsieur le curé, vous partirez demain pour Murat, n'est-ce pas ?
— Partir pour Murat, moi ! s'écria-t-il surpris
de cette proposition inattendue.
— Si vous ne pouvez vous absenter, j'irai
moi-même.
— Mais, Cécile, rien ne nous presse de conclure avec la supérieure de Saint-Agnès. Où
logerions-nous les sœurs, si on nous les envoyait en ce moment ? Vous ne devez pas plus
que moi vous éloigner d'ici... Ecoutez-moi,
Séveraguette. Vous avez assisté tout à l'heure,

aux Récollets, à une scène navrante. Certes, je
crois ma mère guérie de son découragement ;
mais, comme elle vous l'a dit elle-même, sait-
on bien toujours ce que l'on fait à un âge aussi
avancé que le sien, et ne pourrait-il pas arriver que l'absence subite de l'un de nous pro-
voquât une nouvelle crise ? Il est bien difficile
de conserver une âme constamment énergique,
dans l'affaissement général du corps. Je vous
l'avoue, je craindrais, si ma mère connaissait
la lettre de la sœur Angélique, de la voir retomber dans ses anciens chagrins. Or, comment
lui cacher cette lettre, quand elle demandera
pourquoi vous ou moi nous sommes partis ?
Elle voudra tout savoir, elle interrogera sans
relâche, et les réponses qu'on lui fera seront
autant de coups de poignards qu'on lui donnera dans le cœur. Car, voyez-vous, Cécile, elle
aura beau dire, mon excellente mère, elle
aimerait mieux, comme à Montpellier, me tenir
auprès d'elle lisant ou causant, que de me voir
m'engager comme à Saint-Chinian et à Villecelle...
Il se tut et passa la main sur son front,
comme pour en chasser les nuages d'amère
tristesse qui s'y accumulaient de nouveau. —
Il reprit :
— Du reste, mon enfant, il se peut bien que
je m'exagère l'état moral de ma mère. Peut-
être apprendrait-elle toutes ces choses avec
joie. Dans le doute, néanmoins, je crois qu'il
vaut mieux user envers elle d'une discrétion
prudente que de nous exposer à l'alarmer mal
à propos. N'êtes-vous pas de mon avis ?
— Ah ! que me demandez-vous, monsieur le
curé ? Vous savez bien que votre sainte mère a
remplacé la mienne, que je l'aime — pardon-
nez-le moi — autant que vous-même, et que,
pour elle seule, s'il le fallait, je renoncerais à
bâtir notre couvent.
— Ma mère n'accepterait pas ce sacrifice, —
elle vient de vous le prouver en vous remettant
elle-même le plan de l'école, — mais moi, Sévéraguette, je suis profondément touché de vous
savoir capable de le lui faire, et...
— Mais j'y pense, interrompit la jeune fille,
sur les joues de laquelle un vif sentiment de
satisfaction intérieure avait fait épanouir deux
belles roses virginales, si nous envoyions à Murat la Cassarotte ?
— La Cassarotte est de la famille, nous ne
devons pas songer à l'éloigner. Il faut trouver
quelqu'un tout à fait étranger aux Récollets.
— Cherchons !
Tous deux penchèrent la tête, dans l'attitude
de la réflexion.
— Ah ! si Antoine Fumat n'était pas mort !...
soupira l'abbé Courbezon, qui avait oublié les
torts et le vrai caractère du Sanégrol.
Au même instant, un sifflement étrange,
parti du potager de Cécile, pénétra dans la
maison par les fenêtres. Ce sifflement fut ré-

pété trois fois, puis un pas lourd gravit le perron.

— Pancole, murmura une voix qui passait par le trou de la serrure, Pancole, es-tu là ?

Sévéraguette frissonna. Une main inconnue se posa extérieurement sur le loquet, et la porte s'entre-bâilla.

— Oh ! pardon, ma cousine, pardon, monsieur le curé, bredouilla Justin Pancol, tout honteux et battant en retraite.

— Entrez donc, Pancol, entrez ! dit l'abbé Courbezon, qui courut à la porte et saisit le Boussagol par le bras. Peste ! vous ne sauriez arriver plus à propos : nous avons besoin de vous.

— Besoin de moi ? s'écria le Sanglier abasourdi.

— Certainement, vous êtes tout à fait l'homme qu'il nous faut.

Et comme Pancol, ivre d'étonnement, restait planté au seuil de la porte n'osant hasarder un pas :

— Mais priez donc votre cousin d'entrer, Sévéraguette, insista le curé ; on dirait qu'il a peur que votre maison ne s'écroule sur lui.

— Entrez, Justin, entrez ! dit l'orpheline qui se leva.

Surmontant ses répugnances intimes, elle tendit la main au Sanglier et l'attira vers une chaise.

VIII

Pancol s'assit. Hélas ! comme il était changé ! Non, personne, dans cet homme pâle, maigre, timide, n'eût reconnu le paysan robuste et féroce dont Fumat avait éprouvé le bras à la mare de Pierre-Brune. Le Sanglier n'était plus que l'ombre de lui-même. Trois mois avaient suffi à faire de ce rustre, membré comme un centaure, la plus chétive, la plus misérable créature. Maintenant, si la moindre lutte se fût élevée, certes ce n'est pas lui qui eût terrassé sa mère à ses pieds, mais bien la Pancole qui l'eût contraint à demander grâce.

Tout, chez le Boussagol, trahissait la faiblesse : sa démarche embarrassée, son attitude courbée, sa parole essoufflée. Il n'était pas jusqu'à ses mains qui ne portassent l'empreinte de l'atonie générale où était tombé le terrible paysan. Au lieu de ces mains dures, résistantes comme l'acier, armées de doigts noueux, poilus, aux ongles carrés, qui sans le moindre effort avaient précipité le Sanégrol contre les rochers, ce n'étaient plus que des tendons appauvris, unissant entre elles des phalanges diminuées et d'une contractilité pénible. Chose étrange ! avec la vigueur musculaire avait disparu, en partie du moins, l'air farouche et brutal du

Sanglier. Notre âme est si intimement liée à notre chair, que l'une ne saurait se modifier sans entraîner la modification de l'autre. Justin Pancol, débarrassé des grosses joues qui lui rapetissaient les yeux, de la pléthore qui lui avait envahi le cou et lui en rendait le jeu difficile, n'avait plus l'aspect redoutable que nous lui connaissons. Maintenant son regard était doux, bienveillant, et sur son front, devenu plus large, semblait briller une pensée.

Cependant, comment expliquer cet incroyable affaissement physique ? Il était, chez Pancol, la conséquence de l'anéantissement de ses espérances. Tant que Justin, trompé par les promesses fallacieuses de sa mère, abusé par son amour-propre, crut obtenir la main de sa cousine, il ne perdit rien de sa vigueur native. Malgré les embarras chaque jour plus pressants de sa situation à Boussagues, malgré ses luttes avec l'Avocat et le dénouement tragique de la mare de Pierre-Brune, il conserva cette robustesse puissante et formidable qui l'avait rendu un objet de terreur pour toute la contrée. Tenu en haleine par la certitude morale de son bonheur, il traversa les différentes crises de sa passion, — battant sa mère, volant Cécile, tuant Fumat, — aussi aisément que le Sanglier sauvage traverse un fourré épais, cassant les branches, brisant les clôtures et ne se retournant jamais.

Mais quand Sévéraguette, irritée de ses obsessions, agitée de soupçons terribles, eut arraché violemment les dernières fleurs d'espoir épanouies au fond du cœur de Pancol, celui-ci sentit qu'il venait de recevoir le coup de la mort. Il reparut bien encore plusieurs fois à Saint-Xist, où sa mère, pour le consoler, continuait à le bercer de folles promesses ; mais il n'y croyait plus, hélas ! et, quand on lui avait dit que sa cousine se portait bien, ou que, caché derrière les saules du ruisseau, il l'avait vue passer rayonnante de jeunesse et de je ne sais quelle auréole divine, il reprenait le chemin de Boussagues, l'âme moins triste, presque soulagée. Pauvre Justin ! cent fois plus violent, plus brutal, plus coupable qu'Antoine Fumat, et pourtant cent fois plus tendre, cent fois plus homme !

Le corps ne tarda pas à recevoir le contre-coup des émotions de l'âme. Les joues de Pancol, animées d'un rouge vif, pâlirent, puis se creusèrent ; enfin toute la machine, atteinte dans son ressort principal, s'affaissa. Il ne tenta aucun effort pour retenir ses forces qui lui échappaient. Différent en cela du campagnard ordinaire, pour qui l'énergie physique résume toute la vie et qui s'y cramponne désespérément, il s'abandonna tout entier à lui-même. Trop borné pour se rendre compte des tortures qu'il subissait, il sentit seulement qu'il ne lui restait plus aucun courage et se résigna bestialement. Du reste, il avait trop perdu de sang par la blessure reçue en plein cœur pour qu'il lui fût possible d'essayer la moindre révolte contre les autres et contre lui-même. Sa faiblesse suprême le condamnait inéluctablement à la douceur. Que lui arriverait-il ? Peu lui importait. Précipité par sa catastrophe au plus bas dans l'enfer des douleurs humaines, il pouvait défier la destinée de lui porter de nouveaux coups.

Pourtant, quelle que soit la résolution de l'homme qui se jette dans un fleuve pour y mourir, il est bien rare, quand le flot le pousse et l'entraîne, qu'il ne tende pas involontairement les mains vers les saules du rivage. Plus d'une fois Pancol, dans sa lente agonie, leva, malgré lui, les bras vers le rameau sauveur. A telle heure, il lui semblait qu'il avait mal compris sa cousine, qu'évidemment elle ne le croyait pas coupable du meurtre de Fumal, et qu'il la ramènerait à lui, s'il pouvait seulement la revoir et lui parler. Alors, il courait vers Saint-Xist. Souvent, il s'arrêtait en route et revenait vers Boussagues subitement dégrisé de son rêve; parfois aussi il arrivait jusqu'à la maison de Sévéraguette et s'y introduisait furtivement. Mais la Pancole, qui, dans les premiers temps, s'était efforcée de raviver les espérances évanouies de son fils, lui répétant à tout propos qu'elle lui gagnerait le cœur de sa cousine, avait fini par rester muette en sa présence. Son embarras avait surtout redoublé depuis le commencement de la construction de l'école des filles, et Justin, attribuant l'attitude de sa mère à l'impuissance où elle était de le servir, après quatre mois péniblement échangés, s'en allait par le premier sentier venu. Il n'arrivait souvent à Boussagues que le lendemain matin : il avait passé la nuit à errer, à pleurer dans les châtaigneraies de Frangouille ou du Mas-du-Saule.

La vérité est que la Pancole ne pensait plus guère à son enfant, et que celui-ci se méprenait étrangement sur les motifs de son silence. Au fait, pourquoi la vieille Boussagoia avait-elle quitté son village? C'était un peu pour échapper à une ruine imminente, mais surtout pour s'approprier le bien de sa nièce, en la mariant à Pancolou. Or, de quelle utilité pouvait lui être Justin, aujourd'hui que Sévéraguette allait lui abandonner directement, à elle seule, toute sa fortune ? Au contraire, puisque Cécile avait si hautement manifesté ses répugnances, il convenait, pour ne pas l'irriter et la faire revenir sur sa donation, d'éloigner absolument Pancolou de Saint-Xist.

C'est alors que la vieille paysanne, tout à son avarice, évoquant dans sa mémoire les torts de Justin envers elle pour étouffer plus facilement ses instincts de mère, adopta cet air froid et contraint qui avait porté le dernier coup à son fils. Une fois seulement ses entrailles s'émurent: c'était un jour que Pancol, à bout de force, était tombé presque évanoui dans la cuisine.

Elle eut le sentiment de sa cruauté, et, penchée sur son enfant dont elle soutenait la tête, elle avait failli tout lui avouer. Mais Justin ayant soudain rouvert les yeux, elle réfléchit qu'il était capable de quelque nouveau crime, si le départ de Sévéraguette pour Paris lui était révélé, et elle se tut prudemment. D'ailleurs, elle se promettait de réparer le mal, lorsque, Cécile partie, elle serait entrée en possession de l'héritage. Oh! quelles bonnes tisanes sucrées elle préparerait à son Pancolou! Quelle bonne viande elle lui servirait à son dîner! Puis, quand il serait rétabli, elle lui mettrait une jolie canne neuve dans la main et lui dirait :

— Va te montrer à la ville, mon garçon; j'en connais là-bas, à Bédarieux, qui sont les cidevant et qui ont plus vilaine tournure que toi !

C'est avec ces raisonnements subtils que la vieille Boussagole domptait les élans de son cœur maternel vers son enfant en péril, et cherchait à se donner le change à elle-même sur son atroce cupidité. Hâtons-nous d'ajouter, à la décharge de la Pancole, qu'elle partageait cette croyance enracinée dans les campagnes, pourquoi ne pas dire en tout lieu qu'on ne meurt jamais d'amour.

— Est-ce que vous êtes malade, Pancol ? demanda l'abbé Courbezon, remarquant la mine piteuse et abattue du paysan.

— Moi, malade, monsieur le curé ! Je ne sais pas tant seulement ce que c'est que d'être malade. J'ai bien présentement quelque chose qui me rôde comme ça dans l'estomac et m'empêche, quand je me mets à table, de manger mon plein appétit; mais mes jambes et mes bras tiennent bon tout de même et sont tout prêts à vous servir, vous ainsi que ma cousine Cécile.

— Il s'agirait d'un petit voyage à Murat...

— A Murat, au-dessus de Saint-Gervais, tirant vers l'Espinouse, n'est-ce pas, monsieur le curé ? dit vivement le Boussagol, dont la physionomie s'éclaira d'un sourire joyeux à la pensée qu'il allait être agréable à Sévéraguette.

— Justement, repartit l'abbé. Eh bien, il faudrait...

— Mais, monsieur le curé, interrompit Cécile, qui redoutait, on le comprend, de mêler Justin à ses affaires intimes, mon cousin Pancol ne peut aller à Murat dans l'état où il se trouve. Il suffit de le regarder pour se convaincre qu'il est trop souffrant pour voyager. Du reste, rien ne presse... Nous verrons plus tard...

— Oh ! ma cousine, comme vous vous trompez sur mon compte, si vous vous en rapportez à mon air ! Il est vrai que mon visage s'est allongé, et que, de rouge, il est devenu tout blanc, sans comparaison, comme une hostie. Mais, parce que j'ai fait peau neuve, est-ce une

raison pour croire ma santé ébranlée? Les jarrets sont toujours solides, allez, et ce n'est pas une promenade comme celle d'ici à Murat qui peut m'effrayer. Ah! ne me refusez pas le bonheur de vous servir!... Faut-il partir tout de suite?

Il se leva, et, pensant fournir une preuve d'énergie, fit quelques pas dans la cuisine, battant fortement les dalles de ses deux talons.

— Vous voyez, monsieur le curé, qu'on ne doit pas, avec moi, se hâter de chanter le *De Profundis*, dit-il.

Puis, se frappant un grand coup sur la poitrine, il ajouta :

— Rassurez-vous, ma cousine, tout le vin de la barrique n'est pas encore tiré.

— Regardez-le donc, Sévéraguette! s'écria le desservant ébahi, ce n'est plus le même homme.

En effet, Pancol était changé complétement. Il venait, encore une fois, de se cramponner à l'espérance, et le corps avait pris sa part de la vie qui soudainement avait envahi le cœur. Il ne sentait plus sa faiblesse. Ses bras naguère inertes, accompagnaient maintenant de gestes passionnés sa parole volubile et singulièrement éloquente. Son œil pétillait. Le moribond, qu'un mot du vieux prêtre venait d'arracher au grabat d'agonie et que Sévéraguette persistait à plonger dans l'exaltation de la mort, protestait par l'exaltation de tout son être de son vif désir de vivre. On eût dit que, pour attester sa vitalité, l'âme illuminait toute la machine et faisait feu de toutes parts.

Tant d'efforts héroïques émurent l'orpheline; elle eut pitié de cet homme qui l'aimait jusqu'à en mourir sans se plaindre, et, refoulant ses soupçons, elle tourna vers son cousin des yeux humides de larmes.

— Allons, Pancol, dit l'abbé Courbezon, qui considérait depuis un moment Cécile, nous avons gagné notre procès, vous irez à Murat!

Le paralytique à qui Jésus venait de dire : — *Emportez votre lit et marchez!* — n'éprouva pas de plus profonde, de plus violente émotion que le Boussagol entendant ces derniers mots du vieux desservant.

— O ma cousine! balbutia-t-il,

Il fit un pas vers elle, mais, tout honteux de son audace, il s'arrêta.

— O monsieur le curé! s'écria-t-il.

Et, dans un élan d'irrésistible reconnaissance, il s'élança vers l'abbé, qui le reçut dans ses bras et l'embrassa tendrement.

— Mon cousin, s'empressa de dire Séféraguette, qui, se sentant gagnée par un trouble étrange, inconnu d'elle, désirait en finir au plus vite, j'ai une somme de huit mille francs à envoyer chez monsieur Noël, notaire à Murat, et c'est à vous que je confie cette mission importante. Je ne doute pas que vous ne la remplissiez de façon à mériter les éloges de monsieur le curé et les miens. Vous n'aurez rien à exiger de monsieur Noël, sinon un reçu en règle du dépôt que je vous charge de faire entre ses mains. Je ne vous ordonne pas de me garder le secret sur tout ceci, n'ayant aucun besoin de cacher mes actions; cependant vous m'obligerez en n'en parlant à personne, sans excepter votre mère. Ma tante Pancolo est bonne, elle me donne, en ce moment même, les preuves d'une affection véritable; mais, vous le savez, comme toutes les vieilles gens, elle aime un peu trop l'argent, et, certainement, elle apprendrait avec peine que j'eusse disposé de huit mille francs à son insu.

— Comptez sur ma discrétion, ma cousine; avant de vous trahir, ma langue aura perdu le goût du pain, je vous le jure!

Il allongea son bras droit vers Séféraguette.

— Maintenant, Justin, poursuivit l'orpheline, pendant que monsieur le curé écrira une lettre pour monsieur Noël, que moi-même je préparerai l'argent que vous devez emporter, allez donner l'avoine à l'un des mulets de l'écurie et sellez-le. Vous mangerez ensuite un morceau et vous partirez. Je tiens à ce que vous arriviez de jour à Saint-Gervais, où vous coucherez. Vous comprenez comme moi qu'avec huit mille francs sur le dos de votre bête, il ne serait pas prudent de voyager la nuit. D'ailleurs, ajouta-t-elle avec bonté, l'état de votre santé réclame des ménagements, et j'exige que vous vous reposiez en route toutes les fois que vous en éprouverez le besoin.

Le Boussagol, éperdu, ne sut pas répondre; il regarda sa cousine avec des yeux où cette fois pointèrent de petites larmes, fit un geste bizarre et sortit. Quant à Séféraguette, les joues animées, en proie à une agitation singulière, elle jeta sur la table, plutôt qu'elle ne les y déposa, un encrier, des plumes, du papier, puis, sans dire une parole au curé, lequel commençait à ne rien comprendre à la scène qu'il avait provoquée, elle monta l'escalier de sa chambre.

Au lieu de courir à son secrétaire et d'en tirer les huit mille francs, Cécile, sentant ses jambes fléchir, se laissa couler sur une chaise auprès de son lit. Elle ne se souvenait pas d'avoir éprouvé des émotions pareilles à celles qui l'agitaient. A plusieurs reprises, elle appuya la main contre son cœur comme pour en comprimer les battements trop précipités!

— O mon Dieu, dit-elle, ô mon Dieu, sauvez mon cousin!

Pour la première fois, depuis qu'elle le connaissait, Séféraguette s'inquiétait de la vie de Pancol, et cette préoccupation, surprenante peut-être, est éminemment humaine. C'est qu'il est au-dessus de la terre, quoi qu'elle fasse, quelque purs que soient les éléments qu'elle combine, de produire un être absolument parfait : à Dieu seul appartient le privilége de créer des anges. Les perfections terrestes pourront bien éblouir un moment les yeux par certaines attitudes de l'âme et du corps, mais le vice originel finit par se dévoiler de lui-même. Vainement nous secouons nos ailes, nous avons, rivé au pied, un anneau de fer infrangible à tout effort, qui nous défend de nous envoler. De là nos luttes incessantes contre la destinée; de là, malgré nos éternelles défaites, ce besoin inassouvi d'escalader les cimes inaccessibles de l'idéal pour voir Dieu face à face; de là, en un mot, notre abaissement avec notre grandeur.

Certes, il n'était pas au monde de cœur plus divin que celui de Séveraguette, ce cœur, vierge de tout égoïsme, n'avait palpité que de la pensée du bien, et cependant il fallait que ce cœur subît la loi commune, qu'il fût, un jour, ému d'un battement impur. Il fallait qu'après avoir reflété l'image de Dieu, contraste effroyable! l'âme de la pieuse jeune fille reflétât l'image de Pancol. Dans ce moment mystérieux et terrible où l'amour humain lui fut tout à coup révélé, non-seulement Cécile, devenue simple fille de la terre, trouva son cousin innocent de tout crime, mais, arrêtant pour la première fois ses yeux sur lui, elle lui découvrit la beauté et éprouva des frémissements nerveux inconnus. Alors elle entrevit vaguement ce qui résume pour la femme toutes les félicités d'ici-bas : le bras d'un homme vous soutenant dans la vie, puis des enfants s'accrochant à vous, vous caressant de leurs petites mains et vous répétant, sans jamais vous lasser, ce mot ineffable : ma mère !

— O Marinette! ô Jeannot! soupira-t-elle.

— Si tu veux me suivre, je te donnerai tous ces trésors, lui répondit le Tentateur.

— Eh bien! Séveraguette, que faites-vous? dit l'abbé Courbezon, qui parut dans la chambre.

— Excusez-moi, mon bon monsieur le curé, j'étais lasse, et je me suis assise un moment.

— Chère enfant, que de fatigues, en effet, je vous occasionne!

Cécile s'était levée et avait ouvert son secrétaire.

— Voici les huit mille francs, dit-elle, passant les sacs d'écus au vieillard avec une précipitation fébrile.

— Pancol! s'écria l'abbé.

Justin monta.

— Aide-nous à descendre l'argent.

Les huit sachets furent posés sur la table de la cuisine, et Justin, aidé du curé, les entassa dans un vaste portemanteau de gros cuir, tandis que Séveraguette fouillait les placards, cherchant de quoi faire dîner son cousin.

— Ce n'est pas la peine, ma bonne cousine, ce n'est pas la peine, répondit le Boussugol, dont le cœur avait anéanti l'estomac, je n'ai pas faim!

— Si vous ne mangez pas, Pancolou, je vous croirai plus malade et je ne vous permettrai pas d'aller à Murat, dit la jeune fille d'un petit air espiègle qu'on ne lui avait jamais vu.

Justin dévora une large tranche de jambon et la moitié d'un fromage de chèvre frais, le tout arrosé d'une bouteille de vin vieux.

— Eh bien! ma cousine, êtes-vous contente maintenant? demanda-t-il quand il eut fini.

— Partez! répondit-elle.

Il assujettit le portemanteau sur la croupe du mulet, l'enfourcha prestement et disparut dans les saules de Pierre-Brune, non sans avoir vingt fois, d'un geste d'adieu, salué sa cousine et le curé, qui le regardaient s'éloigner du haut du perron.

— Ce brave Pancol, comme il vous est attaché! dit l'abbé.

— C'est vrai, soupira-t-elle.

— Quand je songe qu'on m'avait fait sur votre cousin les plus méchants rapports!... Savez-vous, Cécile, pourquoi j'ai tant tenu à l'envoyer à Murat, à le charger de cette mission toute de confiance? Afin qu'il comprît bien, s'il a connu le mal qu'on n'a pas craint de me dire de lui, que je n'y avais donné aucune espèce de créance.

L'abbé Courbezon remonta vers les Récollets. Cécile ne l'y suivit pas. Elle resta sur le perron, cherchant des yeux, à travers les châtaigneraies rougies par le soleil couchant, le chemin qu'avait suivi son cousin. Enfin elle aperçut Pancol dans une éclaircie de feuillage.

— Pourtant, murmura-t-elle, s'il est innocent, comme je suis coupable!

CINQUIÈME PARTIE.

I

Cependant Clavel, qui, dès les premiers jours de juillet, avait reçu de Séveraguette quatre mille francs comme premier à-compte, poussait activement les travaux du couvent. Se faisant illusion sur les ressources réelles de l'orpheline et du curé, il commença la muraille de soutènement que, par des scrupules d'honnête homme, il avait jusqu'alors différé d'entreprendre. Outre que Clavel croyait cette muraille inutile à la solidité de l'école, bâtie sur le roc, il était convaincu que, surchargée de terre pour obtenir un certain niveau, elle serait emportée par le premier orage.

Mais l'entrepreneur, — un paysan cévenol, — ne pouvait être, après tout, l'ennemi de ses intérêts, et dès que Sévéraguette lui eut compté ses beaux écus, il ne trouva plus d'objections à opposer au vieux desservant, entêté à partager le champ de la Croix-Blanche en deux zones parfaitement planes et d'égale dimension. Bien plus, au lieu de ménager la pierre de taille, comme il l'avait fait auparavant, en s'éloignant du plan dessiné par le curé, il s'appliqua désormais à reproduire ce plan en toute fidélité. Un trait, tiré au seuil des fenêtres du premier étage, indiquait un cordon de pierres de taille en saillie avec mouture à talon renversé : Clavel envoya une charrette à Lamalou, et acheta quantité de larges dalles de grès qu'il confia aux meilleurs ouvriers de Bédarieux. Il fit en même temps extraire de la carrière plusieurs blocs magnifiques destinés à l'entablement qui devait couronner la façade principale de l'école des filles.

L'abbé Courbezon ne se tenait pas d'aise. Il vivait tout à fait au milieu des ouvriers, ne revenant à la cure que pour les devoirs indispensables de son ministère. Que de fois, à l'heure des repas, la Cassarotte fut obligée d'aller le chercher sur les échafaudages et de le prévenir que sa mère l'attendait ! Tout entier à sa passion, le pauvre homme en avait perdu l'appétit. Pas une pierre de taille importante n'était placée qu'il ne fût là, donnant des conseils, dirigeant les bras des ouvriers. Il arriva souvent à Clavel, blessé dans son amour-propre d'appareilleur émérite, de murmurer contre tant d'obsessions. Au bout du compte, il se rendait toujours aux avis de l'abbé, qui, nous devons le reconnaître, possédait un merveilleux instinct d'architecte. Certes, il faisait perdre beaucoup de temps aux maçons, qui l'écoutaient ébahis ; mais, le prévoyant entrepreneur, au lieu de se charger des travaux par adjudication, les avait pris à la journée, et, que ses journées fussent pleines ou vides, peu lui importait, n'y mettant pas un denier de sa poche.

Tout se passait donc pour le mieux au chantier.

Au presbytère, l'abbé Courbezon ne recueillait pas moins de motifs de consolation. Sa mère et sa sœur, d'abord très-réservées à l'endroit de l'école des filles, avaient enfin secoué toute appréhension funeste, et l'entretenaient maintenant de son entreprise. Elles accompagnaient souvent l'abbé jusqu'au champ de la Croix-Blanche, s'extasiant avec lui sur le bel effet que produisaient déjà les murailles bâties à mi-côte, au milieu des amandiers, des oliviers et des sorbiers chargés de fruits.

Mais si l'on était heureux aux Récollets, on l'était encore plus à Saint-Xist, Sévéraguette et la Pancole, s'abandonnant chacune à sa passion intime, le bonheur régnait là dans sa plénitude. La vieille Boussagole, à qui des trésors

étaient promis, n'avait aucune peine à se montrer douce, empressée, caressante, et Cécile, absorbée par la pensée de sa vocation près de s'accomplir, était facilement indulgente, affectueuse, aimable. De là un calme d'autant plus profond et pénétrant que, de part et d'autre, on le goûtait pour la première fois. Plus de contestations, de colères ; toujours des paroles tendres, des sourires et quelquefois des baisers.

Cependant ce n'était ni le cœur de la vieille tante ni celui de la jeune fille qui ressentaient les émotions les plus délicieuses comme les plus délicates de cette situation nouvelle : c'était le cœur de Pancol. De retour de Murat, Justin avait obtenu de Sévéraguette l'autorisation de rester à Saint-Xist et de travailler à l'école des filles. Dès cet instant, le Sanglier, avec ses espérances mortes, avait senti renaître ses forces anéanties. Excité par la présence de Cécile, qu'il ne voyait jadis qu'en se cachant, et à laquelle il pouvait maintenant parler à toute heure, rendre des services, — privilège le plus envié des amants, — il tenait à tout à la fois. Le matin, il était au chantier dès l'aube, mettant tout en branle, agaçant les ouvriers traînards, poursuivant les manœuvres espiègles et les houspillant ; puis, à midi, quand les faucheurs accablés faisaient la sieste dans les blés, il les surprenait tout à coup, les saisissant au collet, et les laissant droit sur leurs jambes et leur remettant la faucille en main :

— Allons, allons, leur disait-il, hardi ! on attend les gerbes sur l'aire.

En vain Sévéraguette, touchée malgré elle de tant de dévouement, de tant d'amour, priait-elle Justin de se reposer, lui rappelant avec intérêt que sa santé réclamait plus de ménagements, le Sanglier, enivré par la pensée que sa cousine avait remarqué ses efforts, au lieu de mettre un terme à ses fatigues, redoublait d'ardeur pour s'attirer de nouveaux reproches.

— Ah ! se disait-il ingénument en essuyant les gouttes de sueur qui lui tombaient du front, je travaillerai tant pour elle qu'elle finira par m'aimer !...

Mais le séjour de son fils à Saint-Xist effrayait singulièrement la Pancole. Qu'arriverait-il, en effet, si Justin découvrait les résolutions secrètes de Cécile ? Lui qui venait de renaître à toutes ses espérances, qui pouvait en croire la réalisation prochaine, ne s'emporterait-il pas à quelque horrible extrémité ? A cette pensée, la vieille sentit un frisson de terreur lui parcourir les membres. Qui sait si Justin, trahi dans sa passion formidable, ne s'en prendrait pas à elle de la trahison de Cécile ? Plus d'une fois, déterminée à prévenir une catastrophe où sa vie pouvait bien se trouver engagée, la Boussagole forma le projet de tout dévoiler à son fils ; mais toujours, au moment de parler, la peur paralysa sa langue. Alors, elle aurait voulu que Sévéraguette renvoyât Pancol à Boussa-gues, se persuadant que la distance amortirait le coup, et qu'elle ne serait pas témoin des pre-mières fureurs du Sanglier, évidemment les plus redoutables. Malheureusement Cécile était maintenant incapable de la moindre rigueur à l'égard de son cousin. Ayant refoulé tout soup-çon et croyant avoir des torts graves envers Justin, elle le traitait avec une bonté qui, si elle ne fai-sait aucune illusion à la Pancole, trop initiée aux dispositions intimes de sa nièce, était tout à fait de nature à donner le change à son fils, habitué à toutes sortes de rebuffades et de défaites.

— Tu devrais au moins, disait la vieille s'a-dressant à sa nièce, puisque tu ne veux point le consigner à Boussagues, ne point lui faire si bonne mine ici; ton air engageant lui met de plus en plus la tête à l'envers.

— C'est vous, ma tante, qui me recomman-diez autrefois de bien accueillir Justin.

— Et je te le répéterais encore, ma Cécilette, si tu devais l'épouser, comme nous l'avions tous espéré; mais tu dois partir, hélas!... Ah! tiens, ta conduite envers mon garçon est pré-sentement bien honnête, et pourtant elle est bien cruelle aussi.

— Cruelle! fit l'orpheline, qui n'eût jamais supposé tant de pénétration chez sa tante.

— Et ne vois-tu pas qu'il t'aime comme un enragé? Qu'il en a perdu la raison et la santé? Mon pauvre garçon!... Il avait tant maigri qu'on ne touchait plus que l'armature, quand on posait la main sur ses pauvres membres; point de chair, rien que des os pointus.

La Boussagole, redevenue mère au récit des souffrances de son fils, essuya du revers de sa main deux grosses larmes prêtes à rouler sur ses joues.

— Ah! certes, je te le jure, foi de Pancole, reprit-elle, si j'avais prévu que Justin prît ainsi feu comme la paille en te voyant, nous ne se-rions jamais venus à Saint-Xist, car il m'es impossible de dire comment tout ceci finira. Dieu du ciel! quand il saura que tu pars !...

— Voulez-vous, ma tante, que je lui annonce moi-même mes intentions? dit Sévéraguette, sincèrement affligée de la grande passion de son cousin, et pourtant ne pouvant se défendre d'un tressaillement de joie étrange, tant il est vrai que la femme, voire celle qui est le moins femme, n'est jamais aimée en vain.

— Garde-t'en bien, ma fille! s'écria la vieille toute frémissante.... Attendons encore.... Nous verrons à trouver quelque moyen....

Cet entretien fut interrompu par l'arrivée du curé et de Clavel. Comme si elle les attendait, Sévéraguette monta aussitôt l'escalier de sa chambre. Ils la suivirent.

— Eh bien! mademoiselle, demanda l'entre-preneur, vous êtes-vous occupée de moi?

— Certainement, Clavel, vous aurez vos quinze cents francs.

— Mon Dieu! mademoiselle, si je n'avais af-faire qu'au carrier de Lamalou, qui est un homme fort à son aise, je ne vous presserais pas ainsi; malheureusement le chaufournier et le sablier ne sont pas riches et me menacent d'une citation, si je ne les solde dans les huit jours.

— Ils seront payés auparavant.

— Vous avez donc trouvé de l'argent depuis hier, Sévéraguette? demanda l'abbé Courbe-zon, dont la physionomie s'éclaira légèrement.

— Je n'ai pas trouvé d'argent, mais j'en ai fait! répondit joyeusement l'orpheline.

Elle ouvrit son secrétaire et en tira un petit rouleau de papiers.

— Voilà vos quinze cents francs, Clavel, dit-elle.

— Ce sont des effets que vous me donnez là, mademoiselle.

— Comment, Cécile, vous avez souscrit des billets? s'écria le curé épouvanté.

— J'ai préféré avoir recours à ma signature qu'à mon oncle Mécanne, monsieur le curé, dit-elle avec assurance. Mon oncle, d'ailleurs, n'aurait peut-être pas pu me rendre service, et je le mettais au courant de mes affaires, ce que je veux éviter.

— Êtes-vous sûre, mademoiselle, qu'on m'es-comptera vos effets?

— Personne ne vous refusera cela; on sait à Bédarieux que j'ai du bien.

— Je cours à l'instant chez mon chaufournier et mon sablier; j'ai toujours peur qu'ils ne me jouent quelque tour de leur façon. Salut, mon-sieur le curé, salut mademoiselle Cécile, et merci!

Clavel descendit l'escalier quatre à quatre.

— Ne trouvez-vous pas, monsieur le curé, dit Sévéraguette, que j'ai pris le parti le plus sage en cette circonstance?

— C'est toujours une chose grave que d'en-gager sa signature, mon enfant, articula l'abbé Courbezon inquiet.

— Certainement, quand on n'est pas certain d'y faire honneur; mais, pour mon compte, je n'ai rien de pareil à craindre. D'ici au 10 sep-tembre, mon cousin Pancol, soit à Lodève, soit à Bédarieux, a vendu mon blé et mes avoi-nes, qui sont magnifiques cette année.

— Et si le produit de ces ventes ne suffit pas à couvrir les billets souscrits?

— Alors j'userai des grands moyens.

— Vous vendrez vos terres?

— Pas toutes, Dieu merci! mais ce qu'il en faudra pour achever le couvent. Vous compre-nez bien, monsieur le curé, que nous ne pou-vons laisser Clavel dans l'état de gêne où il se trouve. Les ouvriers crient déjà après lui. Pour le tirer d'embarras, j'ai pu lui signer une fois des billets, étant parfaitement sûre de les solder à l'échéance; mais ce moyen me répugne, et j'espère bien ne plus y recourir. D'ailleurs, pourquoi différer des mesures inévitables ? Ne faudra-t-il pas toujours en arriver là ? Le couvent, — Clavel ne me l'a pas caché, — coûtera encore de quatre à six mille francs. Or, où trouver cette somme ?

— J'ai promis à votre tante qu'il ne serait pas vendu un pouce de votre propriété.

— Et vous étiez sincère, ne connaissant pas le prix des travaux de maçonnerie dans notre contrée. Mais rassurez-vous, monsieur le curé; ma tante ne lésine plus autant qu'autrefois. On dirait que Dieu a voulu nous rendre tout le monde propice pour nous faciliter l'accomplissement de notre œuvre.

Ces dernières paroles furent comme un coup de fouet donné à l'âme affaissée de l'abbé Courbezon. Il releva la tête, qu'il tenait penchée depuis son entrée dans la chambre, et montra une face rayonnante.

— Vous avez raison, mon enfant, dit-il, vous avez toujours raison. Il y a, en effet, quelque chose de providentiel dans cette approbation unanime de notre entreprise. Tous s'y opposaient hier, et tous aujourd'hui prêtent la main à sa réalisation. Chose extraordinaire ! moi seul ai l'air de ne pas prendre part à l'enthousiasme général. Que devez-vous penser de cela ? On dirait qu'après avoir lancé le char, je n'ai rien tant à cœur que de le retenir. O chère Cécile ! ce n'est pas la peur d'être écrasé qui me rend si timide, Dieu m'en est témoin, je n'ai pas manqué d'audace, quand moi seul, avec les miens, qui sont une partie de moi-même, je me suis trouvé engagé; mais la pensée que j'expose une étrangère...

— Quoi ! monsieur le curé, je suis une étrangère pour vous ! interrompit l'orpheline, dont les yeux se remplirent de larmes soudaines.

— Ma fille, ma chère fille en Jésus-Christ ! dit l'abbé, gagné par l'émotion et mettant dans sa voix les inflexions de la tendresse paternelle.

— Pardonnez-moi, monsieur le curé, pardonnez-moi, je vous ai fait de la peine, murmura Cécile.

Et ses paupières laissèrent couler les pleurs qu'elle ne pouvait plus contenir.

— O mon enfant ! balbutia le curé navré de douleur, je n'ai pas voulu vous affliger. Mais pour me punir d'avoir prononcé un mot cruel, et pour vous prouver, Cécile, que je vous traite absolument comme de ma famille, j'abjure à l'instant toutes mes craintes et mes indécisions touchant notre couvent. Désormais, vous me verrez aussi hardi que vous à entreprendre, aussi fécond à trouver des expédients pour fuir les embarras. Et puis, ajouta-t-il avec un geste décidé, s'il faut vendre une partie de votre propriété, eh bien ! nous la vendrons.

— Enfin !

Le curé s'était levé de son siége.

— N'entendez-vous pas comme les grondements lointains du tonnerre ? demanda-t-il.

— On le dirait, répondit-elle tendant l'oreille aux bruits du dehors.

— Dieu nous préserve d'un orage ! La muraille de soutènement est toute fraîche encore et de grosses pluies pourraient l'entraîner.

Ils descendirent. Pancol entrait en ce moment dans la cuisine.

— Ma foi, monsieur le curé, dit-il, si vous rentrez aux Récollets, vous ferez bien de vous presser un peu, car nous aurons plus de pluie qu'il n'en faut.

Un éclair rouge remplit la maison. Le curé se signa et partit.

II

Le soir même, il ne tomba pas une goutte d'eau. Une nuit de plomb, morne et lugubre, pesa sur la campagne, plutôt morte qu'endormie. Pas le moindre bruit ; rien qu'un silence formidable, interrompu de temps à autre par des gémissements sourds dans les nuées. On ne saurait se faire une idée du complet anéantissement des choses sous cette atmosphère écrasante. Les arbres, dont le feuillage s'émeut au plus léger souffle, apparaissaient, dans la lueur bleuâtre des éclairs, immobiles comme d'immenses pieux fichés en terre. On n'entendait pas même le bruissement si doux des saules de Pierre-Brune, où ne chantaient plus les rossignols. Comme un homme paralysé par la peur, la nature épouvantée se taisait, dans l'attente de quelque effroyable cataclysme.

Après une nuit sans lune et sans étoiles, vint un jour sans soleil. Le ciel était d'un gris sombre, parsemé çà et là de larges raies rouges violacées. Le tonnerre grondait toujours par intervalles, et ses éclats, sans avoir acquis la sonorité bruyante qui annonce l'orage près de crever, devenaient de plus en plus distincts, accentués, retentissants. Évidemment la tempête approchait. Quoique marchant et respirant avec peine dans cet air épais, chargé d'émanations électriques, les paysans, en retard pour le battage du blé et qui avaient encore des gerbes étendues sur l'aire, couraient les ramasser en toute hâte pour les retirer en lieu sûr. Tout le monde était en mouvement dans la plaine de Vérelle. Les hommes rentraient les foins entassés par meules dans les prairies, les femmes recueillaient leur linge étalé sur les églantiers, le long des chemins creux. Vers trois heures, les bergers éparpillés dans les châtaigneraies rentrèrent à Saint-Xist. Les capitaines-béliers, aveuglés par les éclairs, s'étaient confondus avec les simples moutons. Les troupeaux allaient au hasard, à gauche, à droite, comme ivres, n'écoutant ni la voix du pâtre ni les aboiements des chiens. Il y eut un long moment de silence sinistre; tout se taisait dans le ciel devenu plus noir. Mais tout à coup, avec une fureur inouïe, la foudre déchira la nue et le tonnerre détonna formidablement dans la vallée. Les monts d'Orb, dont tous les échos s'émurent, répondirent par des roulements et des bruits lugubres. De grosses gouttes de pluie tombèrent enfin, et la grande débâcle commença.

Comme ces traînées de poudre que dans les mines on sème à travers les rochers pour les faire éclater, le sillon fulgurant, en crevassant çà et là à la surface du ciel, en détacha d'immenses assises. A travers ces décombres gigantesques, le soleil, qu'on eût pu croire éteint, lança quelques rayons obliques qui illuminèrent de reflets de feu les arêtes vives de ces masses énormes. Chacune se détacha en relief avec ses formes bizarres, celle-ci semblable à la façade d'un palais splendide, celle-là pareille au tronçon d'une incommensurable colonne couché dans des ruines babyloniennes. Plus loin venaient encore des obélisques et des pyramides, puis de véritables animaux apocalyptiques, avec des queues démesurées, papelonnées d'écailles, des yeux ardents, des dents acérées et de vastes gueules béantes.

Cependant le tonnerre faisait rage au milieu de cet entassement fantastique de choses et d'êtres divers sans les ébranler dans leur attitude. On eût dit un bélier colossal battant les murs de quelque ville cyclopéenne. Enfin, un obélisque tomba, puis une pyramide; un monstre au ventre verdâtre reçut sur sa tête un bloc de granit qui l'écrasa, et le sang rouge jaillit avec un éclair en larges ruisseaux de toutes parts. L'écroulement devint général; puis, en moins d'une seconde, la pluie, qui tomba par torrents, confondit tout, voila tout, noya tout.

Ce fut un véritable déluge. A sept heures seulement, le ciel, qui n'envoyait plus à la terre que de faibles gémissements, annonça en s'éclaircissant la fin de l'orage. Le soleil parut au couchant dans toute sa gloire, débarrassé de tous les obstacles qui obstruaient naguère ses rayons. C'est alors qu'on entendit, à Saint-Xist, un bruit sourd et prolongé qui fit trembler les maisons sur leurs fondements. Les paysans, effrayés, parurent sur le pas de leur porte et regardèrent niaisement le ruisseau de Pierre-Brune débordé, cherchant à s'expliquer la secousse qu'ils venaient de ressentir. Mais l'abbé Courbezon, qui en ce moment priait dans sa chambre avec sa mère et sa sœur, devina la cause de cet ébranlement du sol.

— Quel malheur! s'écria-t-il; je suis sûr que la muraille de soutènement s'est écroulée.

Il courut sur la terrasse.

Le champ de la Croix-Blanche s'offrit à la vue du curé dans un épouvantable chaos. La muraille venait, en effet, de se coucher tout entière sur le flanc, entraînant avec elle d'énormes amoncellements de terre et de gravier. Sur le tout se précipitaient en grondant les flots trop longtemps contenus par la digue et qui avaient fini par la crever. Le torrent, dans sa violence invincible, arrachait les arbres, roulait les grandes pierres de grès qu'il brisait en les entre-choquant, ravageait la haie, et, par des brèches béantes, tombait en cascades dans le chemin de Saint-Xist. Le vieux prêtre ne put pas considérer longtemps ce désolant spectacle, il quitta brusquement la terrasse : il avait les yeux pleins de larmes.

III

C'est quand on était sous le coup de ce désastre, qu'on reçut aux Récollets l'ordre de rappel de la sœur de charité. La supérieure de la congrégation, appréciant la délicatesse de santé de Marthe, voulait bien la laisser dans le Midi, à Toulouse, mais elle lui enjoignait de se rendre immédiatement à son poste.

Cette nouvelle funeste accabla le curé, qui craignit de voir en même temps Séveraguette l'abandonner ; mais elle consterna la Courbezonne, habituée de nouveau à sa fille et ne songeant pas qu'elle ne lui appartenait plus.

— O mon Dieu! s'écria la pauvre femme. après vous avoir donné tout mon bien, il faut encore que je vous donne mes enfants !

Et elle embrassait Marthe qui, refoulant ses émotions au fond du cœur, répondait aux étreintes de sa mère par des paroles consolantes.

— Je reviendrai, répétait-elle, je reviendrai vous voir bientôt... C'est si près d'ici, Toulouse.

— Je suis si vieille, moi, ma fille !

— Dans deux mois, ajoutait Séveraguette, Clavel aura fini le couvent, alors j'irai rejoindre ma sœur Marthe, et vous m'accompagnerez à Toulouse avec monsieur le curé.

— Hélas ! c'est bien long, deux mois, reprenait la malheureuse Courbezonne. Qui me dit que je ne mourrai pas demain? Peut-on compter sur un jour, sur une heure, à mon âge ?... O ma bonne Marthe ! ma Marthe chérie et bien-aimée, si je ne devais plus te revoir!...

— Ma mère, interrompit l'abbé, vous oubliez le ciel, où Dieu a donné rendez-vous à ceux qui savent s'humilier et se dépouiller pour lui.

Puis, joignant les mains, il ajouta :

— Seigneur, vous êtes bon ; nos maisons sont de misérables tentes que le moindre vent nous force à plier, car notre véritable demeure est chez vous, notre père qui êtes aux cieux !

— Pars, ma fille, pars, et que le Seigneur soit avec toi ! murmura la vieille paysanne, pénétrée de je ne sais quel saisissement religieux.

Le lendemain matin, Félicien Cassarot sella le petit Briquet, l'amena sous le porche des Récollets, et attendit. Sur le coup de neuf heures, après un déjeuner fort embarrassé, l'abbé Courbezon, tenant sa mère appuyée sur son bras, descendit le grand escalier de la cure. Derrière eux, venaient Marthe et Sévéraguette, pâles et silencieuses ; puis la Cassarotte, gourmandant Marinette et Jeannot, qui pleuraient en se débattant dans les jupes de la sœur de charité ; enfin, tout au fond du cortège apparaissaient la Pancole et son fils : Justin partageant l'affliction de sa cousine, la Boussage dissimulant mal sa satisfaction de voir diminuer le nombre de ses ennemis. L'abbé Courbezon assit sa mère sur l'âne, et, prenant la bête par la bride, s'engagea dans le chemin de Bédarieux. Marthe, Sévéraguette et la Cassarotte l'y suivirent, tandis que Félicien, sur la trace des Pancol, se dirigeait vers Saint-Xist, entraînant son frère et sa sœur qui criaient au milieu des larmes :

— Nous voulons sœur Marthe ! nous voulons aller avec sœur Marthe !

A Bédarieux, la séparation fut des plus douloureuses ; mais la religion exerce une si merveilleuse puissance sur certaines âmes, qu'elle leur fait accomplir simplement et vaillamment les plus héroïques sacrifices. Un geste de l'abbé Courbezon, qui montra le ciel à sa mère, au moment où la voiture s'éloignait emportant Marthe presque évanouie, sécha les larmes dans tous les yeux. On se dirigea vers le faubourg Saint-Louis, et l'on reprit le chemin de Saint-Xist. On marcha plus d'une demi-heure dans le plus profond silence, chacun se recueillant dans l'intimité de sa pensée : la Courbezonne et la Cassarotte préoccupées de Marthe, le curé et Sévéraguette rêvant de l'école des filles et des moyens de relever la muraille. Ils arrivèrent au hameau de Latour. La Cassarotte confia la bride de Briquet à Sévéraguette, et entra chez le boulanger pour prendre sa provision de pain de toutes les semaines. L'abbé Courbezon, arraché brusquement à ses méditations solitaires, s'approcha de sa mère et échangea avec elle quelques paroles affectueuses et tendres.

Tandis que le boulanger assujettissait sur la croupe du bidet un sac plein de jolies miches encore chaudes du four, de grands éclats de rire, suivis de huées et de menaces, partirent d'un groupe d'hommes stationnant au portail d'une des nombreuses manufactures de draps situées au bord de l'Orb.

— Lançons-le dans la rivière ! criait un ouvrier.

— Il vaudrait mieux le jeter sous la roue de la grande écluse, disait un autre.

— Et si on le pendait aux courroies du manège ? ajoutait un troisième.

— Messieurs, messieurs, par pitié !... suppliait une voix lamentable.

L'abbé Courbezon s'élança vers la manufacture.

— Voyons, mes amis, s'écria-t-il, saisissant de ses deux mains robustes un individu qu'on poussait à coups de poing vers la rivière, laissez cet homme ! Que vous a-t-il fait, mon Dieu !

— Il m'a ruiné ! répliqua un ouvrier d'une voix sombre.

— Et moi, il me ruine ! riposta un second.

— A l'eau, Vernoubret ! vociférèrent-ils tous en chœur.

Ils essayèrent d'arracher l'usurier des mains du vieux prêtre, mais quoique l'abbé Courbezon le tenait énergiquement, le bonhomme, comme un chat effaré, s'était accroché à lui de toutes ses griffes, et il devenait impossible de l'entraîner sans entraîner aussi le desservant.

— Vous ne voudriez pas, je suppose commettre un crime ? dit l'abbé Courbezon, disputant toujours le patient à la rage de cette populace ameutée. Quels que soient les torts de monsieur Vernoubret, vous n'avez pas le droit de lui donner la mort. Je vous en prie, mes amis, du calme. Abandonnez-moi monsieur Vernoubret, et, je vous le promets, il réparera le mal qu'il vous a fait.

— Il aura là une lourde besogne, interrompit une voix dans le groupe.

— Je vous jure, dit l'usurier tremblant de tous ses membres, que je ne tourmenterai plus personne dans le pays... C'est vrai, j'ai été peut-être un peu dur ; mais je me retire des affaires. Je vous donne quittance finale à vous autres, Morel, Jacquier, Tarride ; vous ne me devez plus rien... Hélas ! qui n'a pas ses petits défauts ?... Oh ! vous ne verrez plus d'huissiers et vous n'entendrez plus parler de saisie, allez !... Tenez, Bernard, ajouta-t-il se tournant vers l'ouvrier qui paraissait le plus acharné, je vous fais remise de votre dette, il ne sera touché à aucun de vos meubles, ne craignez rien. Je reconnais que j'ai été payé suffisamment par vos à-comptes et les intérêts annuels. Je ne suis pas méchant, moi ; je sais m'entendre avec le monde.

— Oui, interjeta Bernard, quand le monde te met le poing sur la gorge... Enfin, soit, nous acceptons tes propositions, vieux voleur... Mais sache bien que, si tu vis, ce n'est pas à ta renonciation de la créance que tu le dois, mais uniquement à monsieur le curé de Saint-Xist, que nous aimons tous ici. Il ne pille pas les pauvres comme toi, lui ; il ne cesse au contraire de les enrichir de son bien ; il est la Providence de la contrée, comme tu en es la peste et le démon... Allons, camarades, poursuivit Bernard s'adressant à Morel, à Jacquier, à Tarride, laissez-le aller à cause de monsieur Courbezon.

— Il faut qu'il nous signe des reçus auparavant, répondit Morel.

— Je vous les enverrai de Bédarieux demain, dit le bonhomme.

— Oh! le filou! fit Jacquier.

— Je vous promets...

— Monsieur Vernoubrel, interrompit l'abbé Courbezon, il ne faut jamais différer le bien, quand on y est fermement résolu. Oh! je ne doute pas que vous ne soyez un homme d'honneur, et certainement vous enverriez demain des quittances à Latour. Mais puisque vous reconnaissez vos torts envers ces braves gens, pourquoi ne pas les réparer tout de suite?

— On voit bien que vous ne savez ce qu'il m'en coûte, vous qui en parlez ainsi à votre aise, murmura l'usurier.

— Voici de l'encre, dit Bernard accourant.

— Il faut du papier timbré pour que les reçus soient valables, et vous n'en avez pas, répondit Vernoubrel, s'accrochant à toutes les branches.

— Mais tu en as toujours plein les poches, toi, s'écria Jacquier.

Et passant sa main sous l'habit du bonhomme, il en tira une liasse qu'il éparpilla sur le sol. Parmi de nombreuses pages de papier timbré toutes griffonnées, se trouvaient des feuilles blanches et quelques billets à ordre.

— Miséricorde! s'écria l'usurier... Monsieur le curé, je suis volé.

Et, d'un regard rapide, il explora la route de Lodève, cherchant les gendarmes qui ne venaient pas.

— Personne n'est capable ici de vous dérober un denier, monsieur Vernoubrel, dit l'abbé Courbezon.

Il ramassa un à un les papiers du bonhomme et les lui rendit.

Vernoubrel, pris au piège, se résigna à signer pour neuf cents francs de quittances. Les ouvriers, satisfaits, rentrèrent dans la manufacture.

— Ah! murmura l'usurier se parlant à lui-même, ils m'ont arraché une jolie dent du râtelier, ces brigands-là. Et moi qui voulais faire saisir Bernard! Neuf cents francs! ces pouilleux m'ont volé neuf cents francs!... Enfin, n'y pensons plus... Et dire qu'il n'est pas passé un gendarme! Ils sont partout, excepté là où il y a quelqu'un à défendre, ces grands flandrins de gendarmes. Sans le curé, certainement, ils n'auraient pas exigé leurs reçus tout de suite... Oh! si je pouvais me rattraper avec mes billets sur Saint-Xist... Allons à Saint-Xist.

IV

Cependant l'abbé Courbezon avait rejoint sa mère, et on s'était remis en marche vers la paroisse. La chaleur était accablante. Le soleil de midi mettait toute la plaine de Véreille en feu, et l'âne, essoufflé, ne marquait que de petits pas dans la poussière épaisse du chemin. Enfin on atteignit les châtaigneraies de Frangouille. Mais l'on s'enfonçait à peine dans l'ombre profonde des arbres, quand le curé crut entendre des pas derrière lui; il se retourna et reconnut, à sa grande surprise, suivant le même sentier sous bois, Vernoubrel suant et rendu. L'abbé Courbezon frissonna malgré lui à l'aspect de ce singulier personnage, qui semblait s'attacher à ses traces, et s'arrêta. Sévéraguette, saisie de je ne sais quel pressentiment funeste, resta, elle aussi, immobile à côté du curé, faisant signe à la Cassarotte de poursuivre avec la Courbezonne vers les Récollets.

— Eh bien, monsieur Vernoubrel, dit l'abbé moitié inquiet, moitié souriant, est-ce que vous venez aussi signifier quelque saisie à Saint-Xist?

Le bonhomme s'essuya le front avec son large mouchoir de cotonnade rouge à carreaux.

— Une saisie! s'écria-t-il. Vous croyez donc, monsieur le curé, que tous mes débiteurs sont de pauvres diables sans sou ni maille, comme ces ouvriers de Latour, que, par parenthèse, vous avez un peu aidés à me voler neuf cents francs?

— Fallait-il vous laisser jeter dans l'Orb?

— Il est vrai qu'ils auraient pu me noyer, ces misérables! ils ont gravement insulté l'usurier... Enfin, quoiqu'il m'en coûte plus d'un cheveu, je vous remercie, monsieur le curé, de m'avoir arraché des griffes de ces sacripants: ils m'auraient, en effet, exterminé... Ah! je sens encore mes côtes tout endommagées de leurs coups... Tirez le monde de la peine à présent, et comptez sur sa reconnaissance! Dieu de Dieu! je vous le jure, foi d'honnête d'homme, si je n'aimais comme ça à rendre service au prochain, il y a longtemps et longtemps que j'aurais renoncé à mon chien de métier, où l'on ramasse bien moins de profits que de mauvais traitements... Oh! qu'il fait bon respirer sous ces châtaigniers!...

On fit quelques pas en silence.

— Vous avez vu, monsieur Vernoubrel, dit enfin l'abbé Courbezon tout en cheminant, avec quel empressement je me suis employé à vous éviter l'horrible sort que vous préparaient les ouvriers de Latour?...

— Aussi, ma reconnaissance...

— C'est justement à votre cœur que je voudrais faire appel en ce moment.

— N'hésitez pas alors, monsieur le curé, car si je puis quelque chose pour vous...

— Pour moi, non ; mais vous pouvez beaucoup pour celui de mes paroissiens qui est votre débiteur. Je vous en prie, monsieur, traitez-le avec bonté. S'il ne peut s'acquitter tout de suite, ne le poursuivez pas, accordez-lui du temps. Ma paroisse est comme une grande famille dont je suis le père. Je vous en supplie donc, monsieur Vernoubrel, au nom de ce que j'ai pu faire pour vous, épargnez mes enfants.

— Oh ! ne craignez rien, monsieur le curé ! Je suis bon et patient, sans comparaison, comme Dieu le Père. Voyez-vous, quoi qu'en disent mes ennemis, c'est mon habitude, à moi, de prendre le monde par la douceur. Du reste, vous pouvez être complètement rassuré sur ma mission d'aujourd'hui dans votre paroisse : la personne que je viens voir à Saint-Xist est riche, et n'aura jamais besoin de mes bonnes grâces.

— On ne saurait être riche quand on emprunte, monsieur Vernoubrel, répondit le vieux desservant.

Puis il ajouta avec embarras :

— Serait-ce se montrer bien indiscret que de vous demander le nom de cette personne ?

— Point. Elle s'appelle Cécile Sévérac.

— Moi ! s'écria l'orpheline... C'est impossible, balbutia-t-elle, vous vous trompez, je ne vous dois rien.

Jérôme Vernoubrel s'arrêta, tira d'une des poches de son gilet trois chiffons de papier, les déplia avec lenteur et précaution, et, les présentant à la jeune fille :

— Est-ce là votre signature ?

— Oui, répondit Sévéraguette, reconnaissant les billets qu'elle avait souscrits à Clavel.

L'abbé Courbezon était ahuri.

— Comment ces billets ont-ils pu tomber entre vos mains ? demanda-t-il à Vernoubrel.

— Par la raison bien simple que, mademoiselle Sévérac, de Saint-Xist, n'étant pas dans le commerce, aucun négociant de Bédarieux n'a voulu les escompter, et que les fournisseurs de Clavel sont venus me les offrir.

— Et vous les avez escomptés, vous ? interjeta Cécile.

— J'ai eu pitié du chaufournier et du sablier. Ces pauvres gens tiraient une langue !... D'ailleurs, voyez-vous, mademoiselle Sévérac, moi, j'ai dans la tête le plan cadastral de toutes les communes du canton, et quoique je ne vous connusse point personnellement, connaissant vos biens de Frangouille, du Mas-du-Saule, de Saint-Xist, je savais qu'on pouvait vous avancer de l'argent sans risques.

— Mais que venez-vous faire aujourd'hui chez moi ? hasarda l'orpheline. Il me semble, monsieur, que nous n'en sommes pas encore au jour de l'échéance ?

— Oh ! certainement, mademoiselle ! Vos billets *tombent* le 10 septembre, et c'est aujourd'hui le 5 seulement. Aussi n'était-ce pas, croyez-le bien, pour toucher mes quinze cents francs que je venais vous faire une visite.

— Et pourquoi donc alors ?

— Mon Dieu, répondit l'usurier faisant la chatte-mite, je ne suis pas un créancier féroce, comme on m'en a donné à tort la réputation. Je suis humain et j'ai pour système, avant de présenter les effets, de prévenir mes débiteurs qu'ils aient à se mettre en mesure ou à prendre des arrangements avec moi, s'ils prévoient ne pouvoir pas s'acquitter à l'échéance.

— Des arrangements ! murmura l'orpheline, des arrangements !...

Vernoubrel lança à Sévéraguette un regard aigu qui la fouilla jusqu'au fond de l'âme.

— Oh ! badina-t-il avec une bonhomie admirable, je ne suis pas aussi cruel qu'on le dit, allez, mademoiselle, et l'on s'entend toujours avec moi, quand on y met un peu du sien. Pardi ! Je n'ignore pas qu'on m'accuse de m'engraisser du bien de mes débiteurs. La vérité vraie, mademoiselle, c'est que, si je suis gras, c'est moi qui paye ma graisse de mes écus et qu'elle ne doit rien à personne. Du reste, demandez à monsieur le curé, qui sait le latin, lui, s'il y a sous la calotte du ciel un homme à l'abri de la calomnie. Eh bien ! si nous sommes tous exposés à la calomnie, si notre Sauveur lui-même fut calomnié sur la terre, de quel droit me plaindrais-je, moi, Nicolas-Jérôme Vernoubrel ? Je suis bon, compatissant à toutes les misères, mademoiselle Sévérac, et, quoique je ne puisse douter que vous ne soyez parfaitement en mesure de vous libérer envers moi le 10 septembre, cependant, si vos travaux de maçonnerie avaient par hasard absorbé vos ressources, je suis tout disposé à vous rendre service, soit que vous vouliez renouveler vos billets, soit qu'il vous faille de nouvelles sommes pour terminer votre couvent.

— Monsieur Vernoubrel, dit le desservant, se hâtant de prémunir Cécile et de se prémunir lui-même contre la tentation, mademoiselle vous sait gré de vos offres obligeantes, mais elle n'en accepte point.

L'usurier, qui avait cherché finement à deviner les besoins de l'orpheline pour les exploiter, se trouva tout déconcerté par cette brusquerie du curé. Il s'arrêta.

— Puisque mes quinze cents francs sont prêts, mademoiselle, dit-il, et que vous n'avez d'engagement d'aucune sorte à contracter avec moi, il est inutile que j'aille plus loin. Seulement n'oubliez pas, je vous y engage, de porter votre argent chez moi, le dix du courant, avan midi, si vous tenez à vous éviter des frais... Ah ! c'est qu'il ne faudrait pas trop, malgré ce que j'en ai dit, compter sur ma patience et ma bonté : en affaires, je tiens plus du loup que du mouton, je vous en préviens charitablement.

En prononçant ces dernières paroles, la langue effilée de Vernoubrel lui siffla entre les dents comme une langue de vipère. Toute sa physionomie s'était subitement contractée. A son air engageant, avait succédé des crispations nerveuses qui lui tordaient hideusement les muscles de la face. Son regard pétillait d'une sorte de rage satanique. — Sévéraguette eut peur. — L'usurier, gesticulant et maugréant, fit un pas pour s'éloigner.

— Mais, monsieur Vernoubrel, je n'ai pas refusé, moi, de prendre des arrangements avec vous, dit Cécile.

— Je la tiens ! pensa le bonhomme.

Son visage reprit tout d'un coup l'expression à la fois niaise et papelarde qui lui était habituelle. Il tourna sur ses talons par un mouvement automatique, et tendit impertinemment la main à l'orpheline, qui, par faiblesse, lui abandonna la sienne.

— A la bonne heure ! fit-il souriant et tapotant de ses doigts gros et courts les doigts longs et fins de la jeune fille, à la bonne heure ! Pourquoi ne pas m'avouer plus tôt vos embarras ? Je voyais bien que vous vous trouviez présentement dans la gêne. Oh ! vous ne sauriez croire, mademoiselle Cécile, combien peu se ressemblent les gens qui n'ont pas le sou et ceux qui remuent les écus à la pelle. Vous n'avez jamais observé cela, vous, je le comprends ; mais moi qui fais de mes deniers métier et marchandise, j'ai besoin d'avoir du nez. Quand je vois un homme marcher tête basse, l'allure embarrassée, lentement et précautionneusement, comme si à chaque pas il craignait d'écraser des œufs sous ses pieds, je me dis : — « Voilà un pèlerin qui porte le diable dans sa besace, et qui a vendu pour vivre et ses coquilles et son bourdon. » Mais si je vois quelqu'un aller devant soi sans hésiter, se tortillant complaisamment sur les hanches, rire à tout propos, caqueter avec les voisins, agacer les voisines, je me dis au contraire : — « Voici un drôle qui mange plus de fougasse que de pain, et il ferait bon être l'acolyte de ce chanoine. » — O mademoiselle Cécile, la mine, c'est tout l'individu. Aussi, il n'y a qu'un instant, ai-je failli prendre la chèvre, comme l'on dit, quand monsieur le curé m'a répondu, à moi qui devinais vos besoins, qu'on n'avait que faire de mes services... Enfin, c'est bien à vous de m'avoir rappelé, car, je vous l'avoue, là, à la bonne franquette, vous sachant dans la peine, je m'en allais avec regret?.. Voyons, de quoi s'agit-il ? Vous demandez comme ça à renouveler vos effets, n'est-ce pas ?

— Hélas ! oui, monsieur Vernoubrel, répondit l'orpheline honteuse.

— Eh quoi ! Cécile, dit l'abbé Courbezon surpris, Pancol n'a donc pas encore vendu votre blé et vos avoines ? Il me semblait que le prix de ces denrées devait être affecté au payement des billets souscrits à Clavel.

— Je le pensais aussi, mon bon monsieur le curé, balbutia la jeune fille, qui rougit ; malheureusement les avoines ont baissé aux marchés de Lodève comme de Bédarieux, et les ventes de mon cousin n'ont produit que huit cents francs.

— Mais nous pourrons peut-être, d'ici au 10 courant, parfaire toute la somme...

— C'est impossible, j'ai dépensé ces huit cents francs, murmura Sévéraguette tremblante.

L'abbé Courbezon ta sans parole, les bras ballants le long du co.. .s, comme pétrifié.

L'usurier s'était accroupi au pied d'un châtaignier, avait tiré de sa poche plusieurs feuilles de papier timbré, puis un petit encrier de corne avec une plume d'oie noircie jusqu'aux barbes.

— Est-ce trois ou six mois qu'il vous faut, mademoiselle ? demanda-t-il à Sévéraguette consternée par l'attitude du curé.

— Trois mois me suffiront.

— Dieu du ciel ! je n'y regarde pas de si près, et si six mois vous étaient nécessaires... Enfin, comme vous voudrez, mettons trois mois.

Et dépliant une feuille de papier timbré sur son chapeau, il commença à la griffonner. Mais s'interrompant tout à coup :

— Il serait bon pourtant, mademoiselle, dit-il, avant de gâcher comme ça le papier du gouvernement, que je connusse ce que vous comptez me donner d'intérêt pour trois mois. Songez que, vous sachant dans l'impossibilité absolue de vous acquitter, je pourrais vous poursuivre, si j'étais méchant.

— Et combien exigez-vous ? demanda Cécile, qui sentit son sang se figer dans ses veines.

— Voilà justement où gît le lièvre, répondit Vernoubrel se grattant hypocritement l'oreille. Si vous saviez comme l'argent est cher cette année !

Sévéraguette se taisait.

— Vous me donnerez dix-huit cents francs, reprit l'usurier.

— Dix-huit cents francs ! s'écria le curé, rappelé tout à coup à la situation ; trois cents francs d'intérêt pour trois mois !... Monsieur Vernoubrel, j'ai pu en douter tout à l'heure à Latour, mais j'ai la preuve maintenant que vous ne faites pas le métier d'un honnête homme. Mademoiselle Sévérac ne veut pas renouveler ses billets. Adieu monsieur. — Venez, Cécile !

Et ils s'éloignèrent, laissant l'usurier tout abasourdi.

— Les ouvriers de Latour avaient bien raison d'appeler cet homme la peste des campagnes, dit le vieux desservant agité d'une sourde colère.

Sévéraguette ne pouvait arracher un mot à ses lèvres. Son silence irrita le curé, qui, pour la première fois, lui parla avec que que chose et quelque âpreté dans la voix.

— Me direz-vous maintenant, lui demanda-t-il, à quoi vous avez dépensé les huit cents francs des ventes de Pancol ?

— J'ai donné cinq cents francs au menuisier, qui avait besoin d'acheter du bois pour les volets et la porte d'entrée du couvent.

— Il eut été plus sage de penser aux billets de Clavel... Et les cent écus qui restaient ?...

Cécile demeurait interdite.

— Est-ce que vous les avez encore ?

— Non, monsieur le curé.

— Et vous refusez de me dire à quoi vous vous les avez employés, n'est-ce pas ?

— Moi, monsieur le curé, moi, vous refuser !... J'ai... j'ai...

Les sanglots lui brisèrent la voix.

Le vieillard s'arrêta comme foudroyé.

— Mon Dieu ! ma chère enfant, s'écria-t-il avec une sorte d'égarement, que se passe-t-il ?... Qu'avez-vous ? Que vous ai-je dit ?... Quoi ! c'est moi qui vous fais pleurer ! Est-ce possible ?... Sévéraguette, ma fille, pardonnez-moi... Ce Vernoubrel m'a troublé les esprits... Vous savez bien, mon enfant, que ce n'est pas mon habitude de vous parler ainsi !... Je crois que je deviens méchant !...

— O monsieur le curé, murmura Cécile se mentant ingénument à elle-même, ce n'est pas vous certes qui m'avez fait de la peine... Non, ce n'est pas vous... Si je pleure, c'est que je pense qu'en rentrant à Saint-Xist, nous allons nous trouver bien seuls... Eh ! tenez, vous voulez savoir ce que j'ai fait des trois cents francs ? Je les ai donnés à votre sœur, qui est la mienne aussi...

— A Marthe ?

— Oui, monsieur le curé.

— Et Marthe a accepté cet argent ?

— Je l'ai glissé dans sa valise sans qu'elle s'en aperçût, avec une lettre ; elle trouvera le tout en arrivant à Toulouse.

L'abbé Courbezon se tenait immobile et silencieux devant la jeune fille, dans une attitude d'admiration extatique.

Cécile, démêlant peu quels étaient ses sentiments, fut effrayée.

— Hélas ! balbutia-t-elle, cherchant à se faire pardonner son dévouement, sœur Marthe est faible encore... Au moins, si elle avait besoin de quelque chose !... La congrégation ne leur donne jamais d'argent...

L'abbé Courbezon l'interrompit en lui saisissant les mains, qu'il serre fortement dans les siennes.

— Cécile Sévérac, lui dit-il, je ne suis pas digne de nouer les cordons de vos souliers, selon la parole de Saint-Jean.

Comme on était à deux pas seulement des Récollets, Sévéraguette, troublée, le quitta.

V

La situation parut à l'orpheline s'embarrasser de plus en plus. Évidemment, Vernoubrel, blessé par la hauteur méprisante de l'abbé Courbezon, entreprendrait des poursuites contre elle, s'il n'était payé le jour de l'échéance des billets. Des poursuites ! Cette idée, qui, au début de sa carrière, avait tant épouvanté le curé-doyen de Saint-Chinian, ne permit pas à Cécile de fermer les yeux durant la nuit. Elle se leva plusieurs fois de son lit, et se promena dans sa chambre, espérant, par l'activité du corps, chasser le trouble de son esprit ; mais elle se fatigua vainement. Quand, après avoir fait le tour de ses meubles, être demeurée une heure à sa fenêtre à regarder les étoiles, s'être posée sur toutes ses chaises, elle se recoucha, son âme était en proie aux mêmes inquiétudes dévorantes, aux mêmes soucis rongeurs. Le moment était venu de prendre un parti décisif. S'étant épuisée sans résultat à chercher des expédients pour obvier aux difficultés présentes, Sévéraguette se reposa avec délices dans la pensée qu'il lui restait un moyen de réduire tous les obstacles. Certes, par condescendance pour l'abbé Courbezon, elle avait longtemps différé ce moyen héroïque. Mais, devant les embarras actuels, il n'y avait plus à hésiter : elle devait vendre, en partie au moins, sa propriété. D'ailleurs, vendre son bien aujourd'hui ou demain, que lui importait ! Ne faudrait-il pas en venir toujours à cette extrémité, si elle voulait laisser l'école des filles terminée et emporter quelque argent à Toulouse ? Toulouse !... Elle sentit tout son cœur voler vers Marthe, et cet élan passionné de tout son être la détermina irrévocablement aux sacrifices qu'elle n'avait pas encore eu le courage d'accomplir.

Cependant, au moment de consommer son dépouillement volontaire, Sévéraguette comprit qu'elle devait user d'une grande prudence, afin de déconcerter et la surveillance de sa tante Pancole et celle de l'abbé Courbezon, entêtés à lui voir conserver son patrimoine. Elle frémissait à la pensée que sa tante devinât ses secrètes intentions. Quelles colères et quelles rages ! L'approbation mêlée d'inquiétude que le curé ne manquerait pas de donner à ses projets, si elle les lui communiquait, ne l'attristerait pas moins que les emportements de la Pancole. Pour ne pas soumettre sa volonté à de trop rudes assauts et l'exposer à des capitulations funestes, elle décida qu'elle agirait seule et n'ouvrirait la bouche de ses résolutions que lorsqu'elles seraient complètement réalisées.

Vers huit heures, Cécile, habillée d'une robe de mérinos noir très-fin, coiffée d'un bonnet de deuil fraîchement ruché, de forme élégante et coquette, descendit à la cuisine.

— Où vas-tu donc, ma fille, de si bon matin, belle et parée comme une image? lui demanda la Pancole.

— A Bédarieux... Il faut bien penser à meubler le couvent.

Elle mangea quelques fruits, puis Pancol, sans en être prié, la hissa sur Briquet, lui mit la bride en main et la regarda s'éloigner.

— Eh bien! grand simple, vas-tu rester là planté comme un terme au bout d'un champ jusqu'à la fin du monde? lui dit sa mère le secouant par les épaules.

— O Pancole! Pancole! s'écria le Sanglier, comme elle est belle!

— Va-t'en voir si Clavel a besoin de toi, innocent que tu es avec tes idées de lunatique.

— Pancole, crois-tu qu'elle commence à m'aimer un peu?

— Oui, va!

Il sauta le perron d'une enjambée, volant vers le champ de la Croix-Blanche. L'abbé Courbezon y arrivait à l'instant. En apercevant Pancol, il accourut au-devant de lui.

— Dites-moi, Justin, savez-vous si votre cousine viendra bientôt au chantier?

— Sévéraguette! Ah! monsieur le curé! si vous l'attendez, il vous faudra faire provision de patience, car vous n'êtes pas près de la voir poindre encore. A l'heure d'à présent, ma cousine trotte vers Bédarieux.

— Comment! elle est allée à Bédarieux? s'écria le vieux desservant, dont tout le visage exprima une pénible surprise.

— Ma foi, oui, monsieur le curé, elle y est allée comme ça seule avec l'ânon.

— Savez-vous du moins ce qu'elle y est allée faire?

— Ah! pour ça, ni vu ni connu, comme dit l'autre, répondit Pancol posant significativement un doigt sur ses lèvres... Mais la Pancole vous en débitera plus long que moi sur ce chapitre, car, sans distinguer son ramage, je l'ai entendue interroger Cécile, tandis que je sanglais Briquet.

Justin se mêla aux ouvriers, et le curé quitta le champ de la Croix-Blanche.

Quand le pauvre abbé se trouva seul dans le sentier de Saint-Xist, il se sentit accablé sous le poids d'une immense inquiétude. Au lieu de poursuivre sa course vers le hameau, il s'assit sur une pierre derrière la haie et réfléchit... Pourquoi irait-il à Saint-Xist? Hélas! que lui apprendrait la Pancole qu'il ne sût déjà? N'é-tait-il pas évident que, si Cécile était allée à Bédarieux, c'était pour y voir Vernoubrel, y prendre des arrangements avec lui! Quels seraient ces arrangements?... Pourquoi Sévéraguette était-elle partie seule et sans le prévenir?

Ce départ, qui ressemblait beaucoup à une fuite, épouvantait par-dessus tout le vieux desservant. Certainement Cécile avait quelque dessein secret. Quel pouvait être ce dessein? Quels projets avait-elle formés durant la nuit? Qui sait si, une fois prise dans les rets du formidable usurier, elle ne lui vendrait pas ses terres? A cette idée le curé se leva; il regarda le chemin de Bédarieux serpentant là-bas sous les châtaigneraies embrasées, et eut envie d'aller arracher Sévéraguette aux pièges de Vernoubrel. Mais il pensa à sa mère, si malheureuse de l'absence de Marthe, et gagna les Récollets.

Malgré mille soucis cuisants, le vieillard sut se montrer à la cure, libre de toute préoccupation fâcheuse, presque joyeux. Il fut ingénieux à créer des distractions à la Courbezonne, toute au regret de sa fille perdue. Quand, malgré ses efforts, les larmes reparaissaient aux yeux de la pauvre paysanne, l'abbé, aux abois, lui parlait des desseins impénétrables de la Providence, qui ne les voulait à de si grands sacrifices que parce qu'elle les avait élus. Puis, si la Courbezonne redevenait calme et confiante, il lui promettait de faire un voyage à Toulouse avec elle.

— Nous irons accompagner Sévéraguette, lui répétait-il.

Il aimait sa mère, non-seulement comme un fils tendre et dévoué, mais il l'aimait de plus pour toutes les souffrances qu'il lui avait fait endurer. Qui niera que les larmes n'avivent et n'affermissent les sentiments, qu'elles ne soient aux affections ce que sera au fer qui bout dans la fournaise, l'eau froide où tout à l'heure la main de l'ouvrier le trempera?

Mais, dans ce jour de morne tristesse, l'abbé Courbezon ne dut pas à ses efforts uniques de consoler un peu sa mère; la Cassarotte et ses enfants l'aidèrent singulièrement dans cette pieuse tâche. Depuis la veille, la dévouée Sanégrole ne quittait plus la Courbezonne, et inventait toutes sortes de ruses pour l'arracher à ses préoccupations intimes. Tantôt elle l'entraînait au potager, et là, malgré son grand âge, l'occupait à l'arrosage de ses plantureux carrés de salade; tantôt elle l'abandonnait sans pitié aux taquineries de Jeannot et de Marinette, qui lui prenaient son bâton, lui dérobaient ses lunettes, et couraient se cacher derrière les portes, lui criant:

— Viens nous chercher, grand'mère, viens nous chercher!

La Courbezonne s'impatientait, puis souriait et embrassait les mutins, qui lui restituaient gentiment et ses lunettes et son bâton. Si Sévéraguette so fût trouvée au presbytère, sa présence eût grandement contribué à l'apaisement des regrets de la vieille paysanne de Castanet; néanmoins, quand, vers les cinq heures, le curé, inquiet de ne pas voir paraître l'orpheline, sortit des Récollets pour aller à sa rencontre, il était on ne peut plus satisfait du résultat obtenu.

L'abbé Courbezon s'assura, en passant par Saint-Xist, que Sévéraguette n'était pas encore arrivée, et prit, à travers champs, l'étroit sentier par où elle devait infailliblement revenir. Il faisait une soirée adorable, une de ces soirées d'automne tempérées et suaves, où l'air, imprégné de la saveur des fruits mûrs, enivre délicieusement le cerveau et le pousse à la rêverie vagabonde. Le soleil, qui s'abaissait sur les cimes éclatantes, du côté de Sanégra, lançait, comme des flèches, quelques rayons obliques sur la plaine de Vérellle, incendiant ici les grands châtaigniers, dont les cosses épineuses s'entr'ouvraient dans le feuillage plus rare, là, dorant les grappes vermeilles de la vigne qui, devenue complétement chauve, offralent elle-même ses trésors à la serpette du vendangeur. Le curé, absorbé, chemina jusqu'aux olivettes de Frangouille, effarouchant par le bruit de ses pas les alouettes qui picoraient dans les chaumes. Dressant leur petite huppe fauve, elles déployaient leurs ailes et s'envolaient perpendiculairement à perte de vue, avec des ramages et des trilles qu'on entendait encore quand, depuis longtemps, elles avaient disparu.

Le vieux desservant s'arrêta. Il était au bord du ruisseau de Frangouille. De là, son œil pouvait explorer la route de Bédarieux jusqu'à Latour. Il s'assit.. Il était, depuis une demi-heure à peine, en attente sous les saules, lorsqu'il ouit le braiment retentissant et prolongé d'un âne. Briquet seul possédait cette voix pleine, étendue, magistrale. Il se leva, et reconnut, en effet, au milieu du chemin, le noble roussin de Cécile qui, le cou tendu, les naseaux dilatés, les oreilles droites, les yeux au ciel, continuait son plain-chant grotesque. Sévéraguette, que ce divertissement bizarre avait sans doute effrayée, s'était laissée glisser du dos de sa bête, et se tenait debout près d'elle, battant la mesure sur sa croupe à grand renfort de gourdin. L'accompagnement eut enfin raison du forcené chanteur. Le facétieux Briquet laissa retomber sa tête, ses oreilles, ses yeux, reprit son ancienne allure d'âne honnête, paisible, résigné, et, chargé de sa maîtresse, enfila en trottinant le joli sentier pittoresque qui longe le ruisseau de Frangouille.

— Ah! Cécile, vous avez été sans pitié! dit le curé sortant de sous les saules... Pauvre Briquet! fit-il promenant une main caressante sur la tête de l'âne qui le regardait, pauvre Briquet!...

Cécile était descendue de la bête et lui jetant la bride sur le cou :

— Va-t'en tout seul à l'écurie, va, Briqueton, ce sera ta récompense.

L'âne partit comme un trait vers Saint-Xist.

— Eh! quoi, ma chère enfant, dit l'abbé Courbezon, vous avez une physionomie tout heureuse! Que se passe-t-il? Vous ne venez donc pas de chez monsieur Vernoubrel?

— Au contraire, monsieur le curé, je sors de chez lui à l'instant ou plutôt de chez son notaire?

— De chez son notaire?

— Regardez, monsieur le curé, regardez! fit Cécile relevant son joli tablier de soie et y jetant plusieurs poignées de pièces de vingt et de quarante francs.

— De l'argent!

Il recula terrifié.

Sévéraguette, toujours radieuse, jouait avec les louis comme un enfant avec des joujoux neufs.

— Ah! dit-elle, ne me faites pas de reproches, monsieur le curé, car ce n'est qu'à grand'peine, allez, que je suis parvenue à arracher ces quelques mille francs à monsieur Vernoubrel... Mon Dieu, comme les affaires d'intérêt sont difficiles à conclure! Quand je suis entrée chez cet homme, il m'a regardée avec colère, puis m'a demandé si je lui apportais son argent. J'ai tremblé comme une coupable, et j'ai répondu que, s'il était disposé à l'acheter, je venais lui vendre une partie de ma propriété. Vous ne sauriez vous figurer, monsieur le curé, comme monsieur Vernoubrel s'est adouci. Il a tout de suite déroulé une grande carte et s'est informé de quelle portion de mon bien je désirais me défaire.

— De Frangouille.

Il a mesuré ma terre avec un compas sur sa carte, il a fait quelques chiffres, puis il m'a dit :

— Cela vaut dix mille francs, par un denier du pape.

Me souvenant que ma mère estimait notre bien de Frangouille de dix-huit à vingt mille francs, j'ai osé me récrier un peu sur le prix qui m'était offert. Mais monsieur Vernoubrel, reprenant son air sévère et méchant, m'a répliqué qu'il n'avait que faire de mes terres, que je pouvais les garder, qu'il ne souhaltait qu'une chose, *rentrer* dans ses quinze cents francs. Puis il m'a fait un signe de congé... Ah! monsieur le curé, j'ai cru, en cet affreux moment, que j'allais me trouver mal; assurément mon pauvre cœur ne battait plus... Me retirer, moi qui étais chez cet homme pour en finir avec nos embarras! me retirer, moi qui, quelques heures auparavant, m'étais juré de vous sauver à tout prix de vos ennuis!.. Cependant, intimidée par l'air de dureté inexorable de monsieur Vernoubrel, j'avais fait quelques pas vers la porte, et j'allais l'ouvrir sans hasarder le moindre mot, quand je me suis sentie saisir le bras.

— Voyons, voulez-vous douze mille francs ? m'a-t-il dit.

Je n'ai eu que la force de répondre :

— Oui !...

Je me suis assise ; je suffoquais de joie. Oh ! que j'étais heureuse ! Je pensais à vous, monsieur le curé, à votre mère, à sœur Marthe...

Elle s'interrompit ; des larmes brillaient aux bords de ses paupières. Quant au pauvre abbé, il n'avait plus envie de se fâcher contre la jeune fille, il buvait délicieusement ses paroles, et la regardait avec une sorte de ravissement divin.

— Je vous assure, monsieur le curé, que monsieur Vernoubrel est un excellent homme. Il m'a traitée avec une politesse et des égards infinis. Il ne s'est pas contenté de m'offrir un verre de vin cuit, il a voulu me faire goûter à son dîner, et je me suis assise à sa table pour ne pas le désobliger. Nous sommes allés, à midi, chez le notaire, et à trois heures, j'avais reçu mon argent... Ah ! notre école sera bientôt finie maintenant !

— Sévéraguette, dit gravement le curé, j'étais venu à votre rencontre avec la pensée de vous adresser des reproches ; mais, je l'avoue, le saint enthousiasme avec lequel vous pratiquez le bien me désarme complètement. Vous êtes une nature d'élection !... Le marché que vous venez de conclure est probablement un marché pitoyable ; mais ai-je le droit de m'en plaindre, moi qui, en d'autres temps, ai cédé, pour quelques sacs d'écus, un patrimoine qui appartenait à ma mère et à ma sœur avant de m'appartenir ? C'est notre grandeur à nous chrétiens de compter la terre pour peu de chose, et de ne jamais hésiter entre elle et un acte de charité à accomplir. Certes, la vente de vos biens de Frangouille me crée une situation bien difficile vis-à-vis de votre tante Pancole. Qu'y faire ! L'idée du bienfait que vous aurez rendu à la contrée allégera singulièrement les ennuis qui pourront me venir des gens de votre famille.

— Ma tante n'aura pas à se plaindre de moi, monsieur le curé, je vous l'assure. Je n'ai pas seulement payé à monsieur Vernoubrel les quinze cents francs de Clavel ; j'ai retiré de ses mains une créance de mon cousin Pancol de deux mille cinq cents francs. On aurait poursuivi Justin, je l'ai sauvé ! Du reste, ce n'est qu'au 1ᵉʳ janvier que monsieur Vernoubrel entrera en jouissance de mon bien, et, avant mon départ, j'aurai calmé mon monde à Saint-Xist ; je vous en supplie donc, monsieur le curé, ne craignez rien !

L'abbé Courbezon s'arrêta, considéra l'orpheline avec des yeux où éclatait une singulière fierté ; puis, faisant un geste superbe :

— Cécile Sévérac, dit-il, je ne redoute rien de personne ici-bas : ma foi et mes souffrances passées me mettent au-dessus de toute atteinte !... Maintenant, mon enfant, ajouta-t-il avec des inflexions plus douces dans la voix, venez embrasser ma mère ; elle a grand besoin d'être consolée par vous.

VI

Clavel ne revenait pas de sa surprise : deux fois il avait présenté ses notes de quinzaine, et deux fois Sévéraguette les avait acquittées sans demander le moindre délai. D'où lui était tombé l'argent ? Le maître maçon se perdait en conjectures. Lui qui, précédemment, ayant conçu des doutes sur la solvabilité de sa cliente, avait d'abord ralenti l'exécution des travaux, se proposant bien de les abandonner tout à fait dans la suite, ne pouvait comprendre un si brusque revirement des choses. En recevant sa troisième quinzaine, il prit si peu de soin de dissimuler son ébahissement, que Cécile, devinant les doutes qui l'avaient agité, n'hésita pas, pour en conjurer de nouveaux, à s'expliquer loyalement avec lui.

— Je m'imagine, Clavel, lui dit-elle, que vous ne m'avez jamais fait l'affront de penser que vous pussiez perdre un sou en travaillant pour mon compte ?

— Oh ! mademoiselle Cécile..., murmura l'entrepreneur dont la grosse face honnête, du rouge pâle, passa au rouge écarlate.

— Combien croyez-vous que le couvent coûtera encore ?

— De trois à quatre mille francs au plus.

— Eh bien ! j'ai là six mille francs, dit-elle montrant un tiroir de son secrétaire. Je vous prie donc de pousser plus vivement les travaux ; j'ai hâte d'en finir.

Clavel se le tint pour dit. Le lendemain, au lieu de sept ouvriers se traînant languissamment le long des échafaudages, dix grands gaillards robustes et déterminés attaquaient vigoureusement la besogne. O puissance de l'argent ! le commandement de l'entrepreneur, dont le gousset avait cessé de sonner creux, était devenu plus énergique. La muraille du soutènement fut reprise sur une base plus large, et, en quelques jours, sortit de terre, embellie de petites meurtrières destinées à favoriser l'écoulement des eaux. Tandis que cet énorme rempart s'élevait presque à vue d'œil, les tailleurs de pierres, dont le nombre avait été doublé, piquaient à fin les marches de l'escalier et équarrissaient, à grand renfort de têtus, les blocs destinés à l'entablement de la façade. Le chantier, populeux et bruyant, avait pris un air de vie tout à fait réjouissant. Les manœuvres, engeance indisciplinable, plus amoureuse de l'école buissonnière que de la corvée, traqués par Pancol à coups de houssine, gravissaient les échelles, les redescendaient, vifs et agiles comme une bande d'écureuils. Encore trois semaines de cette activité folle, et l'on planterait certainement, au faîte de l'école des filles, le triomphal rameau de lauriers.

Tant de tumulte grisait l'abbé Courbezon. Il courait de tous côtés, excitant les maçons, les tailleurs de pierres, les manœuvres. Le pauvre homme ! à mesure que les murs du couvent grandissaient davantage, il croyait sentir se dissiper les appréhensions qui l'avaient si cruellement inquiété. Qui, en effet, oserait lui reprocher d'avoir suscité à Sévéraguette l'idée de bâtir cette école, si précieuse pour les enfants de la contrée ? Si, plus tard, la Pancole, au nom de ses intérêts froissés, venait à élever la voix, ses cris ne seraient-ils pas étouffés par les applaudissements de tout le pays ? D'ailleurs, n'était-ce pas à son insu, après tout, que Cécile était allée à Bédarieux ? Outre les répugnances manifestées par lui toutes les fois que l'orpheline avait parlé d'aliéner sa propriété, quand la jeune fille avait rencontré Vernoubrel sous les châtaigniers, ne les avait-il pas séparés brusquement, sans leur permettre la moindre négociation ? Pour sauver Cécile des griffes de l'usurier, avait-il craint de blesser cet homme auquel il venait de sauver la vie ? Non, il ne saurait en aucune façon être pris pour l'instigateur des derniers sacrifices de Sévéraguette. Si elle avait vendu ses biens de Frangouille, elle n'avait cédé à aucune suggestion étrangère ; c'était par un acte de sa volonté unique et libre.

Délivré par ces subtilités de la part de responsabilité qui lui incombait fatalement dans les décisions de l'orpheline, le curé goûta désormais des délices jusque-là inconnues. Oubliant avec obstination que si la jeune fille était en train de consommer sa ruine, c'était lui, lui seul, qui il y avait de longue main préparée, il s'abandonna tout entier aux enivrantes émotions du succès. Hélas ! il les ressentait pour la première fois. Quels transports et quel délire ! Enfin, cette école qu'il n'avait pu achever à Villecelle, il la voyait ici complétement réalisée, et plus grande, plus commode, plus magnifique ! Comme tout sentiment excessif risque de provoquer le rire, l'abbé Courbezon, jaloux de ses joies intimes, allait souvent se blottir dans l'épaisse haie de gamacès, et de là, contemplant son œuvre, il se livrait, à l'abri de tous les regards, à des enthousiasmes insensés. Il savait, cet homme de cœur, que nos mœurs, devenues pudibondes en raison de notre corruption, défendent à l'âme de se montrer tout entière au dehors, et il se cachait pour la laisser éclater librement. Il faisait

toute sorte de rêves. Il voyait déjà les sœurs de Sainte-Agnès installées ; puis, des quatre coins de la haute vallée d'Orb, accouraient vers Saint-Xist les petites filles empressées. Il amenait lui-même Marinette à l'école, se mêlait aux enfants, inculquait à ces jeunes natures simples et naïves les grandes vérités de la religion. Oh ! dans quelques années, quelles jeunes filles il aurait formées, et plus tard quelles mères de famille !

— Quand la femme est pieuse, se disait-il à lui-même, le ménage est sauvé, car tout appartient à la femme dans nos campagnes, les enfants et le mari.

L'admirable résultat que devait produire dans l'avenir l'œuvre fondée par Sévéraguette ramenait sa pensée vers l'orpheline. Alors, le pauvre vieillard sentait les larmes d'un attendrissement religieux lui mouiller les paupières.

— Mon Dieu, murmurait-il, mon Dieu ! conduisez-la toujours dans les sentiers de la justice et de la perfection !

De son côté, Cécile n'éprouvait pas de moindres délices ; seulement l'activité où elle était entraînée ne lui permettait ni de s'en rendre compte, ni de les savourer à longs traits comme l'abbé. C'était elle maintenant qui veillait à tout, qui se préoccupait de tout. Clavel qui, tout d'abord aux époques de quinzaine, s'était adressé au curé, sachant bien que l'argent venait de Saint-Xist, avait fini par traiter directement avec Sévéraguette et par négliger absolument l'abbé Courbezon. Il le consultait bien encore sur la saillie qu'il convenait de donner aux moulures de l'entablement et sur la coupe savante des marches de l'escalier tournant en biais au fond du vestibule ; mais il ne touchait plus avec lui d'un mot de la question d'argent. Quoique le desservant, débonnaire et généreux par nature, ne se fût jamais récrié contre ses additions, l'entrepreneur préférait en soumettre le produit à l'orpheline, qui l'acquittait toujours les yeux fermés. On peut même dire que Sévéraguette mettait de l'empressement à solder les notes du maître maçon et des autres fournisseurs. Plus elle payait de mémoires, plus elle approchait, croyait-elle, du terme de sa délivrance, et elle donnait les écus sans les compter. D'ailleurs, elle éprouvait je ne sais quelle volupté secrète indicible à sentir qu'elle faisait le bien tout à fait par elle-même, par ses propres mains. Ô égoisme ! les âmes saintes te connaissent aussi !

Enfin, un des derniers jours d'octobre, une branche de laurier où flottaient des rubans de mille couleurs, apparut au sommet de l'école des filles complétement terminée. Ce jour-là, il y eut fête aux Récollets. Après une messe d'actions de grâces, à laquelle tout le monde assista, même la Pancole et Justin, un dîner fut servi dans la vaste cuisine du presbytère. Si Marthe eût été présente à ce pauvre petit festin, elle eût éprouvé, à contempler sa mère et son frère, de délicieuses émotions. Certainement, en aucune circonstance de sa vie, l'abbé Courbezon n'avait été si heureux : il rayonnait ! Quel bouleversement les enivrements de l'âme opèrent dans notre misérable machine matérielle ! On dirait qu'ils la pétrissent et la transforment comme à plaisir. Naguère, quand les ennuis d'une situation difficile poignaient le vieux desservant, on ne voyait que les sillons profondément creusés de son front, que les crevasses de son visage ; mais, aujourd'hui, plus de rides, et les ravages de la petite vérole s'étaient soudainement effacés ! La Courbezonne elle-même, courbée sous le poids de tant d'appréhensions funestes, s'était redressée plus jeune, plus vive, et tenait attachés sur son fils des yeux que, par intervalles, le contentement humectait d'une larme. Sévéraguette, placée à la droite de l'abbé, nageait dans le ravissement, et avait, à cette table où l'on fêtait son cœur, l'attitude à la fois modeste et fière que les peintres vénitiens ont donnée à la Vierge, toujours jeune, assise à côté de son divin fils, dans les noces de Cana. Il n'était pas jusqu'à la figure parcheminée de la Pancole qui ne reflétât quelque joie intérieure. La Boussagole pensait aux biens dont elle allait hériter, et souriait en découvrant ses longues dents de sibylle. Seul, Justin était grave et triste. Il ne mangeait guère et ne parlait point. Il ne savait pourquoi cette fête, qui réjouissait tout le monde, lui causait à lui, des impressions douloureuses. Il eût voulu parler comme l'abbé Courbezon, ou du moins faire bonne mine aux convives ; vains efforts ! les muscles de sa face étaient devenus d'acier, et il luttait en vain pour leur imposer une expression tant soit peu gracieuse. Un moment, il éprouvait des transports de rage qui lui donnaient envie de renverser la table sur les invités et de tout mettre à feu et à sang à Saint-Xist ; puis, regardant Sévéraguette, il sentait l'apaisement descendre en son âme, et il aurait voulu s'échapper des Récollets pour aller pleurer tout son soûl dans la campagne.

Depuis que Pancol était venu se fixer à Saint-Xist, impatient d'une solution, il avait essayé de tous les moyens pour circonvenir Cécile, sans obtenir d'elle aucune explication sérieuse, définitive. Ou bien Sévéraguette ne lui répondit pas, ou bien elle se mit à sourire en lui répétant :

— Nous verrons, nous verrons !

Tout d'abord, Justin, assez heureux d'avoir vu les portes de Saint-Xist s'ouvrir, ne s'était guère alarmé de l'attitude indécise de sa cousine.

— Je suis près d'elle, à présent, s'était-il dit, et j'ai bien le temps de lui faire entendre raison.

Mais, à la longue, il crut deviner que Sévéraguette, sous son air irrésolu, cachait une décision énergique et que cette décision était de ne pas l'épouser. Depuis quinze jours surtout, le Sanglier avait acquis la presque certitude de son malheur par la façon brusque, cruelle, dont sa cousine lui avait fermé la bouche, quand, timide et tremblant, il lui avait renouvelé ses doléances amoureuses.

— Justin, lui avait répliqué la jeune fille toute aux idées de son prochain départ, ne me parlez plus jamais de ces choses-là, jamais, entendez-vous ?...

Le Sanglier, qui sentit tout son sang lui affluer à la tête, avait failli saisir l'orpheline et l'emporter comme une proie ; mais il domina ce mouvement sauvage et se résigna à attendre. Seulement, il retomba dans ses noires tristesses d'autrefois.

— Pancole, s'écriait-il pleurant, Pancole, pourquoi ne m'aime-t-elle pas ?... Ah ! si toi tu lui disais de m'aimer, si tu la priais, si tu tombais à genoux devant elle, elle ne te refuserait pas.

— Je l'ai fait, cela, mon Pascolou ! murmurait la vieille.

— Tiens, reprenait le Sanglier furibond, j'ai dans l'idée que c'est à cause de toi que Sévéraguette refuse d'être ma femme. Tu lui as fait la vie dure au temps jadis, quand moi je demeurait à Boussagues. Le ciel te préserve, Pancole, de causer mon malheur, Dieu me damne !

Il lançait à sa mère des regards féroces, et la menaçait de ses deux poings crispés, qui, d'un coup, eussent abattu un taureau.

Mais Justin, qui, depuis le commencement du dîner, n'écoutait pas plus qu'il ne mangeait, abandonna sur la table son long couteau bien effilé, avec lequel il jouait pour se donner une contenance, et tendit avidement l'oreille.

— ... Je tiens à les amener moi-même dans la paroisse, disait Sévéraguette.

— Mon Dieu, ma chère enfant, répondit le curé, je ne m'oppose pas à ce que vous alliez vous-même chercher les sœurs à Murat ; seulement, soyez raisonnable, vous ne pouvez faire ce voyage toute seule.

— Et Briquet ! vous le comptez donc pour rien, mon Briqueton ? riposta l'orpheline folâtre.

— Briquet est fort capable de broncher sur les granits, le long de la rivière de Mare, et une main pour le guider ne sera pas inutile.

— Si ma cousine le permet, je l'accompagnerai bien, moi ! hasarda Pancol ; je connais...

— Non, Justin, non, interrompit vivement Cécile ; vous êtes nécessaire à Saint-Xist pour la récolte des châtaignes ; j'emmènerai le Cassarottou.

Le Sanglier crut sentir un fer rouge lui labourer la poitrine, et sa main, qu'il avait étendue vers Sévéraguette pour lui faire son offre, en retombant sur la table, saisit son couteau par un mouvement de crispation nerveuse qui eût donné le frisson aux convives, si une pile d'assiettes ne l'eût dissimulé à tous les yeux.

Un des journaliers de Sévéraguette entra en ce moment.

— Que voulez-vous? demanda l'orpheline.

— Notre maîtresse, faites excuse si je vous dérange, dit l'homme; il y a comme ça une personne qui désire vous parler, là-bas, à Saint-Xist.

Cécile ne fut pas peu étonnée, en entrant chez elle, d'y trouver, assis sous le manteau de la cheminée, les pieds sur les chenets et les mains dans les flammes d'un sarment sec, Nicolas-Jérôme Vernoubrel.

— Enfin vous voilà donc, mademoiselle Sévérac, dit l'usurier. Savez-vous qu'il fait un petit froid qui vous coupe les mandibules.

— Si j'avais pu penser, monsieur Vernoubrel, que vous prissiez la peine de venir jusqu'ici, au lieu de vous écrire, je serais allée moi-même vous trouver à Bédarieux.

— Oh! votre lettre m'a touché. Que voulez-vous, mademoiselle Cécile, c'est mon défaut à moi d'avoir le cœur tendre comme une poire de beurré... Du reste, je le répète, votre lettre est si gentille...

— Hélas! interrompit Séveraguette, c'est plutôt une supplique qu'une lettre.

— Et comme c'est écrit! Quoique j'aie été autrefois instituteur, et qu'il me reste encore quelque pratique de la plume, ce n'est pas moi qui voudrais lutter avec vous pour les capitales... Enfin, nous disons qu'il vous faut trois mille francs? ajouta-t-il, coupant court à ces fastidieux et ridicules compliments.

— Cette somme m'est indispensable pour m'acquitter complètement envers les divers fournisseurs de l'école. Mais, comme je vous le faisais observer dans ma lettre, je n'ai besoin de cet argent ni aujourd'hui ni demain. Pourvu que je l'aie avant mon départ...

— Votre départ! Vous partez donc?

— Je veux dire que Clavel et le menuisier attendront encore quinze jours ou trois semaines, balbutia Cécile troublée.

— Mais ne vous serait-il pas plus agréable de vous débarrasser aujourd'hui même de vos fournisseurs? Il est si dur d'avoir après soi une meute aboyante de créanciers! Tenez, je souffre de vous voir dans l'embarras... Voulez-vous les trois mille francs?

— Je les accepterais avec reconnaissance, monsieur Vernoubrel; malheureusement il me faudrait vous suivre chez le notaire pour vous vendre encore un lambeau de ma propriété, et je ne pourrai pas aller à Bédarieux avant cinq ou six jours. Je pars demain matin pour Murat.

— Oh! qu'à cela ne tienne, mademoiselle Cécile! Il y a un moyen de tout arranger; je

vais vous remettre les trois mille francs et vous me signerez en retour des lettres de change pour ma garantie. Certes, nous sommes gens de revue, je l'espère du moins; mais, vous savez, il ne faut qu'une chiquenaude du bon Dieu pour nous envoyer au pays des taupes. D'ailleurs, les affaires sont les affaires...

— Si vous croyez que les choses puissent s'accommoder ainsi, murmura-t-elle.

— Certainement!

— Du reste, ajouta Cécile, qui pensait à sa dot de fille de charité, à mon retour de Murat, j'aurai une dernière demande d'argent à vous faire.

— Tout disposé à vous être agréable, mademoiselle Cécile, dit l'usurier en s'inclinant.

— C'est aujourd'hui mercredi, venez à Saint-Xist samedi soir.

— Je n'y manquerai pas, mademoiselle.

Il tira de sa poche son portefeuille dodu, son encrier de corne, sa plume, et griffonna du papier timbré.

— Je vais vous lire vos lettres de change, auxquelles, pour la forme, j'ai dû ajouter un petit bout d'intérêt, dit-il.

— C'est inutile! s'écria Cécile, qui venait de voir, à travers les vitres de sa fenêtre, la Pancole et son fils sortir des Récollets.

Elle saisit la plume et signa vivement six lettres de change, à trois mois d'échéance, de cinq cent cinquante francs chacune.

Vernoubrel lui compta les trois mille francs, et, ayant empoché les effets, lui tira sa révérence la plus cérémonieuse. Il rencontra les Pancol au bas du perron. On ne s'adressa ni un mot ni un salut. Mais la Pancole, frappée de pressentiments sinistres, lui fit un geste de menace; puis, entraînant le Sanglier, qui aurait volontiers suivi l'usurier, elles se précipita dans la cuisine, les bras levés sur la tête, les yeux enflammés, la bouche écumante.

— Eh bien! fit-elle se plantant devant Cécile dans une attitude formidable, me diras-tu ce que ce Vernoubrel est venu faire ici, chez moi?

— Vous saurez tout à mon retour de Murat, ma tante, répondit Séveraguette avec un calme superbe et plein de dédain.

Elle sortit, se dirigeant vers le champ de la Croix-Blanche, où elle devait rencontrer Clavel et le menuisier.

VII

Le jeudi, Pancol, pour ne pas être témoin du départ de sa cousine avec le Cassaroutou, se leva avant le jour et se dirigea seul à travers champs vers Frangouille, où les journaliers devaient le rejoindre pour la cueillette des châtaignes. Le Sanglier, qui n'avait pas dormi de la nuit, avait la tête en feu. Le sang lui battait dans les artères à les faire éclater. Les oreilles lui tintaient si fort, que, perdu dans la campagne, où ne s'élevait encore aucune voix, il croyait entendre mugir autour de lui les vagues déchaînées d'un océan. Le moindre cri d'oiseau effarouché produisait sur lui l'effet d'un coup de canon. Ses nerfs avaient acquis par la veille un degré d'exaltation tout à fait effrayant. Il allait devant lui au hasard, sautant les fossés, franchissant les clôtures, ne s'arrêtant jamais, poussant seulement de temps à autre des grognements prolongés où l'on démêlait des notes déchirantes. Parfois aussi, quand une branche lui barrait le passage, il la rompait avec fracas; puis, comme un insensé qui a besoin de décharger sa rage, de ses deux poings fermés il appliquait plusieurs coups au tronc impassible de l'arbre. L'aube le surprit au haut de l'Aire-Raymond. Il s'aperçut qu'il avait de beaucoup dépassé les châtaigneraies de sa cousine, et eut envie de revenir sur ses pas. Mais, impuissant à dominer l'humeur qui le poussait en avant, il descendit vers la petite rivière d'Espase. Une fois au moulin de Barthélemy, il s'arrêta.

— C'est pourtant ici le chemin qu'elle doit suivre, se dit-il; si je l'attendais!... Non, non, fuyons!

Il fit encore quelques pas.

— Oh! je veux la voir, je veux la voir! s'écria-t-il avec toutes sortes de gestes désordonnés.

Il s'enfonça dans la saulée du moulin.

Le jour grandissait peu à peu; mais un épais brouillard, qui rampait par gros nuages le long de l'Espase, permettait à peine à Justin de distinguer les objets. Craignant de ne pas voir passer sa cousine, il quitta la place que, pour ne pas être aperçu, il avait choisie sous les saules, et alla s'asseoir juste vis-à-vis les passerelles qu'inévitablement le Cassaroltou devait franchir en tenant la bride de Briquet. Il resta là en faction plus d'une heure, se rongeant les poings de fureur, refoulant les larmes qui de temps à autre lui inondaient les yeux et obscurcissaient son regard. Les paysans de Camplong, de Graissessac, de Saint-Étienne de Mursan passaient auprès de lui, riant et causant de leurs affaires, à la queue de leurs mulets chargés de houille ou de châtaignes; mais Cécile ne paraissait point... Avait-elle renoncé à son voyage?... Il attendit encore.

Cependant, malgré les efforts d'une volonté énergique, Pancol ne pouvait plus tenir en place. Dévoré d'impatience, il traversa la rivière, gravit en partie la montée roide de l'Aire-Raymond, puis redescendit au pas de course, repassa l'Espase et reprit son poste d'observation. Le soleil s'était levé dans le ciel pâle et avait dissipé le brouillard, dont les der-

niers flocons, fouettés par la brise, s'accrochaient aux branches dénudées des ormes et des peupliers. Le Sanglier n'y tenait plus. Espérant dompter sa fièvre ardente et introduire quelque ordre dans les idées qui s'agitaient confuses dans son cerveau, il se pencha sur la rivière, et, à plusieurs reprises, trempa sa tête dans l'eau vive jusqu'aux épaules. C'est au moment où il relevait son front tout ruisselant, que son œil, plus limpide, aperçut distinctement Sévéraguette. Elle marchait à côté de Félicien, et Briquet, débarrassé de toute charge à la descente rapide de l'Aire-Raymond, se prélassait en avant, comptant ses pas et faisant sonner sa sonnette.

Justin, redevenu timide, s'engouffra dans les touffes d'amarines du rivage. Il se blottit derrière les troncs, les rameaux, les herbes hautes, et là, comme un faune caché dans les roseaux, attendit le passage de sa déesse. Cécile avançait lentement. Enfin, elle toucha le bord de la rivière. Elle releva légèrement sa robe, se disposant à franchir les passerelles. Avec quelle grâce elle fit les petits sauts d'une pierre à l'autre! Un oiseau n'a pas de plus jolies ondulations dans son vol.

Cependant, Félicien avait accoté Briquet contre une grosse pierre, et Sévéraguette tentait de se rasseoir sur la barde. Pancol, qui suivait tout ce manège des yeux, eut peur que l'âne ne lançât quelque ruade, au moment où Cécile se poserait sur son dos, et faillit accourir. Avec quels transports de tout son être il eût soulevé le corps si souple, si léger de sa cousine, et l'eût imposé à la bête récalcitrante! Mais il n'osa se montrer... En voyant la jeune fille s'éloigner et sourire au Cassaroltou qui fouaillait Briquet, il sentit ses jambes chanceler et tomba dans l'herbe humide, où il pleura abondamment.

Quand le Sanglier, honteux de sa faiblesse, se releva, Sévéraguette était bien loin; il l'aperçut tout au bout de la vallée d'Espase, se détachant sur le fond grisâtre du ciel. Justin détourna brusquement les yeux du point de l'horizon qui les captivait, marcha vers la rivière, trempa de nouveau sa tête et ses mains dans le courant; puis, ayant renoué autour du cou sa cravate, qui le matin l'étouffait, il s'élança sur les passerelles.

— En attendant qu'elle revienne de Murat, se dit-il, allons voir Vernoubrel; peut-être apprendrai-je du nouveau, car il faudra bien qu'il m'explique sa visite d'hier à Saint-Xist, ce faiseur de pauvres, s'il ne veut pas que je l'étrangle de mes dix doigts!

Et, par l'Aire-Raymond, il descendit vers Bédarieux.

Ce fut en vain que le Boussagol ébranla de coups la porte de l'usurier; personne ne vint l'ouvrir. Pensant que Vernoubrel était en train de dîner, il sauta chez Graliboul. Mais comme il tomba de son haut en apercevant la Pancole qui, dans la cuisine, s'entretenait avec l'aubergiste !

— Est-ce que tu cherches Vernoubrel, toi aussi, Justin ? lui demanda Gratiboul.

— Oui, répondit-il sans faire la moindre attention à sa mère.

— Il est parti hier matin, ce vieux juif, en me disant :

— S'il me vient des pratiques, annoncez-leur qu'elles me trouveront lundi, jour du marché, mais pas avant lundi, car je vais traquer un peu mon gibier dans les communes « des environs. » — Voilà l'antienne qu'il m'a chantée.

— Merci, Gratiboul.

Il se dirigea vers la porte. Mais remarquant que sa mère restait immobile, il revint sur ses pas.

— Eh bien, Pancole, lui dit-il, est-ce que par hasard tu as envie de te louer pour fille d'auberge ? Viens donc, ta bonne mine chasserait la clientèle.

Il la saisit au bras et l'entraîna hors du cabaret. Sans mot dire, ils traversèrent les rues basses et sortirent de la ville.

— Quelle sournoise, cette fille ! quelle sournoise ! murmura enfin la Boussagole.

— De qui parles-tu, toi ? demanda le Sanglier.

— Et de qui veux-tu que je parle, pardi ! si ce n'est de cette bigote de Cécile. Elle a plus de malice et de ruse dans un de ses cheveux que nous dans nos deux caboches ensemble.

— Que sais-tu donc ?

— Oh ! j'en saurais plus long sur cette affaire, si tu m'avais laissé le temps de tirer les vers du nez à Gratiboul.

— Mais enfin, qu'as-tu appris ?

— J'ai appris que, dans le commencement de septembre, Cécile est venue chez Vernoubrel.

— Et voilà tout ! s'écria le Sanglier essayant de rire. En vérité, c'est bien la peine de faire, depuis une demi-heure, la mystérieuse et la pincée pour accoucher de cet événement. J'ai cru, Dieu me damne ! que tu portais le tonnerre dans ton tablier.

— Sois tranquille, il éclatera le tonnerre, et même tu ne seras pas le plus épargné, toi !

— Que veux-tu dire ? s'écria Justin dont les lèvres devinrent sérieuses.

— Je veux dire, répliqua-t-elle, dissimulant son intime pensée, que, si cette fille fréquente chez Vernoubrel, nous sommes menacés d'une déconfiture générale. Que serait-elle venue faire chez l'usurier, sinon lui emprunter de l'argent pour achever sa bicoque de couvent. Ah ! que Dieu la préserve d'avoir vendu un pouce de terre, car alors ni elle, ni son curé ne pèseraient une once à ma colère... Enfin, je n'ai plus de patience sur mon rouleau, moi, et

samedi, quand elle arrivera de son voyage, il faudra bien qu'elle parle, si elle ne veut pas que je lui arrache les paroles du gosier avec mes deux griffes.

— Et moi aussi, Pancole, je la forcerai à s'expliquer samedi, grommela Justin. Je suis las d'être amusé comme un enfant, et je veux savoir, à la fin, si l'on m'épouse ou si l'on m'abandonne.

— Si l'on l'épouse !...

Elle partit d'un éclat de rire strident, diabolique, qui donna la chair de poule au Sanglier.

— Pourquoi ris-tu comme ça, Pancole ? demanda-t-il tremblant.

— Parce que je ne sais plus pleurer, fit-elle avec un geste étrange.

Ils poursuivirent leur route vers Saint-Xist.

En arrivant, Justin, dont les idées s'exaltaient de plus en plus, alla se coucher sous un berceau de noisetiers, à cinquante pas du perron, et y resta jusqu'au soir complètement isolé. Ce fut en vain que les journaliers, revenus des châtaigneries de Frangouille, l'appelèrent pour manger la soupe, il demeura immobile et muet. Vers dix heures, la Pancole, alarmée, essaya à son tour de le faire rentrer ; mais elle y perdit son éloquence, d'ailleurs très-ingénieuse et très-variée. À tous les raisonnements de sa mère, le Sanglier répondit par des grognements négatifs ; puis il se roula dans les feuilles sèches, étira ses bras robustes et bâilla comme s'il voulait dormir. À bout d'insistances, la vieille se retira. Un moment après, on l'entendit fermer la porte de la maison à double tour et en affermir les arcs-boutants de fer.

Cependant Pancol ne dormait pas. Il se leva tout à coup et s'assit sur un banc de bois le long des noisetiers. La bise soufflait âpre et froide, et arrachait les dernières feuilles des arbustes qu'octobre avait desséchées sur les rameaux. Tombées à terre, les feuilles, balayées par le vent, tourbillonnaient dans le berceau, qu'elles remplissaient de bruissements d'une irritante monotonie. Le Sanglier, excédé, passa la tête dans les branchages, s'y ouvrit une brèche par l'écartement de ses bras, et s'élança dans la campagne. Il traversa le potager d'un pas effréné. Arrivé au bord du ruisseau de Pierre-Brune, il s'étendit sur le gazon et posa de nouveau sa grosse tête sur ses coudes, appelant le sommeil qui ne venait pas. Soudain, comme la bête fauve que le plomb du chasseur a frappée, Pancol, aiguillonné par une intolérable douleur, se dressa sur ses jarrets nerveux, bondit sur l'autre rive et reprit sa course insensée. Il allait droit devant lui, faisant des gestes effrayants et bizarres, articulant des paroles de haine et de mort :

— Si elle refuse d'être à moi, je l'enlève de vive force, et si elle résiste, je la tue !...

Il marchait toujours, ne s'apercevant pas

qu'il gravissait la montagne de Sanégra. La fièvre intense qui le dévorait lui cachait le monde extérieur. Sublime et terrible privilège de la passion qui opère chez tous les hommes avec une égale puissance, qui ne distingue pas l'ignorant du philosophe, le rustre du raffiné, le pauvre du riche, mais qui leur ouvre à tous deux impartialement et à la fois le même paradis ou le même enfer !

Il s'arrêta cependant : ses pieds s'étaient engagés dans d'inextricables broussailles, et il ne pouvait les en dégager. Il ouvrit les yeux sur la réalité. Ciel ! il se trouvait aux bords de la mare de Pierre-Brune, et les ronces où s'enchevêtraient ses pieds étaient ces mêmes ronces du milieu desquelles il s'était élancé pour fondre sur Antoine Fumat. Comme dans cette épouvantable nuit, la lune brillant de tout son éclat, les passerelles détachaient leurs têtes brunes sur la nappe argentée du petit lac. Il touchait les mêmes rochers contre lesquels il avait précipité le Sanégrol, et il était environné du même silence solennel. Pancol sentit son extrême irritation tomber ; sa tête devint froide, ses genoux fléchirent, et il s'affaissa sur lui-même.

— Cécile, Cécile, murmurait-il, voilà pourtant ce que j'ai fait pour toi.

Il éleva les bras vers la mare, puis il les laissait retomber sur sa tête et pleurait désespérément. Les premières blancheurs de l'aube le surprirent étendu au milieu des broussailles, dans un état de prostration absolue. Ne se croyant plus capable de marcher, il s'était abandonné à sa faiblesse et goûtait délicieusement quelque repos. Mais, tout à coup, sans se rendre compte de ses mouvements brusques, il se trouva debout et fuyant à pas précipités vers Boussagues : il n'avait pu supporter la vue de quelques taches d'un rouge brun, que le jour grandissant venait de lui découvrir éparses çà et là sur les blocs de granit.

En se reconnaissant dans sa maison de Boussagues, Justin éprouva comme un sentiment de bien-être inconnu. Harassé, il se jeta sur son lit, et la lassitude physique ayant vaincu toute préoccupation morale, il s'endormit profondément. Quand il se réveilla, les derniers rayons d'un soleil d'automne, pâle et sans chaleur, éclairaient d'un vague reflet d'adieu les cimes de l'Aire-Roymond. Il sortit pour aller acheter du pain, car il se sentait affamé. Il rentra bientôt après, apportant, avec une grosse miche de quatre livres, plusieurs côtelettes dans une assiette.

Pancol alluma le feu dans l'âpre, dressa la table, puis descendit à la cave, d'où il remonta avec une énorme dame-jeanne, qu'il installa sur une chaise à côté de lui. Ses côtelettes étaient cuites. Il les retira du feu, et se mit en devoir de dîner. Le Sanglier avait l'air calme; toutefois, la précipitation de ses mouvements

et une sorte de rire amer qui lui relevait de temps à autre les coins des lèvres, annonçaient la résolution brutale de se livrer à quelque excès, au fond duquel il trouverait sinon l'oubli, du moins l'apaisement momentané de ses trop cruelles tortures.

— Ouvrons le passage ! dit-il.

Il avala un grand verre de vin...

— Quel ami ! murmura-t-il.

Il prit une côtelette et l'arrosa de plusieurs rasades. Il en saisit une deuxième, une troisième ; puis il but, il but de nouveau, il but encore...

— Cé... cile... Cé... cile... va-t'en... au... au... dia... ble ! bégaya-t-il.

Et il roula ivre-mort sur le plancher.

VIII

Quand Pancol revint à lui, il fut bien étonné de se trouver plongé dans d'épaisses ténèbres. Il se hissa péniblement sur ses jambes avinées, et, projetant ses mains en avant, se dirigea vers la cheminée. Le feu était complètement éteint. Après beaucoup de tâtonnements, il réussit à décrocher le sabot au fond duquel étaient enfuis un briquet et de l'amadou. Il battit le briquet, l'étincelle jaillit. Il atteignit sur une étagère une longue bougie de cire jaune et l'alluma. Alors il se laissa tomber sur une chaise avec un geste qui trahissait un profond dégoût. Il resta longtemps la tête penchée sur ses deux mains, qui disparaissaient tout entières dans sa chevelure indomptée, hérissée comme une crinière.

— Ah ! brute ! triple animal que je suis ! murmura-t-il. Séveraguette a bien raison de ne pas vouloir de moi ! je lui ferais honte !... Présentement me voilà tout à fait redevenu le Sanglier de Boussagues.

Il s'asséna un si rude coup sur le milieu du front, qu'il en resta quelques minutes étourdi. Il alla ouvrir la porte pour apprécier, d'après l'inspection de la lune, quelle heure il pouvait être. Le ciel était couvert de gros nuages qu'un vent violent chassait devant lui comme les toisons noires de gigantesques béliers, et il pleuvait. Pancol rejeta violemment la porte et se mit à se promener de long en large vomissant des imprécations et des blasphèmes contre lui-même et contre Dieu.

— Si le tonnerre du moins pouvait tomber sur cette baraque et m'écraser ! ricana-t-il avec fureur.

La dame-jeanne se carrait devant lui dans sa rotondité puissante. La lumière de la bougie se jouait sur le ventre dodu de l'énorme bouteille, et allait éclairer de reflets bleuâtres et mordorés le vin clair qui la remplissait encore à demi. Le Sanglier s'approcha, la saisit, l'enleva par un mouvement de désespoir étrange, et de nouveau se versa à boire. Mais au moment de porter le verre plein à ses lèvres, il le lança contre la muraille avec une telle force qu'il s'y brisa en mille éclats ; puis d'un vigoureux coup de pied il éventra la dame-jeanne. Le vin coula en cascade, et se perdit en larges rigoles dans les interstices des pavés.

— Ah ! Cécile, balbutia-t-il, je veux rester digne de toi, car tu m'aimeras, tu m'aimeras !... Ce soir, je t'implorerai à genoux.

Un peu rasséréné par ce rayon tardif d'espérance, il se traîna jusqu'à son lit, où il s'allongea de nouveau et ne tarda pas à s'endormir bestialement.

L'horloge du village sonnait deux heures, comme Pancol rouvrait les yeux. Il bondit à terre, descendit au puits, trempa sa tête dans un seau d'eau fraîche, remonta, mit un peu d'ordre dans sa toilette, mangea un morceau de pain sur le pouce, ne but pas et partit. En dix minutes, il avait atteint l'Aire-Raymond. Décidé à courir à la rencontre de sa cousine, qui arriverait dans la soirée, il laissa le chemin de Saint-Xist et prit la descente du Moulin-de-Barthélemy.

Les pluies de la nuit et de la matinée avaient grossi l'Espase. Justin retroussa son pantalon et passa sans s'arrêter dans les amarines d'où, le jeudi matin, il avait épié Cécile ; il suivit le cours de l'Espase jusqu'à la rivière de Mare. Il choisit sur un rocher un point élevé. De là, son œil découvrait toute la vallée, depuis Saint-Étienne de Mursan jusqu'à Vérénous. Il attendit. La campagne était solitaire et dévastée ; l'automne sévissait avec rage ; la rivière charriait dans ses eaux rouges des amas de feuilles mêlés à des débris de branchages de toute sorte. Mais le spectacle lugubre de cette nature à demi-morte ne touchait aucunement le Sanglier ; il ne voyait rien autour de lui, sinon le point extrême de la vallée où ses petits yeux se tenaient obstinément attachés.

Cependant la journée s'avançait, et Cécile ne paraissait pas. Pancol, impatient, traversa la rivière de Mare, et s'engagea dans le chemin de Saint-Gervais, volant au-devant de sa cousine. Il faisait presque nuit quand il parvint à Vérénous. Il s'entêla encore à marcher ; mais les ténèbres, qui devenaient de plus en plus noires, et la pluie qui recommençait à tomber, le forcèrent à s'arrêter. Il fit alors une réflexion qui aurait dû lui venir avant de passer la rivière, si, au lieu d'être le jouet d'une indomptable passion, il eût été conduit par le plus simple bon sens. Le Sanglier pensa que Sévéraguette à une pareille heure ne pouvait se trouver en route, surtout quand elle n'avait pour guide, à travers un pays inconnu et des chemins presque impraticables, que le Cassa-

rottou, un enfant ; sa cousine n'arriverait pas ce soir-là, ou bien elle était déjà arrivée.

Justin tourna brusquement sur ses talons et redescendit le courant de la Mare. En moins de vingt minutes, il toucha aux rives de l'Espase. Il gravit au pas accéléré la montée de l'Aire-Raymond, et roula, plutôt qu'il ne descendit, vers Frangouillo.

— Je vais la voir ! murmura-t-il d'une voix étouffée.

Le diable l'eût poursuivi de ses lanières enflammées, qu'il n'eût pas franchi plus rapidement la distance entre Frangouille et Saint-Xist. La pluie redoublait. Enfin il était au bas du perron. Là, il fut contraint de s'arrêter : le cœur lui battait avec trop de violence et ses genoux tremblaient, non de fatigue, mais de peur. Il s'appuya contre la muraille, ouvrant toute grande sa bouche pour respirer : il étouffait ! — Qui sait de quel œil Sévéraguette le verrait ? Que lui dirait-elle ? — Il bondit au haut du perron, et entre-bâilla doucement la porte. La Pancole filait tranquillement sa quenouille à la lueur blafarde de sa petite lampe de cuivre. Elle était seule. Il entra.

— Et Cécile ? demanda-t-il.

— Ah ! te voilà enfin, grand sacripant ! dit la vieille levant le nez. Et d'où viens-tu donc, à cette heure, trempé de la tête aux pieds comme un vrai rat d'eau ?

— Et Cécile ? répéta le Sanglier.

— Pardi ! tu avais bien besoin d'aller à Boussagues, pour tout y saccager. J'en reviens, moi ; j'ai vu de tes œuvres. Et dire que j'étais en peine de toi, que je te cherchais partout, tandis que tu mangeais de bonnes côtelettes et que tu te grisais avec notre meilleur vin. Bénédiction de Dieu ! qu'une mère est faible !... Enfin pourrai-je savoir pourquoi tu as cassé la dame-jeanne et brisé ton verre en morceaux ?

— Et toi, me diras-tu où est Cécile ? s'écria-t-il, saisissant la Boussagote et la plantant droit sur ses pieds.

— Laisse-moi, articula-t-elle, furieuse et menaçant Justin de sa quenouille.

— Tu refuses de parler ?

Il lui prit la quenouille, qu'il tordit comme une paille ; puis, lui mettant son poing fermé sur la gorge :

— Parleras-tu ! parleras-tu !

— Elle n'est pas encore revenue de Murat, mon Pancolou, bredouilla-t-elle. Ah ! ne me fais pas de mal... Le curé a reçu ce matin une lettre : Cécile ne sera de retour que lundi soir... Les sœurs n'étaient pas prêtes... Lâche-moi, mon Pancolou, je suis ta mère !

La porte s'ouvrit, et une rafale qui s'engouffra dans la maison, éteignit la maigre flamme de la lampe.

— Pardon, mademoiselle Sévérac, dit une petite voix mielleuse, j'entre un peu brusquement, et le vent a soufflé la chandelle, j'en suis bien fâché ; mais excusez-moi, il fait un temps de fin du monde.

Le lampion avait été rallumé.

— Tiens, c'est vous, Justin ? dit Vernoubrel reculant d'un pas devant le Sanglier.

— Oui, c'est moi-même, Justin Pancol, répondit-il les dents serrées, et, comme vous êtes, vous, Nicolas-Jérôme Vernoubrel, vous allez me dire ce que vous venez faire ici à cette heure et par cette pluie battante.

Il lui posa lourdement une main sur l'épaule. Cette caresse rude rendit le bonhomme tremblant comme un renard pris au piège.

— J'avais un rendez-vous d'affaires avec votre cousine. Est-ce qu'elle n'est pas à la maison ?

— Non, mais nous y sommes, nous, vieux voleur ! riposta la Pancole, qui se dressa de toute sa taille sur son escabelle de châtaignier.

— Elle n'est donc pas encore revenue de Murat, mademoiselle Cécile ? bégaya l'usurier, dont les idées perdaient déjà de leur netteté, placé qu'il était entre la menace et l'injure.

— Non, non, non ! s'écria le Sanglier avec une impatience terrible.

— Alors, bonsoir, mes amis, je m'en vais.

Il essaya de se dégager.

— Halte-là, mon petit, on ne sort pas d'ici comme des vêpres, surtout quand on a la conscience chargée, dit Justin le retenant sous sa griffe.

La Pancole avait fait un saut jusqu'à la porte et en avait poussé les verrous.

— Voulez-vous m'assassiner ! s'écria Vernoubrel terrifié.

— C'est selon ! articula la Boussagole, qui lui lança le regard clair et fixe de l'hyène en furie.

L'usurier sentit par anticipation la vie abandonner ses membres.

— Que vous ai-je fait ? que vous ai-je fait ? répéta-t-il d'une voix lamentable.

— Parle donc, au lieu de geindre déjà comme le porc qu'on égorge, dit Pancol... Pourquoi Sévéraguette est-elle allée chez toi, dans les premiers jours de septembre ? et quel lièvre chassais-tu mercredi à Saint-Xist ?

— Votre cousine avait besoin d'argent...

— Quoi ! tu as prêté de l'argent, toi qui ne donnes un pois que pour recevoir une fève ? vociféra la Boussagole prête à l'écharper.

— O Pancole, calmez-vous, supplia Vernoubrel livide. Ne me menacez pas, écoutez-moi. Allez, quand vous saurez tout, vous verrez bien que vous n'avez pas à vous plaindre de moi... Il fallait à mademoiselle Cécile plusieurs mille francs pour payer Clavol...

— Nous sommes perdus, mon Pancolou, nous sommes perdus ! interrompit la vieille, laquelle ne pouvant plus tenir en place, arpentait la cuisine à grands pas, les bras levés sur la tête et s'arrachant des poignées de cheveux.

Le Sanglier était sombre et taciturne.

— Il lui fallait donc plusieurs mille francs pour son couvent, continua le bonhomme... Savez-vous ce que je fis alors, Pancole ? Moi qui aime Justin, qui vous estime vous-même beaucoup, car vous êtes bien la femme la plus sensée et la plus honnête du pays, moi qui ne vous ai jamais poursuivi, quand les intérêts se faisaient tirer l'oreille, je songeai à exploiter, en votre faveur, la misérable position de votre nièce, et ..

— Malheureux ! s'écria le Boussagol le secouant à le renverser, tu ne sais donc pas que j'aime ma cousine, moi !

Vernoubrel ouvrit de grands yeux, et lut toute la passion de Pancol sur son visage convulsé. C'était le salut.

— Je le sais bien, Justin, que vous l'aimez, dit-il à tout hasard, et je sais aussi qu'elle vous aime.

— Elle m'aime !

Le Sanglier lâcha Vernoubrel, qui respira et sentit de nouveau son sang circuler dans ses veines.

— La preuve qu'elle vous aime ardemment, reprit le bonhomme, suivant l'effet de ses paroles sur la physionomie du jeune homme, c'est qu'elle a devancé mes intentions bienveillantes à votre égard.

— Comment ? comment ?... Oh ! parlez, mon bon monsieur Vernoubrel.

Et Pancol, devenu par un revirement soudain affable et respectueux, offrit une chaise à l'usurier.

— Voici comment, mon cher Justin... Je venais d'acheter un coin de terre à votre cousine, et, pour vous dégrever un peu, j'allais lui offrir, en complément de solde, ma créance sur vous de deux mille cinq cents francs, quand ma demoiselle Cécile me dit : — « J'ai » appris autrefois par Antoine Fumat que mon » cousin vous devait quelques centaines de » francs, comme j'ai de l'amitié pour Justin, » que.. que... »

Vernoubrel hésita.

— Eh bien ? interjeta vivement le Boussagol.

— Que... que je dois l'épouser prochainement, je vous prie, monsieur Vernoubrel, en me payant, de vous payer aussi de ce qu'il vous doit.

— Elle a dit cela ? Elle vous a dit qu'elle m'aime ?

— Certainement, mon ami.

— Qu'elle m'épousera ?

— Elle me l'a répété plusieurs fois, comme je suis un honnête homme.

— Oh ! s'écria-t-il éperdu.

Il serra Vernoubrel dans ses bras à l'étouffer.

— Tu vois, Pancole, tu vois, elle m'aime enfin ! ajouta-t-il avec une sorte de joie enfantine, en se retournant vers sa mère, qui avait assisté impassible à cette scène.

La Boussagole éclata de rire. C'était un rire amer et d'une implacable ironie. Pancol et Vernoubrel s'entre-regardèrent effrayés.

— Vas-tu bientôt tenir tes mâchoires tranquilles, vieille sorcière ! dit Justin frissonnant malgré lui.

— Je me gouvernerai sagement, répondit-elle d'un ton de mépris, quand toi tu ouvriras les yeux sur les mensonges de ce juif, qui, à cette heure, te fait baptiser une tuile pour un poupon, grand innocent !

— Justin, répliqua l'usurier, je puis vous fournir la preuve que votre cousine vous aime, en vous donnant à lire l'acte de vente. J'en ai justement le duplicata dans la poche.

Il exhiba une feuille de papier timbré.

— Ah çà ! mais parlons-en, de cette vente, dit la Pancole, dont les prunelles de chatte enragée étincelèrent dans l'ombre. Que t'a-t-elle vendu ?

— Votre nièce vous le dira elle-même ; elle m'a défendu de vous en parler... Cependant, si vous...

— Nous n'y tenons pas, monsieur Vernoubrel, dit Pancol : nous devons respecter la volonté de ma cousine.

— Moi, j'y tiens, riposta la vieille.

— Elle m'a vendu son bien de Frangouille.

La Pancole articula un juron épouvantable, bondit vers son couteau de cuisine, et, l'arme haute, elle allait fondre sur Vernoubrel, quand le Sanglier, la saisissant brutalement, la désarma ; puis, comme elle essayait d'atteindre une hachette sous un meuble, il la prit à bras-le-corps, l'enleva, et, malgré ses dents et ses griffes, la monta dans la chambre de Sévéraguette, où elle fut enfermée à double tour.

— Maintenant, si tu veux venir nous rejoindre, lui cria Justin, saute par la fenêtre.

— Brigand ! scélérat ! assassin ! hurla la Boussagole.

Il redescendit haletant. La lampe était éteinte.

— Voyez-vous, monsieur Vernoubrel, dit-il en cherchant le sabot à l'amadou, il faut l'excuser, elle est folle... Ah ! si elle aimait Cécile comme moi, elle se moquerait bien qu'elle vende ses terres !... Mais c'est plus fort qu'elle... La Pancole serait tombée du ciel avec un grain de mil menu dans la main, tant elle est avare... Eh bien ! je ne trouverai donc pas le briquet !... Ah ! je le tiens...

Il frappa le caillou ; l'étincelle brilla. Puis, appliquant sur l'amadou une allumette soufrée, il fit naître la flamme. Mais une bouffée de vent, activée par le courant d'air de la cheminée, l'éteignit presque aussitôt.

— Diable ! vous avez donc ouvert la porte ? On ne répondit pas...

— Monsieur Vernoubrel ! monsieur Vernoubrel !

Même silence.

— Oh ! le brigand, il m'a trompé, il s'est moqué de moi, et je l'ai laissé glisser de mes mains comme une anguille, grand simple que je suis !

En effet, la lampe, qu'il parvint à rallumer, après avoir ramassée sur les dalles où l'huile s'était répandue, lui montra la cuisine absolument déserte.

Pancol ne fit qu'un bond de la cheminée à la porte, et courut dans la direction de Pierre-Brune.

— Si je le rencontre, je le mets en pièces ! grommela-t-il entre ses dents.

Le temps était horrible. La pluie tombait toujours avec violence dans les ténèbres tout à fait impénétrables à l'œil. Deux fois, Justin, culevé par le vent, s'embarrassant dans des obstacles qu'il ne pouvait tourner, fut précipité sur ses genoux. Une troisième fois, il roula sur des pierres aiguës et se fit de profondes entailles aux mains.

— Dieu me damne ! nous nous retrouverons, Vernoubrel du diable ! geignit-il avec un grognement féroce.

Il regagna la maison en tâtonnant.

IX

La Pancole ébranlait à grands coups de pied la porte de sa prison.

— Non, méchant gibier de potence, vociférait-elle, tu ne l'auras pas, Sévéraguette... Va, va, écoute les sornettes de Vernoubrel, moi seule sais la vérité... La veux-tu, la vérité ?... Écoute-là, bandit !... Notre fille se gausse de toi, elle t'abandonne ! La semaine prochaine, elle partira pour Toulouse, où elle va se faire religieuse comme Marthe Courbezon... Voilà tout le pot aux roses découvert maintenant. Tu ne l'auras pas, tu ne l'auras pas !...

La Boussagole n'avait pas achevé ces mots, que le Sanglier la saisissait aux cheveux :

— Tu as donc envie que je t'étrangle, que je me rattrape d'avoir manqué Vernoubrel ? lui dit-il, la balançant sous sa main comme il eût fait d'un roseau.

— Lâche-moi, mon Pancolou, lâche-moi, dit la vieille radoucie par la peur, et je te fournirai toutes les preuves que cette sournoise de Cécile nous a trompés tous les deux.

Justin sentit le cœur lui manquer.

— Parle, dis-moi tout, la mère, je t'en supplie, murmura-t-il en joignant les mains avec égarement... Oh ! je suis bien fâché de t'avoir malmenée tout à l'heure... Tu avais raison de lever le couteau sur ce chien de Vernoubrel ; mais va, sois tranquille, je me charge de lui signer ses papiers pour l'autre monde, moi !

— Ce n'est pas Vernoubrel qu'il faut tuer, sa

mort nous exposerait sans profit, articula la vieille avec un sang-froid effrayant.

— Et qui faut-il tuer ?

— Le curé, le scélérat et voleur de curé !

— Pourquoi ?

— Va chercher la lampe, et je te montrerai pourquoi.

Justin descendit en s'appuyant contre la muraille et remonta aussitôt.

La Pancole, par un geste qui à lui seul constituait une indécence, releva la jolie couverture de piqué blanc qui drapait par devant le lit virginal de Sévéraguette, et attira à elle une lourde malle toute neuve.

— Toi qui sais lire, lis ! dit-elle à son fils, lui désignant du doigt l'adresse clouée au beau milieu de la malle.

Justin murmura :

A Mademoiselle
Mademoiselle Cécile SÉVÉRAC, *novice à l'hospice des Enfants-Trouvés,*
à TOULOUSE,
(Haute-Garonne).

— Voilà encore un sac de nuit, articula la Boussagole.

Il déchiffra la même suscription.

— Qu'est-ce que tout cela veut dire ? balbutia-t-il, serrant le sac de nuit entre ses doigts crispés.

— Cela veut dire, s'écria la vieille, dont la bouche écumait de rage, que le curé triomphe, et qu'il ne nous reste plus, à nous autres, que de rentrer à Boussagues pour y vivre des rogatons que nous laisseront les créanciers. Ah ! tu croyais, toi, imbécile, que tu épouserais cette coquine de Cécile !... Tu étais aussi fou de compter sur cela que moi de penser qu'en partant elle m'abandonnerait son bien. Elle nous a joués tous les deux, cette finaude, et tout nous échappe à la fois, sa personne et son avoir... O scélérat de curé, lui faire vendre Frangouille ! des terres qui produisent sans fumier... Vois-tu, Justin, c'est ta faute, ta très-grande faute ! Si, dans les commencements, quand je te criais : — « Ces gens des Récollets » nous avalent tout crus ! » — tu m'avais aidée de tes deux bras, nous aurions arraché ces orties de notre chemin avant qu'elles y prissent racine... Mais tu trouvais le curé un brave et digne homme... Attrape maintenant !... Cécile n'est qu'un pantin d'un sou dans les mains de ce voleur d'héritages. Il tire la ficelle, et elle donne son argent ; il la tire encore, et elle vend ses terres ; il la tire toujours, et elle quitte son pays et ses parents pour aller languir dans un hôpital avec des bâtards... Et toi tu permettrais cela, Pancolou ? toi, qui aimes notre Sévéraguette, toi, à qui sa mère l'a confiée, donnée en mariage, tu souffrirais que ces étrangers te l'enlevassent pour la rendre malheureuse, et finalement la faire mourir de faim, car la nour-

riture d'hôpital ne lui conviendra pas certainement... O notre pauvre fille !

Elle essuya une larme.

— Non ! non !... tu empêcheras qu'elle parte, si tu l'aimes toujours, reprit-elle. Dusses-tu, cette nuit, faire son compte au curé, comme tu le fis à Fumat avec justice, tu retiendras Sévéraguette à Saint-Xist. Si ces mangeurs du bien d'autrui l'ont ruinée, nous travaillerons pour elle... Voyons, ne te sens-tu pas le courage de nourrir ta femme ?

— Ma femme ! brejouilla le Sanglier.

— Oui, ta femme, car elle sera ta femme, si tu veux.

— Si je veux ? répéta-t-il égaré.

— Certainement. Est-ce qu'elle l'eût fait venir à Saint-Xist, si elle ne l'aimait pas ? Mais les autres, honteux de l'avoir dévorée vivante, ne veulent pas qu'elle t'épouse, de peur que tu ne leur réclames quelque chose, et ils l'enterrent dans un hôpital.

— Les autres !... Qui ?

— Ah ! çà ! mais tu ne comprends donc rien ce soir ? s'écria la Boussagole exaspérée. Tu balances la caboche comme un innocent, et tu flageoles sur les jambes comme un ivrogne.

La douleur et la rage luttant en Pancol avec une égale énergie, lui donnaient, en effet, l'attitude indécise de l'idiot ou de l'homme ivre.

— Allons, je me suis trompée, tu n'aimes pas Cécile ! dit la Boussagole haussant les épaules avec mépris.

— Je n'aime pas Cécile ! s'écria le Sanglier faisant explosion, je n'aime pas Cécile !

Il déchira à belles griffes le sac de nuit, dont le contenu se répandit sur le plancher, et creva d'un coup de pied le couvercle de la malle... Il saisit sa mère au bras.

— Pancole, lui dit-il, la dévorant de ses deux yeux qui flamboyaient, est-il bien vrai que le curé ait décidé Sévéraguette à partir ?

— Je te le jure, je te le jure sur la mémoire de ton père !... Tiens, toi qui te connais aux écritures, voilà par terre des lettres qui sont sorties du sac de nuit, regarde-les, peut-être vas-tu faire des découvertes.

Justin ramassa une lettre et lut :

« Toulouse, le 25 octobre 1818.

» Ma chère Cécile,

» Vous pouvez arriver, tout est prêt pour vous recevoir. Avec l'autorisation de la supérieure, je vous ai moi-même arrangé une petite chambre à côté de la mienne. O adorable enfant, vous serez heureuse ici !... Hâtez-vous donc, venez chercher la paix dont vous avez besoin. Vous m'annoncez que vous ne quitterez pas Saint-Xist avant le 15 novembre... Que de jours encore avant de vous embrasser ! Mais je ne vous en veux pas, ma Cécile, de retarder votre départ, car je songe que les heures que je perds, c'est ma mère et mon frère bien-aimés qui les gagnent. Dieu… »

— Mille tonnerres ! rugit le Sanglier.

Sans l'achever, il déchira la lettre en morceaux, et piétina avec fureur les objets tombés du sac de nuit.

— Maintenant, tu dois savoir ce qu'il te reste à faire, dit-elle.

— Je le sais, Dieu me damne !

— Il est certain que c'est le curé qui pousse notre fille à partir, et que, si tu lui donnes un bon coup qui l'envoie dans l'autre monde, Cécile suivra son penchant et t'épousera, comme sa mère le lui a ordonné.

Pareille à la sorcière de Macbeth, la Boussagole montrait, elle aussi, dans la possession de Sévéraguette, la couronne à son fils, afin d'exaspérer sa rage et d'exalter sa férocité.

— Viens, la mère, bredouilla-t-il, tirant son long couteau des profondeurs de son goussot.

Ils descendirent.

— A boire, et point de piquette au moins.

La vieille, preste et légère, atteignait une petite bouteille d'un demi-litre environ.

— Goûte-moi ceci, Justin, dit-elle, lui versant une rasade.

— C'est de l'eau-de-vie, Dieu me damne !

— Et de la vieille… Ça te donnera du cœur à la besogne… Fais attention, il est fort, le curé…

— Le curé ! Ah ! ah ! ah !

Il rit en découvrant ses dents longues et aiguës comme des crocs.

— Comment vas-tu t'y prendre ?

— J'ai mon couteau.

— Partons alors.

Elle avait allumé sa lanterne.

— Pourquoi viens-tu, toi ?… Quand les loups vont en chasse, ils n'ont pas besoin de renards.

— Imbécilas ! grogna la vieille humiliée dans sa scélératesse, les renards ont le museau plus fin que les loups. Laisse-moi passer devant ; je vais aller rabattre le gibier.

Ils sortirent et traversèrent le potager sans échanger une parole. La nuit était toujours aussi noire, et la pluie tombait avec la même régularité implacable. La Pancole marchait la première, se retournant de temps à autre, comme si, à chaque pas, elle craignait de voir le Sanglier lui échapper. Mais le Boussagol, ferme et déterminé, suivait les traces de sa furie, brandissant le couteau, dont la lame brillante, en passant dans les rayons projetés par la lanterne, jetait de petits éclairs furtifs et sinistres.

— Il me semble que tu prends le chemin de l'école, la mère, dit-il. Pourquoi tous ces détours, au lieu de couper droit vers les Récollets ?

— Écoute-moi, Justin, dit-elle, le câlinant : je veux bien que tu te débarrasses du curé,

mais je ne veux pas que tu t'exposes à te faire empoigner par les gendarmes… Voici mon plan…

— Va au diable avec ton plan ! interrompit-il la repoussant.

— Si tu ne suis pas mes conseils, reprit-elle en se dressant de nouveau devant lui et lui barrant courageusement le chemin, tu manqueras ton coup et tu te feras prendre. Tu ne te soucies pas plus que moi, je suppose, d'aller embrasser la *Marianne* sur l'Esplanade de Montpellier ? (1)

— T'expliqueras-tu enfin, démon de l'enfer ! s'écria le Sanglier, qui resta immobile, subitement pétrifié.

— Voici mon idée : Tiens-toi à l'espère dans ces amarines près du ruisseau ; moi je m'en vais te débusquer le curé.

— Comment ?

— Pardi ! ce n'est pas bien difficile. Je lui dirai comme ça que tu as mangé beaucoup de champignons, puis que, tout d'un coup, tu t'es trouvé malade à la mort par suite de grands vomissements, et que tu le demandes pour te confesser.

Le Boussagol éclata de rire.

— Pancole, dit-il, tu as plus d'esprit dans le fin bout de ton petit doigt que moi dans mes quatre pattes ensemble.

— Cache-toi là et attends !… Fie-t'en à moi, je mènerai bien la battue.

Il s'enfonça dans les osiers.

— Attention ! maintenant, Justin ! reprit la vieille, dont la tête échevelée, l'œil plein d'éclairs la faisaient ressembler à quelque divinité vengeresse. Pense que c'est pour toi que tu travailles, car c'est toi qui épouseras Cécile. Attention ! dans cinq minutes, le lièvre va passer dans tes jambes… Cécile t'aime !

Ce dernier trait lancé, elle le quitta.

Une fois tapi dans les amarines, le Sanglier ne fit aucune réflexion ; il attendit. Comme le tigre qui guette sa proie, et chez qui l'instinct féroce seul est vivant, Pancol, le cerveau vide d'idées, tenait ses deux petits yeux fixés sur les Récollets, cherchant impatiemment la lanterne qui devait lui annoncer l'approche de son ennemi. Par un mouvement machinal, il passait et repassait la lame de son couteau sur la paume de sa main gauche, ayant l'air de l'aiguiser… Tout à coup une lueur vague apparut ! Le Sanglier essuya ses yeux, offusqués par les rasades d'eau-de-vie et par le sang qui lui inondait la tête à flots, et regarda ; c'était la lanterne ! Il éprouva les tressaillements d'une joie sauvage. D'abord des bruits indistincts arrivèrent jusqu'à lui, puis bientôt il démêla des paroles… On avançait de plus en plus… Encore quelques pas, et le curé, qu'il aperçut grâce aux rayons

(1) La *Marianne*, nom qu'on donne à la guillotine dans plusieurs provinces du Midi.

de la lanterne dirigés habilement tout entiers sur lui, se trouvait à portée de sa main.

— ... Où a-t-il donc cueilli ces champignons ? demandait le desservant.

— Il va vous le dire lui-même, répondit la Boussagole.

Au même instant, elle souffla la lanterne, et Pancol bondit sur le curé.

Alors commença dans les ténèbres une effroyable lutte. L'abbé Courbezon, dont l'arme du meurtrier n'avait fait qu'effleurer l'épaule, en se sentant assailli, se retourna vivement, et de ses deux mains larges, noueuses, carrées, saisit le bras de l'agresseur inconnu. Cette étreinte énergique fit rugir le Sanglier. Pourtant il se dégagea, et, comme un taureau furieux, donnant un terrible coup de tête dans la poitrine de son adversaire, il le coucha sur le sol à ses pieds.

— Pancole ! Pancole ! cria le curé, au secours !

— Voici du secours ! ricana le Boussagol.

Et il leva sur lui son couteau. Mais, soit que l'obscurité où ils se débattaient l'eût empêché de mesurer son coup, soit que l'ivresse troublât un peu sa vue, le couteau se perdit dans les plis profonds de la soutane et n'atteignit pas l'abbé, qui se releva tout aussitôt par un élan d'une incroyable impétuosité. Le Sanglier, furibond, voulut s'élancer sur lui ; mais le prêtre, dont l'âge n'avait pas entamé les muscles solides, le devançant, le prit dans ses bras, l'y serra étroitement comme entre les deux montants d'un étau, et parvint à le désarmer. Cette résistance inattendue épouvanta le Sanglier.

— Dieu me damne ! vas-tu me lâcher, brigand qui veux me voler Séveraguette ! hurla-t-il.

L'abbé Courbezon le reconnut.

— Pancol, lui dit-il le retenant toujours vigoureusement, Dieu m'est témoin que je ne défends pas ma vie, mais la vôtre que vous exposiez en m'assassinant. Que vous ai-je fait ?

Il jeta le couteau dans l'oseraie. Justin profita de ce hasard : enchaîné par un seul bras, il fit un effort désespéré, glissa la tête en bas et se trouva libre. Alors il se pencha, tâtant l'herbe mouillée, dans l'espoir d'y retrouver son couteau. L'abbé Courbezon se crut sauvé ; il sauta effaré dans le premier chemin venu et disparut.

— Suis-le, Justin, suis-le, il monte vers la mare ! cria la Pancole dans l'ombre. Si tu ne le tues pas à présent, nous sommes perdus !

En effet, le curé, égaré, fou de désespoir et d'horreur, ne pouvant d'ailleurs choisir ses pas dans l'épaisseur des ténèbres, au lieu de courir vers les Récollets, s'était jeté dans le sentier qui longe Pierre-Brune. Le Sanglier, dont les dents grinçaient de rage, se précipita sur ses traces, et l'atteignit au moment où, se reconnaissant au milieu des blocs granitiques qui enceignent la mare d'un formidable rempart, le pauvre desservant allait descendre vers le presbytère et se suspendre à la cloche pour y appeler du secours. Avec le stupide acharnement de la bête féroce, le Boussagol se rua sur lui. L'abbé fut renversé. Justin le saisit rudement à la gorge et l'entraîna comme une masse inerte sur le bord d'un énorme rocher, dont les flots de la mare, grossis par les pluies, battaient les flancs avec fureur. L'abîme était à un mètre, béant, sombre, effroyable. Encore un tour de main, et le malheureux abbé Courbezon roulait dans les ronces qui bordaient la roche vive, des ronces sur les angles aigus du granit, et des angles dans le gouffre mugissant et grondant.

Cependant le malheureux curé, à bout de force et de courage, ne résistait plus à son ennemi. Les mains jointes sur la poitrine et les yeux au ciel, il attendait la mort... Tout à coup, la bataille changea d'aspect... Réveillé de son agonie par l'épouvantable fracas des eaux, le desservant se releva et d'un de ses poings serrés assena un si rude coup sur la tête à Pancol, que celui-ci, placé tout au bord de l'immense bloc pour précipiter sa victime dans la mare, chancela, perdit l'équilibre et disparut. Une seconde après, un horrible blasphème montait du noir précipice mêlé à des hurlements désespérés.

— Pancolou ! mon Pancolou ! cria la voix joyeuse de la Boussagole, viens vite, viens ! Il est mort à cette heure, le curé, va ! Les rochers ont plus de cent pieds de hauteur. Viens donc ! Cécile sera ta femme maintenant... Dépêchons-nous de rentrer !

L'abbé Courbezon, la tête perdue, précipita ses pas vers les Récollets.

X

En arrivant à la cure, il heurta violemment à la porte de la Cassarotte.

— Levez-vous ! lui cria-t-il, levez-vous !

Il s'affaissa sur lui-même, et resta tout de son long étendu sur le plancher, en proie à une crise de nerfs effrayante.

— Ô mon Dieu, monsieur le curé, qu'avez-vous ? que se passe-t-il ? demanda la Sanégrole foudroyée et faisant de vains efforts pour le relever.

— Laissez-moi, bégaya-t-il, je suis un malheureux, sonnez la cloche, allez... à la mare, j'ai... tu... ué... Pa... ancol !

D'affreux tremblements l'agitaient.

— Que faire, Seigneur ? s'écria la Cassarotte levant les mains sur sa tête par un mouvement d'indescriptible angoisse.

— Sonnez, so... onnez! murmura-t-il de nouveau.

Elle appela la Courbezonne et courut au clocher.

Rien ne fut plus funèbre, plus sinistre, que les tintements de la cloche dans cette nuit ténébreuse et maudite. C'étaient bien les cris d'une âme désespérée qui appelait du secours. Dans les quatre hameaux de la paroisse, les paysans, réveillés en sursaut, ne pouvant douter qu'il ne fût survenu quelque événement funeste au presbytère, sautèrent à leurs lanternes, s'armèrent de leurs bâtons, et, malgré la tempête, gagnèrent les Récollets de toute la vitesse de leurs jambes. Le battant n'avait pas vingt fois frappé le métal, que, de toutes parts, des points lumineux sillonnaient l'obscurité. Les habitants de Saint-Xist, arrivés les premiers à la cure, enlevèrent l'abbé Courbezon dans leurs bras, lui arrachèrent ses vêtements imbibés, et le déposèrent dans son lit, à la prière de sa mère dont il faut renoncer à dépeindre l'incommensurable douleur.

Lui, cependant, se débattant dans d'horribles convulsions, n'articulant plus une parole, adressait seulement de temps à autre un geste de remercîment aux paysans empressés qui l'entouraient. Le presbytère fut bientôt encombré de monde. Chacun, ne sachant que croire et que penser, interrogeait son voisin, qui, ne pouvant répondre, ouvrait de grands yeux étonnés. Enfin, on entendit de longs chuchotements dans le cloître : c'étaient les Sanégrols...

— S'ils étaient en retard, disaient-ils, c'est qu'ils avaient été retenus par une fort triste besogne. Ils venaient de recueillir et de porter à Saint-Xist les cadavres de Justin et de sa mère, qu'en descendant de Sanégra, ils avaient trouvés échoués sur la rive de la mare de Pierre-Brune débordée. La Pancole était encore chaude ; on espérait la sauver.

En ce moment, comme si les intimes vibrations de l'air lui eussent apporté ces révélations désolantes, l'abbé Courbezon, malgré les bras qui le retenaient, se dressa sur son séant, et, montrant aux assistants un visage où se peignait une sorte d'égarement farouche, il s'écria :

— C'est moi, mes amis, qui ai tué Pancol, je l'ai poussé dans la mare !... je suis le seul coupable !

Jusque vers les sept heures du matin, ce furent des alternatives d'exaltation et d'abattement. Enfin, l'œil du vieux prêtre, hagard et troublé, s'éclaircit peu à peu. La première personne sur laquelle il l'arrêta fut la Courbezonne, assise à son chevet.

— O ma mère! ma mère! s'écria-t-il d'une voix étouffée par les sanglots.

La pauvre vieille femme se jeta dans ses bras, et ils confondirent leurs larmes. Ils se

tenaient encore embrassés, quand entra dans la chambre l'abbé Michelin, que la Cassarolle avait mandé en toute hâte.

— Mon ami! balbutia l'abbé Courbezon...

Puis, se reprenant aussitôt :

— Monsieur le doyen, dit-il courbant son front rouge de honte, monsieur le doyen, ayez pitié de moi!

Alors, devant sa mère, devant les paysans qui avaient envahi la maison, avec une lucidité surprenante, il raconta au curé de Bédarieux tout l'effroyable drame de la nuit. De la visite de la Pancole à la cure au rocher fatal de la mare, il n'omit aucun détail. Le guet-apens des Boussagols fut étalé aux yeux de tous dans son infernale hideur. Quoique assiégé par des émotions terribles, le malheureux abbé fit son récit avec un calme, une mesure, une raison, qu'on ne devait pas attendre de lui, après la crise qu'il venait de traverser. Cependant quand, parvenu aux dernières péripéties, il eut dit : — Je levai le bras, le frappai et Pancol tomba! — il ne put retenir les larmes qui lui inondèrent subitement les yeux.

Monsieur Michelin l'embrassa fraternellement.

— Du courage, mon ami, lui dit-il, vous n'avez rien à vous reprocher. Le Seigneur luttait avec vous pour la justice, et le Seigneur a triomphé : gloire à lui!

Le lundi soir, à la tombée de la nuit, lorsque Sévéraguette, avec les sœurs de Sainte-Agnès, arriva à Saint-Xist, elle rencontra, se promenant dans la grande allée de son potager, l'abbé Salinas, triste et préoccupé.

— Quoi! c'est vous, monsieur le curé de Boussagues, dit-elle. Qu'est-ce qui me vaut le plaisir de vous voir chez moi?

— Mademoiselle Sévérac, répondit gravement l'ecclésiastique, pendant que la Cassarolle recevra ces dames, montons, s'il vous plaît, dans votre chambre; j'ai à vous parler tout de suite.

Sévéraguette gravit l'escalier de sa maison, traversa la cuisine, où elle fut surprise de ne voir ni sa tante, ni son cousin, et gagna sa chambre suivie de monsieur Salinas.

— Dieu! qu'arrive-t-il? s'écria-t-elle tout abasourdie en trouvant sa malle effonrée, son sac de nuit mis au pillage, sa couche bouleversée, profanée, violée.

Le curé de Boussagues, avec toutes sortes de détours, de ménagements, lui rapporta les malheurs survenus dans sa famille. Il eut le courage d'aller jusqu'au bout dans sa pénible et délicate mission, et d'avouer à Cécile que Pancol et sa mère avaient été enterrés dans la matinée. L'infortunée jeune fille resta anéantie sur sa chaise, comme morte. L'abbé Salinas appela auprès d'elle la Cassarolle, les sœurs de Sainte-Agnès, et se leva pour se retirer. Mais Sévéraguette, s'élançant vers lui :

— Et monsieur le curé ? lui demanda-t-elle, et monsieur le curé ?

— Hélas ! ce n'est pas lui qui nous donne le plus d'inquiétude, répondit le desservant.

— Et qui donc ? qui donc ?

— Madame Courbezon se trouve depuis ce matin dans un état presque désespéré. A son âge...

Séveraguette n'écoutait plus ; elle s'était précipitée dans l'escalier, courant vers les Récollets comme folle. Avant qu'on pût l'en empêcher, elle était entrée dans la chambre où agonisait la Courbezonne.

— Grâce ! monsieur le curé, grâce pour moi qui suis la source de tous vos malheurs ! s'écria-t-elle.

Et elle tomba aux pieds du vieux desservant.

L'abbé, dont la douleur avait égaré les esprits, la regarda avec un étonnement stupide et resta muet.

— Ma fille ! ma pauvre fille ! murmura la Courbezonne d'une voix expirante.

— O ma mère ! sanglota Cécile couvrant de baisers ardents les mains déjà froides de la vieille paysanne, ô ma mère !

L'abbé Salinas entra.

— Mademoiselle, dit-il d'un accent où perçait quelque sévérité, vous avez eu tort de venir ici. Les émotions que votre présence provoque ne peuvent qu'influer d'une manière fâcheuse sur l'état de monsieur le curé et sur celui de sa mère.

— Laissez-la, mon ami, laissez-la ! répondit l'abbé Courbezon revenant à lui-même et saisissant la main de la jeune fille qui se retirait, c'est notre enfant ! Sans elle, la maison est déserte !... Ah ! plût à Dieu qu'elle ne se fût jamais éloignée de nous !

Il se laissa retomber sur sa chaise. Séveraguette sentit son cœur se briser dans sa poitrine.

Huit jours après, la Courbezonne mourut. Le malheureux abbé voulut accompagner les chères reliques de sa mère jusqu'au cimetière ; mais, au moment où le cortège funèbre traversait le cloître, en appliquant un dernier baiser sur le cercueil, il se sentit défaillir, et l'abbé Laurent dut l'emmener. Le service fut célébré en grande pompe par le doyen de Bédarieux, assisté de tous les desservants du canton. Après l'*Offertoire*, monsieur Michelin, se tournant vers les assistants recueillis, retraça, en quelques paroles d'une simplicité touchante, la vie de la pauvre paysanne de Caslanet, — *cette sainte, mère de saints*, — comme il ne craignit pas de l'appeler, en la comparant à sainte Monique, mère de saint Augustin.

Les curés de Bédarieux, de Boussagues et de Graissessac ne quittèrent pas l'abbé Courbezon. Ils l'environnèrent de sollicitude et de soins pieux.

Le quatrième jour de cette station doulou-reuse à Saint-Xist, le doyen, au moment d'aller à Béziers pour rapporter toutes choses au parquet, reçut plusieurs lettres parmi lesquelles il fut bien surpris de trouver une grande enveloppe, timbrée de l'évêché, à l'adresse de monsieur Courbezon. Il frissonna en considérant la suscription, qu'il reconnut pour être de la main de l'abbé Montrose.

— Messieurs, dit-il à ses deux confrères, nous agirions sagement, je crois, en prenant sur nous de décacheter cette lettre. Je ne sais pourquoi je redoute quelque lâche action de monsieur Montrose. Vous savez qu'il n'aimait pas notre ami.

Ses doigts impatients firent sauter le cachet.

— Serpent ! serpent maudit ! s'écria-t-il.

— Qu'est-ce donc ? qu'est-ce donc ?

— Ecoutez :

ÉVÊCHÉ.

Cabinet de Monseigneur.

« Monsieur l'abbé,

» J'ai la douleur de vous apprendre que, dans quelques jours, l'interdiction ecclésiastique va être prononcée contre vous. Quoique très-irrité, Monseigneur n'a pas voulu lancer son décret sans qu'il vous fût annoncé d'avance. Il m'a chargé de ce pénible devoir. Pourtant, monsieur l'abbé, que ne vous reste-t-il encore un bon avocat ! Pourquoi avez-vous perdu monsieur le curé de Camplong ? Si, parmi vos amis, vous en trouvez un qui dispose de l'éloquence de monsieur Ferrand, c'est le cas de l'envoyer à Montpellier tout de suite.

» Dans la situation où vous place le terrible coup qui doit vous atteindre, croyez, monsieur l'abbé, qu'il m'eût été doux d'entreprendre votre défense ; malheureusement, vous le savez, Dieu m'a dénié tout talent de parole, et j'ai dû m'abstenir de plaider votre cause, reconnaissant d'avance l'inutilité de mes efforts.

» Agréez, monsieur l'abbé, l'expression de mes regrets bien sincères.

» *Le secrétaire particulier de Monseigneur,*

» MONTROSE, *prêtre*

» Montpellier, le... »

— Ce qui signifie, dit monsieur Salinas, qu'il eût pu sauver l'abbé Courbezon, et qu'il ne l'a pas voulu.

— Messieurs, pas un mot de tout ceci à notre malade, au moins ! insista monsieur Michelin. Je vais à Béziers ; mais je ne fais que toucher barres, et je vole à Montpellier. Veillez sur la santé de l'abbé Courbezon, je me charge de son honneur.

Enfin, après une semaine de réclusion absolue, on réussit à distraire assez le desservant de Saint-Xist pour l'arracher à sa chambre. Séve-raguette, qui ne le quittait pas plus que messieurs Salinas et Laurent, s'engagea dans le sentier du champ de la Croix-Blanche. Elle espérait que la vue de l'école, où les sœurs s'étaient maintenant installées et où accouraient déjà les enfants de la vallée, contribuerait à divertir le vieillard de ses préoccupations poignantes. Mais il n'avait pas fait dix pas, qu'il s'arrêta soudain. Il fallut le reconduire... Néanmoins, le grand air l'ayant un peu ravivé, le lendemain il demanda lui-même à sortir. On arriva jusqu'au couvent. Les sœurs de Sainte-Agnès et les petites filles, — Marinette la première, — firent fête au pauvre curé, qui ne sut que fondre en larmes en embrassant tous ces jolis minois éveillés qui lui souriaient.

Le cœur soulagé, il regagna le presbytère d'un pas plus ferme, d'une allure moins abattue, moins consternée.

— Allons, pensèrent les abbés Salinas et Laurent, il est sauvé !

Le soir de cette heureuse excursion, le doyen arriva.

— Mon ami, dit-il au malade, je vous apporte de bonnes nouvelles de Montpellier.

— De Montpellier ! balbutia l'abbé Courbezon... O mon Dieu ! monseigneur...

— Monseigneur, interrompit le doyen, a appris avec regret le malheur qui vient de vous frapper, et il m'a chargé de vous offrir ses compliments de condoléance. Il m'a chargé en outre de vous faire savoir que les déplorables événements survenus à Saint-Xist, et dont vous avez failli périr victime, bien loin de l'irriter contre vous, n'avaient rendu que plus vifs les sentiments de sa paternelle affection. Quelques prêtres de son entourage, — je ne dois pas vous cacher cela, — et, parmi les plus acharnés, monsieur Montrose, ont essayé d'attirer sur vous les rigueurs canoniques, ou du moins d'obtenir votre changement de paroisse. Sa Grandeur, résistant à de perfides insinuations, s'abstient non-seulement de vous infliger la moindre censure ecclésiastique, mais elle désire, elle veut que vous conserviez ce poste où elle vous a placé.

— « En attendant que monsieur l'abbé Courbezon puisse reprendre les fonctions de son ministère, m'a dit notre évêque, vous prierez monsieur le curé de Bous-agues de le suppléer; j'autorise monsieur Salinas à biner (1). »

Le lendemain, les abbés Michelin et Laurent, un peu rassurés sur l'état de l'abbé Courbezon, laissant d'ailleurs monsieur Salinas auprès de lui, regagnaient seuls et à pied leurs paroisses.

— Comment, dit en cheminant le curé de Graissessac, ce malheureux abbé Montrose insistait pour l'interdiction?...

— Avec une rage satanique, répondit le doyen. Vous savez, mon ami, qu'à Rome, quand

(1) *Biner*, dire deux messes le même jour.

on discute la canonisation d'un saint, on institue ce qu'on appelle l'*avocat du diable*, que cet avocat attaque sans relâche la vie, les actes, les intentions de celui que l'Église cherche à glorifier?

— Je sais cela.

— Mais connaissez-vous le formidable argument que ce défenseur des droits du démon tenait en réserve pour empêcher la canonisation de saint Vincent de Paul ?

— Non, vraiment.

— « Messieurs les cardinaux, dit-il, monsieur Vincent, j'en tiens les preuves, était un prêtre d'une sensualité asiatique. — Des faits ! des faits ! répliqua le tribunal. — *Il prisait !* » s'écria l'avocat du diable triomphant. Et il montra la tabatière du grand serviteur de Dieu. — L'abbé Montrose a joué, à l'évêché, le rôle d'avocat du diable. Mais, comme il n'a pas même pu se réclamer de la tabatière de l'abbé Courbezon, qui ne prise pas, je n'ai eu aucun effort d'esprit à faire pour gagner monseigneur à ma cause, et je dois lui rendre cette justice que, cette fois, il ne s'est pas trop fait tirer l'oreille.

Ils se séparèrent.

Malgré les espérances de rétablissement qu'on avait d'abord conçues, l'abbé Courbezon dépérissait à vue d'œil, et bientôt il en vint à un tel état de faiblesse, qu'on dut craindre d'un jour à l'autre de le voir mourir. Assis dans un vaste fauteuil auprès du feu, il avait maintenant renoncé à descendre l'escalier du presbytère, et se contentait de faire un signe de tête négatif, si l'abbé Salinas ou Séréguette, toujours empressés, lui proposaient de sortir. Cécile seule avait encore le pouvoir de lui faire faire deux pas sur la terrasse, quand le temps était beau.

— Voyons, monsieur le curé, je vous en supplie, lui disait-elle, nous n'irons que jusqu'à la première tige de giroflée.

Et le vieillard se laissait entraîner. Il fallait voir avec quelle fierté touchante l'orpheline, qui refoulait ses larmes, supportait le poids du pauvre moribond qui s'appuyait sur elle ! Durant ces courtes promenades au soleil, il n'était pas dit un mot du passé. A quoi bon aviver des plaies saignantes ? Dans des conversations complétement désintéressées de leurs malheurs mutuels, quand il se sentait la force de parler, l'abbé Courbezon entretenait la jeune fille de toutes sortes de sujets se rapportant à la religion. Alors les textes sacrés lui revenaient en abondance à l'esprit, et parfois, oubliant absolument la présence de Cécile, il se laissait aller à réciter des chapitres entiers de l'Évangile ou de l'*Imitation de Jésus-Christ*.

Un jour, cependant, toutes les citations de l'abbé semblèrent être des allusions directes aux événements accomplis à la mare de Pierre-Brune. Séréguette ne comprenait pas le latin.

mais les textes que murmurait le vieux prêtre étaient si souvent passés sous ses yeux, si souvent elle les lui avait entendu traduire, qu'elle ne perdait pas le sens d'un mot.

— O monsieur le curé, Dieu vous a pardonné ! soupira-t-elle.

L'abbé continua :

— *Averte faciem tuam a peccatis meis, et omnes iniquitates meas dele.*

— Mais vous n'avez pas péché, vous n'avez pas péché ! s'écria Cécile.

— Mon enfant, répondit-il, votre présence seule à Saint-Xist n'est-elle pas un reproche pour moi !

— Ma présence à Saint-Xist ?

— Croyez-vous que je ne sache pas pourquoi vous n'êtes pas partie, pourquoi vous ne pouvez plus partir pour Toulouse ?

La jeune fille se troubla.

— C'est moi, moi seul, qui vous ai empêchée d'accomplir votre vocation, en portant par mes exigences le déshonneur dans votre famille.

Jeannot et Marinette jouaient sur la terrasse.

— Et qui veillerait sur ces petits que j'ai adoptés ? dit Cécile, embrassant étroitement les enfants de la Cassarotte.

— J'ai dévoré votre bien ! articula l'abbé Courbezon, regagnant tristement son fauteuil.

Séveraguette, qui la veille s'était acquittée envers Vernoubrel, ne possédait plus en effet que ses terres de Saint-Xist et ses châtaigneraies du Mas-du-Saule.

Désormais, le pauvre vieil abbé tomba dans une prostration morale et physique à laquelle ne purent l'arracher ni les pressantes sollicitations de l'abbé Salinas, ni les prières de Sévéraguette, ni les pleurs de la Cassarotte. Il était étendu dans le fauteuil, ses mains sèches croisées sur la poitrine, roide et morne. Si on ne l'eût entendu doucement prier, et si de temps à autre on n'eût vu entre ses doigts osseux glisser les grains de son chapelet, on eût pu le croire mort. Il refusait toute espèce de nourriture, et avalait seulement quelques gorgées de lait que Marinette et Jeannot, excités par Cécile, lui tendaient dans une tasse. Comment résister à l'enfance ? Il buvait.

Un jour, il se leva brusquement de son siége ; c'était l'avant-veille de Noël.

— Monsieur Salinas, dit-il à son confrère, confessez-moi, je veux dire la messe aujourd'hui.

— Mais, mon ami, attendez encore quelques jours, vous êtes trop faible, répondit le curé de Boussagues étourdi de la proposition.

— Voulez-vous dire que je ne suis plus digne d'offrir le saint sacrifice ? s'écria l'abbé Courbezon avec une énergie tout à fait surprenante.

— Moi, mon frère... balbutia monsieur Salinas.

Il fit un geste à la Cassarotte et à Cécile qui

se retirèrent, puis tombant à genoux, il reçut la confession du vieillard.

— Menez-moi à la sacristie ! demanda-t-il impérieusement après l'absolution.

Comme si cette soudaine et extraordinaire surexcitation du malade était l'indice d'un malheur prochain, le curé de Boussagues hésitait. L'abbé Courbezon tendit vers lui des bras suppliants.

— Venez, mon noble et saint ami, venez !

Aidé de Cécile, il le conduisit à la sacristie.

— Je veux dire une messe de *requiem* pour ma mère, dit-il.

L'abbé Salinas et Cécile l'habillèrent de l'amict, de l'aube, de l'étole, de la chasuble noire, puis l'assistèrent jusqu'au chœur.

— Qu'on me laisse ! cria-t-il, je marcherai seul.

La face animée, l'œil étincelant de vie, il alla en effet, seul et d'un pas ferme, de la sainte table à l'autel. Là, il s'arrêta, et récita d'une voix claire et forte les versets qui précèdent la messe. Il gravit les marches vers le tabernacle... Il fit une halte... Enfin il se dirigea, à droite, vers le missel, et, se penchant un peu, il murmura :

— *Requiem æternam dona ei, Domine...*

Sa voix faiblit, s'embarrassa.

L'abbé Salinas, qui ne le perdait pas des yeux, le vit pâlir, chanceler... Il le reçut dans ses bras.

Il était mort !

CONCLUSION.

Sévéraguette vit encore. Elle habite toujours Saint-Xist, et, quoiqu'elle ait donné son bien aux enfants de la Cassarotte, Félicien et Jean, qui se considèrent toujours comme de simples journaliers, n'ont pas cessé de l'appeler *notre maîtresse.*

La veuve de Sanégra est morte dernièrement dans un âge fort avancé ; jusqu'au dernier moment, elle a travaillé à agrandir la *propriété de de Cécile.*

Le Cassarottou se maria vers 1825, et Jeannot prit femme vers 1840. Ils ont rempli la maison d'enfants, qui sont aujourd'hui de rudes gaillards intrépides à la besogne et très-âpres au goin. Les terres vendues à Vernoubrel ont été rachetées par les efforts acharnés de tous ces bras robustes.

Et Marinette ?

Marinette, sœur de Saint-Vincent de Paul, après avoir fermé à Paris, les yeux de Marthe Courbezon, a été envoyée par la congrégation dans une maison du Levant, dont elle est aujourd'hui supérieure générale.

Et les sœurs de Sainte-Agnès ?

Les sœurs de Sainte-Agnès sont très-aimées dans le pays, où elles font beaucoup de bien. Sévéraguette stimule leur zèle par des bienfaits incessants. Cécile, du reste, ne quitte guère l'école du champ de la Croix-Blanche. Elle a presque accepté la règle conventuelle de ces dames. Elle se mêle aux enfants, leur fait la classe, et les mène quelquefois à la promenade à travers les châtaigneraies. Les religieuses la laissent faire. Elles ont même permis, ces braves sœurs, que dans le paroissien qui sert aux prières, au bas des litanies des saints, Séréraguette, par une interpolation pieuse ajoutât de sa main le nom de l'ancien curé de Saint-Nist, et que, lorsque la pauvre vieille fille, d'une voix que l'émotion plus que l'âge rend chevrotante, s'écrie : — *Saint Courbezon !* les enfants répondissent en chœur : — *Priez pour nous !*

Bougival, septembre 1857. — Calais, mai 1861.

FIN DES COURBEZON.

TABLE DES MATIÈRES.

FIN DE LA TABLE.

Paris. — Imprimerie J. Voisvenel, rue Chauchat, 14.

A NOS ABONNÉS.

PUBLICATIONS DE LA LIBRAIRIE DU SIÈCLE.

Œuvres complètes de Voltaire (édition du *Siècle*), annotées par G. AVENEL. — 9 beaux volumes in-4° de 1000 pages à 2 colonnes. — Prix : 3 fr. le volume broché. Ajouter 1 fr. 75 par chaque volume pour les recevoir par la poste. Port de l'ouvrage complet, par la poste, 15 fr.; par les messageries, 7 fr. 50.

Atlas géographique du SIÈCLE, par G. PAGÈS. — Prix, 4 fr. broché, et 5 fr. 50 c. cartonné, au lieu de 7 fr. 75 et 9 fr. — Par la poste, 1 fr. pour le premier, 1 fr. 50 pour le second. Cet atlas comprend 75 cartes dressées avec le plus grand soin.

Mémoires sur Carnot, par SON FILS. — 4 volumes in-8°. — Prix, 8 fr. Ajouter 2 fr. 70 par la poste.

La Révolution, par EDGARD QUINET. — Deux grands volumes in-8°. — Prix, 7 fr. 50 au lieu de 15 fr. — Par la poste, 9 fr. 50.

Histoire de France, par J. MICHELET. — 17 beaux volumes in-8°. L'ouvrage pris dans nos bureaux, 68 fr. au lieu de 102 fr.; envoyé par la poste, 78 fr.; par les messageries, 72 fr. 50.

Histoire de la Révolution Française, par J. MICHELET. — 6 beaux volumes in-8°. — Prix, 22 fr. au lieu de 36 fr. — Pour recevoir par la poste, ajouter 75 c. par volume. Port de l'ouvrage complet, par les messageries, 2 fr. 50 c.

Histoire de la Révolution Française, par LOUIS BLANC. — 13 forts volumes, format Charpentier. — Prix, 26 fr. au lieu de 46 fr. 50 c. — Pour les recevoir par la poste, 5 fr. 50; par les messageries, 3 fr. 50.

Journal officiel de la Commune. — Collection complète du Journal officiel de la Commune. Un très-beau volume in-4°. — Prix, 4 fr. 50 broché, et 5 fr. 50 cartonné, au lieu de 8 et 10 fr. — 1 fr. 50 en plus pour le port.

Papiers et correspondances du second Empire (Dixième édition). Imprimée sur papier de belle qualité, elle forme un volume grand in-8° de 413 pages, contenant en outre de nombreux *fac-simile*. Le prix pour Paris est de 2 fr., au lieu de 6 fr., et pour les départements, par la poste, 2 fr. 75.

Cours d'agriculture, par DE GASPARIN, 6 volumes in-8°, avec 233 gravures. Prix, 45 fr. broché; net, 20 fr. Ajouter 7 fr. pour recevoir franco par la poste, 3 fr. 75 par les messageries. — On peut se procurer cet ouvrage par fraction de trois volumes,

L'Écho de la Sorbonne. Cours complet d'enseignement secondaire en trois années, pour les deux sexes, 12 volumes grand in-4° à deux colonnes, 39 fr. au lieu de 72 fr. Chaque année formant 4 volumes 13 fr. Ajouter 3 fr. pour recevoir une année par la poste, et 2 fr. par les messageries. — L'ouvrage complet, 9 fr. par la poste, et 5 fr. par les messageries.

Œuvres complètes de Shakespeare, traduction de BENJAMIN LAROCHE. Deux volumes grand in-4°, à deux colonnes, illustrés, 6 fr. au lieu de 13 fr. Ajouter 2 fr. pour les recevoir par la poste, et 1 fr. 75 par les messageries.

Les grands Poëtes français, par ALPHONSE PAGÈS. Un très-beau volume grand in-4° orné de portraits, au lieu de 15 fr. 7 fr. Ajouter 1 fr. 20 pour le recevoir par la poste.

Paris. — Imprimerie J. Voisvenel, rue Chauchat, 16.

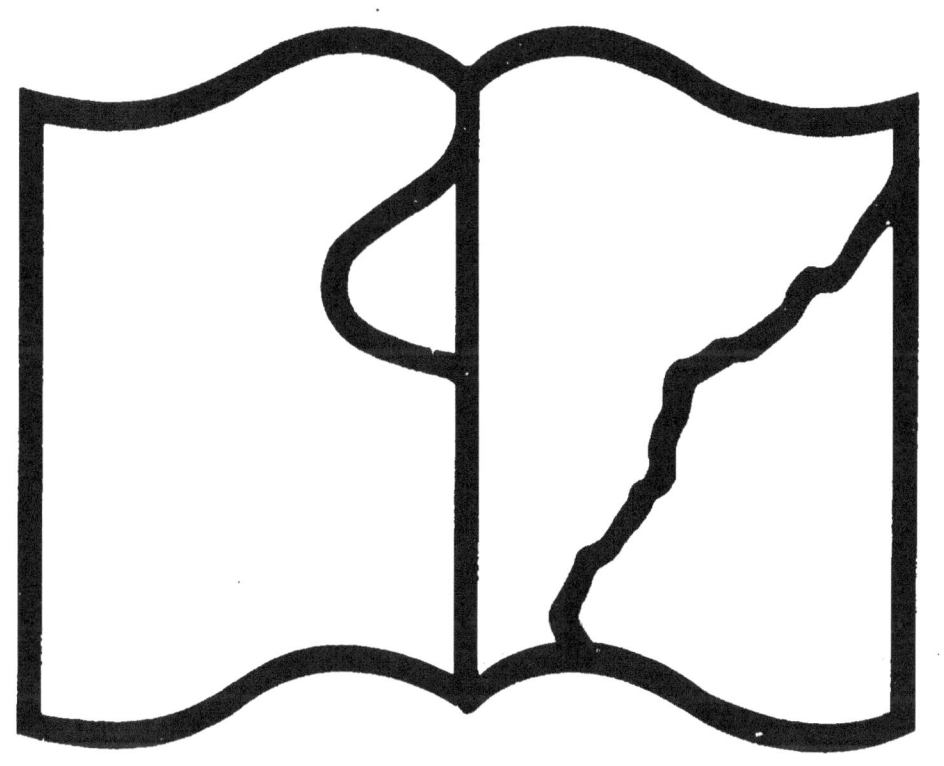

Texte détérioré — reliure défectueuse

NF Z 43-120-11

www.ingramcontent.com/pod-product-compliance
Lightning Source LLC
Chambersburg PA
CBHW051143260626
47170CB00005B/1943